ISABEL RODERICK
Träume aus Licht

ISABEL RODERICK

TRÄUME
AUS
LICHT

ROMAN

Lübbe

Die Bastei Lübbe AG verfolgt eine nachhaltige Buchproduktion.
Wir verwenden Papiere aus nachhaltiger Forstwirtschaft und verzichten
darauf, Bücher einzeln in Folie zu verpacken. Wir stellen unsere Bücher
in Deutschland und Europa (EU) her und arbeiten mit den Druckereien
kontinuierlich an einer positiven Ökobilanz.

Gefördert durch ein Stipendium der VG WORT im Rahmen von
NEUSTART KULTUR.

  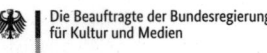

Originalausgabe

Dieses Werk wurde vermittelt durch die
Langenbuch & Weiß Literaturagentur.
Copyright © 2023 by
Bastei Lübbe AG, Schanzenstraße 6–20, 51063 Köln
Vervielfältigungen dieses Werkes für das Text-
und Data-Mining bleiben vorbehalten.
Textredaktion: Anne Schünemann, Schönberg
Umschlaggestaltung: Sandra Taufer, München unter Verwendung von
Illustrationen von © Everett Collection / shutterstock; Serge Zimniy /
shutterstock; Allgusak / shutterstock
Satz: GGP Media GmbH, Pößneck
Gesetzt aus der Bennet Display
Druck und Verarbeitung: GGP Media GmbH, Pößneck

Printed in Germany
ISBN 978-3-7857-2867-3

I   3   5   4   2

Sie finden uns im Internet unter luebbe.de
Bitte beachten Sie auch: lesejury.de

PROLOG

Berlin-Charlottenburg, Ende Januar 1927

Jacob kniff die Augen zusammen und sah genauer hin. Stand dort hinten etwa jemand auf der Brücke? Er näherte sich. Ja, tatsächlich, es war eine Frau, und dank der modernen elektrischen Beleuchtung konnte er sie gut erkennen. Was hatte sie so spät und ganz allein auf dem Siemenssteg zu suchen?

Bis eben hatte er noch in einer Kneipe um die Ecke ausgeholfen. Zufrieden fasste er sich an den Mantel und spürte das Gewicht seiner vollen Geldbörse in der Innentasche. Der Abend hatte sich gelohnt. Zu Hause würde er sich erst einmal in Ruhe hinsetzen und ausrechnen, wie lange er damit über die Runden käme – sofern er vorher nicht überfallen wurde. Zwar sah er mit seinem geflickten Mantel, an dem ein Knopf fehlte, gewiss nicht wie jemand aus, bei dem man fette Beute machen würde, doch Diebe konnten Geld riechen, das wusste er aus eigener, bitterer Erfahrung.

Wieder sah er zu der Frau, die noch immer reglos auf der Brücke stand. Noch während er überlegte, wie er den hart verdienten Lohn am schnellsten in Sicherheit bringen könnte, umfasste die Fremde das stählerne Brückengeländer und stieg langsam hinüber.

Sie würde doch nicht ...

Ein Trick, schoss es ihm durch den Kopf. *Wenn ich zu ihr hingehe, kommen ihre Kumpane aus ihrem Versteck und rauben mich aus.*

Sein Herz hämmerte. Panisch schaute er sich um. Kein Mensch außer ihm, beide Uferseiten leer. Und jetzt? Sollte er einfach tatenlos zusehen? Was, wenn die Frau nun wirklich sprang?

»Verdammt«, zischte er und rannte los. Schon hatte er den Brückenaufgang erreicht, eilte die Stufen zwischen den beiden steinernen Pylonen hinauf und blieb oben atemlos stehen.

Die Frau stand so reglos da wie zuvor, doch nun befand sie sich hinter dem Geländer auf einer der breiten Stahlstreben, die längs auf beiden Seiten der Brücke verliefen. Ihr langer Mantel flatterte im eisigen Wind, ein Hut verdeckte ihr Gesicht.

Vorsichtig setzte Jacob einen Fuß vor den anderen, um keinen Lärm zu machen. *Nicht springen. Nicht springen.* Er wiederholte die Worte in Gedanken wie eine stumme Beschwörungsformel.

Die Frau hatte ihn noch nicht bemerkt, doch er konnte nun ihr Schluchzen hören. Einige Schritte von ihr entfernt blieb er stehen und sah, dass sie ihre Handtasche vor dem Geländer abgestellt hatte. Ihre Schuhspitzen ragten bereits über den Rand der Stahlstrebe.

Oh Gott, dachte er. Was sollte er tun? Sie ansprechen? Er durfte sie auf keinen Fall erschrecken, vielleicht sprang sie dann erst recht.

Ihm blieb keine Zeit mehr zum Nachdenken. Die Frau breitete die Arme aus und verlagerte ihr Gewicht.

Unaufhaltsam kippte ihr Körper nach vorn.

KAPITEL 1

Wiesbaden, Anfang Juni 2000

Tief im Herzen hatte ich immer geglaubt, Oma würde ewig leben. Wie sehr ich mich geirrt hatte, wurde mir erst an diesem Nachmittag klar.

Am Telefon hatte sie mir erzählt, dass sie nur mich und Silke zu ihrer Feier am Samstag einladen wollte. Zuerst hatte ich mir krampfhaft Ausreden überlegt. Wir drei zusammen an einem Tisch, das ging selten gut. Aber so war Oma eben. Wir sollten uns brav gemeinsam hinsetzen, Kuchen essen und unbeschwert miteinander plaudern wie eine normale Familie. Und irgendwann würde die unsichtbare Mauer, die zwischen mir und meiner Halbschwester stand, wie durch ein Wunder bröckeln, und wir würden uns selig in den Armen liegen.

So oder so ähnlich stellte Oma es sich vermutlich vor, und das schon, seit ich denken konnte. Ganz egal, wie oft ich ihr zu erklären versuchte, dass sie sich etwas vormachte, sie hielt beharrlich an der Hoffnung fest, dass Silke und ich eines Tages doch noch miteinander warm werden würden.

Ich brachte es trotzdem nicht übers Herz, Oma abzusagen. Immerhin war es ihr Geburtstag. Ihr zuliebe würde ich mich zusammenreißen, obwohl es mir schwerfiel.

»Ein Buch!«, rief sie strahlend, als sie mir die Tür öffnete. Die Form des Päckchens in meinen Händen war eindeutig, aber wer mich kannte, wusste sowieso, dass ich eigentlich immer nur Bücher verschenkte. Wenn Oma und ich eines gemeinsam hatten, dann unsere Leidenschaft fürs Lesen.

Ohne Umschweife bat sie mich hinein. Oma war nur knapp eins sechzig groß und hatte ein kleines Gesicht mit freundlichen braunen Augen, denen nichts entging. Ich hatte sie schon immer nur als agile, starke Frau gekannt, und selbst mit dreiundneunzig Jahren hatte sie kaum etwas von ihrer Energie eingebüßt.

Ich bot ihr an, in der Küche zu helfen, aber sie winkte nur ab und schickte mich stattdessen ins Esszimmer, um den Tisch zu decken. Sobald ich den Raum betrat, spürte ich förmlich, wie die Temperatur darin sank.

Meine Schwester Silke stand vor dem offenen Geschirrschrank und suchte nach irgendetwas. Wie immer, wenn sie in der Nähe war, fühlte ich mich klein und unbedeutend, und das nicht nur, weil sie siebzehn Jahre älter war als ich oder weil sie mich fast um einen ganzen Kopf überragte, sondern vor allem, weil sie so etwas wie Omas offizielle Thronfolgerin war. Jeder kannte Feinkost Klein in der Wilhelmstraße, Wiesbadens vornehmer Prachtmeile, und viele Kunden hatten die alte Geschäftsführerin noch bestens in Erinnerung: Margarete Klein, meine Oma. Nach Opas Tod hatte sie das Familiengeschäft jahrelang allein weitergeführt, bis sie es schließlich an Silke übergeben hatte. Inzwischen leitete Silke längst nicht mehr nur das Geschäft in der Wilhelmstraße. Unter ihrer Führung hatte sich das Unternehmen zu einer richtigen Kette entwickelt, und inzwischen gab es Filialen in zahlreichen Städten.

Wie so oft war ich mir nicht sicher, ob Silke mich bloß nicht bemerkt hatte oder ob sie mich absichtlich ignorierte. Aber ich war es nicht anders von ihr gewohnt. Wir sahen uns nur selten, und selbst wenn, redeten wir kaum miteinander. Wahrscheinlich waren wir einfach zu unterschiedlich. Das Einzige, was wir gemeinsam hatten, waren die blonden Haare und die graublauen Augen, die wir beide von unserer Mutter geerbt hatten.

Es war still im Zimmer. Nur aus der Küche drang Omas Stimme. Fröhlich summte sie irgendeinen alten Schlager vor sich hin, während sie Kaffee kochte.

»Hallo, Silke«, sagte ich endlich.

Sie warf einen Blick in meine Richtung und tat überrascht. »Ach. Hallo, Ariane.«

Noch immer galt ich in den Augen meiner Halbschwester als Eindringling. Das hatte sie mir zwar nie so direkt gesagt, aber ich spürte, dass es ihr bei jeder unserer Begegnungen auf der Zunge lag. Sie war die Erstgeborene, ich das Ärgernis. Die Nachzüglerin, die ihr erst die Mutter gestohlen und sich anschließend auch noch bei ihrer geliebten Oma eingenistet hatte.

»Kann ich dir irgendwie helfen?«

Sie öffnete eine weitere Schranktür. »Bring doch schon mal den Kuchen und die Sahne nach draußen.«

Ich öffnete die Terrassentür, trug die Sachen hinaus und stellte sie auf den Tisch. Zu dieser Jahreszeit fand ich den Garten am schönsten. Der große weiße Fliederstrauch stand in voller Blüte, und wenn man über die dichte Hainbuchenhecke blickte, sah man den Neroberg, Wiesbadens Hausberg, und die goldenen Zwiebeltürme der russisch-orthodoxen Kirche.

»Oma?«, rief Silke drinnen. »Ich kann das Milchkännchen nirgends finden.«

Ich kehrte ins Esszimmer zurück. Vor siebzig Jahren hatte Oma das kostbare Porzellanservice zur Hochzeit geschenkt bekommen, und sie bildete sich viel darauf ein, dass ihr in all den Jahren kein einziges Teil kaputt oder verloren gegangen war.

Oma kam herein, stellte die volle Kaffeekanne auf dem Esstisch ab und suchte nun selbst im Schrank. Ich fragte mich, ob sie darin irgendetwas erkennen konnte. Ihre Augen waren nicht mehr die besten, aber als ich ihr helfen wollte, winkte sie nur wieder ab.

Seufzend schloss sie den Schrank und ging zur Kommode am anderen Ende des Zimmers. »Das Fräulein muss sie falsch eingeräumt haben.«

In letzter Zeit geschah es häufiger, dass die Haushaltshilfe Dinge falsch einräumte, obwohl sie seit fast zwanzig Jahren für Oma arbeitete und eigentlich ganz genau wusste, wo alles hingehörte. Vielleicht war es gar nicht die Schuld des inzwischen fünfzigjährigen »Fräuleins«? Aber davon wollte Oma bestimmt nichts hören. Genauso wenig, wie sie hören wollte, dass man heutzutage nicht mehr »Fräulein« sagte.

Sie wühlte in der Kommode. Ein kleines Stück Papier fiel heraus und landete vor ihren Füßen. Silke bückte sich, um den Zettel aufzuheben, und richtete sich wieder auf. Schweigend betrachtete sie ihn, und ich sah, dass sie schlucken musste.

Oma nahm ihr den Zettel aus der Hand und starrte ebenfalls darauf. Ich fragte mich schon, was sie da bloß gefunden hatten, als Oma plötzlich ein Seufzen ausstieß.

Erschrocken stellte ich fest, dass sie ganz blass geworden war. »Oma? Geht es dir nicht gut?«

Mit zitternden Händen griff sie nach einer Stuhllehne, um sich abzustützen. »Es ist nichts. Ich muss mich nur kurz –«

Sie schaffte es nicht mehr, den Satz zu beenden. Mit einem Mal gaben ihre Knie nach.

Ich sprang nach vorn und fing sie auf.

»Oma?«, fragte ich und tätschelte ihre Wange, doch sie reagierte nicht.

Silke und ich tauschten einen entsetzten Blick. Zusammen schafften wir es, Oma ins Wohnzimmer zu tragen und sie vorsichtig auf das Sofa zu legen.

»Bleib bei ihr«, meinte Silke und eilte in den Flur. »Ich rufe den Notarzt!«

Der Nachmittag, der so harmlos begonnen hatte, hatte im Bruchteil einer Sekunde eine schreckliche Wendung genommen, und nun schnürte mir die Angst um Oma die Kehle zu. Noch nie zuvor war sie zusammengebrochen. Noch nie zuvor hatte ich das Gefühl gehabt, dass es wirklich ernst um sie stand.

Ich besaß kein Auto, hatte nicht mal einen Führerschein, darum war ich heilfroh, dass Silke mich mitnahm. Gemeinsam fuhren wir dem Krankenwagen hinterher. Fluchend lenkte sie ihren sportlichen Zweisitzer-BMW durch den zähen Stadtverkehr, wechselte ungeduldig die Spur, wann immer sich eine Lücke auftat. Jedes Mal, wenn sie aufs Gaspedal trat, wurde mein Körper in den geschmeidigen Ledersitz gedrückt. *Was für eine Angeberkarre*, dachte ich, aber Silke mochte eben alles, was schick und teuer war.

Im Krankenhaus angekommen, setzten wir uns in den Wartebereich. Immer wieder fragte ich mich, ob ich das alles nur träumte. Ich fühlte mich wie gelähmt und war zu nichts anderem fähig, als die weiße Wand anzustarren.

Silke hielt es keine Minute auf ihrem Stuhl aus. Ungeduldig

sprang sie auf und ging auf und ab, bis sie auch das nicht mehr aushielt. Schließlich entschuldigte sie sich bei mir und verschwand.

Nach einer Weile hörte ich ihre Stimme durch das gekippte Fenster und warf einen Blick nach draußen. Sie stand zwischen ein paar Blumenkübeln, in einer Hand eine Zigarette, in der anderen ihr Handy, und telefonierte wild gestikulierend. Erzählte sie gerade ihrem Freund, was passiert war? Ich war mir nicht sicher, ob sie momentan überhaupt einen hatte. Silke lebte für ihren Beruf. Noch etwas, worin wir uns ähnlich waren.

Irgendwann kehrte sie zurück, und kurz darauf kam endlich eine junge Ärztin auf uns zu.

»Ihre Großmutter ist wieder bei Bewusstsein«, erklärte sie uns und rückte sich die Brille zurecht. »Sie erhält gerade eine Infusion –«

»Was ist denn passiert?«, fiel Silke ihr ins Wort. »Warum ist sie zusammengebrochen?«

»Vermutlich hat sie zu wenig getrunken. So etwas kann sich belastend auf den Kreislauf auswirken, erst recht bei so einem Wetter. Ob mehr hinter ihrem Schwächeanfall steckt, können wir zum jetzigen Zeitpunkt noch nicht sagen.«

»Dann ist es also doch etwas Ernsteres?«, fragte ich erschrocken.

»Zuerst sind ausgiebige Untersuchungen notwendig«, antwortete die Ärztin. »Sie müssen das Alter Ihrer Großmutter bedenken.«

Ich glaubte, herauszuhören, was sie eigentlich damit meinte: *Wer weiß, ob sie sich überhaupt wieder erholen wird ...*

Wir erkundigten uns nach Omas Zimmernummer und fuhren mit dem Aufzug zwei Stockwerke nach oben. Vor der Zimmertür angekommen, klopften wir leise an und traten ein.

Klobige, kompliziert aussehende Geräte standen um das Bett herum und blinkten und piepsten unablässig. Der Anblick schüchterte mich ein. Und wie klein und zerbrechlich Oma zwischen den ganzen Apparaten wirkte. Mit geschlossenen Augen lag sie da. Eine Nadel war mit einem dicken Klebestreifen in ihrer Armbeuge befestigt, und eine klare Flüssigkeit tropfte aus einem Infusionsbeutel.

Zögerlich trat ich an ihr Bett.

»Oma?«, fragte ich leise und griff nach ihrer Hand, die auf der Bettdecke ruhte.

Silke ging auf die andere Seite des Bettes, nahm ihre andere Hand und streichelte sie sanft.

In diesem Moment flatterten Omas Lider. Sie öffnete die Augen, musterte erst mich und dann Silke.

»Wie geht es dir?«, fragte ich.

Oma entzog mir ihre Hand und ließ den Blick durch das Zimmer schweifen. »Wo bin ich hier? Ich will wieder nach Hause.«

Sie klang ängstlich und hilflos, wie ein Kind. Genauso, wie ich mich gerade fühlte. Verwirrt sah ich zu Silke. Hatte die Ärztin nicht gesagt, Oma wäre bei Bewusstsein gewesen? Hatte denn niemand mit ihr gesprochen und ihr erklärt, was los war?

Silke winkte mich zu sich und sprach mit gesenkter Stimme. »Wie wäre es, wenn du zurückfährst und ein paar Sachen für Oma einpackst? Ich bleibe solange bei ihr und erzähle ihr, was passiert ist.«

Erleichtert über ihren pragmatischen Vorschlag nickte ich. Ja, so konnte ich mich wenigstens nützlich machen.

Ich verließ das Klinikgebäude. Vor dem Krankenhaus stieg ich in den nächsten Bus Richtung Innenstadt. Zwar wäre Silke mit dem Auto schneller gewesen, aber im Moment war es wohl wirklich besser, wenn sie bei Oma blieb. Silkes Nerven waren stärker als meine, und in ihrem angeschlagenen Zustand konnte Oma kein heulendes Häuflein Elend an ihrem Bett gebrauchen.

Omas Haus befand sich in einer der schicksten Gegenden von Wiesbaden, ganz in der Nähe der grünen Nerotal-Anlagen, in denen sie so gerne spazieren ging. Ich schloss die Tür auf, schnappte mir einen Koffer und suchte rasch das Nötigste zusammen: Wechselwäsche, Waschlappen, Zahnputzzeug, Medikamente ... Wenn ich rechtzeitig vor dem Ende der Besuchszeit zurück sein wollte, durfte ich nicht zu lange trödeln.

Zurück im Krankenhaus, half mir Silke unter den ungeduldigen Blicken der Schwestern, den Koffer auszupacken und alles zu verstauen.

Zum Abschied gab ich Oma noch einen Kuss auf die Wange. »Mach's gut, Oma. Morgen kommen wir dich wieder besuchen. Versprochen.«

Ich klang zuversichtlicher, als ich mich fühlte. Was, wenn sich die Andeutung der Ärztin bewahrheitete? Wenn Oma ernsthaft krank war und sich nicht wieder erholte? Erneut brannten Tränen in meinen Augen, aber ich riss mich zusammen.

Anschließend brachte mich Silke zu meiner Wohnung in der Innenstadt. Wie in Trance stieg ich die Treppe in den ersten Stock hinauf. Ich schloss die Tür auf, und kaum war ich drinnen, ließ ich mich erschöpft aufs Sofa fallen.

Endlich allein. Endlich konnte ich heulen, ohne dass es jemand mitbekam. Ich konnte mir einfach nicht vorstellen, Oma zu verlieren. Meine Mutter war gestorben, als ich drei war, und seitdem war Oma immer für mich da gewesen. Sie hatte mich großgezogen. Sie war alles, was ich hatte.

Natürlich gab es auch noch André, meinen Vater, aber der Kontakt zwischen uns war schon seit vielen Jahren weitestgehend eingeschlafen. Er lebte und arbeitete noch immer in derselben Künstlerkolonie an der Nordsee, in der er meine Mutter damals kennengelernt hatte. »Es ist das Beste, wenn du bei mir aufwächst«, hatte Oma mir einmal erklärt, als ich noch sehr klein gewesen war. »Dein Papa und ich haben es so beschlossen. Schließlich muss er arbeiten und hätte nicht genug Zeit, um auf dich aufzupassen.«

Als Kind und Jugendliche hatte ich André immer in den Ferien besucht, und an den Wochenenden war er häufig nach Wiesbaden gefahren, um mich zu sehen. Eine Weile funktionierte das auch ganz gut. Bis er irgendwann eine neue Frau kennenlernte. Und diese Frau schon bald darauf ein Baby von ihm erwartete.

Ich war damals vierzehn gewesen. André erzählte es mir während eines Besuchs. Ganz schonend und einfühlsam brachte er es mir bei und betonte immer wieder, dass sich dadurch nichts ändern würde und dass er mich immer noch genauso lieb hatte.

Im Grunde hatte er alles richtig gemacht. Und trotzdem war an jenem Tag etwas zwischen uns kaputtgegangen. Mit jedem Brief und jedem Foto, das er mir von seiner neuen Frau und seiner kleinen Tochter schickte, wuchs in mir das Gefühl, dass für ihn ein neues Leben begonnen hatte. Eines, in dem es keinen Platz mehr für mich gab, obwohl er ständig das Gegenteil beteuerte.

Vielleicht war es Neid. Ja, ich war neidisch auf dieses andere Kind, dessen Mutter noch lebte. Ich war eifersüchtig auf dieses kleine Mädchen, das im Gegensatz zu mir bei meinem Vater aufwachsen durfte. Das ihn täglich sah und am selben Tisch saß wie er, während mir nur ein paar Besuche im Jahr blieben.

Irgendwann reagierte ich nicht mehr auf seine Anrufe. Ich öffnete seine Briefe nicht mehr, weigerte mich, zu ihm an die Nordsee zu fahren, und als er dennoch nach Wiesbaden kam, um mich zu sehen, verhielt ich mich abweisend und einsilbig ihm gegenüber.

Inzwischen war ich längst kein Teenager mehr, und im Laufe der Jahre war mir klar geworden, dass mein Verhalten damals nicht nur unreif, sondern auch verdammt unfair gewesen war. Meine Mutter hätte sicher gewollt, dass André nach ihrem Tod eine neue Partnerin fand und wieder glücklich wurde. Warum nur war es mir damals so schwergefallen, es meinem Vater zu gönnen?

Ich ging in die Küche, um mir einen Tee zu kochen. In unregelmäßigen Abständen schickte André mir immer noch kurze Briefe oder Ansichtskarten. Erst vor zwei Tagen hatte ich wieder eine aus dem Briefkasten gefischt. Ein Leuchtturm war darauf abgebildet, und ich hatte sie mit einem Magneten an meinem Kühlschrank befestigt.

Nachdenklich nahm ich die Karte in die Hand. Wie gut es jetzt getan hätte, meinen Vater anzurufen und mir alles von der Seele zu reden. Meine Scham und die Eifersucht zu vergessen, wenn auch nur für einen Moment. Ich hatte seine Nummer – aber hatte ich durch mein Verhalten nicht längst das Recht verwirkt, ihm meine Ängste und Sorgen anzuvertrauen? Seit Jahren schon war er kein Teil meines Lebens mehr.

Hatte ich es nicht selbst so gewollt?

Am Sonntagmittag holte mich Silke vor meiner Wohnung ab. Zusammen fuhren wir zu Omas Haus, um ein paar weitere Sachen für sie zu packen und ein wenig Ordnung zu schaffen, denn in der gestrigen Aufregung hatten wir völlig den Kuchen vergessen. Noch immer stand er auf dem Terrassentisch, und inzwischen hatte sich eine ganze Heerschar von Fliegen und Wespen darüber hergemacht. Angeekelt scheuchten wir die Viecher weg und entsorgten alles in der Biotonne.

Silke half mir, den Rest aufzuräumen und das Geschirr abzuspülen. Wir sagten kein Wort, während wir die Arbeit verrichteten, aber trotzdem tat es gut, dass Silke da war. So fühlte ich mich in meiner Angst um Oma wenigstens nicht allein. Kaum zu glauben, dass es gestern noch meine größte Sorge gewesen war, zwei oder drei Stunden mit Silke an einem Tisch sitzen zu müssen. Jetzt kam mir das ziemlich albern vor.

Beim Abtrocknen fiel mir mein Geburtstagsgeschenk ein. Ich hatte Oma die Großdruckausgabe eines alten Romans von J. D. Engelhardt besorgt. Er war unser absoluter Lieblingsschriftsteller. Engelhardt schrieb quer durch verschiedene Genres, und ich hatte alle seine Werke verschlungen, obwohl seine Bücher schon ein paar Jahre auf dem Buckel hatten. Die allerersten stammten aus den Dreißigern, die letzten waren Ende der Siebziger erschienen. Heutzutage kannte kaum noch jemand Engelhardts Namen, obwohl seine Romane weltweite Bestseller gewesen waren. Ich fand das sehr schade. Für mich waren sie zeitlos.

Vor allem aber faszinierte mich, dass über den Autor selbst kaum etwas bekannt war. Er sollte gebürtiger Amerikaner gewesen sein und später in England gelebt haben. Mehr wusste man nicht. Sein Aussehen, sein Geburtsdatum oder ob er noch lebte – alles um ihn schien ein einziges großes Geheimnis zu sein.

Dabei hätte ich so gerne erfahren, wer hinter den Geschichten steckte, hinter den vielschichtigen Charakteren und lebhaften Details. Nur ein Mensch mit außergewöhnlicher Beobachtungsgabe konnte so etwas zu Papier bringen, davon war ich überzeugt. Ich fragte mich, wie er zum Schreiben gekommen war. Was er erlebt haben mochte, das ihn zu seinen Romanen inspiriert hatte.

Ich entschuldigte mich bei Silke, verließ die Küche und sah mich um. Wo hatte Oma das Buch nur hingelegt? Nach kurzer Suche fand ich es auf der Kommode im Esszimmer, unter dem Zettel, der zu Boden gefallen war, als Oma gestern nach dem Milchkännchen gesucht hatte.

Ich nahm ihn in die Hand. Überrascht stellte ich fest, dass es gar kein Zettel war, sondern ein altes Foto. *1974*, stand auf der Rückseite. Neugierig drehte ich es um und erstarrte.

Eine wunderschöne Frau lächelte mir entgegen. Ihr offenes Haar wehte im Wind, eine blonde Strähne bedeckte halb ihren Mund, Sonnenstrahlen streiften ihre gebräunte Haut. Die schlanken Arme hatte sie um ein kleines, ebenfalls blondes Mädchen geschlungen, und das Kinn der Frau ruhte zärtlich auf dem Scheitel des Kindes.

Verwirrt starrte ich das Foto an und rätselte ein paar Sekunden lang, wer die beiden waren, bis es mir schlagartig klar wurde.

»Mama«, flüsterte ich.

Das Mädchen auf dem Foto war ich, und die schöne Frau war Vera, meine Mutter. Das Bild musste kurz vor ihrem Tod aufgenommen worden sein, vermutlich von meinem Vater. Ich war damals drei gewesen.

Fassungslos musterte ich es. Die meisten Fotos, die ich von meiner Mutter kannte, stammten von den Titelseiten alter Hochglanzmagazine. Noch nie war mir eines begegnet, auf dem sie so ... normal wirkte. Es war ein Schnappschuss, der ausnahmsweise einmal kein perfekt geschminktes und frisiertes Mannequin, sondern die echte Vera zeigte. Und mich. Angestrengt versuchte ich, mich an den fröhlichen Moment zu erinnern, in dem das Foto entstanden war, aber es wollte mir einfach nicht gelingen.

Hinter mir hörte ich Silkes Schritte. Mein erster Impuls war es, das Foto gleich wieder wegzulegen. Ein alberner Reflex, denn wir sprachen nie über unsere Mutter. Gestern hatte Silke das Foto gleich wieder weggelegt, als wäre darauf irgendetwas Verbotenes abgebildet. Nur schnell weg damit, und bloß nicht darüber reden.

Nein, dachte ich mir, *dieses Mal nicht,* und behielt es in der Hand.

Silke sah mir über die Schulter.

»Mama war wunderschön, oder?«, fragte ich.

Wie sehr ich Silke beneidete. Sie war bei Vera aufgewachsen, war bei ihrem Tod alt genug gewesen, um sich noch richtig an sie erinnern zu können. Unser Altersunterschied war so groß, dass es mir manchmal vorkam, als wären ihre und meine Mutter zwei verschiedene Menschen gewesen, mit zwei völlig verschiedenen Leben.

Ich rang mit mir, überlegte, ob ich mich trauen sollte, Silke nach Vera zu fragen. Mich interessierte brennend, was sie für ein Mensch gewesen war. Wie es sich angefühlt hatte, sie als Mutter zu haben. Wie es zu ihrem schrecklichen Unfall gekommen war. Sonst war Oma immer dabei, wenn Silke und ich uns sahen. Nun hatte ich endlich einmal die Gelegenheit, ganz ungestört mit meiner Schwester zu reden.

»So. Ich kümmere mich mal um den Garten. Schau du solange, ob du für Oma noch ein paar Sachen einpacken kannst.« Mit diesen Worten wandte sich Silke ab, öffnete die Terrassentür und ging hinaus.

Schon war der Moment verstrichen. Ich ärgerte mich über mich selbst, weil ich es einfach nicht schaffte, mich zu überwinden. Dabei hatte ich so viele Fragen. Zur Vergangenheit, zu meinen Eltern. Fragen, die ich mich noch nie wirklich zu stellen getraut hatte, denn wann immer ich anfing, von meiner Mutter zu sprechen, hatte ich gespürt, dass Oma traurig wurde. Die beiden hatten ein schwieriges Verhältnis zueinander gehabt, so viel wusste ich immerhin, auch wenn ich den Grund dafür nicht kannte.

Irgendwann würde schon der richtige Zeitpunkt kommen, hatte ich mir eingeredet. Eines Tages, wenn ich alt genug war, würden Oma und ich ganz offen über alles reden.

Aber wie lange sollte ich noch warten? Wie alt war »alt genug«? Himmel, ich war fast dreißig!

Vielleicht ist der richtige Zeitpunkt ohnehin schon längst verstrichen, schoss es mir unweigerlich durch den Kopf. *Wenn Oma sich nicht mehr von ihrem Zusammenbruch erholt ...* Nein, der Gedanke war einfach zu schrecklich. Ich verdrängte ihn so schnell, wie er gekommen war.

Draußen plätscherte der Rasensprenger. Ratlos sah ich mich im Zimmer um. Nichts im Haus erinnerte an meine Mutter. Nein, das stimmte nicht ganz. Im Wohnzimmer öffnete ich den großen

Schrank und zog einen der Ordner heraus. Oma hatte darin mehrere *Vogue*-Ausgaben aus den Fünfzigern und Sechzigern gesammelt. Vorsichtig blätterte ich sie durch.

Auf sämtlichen Titelseiten war meine Mutter zu sehen. Vera im Abendkleid. Vera im Pelzmantel. Die Bilder waren wunderschön und makellos, genau wie die Frau, die darauf abgebildet war. Mit ihren langen Gliedern, den feinen Zügen und dem verträumten Blick ihrer hellen Augen hatte Vera fast schon etwas Feenhaftes. Ganz fremd erschien sie mir, wie ein Wesen aus einer anderen Welt.

Enttäuscht klappte ich den Ordner wieder zu und stellte ihn zurück. Sollte das denn alles gewesen sein, was von ihr übrig geblieben war? Ein paar Fotos und zwei ungleiche Töchter, die sich ihr Leben lang nur anschwiegen? Ich wollte es nicht glauben. Irgendwo mussten noch mehr Dinge von ihr existieren, das hatte das Foto von uns beiden bewiesen, das gestern überraschend aufgetaucht war. Noch mehr private Schnappschüsse, Erinnerungsstücke … egal, Hauptsache irgendetwas, das mir mehr über den echten Menschen hinter der Hochglanzfassade verriet. Mehr, als mir Oma oder Silke verraten wollten.

Ich blätterte durch die anderen Ordner im Schrank. Nichts. Ich kehrte ins Esszimmer zurück, öffnete die Kommode, aus der das Bild gefallen war, und durchstöberte die Fotoalben darin. Wenn Oma wüsste, was ich hier tat! Einfach so in ihren Sachen zu wühlen … Ich hatte ein furchtbar schlechtes Gewissen, aber ich wollte endlich Antworten.

Enttäuscht schloss ich den Schrank wieder. Auch hier hatte ich nichts gefunden, außer alten Kinderfotos von mir, die ich längst kannte. Ich warf einen flüchtigen Blick auf die Uhr: zwanzig nach eins. Bald war Besuchszeit im Krankenhaus, und Silke würde sicher gleich mit dem Gießen draußen fertig sein. Rasch ging ich ins Schlafzimmer, öffnete den Schrank und suchte noch ein paar frische Wechselsachen heraus. Als ich sie aufs Bett legte, das ordentlich mit einer blassrosafarbenen Tagesdecke bezogen war, fiel mir etwas ein: die Kiste. Seit ich denken konnte, stand eine alte Holzkiste unter Omas Bett. Schon immer hatte ich mich gefragt, was sich wohl darin befand, aber Oma hatte jedes Mal fürchterlich geschimpft, wenn sie mich beim Spielen im Schlafzimmer erwischt hatte.

Ich sah aus dem Fenster. Silke lief immer noch mit der Gießkanne zwischen den Beeten herum. Kurzerhand kniete ich mich auf den Boden, hob die Tagesdecke an, tastete nach einem der metallenen Griffe, die an den schmalen Seiten der Kiste befestigt waren, und zog sie unter dem Bett hervor.

Es war überhaupt keine Kiste, wie ich nun feststellte, sondern eine richtige kleine Truhe aus poliertem dunklem Holz. Kunstvoll geschnitzte Blütenmuster zierten die Vorderseite. Sie war ein echtes Schmuckstück, eigentlich viel zu schade, um hier im Schlafzimmer unter dem Bett herumzustehen. Ein Schlüssel steckte in dem filigranen Schloss. Vorsichtig drehte ich ihn um und öffnete den schweren Deckel.

Im Inneren stapelten sich unbeschriftete Briefumschläge. Ich nahm den obersten und stellte fest, dass er offen war. Ganz vorne steckten mehrere Schwarz-Weiß-Fotos, auf denen eine junge Frau mit Federboa und Zigarettenspitze posierte. Kess lächelte sie in die Kamera. Ein paar Sekunden lang starrte ich die Fotos an, dann wurde mir klar, dass es sich bei der koketten jungen Frau mit dem kinnlangen blonden Haar um Oma handelte.

Halb amüsiert, halb verwundert drehte ich das Bild um. *Atelier Rotermund, Potsdamer Platz, März 1927* stand in Druckschrift auf der Rückseite. Weitere Bilder zeigten Oma vor dem Reichstag, vor dem Brandenburger Tor ... Sie trugen ganz unterschiedliche Daten: April, Mai, August 1927.

Ich fiel aus allen Wolken. Oma hatte als junge Frau in Berlin gelebt? Die Fotos stammten wohl noch aus der Zeit, bevor sie Opa kennengelernt hatte. Sie musste damals zwanzig gewesen sein. Komisch, dass sie uns nie davon erzählt hatte. Zumindest mir nicht. Vielleicht wusste Silke ja etwas darüber.

Als ich tiefer in die Truhe griff, stießen meine Fingerspitzen auf etwas Metallisches. Vorsichtig schob ich die Umschläge beiseite und entdeckte mehrere flache, kreisrunde Dosen, insgesamt sechs Stück. Auf den Deckeln klebten Schilder mit einer laufenden Nummer. Daneben war etwas handschriftlich notiert worden, aber

irgendjemand hatte mit einem schwarzen Stift darübergekrit-
zelt. Ich kniff die Augen zusammen und versuchte, es zu entziffern:
PI...RA...

Der Rest war beim besten Willen nicht zu erkennen. Vorsichtig
hob ich den Deckel der obersten Dose an, und sogleich stieg mir ein
eigentümlicher Geruch in die Nase. Eine herbe Note lag darin und
zugleich auch etwas Süßliches. Ich musste an etwas Dunkles denken, an etwas Warmes, an ... Schokolade?

Ich nahm den Deckel komplett ab. Eine große, säuberlich aufge-
wickelte Filmrolle lag darin, braun und glänzend.

»Ariane?«, ertönte Silkes Stimme aus dem Flur.

»Bin gleich fertig!«

Hastig schloss ich den Deckel, verstaute die alten Umschläge
und Fotos wieder in der Truhe, klappte sie zu und schob sie zurück
unters Bett. Dann schnappte ich mir eine Tasche, packte die Wechselsachen ein, die auf dem Bett lagen, nahm noch den Roman mit,
den ich Oma zum Geburtstag geschenkt hatte, und verließ das
Haus.

Silke wartete bereits draußen vor der Tür. Wir stiegen ins Auto,
und während wir zum Krankenhaus fuhren, fragte ich mich, was
das wohl für alte Filme waren. Vielleicht ein paar von Opas alten
Super-8-Urlaubsfilmen? Nein, die hatten ja ein ganz anderes For-
mat. Eigentlich sahen sie eher wie Filmrollen fürs Kino aus. Aber
das konnte nicht sein. Was um Himmels willen hätte so etwas bei
Oma unterm Bett verloren?

Enttäuscht ließ ich den Blick aus dem Fenster schweifen. Unabsichtlich war ich bei meiner Suche ganz tief in Omas Vergangenheit
gelandet. Was auch immer es mit den alten Fotos aus Berlin und
dem seltsamen Film auf sich haben mochte, warf nur noch mehr
Fragen auf.

Ich nahm mir vor, bei nächster Gelegenheit weiterzusuchen.
Vielleicht stieß ich doch noch auf etwas, das mir mehr über das Leben meiner Mutter verriet, aber jetzt würde ich erst einmal Oma
besuchen.

Sie musste wieder gesund werden. Alles andere war unwichtig.

KAPITEL 2

Endlich Samstagabend. Rasch tippte Eva die letzte Zeile des Briefs und zog das Blatt aus der Schreibmaschine. Erleichtert sprang sie auf, nahm Mantel und Handtasche von der Garderobe, setzte sich ihren breitkrempigen Filzhut auf und reihte sich in die Schlange vor der Stechuhr ein.

Seit dem frühen Morgen hatte sie auf die schwergängige Tastatur eingehackt. Ihre Augen brannten vom stundenlangen Starren auf das Papier, und ihr Kopf dröhnte vom unaufhörlichen »Klack-Klack-Klack« im Großraumbüro der Versicherung, in dem sie von Montag bis Samstag als Schreibkraft schuftete.

Normalerweise freute sie sich auf den freien Sonntag, doch seit ihr Vorgesetzter sie an diesem Vormittag zu sich gerufen und ihr einen Briefumschlag in die Hand gedrückt hatte, lastete ein unsichtbares Gewicht auf ihren Schultern.

Draußen wehte ihr kühler Wind entgegen. Sie zog sich den Hut tiefer in die Stirn, als erste kalte Tropfen vom Himmel fielen. Am Potsdamer Platz stieg sie in den Omnibus Richtung Gesundbrunnen und zwängte sich zwischen die anderen Angestellten.

Der Bus fuhr mit knatterndem Motor los. Eva klammerte sich an eine Haltestange. An anderen Tagen liebte sie es, die anderen Fahrgäste zu beobachten. Sie dachte sich Geschichten über sie aus, entwickelte im Kopf ganze Biografien von interessant aussehenden Leuten und grübelte darüber nach, was wohl ihre geheimen Wünsche und Sehnsüchte waren.

Heute aber war ihr nicht danach. Stattdessen schloss sie die Augen und stellte sich vor, an einem anderen Ort zu sein. Das konnte sie gut: sich Dinge vorstellen. Sich in eine andere Welt träumen, die nicht trüb und regnerisch war, sondern fröhlich, hell und bunt. Die Stimmen der Leute verschwammen zu einem Murmeln im Hintergrund, und anstatt in einem vollen Bus stand Eva plötzlich auf dem schwankenden Deck eines Segelschiffs. Sie spürte den Wind im Haar, roch keine muffigen Mäntel mehr, sondern salzige Meeresluft. Wie sich das wohl anfühlte? Draußen auf dem offenen Meer zu segeln, unter sengender Sonne, einfach frei zu sein …

Der Bus rumpelte über ein Schlagloch, und die Erschütterung holte sie in die Realität zurück. Sie verlor den Halt, stieß mit einem korpulenten älteren Mann zusammen und murmelte eine Entschuldigung.

»Von Ihnen lass ick mir doch jerne anrempeln«, antwortete er und lachte in seinen grauen Bart hinein. Dann beugte er sich zu ihr. »Na, wat hat ein junges Frollein wie Sie denn Schönes vor am Sonnabend?«

Eva antwortete nicht. Was ging ihn das an? Am liebsten wäre sie ihm ausgewichen, doch der Bus war voll.

»Wat denn? Keen junger Mann?«

»Doch, natürlich«, log sie, in der Hoffnung, dass er es endlich aufgeben würde, blöde Fragen zu stellen. Mit aufdringlichen Männern im Bus hatte sie schon ab und zu Bekanntschaft machen müssen, dabei wollte sie einfach nur ihre Ruhe haben. Gegen einen netten und gut aussehenden hätte sie ja gar nichts einzuwenden gehabt, aber die waren selten geworden seit dem Großen Krieg, und aus irgendeinem Grund schien sie nur die unangenehmen Exemplare magisch anzuziehen.

Zu ihrer Erleichterung stieg der Alte an der nächsten Haltestelle aus, wobei er sich noch einmal zu ihr umdrehte und grinsend den Hut hob. Schaudernd wandte Eva sich ab und war froh, als der Bus endlich weiterfuhr.

Nach einer Weile ließen sie die wohlhabenden Vorzeigeviertel mit ihren gepflegten Alleen und Grünanlagen hinter sich und drangen in Gegenden vor, in denen die Straßen eher dunklen Gassen glichen und sich blasse Menschen in überfüllten, finsteren Mietskasernen drängten. In Gesundbrunnen stieg Eva aus.

Nachdenklich befühlte sie den Umschlag in ihrer Tasche. Keinesfalls wollte sie ihre Familie mit der schlechten Neuigkeit belasten. Zumindest noch nicht. Sie hoffte inständig, dass ihre Mutter und ihre Schwestern ihr nichts anmerken würden – wenigstens nicht die beiden jüngeren, aber Johanna würde ihr gewiss sofort ansehen, dass irgendetwas nicht stimmte.

Im ersten Hof der Wohnanlage spielte eine Kinderschar »Himmel und Hölle«. Eva betrat das Hinterhaus. Auf der knarrenden Treppe wehte ihr bereits der Geruch nach Bratfett entgegen. Sie durchquerte den fensterlosen Flur, tastete sich an den feuchten Wänden entlang und klopfte an ihre Wohnungstür.

Ilse öffnete ihr und kehrte sogleich an den Herd zurück. Kochen war meist die Aufgabe der schlaksigen Fünfzehnjährigen, und gerade briet sie Kartoffeln für das Abendessen. Am schmalen Esstisch neben dem Fenster, durch das um diese Uhrzeit kaum noch Licht drang, saß ihre Mutter Maria und beugte sich über die Kleidungsstücke ihrer Kundschaft. Eine Petroleumlampe auf dem Tisch spendete etwas Licht. Bisher wusste niemand, wann man das Haus endlich an das wachsende Stromnetz anschließen würde.

»Da bist du ja endlich«, bemerkte ihre Mutter knapp und wies mit dem Kinn auf den Kleidungsstapel. »Setz dich. Das muss alles bis Montag fertig werden.«

Eva stellte ihre Handtasche ab und hängte Hut und Mantel an den Haken hinter der Tür. Ihre Finger schmerzten vom vielen Tippen, doch niemals wäre es ihr eingefallen, ihre Mutter mit der Arbeit allein zu lassen. Sogleich nahm sie sich Nadel und Faden und griff sich ein Hemd vom Stapel.

Während Ilse in der brutzelnden Pfanne rührte, fiel Evas Blick auf die Wanduhr: kurz nach sechs. Um diese Zeit war Johanna normalerweise längst zu Hause. Sie wüsste bestimmt, was zu tun war. Nur ein knappes Jahr trennte die beiden ältesten Schwestern voneinander. Eva konnte Johanna alles anvertrauen, was die beiden Jüngeren noch nicht verstanden und worüber ihre Mutter nur den Kopf geschüttelt hätte.

Endlich klopfte es an der Wohnungstür. Eva ließ das Nähzeug fallen, sprang auf und riss die Tür auf.

»Johanna!«, rief sie und fiel ihrer jüngeren Schwester um den Hals.

»Na, das ist mal eine Begrüßung«, erwiderte Johanna lachend und schloss Eva in die Arme. »Hab dich auch vermisst, Schwesterherz!« Sie löste sich von Eva und musterte sie. Mit ihrem rötlichen Haar und den Sommersprossen war Johanna ganz das Ebenbild ihres verstorbenen Vaters. Doch ihr Lächeln verblasste, als sie Evas Blick bemerkte.

Zum Glück hatten sie jahrelange Übung darin, sich wortlos miteinander zu verständigen. Johanna räusperte sich, fasste sich ans Ohrläppchen und tat erschrocken. »Mensch, ich glaub, ich hab draußen nen Ohrring verloren! Eva, kommst du kurz mit und hilfst mir suchen?«

Ilse sah von der Pfanne auf. »Seit wann trägst du denn Ohrringe?«

Johanna fasste Eva am Ellbogen und zog sie mit sich. Eva nahm rasch ihren Mantel vom Haken und streifte ihn sich über.

»Ihr beiden und eure ewige Geheimniskrämerei«, seufzte Maria, bevor die Tür von außen ins Schloss fiel.

»Warum kommst du so spät?«, zischte Eva im Treppenhaus.

»Hab mich bei einer Kundin verschnitten. Zur Strafe musste ich anschließend noch den ganzen Salon putzen. Wieso, was ist denn?«

Gerade als Eva antworten wollte, kam ein Nachbar die Treppe herauf und hob zum Gruß seine Schiebermütze. Aus der benachbarten Wohnung ertönte Kindergeschrei, dazwischen die zornigen Rufe einer Frau.

»Nicht hier.« Eva nahm ihre Schwester an der Hand. »Komm mit.«

Gemeinsam eilten sie die Treppe hinunter, verließen das Haus, durchquerten den Hof und traten auf den Bürgersteig. Inzwischen war es dunkel geworden. Im Licht einer Straßenlaterne zog Eva den Brief ihres Vorgesetzten aus der Manteltasche.

Johanna riss den Umschlag auf und überflog das Schreiben. Dann knüllte sie es zusammen und schloss ihre Schwester in die Arme. »War sowieso eine beschissene Stelle.«

»Ich war heilfroh um diese beschissene Stelle! Was soll denn jetzt werden?« Eva schluchzte. Von Johannas Gehalt und dem bisschen, was Mutti und Ilse mit dem Nähen dazuverdienten, wurden sie nicht satt. Sie musste so schnell wie möglich etwas Neues finden – aber wie lange würde sie die neue Stelle wohl behalten? Einer ledigen Zwanzigjährigen wie ihr wurde doch immer zuerst gekündigt.

»Ach, Evchen«, seufzte Johanna, löste sich von ihr und lächelte sie aufmunternd an. »Uns fällt schon etwas ein. Wir müssen einfach ganz fest zusammenhalten.«

Eva schniefte. Johanna ähnelte ihrem Vater nicht nur aufgrund des rötlichen Haars, sie hatte auch seinen unerschütterlichen Optimismus geerbt. Den hatte er selbst dann nicht verloren, als er zum Kriegsdienst eingezogen worden war. »Bis Weihnachten ist alles vorüber«, hatte er ihnen versprochen, bevor er damals in den Zug an die Front gestiegen war.

»Ich habe keine Ahnung, wie ich es Mutti beibringen soll.« Eva wischte sich die Tränen fort. Nach Vaters Tod hatte Maria seinen florierenden Malerbetrieb in Charlottenburg auflösen müssen, und auch die Wohnung dort hatte sie nicht halten können. Seit Kriegsende kletterten die Preise unaufhaltsam in die Höhe. Lebensmittel, Kohle, Miete, alles wurde immer teurer. Wenn sie sich bald auch die kleine Wohnung hier nicht mehr leisten konnten, was dann? Sie erschauderte beim Gedanken an die städtischen Obdachlosenunterkünfte, in denen Diebstahl und Krankheiten grassierten.

In diesem Moment kam die fünfjährige Leni um die Ecke gerannt. Die jüngste der vier Schwestern hatte den ganzen Tag draußen mit den anderen Kindern aus dem Wohnblock gespielt. Ihre Hände und Wangen waren schwarz vor Schmutz, und Strähnen lösten sich aus ihren blonden Zöpfen. Mit einem Juchzen stürmte sie auf Eva zu und schlang ihr die Arme um die Hüften.

Eva schluckte ihren Kummer hinunter, drückte Leni fest an sich und gab ihr einen Kuss auf den Scheitel. »Na, du kleiner Dreckspatz«, sagte sie liebevoll. »Lass uns hineingehen. Gleich gibt es Abendessen. Aber vorher musst du dich waschen, sonst schimpft Mutti.«

Zu dritt kehrten sie in die Wohnung zurück. Eva füllte eine Emailleschüssel mit Wasser und half Leni dabei, sich Gesicht und Hände zu waschen. Das Mädchen erzählte lebhaft von einem neuen Spiel, das sie gespielt hatten, doch Eva war zu sehr in Gedanken versunken, um zuzuhören.

Nach dem Abendessen gingen die Schwestern zu Bett, und Leni kuschelte sich an Eva. Die Kleine liebte es, neben ihrer ältesten Schwester einzuschlafen. Johanna und Ilse teilten sich das zweite Bett in dem schmalen Schlafzimmer. Mutti saß wie jeden Abend noch nebenan in der Küche und nähte.

»Erzählst du mir ein Märchen?«, flüsterte Leni.

Eva musste lächeln, und wie jeden Abend erfand sie eine Geschichte über die kleine Prinzessin mit den blonden Zöpfen, die zufällig verblüffende Ähnlichkeit mit Leni besaß. Sie war keine gewöhnliche Prinzessin, denn sie hatte keine Lust, auf einen Prinzen zu warten, sondern zog lieber selbst aus, um Abenteuer zu erleben. Sie schloss Freundschaft mit Drachen und flog mit ihnen über den Himmel, und das langweilige graue Schloss ihres Vaters malte sie in den schönsten Farben an.

Anschließend lag Eva noch lange im Dunkeln wach und lauschte den Atemzügen ihrer Schwestern, bis sie sich sicher war, dass alle schliefen. Dann zündete sie die Kerze auf ihrem Nachttisch an und holte das Buch hervor, das schon seit ein paar Tagen unter ihrem Kopfkissen lag: *Die Schatzinsel* von Robert Louis Stevenson.

Endlich. Seit gestern Nacht freute sie sich darauf, zu erfahren, wie das Abenteuer weiterging. Wenn sie las, konnte sie für kurze Zeit die Sorgen des Alltags verdrängen.

»Hör mal, Evchen«, flüsterte Johanna plötzlich und regte sich im benachbarten Bett. »Mir ist da was eingefallen.«

Seufzend ließ Eva ihr Buch sinken. »Ich dachte, du schläfst längst.«

»Von wegen. Ich hatte ne prima Idee.« Johanna setzte sich auf. »Ja, das ist die Idee überhaupt. Warum ist mir das nicht gleich eingefallen?«

»Was denn?«, fragte Eva.

Johannas Augen leuchteten. »Na, deine Geschichten.«

Eva bedachte ihre Schwester mit einem fragenden Blick.

»Du denkst dir doch immer so tolle Gutenachtgeschichten für Leni aus.«

»Ja. Und?«

Johanna sah sie hoffnungsvoll an. »Hast du noch nie darüber

nachgedacht, sie aufzuschreiben und irgendwo einzuschicken? Du könntest bestimmt viel Geld damit verdienen.«

Eva runzelte die Stirn. »Mit ein paar Gutenachtgeschichten? Ich weiß nicht.«

»Wieso denn nicht? Es müssen ja keine Kindergeschichten sein. Du hast so viel Fantasie, dir fällt bestimmt auch etwas für Erwachsene ein. Ich meine ... denk doch nur an Hedwig Courths-Mahler. Die war mal ein armes Waisenkind, und dann ist sie durch ihre Bücher reich und berühmt geworden.«

»Um Gottes willen«, murmelte Eva. Nichts lag ihr ferner, als der Lieblingsschriftstellerin ihrer Mutter nachzueifern.

»Was denn? Wenn die es geschafft hat, dann schaffst du es vielleicht auch. Also, ich mag deine Geschichten.«

»Du bist ja auch meine Schwester.« Eva nahm sich wieder ihr Buch vor. Eine Geschichte schreiben ... Warum eigentlich nicht? Johanna hatte recht, Fantasie besaß sie wahrlich genug. Aber ob sie sich jemals trauen würde, irgendwo etwas einzuschicken?

Verträumt ließ ihre Schwester den Blick über die zahlreichen Postkarten schweifen, die an der Wand über dem Fußende ihres Bettes klebten. Porträts von berühmten Schauspielern wie Asta Nielsen, Conrad Veidt und Henny Porten hingen neben Bildern von Hollywoodstars wie Charlie Chaplin, Mary Pickford und Elizabeth Davenport. »Und wenn du es mal beim Film versuchst?«, fragte sie und setzte sich auf. »Ich hab gehört, die Filmfirmen suchen ständig nach guten Geschichten.«

Eva musste lächeln. Sie erinnerte sich noch genau an ihren allerersten Kinobesuch, damals in Charlottenburg. Mit klopfenden Herzen hatten sie sich zu zweit unter das Publikum in dem stickigen Zuschauerraum gemischt. Eva war zwölf gewesen, Johanna sogar erst elf. Der Zutritt war nur Erwachsenen gestattet, aber zum Glück hatte es der Mann an der Kasse nicht so genau genommen.

Drinnen war es dunkel geworden, das Publikum verstummte, und aus dem Vorführraum hörte man leises Surren. Schon erklang die monotone Stimme des Filmerklärers, begleitet von einem Klavier, und die Vorstellung begann: Zuerst war eine Frau mit langen Wimpern auf der Leinwand zu sehen, die in den Armen eines Mannes lag und ihm verliebt in die Augen schaute. Eva und Johanna mussten kichern. Dann zwei Männer in Frauenkleidern, die vor einem dicken Polizisten mit buschigen Augenbrauen und gezwirbeltem Schnauzbart quer durch die Stadt flohen. Die beiden Schwestern hielten sich die Hände vors Gesicht, lachten und schrien abwechselnd, genau wie die anderen Leute im Kino. Arm und Reich, Alt und Jung, Dienstboten und Herrschaften, sie alle wurden für kurze Zeit in eine andere Welt entführt – bis das Licht wieder angegangen war und der Kinobesitzer die Anwesenden aufgefordert hatte, Platz für die nächsten Zuschauer zu machen.

Seitdem liebten sie beide das Kino. Besonders die Filme mit Elizabeth Davenport hatten es Eva angetan. Einmal so mutig, einmal so schön zu sein wie all die Heldinnen, die sie auf der Leinwand verkörperte – was hätte Eva darum gegeben.

Sie grübelte über Johannas Vorschlag nach. Beim Film konnte man viel Geld verdienen, das sagte jeder. Und genau deshalb versuchte es wohl auch so gut wie jeder.

»Ach, Johanna. Ich glaube nicht, dass sich irgendeine Filmfirma für die Ideen eines dahergelaufenen Tippfräuleins interessiert ...«

»Willst du denn gar nichts aus deinem Talent machen? Es nicht einmal versuchen? Mensch, Evchen, eine von uns muss es doch mal zu etwas bringen, und du hast den nötigen Grips dafür. Willst du etwa ewig hier in diesem Loch festsitzen?«

Natürlich wollte Eva das nicht. Weder für sich selbst noch für ihre Familie. Doch Luftschlösser halfen ihnen nicht weiter, wenn es darum ging, ein Dach über dem Kopf und genug zu essen zu haben.

»Zum Monatsende bin ich arbeitslos«, beharrte sie. »Jetzt brauche ich erst einmal eine neue Stelle, und zwar so schnell wie möglich.«

»Mach dir darum keinen Kopf.« Johanna lächelte. »Ich hab schon eine Idee, wie ich genug Geld für uns beide verdienen kann.«

»Und wie willst du das anstellen?«

In diesem Augenblick regte sich Leni und seufzte. Eva und Johanna warteten ab, bis die Kleine wieder fest eingeschlafen war.

»Ich kann Kundinnen nach Feierabend zu Hause besuchen und ihnen dort die Haare frisieren«, flüsterte Johanna. »Conni aus dem

Salon macht es auch so, um sich ihr Gehalt aufzubessern. Und sie kriegt jedes Mal ein saftiges Trinkgeld.«

»Und was, wenn deine Chefin davon Wind bekommt?«, wandte Eva ein. »Du nimmst ihr ja quasi die Kundschaft weg. Was, wenn sie dich entlässt? Dann sind wir beide arbeitslos.«

»Du solltest dich mal reden hören. Für dich besteht das Leben immer nur aus Katastrophen. An jeder Ecke lauert das Unglück darauf, dich anzuspringen.«

Eva senkte den Kopf. Es stimmte, sie konnte nicht anders. Sie war die Älteste, darum musste sie die Vernünftige sein, die Starke. Diejenige, die auf die Jüngeren achtgab und ihrer Mutter einen Teil der Last abnahm, so gut es ging.

Johanna zuckte mit den Schultern. »Versuch es doch einfach mal. Schreib eine Geschichte. Und dann suchst du dir die Adressen aus dem Telefonbuch heraus und schickst sie ein. Was hast du denn zu verlieren? Eine Stelle als Tippse kannst du dir immer noch suchen.«

Eva sah den begeisterten Glanz in den Augen ihrer Schwester. Für einen Moment erlaubte sie es sich, sämtliche Bedenken zu ignorieren. Eine eigene Geschichte. Bloß worüber? Sie überlegte angestrengt.

Was wäre, wenn sie die Art von Geschichte schrieb, die sie selbst am liebsten mochte? Die einen abwechselnd zum Lachen und zum Weinen brachte und die man gar nicht mehr aus der Hand legen wollte. Und mehr noch. Sie würde eine Geschichte schreiben, in der endlich einmal eine Frau im Mittelpunkt stand und ein echtes Abenteuer erlebte. So ähnlich wie Lenis kleine Prinzessin – nur für Erwachsene.

Plötzlich fiel ihr etwas ein, und ihr Herz klopfte schneller. Natürlich. Sie wusste, worüber sie schreiben würde!

»Piraten«, flüsterte sie und musste an das Geschichtsbuch über Anne Bonny und Mary Read denken, das sie sich neulich in der Bücherei ausgeliehen hatte. Zwei Frauen, denen es gelungen war, sich als Freibeuterinnen in einer rauen Männerwelt durchzusetzen. Ungläubig hatte Eva das Vorwort überflogen. Tatsächlich, es war keine Erfindung, es hatte diese Frauen wirklich gegeben.

Johanna sah sie verständnislos an.

»Ich weiß, worum es in meiner Geschichte gehen wird«, erklärte Eva strahlend. »Um eine Frau, die Kapitänin eines Piratenschiffs wird.«

»Ich dachte, du willst etwas für Erwachsene schreiben.«

»Will ich ja auch.« Eva klemmte sich das ausgeliehene Exemplar der *Schatzinsel* vor die Brust und drückte es fest an sich. Die offensichtliche Enttäuschung in der Miene ihrer Schwester verunsicherte sie. Doch sie fühlte sich, als wäre ein Feuer in ihrem Inneren entfacht worden. Ja, sie würde eine Piratengeschichte schreiben. Eine, wie es sie noch nie gegeben hatte!

Sie wusste nur noch nicht, wie.

KAPITEL 3

Berlin, Oktober 1920

Am Montag stürmte Eva gleich nach Feierabend in die Bücherei. Sie lieh sich alles aus, was mit Piraten und den englischen und spanischen Kolonien in der Karibik zu tun hatte. Sie suchte auch nach Büchern zum Thema Film, und als sie die Karteikästen durchstöberte, fiel ihr ein Buch mit einem ganz besonderen Titel ins Auge: *Wie ein Film geschrieben wird und wie man ihn verwertet* von einem gewissen Ewald André Dupont. Eine Anleitung für Filmschriftsteller? So etwas gab es?

In den darauffolgenden Wochen wartete sie ungeduldig im dunklen Schlafzimmer, bis Leni und die anderen eingeschlafen waren. Dann zog sie ihr Notizbuch unter dem Kopfkissen hervor und schrieb im Licht der Petroleumlampe ihre Geschichte nieder. Mit jedem Satz, den sie zu Papier brachte, entfaltete sich die bunte Welt ihrer Erzählung vor ihren Augen: Schauplatz war die Karibik im siebzehnten Jahrhundert. Im Mittelpunkt stand eine wunderschöne und tapfere Heldin. Sie wuchs in Jamaika als Tochter eines wohlhabenden Plantagenbesitzers auf und sollte nach dem Willen ihres Vaters mit einem englischen Adeligen verheiratet werden.

Heimlich aber gehörte ihr Herz einem spanischen Piraten namens Joaquín. Eine Dienstmagd erfuhr davon und verriet es dem Plantagenbesitzer, der daraufhin vor Wut schäumte und seine Tochter verstieß. Kurzerhand verkleidete sich die Heldin als Mann, um auf Joaquíns Schiff anzuheuern. Endlich war sie mit ihrem Geliebten vereint, aber das Glück der beiden währte nicht lang, denn bald darauf wurde das Piratenschiff von einem englischen Kriegsschiff attackiert. Joaquín erlitt schwerste Verletzungen, und die gesamte Besatzung geriet in englische Gefangenschaft.

Schon sahen sie der Hinrichtung entgegen, doch der englische Gouverneur unterbreitete der Heldin ein Angebot: Als Freibeuter sollte sie fortan für die englische Krone zur See fahren, und wenn es ihr gelänge, genug Gold von den Spaniern zu erbeuten, würde er der gesamten Mannschaft die Freiheit schenken.

In Wahrheit aber verfolgte er einen gänzlich anderen Plan. Längst hatte er die Verkleidung der Heldin durchschaut und sich dabei heimlich in sie verliebt. Um sie ganz allein für sich zu haben, hielt er sie durch die ständigen Raubzüge von Joaquín fern, der mit jedem Tag im Kerker schwächer und schwächer wurde.

Als der Gouverneur der Heldin schließlich Avancen machte, begriff sie, dass er sie die ganze Zeit nur für seine Zwecke manipuliert hatte. Es kam zu einem erbitterten Fechtkampf, doch es gelang ihr, den Gouverneur zu besiegen. Anschließend befreite sie ihren verletzten Geliebten und die restliche Mannschaft aus dem Kerker, heiratete Joaquín, und mit ihren erbeuteten Reichtümern führten sie ein freies und glückliches Leben bis ans Ende ihrer Tage.

Eva musste lächeln. Oh ja, das gefiel ihr! Ein richtiger Abenteuerfilm mit Schlachten, Kämpfen und Intrigen, einer Liebesgeschichte und einem glücklichen Ende. Und endlich einmal mit einer mutigen Heldin, die ihr Schicksal selbst in die Hand nahm. Genau so einen Film hatte sie schon immer im Kino sehen wollen. *Aber vielleicht brauchen die Piraten noch ein edles Motiv, damit sie sympathischer wirken*, dachte sie. Eine Weile überlegte sie, und schließlich fiel ihr Robin Hood ein. Ja, das war die Lösung. Die Piraten teilten ihre erbeuteten Reichtümer mit den Armen.

Während sie schrieb, sah sie immer wieder zu den Postkarten mit den Schauspielerporträts an der Zimmerwand, und in ihrer Fantasie nahmen ihre Figuren das Aussehen der Stars an. Allen voran die große Betty Davenport. Schon als junges Mädchen hatte sie in zahlreichen Hollywoodfilmen mitgespielt. Inzwischen war aus der kleinen Betty von früher eine erwachsene Frau geworden, die sich nur noch Elizabeth Davenport nannte und sich endgültig vom Image des unschuldigen Fräuleins losgesagt hatte. Überhaupt ließ sie sich auf kein Rollenfach mehr festlegen, wie es schien. Mutter, Mörderin, Hure, Heilige – sie spielte einfach alles. Eva hatte sie schon immer bewundert und beschloss, ihre tapfere Piratin nach ihr zu benennen: *Elisabeth*.

Jeden Morgen schmuggelte sie ihr Notizbuch ins Büro und tippte die handgeschriebenen Seiten der letzten Nacht heimlich ins Reine. In Rekordtempo flogen ihre Finger über die Tasten. Sobald ihr Chef das Zimmer betrat, wechselte sie rasch das Papier. Ein paar Kolleginnen warfen ihr komische Blicke zu, aber sie ließ sich nichts anmerken. Wenn sie einen guten Eindruck machen wollte, durfte sie den Produktionsfirmen kein handschriftliches Gekritzel vorlegen.

»Und, wie läuft es mit deiner Geschichte?«, erkundigte sich Johanna drei Wochen später. Zu zweit hängten sie die Wäsche auf dem Dachboden auf – eine willkommene Gelegenheit, um ungestört zu reden.

»Ich bin fertig«, verkündete Eva stolz.

»Was? So schnell?«

Eva nickte. »Ich habe mir die Adressen von mehreren Produktionsfirmen aufgeschrieben. Morgen werde ich gleich nach Feierabend hinfahren und meine Unterlagen abgeben.«

»Donnerwetter. Wie oft hast du deine Geschichte denn abgetippt?«

»Doch nicht die ganze Geschichte!« Eva lachte und erklärte, dass sich die Filmfirmen normalerweise mit einer zehnseitigen Inhaltsangabe und vielleicht noch einer ausformulierten, spannenden Stelle begnügten. Das reichte ihnen, um sich ein Bild vom Drehbuch zu machen. Inzwischen kannte sie Duponts Ratgeber beinahe auswendig.

Am nächsten Abend machte sich Eva nach der Arbeit auf den Weg. Die erste Adresse befand sich in der Köthener Straße, in der Nähe des Potsdamer Platzes. Hier lagen die Büros der Universum Film AG, der größten Filmproduktion in Berlin.

Eva schluckte, als sie an der Fassade des Gebäudes emporblickte. Für einen Moment fragte sie sich, was in sie gefahren war, ausgerechnet hier ein Manuskript einreichen zu wollen. Sie, das Tippfräulein, das sich einbildete, Schriftstellerin zu sein. Bestimmt würde man sie auslachen.

Sie atmete tief durch, nahm ihren ganzen Mut zusammen und betrat das Gebäude. Zum Glück war der Pförtner am Eingang sehr freundlich und wies ihr den Weg zum Sekretariat. Mit klopfendem Herzen trat sie an das Pult heran, stellte sich kurz vor und bat darum, ihr Manuskript zur Prüfung einreichen zu dürfen.

»Legen Sie es hin, ich reiche es an unsere Dramaturgen weiter«, meinte die Sekretärin seufzend, nahm den Umschlag entgegen und warf ihn in einen Korb hinter dem Schreibtisch, der bereits vor Papieren überquoll. Im selben Moment klingelte das Telefon. Sie nahm den Hörer ab und wandte Eva den Rücken zu.

Eva verharrte unschlüssig, während die Dame telefonierte, ohne sie eines weiteren Blickes zu würdigen. Schließlich murmelte sie einen Abschiedsgruß und verließ das Büro wieder.

Die restlichen Filmfirmen auf ihrer Liste hatten ihren Sitz allesamt in der belebten Friedrichstraße, in der sich zahlreiche Geschäfte, Restaurants und Nachtlokale befanden. »Decla-Bioscop AG« lautete der Name der nächsten Firma, bei der sie vorsprechen wollte.

Eva trug ihre einstudierten Sätze vor, aber auch hier nickte die Empfangsdame nur und ließ den Umschlag mit dem kostbaren Inhalt in irgendeiner Kiste verschwinden.

»Na, kiek mal an. Mal wieder jemand mit nem janz besonderen Einfall«, spottete eine kräftig gebaute Sekretärin mittleren Alters, als Eva ihr Anliegen bei einer weiteren Firma vortrug. »Na, dann jeben Se mal Ihr Briefchen her, Frollein. Landet allet auf unserm Stapel der Hoffnungslosen.«

Zögerlich reichte Eva ihr den Umschlag. »Ich kann doch davon ausgehen, dass mein Manuskript geprüft wird?«

»Sicher, sicher«, polterte die Dame. »Wir ham hier nüscht anderet zu tun, dit können Se mir aber glauben. Angestellte, Beamte, Dienstmädchen – alle haben se Einfälle, nicht wahr?«

Als Eva spät am Abend im Bett lag und Leni und Ilse eingeschlafen waren, setzte sich Johanna auf. »Und?«, flüsterte sie. »Hast du dein Drehbuch schon verkauft?«

Eva musste prusten, woraufhin sich Leni mehrmals unruhig hin und her warf. Als Leni wieder fest schlief, schüttelte Eva ver-

drossen den Kopf. »Die Firmen werden mit Einsendungen über-
häuft. Ich habe die Stapel gesehen, Johanna. Ach was, Stapel.…
ganze Kisten! Es ist hoffnungslos. Und bald ist der Monat rum.
Dann stehe ich auf der Straße.«

Johanna kratzte sich nachdenklich am Kinn. »Dann müssen wir
eben etwas anderes versuchen.«

»Was denn?«

Ein Lächeln umspielte Johannas Lippen. »Ich glaube, ich habe
schon wieder eine Idee.«

Am Sonntag trat Eva hinter Johanna durch die Drehtür des Romanischen Cafés, das sich schräg gegenüber der Gedächtniskirche
befand. Es war der allseits bekannte Treffpunkt für Künstler und
Kreative jeglicher Couleur: Maler, Komponisten, Schriftsteller,
Journalisten – und natürlich auch Leute vom Film. Zwischen Kaffee
und Tageszeitung mit Menschen zu plaudern, die im besten Fall
bekannter und einflussreicher seien als man selbst, das gehöre
zum Pflichtprogramm eines jeden, der es in der Kreativbranche zu
etwas bringen wolle, hatte ihre Schwester erzählt. Und wer es bereits zu etwas gebracht hatte, der kam, um bestehende Kontakte zu
pflegen und sich von Normalsterblichen bewundern zu lassen, die
dort regelmäßig nach bekannten Gesichtern Ausschau hielten. Sehen und gesehen werden, lautete die Devise. Wer nicht ins Café
ging, blieb unsichtbar.

Sogleich schwappten Eva bläuliche Rauchschwaden und ohrenbetäubendes Stimmengewirr entgegen. Hilfesuchend klammerte
sie sich an Johanna und sah sich um. Links und rechts gab es Gäste-
räume mit zahlreichen Tischen.

»Verzeihung«, bat eine Stimme hinter ihnen.

Eva begriff erst jetzt, dass sie noch immer direkt vor der unab-
lässig rotierenden Drehtür standen und den Eingang blockierten.
Augenblicklich wichen die beiden Schwestern einen Schritt zur
Seite, um die anderen Leute vorbeizulassen. Hier herrschte eine
Atmosphäre wie in einem Bahnhof!

»Bist du dir sicher, dass die Idee wirklich so gut ist?«, fragte
Eva.

»Die Idee ist großartig.« Johanna sah sich um. »Wenn du mit deinem Drehbuch Geld verdienen willst, darfst du dich nicht von den Vorzimmerfräuleins abwimmeln lassen. Du musst mit den wichtigen Leuten sprechen.«

Ein älterer Mann mit länglichem Gesicht und markantem Kinn blieb vor ihnen stehen. Er trug eine Ausgabe des *Berliner Tageblatts* bei sich. »Guten Tag. Kann ich Ihnen helfen? Sie sehen so aus, als wäre dies Ihr erster Besuch hier.«

Eva öffnete den Mund, um etwas zu sagen, doch Johanna kam ihr zuvor.

»Sie haben uns durchschaut«, erwiderte sie lachend. »Ziemlich voll heute, was?«

Der Mann musterte sie abwechselnd durch sein Monokel. »Das ist nur der ganz normale Betrieb hier. Dann sind Sie beide also Nichtschwimmer.«

»Wie bitte?«, fragte Eva.

Er lächelte gönnerhaft. »In diesem Café gibt es ein paar ungeschriebene Regeln. Der kleinere Raum ist das Bassin für Schwimmer.« Er deutete nach links. »Das ist etwas für die Arrivierten. Sie wissen schon – die großen Namen. Ohne einen solchen wird man Sie dort kaum vorlassen.« Dann wies er nach rechts. »Das Nichtschwimmer-Bassin befindet sich auf der anderen Seite. Der richtige Ort für die jungen Hoffnungsvollen, so wie Sie beide.«

»Ah, verstehe«, meinte Johanna.

Der Mann nickte und reichte erst Johanna und dann Eva die Hand. »Gestatten, Julius Altendorf mein Name. Ich bin Maler und Schriftsteller.«

»Na, so ein Zufall! Meine Schwester ist auch Schriftstellerin!«, platzte Johanna heraus.

Eva spürte, wie ihre Wangen heiß wurden.

Altendorf ging gar nicht erst auf die Bemerkung ein. Stattdessen hielt er die Hand auf. »Sagen Sie, meine Damen – es ist mir etwas peinlich, aber unglücklicherweise habe ich meinen Geldbeutel vergessen. Wären Sie wohl so liebenswürdig, mir fünfzig Pfennig zu leihen, damit ich meinen Kaffee bezahlen kann?«

Die Schwestern sahen einander verwirrt an. Dann kramte Eva

in ihrer Tasche und reichte dem Mann eine Münze. Er bedankte sich vielmals und verabschiedete sich. Mit offenen Mündern beobachteten sie, wie er im Raum der Nichtschwimmer verschwand.

»Na, das fängt ja gut an.« Johanna riss sich ihren Hut vom Kopf und hängte ihn mit ihrem Mantel an die Garderobe. »Als müssten wir nicht selbst jeden Pfennig umdrehen!«

Eva hängte ihre Sachen ebenfalls auf. Gemeinsam betraten die beiden Schwestern das Nichtschwimmer-Bassin.

»Und wie stellst du dir das jetzt vor?« Eva blieb stehen. Beim Anblick der vielen plaudernden und gestikulierenden Menschen wurde es ihr fast schwindelig. »Sollen wir etwa von Tisch zu Tisch gehen, in der Hoffnung, irgendeinem Filmgewaltigen zu begegnen, dem wir bei einer Tasse Kaffee meine Geschichte aufschwatzen können?«

Johanna zog sie fest entschlossen mit sich. »Genau so machen wir es.«

Alle Gäste schienen sich untereinander zu kennen, unterhielten sich nicht nur mit ihren direkten Sitznachbarn, sondern auch mit den Gästen an den anderen Tischen. Nichtschwimmer? Ja, so kam sich Eva vor. Wie eine Nichtschwimmerin, die kopfüber ins kalte Wasser springen sollte.

»Bin gleich wieder da.« Sie riss sich von ihrer Schwester los und flüchtete auf die Damentoilette. Am Waschbecken ließ sie sich kaltes Wasser über die Innenseiten ihrer Handgelenke laufen und blickte ihr Spiegelbild an.

Johanna hatte sich regelrecht an ihr ausgetobt, hatte sie geschminkt und sie davon überzeugt, sich endlich von ihrem altmodischen Dutt zu trennen.

»Ach, Evchen, du kannst doch nicht wie ne alte Jungfer rumlaufen, wenn wir zu diesen ganzen Künstlern gehen«, hatte sie befunden, als sie am frühen Morgen zusammen vor dem Schlafzimmerspiegel gestanden hatten. Daraufhin hatte sie Eva die Nadeln aus ihrem nussbraunen Haar gezogen und die langen Strähnen energisch durchgekämmt. »Wenn du Eindruck schinden willst, musst du was aus dir machen. Bist doch ne Hübsche, brauchst dich vor niemandem zu verstecken!«

Eva betastete ihren frisch rasierten Nacken und klemmte sich die kinnlangen, gewellten Strähnen hinters Ohr, die ihr nun ständig in die Stirn fielen. An ihre modische neue Frisur musste sie sich erst noch gewöhnen. Ebenso an den Anblick des roten Lippenstifts und ihrer mit Kajal umrandeten Augen. Die feine Bluse, die sie trug, stammte von einer Kollegin von Johanna, extra für heute ausgeliehen, und Eva zupfte das rote Schleifchen an dem breiten Spitzenkragen zurecht.

Schick sah sie aus, fast schon etwas übertrieben. *Wie ein verängstigtes Reh*, dachte sie, als sie den furchtsamen Glanz in ihren braunen Augen bemerkte, die ihr im Spiegel entgegenblickten.

Sie atmete tief durch und kehrte in den Gästeraum zurück.

Johanna saß an einem Tisch mit zwei fremden Männern und unterhielt sich angeregt mit ihnen. Einer der beiden sagte gerade etwas, und ihre Schwester warf den Kopf zurück und lachte lauthals. Als sie Eva entdeckte, winkte sie ihr zu und deutete auf den leeren Stuhl neben sich.

Mit klopfendem Herzen näherte sich Eva dem Tisch. Johanna hatte ihre Abwesenheit wohl nicht nur genutzt, um sich zu zwei fremden Männern zu gesellen, sondern auch eine Bestellung aufgegeben, denn vor ihr standen zwei dampfende Kaffeetassen. *Koffein, das hat mir gerade noch gefehlt*, dachte Eva. Sie war auch so schon nervös genug.

Sie nahm neben Johanna Platz, die sie sogleich den beiden Männern vorstellte.

»Das ist meine Schwester Eva. Sie ist Filmschriftstellerin. Und das sind Herr Beckmann und Herr Schelling. Du wirst es nicht glauben, Eva! Die beiden sind Schauspieler am Deutschen Theater.« Sie sagte es mit voller Überzeugung, als wäre sie die größte Theaterkennerin, die man sich vorstellen konnte. »Und Herr Beckmann hat sogar schon in einigen Kinofilmen mitgespielt.«

Eva spürte die Blicke der Männer. Sie wusste, sie sollte nun irgendetwas erwidern, doch mit einem Mal war ihr Kopf wie leer gefegt. Ein paar Sekunden verstrichen, in denen niemand am Tisch etwas sagte.

Schließlich drückten die Männer gleichzeitig ihre Zigaretten im Aschenbecher aus.

»Es hat uns sehr gefreut«, meinte einer von beiden, räusperte sich und erhob sich, woraufhin der andere ihm folgte. »Wenn uns die Damen nun entschuldigen, wir müssen zur Probe.«

Sobald sie fort waren, fiel das erzwungene Lächeln von Eva ab.

»So wird das aber nüscht, Evchen.« Johanna stieß sie in die Seite. »Ich hab den Anfang gemacht, aber danach ist es an dir, die Leute zu überzeugen.«

»Was hätte ich denn sagen sollen?«

»Sprich halt über deine Geschichte!«

»Das waren Wildfremde.«

»Na und?«

Eva wand sich. Sie waren ja extra hier, um mit Fremden ins Gespräch zu kommen. Trotzdem, auf dem Papier fiel es ihr viel leichter, sich auszudrücken.

Johanna seufzte. »Dann erzähl eben etwas über dich, wenn du schon nicht über deine Geschichte reden willst.«

»Und was soll ich bitte über mich erzählen?« Eva fröstelte, obwohl es im Café warm und stickig war. »Dass ich eine bald arbeitslose Tippmamsell bin, die gerade ihr erstes Drehbuch geschrieben hat?«

»Ist doch egal! Du musst dabei einfach nur selbstbewusst klingen.« Johanna hob die Hand und legte den Zeigefinger unter Evas Kinn. »Kopf hoch! Schultern gerade! Lächeln! Und jetzt sprich mir nach: Mein Name ist Eva Wagner, ich bin Filmschriftstellerin.«

Eva konnte nicht anders und musste prusten.

Johanna setzte eine gespielt strenge Miene auf. »Etwas mehr Selbstbeherrschung, wenn ich bitten darf!«

»Mein Name ist Eva Wagner«, begann sie leise. »Ich ... Ich bin ... Filmschriftstellerin.«

»Noch einmal. Lauter und flüssiger.«

Eva räusperte sich. »Mein Name ist Eva Wagner, ich bin Filmschriftstellerin.«

»Noch einmal, mit mehr Überzeugung!«

»Mein Name ist Eva Wagner, ich bin Filmschriftstellerin!«

Johanna nickte. »Geht doch. Und jetzt komm mit.« Sie stand auf, nahm Evas Hand und zog sie mit sich. Vor einem Tisch, an dem ein älterer Mann mit Brille und Zigarre saß, blieb sie stehen. Eine Ausgabe der *Film-Illustrierten* lag vor ihm, und Johanna fragte ihn ganz ungeniert, ob sie Platz nehmen dürften.

Er nickte, und die Schwestern setzten sich. Auf Johannas Versuche, ein Gespräch zu beginnen, reagierte der Mann nur mit einem abwesenden Nicken und Brummen. Nach fünf Minuten ließ er sich vom Kellner die Rechnung bringen, zahlte und verließ grußlos den Tisch.

»Das hat doch alles keinen Sinn«, murmelte Eva. »Ich glaube, wir gehen den Leuten hier nur auf die Nerven.«

Doch Johanna ließ sich nicht beirren. Fest entschlossen sprang sie auf und machte sich auf die Suche nach dem nächsten Opfer, das so aussah, als hätte es etwas mit der Filmbranche zu tun.

Schließlich landeten sie bei einer Dame, die Kritiken für den *Film-Kurier* schrieb, wie sie erzählte. Ihr kurzes Haar war schwarz und glänzte wie Lakritze. Über die Ränder ihrer Brille hinweg lächelte sie Eva aufmunternd zu. Endlich traute Eva sich, nicht nur ihren eingeübten Satz von sich zu geben, sondern auch etwas von sich zu erzählen und sogar ein paar Details über ihr Drehbuch zu verraten.

»Piraten? Ach nein, wie entzückend. Endlich mal ein Stoff für Kinder. Ich finde, es wird höchste Zeit, dass das Kino auch den jüngeren Zuschauern etwas bietet.«

Enttäuscht ließ Eva die Schultern sinken. Warum verstand niemand, dass ihre Geschichte für ein erwachsenes Publikum gedacht war?

Zumindest ergriff die Dame nicht gleich die Flucht. Stattdessen zündete sie sich eine Zigarette an und musterte Eva neugierig.

»Lotte Kessler«, stellte sie sich vor und reichte den Schwestern nacheinander die Hand. »Wie spannend. Die meisten Frauen, die es in die Filmbranche zieht, stammen aus dem Umfeld der darstellenden Künste. Theaterleute, Musiker und so weiter. Sie sind eine echte Ausnahmeerscheinung, Fräulein Wagner.«

»Das können Sie aber laut sagen!«, stimmte Johanna enthusiastisch zu.

Lotte gab dem Kellner ein Zeichen, der ihr sogleich die Rechnung brachte.

Sobald die Filmkritikerin fort war, erschien der Kellner wieder am Tisch. »Schichtwechsel. Bitte zahlen Sie.«

Eva holte ihr Portemonnaie aus der Tasche und bezahlte die beiden inzwischen eiskalt gewordenen Tassen Kaffee, an denen sie in der vergangenen Stunde genippt hatten.

Johanna stöhnte. Von ihrem anfänglichen Optimismus und ihrer schier unerschöpflichen Energie war mit einem Mal nichts mehr zu spüren. »Gleich fünf. Komm, lass uns gehen. Wir versuchen es morgen noch einmal.«

Erleichtert nickte Eva und sah ihrer Schwester nach, als sie aufstand und zur Toilette ging. Es schien unmöglich, sich hier bei irgendjemandem Gehör zu verschaffen. Jeder liebte das Kino. Unzählige Menschen träumten davon, den Durchbruch beim Film zu schaffen. Eva war nur eine von vielen, und sie begriff, dass ihre Chancen fast aussichtslos waren.

Ein Quietschen riss sie aus ihren Gedanken. Ohne zu fragen, ob der Platz noch frei sei, schob sich ein fremder Mann Johannas Stuhl zurecht und setzte sich zu Eva an den Tisch. Grußlos lächelte er ihr zu, zog ein silbernes Etui aus seinem Jackett und zündete sich eine Zigarette an.

Eva sah ihn verblüfft an. Höflichkeit war hier wohl nicht an der Tagesordnung.

»Und wessen Tochter sind Sie?«, fragte er, als hätten sie sich schon eine Weile miteinander unterhalten, und musterte sie mit seinen hellgrauen Augen.

Eva verschränkte die Arme. »Die meiner Eltern«, erwiderte sie knapp.

Lachfältchen zeichneten sich um seine Augenwinkel ab. Mit der Hand fuhr er sich durch sein ordentlich zurückgekämmtes dunkles Haar, in dem sich bereits erste graue Strähnen zeigten. Eva schätzte ihn auf ungefähr dreißig. »Verzeihung. Ich dachte, Sie sind die Tochter eines Stammtischbruders.«

Ungeduldig spähte Eva in Richtung der Toiletten. Warum brauchte Johanna nur so lange?

In diesem Moment erschien ein Kellner am Tisch und verneigte sich. »Was darf ich Ihnen bringen, Herr Lichtenfeld?«

»Einen schwarzen Tee bitte.«

»Und für die junge Dame?«

Er zuckte mit den Schultern. »Da fragen Sie sie am besten selbst. Sie gehört nicht zu mir.«

»Ach so?« Der Kellner plusterte sich vor Eva auf. »Dieser Tisch ist ab siebzehn Uhr für Herrn Lichtenfeld und seine Begleiter reserviert. Ich muss Sie dringend bitten, sich einen anderen Platz zu suchen.«

Eva spürte, wie ihr das Blut in die Wangen schoss. Woher hätte sie das denn wissen sollen? Es stand nirgends ein Schild auf dem Tisch, und der andere Kellner hatte ihnen auch nicht Bescheid gesagt.

Sie räusperte sich und griff nach ihrer Handtasche. »Nicht nötig. Ich wollte sowieso gerade gehen.«

»Aber, aber.« Lichtenfeld hob die Hand. »Die Dame darf selbstverständlich sitzen bleiben, so lange sie möchte.« Er nickte Eva zu.

Sie stellte ihre Handtasche wieder hin, doch als der Kellner sie nach ihrer Bestellung fragte, schüttelte sie nur den Kopf. Daraufhin gab er einen abfälligen Laut von sich und verschwand in Richtung Tresen.

Lichtenfeld holte eine Taschenuhr aus seinem Jackett und warf einen kurzen Blick darauf. »Typisch. Meine Stammtischbrüder lassen wieder einmal auf sich warten.« Erneut fiel sein Blick auf Eva. »Und Sie? Warten Sie auch auf jemanden?«

»Auf meine Schwester. Sie müsste jeden Moment hier sein.«

Er reichte ihr die Hand. »Meine Güte, wo sind nur meine Manieren hin? Lichtenfeld mein Name.«

»Eva Wagner. Ich bin Filmschriftstellerin.« Sie spulte den Satz automatisch ab. Noch immer kam sie sich komisch dabei vor. Wie eine Hochstaplerin.

Seine Augen weiteten sich. »Filmschriftstellerin? Na, Donnerwetter. Ich glaube, ich bin noch nie jemandem vom Film begegnet.« Er lächelte hinter seiner Zigarette, wie über einen Witz, den nur er verstand. »Und, wie viele Drehbücher haben Sie schon geschrieben?«

»Nun, um ehrlich zu sein ... bisher nur eines. Wissen Sie, eigentlich bin ich ja Stenotypistin.«

Wieder hoben sich seine Mundwinkel, und Eva senkte den Blick. Sie war sich nicht sicher, ob sein Lächeln freundlich oder spöttisch war, aber sie ahnte selbst, wie albern sich das alles anhören musste.

»Kann man sich Ihr Werk denn auch im Lichtspielhaus ansehen?«, fragte er. Anstatt zu lachen, klang er nun ernsthaft interessiert.

Sie sah wieder auf und schüttelte den Kopf.

Er machte ein enttäuschtes Gesicht. »Oh? Warum denn nicht?«

Eva wägte ihre Worte sorgfältig ab. »Ich suche noch ... Ich meine, ich bin mit verschiedenen Produktionsfirmen im Gespräch.« Das war im Grunde keine Lüge. Gut, vielleicht hatte sie die Wahrheit etwas ausgeschmückt.

Er nickte nachdenklich. »Nun haben Sie mich aber neugierig gemacht. Erzählen Sie mir auch, worum es in Ihrem Drehbuch geht?«

Eva musterte sein fein geschnittenes Gesicht mit den ausgeprägten Wangenknochen und versuchte vergeblich, sich auf seine Erscheinung einen Reim zu machen. Er war ein gut aussehender Mann, groß und schlank. Fast schon etwas zu dünn, wie ein hungernder Künstler, doch sein grauer Dreiteiler wirkte alles andere als billig.

Ach, am Ende war er doch nur ein weiterer Schnorrer und täuschte Interesse vor, damit sie ihm seinen Tee bezahlte. Andererseits – warum hatte ihn der Kellner dann so hofiert?

Eva atmete tief durch. »Es geht um die Tochter eines reichen Plantagenbesitzers, die von ihrem Vater verstoßen wird, weil sie sich in einen Piraten verliebt. Fortan verkleidet sie sich als Mann, um sich ihrem Geliebten auf dessen Raubzügen anzuschließen.«

Er beugte sich vor und stützte sein Kinn auf die Hand. »Nur zu, reden Sie weiter. Ich bin ganz Ohr.«

Eva fuhr fort, von ihrem Drehbuch zu erzählen. Ständig wartete sie darauf, dass sein Blick gelangweilt zur Uhr wandern würde. Dass er unter irgendeinem Vorwand aufspringen und das Weite suchen würde, wie alle anderen. Stattdessen blieb er sitzen und lauschte ihr aufmerksam, und das freundliche Funkeln in seinen Augen ermutigte sie weiterzureden.

»Mehr will ich Ihnen aber nicht verraten«, schloss sie nach einer Weile. »Sonst kennen Sie das Ende schon und sehen sich den Film nicht mehr im Kino an.« Gleich darauf wurde ihr klar, wie überheblich es geklungen haben musste. So, als stünde bereits fest, dass der Film in die Kinos kam, dabei sah es im Moment eher nicht danach aus.

»Das wäre ja eine Schande, ich gehe doch für mein Leben gern ins Kino.« Lachend drückte er seine Zigarette aus, aber sogleich wurde sein Ausdruck wieder ernst. »Ihre Geschichte gefällt mir, Fräulein Wagner. Ich finde, sie klingt nach einem ganz großen Historienspektakel, ähnlich wie *Madame Dubarry*.«

Evas Augen wurden groß. *Madame Dubarry* mit der wunderschönen Pola Negri – natürlich hatte sie diesen aufregenden Film im Kino gesehen. Lichtenfeld war der Erste, der ihre Geschichte nicht als Kinderkram abtat. Der wirklich verstanden hatte, worum es ging.

»Meinen Sie das ernst?«, fragte sie vorsichtig.

»Aber ja.«

Für einen Moment sahen sie einander an, ohne etwas zu sagen. Ein eigenartiges Gefühl machte sich in ihrem Bauch breit, ein warmes Prickeln, ungewohnt, aber schön. Sein Blick wanderte über ihr Gesicht, und als er ihr wieder in die Augen sah und lächelte, schlug ihr Herz etwas schneller.

»Da bin ich wieder!«, ertönte plötzlich Johannas Stimme neben ihr.

Eva straffte sich und blickte zu ihrer Schwester auf. »Ah. Na endlich.«

Doch Johanna beachtete sie gar nicht. Sie hatte nur Augen für Lichtenfeld. »Na, so eine Überraschung. Du hast Gesellschaft? Wer ist denn der Herr, wenn ich fragen darf?«

Eva räusperte sich und stellte die beiden einander vor.

Lichtenfeld stand auf und reichte Johanna die Hand. »Sehr erfreut. Ihre Schwester ist ein vielversprechendes Talent, wie mir scheint.«

»Natürlich ist sie das. Und Sie?« Strahlend musterte sie ihn. »Was machen Sie beruflich?«

»Ach, wissen Sie, mal dies, mal das. Maler, Fotograf, Bildhauer … Ich kann mich nicht entscheiden.«

»Oh. Verstehe.« Augenblicklich verblasste Johannas Lächeln.

Ein älterer Herr erschien am Tisch. Lichtenfeld begrüßte ihn herzlich, und der Ältere, offenbar ein Mitglied seines Stammtischs, entschuldigte sich vielmals für sein Zuspätkommen.

Johanna beugte sich zu Eva. »Komm, lass uns verschwinden.«

Am liebsten hätte Eva noch länger mit Lichtenfeld geplaudert. Nun aber galt wohl seine ganze Aufmerksamkeit dem verspäteten Stammtischbruder.

Johanna tippte ihr ungeduldig auf die Schulter. Endlich stand Eva auf, verabschiedete sich und wandte sich zum Gehen.

»Warten Sie, Fräulein Wagner!«, rief Lichtenfeld ihr nach.

Bat er sie nun etwa doch um Kleingeld? Sie drehte sich zu ihm um, öffnete ihre Handtasche und kramte in ihrer Börse. »Also schön. Was kostet der Tee?«

Eine Sekunde lang starrte er sie verständnislos an, dann lachte er. »Nein, nicht doch. Stecken Sie Ihr Portemonnaie wieder ein. Ich würde gerne mehr über Ihr Drehbuch erfahren, das ist alles.« Er drückte ihr eine Visitenkarte in die Hand. »Melden Sie sich bei mir, so bald wie möglich.«

Sollte das etwa ein Annäherungsversuch sein? Das würde erklären, warum er sich so ausgesprochen interessiert gezeigt hatte. Ohne eine Miene zu verziehen, ließ sie die Visitenkarte in ihrer Handtasche verschwinden. Ein etwas komischer Vogel war er ja schon, dieser Lichtenfeld, aber trotzdem gefiel er ihr irgendwie.

Draußen peitschte ihnen kühler Wind ins Gesicht, und das Stimmengewirr des Cafés wurde vom Straßenlärm abgelöst.

»Wie schade«, seufzte Johanna. »Ich habe euch von Weitem beobachtet. Hab extra gewartet, als ich gesehen hab, wie gut ihr euch unterhalten. Endlich mal einer, bei dem du dich getraut hast, den Mund aufzumachen! Und dann entpuppt er sich doch nur als brotloser Künstler.«

»Ja und? Ich fand ihn sympathisch.«

»Aha. Sympathisch, was?« Johanna stieß sie sanft in die Seite. »Schlecht sah er jedenfalls nicht aus. Ein bisschen wie Conrad Veidt, findest du nicht?«

Eva musste schmunzeln. Tatsächlich, ein wenig ähnelte er dem bekannten Filmschauspieler. Nun, da ihre Schwester es sagte, fiel es ihr auch auf.

»Warte mal, er hat mir seine Visitenkarte gegeben.« Sie griff in ihre Handtasche, holte die Karte heraus und starrte ungläubig auf die Druckbuchstaben:

HYPERION FILMPRODUKTION
Heinrich Lichtenfeld
Regisseur

KAPITEL 4

Berlin, Mitte November 1920

Zwischen Fahrradfahrern, Kraftdroschken und voll besetzten Straßenbahnen, auf denen in großen Buchstaben »Chlorodont«-Werbung prangte, eilte Eva über die Friedrichstraße. Inmitten feiner Geschäfte suchte sie nach der richtigen Hausnummer. Vor ein paar Tagen hatte sie sich ein Herz gefasst, war zum nächsten Fernsprecher gegangen und hatte die Nummer auf Lichtenfelds Visitenkarte angerufen.

Am anderen Ende hatte sich ein Fräulein Abel gemeldet. »Herr Lichtenfeld dreht gerade im Atelier«, hatte sie zu Eva gesagt. »Ich soll Ihnen ausrichten, dass Sie sich bitte so bald wie möglich in unserem Büro vorstellen sollen. Würde es Ihnen kommenden Freitag passen?«

Und nun war es endlich so weit. Seit dem Ersten des Monats war Eva arbeitslos. Mehr als einmal hatte sie mit sich gehadert, ob sie sich zur Sicherheit nicht doch irgendwo als Stenotypistin bewerben sollte. Dann stünde sie wenigstens nicht mit leeren Händen da, falls Lichtenfeld ihr eine Absage erteilte.

»Kommt gar nicht infrage, dass du aufgibst, bevor du es richtig versucht hast!«, sagte Johanna jedes Mal, wenn Eva der Mut verließ. »Willst du denn ewig das kleine Tippfräulein bleiben? Warte doch erst einmal ab, was dieser Regisseur zu deinem Drehbuch sagt. Und selbst wenn er es ablehnt – meine Güte, es gibt so viele Filmfirmen in Berlin! Wenn die es nicht wollen, findet sich bestimmt eine andere.«

Das unerschütterliche Vertrauen ihrer Schwester rührte Eva zutiefst. Johanna arbeitete für zwei und kam oft erst spätabends nach Hause. Schließlich hatte sie Eva versprochen, ihr finanziell den Rücken freizuhalten, bis sie ihr Drehbuch verkauft hatte. Bislang ging ihr Plan auf, und die Kundinnen, denen sie nach Feierabend die Haare schnitt, zeigten sich äußerst großzügig.

Eva war ihrer Schwester unendlich dankbar, doch sie wusste, dass sie ihr nicht ewig die alleinige Verantwortung für den Lebensunterhalt der Familie überlassen konnte. Darum war der Termin bei Lichtenfeld eine Chance, die sie keinesfalls vermasseln durfte.

Vor einem Bekleidungsladen, der sich im Erdgeschoss eines Geschäftshauses befand, blieb sie stehen. Sie überprüfte ihr Spiegelbild im Schaufenster, zupfte ein letztes Mal an ihrem Haar, schob sich den Hut zurecht und strich über den großen braunen Umschlag in ihren Händen, in dem ihre Unterlagen steckten. Dieses Mal würde er nicht ungeöffnet in irgendeinem Korb verschwinden.

»Bring mir Glück«, flüsterte sie und drückte ihn fest an ihre Brust. Dann betrat sie das Haus und meldete sich beim Pförtner an.

Im ersten Stock empfing sie die Sekretärin. »Herr Lichtenfeld ist noch nicht im Haus.« Sie wies auf eine Sitzgruppe neben der Tür. »Bitte warten Sie hier. Er wird gewiss jeden Moment eintreffen.«

Kaum hatte Eva ihre Sachen an der Garderobe aufgehängt und in einem der Klubsessel Platz genommen, stürmte ein korpulenter älterer Herr in den Raum, reichte der Sekretärin einen Briefumschlag und bat sie, ihn abzuschicken. Dann bemerkte er Eva. »Ah. Ist das die junge Bewerberin?«

Das Fräulein stellte Eva kurz vor, und sogleich schüttelte er ihr die Hand.

»Gestatten, Maximilian Eberling, Gründer und Geschäftsführer der Hyperion Film.« Hastig warf er einen Blick auf die Uhr über der Tür. »Wo steckt denn Herr Lichtenfeld? Er sollte schon seit einer halben Stunde hier sein.«

Die Sekretärin zuckte mit den Schultern.

Er schnaubte. »Dann fangen wir eben ohne ihn an. Kommen Sie, junges Fräulein.«

Eva folgte Eberling durch den Flur und hatte Mühe, mit ihm Schritt zu halten. In seinem Büro nahm sie Platz, faltete die kalten Hände im Schoß und versuchte, ihre Nervosität und Enttäuschung zu verbergen.

Ausgerechnet heute verspätete sich Lichtenfeld. Insgeheim hatte sie sich unbändig auf das Wiedersehen mit ihm gefreut. Er wirkte so sympathisch und aufgeschlossen. Bei ihrer Begegnung im Romanischen Café hatte Eva das Gefühl gehabt, mit ihm ganz offen reden zu können.

»Nun, Fräulein Wagner«, begann Eberling und ließ sich hinter seinem Schreibtisch nieder. »Bevor ich mir Ihre Unterlagen ansehe, erzählen Sie mir doch bitte, welche Erfahrung Sie mitbringen.«

Sie schluckte. Bis auf das Drehbuch hatte sie sich bisher nur Gutenachtgeschichten für ihre jüngste Schwester ausgedacht, aber das war bestimmt nicht das, was Eberling hören wollte.

»Er... Erfahrung?«

Er trommelte mit seinen fleischigen Fingern auf dem Schreibtisch. »Na, wo haben Sie bisher gearbeitet? Können Sie stenografieren? Maschinenschreiben?«

Sie wunderte sich. Bis auf das Wenige, was sie in Duponts Buch gelesen hatte, wusste sie nichts über die Gepflogenheiten in der Filmbranche. Vielleicht war es üblich, dass man angehenden Filmschriftstellern gleich als Erstes solche Fragen stellte.

Eifrig nickte sie. »Aber ja. Ich bin gelernte Stenotypistin und habe zwei Jahre lang bei einer Versicherung –«

Er wedelte ungeduldig mit der Hand, nahm einen Kneifer aus der Schublade und drückte ihn sich auf die Nase. »Dann will ich mal einen Blick in Ihre Unterlagen werfen, wenn Sie gestatten.«

Eva holte die säuberlich getippten Seiten aus dem Umschlag und reichte sie ihm.

Stirnrunzelnd überflog er die erste Seite, blätterte weiter und schüttelte den Kopf. »Inhaltsangabe? Szene?« Er sah Eva verständnislos an. »Junges Fräulein, was hat Herr Lichtenfeld Ihnen denn bitte schön erzählt, auf welche Stelle Sie sich bei uns bewerben?«

Eine gute Frage. Im Grunde hatte er ihr überhaupt nichts erzählt. »Ich dachte ...«, begann sie leise. »Ich dachte, ich bin hier, um mein Drehbuch vorzustellen. Herr Lichtenfeld hat gesagt, er möchte gerne mehr über meine Idee erfahren.«

»Für Ideen sind unsere Dramaturgen zuständig. Wir suchen eine Schreibkraft. Jemanden, der zuverlässig, ordentlich und pünktlich ist. Sind Sie das?«

Ihr Mund war auf einmal ganz trocken. »Natürlich bin ich das, aber ich fürchte, hier liegt ein Missverständnis vor ...«

Er zündete sich eine Zigarre an und musterte Eva. »Ts«, machte er. »Sieht diesem Schwerenöter ähnlich. Schleppt irgendein junges Ding an, dem er sonst etwas versprochen hat.«

Eva errötete. Was fiel ihm ein, so etwas in ihrer Gegenwart laut auszusprechen?

Bevor sie etwas erwidern konnte, warf er einen Blick auf seine Taschenuhr und seufzte. »Na, meinetwegen. Ein paar Minuten kann ich opfern, wenn Sie schon mal hier sind.« Er breitete ihre getippten Blätter vor sich aus. »Wollen wir doch mal sehen, was Sie uns Schönes mitgebracht haben.«

Plötzlich war sich Eva nicht mehr sicher, ob sie wirklich wollte, dass dieser Mann ihre Geschichte las. Nervös beobachtete sie, wie seine Augen in rasendem Tempo über die Zeilen flogen. Seine Miene blieb völlig unbewegt, während die qualmende Zigarre in seinem Mundwinkel auf und ab wippte. Ein Blatt nach dem anderen wanderte durch seine Hände.

»Fantasie haben Sie, das muss ich zugeben«, sagte er schließlich und legte das letzte Blatt beiseite.

Eva hatte nicht auf die Uhr geschaut, aber es kam ihr so vor, als hätte er die zwanzig Seiten in kaum mehr als fünf Minuten überflogen. So schnell konnte doch kein Mensch lesen. Hatte er überhaupt verstanden, worum es in ihrem Drehbuch ging?

»Leider ist die Geschichte vollkommen absurd.« Er warf den Stapel auf den Tisch. »Ich bitte Sie. Eine Frau als Piratenkapitän!«

»Aber ... aber die Geschichte basiert doch auf historischen Tatsachen. Frauen wie Anne Bonny und Mary Read gab es wirklich. Ich habe das alles recherchiert. Wenn Sie nachlesen wollen, es steht im –«

»Ach was!« Er winkte ab. »Wir machen hier keine Geschichtsstunde, sondern handfesten Kintopp. Niemand will zerlumpte, kämpfende Mannweiber sehen. Für eine weibliche Hauptrolle braucht es eine blonde Unschuld, eine Jungfrau in Nöten. Oder noch besser, eine rassige Verführerin.« Er zog an seiner Zigarre. »Rachegeschichten kommen prinzipiell immer gut an. Fremde Länder, exotische Schauplätze – danach sehnen sich die Leute. Nach Filmen, die sie aus ihrem tristen Alltag herausreißen. Die

Leute wollen träumen. Und genau das liefern wir ihnen. Träume aus Licht.«

»Ich dachte, genau so etwas hätte ich geschrieben«, entgegnete sie leise. »Herr Lichtenfeld hat gesagt –«

»Ich bin hier der Geschäftsführer. Wir können es uns nicht leisten, unsere Zeit mit Anfängern zu verschwenden, denen wir erst sämtliche dramaturgischen Kinderkrankheiten austreiben müssen. Für ein Unternehmen wie unseres muss ein Film in erster Linie profitabel sein.«

»Aber geht es nicht vor allem darum, Geschichten zu erzählen? Träume aus Licht? Das haben Sie gerade selbst gesagt ...«

Er stieß ein kehliges Lachen aus. »Was glauben Sie denn, was es kostet, einen Film zu drehen? Für teure Experimente sind wir die falsche Adresse.«

Eva sank in sich zusammen, und plötzlich wurde sein Ausdruck etwas milder.

»Na, kommen Sie. Jetzt schauen Sie nicht so gekränkt drein. Ich behaupte ja nicht, dass Sie kein Talent haben.« Erneut nahm er sich ihre Unterlagen vor und blätterte darin. »Mit einer männlichen Hauptrolle könnte Ihre Geschichte womöglich funktionieren.« Er hob den Kopf und sah sie an. »›Die Rache des Piratenkönigs‹. Wie klingt das?«

Jedenfalls nicht nach meiner Geschichte, dachte sie, traute sich aber nicht, es auszusprechen.

Nachdenklich steckte er sich wieder die Zigarre in den Mundwinkel. »Ein männlicher Held, eine Jungfrau in Nöten. Wenn Sie uns Ihren Stoff überlassen, werden unsere Dramaturgen etwas Brauchbares daraus machen. Und dann sehen wir, ob irgendwann ein Film daraus wird.«

Eva hustete und wedelte den dicken Zigarrenrauch fort. »Irgendwann? Was heißt das?«

»Wir behalten uns vor, Ihren Stoff zu verfilmen. Selbstverständlich erhalten Sie ein angemessenes Honorar für Ihre Mühen. Einhundert Mark.«

Sie sah ihn ungläubig an. Das war sogar noch weniger als das, was sie in einem Monat bei der Versicherung verdient hatte.

Er bedachte sie mit einem dünnen Lächeln. »Die wenigsten Filmschriftsteller verkaufen ihr allererstes Drehbuch. Darauf können Sie sich durchaus etwas einbilden.«

Eva hatte genug gehört. Sie sprang auf, riss Eberling die Unterlagen aus der Hand, drehte sich auf dem Absatz um und stürmte aus seinem Büro. An der Garderobe schnappte sie sich ihren Hut und ihren Mantel und rannte die Treppe hinunter. Tränen der Wut und Enttäuschung verschleierten ihren Blick.

Draußen regnete es, und riesige Pfützen hatten sich an der Bordsteinkante gebildet. Eva drückte sich ihre Unterlagen an die Brust, setzte mit einem Sprung über eine der Pfützen hinweg und eilte zwischen zwei Bussen über die Straße.

»Fräulein Wagner!«, erklang von Weitem eine Stimme.

Sie warf einen Blick über ihre Schulter. Lichtenfeld winkte ihr vom gegenüberliegenden Straßenrand zu.

»Warten Sie!«

Aber sie dachte gar nicht daran. Nicht nur, dass er sie versetzt hatte, er hatte ihr auch falsche Hoffnungen gemacht. Sie setzte ihren Weg zum Bahnhof fort und hielt nach dem nächsten Omnibus Ausschau.

Auf Höhe des Bahnhofs holte Lichtenfeld sie ein. »Fräulein Wagner! Bitte, warten Sie doch!«

Eva lief unbeirrt weiter. Lichtenfeld überholte sie mit großen Schritten, blieb vor ihr stehen und versperrte ihr den Weg.

»Verzeihen Sie meine Verspätung«, keuchte er. »Leider ist mir etwas dazwischengekommen. Bitte laufen Sie nicht weg. Lassen Sie uns reden ...«

»Nicht nötig! Herr Eberling hat mir bereits alles gesagt. Meine Geschichte ist Ihnen egal, Sie suchen nur eine billige Schreibkraft! Und Ihre Firma will mein Drehbuch zu einem Spottpreis kaufen, um es bis zur Unkenntlichkeit zu verstümmeln. Ich verzichte!«

Ein riesiger Pulk strömte aus dem Bahnhof. Eva versuchte, sich durch den Menschenstrom zu drängen, doch sie kam nicht gegen die Menge an, in der es alle furchtbar eilig zu haben schienen. Sie bewegte sich ungeschickt, stieß mit Leuten zusammen, und das Durcheinander aus fremden Gesichtern, Gliedmaßen und Ellenbogen schob sie immer weiter in Richtung Bordsteinkante. Plötzlich knickte sie mit dem Absatz um und verlor das Gleichgewicht.

»Vorsicht!«

Quietschende Reifen, ohrenbetäubendes Hupen. Ein kräftiger Ruck riss sie zurück auf den Bürgersteig.

Erschrocken schnappte sie nach Luft. Im nächsten Moment fand sie sich in Lichtenfelds Armen wieder. Zum Glück – im letzten Moment hatte er sie vor einem Sturz auf die Fahrbahn bewahrt. Sie sah zu ihm auf, und erst jetzt wurde ihr bewusst, dass sie sich am Kragen seines Mantels festhielt.

»Haben Sie sich wehgetan?« Er musterte sie besorgt.

Ihr Fußknöchel schmerzte, doch sie biss tapfer die Zähne zusammen und schüttelte den Kopf. Die Situation war ihr auch so schon peinlich genug. Fast wäre sie vor ein fahrendes Auto gestürzt, und das alles nur, weil sie in ihrem Ärger kopflos davongestürmt war.

»Danke«, murmelte sie.

Er ließ sie wieder los. »Hören Sie, es tut mir wirklich leid, dass ich Sie vorhin im Stich gelassen habe.«

Erschöpft winkte sie ab. Sie wollte keine Entschuldigung, sie wollte einfach nur nach Hause.

Er strich sich den Kragen seines Mantels glatt. »Tun wir für einen Moment so, als wäre das alles eben nicht passiert. Ich kenne da ein nettes Café. Lassen Sie uns dort ungestört reden.« Er hob die Hände. »Ohne Herrn Eberling. Nur wir beide, ganz in Ruhe. Was meinen Sie?«

KAPITEL 5

Berlin, Mitte November 1920

Straßenbahnen ratterten auf den Schienen vorbei, Menschen strömten aus allen Richtungen über die sternförmige Kreuzung am Potsdamer Platz. Eva erschauderte, als eine eisige Windböe an ihr zerrte, und blickte zu dem weißen Schriftzug an dem Gebäude vor ihr auf: *Jostys Conditorei und Café.*

Lichtenfeld ließ ihr den Vortritt. Im Inneren des Lokals herrschte behagliche Wärme, und ein verführerischer Duft nach Kaffee lag in der Luft. Ein freundlicher junger Kellner begrüßte sie und führte sie an einen Tisch am Fenster, der einen guten Blick auf das hektische Treiben draußen bot.

Lichtenfeld entschuldigte sich, um einen Anruf im Büro zu tätigen, bevor Eberling noch eine Suchanzeige aufgab. Eva blieb solange am Tisch sitzen. Zwischen all den vornehm gekleideten Gästen fühlte sie sich fehl am Platz. Sie warf einen Blick in die Speisekarte und schluckte.

»Die Rechnung geht selbstverständlich auf mich«, versicherte Lichtenfeld leise, als er sich wieder zu ihr setzte. »Nur keine falsche Zurückhaltung.«

Doch Eva wollte keinesfalls das Gefühl haben, ihm etwas schuldig zu sein. Dann aber sah sie die feinen Kuchen- und Tortenstücke auf den Tellern der anderen Gäste und fühlte ihren Widerstand schwinden. Vor ihrem Gesprächstermin bei der Hyperion war sie viel zu aufgeregt gewesen, um irgendetwas zu essen, und nun knurrte ihr Magen.

Sie warf ihre Bedenken über Bord und bestellte sich ein Stück Sachertorte, dazu einen Kaffee mit Sahne. Lichtenfeld begnügte sich mit einem schwarzen Tee.

»Ach, es ist eine Schande«, sagte er, nachdem der Kellner ihre Bestellungen serviert hatte. »Wäre ich heute Morgen nicht in einer dringenden Sache aufgehalten worden –«

»Warum haben Sie nicht gleich gesagt, dass Sie nur eine Schreibkraft suchen? Erst geben Sie sich als brotloser Künstler aus, dann täuschen Sie Interesse an meinem Drehbuch vor ...«

Er lächelte. »Ich erlaube mir gern mal einen Spaß mit Ahnungslosen, die sich an unseren Stammtisch verirren.«

»Eine seltsame Art von Humor«, fand Eva.

Er zuckte mit den Schultern. »Ich habe festgestellt, dass die Menschen ehrlicher sind, wenn sie nicht wissen, wer vor ihnen sitzt. Überlegen Sie mal – hätten Sie auch so unbefangen mit mir geredet, wenn ich mich Ihnen von Anfang an als Filmregisseur vorgestellt hätte?«

Eva rührte in ihrem Kaffee. »Ich dachte wirklich, Sie interessieren sich für meine Geschichte.«

»Das tue ich auch.« Er seufzte. »Sie haben ja recht. Ich hätte Sie vor unserem Termin zurückrufen und Ihnen alles erklären sollen. Das wollte ich auch, aber ständig kam irgendetwas dazwischen. Wissen Sie, gerade stecke ich mitten in Dreharbeiten. Das reinste Chaos, sage ich Ihnen, und jetzt hat der Hauptdarsteller auch noch die Spanische Grippe bekommen –« Er unterbrach sich. »Egal, was Herr Eberling gesagt hat, ich will Ihren Entwurf unbedingt lesen. Das heißt, wenn Sie immer noch bereit sind, ihn mir zu zeigen.«

Eva fragte sich, welchen Sinn das jetzt noch hatte, doch als er ihr aufmunternd zulächelte, wurde etwas weich in ihr. Warum auch immer, sie schaffte es nicht, ihm ernsthaft böse zu sein.

Sie schob ihm ihren Umschlag zu. Während er las, probierte sie von der Torte. Die war wirklich köstlich, und mit jedem Bissen spürte Eva, wie sich ihre Nerven beruhigten.

Sobald Lichtenfeld das letzte Blatt auf den Stapel zurückgelegt hatte, schilderte Eva ihm noch einmal ganz in Ruhe, was Eberling zu ihr gesagt hatte. Das mit dem Schwerenöter verschwieg sie ihm jedoch lieber.

»Ich kann gerne ein gutes Wort für Sie einlegen. Vielleicht wird Max Ihnen dann ein besseres Angebot unterbreiten –«

»Nein danke«, fiel Eva ihm ins Wort.

»Nein?« Er musterte sie amüsiert. »Für eine so junge Schriftstellerin sind Sie erstaunlich selbstbewusst.«

»Oh, ich bin gar nicht ...« Sie räusperte sich. »Ich meine, ich ertrage die Vorstellung nicht, dass mein Drehbuch verfremdet und verstümmelt wird. Meine Geschichte bedeutet Herrn Eberling nichts. Er denkt doch nur ans Geld.« Sie reckte das Kinn. »Und als Schreibkraft kann ich auch anderswo arbeiten. Ich habe sogar schon eine Zusage von einer sehr namhaften und äußerst seriösen Firma.«

»Ach so?«

Sie bemühte sich um eine neutrale Miene. Die Lüge war ihr spontan eingefallen. Spielchen spielen, das konnte sie auch.

Inzwischen hatte der Regen aufgehört. Draußen klarte der Himmel auf, und zum ersten Mal seit Tagen zeigte sich die Sonne.

Lichtenfeld warf einen Blick aus dem Fenster. »Wissen Sie was? Lassen Sie uns ein wenig an die frische Luft gehen und draußen weiterreden.« Er leerte seine Tasse in einem Zug. »Von hier aus ist es nicht weit bis zum Tiergarten. Begleiten Sie mich?«

Zu Fuß legten sie die kurze Strecke zurück. Die Sonne fiel durch das goldene Laub der Bäume, und der Kies knirschte unter ihren Sohlen.

Evas Knöchel schmerzte immer noch. Sie versuchte, sich nichts anmerken zu lassen. Die Filmleute schienen es immer eilig zu haben, doch Lichtenfeld nahm sich ausgesprochen viel Zeit für sie, und sie wunderte sich ein wenig.

Er neigte den Kopf. »Jetzt sagen Sie mal, wie kommt ein junges Fräulein wie Sie dazu, ausgerechnet ein Drehbuch für einen Piratenfilm zu schreiben? Man sollte denken, Sie interessieren sich für harmlose, romantische Stoffe.«

Sie bemerkte das schelmische Funkeln in seinem Blick. Die Frage diente wohl dazu, sie aus der Reserve zu locken, also erzählte sie ein wenig über sich und von ihrer unbändigen Liebe zu Büchern, die niemand zu Hause teilte. Vor allem zu denen von Karl May.

»Die hab ich auch alle verschlungen«, gestand Lichtenfeld. »Kein Wunder, dass Sie so etwas Abenteuerliches schreiben.«

»Wenn meine Mutter wüsste, dass ich heimlich ein Drehbuch geschrieben habe, würde sie mich umbringen.«

»Mein Vater hätte mich wohl auch am liebsten umgebracht. Er ist Richter und bestand darauf, dass ich in seine Fußstapfen trete.«

Lichtenfeld erzählte, dass er ursprünglich aus Dresden stammte. Das Sächsische hatte er sich mühevoll abtrainiert, wie er augenzwinkernd versicherte. Seinem Vater zuliebe studierte er ein Semester lang Jura. Dann hatte er es nicht mehr ausgehalten und war für eine Weile ins Ausland gegangen.

Eva staunte. »Und wo waren Sie überall?«

Lebhaft berichtete er von seinen Reisen durch Marokko, Ägypten und Indien. Bis nach Südostasien war er gekommen, hatte eine Weile sogar auf Bali gelebt.

Mit offenem Mund lauschte sie seinen detailreichen Schilderungen der balinesischen Kultur. Er sprach von Menschen, die an Geister und Dämonen glaubten, von prachtvollen Tempeln, endlos weiten Reisterrassen. Er war ein begabter Erzähler mit einem Gespür für Spannung und Dramatik, das musste sie ihm lassen. Aber konnte das denn alles stimmen? Oder war das wieder nur irgendeine ausgedachte Geschichte? Er hatte ja selbst zugegeben, dass er es mit der Wahrheit nicht immer so genau nahm.

Irgendwann hatte es ihn wieder nach Europa gezogen, und schließlich war er in Paris gelandet. Bis zum Ausbruch des Großen Krieges war er an der Sorbonne eingeschrieben gewesen und hatte sich als bildender Künstler versucht: Malerei, Bildhauerei ...

»Aha, dann haben Sie im Romanischen Café also doch nicht gelogen«, stellte Eva amüsiert fest. »Es war nur nicht die ganze Wahrheit.«

»Wenn ich nicht nach Berlin gegangen und Max begegnet wäre, wer weiß, was aus mir geworden wäre. Ich malte ihm Filmplakate, entwarf die Bauten für einige seiner Filme, spielte sogar ein paar kleinere Rollen, ob Sie es glauben oder nicht. Schließlich erkannte er mein Talent und gab mir eine Chance als Regisseur.« Er lächelte. »Ich weiß, Sie können es sich nicht vorstellen, aber unter seiner harten Schale verbirgt sich ein weiches Herz. Ich habe ihm viel zu verdanken.«

Gemeinsam überquerten sie eine Brücke, die zu einer kleinen Insel in einem Teich führte, auf der eine marmorne Statue der Königin Luise von Preußen stand. Unter einem hohen Baum entdeckte Eva eine Parkbank, die vom Regen verschont geblieben war.

Erleichtert ließ sie sich darauf nieder, um ihrem strapazierten Knöchel ein wenig Ruhe zu gönnen.

Lichtenfeld setzte sich neben sie und bot ihr eine Zigarette an, doch Eva schüttelte den Kopf.

»Glauben Sie mir, ich verstehe Sie«, fuhr er fort. »Sie sind eine junge Schriftstellerin, Sie sind hungrig, haben Träume und Ziele. Sie sind noch längst nicht da angelangt, wo Sie hinwollen. Mir geht es ganz genauso.«

»Was meinen Sie damit?«

»Ich will Geschichten erzählen, so wie Sie. Keine platten Verfolgungsjagden oder Detektivserien, wie ich sie bisher immer für Max gedreht habe. Er produziert schon ewig Filme, nach dem immer gleichen Rezept, aber er sieht nicht, dass Film so viel mehr sein kann als billiger Kintopp.« Er zündete seine Zigarette an. »Ich will etwas Neues erschaffen. Etwas von Bedeutung. Etwas für die großen Lichtspielhäuser! Und ich glaube, ich habe auch schon den perfekten Stoff gefunden. Mir fehlt nur noch ein fähiger Dramaturg, der meine Ideen zu Papier bringt.«

»Ihre Firma beschäftigt doch sicher genug Dramaturgen.«

»Aber keinen, der meinen Ansprüchen genügt. Der Film ist eine völlig neue Kunstform. Ein unerforschtes Land, dessen Gesetze erst noch geschrieben werden müssen. Das haben bisher leider nur die wenigsten Dramaturgen begriffen. Darum brauche ich jemanden, der noch nicht von fremden Einflüssen geformt wurde. Jemanden wie Sie.«

Evas Augen wurden groß.

»Ich mag Ihr Drehbuch«, fuhr er fort. »Wirklich. Eine packende Geschichte – natürlich, sie leidet an den üblichen Kinderkrankheiten eines Anfängers. Da hat Max leider nicht ganz unrecht.«

Sie verschränkte die Arme.

»Aber dafür sind Ihre Ideen origineller als die der meisten Dramaturgen, die ich kenne«, versicherte er schnell. »Sie haben ein Talent, auf dem sich aufbauen lässt.«

Sagte er es nur, um ihre Reaktion zu testen? Sein Ausdruck war vollkommen ernst.

»Eine Stelle als Schreibkraft in einer großen und seriösen Firma hat gewiss ihre Vorzüge.« Er machte eine abfällige Handbewegung. »Aber wollen Sie Ihre Talente wirklich verkümmern lassen? Die ausgetretenen Pfade niemals verlassen? Bei mir können Sie lernen, wie man Filme macht. Sie würden als Schreibkraft anfangen, als meine persönliche Assistentin. Sie ordnen meine Ideen, tippen sie ins Reine, und ich bringe Ihnen alles bei, was Sie übers Drehbuchschreiben wissen müssen. Aus erster Hand! Wenn Sie gute Arbeit machen, bin ich mir sicher, dass Max Ihnen bald schon eine feste Stelle als Dramaturgin anbietet. Was halten Sie davon?«

Seine Worte klangen verführerisch, nach einer ganz besonderen und einzigartigen Chance. Sie liebte das Kino und interessierte sich brennend dafür, hinter die Kulissen einer richtigen Filmproduktion zu blicken. Fest angestellte Dramaturgin? Das wäre mehr, als sie sich je zu träumen erhofft hätte!

Irgendwie klang es fast schon zu gut, und sie hatte ein komisches Gefühl im Bauch. Eberling und seine herablassenden Bemerkungen, Lichtenfeld und seine seltsame Art, Dinge zu verschweigen oder auszuschmücken – woher sollte sie wissen, worauf sie sich wirklich einließ, wenn sie einwilligte?

»Das ist ein interessantes Angebot«, antwortete sie schließlich und erhob sich.

Lichtenfeld stand ebenfalls auf und sah sie erwartungsvoll an. »Aber?«

»Ich möchte erst in Ruhe darüber nachdenken, bevor ich mich entscheide.« Mit diesen Worten verabschiedete sie sich und ging.

Spät in der Nacht erwachte Eva, als sie das Klimpern eines Schlüssels an der Wohnungstür hörte. Sie setzte sich auf und zündete die Petroleumlampe auf ihrem Nachttisch an. Neben ihr schlief Leni tief und fest, doch der Schlafplatz neben Ilse war leer.

Geräuschlos stand Eva auf und öffnete die Tür zur dunklen Küche einen Spaltbreit. Das leise Schnarchen ihrer Mutter erklang. Wie immer schlief sie auf der länglichen Bank neben dem Esstisch.

In der Nähe der Wohnungstür loderte ein Streichholz auf, und Eva sah, wie eine Kerze entzündet wurde. Johanna. Sie hatte Eva nicht bemerkt. Gerade legte sie ihren Hut, den Mantel und die

Schuhe ab, dann schlich sie auf Zehenspitzen zur Kommode und goss sich Wasser in die Emailleschüssel.

Eva blieb schweigend in der Schlafzimmertür stehen, um Mutti nicht zu wecken. Gleichzeitig fragte sie sich, warum ihre Schwester in letzter Zeit immer häufiger erst zu nachtschlafender Zeit nach Hause kam. Schon mehrmals hatte sie Johanna darauf angesprochen, doch sie hatte immer nur vielsagend gelächelt.

Johanna griff sich in den Ausschnitt und zog etwas heraus. Eva verengte die Augen. War das ein Bündel Geldscheine?

Nun konnte sie sich nicht länger zurückhalten. Sie betrat die Küche. Als eine Diele unter ihren Füßen knarrte, fuhr Johanna erschrocken herum.

»Evchen!«, zischte sie, dann lächelte sie erleichtert und ließ die Scheine wieder in ihrem Ausschnitt verschwinden.

Eva nahm den Kerzenständer, fasste Johanna am Oberarm und bedeutete ihr mit einem Kopfnicken, sie nach draußen zu begleiten.

Gemeinsam schlichen sie durch das Treppenhaus zum Dachboden hinauf. Oben angekommen, schloss Eva die Tür hinter ihnen und stellte die Kerze auf den Boden. »Woher hast du die?«, fragte sie und deutete auf Johannas Ausschnitt.

»Was denn?«

»Sag bloß nicht, du brauchst sie, um deine Oberweite auszustopfen.«

Johanna setzte eine unschuldige Miene auf. »Die hab ich von meiner Kundschaft.«

»Willst du mir etwa weismachen, dass du den Leuten um diese Uhrzeit noch die Haare schneidest?« Eva streckte die Hand aus. »Gib her. Ich will sehen, wie viel es ist.«

Johanna tat wie geheißen, zog das Bündel aus ihrem Ausschnitt und reichte es Eva.

Mit der Zunge befeuchtete sie Daumen und Zeigefinger und zählte die Scheine ab. »Großzügig sind die Leute wohl auch, wie?«

»Meine Kundschaft ist eben sehr zufrieden mit mir.«

Eva kam ein fürchterlicher Verdacht. »Von welcher Art von Kundschaft sprechen wir eigentlich?«

Ihre Schwester starrte sie einen Moment lang ausdruckslos an.

Schließlich senkte sie den Kopf und malte mit der Fußspitze unsichtbare Kreise auf den Boden.

Plötzlich drehte sich alles um Eva. Sie suchte Halt an einem Holzbalken und musste für einen Moment die Augen schließen.

»Evchen ... Versteh das bitte.« Johanna trat an ihre Seite. »Ich hab dir doch versprochen, dass ich mich um das Finanzielle kümmere, bis du etwas Neues gefunden hast.«

Eva öffnete die Augen wieder und straffte sich. »Und die Geschichten von deinen Kundinnen, denen du nach Feierabend die Haare schneidest? Alle gelogen?«

Johanna lief rot an. »Was hätte ich denn sagen sollen? Ich hab mir längst gedacht, dass du so reagieren würdest.«

»Verdammt noch mal, Johanna. Du bist eine Prostituierte! Ist dir überhaupt klar, was das bedeutet?«

»Na und? Jetzt tu doch bitte nicht so, als wäre ich weit und breit die Einzige, die so etwas macht!« Johanna deutete zu einem der winzigen Dachfenster. »Sieh dich mal um da draußen. Heutzutage kann man es sich nicht leisten, sich für alles Mögliche zu schade zu sein. Nicht in dieser Stadt!«

Mit aller Macht musste Eva sich zusammenreißen, um ihrer Schwester keine schallende Ohrfeige zu verpassen. Sie atmete tief durch und senkte ihre Stimme. »Wie lange geht das schon so?«

»Ach ... eine ganze Weile. Ich hab es auch schon ab und zu gemacht, bevor dir gekündigt wurde. Eine Kollegin hat mich darauf gebracht. Du weißt schon, die Gerti, die sich immer so schicke Sachen bei Wertheim kauft. Von der du die Bluse geliehen hast! Nach Feierabend lässt sie sich von Herren einladen, denen sie für Geld ein wenig Gesellschaft leistet.«

»Gesellschaft?« Wieder musste sich Eva am Balken festhalten, als der Boden unter ihren Füßen schwankte. Sie konnte nicht fassen, was Johanna ihr erzählte. »So nennt man das also?«

Ihre Schwester legte ihr die Hände auf die Schultern. »Ich tue es für uns. Und für dich, Evchen. Ich wollte dir den Rücken freihalten, damit du in Ruhe dein Drehbuch schreiben kannst. Das war doch dein großer Traum.«

Sie schüttelte den Kopf. Johanna schien überhaupt nichts Falsches an dem zu finden, was sie tat. War sie wirklich so naiv? »Hast du auch nur eine Sekunde nachgedacht? Was, wenn du schwanger wirst? Oder dir irgendwas Schlimmes holst?«

»Ich bin doch vorsichtig. Da läuft nichts ohne Fromms.«

»Ach so! Na wunderbar! Und was, wenn die Polizei dich eines Morgens aus dem Landwehrkanal fischt?«

Johanna lachte leise. »Du meine Güte, Evchen ...« Plötzlich versiegte ihr Lachen, und ihre Augen weiteten sich. »Du ... Du wirst es doch nicht Mutti verraten, oder?«

»Natürlich nicht! Es würde ihr das Herz brechen.«

Erschöpft sank Eva auf die Knie. Johanna war mit ihren neunzehn Jahren kaum mehr als ein Kind – auch wenn sie immer so altklug tat und ein lockeres Mundwerk besaß. Ja, ein ahnungsloses, naives Mädchen. Warum hatte Eva nicht längst erkannt, was sich hier abspielte? Sie war doch die Älteste! Warum hatte sie ihrer kleinen Schwester bedenkenlos vertraut, als die ihr versprochen hatte, sich ums Geld zu kümmern? Sie hätte von Anfang an misstrauisch sein müssen.

»Es ist alles meine Schuld«, schluchzte Eva. »Ich hätte besser auf dich aufpassen müssen ...«

»So ein Unsinn!« Johanna kniete sich neben sie und streichelte ihren Arm. »Niemand hat mich dazu gezwungen, ich wollte es so.«

Die Worte ihrer Schwester waren ihr kein Trost, sie machten alles nur noch schlimmer. Dass es so weit kommen konnte! Was hätte ihr Vater dazu gesagt? Sie wollte es sich gar nicht erst ausmalen.

»Das muss aufhören, Johanna. Sofort. Versprich es mir!«

»Aber Evchen –«

In diesem Moment traf Eva eine Entscheidung. Sie schloss ihre Schwester fest in die Arme. »Es ist vorbei, hörst du? Ich sorge dafür, dass du dich nie wieder verkaufen musst.«

KAPITEL 6

Wiesbaden, Juni 2000

Ein Piepsen riss mich aus dem Schlaf. Ich rieb mir die Augen, tastete nach meinem Handy und las eine SMS von Waltraud, meiner Chefin:

Hallo Ariane. Vollsperrung auf der Autobahn. Kannst du den Laden heute bitte aufschließen? Schaffe es nicht rechtzeitig.

Mist, schon kurz nach acht! Dabei hatte ich schon längst im Laden sein wollen. Ich sprang aus dem Bett, flitzte ins Bad – Katzenwäsche musste heute reichen –, dann zurück ins Schlafzimmer und zog mir rasch etwas an. Im Flur schlüpfte ich hektisch in meine Schuhe, nahm meine Handtasche und rannte los.

In den letzten Nächten hatte ich kaum ein Auge zugetan, denn die Sorge um Oma hielt mich wach. Wenn ich doch einmal kurz einnickte, träumte ich nur wirres Zeug: Oma im Krankenhauszimmer, auf ihrem Nachttisch das Bild von mir und meiner Mutter, neben dem Bett die aufgeklappte Truhe mit den alten Schwarz-Weiß-Fotos und den Filmrollen.

Vor dem Hintereingang unserer Buchhandlung stapelten sich bereits die Kisten. Es war Dienstag, die Bestellungen vom Wochenende waren eingetroffen, und ausgerechnet heute hatte ich den Wecker überhört. Atemlos schloss ich die Tür auf und schob alles hinein. Bald schon würden die ersten Kunden im Laden stehen und nach ihren bestellten Büchern fragen.

Als Erstes klemmte ich mir den Telefonhörer zwischen Ohr und Schulter und suchte die Nummer von Julian heraus, unserer neuen Aushilfe. Während ich wartete, dass er endlich abhob, zog ich den ersten Karton heran, um ihn auszupacken. Von meinen beiden Kolleginnen war eine krank, die andere im Urlaub, und eben hatte ich eine zweite SMS von Waltraud erhalten. Sie schrieb etwas von einem Rettungshubschrauber, der gerade auf der Autobahn landete – keine Ahnung, wie lange sie noch dort festhängen würde.

Am anderen Ende der Leitung meldete sich Julian mit verschlafener Stimme.

»Hi, hier ist Ariane aus der Buchhandlung. Tut mir leid, wenn ich dich geweckt habe, aber es ist dringend. Kannst du heute schon früher anfangen?«

Er gähnte herzhaft. »Was heißt denn früher?«

»Jetzt gleich?«, fragte ich mit bangem Blick auf die vollen Kartons. Ich erklärte ihm kurz, was los war, und eine halbe Stunde später stand er vor der Ladentür.

Erleichtert ließ ich ihn herein, und als er mich mit einem fröhlichen »Guten Morgen!« begrüßte, musste ich ebenfalls lächeln. Und das, obwohl ich ihn aus dem Bett geklingelt hatte. Ich an seiner Stelle wäre bestimmt nicht so gut drauf gewesen.

Sein dunkelblondes Haar sah heute Morgen ganz besonders verwuschelt aus. Am liebsten hätte ich hineingelangt und es mit meinen Fingern glatt gestrichen, aber ich konnte mich gerade noch beherrschen. Er arbeitete erst seit einer Woche bei uns. Wir hatten uns auf Anhieb gut verstanden, auch wenn er die etwas nervige Angewohnheit besaß, ständig mit irgendwelchen Filmzitaten und Anspielungen um sich zu werfen, die ich nicht kapierte.

Vor ein paar Tagen hatte ich ihn gebeten, einen unserer großen Büchertische abzuräumen und zu putzen. Anschließend hatte Julian die Bücherstapel wieder daraufgelegt, aber in einer völlig anderen Reihenfolge, sodass ich sie umsortieren musste, damit es wieder genauso aussah wie vorher.

»Mensch, du hast mindestens so gute Augen wie der Terminator!«, hatte er lachend zu mir gesagt. »Unglaublich, dass dir so etwas auffällt. Ich hätte das überhaupt nicht gemerkt.«

Anschließend hatte er mir erst einmal erklären müssen, dass der Terminator ein Roboter aus einem Film war, dessen messerscharfen Kameraaugen nichts entging. Typisch Julian. Vielleicht lag es daran, dass er Filmwissenschaft studierte. Ich war mir nicht ganz sicher gewesen, ob ich seine Bemerkung als Kompliment auffassen sollte, aber ich nahm sie ihm nicht übel. Es war durchaus etwas dran, wie ich zugeben musste. Die Anordnung der Bücherstapel und Auslagen folgte meinem strengen, ausgeklügelten System. In der Hinsicht war ich äußerst eigen und konnte es nicht ausstehen, wenn jemand daran herumpfuschte.

Ich zeigte Julian die Durchschläge der Bestellzettel und erklärte ihm, dass die dazugehörigen Bücher alphabetisch nach Kundennamen ins Abholfach hinter dem Tresen einsortiert werden mussten. Zettel hier, Zettel da – unser Buchladen war einfach vorsintflutlich, denn Waltraud weigerte sich beharrlich, endlich mal ein modernes Warenwirtschaftssystem einzuführen.

Julian hörte sich alles an und nickte. Dankbar überließ ich ihm die Kundenbestellungen und machte mich daran, die Regale und die Stapel aufzufüllen. Pünktlich um halb zehn schloss ich die Tür auf, ließ ein paar ältere Damen herein, die bereits draußen gewartet hatten, und schob die Tische mit den Auslagen hinaus.

»Das ist aber das Falsche!«, ertönte es von drinnen. »Mir wurde zugesichert, dass das Buch heute da ist!«

Sofort ging ich wieder hinein, um nach dem Rechten zu sehen. Wie sich herausstellte, gab es mehrere Bestellungen für verschiedene Kunden, die allesamt Schmidt hießen. Julian hatte beim Sortieren nicht auf die Vornamen geachtet und versehentlich die Zettel in den Büchern vertauscht.

Die alte Dame bezahlte ihr Buch, stopfte es in ihre Tasche und murmelte noch etwas über »ungelerntes Personal«, bevor sie kopfschüttelnd den Laden verließ.

Ich ging die restlichen Bestellungen durch und stellte fest, dass es auch vertauschte Zettel bei einigen Müllers und Schneiders gab.

»Immerhin, eine Trefferquote von fünfzig Prozent«, meinte Julian augenzwinkernd.

Nach dem Chaos heute Morgen und nach all dem, was am Wochenende passiert war, war mir nur leider überhaupt nicht nach Scherzen zumute. »Ich will keine fünfzig Prozent, ich will hundert Prozent!«, schnauzte ich ihn an.

Julian sah mich mit großen Augen an. Was war nur los mit mir? Das war doch sonst nicht meine Art, und ich konnte ja nicht von ihm erwarten, dass er gleich beim ersten Mal alles richtig machte. Schon tat es mir leid, dass ich laut geworden war.

Bevor ich mich entschuldigen konnte, betrat der nächste Kunde den Laden. Ein junger Mann, der ein Geschenk für seine Schwiegermutter suchte. Ob ich ihm etwas empfehlen könne?

Das freudige Leuchten in den Augen der Menschen, wenn ich ihnen das passende Buch heraussuchte, war vielleicht das Schönste an meinem Beruf. Ich besaß ein untrügliches Gespür für gute Geschichten. Julian nannte es scherzhaft meine »Superkraft«. Bei dem Kunden, der nun vor mir stand, versagte sie allerdings. Egal, was ich vorschlug, nichts schien ihm zu gefallen. Als mir irgendwann sogar die Geheimtipps ausgingen, gab ich es auf und führte ihn zum Tisch mit den aktuellen Bestsellern. Hier wurde zur Not jeder fündig. Nur er nicht. Krimis? Zu blutrünstig. Coelho? Nein, zu abgehoben. Vielleicht doch lieber Pralinen.

Heute war einfach nicht mein Tag. Ich hatte gehofft, dass mich die Arbeit ablenken würde. Das tat sie eigentlich immer, denn ich liebte meinen Job. Ich lebte für Bücher und Geschichten, die so viel schöner und aufregender waren als mein eigenes Leben. Gerade aber ließ mich die Sorge um Oma nicht los. Auf Stress und anstrengende Kunden reagierte ich allergisch.

Als der Mann endlich fort war, flüchtete ich in unseren Pausenraum, schenkte mir ein Glas Wasser ein und trank einen großen Schluck. Plötzlich steckte Waltraud den Kopf durch den Vorhang, der das kleine Zimmer vom Verkaufsbereich trennte.

»Da bin ich! Danke, dass du die Stellung gehalten hast.« Sie rückte sich ihre bunt umrandete Brille zurecht und musterte mich. »Meine Güte, Ariane. Du bist ja ganz blass. Ist etwas passiert?«

Sie schlüpfte durch den Vorhang und legte mir ihre Hand auf den Arm, und mit einem Mal sprudelten die Worte nur so aus mir heraus. Ich erzählte von Omas Zusammenbruch und dass ich die letzten Nächte kaum geschlafen hatte. Meine Augen wurden feucht, dabei hatte ich mir doch fest vorgenommen, heute ausnahmsweise einmal nicht zu weinen.

Meine Chefin reichte mir ein Taschentuch. Draußen ertönte die

Klingel über der Ladentür. Ich wollte schon loslaufen, aber Waltraud hielt mich zurück.

»Julian und ich, wir machen das schon, und du nimmst dir den Rest des Tages frei.«

»Aber es gibt noch so viel zu tun –«

»Geh nach Hause und ruh dich aus. Anweisung der Chefin!« Sie zwinkerte mir zu, dann verschwand sie durch den Vorhang.

Am Nachmittag besuchte ich Oma. Sie war unverändert schwach, und die Ärzte waren sich noch immer nicht sicher, was genau ihren Zusammenbruch verursacht hatte. Es gab nichts, was ich tun konnte, außer abzuwarten und für Oma da zu sein, so gut es ging.

Am frühen Abend kehrte ich in meine Wohnung zurück und setzte mich in meine gemütliche Ecke, die ich mir mit ein paar Kissen auf der breiten Fensterbank in der Küche eingerichtet hatte. Durch das offene Fenster sah ich hinaus auf die Straße.

Selten war ich mir so einsam vorgekommen. Heute Abend hätte ich dringend jemanden zum Reden gebrauchen können. Aber wen? Ich scrollte durch die gespeicherten Nummern auf meinem Handy. Die meisten meiner Freundinnen waren schon vor einer ganzen Weile dem Job oder der Liebe wegen weggezogen. Ich wusste schon gar nicht mehr, wann ich zuletzt mit einer von ihnen gesprochen hatte.

Von draußen wehte eine angenehme Brise herein. Es half nichts, wenn ich hier noch länger herumsaß und auf mein Handy starrte. Wenn ich die Einsamkeit vertreiben wollte, musste ich unter Menschen. Ich stand auf, schnappte mir meine Tasche, verließ die Wohnung und machte mich auf den Weg in die Fußgängerzone.

Eine Weile schlenderte ich durch die schmalen Gassen abseits der Einkaufsmeile, vorbei an verschiedenen Kneipen. Laute Musik hallte von den Hauswänden wider und vermischte sich mit den Stimmen der zahlreichen Gäste.

Als ich an einem der Lokale vorbeikam, wurde draußen gerade ein Tisch frei. Spontan schnappte ich ihn mir und bestellte einen Caipirinha.

Während ich an dem Cocktail nippte, sah ich mich um. Ich war die Einzige, die zwischen lauter gut gelaunten Grüppchen und Pärchen allein am Tisch saß. Ich hatte gehofft, die Nähe anderer Menschen würde mich ein wenig von meinen Ängsten und Sorgen ablenken, aber inmitten all der fröhlichen Gesichter fühlte ich mich fehl am Platz.

Lustlos trank ich mein Glas aus, dann zahlte ich und ging drinnen zur Toilette. Auf dem Weg hinaus quetschte ich mich zwischen den Leuten am Tresen vorbei.

»Ariane!«

Ich drehte mich um. Julian stand vor mir, eine Flasche Bier in der Hand, und strahlte, wie immer.

Verlegen fuhr ich mir mit der Hand durchs Haar. Hätte ich geahnt, dass ich ausgerechnet ihm hier über den Weg laufen würde, hätte ich mir etwas mehr Mühe mit meinem Aussehen gegeben.

»Na, geht's dir wieder besser?« Besorgnis spiegelte sich in seinen braunen Augen. »Waltraud meinte, du hättest dich vorhin nicht so gut gefühlt.«

Ich nickte nur. Es war voll und laut, und ich wollte ihm nicht ins Ohr schreien, was mit Oma los war. Außerdem hatte ich noch etwas anderes auf dem Herzen.

»Hör mal, tut mir leid, dass ich dich vorhin so angemeckert habe.«

Er winkte ab. Dann deutete er auf einen langen Tisch in der Ecke. »Bin mit ein paar Leuten von der Uni da. Sind alle total nett. Hast du Bock, dich zu uns zu setzen?«

Aus einem Reflex heraus wollte ich ablehnen. Eine Gruppe Studenten? Du liebe Zeit, da passte ich doch überhaupt nicht rein. Aber ich freute mich einfach viel zu sehr darüber, dass Julian mich dabeihaben wollte. Ausgerechnet mich, ich war ja so etwas wie seine Vorgesetzte.

Ich überwand mich und folgte ihm zu den anderen an den Tisch. Julian stellte mich seinen Studienkollegen vor, allesamt vom filmwissenschaftlichen Institut. Ich versuchte gar nicht erst, mir alle Namen zu merken.

»Ach, echt? Du bist Buchhändlerin?«, fragte eine junge Frau mit raspelkurzem Haar und unzähligen Piercings, die neben mir saß. »So ein schöner Beruf. Den ganzen Tag Bücher lesen ...«

»Schön wär's!«, erwiderte ich lachend. Ich war es gewohnt, dass die meisten Leute ein übertrieben romantisches Bild von meiner Arbeit hatten.

Es war eine nette, quirlige Runde, ich unterhielt mich so gut wie schon lange nicht mehr. Die meiste Zeit über mit Julian. Er erzählte mir, dass er Filme liebte, seit er denken konnte. Sein Opa hatte früher als Filmvorführer im alten Walhalla-Kino hier in Wiesbaden gearbeitet, und Julian hatte den Großteil seiner Kindheit im Vorführraum verbracht.

»Nach dem Abi hab ich eine Weile selbst als Filmvorführer gejobbt. Ich hab mehr Popcorn gegessen, als gut für mich war«, meinte er augenzwinkernd. »Ohne meinen Opa wäre ich wohl nie auf die Idee gekommen, Filmwissenschaft zu studieren. Weißt du, jahrelang hat er übrig gebliebene Filmschnipsel gesammelt, und eines Tages hat er sie mir mal gezeigt. Da waren uralte Streifen dabei, manche sogar noch aus der Stummfilmzeit. Die Schauspieler, die man darauf sah, waren früher mal große Stars. Heute erinnert sich kein Mensch mehr an sie, aber mein Opa kannte sogar noch ihre Namen. Ich fand es fürchterlich schade, dass die Filme von damals und die Menschen dahinter größtenteils in Vergessenheit geraten sind.«

Während Julian redete, lachten ein paar Leute am Tisch. Einer der Studenten verdrehte sogar die Augen. Offenbar hatte Julian ihnen die Geschichte von seinem Opa und den alten Filmausschnitten schon mehr als einmal erzählt. Ich aber lauschte ihm wie gebannt. Die Begeisterung, mit der er sprach, erinnerte mich ein wenig an mich und meine Vorliebe für die alten Romane von J. D. Engelhardt. Wann immer ich sie erwähnte, erntete ich von meinem Umfeld ganz ähnliche Reaktionen, wenn nicht sogar den einen oder anderen blöden Spruch: »Engelhardt? Was findet eine junge Frau wie du bloß an so altmodischen Schinken?« Oder auch: »Engelhardt? Noch nie gehört!«

Spät am Abend löste sich die Runde auf. Julian musste zur Bushaltestelle, und ich begleitete ihn.

Die Zeit mit ihm in der Bar war nur so verflogen, und ich bedauerte, dass wir uns schon verabschieden mussten. Na ja, was hieß *schon* – es war kurz nach elf, und ich musste morgen früh raus, aber ich freute mich bereits auf unsere nächste gemeinsame Schicht in ein paar Tagen.

»Sag mal«, begann ich. »Wenn du doch so ein Filmfreak bist, wieso hast du dich ausgerechnet bei uns beworben? Wärst du nicht in einem Kino besser aufgehoben? Oder in einer Videothek?«

Er zögerte. »Na ja ... Ich hab mal mitbekommen, dass es bei euch Mitarbeiterrabatt gibt. Und irgendwie muss ich ja günstig an meine Fachliteratur kommen, oder?«

Ich begriff, dass er mich auf die Schippe nahm. Spielerisch boxte ich ihn gegen den Arm.

»Nicht hauen!«, protestierte er lachend.

Ich musste auch lachen. Seit ich ihm heute Abend begegnet war, hatte sich etwas in mir gelöst. Für ein paar Stunden war meine Angst um Oma zumindest ein Stück weit in den Hintergrund getreten.

Keine Ahnung, was in mich gefahren war, aber aus einem Impuls heraus umarmte ich ihn.

»Danke«, flüsterte ich und ließ ihn sogleich wieder los.

Er wirkte überrascht.

»Für den schönen Abend. Weißt du, ich hab ein paar echt beschissene Tage hinter mir. Die Ablenkung hat echt gutgetan.«

Er lächelte. »Kein Thema. Hey, wenn du mal jemanden zum Quatschen brauchst ... Ich mein ja nur.«

Ich sah zu Boden. Nicht zu fassen, dass ich ihn gerade wirklich umarmt hatte. So etwas war überhaupt nicht meine Art – auch nicht, anderen Leuten einfach so mein Herz auszuschütten. Am liebsten machte ich die Dinge mit mir selbst aus, und normalerweise funktionierte das auch ganz gut. Aber Julian hatte irgendetwas an sich, das mein Vertrauen weckte. Vielleicht mochte er mich sogar ein wenig? Keine Ahnung. Jedenfalls mochte ich ihn.

Ein paar Minuten später hielt sein Bus vor uns. Die Türen öffneten sich, und ein paar Fahrgäste stiegen aus. Ehe ich mich's versah, drückte Julian mich an sich, kurz, aber fest.

Dann lief er los und sprang in den wartenden Bus, gerade noch rechtzeitig, bevor sich die Türen schlossen.

Am nächsten Tag machte ich etwas früher Feierabend, weil ich Oma noch einen Besuch abstatten wollte. Auf meine Versuche, ein Gespräch anzufangen, reagierte sie nur sehr einsilbig, also setzte ich mich zu ihr und las ihr ein wenig aus dem Roman von J. D. Engelhardt vor.

Eine Weile hörte sie zu und lächelte sogar, bis ich irgendwann ihr leises Schnarchen vernahm. Leise seufzend legte ich das Buch auf den Nachttisch und betrachtete sie im Schlaf. Ihre Lider wirkten fast transparent, wie bei einem Neugeborenen. Wie friedlich sie dort lag, ganz regungslos, bis auf die tiefen, gleichmäßigen Atemzüge.

Ich habe so viele Fragen, Oma. Warum habt Silke und du euch damals mit Mama zerstritten? So sehr, dass ihr nicht einmal nach ihrem Tod darüber reden könnt?

Nach meinem Besuch schaute ich noch einmal bei Omas Haus vorbei. Ich musste den Briefkasten leeren und mich ein wenig um den Garten kümmern, und da Silke mich letztes Mal unterbrochen hatte, wollte ich die Gelegenheit nutzen und noch einmal in Ruhe nach Erinnerungsstücken meiner Mutter suchen.

Im Schlafzimmer zog ich erneut die Truhe unter dem Bett hervor. Ich blätterte die Fotos in den Umschlägen durch, doch ich musste feststellen, dass sie allesamt aus Omas Zeit in Berlin stammten.

Ich konnte mir kaum vorstellen, dass Oma wirklich nichts von meiner Mutter aufbewahrt hatte. Am liebsten hätte ich sie gefragt, aber Mama und Oma hatten ein äußerst kompliziertes Verhältnis zueinander gehabt. Ich wusste, wie empfindlich sie reagierte, sobald ich darauf zu sprechen kam. Auch wenn mir so viele Fragen unter den Nägeln brannten, seit ich das Foto von Vera und mir gefunden hatte, ich wollte Oma jetzt keine Aufregung zumuten. Nicht, wenn es ihr so schlecht ging.

Ich schob die Truhe wieder unters Bett, verließ das Haus und betrat den Garten. Zwischen den üppigen weißen Hortensien, die vor der Terrasse wuchsen, spross jede Menge Unkraut. Ich zupfte die ersten Büschel heraus, und plötzlich kam mir ein Gedanke.

Der Dachboden. Als Kind hatte ich ihn nie betreten dürfen. Oma hatte befürchtet, die morschen Stufen der Holzstiege könnten unter mir brechen, daran erinnerte ich mich noch gut. Vielleicht würde ich dort etwas finden, das mir mehr über meine Mutter verriet?

Ich ließ das herausgerissene Unkraut liegen, wischte mir die Hände ab und kehrte ins Haus zurück. Im ersten Stock holte ich den langen Metallstab aus der Abstellkammer, öffnete damit die Luke an der Decke und klappte die Stiege herunter.

Vorsichtig kletterte ich die schmalen Holzsprossen hinauf. Sie knarrten zwar ein wenig, hielten mein Gewicht aber aus. Irgendwie hatte ich es mir ja schon gedacht. Typisch Oma, immer hatte sie so viel Angst um mich, daran hatte sich bis heute nichts geändert.

Oben angekommen, drückte ich auf den Lichtschalter, doch nichts tat sich. Leise fluchend stieg ich wieder hinab, eilte in die Küche, schnappte mir eine Taschenlampe aus der Schublade und kehrte auf den Dachboden zurück.

Winzige Staubpartikel schwebten im Lichtstrahl, als ich damit umherleuchtete. Ich schob Kisten mit alten Büchern und Kindersachen von Silke und mir beiseite und arbeitete mich nach und nach vor, fand jedoch nichts, das so aussah, als hätte es einmal meiner Mutter gehört.

Erneut ließ ich den Blick über den Dachboden schweifen, um ganz sicherzugehen, dass mir auch nichts entgangen war, und tatsächlich: Hinten unter der Dachschräge entdeckte ich eine weitere Kiste, die von einem weißen Tuch bedeckt war.

Spinnweben verfingen sich in meinem Haar und klebten an meiner Stirn, als ich darauf zukroch. Endlich erreichte ich die Kiste und entfernte das staubige Tuch. In der Erwartung, darin bestimmt wieder nur alte Schuhe oder Klamotten zu finden, öffnete ich sie und starrte ungläubig den Inhalt an.

Ein Stoffhase?

Vorsichtig hob ich ihn hoch. Der Hase war ausgefranst und an unzähligen Stellen ausgebessert worden. Bestimmt hatte er schon einige Jahrzehnte auf dem Buckel.

Darunter entdeckte ich mehrere in Leinen gebundene Notizbücher. Ich nahm das oberste heraus und schlug es auf. Als ich die Taschenlampe darauf richtete, stockte mir der Atem. Das Papier war bereits vergilbt, und mit blauer Tinte stand dort geschrieben:

DIESES TAGEBUCH GEHÖRT VERA!
FÜR ELTERN STRENGSTENS VERBOTEN!

Sekundenlang betrachtete ich die Buchstaben und konnte es kaum glauben. Das alte Tagebuch meiner Mutter. Vorsichtig blätterte ich um. Der erste Eintrag war auf den 1. Mai 1939 datiert, als Vera zehn gewesen war. Im Geiste sah ich ein kleines Mädchen mit blonden Zöpfen vor mir, das über dem Buch saß, das ich gerade in den Händen hielt, und mühevoll seine kindlichen Gedanken in Worte fasste.

Nacheinander nahm ich mir die restlichen Notizbücher vor und blätterte alle kurz durch. Zwischen den einzelnen Einträgen gab es immer wieder zeitliche Lücken, über Wochen oder sogar über mehrere Monate hinweg. Der allerletzte Eintrag stammte aus dem Jahr 1952, als meine Mutter bereits vierundzwanzig gewesen war.

Veras Erinnerungen. Die Aufzeichnungen aus ihrer Jugend. Endlich lag etwas vor mir, das mir helfen konnte, zu verstehen, was für ein Mensch meine Mutter gewesen war – aber in meine Freude mischte sich ein mulmiges Gefühl. Wie hätte Vera es wohl gefunden, dass ich mir ungefragt ihre Tagebücher von früher vorknöpfte? Als Teenager hatte ich selbst eine Zeit lang Tagebuch geführt. Wenn ich mir jetzt vorstellte, dass irgendjemand es fand und den peinlichen Krempel darin las, wurde mir ganz anders.

Ich nahm mir wieder das älteste Notizbuch vor und schlug es auf. Sanft ließ ich meine Fingerspitzen über die säuberliche Schrift gleiten und las die ersten Sätze. Versuchte mir vorzustellen, wie Veras Stimme geklungen haben musste. Vielleicht so ähnlich wie meine, genauso hell und leise?

Als zehnjähriges Mädchen hatte meine Mutter dasselbe Papier berührt, das ich nun berührte. Diese Tagebücher waren alles, was mir von ihr geblieben war. Sie waren meine einzige Möglichkeit, mich meiner Mutter irgendwie anzunähern.

Ich konnte sie nicht mehr fragen, ob es ihr recht wäre, wenn ich sie las. Ich konnte nur still für mich hoffen, dass sie mein Eindringen in ihre Privatsphäre verstanden und es mir verziehen hätte.

KAPITEL 7

Wiesbaden, Mai 1939

Vera erwachte von einem Schrei. Ihr Herz klopfte. Hatte sie nur geträumt?

Sie lauschte in die Stille ihres Zimmers hinein, ihren Stoffhasen Ferdi fest an die Brust gedrückt. Mama hatte ihn ihr genäht, und er war schon unzählige Male geflickt worden. Kein Wunder, denn früher hatte Vera ihn rund um die Uhr bei sich getragen. Inzwischen machte sie das nicht mehr, sie war schließlich schon fast elf, aber noch immer konnte sie ohne ihren Ferdi nicht einschlafen.

»Bist du nicht langsam zu alt für Kuscheltiere?«, hatte Mama sie am Abend erst gefragt. Sie hatte sich zu Vera auf den Bettrand gesetzt und ihr zärtlich die blonden Strähnen aus dem Gesicht gestrichen, aber Vera hatte nur den Kopf geschüttelt.

Der Mond erhellte das Zimmer, und mit den Fingerspitzen berührte sie Ferdis glänzende schwarze Knopfaugen und das süße Schnäuzchen. Egal, ob irgendjemand sie deshalb auslachte: Sie wollte ihn behalten, bis sie alt und runzelig war.

Vera schnappte nach Luft. Da war sie wieder, die Stimme! Ein Schluchzen hinter der Zimmertür. Mama. Es war Mama, und sie weinte.

Ein komisches Gefühl stieg in Vera auf. Noch nie hatte sie Mama weinen gehört. Ob etwas Schlimmes passiert war? Hatte sie sich wehgetan?

Hastig schlug sie die Decke zur Seite, klemmte sich Ferdi unter den Arm, schlich auf Zehenspitzen zur Tür und öffnete sie einen Spaltbreit. Im Flur war niemand, aber sie konnte die Treppe sehen, und unten im Wohnzimmer brannte Licht.

»Ich hab dir doch gesagt, diese Schlesingers sind kein Umgang für uns.« Die Stimme ihres Vaters. »Wenn die Partei mitkriegt, dass Vera mit deren Tochter spielt, kommen wir noch in Teufels Küche!«

Vera schluckte. Papa hatte ihr schon vor einer ganzen Weile verboten, mit Dorothee Schlesinger zu spielen, weil ihre Familie jüdisch war. Herr Schlesinger hatte früher eine Kunstgalerie besessen, aber dann hatte er seinen Laden dichtmachen müssen. »Entartete Kunst«, hatten die Leute gesagt.

Viele Parteimitglieder kauften in Papas Feinkostladen ein, und Vera wusste, wie wichtig diese Leute für ihn waren – auch wenn er in Wahrheit nicht viel vom Führer hielt. Das durfte sie natürlich niemandem verraten. Ihre Eltern hatten es ihr oft genug eingeschärft. Und das würde sie auch nicht. Sie wollte ja nicht, dass Papa seinen Laden schließen musste, so wie Herr Schlesinger, oder am Ende sogar ins Gefängnis kam.

Irgendwann hatte Mama ihr doch heimlich erlaubt, Doro zu besuchen. Dafür hatte Vera ihr hoch und heilig versprechen müssen, Papa nichts davon zu sagen. Aber jetzt wusste er doch Bescheid, und Vera fragte sich, warum. Ob irgendein Nachbar etwas gesehen und es ihm erzählt hatte?

Sie lauschte. Für einen Moment war es unten still. Dann hörte sie, wie ihre Mutter etwas sagte. Vera beugte sich vor und versuchte, ihre Worte zu verstehen.

»Das ist alles deine Schuld!«, brüllte Papa plötzlich. »Ich wünschte, du hättest niemals dieses Balg mit in die Ehe gebracht!«

Danach hörte Vera nur noch das leise Weinen ihrer Mutter.

Am nächsten Morgen schleppte sich Vera müde zur Schule. Nachdem sie den Streit ihrer Eltern mit angehört hatte, hatte sie kein Auge mehr zugetan. Noch immer krampfte sich etwas in ihrem Bauch zusammen, wenn sie an die wütenden Worte ihres Vaters dachte. Bis zum Morgengrauen waren sie ihr nicht mehr aus dem Kopf gegangen. Was das wohl bedeutete, ein Balg mit in die Ehe zu bringen? Aus seinem Mund hatte es wie etwas Schlimmes geklungen, aber Vera konnte sich einfach keinen Reim darauf machen.

Nach Schulschluss eilte sie zum Feinkostladen ihrer Eltern in der Wilhelmstraße. Die Bimmel ertönte, als sie eintrat. Mama und Papa standen hinter der Theke und bedienten lächelnd ein paar ältere Herrschaften, als hätte der Streit letzte Nacht niemals stattgefunden.

Komisch, dachte Vera. Hatte sie sich alles nur eingebildet? Schon spürte sie den strengen Blick ihres Vaters. Artig grüßte sie die Kundschaft, dann schlüpfte sie ins Hinterzimmer. Papa schätzte es nicht, wenn sie sich zu lange vorn im Laden aufhielt. Das Geschäft war schließlich kein Kinderspielplatz.

Gleich darauf kam ihre Mutter und stellte ihr einen Teller mit belegten Schnittchen auf den Tisch.

»Du, Mama, draußen ist so schönes Wetter. Darf ich nach dem Essen und den Hausaufgaben raus zum Spielen?«

»Aber nur, wenn du mir etwas versprichst.«

»Was denn?«

Mama zögerte. »Dass du nicht mehr zu diesem jüdischen Mädchen gehst.«

Vera starrte ihre Mutter an. »Aber Mama, Doro ist meine Freundin!«

Margarete schluckte schwer. »Ich weiß. Es tut mir leid, Schätzchen, aber es ist besser so, glaub mir. Sieh mal, ich hab mir das alles doch auch nicht ausgesucht. Und du bist alt genug. Du weißt, dass man manchmal Dinge tun muss, auch wenn sie einem nicht gefallen. Nicht wahr?« Zärtlich strich sie ihrer Tochter übers Haar. »Warum spielst du nicht mit Marlies? Sie ist so ein nettes Mädchen.«

Vera nahm sich eine Leberwurstschnitte und biss hinein. Marlies war überhaupt nicht nett, sondern ziemlich hochnäsig. Sie ging mit Vera in eine Klasse, und seit Kurzem waren sie zusammen beim Bund Deutscher Mädel, wie es für alle Mädchen ab dem Alter von zehn Jahren Pflicht war. Vor allem aber waren Marlies' Eltern treue Kunden im Feinkostladen. Kein Wunder, dass Mama sich wünschte, dass sie mit ihr spielte.

»Na gut«, sagte sie und seufzte. »Ich gehe zu Marlies.«

Mama nickte zufrieden, und Vera sah ihr nach, als sie wieder nach vorn in den Laden zurückkehrte. Rasch schlang sie das restliche Brot hinunter und erledigte ihre Aufgaben, dann sprang sie auf und stürmte zur Tür hinaus, bevor Mama ihr Grinsen bemerken konnte.

Vera rannte durch die Straßen, durchquerte eine Toreinfahrt und betrat einen Hinterhof, in dem mehrere Kinder spielten. Doro tanzte mit ein paar Mädchen Ringelreihen.

Vera erkannte sie schon von Weitem und rannte freudig auf sie zu. Es war ihr egal, ob Doros Familie jüdisch war oder nicht. Doro war ihre beste Freundin. Mit ihr war es immer lustig, und bei ihr zu Hause durfte Vera sogar malen und basteln. Daheim sah Papa es nicht gern, weil er fand, dass es Zeitverschwendung war und obendrein Dreck machte. Doros Eltern aber schimpften nie, selbst dann nicht, wenn hinterher überall Schnipsel herumflogen und den Mädchen der eine oder andere Farbklecks danebenging.

Eine Weile spielten sie alle zusammen im Hof, bis die Jüngeren nach und nach von ihren Müttern hineingerufen wurden und nur noch Vera und Doro übrig blieben. Wenn sie zu zweit waren, spielten sie häufig »Vater, Mutter, Kind«. Heute übernahm Vera die Rolle des Vaters, der ausnahmsweise ziemlich streitsüchtig war und unablässig mit der Mutter schimpfte.

»Dieses Balg!«, rief Vera und deutete auf die Puppe in Doros Armen. »Hättest du das bloß nicht in die Ehe mitgebracht!«

Plötzlich ertönte hinter ihr ein Lachen. Erschrocken fuhr Vera herum. Gerade schob Frieda ihr Fahrrad in den Hof. Sie war Doros große Schwester, und mit ihren sechzehn Jahren war sie in Veras Augen schon so gut wie erwachsen.

Schmunzelnd blieb sie vor ihnen stehen und schüttelte den Kopf. »Na, was spielt ihr denn da? Ein Balg mit in die Ehe bringen? Also wirklich, wenn Mama und Papa das wüssten. Wie kommt ihr denn auf solche Sachen?«

Es fühlte sich an, als hätte Frieda sie bei etwas Verbotenem ertappt. Doro blieb stumm. Vera spürte, wie ihre Wangen rot wurden, und senkte den Kopf. Sie konnte ja nichts dafür. Der komische Satz spukte ihr durch den Kopf, seit sie ihn gestern Nacht aufgeschnappt hatte, und war ihr beim Spielen ganz spontan über die Lippen gekommen.

»Wisst ihr denn überhaupt, was das bedeutet?«, hakte Frieda nach.

Die Mädchen schüttelten den Kopf.

Frieda grinste. »Habt ihr schon mal was von den Bienchen und den Blümchen gehört?«

Vera tauschte einen ratlosen Blick mit Doro.

»Dachte ich es mir«, flüsterte Frieda verschwörerisch und beugte sich vor. »Na, dann spitzt mal die Ohren ...«

Am Sonntag saß Vera mit ihren Eltern am Frühstückstisch und drückte ihren Stoffhasen an sich. Auf ihrem Teller lag ein halbes Honigbrötchen, das sie bisher nicht angerührt hatte.

Noch immer konnte sie nicht fassen, was Frieda ihnen vor ein paar Tagen erzählt hatte. Es hatte so eklig und gleichzeitig so bescheuert geklungen, dass Vera und Doro sich vor Lachen nicht mehr eingekriegt hatten. Vera konnte sich überhaupt nicht vorstellen, dass die Erwachsenen wirklich so komische Dinge miteinander machten. Und daraus entstanden dann die Kinder? Nein, so ein Quatsch. Bestimmt hatte Frieda sie nur veräppelt.

Nachdenklich zupfte sie an Ferdis flauschigen Ohren. Vera hatte natürlich nicht verraten, wo und bei wem sie den Satz aufgeschnappt hatte, aber Frieda hatte ihr ganz genau erklärt, was es bedeutete, wenn eine Frau ein Kind mit in die Ehe brachte. Unsicher sah Vera erst ihre Mutter an, dann ihren Vater. Was, wenn da etwas Wahres dran war? Wenn Frieda sie doch nicht veräppelt hatte? Dann wäre ihr richtiger Vater irgendein wildfremder Mann.

In ihrer Fantasie sah sie einen gesichtslosen Schatten, der zwischen Mama und Papa aufragte, und plötzlich fröstelte sie. Nein, so etwas konnte und wollte sie sich lieber nicht vorstellen. Trotzdem, es ließ ihr keine Ruhe. Sie musste endlich wissen, ob es stimmte.

»Neulich Nacht habt ihr gestritten«, sagte sie leise.

Wortlos bestrich Mama eine Brötchenhälfte mit Butter. Papa verschanzte sich hinter der Sonntagszeitung. Nur seine Glatze schaute über dem Rand hervor.

»Veralein«, murmelte Mama, ohne von ihrem Teller aufzusehen. »Das hast du nur geträumt.«

»Hab ich nicht.«

»Margarete«, brummte Papa hinter der Zeitung. »Schenk mir bitte noch einen Kaffee ein, ja?«

Mama stand auf und griff nach der Kaffeekanne. Vera drückte Ferdi an sich. Sie war hellwach gewesen und hatte nicht geträumt. Sie wusste ganz genau, was sie gehört hatte.

»Du hast aber geweint, Mama. Ich bin wach geworden, und du –«

»Schluss jetzt.« Mama setzte sich wieder hin. »Iss dein Brötchen.«

Doch Vera hatte keinen Appetit und schob den Teller von sich. In den letzten Tagen hatte sie sich mehrmals ganz genau im Spiegel angeschaut. Eigentlich fand sie, dass sie weder Mama noch Papa so richtig ähnlich sah. Mama war zierlich und klein, Papa dick und breit wie ein Baumstumpf. Vera hingegen besaß ein langes, schmales Gesicht, ihre Glieder waren dürr und schlaksig. Unaufhaltsam schoss sie in die Höhe, und alle sechs Monate stöhnte Mama, wenn Vera wieder einmal aus all ihren Sachen herausgewachsen war und neue brauchte.

Vielleicht war ihr Vater ja wirklich ein Fremder? Vielleicht sah sie ihm sogar ähnlich? Aber wo war dieser Mann, und warum hatte Mama nicht ihn geheiratet, sondern Papa? Wusste er überhaupt, dass er eine Tochter hatte?

Papa räusperte sich. »Du sollst essen, hat deine Mutter gesagt.«

Nein, Vera konnte jetzt nichts essen und einfach so tun, als wäre nichts. Plötzlich kam ihr alles falsch und unecht vor, wie die Kulissen im Staatstheater, wo sie sich mit Mama jedes Jahr ein Weihnachtsmärchen ansah. Wenn sie jetzt still blieb, würde sie platzen, das spürte sie.

»Wer ist mein richtiger Papa?«

Mit einem Mal wurde es ganz still im Esszimmer, als hätten alle gleichzeitig die Luft angehalten. Papa ließ die Zeitung sinken und starrte Vera an.

Sie kannte diesen Blick. So sah er sie immer an, wenn sie etwas angestellt hatte.

»Ich hab euch ganz genau gehört. Papa, du hast gesagt –«

Er faltete die Zeitung und knallte sie auf den Tisch.

Mama zuckte zusammen. »Gustav –«

»Sei still!« Er lief rot an. »Du hast das Kind verzogen. Hast es viel zu sehr verhätschelt. Das haben wir jetzt davon! Es hat keinen Respekt!« Er wandte sich an Vera. »Geh auf dein Zimmer. Bevor ich dir noch den Hintern versohle.«

Vera dachte gar nicht daran, aufzustehen. Wenn er gar nicht ihr echter Vater war, dann musste sie streng genommen auch nicht auf ihn hören, oder? Trotzig blieb sie sitzen und vergrub ihr Gesicht in Ferdis Fell.

»Jetzt reicht es mir!«, rief Papa, sprang auf und zerrte sie von ihrem Stuhl.

Vera erschrak. Sie wusste, dass Papa streng sein konnte, aber so aufbrausend hatte sie ihn noch nie erlebt. Hilfesuchend sah sie zu Mama. Warum sagte sie denn nichts? Mit gesenktem Kopf saß sie vor ihrem Teller und rührte sich keinen Millimeter.

»Dankbar solltest du sein, für alles, was ich für dich und deine Mutter getan habe!« Er riss ihr Ferdi aus der Hand. »Das hast du jetzt davon. Ich werde dir schon den nötigen Respekt beibringen.«

»Gib ihn mir zurück!«, schrie Vera, doch ihr Vater drehte sich einfach um und ging mit großen Schritten aus dem Zimmer.

Mama rief irgendetwas, doch Vera beachtete sie nicht und rannte ihm nach, durch den Flur, bis zur Haustür. Papa riss sie auf, holte aus und schleuderte Ferdi nach draußen.

»Nein!«, brüllte Vera. In hohem Bogen flog der Hase durch die Luft und landete mitten auf der Straße. Sie wollte hinausrennen und ihn zurückholen, aber schon bog ein Auto in die Straße ein, und Papa hielt sie fest.

Vera schrie. Der Fahrer hörte sie nicht. Entsetzt beobachtete sie, wie die Reifen des Wagens ihren Stoffhasen überrollten.

Fröstelnd zog sich Vera die Bettdecke bis zum Kinn. Seit Stunden war sie schon allein in ihrem Zimmer, aber sie weinte immer noch, und ihr Kopf war heiß und tat weh. Armer Ferdi. Sein Gesicht war zerdrückt gewesen, sein Bauch aufgeplatzt, und die Füllung hatte herausgeschaut.

Im Flur hörte sie Schritte. Die Tür zu ihrem Zimmer öffnete sich einen kleinen Spaltbreit, und zwei längliche Stoffohren schauten herein.

»Ferdi?«, flüsterte sie und setzte sich auf.

Die Tür ging ganz auf, und Mama kam mit Ferdi ins Zimmer. Sie näherte sich dem Bett und reichte Vera den geflickten und gewaschenen Hasen.

Selig schloss Vera ihn in die Arme. Sein Fell war noch feucht. Er hatte Spuren davongetragen und würde nie wieder der Alte sein, aber Hauptsache, sie hatte ihn wieder.

Sie umarmte Mama. »Danke.«

Mama ließ es sich für einen Moment gefallen, dann fasste sie Vera an den Schultern und sah ihr fest in die Augen. »Du musst mir versprechen, dass du so etwas nie wieder machst. Du darfst so einen Unsinn nicht zu Papa sagen. Du tust ihm sehr weh damit, hörst du? So etwas hat er nicht verdient. Du solltest froh sein, einen Vater wie ihn zu haben.«

Vera wischte sich die Tränen fort und drückte Ferdi an sich. »Mein echter Vater hätte so etwas bestimmt nie gemacht.«

Sie wusste selbst nicht, warum sie es sagte. Es war ihr einfach so in den Sinn gekommen.

In Mamas Augen lag ein seltsamer Glanz. »Du weißt ja nicht, was du da sagst, Kind.«

»Aber –«

»Halt den Mund!«

Mama sprang auf, strich sich den Rock glatt und atmete tief durch. »Das neulich Nacht war nur ein Traum, hörst du? Wir sprechen nie wieder davon. Nie wieder!«

KAPITEL 8

Berlin, Friedrichstraße
Anfang Dezember 1920

»Herr Lichtenfeld erwartet Sie«, sagte Fräulein Abel, als Eva am Montag pünktlich um acht im Büro erschien, und wies ihr den Weg durch den Flur.

Lichtenfelds Stimme schallte ihr bereits von Weitem entgegen. Seine Tür stand offen, während er telefonierte. Eva wollte ihn nicht unterbrechen, blieb unsicher auf der Schwelle stehen und warf einen Blick in das großzügige Zimmer.

In der Mitte des Raumes stand ein wuchtiger Schreibtisch. Lichtenfeld griff sich ein Blatt aus einem Papierstapel heraus, strich einzelne Sätze oder Wörter durch und machte Notizen am Rand, während er gleichzeitig in den Hörer sprach. »Ja, woher soll ich das denn wissen, guter Mann? Ist das etwa meine Aufgabe?« Nun legte er doch den Füllfederhalter hin und fuhr sich mit der freien Hand durchs Haar. »Dann muss der Bankräuber eben zu Fuß flüchten, Herrgott noch mal! Machen Sie gefälligst Ihre Arbeit, sonst können Sie ab morgen stempeln gehen!«

Er knallte den Hörer auf die Gabel. Eva zuckte zusammen. Leise räusperte sie sich.

Lichtenfeld sah von seinem Schreibtisch auf, und sofort erhellte sich seine Miene. »Fräulein Wagner! Wie schön, dass Sie da sind! Kommen Sie bitte herein.«

Zögerlich trat Eva ein. Dass er auch eine reizbare, aufbrausende Seite besaß, war ihr neu. »Sie haben wohl gerade viel um die Ohren?«

Lächelnd kam er auf sie zu. »Ach, nur der übliche Wahnsinn. Vorbereitungen für meinen nächsten Detektivfilm.«

Eva sah sich staunend um. Sein gesamtes Büro war mit fremdländisch aussehenden Skulpturen dekoriert. »Meine Güte, das ist ja ein richtiges Museum.«

»Nur ein paar Mitbringsel von meinen Reisen.« Er deutete auf mehrere der Figuren und zählte stolz auf, woher sie stammten – eine davon stellte einen balinesischen Barong dar, eine andere die hinduistische Gottheit Ganesha.

Eva blieb vor der hölzernen Nachbildung eines Kopfes stehen. Du liebe Zeit. Von diesen finsteren, grob geschnitzten Zügen konnte man Albträume bekommen. Wer stellte sich denn freiwillig so etwas ins Büro?

Lichtenfeld tätschelte die Büste liebevoll. »Dieser Kamerad hier stammt noch aus meiner Zeit in Paris. Wie jeder ernst zu nehmende Künstler habe ich mich an einem Selbstbildnis versucht. Na, wie gefällt er Ihnen?«

Ein Selbstbildnis? Eva wollte nicht unhöflich sein, aber das Ding hatte überhaupt keine Ähnlichkeit mit ihm. Es war einfach nur hässlich. Sie konnte nicht anders, hielt sich die Hand vor den Mund und musste lachen. Nein, das Original gefiel ihr tausendmal besser.

Lichtenfeld schmunzelte. »Ich weiß, ich bin ein lausiger Bildhauer. Es war mein kläglicher erster Versuch, aber irgendwie hänge ich daran, darum habe ich es behalten.«

Von seinem Ärger über das Telefonat von eben war nichts mehr zu spüren. Da war er wieder, der Lichtenfeld, den sie kannte ... und mochte.

Drei Filme habe er bisher für Eberling gedreht, erzählte er, mit dem vierten werde er nächste Woche beginnen. Sie waren Teil einer Serie um einen Privatdetektiv und boten all das, was die Leute mochten: Verfolgungsjagden, Faustkämpfe, zwischendrin ein paar Liebesszenen. Dankbare Auftragsarbeiten. Lichtenfeld aber träumte von einem wesentlich größeren Projekt.

»Wie gesagt, ich stelle mir einen Abenteuerfilm vor, der das Publikum an exotische Schauplätze entführt. Ferne Länder, kostbare Schätze – so etwas ist doch genau Ihr Metier, Fräulein Wagner! Darum lassen Sie uns keine Zeit verlieren. Ich habe ein paar Notizen vorbereitet, die Sie dringend abtippen müssen.«

Er führte sie hinter seinen Schreibtisch. Auf dem Boden türmte sich ein Chaos aus Zetteln und beschrifteten Karteikarten, die bei genauerem Hinsehen ein kompliziertes Muster bildeten.

»Das sind aber nicht Ihre Notizen, oder?«

Er lachte. »Irgendwann hatte ich auf dem Schreibtisch keinen Platz mehr, und ich sagte doch, ich brauche jemanden, der mein Gekritzel ins Reine schreiben kann. Kommen Sie, ich erkläre Ihnen alles.«

Mit knappen Worten schilderte er seine Filmidee: die Abenteuer eines Schatzsuchers, der kostbaren Artefakten nachjagte und dabei die ganze Welt bereiste. Während er redete, ging er in die Knie und ordnete die Karten immer wieder neu an.

»An der endgültigen Reihenfolge arbeite ich noch. Ich habe noch längst nicht alle Szenen beisammen, mir ging es erst einmal um die wichtigsten Wendepunkte. Wie finden Sie meine Ansätze?«

Es schmeichelte Eva, dass er Wert auf ihre Meinung legte. Alle seine Einfälle klangen spannend. Einen Film wie diesen würde sie sich um jeden Preis im Kino ansehen wollen. »Darf ich?«, fragte sie und deutete auf die Karteikarten.

Er machte eine einladende Geste. »Nur zu! Es gibt kein Richtig oder Falsch. Je verrückter die Ideen, desto besser!«

Eva kniete sich neben ihn, nahm nacheinander die Karten in die Hand und versuchte, die beste Reihenfolge zu finden.

Lichtenfeld krempelte sich derweil die Ärmel hoch, knöpfte seinen Hemdkragen auf und nahm sich einen Zeichenblock vom Schreibtisch. Sogleich begann er, erste Entwürfe für das Szenenbild zu skizzieren. Es war, als könnte er nicht schnell genug zeichnen, so rasch kamen ihm die Ideen. Die Inspiration klopfte nicht zaghaft an, sondern überfiel ihn. Alles floss ungebremst aus ihm heraus. Ihm blieb keine Zeit, sich erst hinzusetzen und alles in Ruhe zu ordnen.

»Mir scheint, Ihre weibliche Hauptrolle hat nicht viel zu tun, außer hübsch auszusehen und den Helden zu bewundern«, stellte Eva schließlich fest.

Er sah von seinem Zeichenblock auf, und Eva fragte sich, ob sie sich mit ihrer Bemerkung zu viel herausgenommen hatte. Immerhin war sie nur die Schreibkraft. Andererseits hatte er sie doch dazu aufgefordert, alles auszusprechen, was ihr durch den Kopf ging.

»Aber das erwartet das Publikum.« Mit den Händen deutete er eine weibliche Silhouette an. »Eine zarte Schönheit an der Seite des tapferen Helden.«

Eva dachte nach. Bisher hatte sie allen seinen Einfällen begeistert gelauscht, aber irgendetwas an der zarten Schönheit passte ihr nicht. Schon wieder eine »Jungfrau in Nöten«, wie Eberling es genannt hatte. Sie räusperte sich. »Verzeihung, aber ist das nicht … langweilig?«

Verblüfft sah er zu ihr auf.

»Ich finde, eine Heldin sollte heutzutage mehr zu bieten haben als ein hübsches Gesicht. Sie sollte dem Helden auch Widerworte geben dürfen. Mit ihm auf Augenhöhe sein.« Genau das war es, was ihr in den meisten Geschichten schon immer gefehlt hatte.

Er legte den Zeichenblock beiseite und verschränkte die Arme. »Na schön. Ich höre.«

Eva ging auf und ab, während sie überlegte. »Wie wäre es, wenn sie die Assistentin des Schatzsuchers wäre? Nicht alle Probleme lassen sich mit Fäusten lösen. Er braucht jemanden mit Köpfchen. Die weibliche Hauptrolle sollte nicht nur schön und mutig, sondern auch gebildet sein – zum Beispiel eine Historikerin, die mehrere Sprachen beherrscht und ihm mit klugem Rat zur Seite steht.« Ihr fiel ein Name ein, den sie einmal in einem Roman aus der Bücherei gelesen hatte. »Wie wäre es, wenn wir sie Gemma nennen?«

»Gemma.« Nachdenklich nickte er. »Ja, warum nicht?«

Sie überlegten, wie der Abenteurer heißen sollte. Eva schrieb eine lange Liste, las die Namen laut vor und strich alle heraus, deren Klang Lichtenfeld nicht mochte.

»Wir brauchen einen Namen, der leicht von der Zunge geht«, fand er. »Eine Alliteration, die sich das Publikum gut merken kann.«

Eva hatte keine Ahnung, was er damit meinte, aber sie traute sich auch nicht, ihn danach zu fragen.

»Was halten Sie von Sidney Stone?«, fragte er schließlich.

Der Name gefiel ihr. Anschließend entwarfen sie einen zweiten Handlungsstrang, eine Liebesgeschichte zwischen Sidney und

Gemma. Sie spielten sich verschiedene Ideen zu, verwarfen sie wieder, griffen dafür andere auf. Am Ende des Arbeitstages waren noch deutlich mehr Karteikarten hinzugekommen, doch dank Eva waren sie nun ordentlich aufgereiht und durchnummeriert.

Lichtenfeld stand auf, besah sich alles und nickte zufrieden. »Ja, jetzt fühlt sich die Geschichte rund an. So machen wir es.« Dankbar lächelte er Eva zu. »Genau deshalb wollte ich Ihre Unterstützung. Sie haben nicht nur gute Ideen, Sie bringen auch Ordnung in mein Chaos. Das habe ich von Anfang an gewusst.«

Eva erwiderte das Lächeln. Ja, er war wirklich ein Chaot, aber ein liebenswerter, und sie war stolz und zufrieden, dass sie ihm helfen konnte.

Am nächsten Morgen bezog Eva einen Schreibtisch in einem länglichen Zimmer am Ende des Flurs. In den Aktenschränken ringsum lagerten sämtliche Drehbücher und Entwürfe der Hyperion, zusammen mit den vorsortierten Einsendungen ambitionierter Amateurschriftsteller, die es zu prüfen galt.

Eva nahm sich den Stapel Karteikarten zur Hand und machte sich daran, alle Szenen ins Reine zu tippen. Im Vergleich zu ihrem alten Arbeitsplatz in einem lauten Großraumbüro erschien ihr dieses abgeschiedene Kämmerchen als purer Luxus. Besonders ruhig ging es aber auch hier nicht zu. Alle paar Minuten platzte Fräulein Abel oder einer der Dramaturgen herein, riss Schranktüren und Schubladen auf, wühlte in Papieren und eilte sogleich wieder davon.

Eine nach der anderen formulierte Eva die entworfenen Szenen aus. Es musste schnell gehen. Lichtenfeld wollte das fertige Drehbuch unbedingt noch vor Ende der Woche, weil er ab Montag wieder ins Atelier musste, um seinen nächsten Detektivfilm zu drehen.

Jeden Nachmittag legte sie ihm ihre zuletzt geschriebenen Seiten vor. Immer wieder besprachen sie die Handlung, überlegten, was gekürzt und geändert werden musste.

»Der Film ist ein optisches Medium«, erklärte er. »Sie dürfen die Leute nicht mit zu langen Zwischentiteln erschlagen. Nicht

Wörter, sondern Bilder sind unsere Sprache. Darum müssen wir schon beim Drehbuchschreiben in Bildern denken.«

Um die Länge der Szenen besser einschätzen zu können, forderte er Eva auf, sie mit ihm durchzuspielen. Er wurde zu Sidney, und sie schlüpfte in Gemmas Rolle, sollte auf unsichtbare Objekte reagieren, auf Kommando lachen oder ängstlich schauen.

Anfangs fand sie es komisch, aber bald schon hatte sie Spaß daran und freute sich auf ihre täglichen Besprechungen, die sich fast schon zu richtigen Proben entwickelten. Lichtenfeld hatte ihr nicht zu viel versprochen. Sie war viel mehr als nur seine Schreibkraft. Bereitwillig beantwortete er all ihre Fragen zur Arbeit im Atelier. Bei ihm traute sie sich, ihre verrücktesten Einfälle ganz offen auszusprechen, und er lauschte ihr nicht nur aufmerksam, sondern reagierte darauf mit noch verrückteren Ideen.

Nicht nur die Arbeit am Drehbuch gefiel ihr, wie sie sich bald eingestehen musste. Am Samstagvormittag beobachtete sie ihn, während er wieder einmal in verschiedene Rollen schlüpfte und unterschiedliche Posen probte. Seine hochgewachsene Gestalt, seine feinen Gesichtszüge und wie er die Fäuste gegen einen unsichtbaren Gegner erhob – eigentlich sah er doch selbst wie der geborene Filmheld aus.

Kurz trafen sich ihre Blicke. Eva errötete und tat so, als wäre ihr gerade etwas Dringendes eingefallen. Hektisch blätterte sie in ihren Notizen. Was sollte er bloß von ihr denken, wenn sie ihn dauernd so verträumt anstarrte?

Am Nachmittag nahm er die letzten Korrekturen ab und nickte zufrieden. Eva saß vor seinem Schreibtisch, erleichtert, dass sie es geschafft hatte, das Drehbuch allen seinen Änderungswünschen zum Trotz noch rechtzeitig fertigzustellen.

»Gute Arbeit, Fräulein Wagner.« Er legte die letzte Seite auf den Stapel. »Der Stoff hat alles, was das Publikum heutzutage will. Genau so habe ich mir das vorgestellt.«

Eva lächelte. Sidney und Gemma waren ihr beim Schreiben richtig ans Herz gewachsen, und sie war stolz auf ihr gemeinsames Werk. Es war eine aufregende Mischung aus einem Abenteuer und einer Liebesgeschichte, genau wie ihr Piratendrehbuch.

Lichtenfeld schob die Blätter auf dem Tisch zusammen. »Ich werde das Drehbuch gleich Max vorlegen. Machen Sie ruhig Feierabend, wenn Sie möchten.«

Sie stellte sich vor, wie Eberling die Geschichte mit kühlem Blick taxieren würde, und plötzlich wurde ihr ganz mulmig zumute. »Aber dann erfahre ich erst am Montag, was Herr Eberling gesagt hat. Das halte ich nie und nimmer aus.«

Also verabredeten sie, dass Eva im nächstgelegenen Aschinger warten würde, einem der allseits bekannten Bierlokale, in denen jeder für kleines Geld satt wurde. Lichtenfeld warnte sie, dass das Gespräch bestimmt lange dauern würde, aber er versprach ihr, sich hinterher zu ihr zu setzen, um ihr das Ergebnis sofort mitzuteilen.

Im Restaurant orderte Eva einen Kaffee und stellte sich auf einen langen Abend ein. Ungeduldig sah sie zur großen Uhr an der Wand, beobachtete beiläufig das rege Treiben in der rustikal eingerichteten Halle. Der Duft nach deftigen Speisen stieg ihr in die Nase – Würstchen, Fleischhaschee, Erbsenpüree, Sauerkraut ... Normalerweise wäre ihr das Wasser im Mund zusammengelaufen, aber gerade war sie viel zu aufgeregt, um ans Essen zu denken.

Eine Stunde später tauchte Lichtenfeld auf. Sie sah ihn schon von Weitem und wunderte sich. So früh? Das konnte nichts Gutes heißen. In aller Ruhe hängte er seinen Mantel an der Garderobe auf und schlenderte mit gesenktem Blick in ihre Richtung. Ein Klumpen bildete sich in ihrem Magen, als er vor ihr stehen blieb und seinen Hut abnahm.

»Und?«, fragte sie leise.

Ein paar Sekunden lang schaffte er es, seine unbewegte Miene aufrechtzuerhalten. Dann hoben sich seine Mundwinkel.

Eberling hatte Ja gesagt. Eva konnte es kaum glauben. Erleichtert sprang sie auf und warf sich mit einem Juchzen in Lichtenfelds Arme.

»Hoppla.« Lachend fing er sie auf und taumelte einen Schritt zurück. »Aber, aber. Was sollen denn die Leute denken?« Es klang wie ein milder Tadel, doch als er zu ihr herabsah, lag ein amüsiertes Funkeln in seinen Augen.

»Verzeihung«, murmelte Eva und löste sich sogleich wieder von ihm. Für einen Moment hatte sie ganz vergessen, dass sie sich in einem vollen Restaurant befanden. Nun spürte sie die Blicke der anderen Gäste. Verlegen setzte sie sich wieder auf ihren Stuhl und trank einen Schluck ihres inzwischen kalt gewordenen Kaffees.

Lichtenfeld nickte den Leuten ringsum zu, als wären es gute Bekannte. Dann nahm er neben Eva Platz und bestellte zur Feier des Tages zwei Gläser Sekt.

»Sekt?« Der Kellner staunte.

»Na, Sie werden doch wohl irgendetwas dahaben, womit man anstoßen kann?«

Eva lehnte sich zurück und sah dem Kellner nach. Kopfschüttelnd musterte sie Lichtenfeld. »Als Sie mit Trauermiene zur Tür hereingekommen sind, dachte ich schon, Herr Eberling hätte das Drehbuch abgelehnt.«

»Spannung ist eben mein Metier.« Er zwinkerte ihr zu. »So eine Gelegenheit lasse ich mir doch nicht entgehen.«

»Sie sind unmöglich«, erwiderte sie lachend.

»Finden Sie?« Sein Lächeln verblasste. »Bin ich denn wirklich so schlimm?«

Eva verstummte. Nein, sie fand ihn alles andere als schlimm. Sie hatte ihn gern, diesen liebenswerten Chaoten. Sehr sogar. Eine wohlige Wärme durchfuhr sie. Was, wenn er sie auch mochte? Wenn ihm mehr gefiel als nur ihre Arbeit? Er gefiel ihr ja schließlich auch – schon seit ihrer ersten Begegnung, wenn sie ganz ehrlich zu sich war.

Der Kellner servierte ihnen zwei Gläser Weißbier.

»Max ist nicht dumm.« Lichtenfeld nahm sein Glas. »Er erkennt einen sicheren Kassenschlager, wenn er ihn sieht. Und er ist überzeugt, dass er seine Investoren für das Projekt gewinnen kann.«

Ob Lichtenfeld ahnte, was sie für ihn empfand? Zumindest ließ er sich nichts anmerken. Sein Ton war wieder ganz geschäftsmäßig, wie sie erleichtert, aber auch ein wenig enttäuscht feststellte.

Er prostete ihr zu. »Auf Sidney Stone!«

»Und auf Gemma.« Eva stieß mit ihm an. Vorsichtig probierte sie einen Schluck.

Lichtenfeld stellte sein Glas wieder hin und erzählte von seinem Gespräch mit Eberling. Nach ein paar weiteren Schlucken schaffte Eva es kaum noch, seinen Worten zu folgen. Langsam spürte sie, wie ihr der Alkohol zu Kopf stieg. Vielleicht hätte sie vorhin doch lieber etwas essen sollen.

Das Lokal und die Gäste verschwammen zu Schatten im Hintergrund, bis sie nur noch Lichtenfeld vor sich sah, tapfer und schön, wie ein Filmheld. Er nahm sein Glas, trank noch einen Schluck, und ihr Blick blieb an seinen Lippen hängen.

Fragend sah er Eva an. »Verzeihung. Habe ich wieder zu viel geredet? Ich langweile Sie, oder?«

Sie hatte seinen Mund angestarrt. Oh Gott, sie benahm sich schon wie der letzte Backfisch. »Nein, nein«, versicherte sie lächelnd.

Er stellte sein Glas zurück auf den Tisch und strahlte. »Ich weiß bereits, wer Gemma spielen wird. Meine Verlobte! Die Rolle ist ihr förmlich auf den Leib geschrieben.«

Evas Lächeln gefror. »Ihre ... Verlobte?«

»Lavinia Berg. Bestimmt haben Sie schon einmal von ihr gehört.«

Eva schüttelte den Kopf. Der Name sagte ihr nichts.

»Letztes Jahr habe ich sie als Gretchen in Reinhardts ›Faust‹-Inszenierung gesehen.« Sein Blick wanderte in die Ferne. »Sie war so hinreißend, dass ich ihr gleich nach der Vorstellung einen Blumenstrauß überreicht habe. Vom ersten Moment an wusste ich, dass ich sie haben muss – als meine Hauptdarstellerin und als meine Frau.«

Eva umklammerte ihr Bierglas. Sie fühlte sich, als hätte ihr gerade jemand einen Eimer kaltes Wasser über den Kopf geschüttet.

Er war verlobt? Wie hätte sie das ahnen sollen? Als Mann trug er ja keinen Ring, und bis vor wenigen Sekunden hatte er seine Verlobte mit keinem einzigen Wort erwähnt. Warum auch? Sein Privatleben ging sie nichts an. Gott, wie hatte sie nur so naiv sein können. Ein attraktiver Mann wie er blieb nicht lange allein, erst recht nicht heutzutage. Hatte sie denn ernsthaft geglaubt, eine Chance bei ihm zu haben?

»Geht es Ihnen nicht gut, Fräulein Wagner?« Besorgt musterte er sie. »Sie sind auf einmal ganz blass.«

»Verzeihung. Die ganze Aufregung ...«

Lichtenfeld winkte den Kellner herbei und zahlte die Rechnung. Anschließend half er Eva beim Aufstehen und begleitete sie nach draußen. Der eisige Wind ließ sie frösteln, und sie fasste sich an den nackten Hals. Ihr Schal lag noch im Büro.

»Hier, nehmen Sie meinen«, sagte Lichtenfeld, als hätte er ihre Gedanken gelesen.

Schwach protestierte sie, doch schon hatte er den lavendelfarbenen Schal ausgezogen und band ihn ihr um. Der Stoff war warm und weich und duftete nach seinem Rasierwasser.

Lichtenfeld begleitete sie zu einer der Kraftdroschken am Straßenrand und öffnete ihr die Tür.

»Danke«, sagte er und nahm zum Abschied Evas Hand, die sich in einen Eisklumpen verwandelt hatte. Sie spürte die durchdringende, trockene Wärme seiner Haut, und es machte alles nur noch schlimmer. »Ohne Ihre Hilfe wäre dieses Drehbuch niemals entstanden.«

Eva schaffte es nicht, etwas darauf zu antworten. Sie murmelte einen Abschiedsgruß, stieg in die Kraftdroschke und schloss die Tür, bevor er ihre Tränen bemerkte.

KAPITEL 9

Berlin, Dezember 1920

Im Treppenhaus der Mietskaserne zog sich Eva den Schal aus und ließ ihn in ihrer Handtasche verschwinden, bevor zu Hause noch irgendjemand Fragen stellte. Nur Johanna ließ sich wie immer nicht täuschen.

»Sag mal, Evchen«, flüsterte sie, als sie spät am Abend in ihren Betten lagen und die beiden Jüngeren schon schliefen. »Du und dein Herr Lichtenfeld –«

»Er ist nicht mein Herr Lichtenfeld.« Normalerweise vertraute Eva ihrer Schwester alles an, aber dieses Mal tat sie sich schwer. Alles war so verwirrend und kompliziert.

»Als du nach Hause gekommen bist, hast du ein bisschen nach Rasierwasser gerochen. Oder habe ich mir das eingebildet?«

Evas Wangen wurden heiß. »Da ist nichts zwischen uns, falls du das andeuten willst. Ich arbeite mit ihm zusammen, mehr nicht.«

»Ist doch nicht schlimm, wenn du dich in ihn verguckt hast.«

»Ich habe mich nicht in ihn –« Eva seufzte. Wem machte sie etwas vor? »Es spielt keine Rolle. Er hat eine Verlobte.«

»Nicht dein Ernst! Und ich dachte, das wird was mit euch beiden! So, wie du ständig von ihm geschwärmt hast ...«

Sie drehte sich zur Wand. »Gute Nacht, Johanna.«

Gleich am Montagmorgen würde sie ihm den Schal auf seinen Schreibtisch legen – bevor sie noch einmal in Versuchung geriet, daran zu schnuppern.

In den darauffolgenden Wochen begegnete sie Lichtenfeld nicht mehr. Er war nur noch im Atelier, denn die Regie für den vierten Teil seiner Detektivserie nahm ihn völlig in Anspruch.

Inzwischen war es Evas Aufgabe, die täglich eingehenden Manuskripteinsendungen zu prüfen, und Eberling hatte ihr Gehalt kräftig erhöht. Die unbrauchbaren und unleserlichen Manuskripte sortierte sie aus, den Rest leitete sie an die Dramaturgen weiter. Dabei ließ sie es sich nicht nehmen, eine kurze Notiz an die Exemplare zu heften, die sie für besonders gelungen hielt. Ob sich die Herren in der Redaktion für ihre Meinung interessierten, wusste sie nicht.

Ihr Piratendrehbuch bewahrte sie noch immer zu Hause in der Schublade auf. Nach Lichtenfelds Fürsprache hatte Eberling ihr noch einmal ein deutlich besseres Angebot unterbreitet, doch Eva blieb bei ihrer Entscheidung, obwohl sie das Geld gut hätte gebrauchen können. Sie wollte ihren geliebten Stoff nicht verkaufen – nicht, wenn sie damit rechnen musste, dass man ihn massiv umschreiben würde.

So etwas sei ganz normal in der Branche, hatte Lichtenfeld ihr erklärt. Alles müsse an den Geschmack des Publikums angepasst werden oder zumindest an den Geschmack derjenigen, die zu wissen glaubten, was das Publikum wollte.

Eva wusste, ihre Einstellung galt als unprofessionell, aber sie blieb stur. Es war ihre Geschichte, und auch wenn vielleicht niemals ein Film daraus wurde, sie wollte sich nicht hineinreden lassen. In alles andere, nur nicht in ihr Piratendrehbuch.

Bald schon stand Weihnachten vor der Tür, und sie nahm sich vor, zumindest einige der Entbehrungen wiedergutzumachen, die ihre Mutter und ihre Schwestern seit dem Krieg hatten erdulden müssen. Sie ging zu Wertheim am Leipziger Platz und kaufte schicke Wintermäntel, außerdem passende Hüte und Handschuhe und ein paar neue Kleidchen für Leni.

»Das kannst du doch nicht machen, Evchen«, sagte Mutti am Heiligabend, nachdem sie alle Geschenke ausgepackt hatten. Ehrfürchtig ließ sie die Fingerspitzen über den weinroten Kragen ihres neuen Mantels gleiten.

»Doch, das kann ich.« Eva nahm die Hände ihrer Mutter in ihre. Nacheinander blickte sie ihre Schwestern an. »Von jetzt an wird es uns besser gehen. Uns allen. Dafür sorge ich.«

Ja, endlich ging es wieder bergauf. Sie hatte ihr Ziel erreicht, hatte eine gut bezahlte, feste Anstellung in einer gefragten, stark wachsenden Branche. Und das verdankte sie Lichtenfeld. Eigentlich sollte sie zufrieden und glücklich sein.

Doch ihr fehlte die chaotische und intensive Arbeit mit ihm. Sie vermisste es, mit ihm zusammen neue Ideen zu entwickeln. Vor allem aber vermisste sie ihn, wie sie sich eingestehen musste – aber gleichzeitig war sie froh, ihm vorerst nicht täglich über den Weg laufen zu müssen.

Etwas Abstand tut mir sicher gut, sagte sie sich. Vielleicht würde es ihr mit der Zeit ja sogar gelingen, ihre Gefühle für ihn zu vergessen.

An einem Nachmittag Ende Januar klopfte es an Evas Bürotür.

»Ja bitte?«

Die Tür schwang auf, und Lichtenfeld schaute ins Zimmer.

Evas Herz machte einen Sprung. Heute hatte sie überhaupt nicht mit ihm gerechnet. Sofort setzte sie sich kerzengerade auf.

»Ich wollte nur mal sehen, wie es Ihnen geht.« Er lehnte sich an die Schreibtischkante. Mit dem Kinn wies er auf den Stapel der aussortierten Einsendungen. »Jetzt sitzen Sie auf der anderen Seite und entscheiden, wer eine Chance erhält. Wie fühlt sich das an?«

»Ich treffe doch nur die Vorauswahl.« Sie bemühte sich um eine neutrale Miene. Besser, sie zeigte ihm nicht, wie sehr sie sich über seinen unerwarteten Besuch freute.

Als sie nichts weiter sagte, hob er die Brauen. »So schweigsam heute? Ich hoffe, ich störe Sie nicht.«

»Keineswegs.«

»War Max etwa wieder frech zu Ihnen? Kommen Sie, mir können Sie es ruhig sagen.«

Sie schüttelte den Kopf. Mit Eberling selbst hatte sie zum Glück nicht so oft zu tun, und wenn es nach ihr ging, konnte das ruhig so bleiben.

Laute Stimmen drangen aus dem Flur in ihr Büro – Eberlings tiefes Poltern, dazwischen eine helle Frauenstimme.

Lichtenfeld richtete sich wieder auf. »Ich möchte Ihnen gerne jemanden vorstellen.«

Eva traute ihren Augen kaum. Eberling erschien mit einer wunderschönen, elegant gekleideten Frau am Arm, die ihn um einige Zentimeter überragte. Als sie Eva entdeckte, löste sie sich von ihm. Im selben Moment erschien Fräulein Abel und teilte Eberling mit, dass er dringend am Telefon verlangt wurde. Er entschuldigte sich und eilte davon.

Reflexartig stand Eva auf.

Die Frau wartete nicht, bis Lichtenfeld sie einander vorstellte. Strahlend ging sie auf Eva zu und reichte ihr die Hand. »Sie müssen Fräulein Wagner sein, nicht wahr? Gestatten, Lavinia Berg.«

Das war sie also: seine Verlobte. Die Schauspielerin, die ihn mit einem einzigen Bühnenauftritt vollkommen verzaubert hatte. Eingeschüchtert schüttelte Eva ihr die Hand.

Lavinia musterte sie aus großen blauen Augen. Ihre blonden Strähnen formten perfekte Wellen auf ihrer Stirn, und ihre roten Lippen verzogen sich zu einem herzlichen Lächeln. »Ich möchte Sie zu Ihrem Drehbuch beglückwünschen, Fräulein Wagner. Als ich es gelesen hatte, sagte ich zu Heinrich: Ich muss diese junge Schriftstellerin kennenlernen! Sie hat ein ganz erstaunliches Talent!«

Eva brauchte eine Sekunde, um sich zu sammeln, dann räusperte sie sich. »Nun, um ehrlich zu sein, ist es nicht mein Drehbuch. Ich habe es lediglich nach Herrn Lichtenfelds Anweisungen verfasst ...«

»Machen Sie sich nicht unnötig klein. Endlich mal eine intelligente Frauenrolle! Eine richtige Wohltat ist das, und ich weiß, dass ich es Ihnen zu verdanken habe. Von allein wäre Heinrich bestimmt nicht auf so etwas gekommen.« Sie drehte sich zu ihm um und tätschelte seine Wange. »Nicht wahr, mein Lieber?«

Seufzend ließ er es sich gefallen.

Dann wandte sie sich wieder an Eva. »Woher nehmen Sie nur all Ihre Ideen? Ich könnte mir so etwas niemals ausdenken. Wirklich, eine außergewöhnlich originelle Geschichte. Ich hatte selten so viel Spaß allein schon beim Lesen.«

»Danke«, erwiderte Eva ungelenk und wusste kaum, wie ihr geschah.

Lichtenfeld legte den Arm um seine Verlobte und wandte sich an Eva. »Wie wäre es, wenn Sie die Arbeit für heute ruhen lassen? Wir würden Sie nämlich gerne zu einem kleinen Ausflug mitnehmen. Begleiten Sie uns?«

Eva sah erst ihn und dann Lavinia an. »Sie meinen, jetzt gleich?«
Die Schauspielerin nickte begeistert. »Wir möchten Ihnen etwas zeigen. Es wird Ihnen gefallen.«

Gemeinsam fuhren sie in das südlich von Treptow gelegene Johannisthal, einen der zahlreichen neuen Außenbezirke von Berlin, die erst ein Jahr zuvor eingemeindet worden waren. Die Dreharbeiten zu *Sidney Stone* sollten Anfang Februar dort stattfinden, in einem erst kürzlich eröffneten Filmatelier, das sich auf einem weitläufigen Gelände befand.

Lichtenfeld öffnete das Tor und ließ den beiden Frauen den Vortritt. Eva ließ ihren Blick durch die riesige Halle schweifen. Tageslicht fiel durch das hohe Glasdach, es roch nach frischer Farbe, und von überall ertönte lautes Hämmern und Sägen.

»Willkommen im Jofa!« Lavinia hob die Hand zu einer einladenden Geste, und ihre goldenen Armreifen klimperten. »Die Ufa hat hier letztes Jahr einen gewaltigen Historienschinken über den Alten Fritz produzieren lassen. Wissen Sie, ursprünglich sollten hier mal Flugzeuge gebaut werden.«

Wie selbstverständlich nahm sie Eva an der Hand und zog sie mit sich. Sie durchquerten den Komplex, der eigentlich aus zwei Hallen bestand. Durch stählerne Schiebetore konnten sie voneinander abgetrennt werden, wie Lavinia erklärte. Überall standen Leitern und Scheinwerfer, und sie warnte Eva, auf die am Boden liegenden Kabel achtzugeben, damit sie nicht darüber stolperte.

Mehrere Arbeiter schoben Sperrholzwände durch die Gegend. Lavinia kannte den Namen jedes einzelnen, und sie erwiderten ihren Gruß und hoben lächelnd ihre Schiebermützen. Lichtenfelds Anwesenheit quittierten sie hingegen nur mit einem knappen Nicken. Wie ein Schatten folgte er seiner Verlobten in einigen Schritten Abstand.

Einige der Holzwände waren bereits zu kompletten Szenenaufbauten angeordnet worden, und eine davon stellte unverkennbar eine ägyptische Grabkammer dar. Evas Herz schlug höher, als sie den nachgebildeten Sarkophag entdeckte. Freudig rannte sie darauf zu und berührte das lackierte Holz.

»Und hier kommen Sidney und Gemma dem Geheimnis des Pharaos auf die Spur.« Lavinia drehte sich einmal um die eigene Achse und sah sich um. »Der Filmarchitekt hat großartige Arbeit geleistet, nicht wahr?«

»Kein Wunder, ich habe ihm schließlich die Entwürfe geliefert.« Prüfend strich Lichtenfeld mit den Fingerspitzen über die aufgemalten Hieroglyphen.

Eva staunte. Nie hätte sie geglaubt, dass die Kulissen so detailliert und aufwendig aussehen würden. »Das ist alles noch viel schöner, als ich es mir vorgestellt habe.«

Lavinia stieß ihren Verlobten sanft in die Seite. »Hast du ihr denn nichts zu sagen?«, flüsterte sie etwas zu laut.

Er räusperte sich und wandte sich an Eva. »Wenn Sie möchten, nehme ich Sie nächste Woche zu den Dreharbeiten mit.«

Sie sah ihn mit großen Augen an.

»Ein guter Dramaturg muss wissen, wie die Arbeit mit der Kamera funktioniert.« Er lächelte. »Je mehr Sie darüber lernen, desto besser für unsere zukünftigen Projekte.«

Für einen Moment war Eva sprachlos. »Zukünftige Projekte?«

»Aber ja!«, mischte sich Lavinia wieder ein. »Ich hoffe doch sehr, dass Sidney und Gemma noch viele gemeinsame Abenteuer bestehen werden.« Sie hakte sich bei Eva unter und führte sie weiter durchs Atelier. »Junge Frauen wie Sie, mit frischen Ideen – das ist genau das, woran es unserer Branche mangelt. Es gibt sie, aber die meisten verstecken sich hinter männlichen Pseudonymen. Tun Sie das bitte niemals, hören Sie? Machen Sie sich niemals unsichtbar!«

Am Abend waren sie bei Mutter Maenz verabredet – einer Bierstube, nicht weit vom Romanischen Café entfernt und äußerst beliebt bei Film- und Theaterleuten, wie Lavinia unterwegs erzählte. Sie würden sich dort mit den Darstellern und den wichtigsten Produktionsmitarbeitern treffen, um sich gemeinsam auf die Dreharbeiten einzustimmen.

Natürlich durfte Eva dabei nicht fehlen. Lavinia duldete keine Widerrede. Im hinteren Bereich der Kneipe standen mehrere

Tische aus blank poliertem Holz beieinander, und es saßen bereits einige Leute dort.

Sogleich sprang ein athletisch gebauter blonder Mann auf und stürmte mit ausgebreiteten Armen auf Lavinia zu. Sie umarmten einander herzlich, Lichtenfeld hingegen wurde mit einem knappen Handschlag begrüßt.

Der gut aussehende Hüne stellte sich Eva als Bent Wisborg vor. Sein starker dänischer Akzent war unüberhörbar. Er würde Sidney Stone spielen, und Eva verstand sofort, warum er für die Rolle ausgewählt worden war. Mit seinem gewinnenden Lächeln waren ihm die Herzen sämtlicher Zuschauerinnen zweifellos sicher.

Eva drehte am Tisch die Runde, schüttelte ein gutes Dutzend Hände und versuchte, sich alle Namen und Gesichter einzuprägen. Es war eine freundliche, gut gelaunte Truppe.

Schließlich gelangte sie zu der hübschen Schwarzhaarigen am Kopfende des langen Tischs, doch als Eva sich ihr vorstellte, zog die nur ungerührt an ihrer Zigarettenspitze. Eva fragte sich, ob die junge Frau sie vielleicht nicht gehört hatte, schließlich ging es in der Kneipe recht laut zu.

»Gestatten, Eva Wagner«, wiederholte sie.

Es dauerte ein paar Sekunden, aber endlich hob die junge Frau den Kopf. Ihr Blick glitt kurz über Eva hinweg, dann verzogen sich ihre Lippen zu einem schiefen Lächeln.

»Viola Petry«, erwiderte sie, ignorierte Evas dargebotene Hand und kehrte ihr stattdessen den Rücken zu.

Eva staunte. Es waren wohl doch nicht alle am Tisch so freundlich und aufgeschlossen, wie sie im ersten Augenblick geglaubt hatte.

Da alle Plätze belegt waren, holte Wisborg kurzerhand einen leeren Stuhl vom Nachbartisch und rückte ihn für Eva zurecht. Dankbar setzte sie sich zu ihm.

Lavinia ging strahlend von Gast zu Gast und plauderte fröhlich mit allen in der Runde. Nur Lichtenfeld wirkte wie ein Fremdkörper. Seit sie das Lokal betreten hatten, starrte er schweigend und verbissen vor sich hin.

Eva wunderte sich. So in sich gekehrt kannte sie ihn sonst gar nicht, und irgendwie tat er ihr leid. Warum schaute er nur so finster? Fast kam es ihr so vor, als würde es ihn kränken, dass seine Verlobte heute Abend alle Blicke auf sich zog. Am liebsten hätte sie sich zu ihm gesetzt.

Zu ihrer eigenen Überraschung musste sie sich eingestehen, dass sie Lavinia mochte. So schmerzlich es auch war, sie konnte gut verstehen, was Lichtenfeld in ihr sah. Sie war nicht nur wunderhübsch, sie besaß auch eine einzigartige Ausstrahlung. Die perfekte Schauspielerin, um Gemma zu verkörpern. Und ja, sie und Lichtenfeld gaben wirklich ein schönes Paar ab.

Wehmütig beobachtete Eva, wie er aufstand und zu Lavinia ging, um ihr etwas ins Ohr zu flüstern. Ihm ein einziges Mal so nah zu sein, seinen Atem auf ihrer Haut zu spüren ...

Der Kellner servierte die Getränke, und Lavinia hob ihr Bierglas. Alle taten es ihr gleich, auch Eva, und prosteten einander zu.

Am Montag saß Eva wieder in Lichtenfelds Büro und ging mit ihm das Drehbuch durch, weil ihm im letzten Moment ein paar Kleinigkeiten eingefallen waren, die er ändern wollte. Mehrmals wurden sie durch das Klingeln des Telefons unterbrochen. Jedes Mal war es der Regieassistent, der neue Detailfragen zum Ablauf der Szenen stellte.

Schon wieder klingelte es, und Lichtenfeld nahm den Hörer ab. »Ja?«, meldete er sich ungeduldig. Dabei sah er Eva an und verdrehte demonstrativ die Augen.

Sie musste lächeln, wurde jedoch rasch wieder ernst, als sie seine plötzliche Blässe bemerkte. Wer auch immer am anderen Ende der Leitung war, trug einen langen Monolog vor.

Lichtenfelds Miene wirkte wie versteinert. Er lauschte einfach nur, ohne den Anrufer zu unterbrechen, wie er es sonst für gewöhnlich schnell tat. Nach einer Weile legte er wortlos den Hörer auf.

Eva erschrak. Sein Blick ... Er erinnerte sie an etwas, das sie vor einigen Jahren schon einmal gesehen hatte: an den Blick ihrer Mutter, nachdem der Brief mit der Nachricht vom Tod des Vaters eingetroffen war.

»Herr Lichtenfeld?«, fragte sie vorsichtig.

Langsam erhob er sich und trat ans Fenster. Das Schweigen setzte sich fort.

Besorgt stand sie auf und ging zu ihm. »Herr Lichtenfeld? Ist etwas ... passiert?«

Er antwortete nicht sofort. Eine Weile stand er einfach nur reglos da und starrte nach draußen.

»Lavinia«, flüsterte er. »Lavinia ist tot.«

KAPITEL 10

Berlin, Ende Januar 1921

Eva konnte es nicht glauben. Irgendjemand musste sich einen geschmacklosen Scherz erlaubt haben. Vor ein paar Tagen hatten sie noch alle zusammen bei Mutter Maenz gesessen. Noch immer hatte sie den fröhlichen Klang von Lavinias Stimme im Ohr.

Kurz nachdem er den Anruf erhalten hatte, war Lichtenfeld davongestürmt. Eva war in ihr kleines Büro zurückgekehrt, und seitdem saß sie wie gelähmt am Schreibtisch. Die schlimme Nachricht hatte rasch die Runde gemacht, und nun herrschte helle Aufregung. Unablässig klingelten Telefone, und Eberling stapfte andauernd mit finsterer Miene durch den Flur.

»Haben Sie das mit der Berg gehört? Schrecklich, nicht wahr?«, raunte ihr einer der Dramaturgen zu, als Eva nach Feierabend ihre Sachen von der Garderobe nahm.

Sie ersparte sich einen Kommentar und machte sich sofort auf den Heimweg. Zu Hause angekommen, erzählte sie Johanna, was geschehen war, aber sie wusste es bereits aus der Zeitung. *Schauspielerin tödlich verunglückt – Tragischer Badeunfall im Dianasee*, lautete die Schlagzeile in der Abendausgabe des *Berliner Tageblatts*.

Am nächsten Morgen saß Eva wieder im Büro und blätterte lustlos durch die Manuskripte auf ihrem Schreibtisch. Sobald sie versuchte, etwas zu lesen, verschwammen die Buchstaben vor ihren Augen.

Zu ihrem großen Erstaunen tauchte Lichtenfeld auf und verschwand direkt in Eberlings Zimmer. Jedes Mal, wenn Eva den Flur durchquerte, drangen die gedämpften Stimmen der beiden Männer durch die geschlossene Tür.

Gegen Mittag bat Eberling sie zu sich. Eva setzte sich und musterte den sichtlich angeschlagenen Lichtenfeld. Er stand am Fenster, sein Haar war zerzaust, und seine Augenringe verrieten ihr, dass er seit gestern wohl nicht mehr geschlafen hatte.

Eberling räusperte sich. »Es ist ein trauriger Anlass, aus dem wir heute hier sitzen. Fräulein Bergs Tod hinterlässt eine schmerzliche Lücke.« Er sah kurz zu Lichtenfeld. »Aber als Unternehmer muss ich den Tatsachen ins Auge sehen. Die Produktion darf nicht stillstehen. Das Atelier ist gemietet, die Kulissen sind aufgebaut, Darsteller und Mitarbeiter engagiert. Jeder Tag, der ungenutzt verstreicht, kostet uns ein Vermögen. Wir haben keine Wahl. Wir müssen drehen.«

Um Gottes willen, dachte Eva. Merkte Eberling denn nicht, dass sein Freund trauerte? Nein, es war ihm völlig egal, auch wenn er vordergründig den Mitfühlenden spielte. Er war ja nicht einmal bereit, dem armen Lichtenfeld auch nur einen Tag Ruhe zu gönnen.

Als hätte er Evas Gedanken gelesen, breitete Eberling die Hände aus. »Ich habe Herrn Lichtenfeld bereits angeboten, ihn von seiner Aufgabe als Regisseur zu entbinden. Er hätte mein vollstes Verständnis gehabt, aber er besteht darauf, den Film höchstpersönlich zu inszenieren.«

Eva verschränkte die Arme. Sie glaubte Eberling nicht. Ihm ging es doch nur ums Geschäft.

»Wie auch immer wir es anstellen, die Dreharbeiten müssen pünktlich nächste Woche beginnen. Gerade haben wir ausgiebig darüber diskutiert, wie diese Produktion noch zu retten ist. Nachdem wir gedanklich mehrere Möglichkeiten durchgespielt haben, kommt für Herrn Lichtenfeld nur eine einzige Lösung infrage ...« Eberling sah Eva an, und seine Kiefer mahlten. »Wie es scheint, setzt er all seine Hoffnungen in Sie, Fräulein Wagner.«

Eva warf Lichtenfeld einen fragenden Blick zu. »In mich?«

»Ich bin skeptisch, um es vorsichtig auszudrücken«, fuhr Eberling fort, »aber er ist felsenfest davon überzeugt, dass Sie –«

»Warte, Max«, meldete sich Lichtenfeld endlich zu Wort. »Lass mich mit ihr reden. Unter vier Augen.«

Der Geschäftsführer trommelte mit seinen Fingern auf dem Tisch.

»Bitte. Es ist besser so.«

Kurz zögerte Eberling, dann stand er schnaubend auf und verließ das Zimmer.

Eva wartete, bis die Tür hinter ihm zufiel, ehe sie aufsprang und zu Lichtenfeld ans Fenster trat. »Wie geht es Ihnen?«

»Ich weiß es nicht. Ich ... ich kann das alles nicht begreifen.«

»Das braucht Zeit«, sagte sie sanft. »Ich weiß, wie schwer so etwas ist.« Sie schluckte. »Wissen Sie, ich habe meinen Vater im Krieg verloren.«

Endlich wandte er sich ihr zu. »Was hat Ihnen damals geholfen?«

»Meine Familie. Wir haben uns gegenseitig aufgefangen.«

Eva spürte, wie ihr Tränen in die Augen stiegen. Seltsam, dass ihr der Tod seiner Verlobten so naheging. Sie waren sich nur ein einziges Mal begegnet, aber selbst in dieser kurzen Zeit hatte Lavinia ihr das Gefühl vermittelt, sie könnten eines Tages Freundinnen sein.

Lichtenfeld fasste sie tröstend an der Schulter, und Eva wischte ihre Tränen fort. Wer tröstete hier wen? Sie bemerkte seine Blässe. Kam es ihr nur so vor, oder zeichneten sich seine Wangenknochen noch schärfer ab als sonst?

»Herr Lichtenfeld, ich weiß, wie viel Ihnen dieser Film bedeutet. Ich kann mir gut vorstellen, dass Herr Eberling Sie unter Druck setzt, auch wenn er etwas anderes behauptet. Aber Sie sollten auch an sich denken. Sich die nötige Zeit zum Trauern nehmen.«

»Nein. Das kann ich nicht. Ich habe Lavinia verloren. Wenn ich jetzt auch noch diesen Film verliere – was bleibt mir dann?«

Ich, schoss es Eva durch den Kopf. Schuldbewusst blickte sie zu Boden. Er musste gerade einen schweren Verlust verkraften, und ihr fiel nichts Besseres ein, als an ihre eigenen Gefühle zu denken? Sie sollte sich wirklich schämen.

»Verzeihung.« Erschöpft lehnte er sich an die Wand. »Wenn ich so rede, halten Sie mich sicher für verrückt. Vielleicht bin ich das ja auch. Aber meine Kunst bedeutet mir alles. Sie war mir schon immer ein Trost, in jeder Lebenslage.«

Sie sah wieder zu ihm auf. »Ich halte Sie bestimmt nicht für verrückt. Ganz im Gegenteil, mir geht es doch auch so mit meinen Geschichten. Ich verstehe ganz genau, was Sie meinen.«

Sein Ausdruck erhellte sich ein wenig. »Ich weiß. Und darum

brauche ich Sie jetzt, Fräulein Wagner. Ich brauche Ihren Verstand. Ihr Talent. Sie müssen mir helfen, diesen Film zu retten.«

»Natürlich helfe ich Ihnen. Wenn ich das Drehbuch noch einmal umschreiben soll –«

»Nein, das meine ich nicht. Das Drehbuch bleibt, wie es ist.« Er nahm ihre Hand. »Ich möchte, dass Sie Gemma spielen.«

Sie öffnete den Mund, um etwas zu erwidern, doch es war, als hätte sie plötzlich keine Stimme mehr. »I...ich?«

Er nickte. Sein Ausdruck war völlig ernst.

»Aber ... ich bin keine Schauspielerin!« Eva entzog ihm ihre Hand. Sie war Geschichtenerzählerin, ihr Platz war hinter der Schreibmaschine, nicht vor der Kamera. »Kennt Herr Eberling denn niemanden, der für die Rolle infrage käme?«

»Doch, natürlich. Wir haben jede Menge Schauspielerinnen in unserer Kartei, die sich um eine solche Rolle reißen würden.«

»Wenn das so ist, findet sich darunter bestimmt eine passende Darstellerin für Gemma.«

»Nein! Das will ich nicht. Ich ertrage es nicht, mit irgendeiner Fremden an diesem Film zu arbeiten, und wenn sie noch so talentiert ist. Lavinia sollte die Rolle spielen, niemand sonst. Das hatten Max und ich vereinbart. Auf ihr ruhten alle unsere Hoffnungen. Sie sollte der neue Star der Hyperion werden. Der Star meiner Filme. Aber jetzt –« Er unterbrach sich. Mit zitternden Händen öffnete er die Schreibtischschublade, wühlte darin und holte eine Packung Zigaretten heraus.

Eva beobachtete, wie er sich eine anzündete und einen tiefen Zug nahm. Augenblicklich schien er sich etwas zu beruhigen.

»Dieser Film ist mein größtes Projekt«, fuhr er fort, nachdem er sich wieder gefasst hatte. »Meine Chance, Max und allen anderen zu beweisen, dass ich mehr kann als billige Serien. Lavinia hätte gewollt, dass ich weitermache. Allein ihr zuliebe darf ich jetzt nicht aufgeben. Aber ich schaffe es nicht allein. Ich brauche jemanden, den ich kenne und dem ich vertraue. Sonst stehe ich das nicht durch, verstehen Sie?« Er sah Eva an. »Ich vertraue Ihnen.«

Seine Worte berührten sie. Trotzdem ... Eva schüttelte den Kopf. »Ich würde Ihnen so gerne helfen. Aber sehen Sie mich doch an. Ich bin nur eine einfache Stenotypistin. Ich könnte niemals in Fräulein Bergs Fußstapfen treten. Sie hatte eine Ausbildung, spielte am Theater ...«

Mit einer Geste wischte er ihre Worte weg. »Wir sind hier beim Film. Hier geht es um Nähe, um Großaufnahmen. Die Leute wollen ein Gesicht sehen. Niemand interessiert sich für Ihren Lebenslauf. Haben wir nicht sämtliche Szenen miteinander geprobt? Sie haben die Rolle doch längst verinnerlicht. Ihnen muss ich das Drehbuch nicht erklären, Sie haben es ja selbst für mich geschrieben! Eine andere Darstellerin müsste sich erst mühsam in den Stoff einarbeiten, und das quasi über Nacht. Aber Sie ... Sie sind die perfekte Gemma, Fräulein Wagner.«

Es war das Verrückteste, was sie jemals gehört hatte. Eva konnte unmöglich jetzt gleich eine solche Entscheidung treffen. Sie war viel zu aufgewühlt, brauchte Zeit, um in Ruhe darüber nachzudenken – Zeit, die sie nicht hatten.

»Bitte, Fräulein Wagner, sagen Sie Ja! Helfen Sie mir, diesen Film zu drehen. Es ist doch auch Ihr Film.« Seine Miene wurde weich. »Tun Sie es für Lavinia. Ich bin mir sicher, sie hätte gewollt, dass Sie die Rolle spielen.«

Eva blickte zu Boden, als ihr wieder die Tränen kamen.

Sanft berührte er ihren Arm. »Wie wäre es, wenn wir ins Atelier fahren und erst einmal ein paar Probeaufnahmen machen? Damit Sie ein Gefühl für die Kamera bekommen. Und danach sehen wir weiter.«

KAPITEL 11

Wiesbaden, Juni 2000

Seit Stunden saß ich in Omas Lesesessel und hatte mich in Veras Tagebuch vertieft. Beim Blick durchs Fenster stellte ich fest, dass es draußen bereits dunkel wurde.

Vorsichtig legte ich das Buch auf den Stapel zu den anderen. Es war das älteste, das noch aus Veras Kindheit stammte. Mehr hatte ich bisher nicht geschafft, und eigentlich war ich schon jetzt viel zu aufgewühlt, um weiterzulesen. Durch einen Zufall hatte Vera Dinge gehört, die sie im zarten Alter von zehn Jahren furchtbar verwirrt und verstört haben mussten, und auch ich konnte noch immer nicht fassen, was ich da gerade gelesen hatte.

Meine Mutter war ein uneheliches Kind gewesen? Konnte das wirklich stimmen? Wenn ja, dann hatte ich womöglich gerade die Erklärung dafür gefunden, warum das Verhältnis zwischen Oma und Mama immer so schwierig gewesen war.

Wie es sich wohl für Vera angefühlt haben musste, mit dieser Ungewissheit aufzuwachsen? In ihren kindlichen Worten lag so viel Kummer, so viel Angst und Unsicherheit, und diese Empfindungen wirkten noch immer in mir nach. Ich stellte mir vor, wie einsam und verloren sie sich gefühlt haben musste, wie hilflos unter dem kalten Schweigen ihrer Eltern. Niemals wirklich zu wissen, wer der eigene Vater war ...

Ich fragte mich, ob sie die Wahrheit irgendwann herausgefunden hatte. Hatten sie und Oma sich in späteren Jahren doch noch ausgesprochen? Ich konnte es mir kaum vorstellen.

Ich packte Veras Tagebücher in eine große Tragetasche und machte mich damit auf den Weg zu meiner Wohnung. Auch in dieser Nacht konnte ich kaum schlafen, denn ein Teil von mir rechnete damit, dass die Klinik jeden Moment anrufen würde, um mir etwas Schlimmes mitzuteilen.

Zum Glück blieb das Telefon still. Trotzdem gab ich gegen fünf die Hoffnung auf Schlaf endgültig auf, wälzte mich aus dem Bett und schlurfte in die Küche, um mir einen Tee zu kochen. Heute Nachmittag würde ich wieder zum Krankenhaus fahren. Es war mein neuer Alltag – wenn es so etwas in der momentanen Situation überhaupt geben konnte. Wenn ich nicht gerade bei der Arbeit war oder Oma im Krankenhaus besuchte, stimmte ich mich am Telefon mit Silke ab, wer von uns beiden an welchem Tag Omas Briefkasten leerte und ihre Blumen goss.

Das Einzige, was mich ein wenig auf andere Gedanken brachte, waren die Nachforschungen zu meiner Mutter. Vielleicht hatte ich einen Großvater, von dem ich bis eben nichts gewusst hatte. Ob Silke etwas davon ahnte?

Am Samstag schloss unser Buchladen wie immer schon um dreizehn Uhr, und Silke holte mich direkt nach der Arbeit ab. Gemeinsam fuhren wir zum Krankenhaus.

»Sag mal«, begann ich zögerlich. Ich war mir bewusst, dass es unpassend war, sie hier und jetzt damit zu überfallen, aber die Sache mit Veras unbekanntem Vater ließ mir einfach keine Ruhe. »Ich möchte dich mal etwas fragen. Es geht um Mama.«

Silke sagte nichts, aber ich glaubte, zu hören, wie bei meinem letzten Wort die Luft im Auto knisterte.

Ich räusperte mich. »Hat sie zufällig irgendwann mal mit dir über ihren Vater gesprochen? Erinnerst du dich?«

Wieder sekundenlange Stille.

»Über ihren Vater?«, fragte Silke schließlich und betonte das Fragezeichen überdeutlich. »Du meinst Opa Gustav.«

»Nein. Nicht Opa Gustav. Ich glaube –« Ich stockte. Was hatte ich mir da nur eingebrockt? »Es wäre möglich, dass Opa Gustav ... na ja ... nicht ihr leiblicher Vater war.«

Silke setzte den Blinker und wartete ab, bis sich in der benachbarten Spur eine Lücke auftat. »Wie kommst du denn auf so was?«

»Mir ist da zufällig was in die Hände gefallen, als ich bei Oma aufgeräumt habe. Ein paar alte Tagebücher.«

»Ariane! Sag nicht, du hast in Omas Sachen herumgewühlt. Ich glaub's ja nicht ...«

»Bitte. Es ist mir wichtig. Weißt du irgendetwas darüber?«

»Nein.« Es klang leise und nicht wirklich überzeugend.

»Bist du dir ganz sicher?«

»Ach, was weiß ich!« Genervt schaltete sie das Radio ein und drehte die Lautstärke auf.

Die restliche Fahrt über sagte keiner von uns mehr etwas. Das Schweigen setzte sich fort, bis wir in der Klinik ankamen und Omas Zimmer betraten.

Zu sehen, wie sie in dem Bett lag, umgeben von all den Geräten und mit einer Infusionsnadel im Arm, tat jedes Mal aufs Neue weh. Immer wieder döste sie ein, während wir uns mit ihr unterhielten, und konnte unseren Erzählungen kaum folgen.

Am späten Nachmittag kam die Stationsärztin ins Zimmer. Omas Herz sei sehr schwach, erklärte sie uns leise, während Oma schlief. Langsam, aber sicher verließen sie die Kräfte, und es bestand jederzeit das Risiko eines erneuten Zusammenbruchs.

Schließlich verabschiedeten wir uns von Oma. Auf der Rückfahrt weinte ich lautlos vor mich hin. Wo war nur Omas unerschütterliche Energie geblieben? Ihr klarer, wacher Verstand? Uns würde nicht mehr viel Zeit mit ihr bleiben, das spürte ich.

Silke warf mir einen kurzen Blick zu und seufzte.

»Entschuldige.« Ich kramte nach einem Taschentuch.

»Schon gut«, sagte sie sanft. Ihre Hand streifte meinen Oberarm. Die tröstliche Geste überraschte mich und tat gleichzeitig unfassbar gut.

Ein paar Minuten später hielten wir vor der Einfahrt des mehrstöckigen Altbaus, in dem ich wohnte.

Ich löste den Gurt und öffnete die Beifahrertür. »Danke, dass du mich mitgenommen hast. Bis bald.«

»Warte.«

Verwundert hielt ich inne.

»Tut mir leid wegen vorhin. Ich hätte nicht so gereizt auf deine Frage reagieren sollen.«

Ich ließ mich zurück in den Sitz sinken und schloss die Tür wieder. Ich wusste, dass unsere Mutter für Silke ein schwieriges Thema war. Umso mehr überraschte es mich, dass sie den Faden von selbst wieder aufnahm, und etwas Hoffnung keimte in mir auf. Vielleicht war ich doch nicht die Einzige, die das ewige Schweigen in unserer Familie satthatte.

»Weißt du«, fuhr sie zögerlich fort, »Vera und ich, wir kamen nicht gerade gut miteinander klar, um es vorsichtig auszudrücken. Sie hatte nie viel Zeit für mich, und selbst wenn sie mal kurz zu Hause war, war sie meistens mit den Gedanken woanders.«

Ich wunderte mich über die Art, wie sie über unsere Mutter sprach. So distanziert, mit ihrem Vornamen, als unterhielten wir uns über irgendeine entfernte Bekannte.

Silke räusperte sich. »Bei dir war sie ganz anders. Für dich hatte sie Zeit, da konnte sie die fürsorgliche Mutter spielen. Zumindest hat es auf mich so gewirkt, und das habe ich ihr sehr übel genommen. Ich gebe zu, ich war ziemlich neidisch auf dich.«

»Komisch«, sagte ich leise. »Bisher dachte ich immer, ich wäre diejenige, die neidisch ist.«

Silke warf mir einen überraschten Blick zu.

»Na ja, weil du bei Mama aufgewachsen bist. Weil du die Chance hattest, sie richtig kennenzulernen. Ich war noch viel zu klein, als sie starb. Ich kann mich überhaupt nicht mehr an sie erinnern.«

Ein schmerzlicher Ausdruck legte sich auf ihr Gesicht. »Oft habe ich mich gefragt, ob wir uns irgendwann versöhnt hätten, wenn Vera nicht bei diesem Unfall ...« Sie wandte sich ab und schniefte leise. »Ist ja auch egal. Und was die Sache mit ihrem leiblichen Vater angeht: Vera hat tatsächlich mal irgendetwas erwähnt, aber ich kann mich nicht mehr an die Einzelheiten erinnern.«

»Wusste sie, wer er war?«, fragte ich hoffnungsvoll. »Hat sie es irgendwann herausgefunden?«

Silke zuckte mit den Schultern. »Wenn ich ehrlich bin, hab ich das nie so richtig ernst genommen. Vermutlich hab ich es als einen ihrer zahlreichen Spleens abgetan. Sie wollte eben immer etwas Besonderes sein, etwas Besseres, und diese Geschichte mit dem unbekannten Vater hätte ihr sicher gut in den Kram gepasst.«

Wieder diese Schärfe in ihren Worten. Dieses Mal ließ ich mich aber nicht davon einschüchtern. »Und Oma? Hat sie dir etwas darüber erzählt?«

»Unverheiratet schwanger zu werden, das wäre zu ihrer Zeit eine Riesenschande gewesen. Denkst du wirklich, Oma würde so etwas freiwillig zugeben?«

Ich antwortete nicht. Wir kannten beide die Antwort auf diese Frage.

»Ich wüsste einfach nur gerne, ob etwas dran ist«, meinte ich nach einer Weile. »Du nicht auch?«

Nachdenklich runzelte sie die Stirn. »Ach, das ist alles schon so lange her. Was nützt es, irgendwelche alten Geschichten auszugraben? Oma wird ihre Gründe gehabt haben, warum sie es verschwiegen hat. Und wer weiß, vielleicht ging es ihr dabei um mehr als nur um ihren guten Ruf. Vielleicht wollte sie Vera vor irgendetwas beschützen.«

Bei ihren Worten bekam ich ein mulmiges Gefühl. »Du glaubst doch nicht etwa, dass Gewalt im Spiel war?«

»Ich glaube überhaupt nichts!« Sie atmete tief durch. »Ich finde nur, manchmal ist es besser, wenn man nicht alles weiß. So, jetzt aber genug davon.«

Zum Abschied umarmte sie mich. Ich stieg aus und sah Silke nach, bis ihr Wagen an der nächsten Kreuzung abbog.

Während ich die Haustür aufschloss und die Stufen zu meiner Wohnung hinaufstieg, musste ich an die Truhe unter Omas Bett denken. An die alten Fotos von Oma als blutjungem Fräulein in Berlin, noch bevor sie Opa begegnet war. Und darunter verborgen diese rätselhaften Filmrollen.

War Oma während ihrer Zeit in Berlin ungewollt schwanger geworden? Hatten der Film und die Fotos womöglich etwas mit Mamas leiblichem Vater zu tun?

Ich schloss meine Wohnungstür auf und sah im Geiste wieder die zehnjährige Vera vor mir, die sich in ihrer Verzweiflung einzig und allein ihrem Tagebuch anvertrauen konnte. Wie gerne hätte ich sie in den Arm genommen. Ihr die Antwort gegeben, die ihr von den Erwachsenen in ihrem Leben verwehrt worden war.

Vielleicht war ich dieser Antwort schon viel näher, als ich bislang geahnt hatte. Kurzerhand kramte ich mein Handy heraus und wählte Julians Nummer.

Um kurz nach sechs klingelte es an Omas Haustür. Julian hatte mir am Telefon versprochen, dass er vorbeikommen würde, um einen Blick auf die Filmrollen zu werfen, und ich hatte mich im Anschluss direkt auf den Weg zu Omas Haus gemacht. Ich musste unbedingt herausfinden, ob an meiner Vermutung etwas dran war. Ob mir der Film irgendetwas über Veras leiblichen Vater verraten konnte.

»Hi«, sagte er, als ich ihm die Tür öffnete, und in seinen Augen spiegelte sich Besorgnis. »Wie geht es dir?«

Julian wusste, dass es nicht gut um Oma stand. Neulich hatte ich mich ihm während der Mittagspause anvertraut. Er hatte einfach nur zugehört, und es war unheimlich befreiend gewesen, mir alles von der Seele zu reden.

Jetzt aber fehlte mir die nötige Kraft, um ihm zu erzählen, was ich heute von der Ärztin erfahren hatte. »Ganz okay«, log ich und bat ihn herein.

Julian nahm es hin, obwohl er mir bestimmt deutlich ansah, dass es nicht stimmte. Ich war einfach nur dankbar, dass er in diesem Moment nicht weiter nachhakte, und führte ihn in die Küche. Gleich nach meiner Ankunft hatte ich die Filmdosen aus der Truhe unter dem Bett geholt und sie hier auf dem Tisch gestapelt.

Julian blieb vor den Dosen stehen und betrachtete sie fasziniert. Dann sah er mich fragend an.

Ich nickte. »Bitte sehr. Du bist der Fachmann.«

Vorsichtig nahm er die oberste Dose vom Stapel und öffnete den Deckel.

»Wow«, raunte er ehrfürchtig. »Ganz ehrlich, im ersten Moment dachte ich, du veräppelst mich. Warum hast du mir nicht gleich erzählt, dass deine Oma Filmsammlerin ist?«

Unter anderen Umständen hätte ich darüber lachen können. Meine Oma, die nie ins Kino ging und nicht einmal einen Fernseher besaß. Die nur Bücher oder die Zeitung las, höchstens mal ein wenig Radio hörte. Sie war alles, nur keine Filmsammlerin.

Julian deutete auf die Filmrolle. »Ist ja krass. Hier, guck dir das mal an! Siehst du die Farben?«

Ich verstand nicht, was er meinte, und beugte mich hinunter, um mir das Material genauer anzusehen. Ich kniff die Augen zusammen, und endlich sah ich es.

Die Filmrolle war überhaupt nicht durchgehend bräunlich, wie ich neulich in Omas schummrigem Schlafzimmer geglaubt hatte. Hier, unter der hellen Lampe in der Küche, sah ich es zum ersten Mal: Rot, Blau, Gelb, Grün. Ein buntes, ringförmiges Muster zeichnete sich an der Oberfläche der Rolle ab. Die Farben schienen regelrecht zu leuchten.

»Was ist das?«, fragte ich verwundert.

Julian erklärte, dass es sich um gefärbtes Filmmaterial handelte. Ich hatte immer geglaubt, Disney hätte die ersten Farbfilme produziert, aber nun erfuhr ich von Julian, dass das überhaupt nicht stimmte. Farbe hatte es auch vorher schon im Film gegeben, wenn auch anders, als wir es heute kannten, denn häufig waren ganze Szenen in einem einzigen Farbton eingefärbt worden: Blau für Nachtaufnahmen, Rot für Actionszenen und so weiter.

»In manchen Filmen wurde sogar jedes Detail aufwendig von Hand koloriert. Das muss ein irrer Anblick für das damalige Publikum gewesen sein.« Anerkennend pfiff er durch die Zähne. »Mann, das Material muss sehr alt sein. Locker um die siebzig, achtzig Jahre. Ich wette, das ist eine echte Nitro-Kopie.«

Nitro? Oje, das klang komisch und irgendwie gefährlich. Wie Nitroglyzerin. Ich sprach es lieber nicht laut aus, bestimmt hielt er mich sonst für doof.

»Meinst du, wir könnten ihn uns mal genauer ansehen?«

Nachdenklich wiegte er den Kopf. »Wenn der Film wirklich schon so alt ist, ist das Material bestimmt sehr empfindlich, vielleicht sogar rissig. Ich müsste es ganz vorsichtig untersuchen, um den Zustand einschätzen zu können. Im Filmarchiv hätte ich das richtige Equipment dafür.«

Bei dem Gedanken wurde mir flau im Magen. Ich war noch nie in einem Filmarchiv gewesen, und prompt stellte ich mir vor, wie sich Leute in weißen Kitteln über den Film hermachen würden – den Film, den ich aus Omas Truhe entwendet hatte und der vielleicht sogar die Antwort auf unser Familiengeheimnis enthielt.

»Ich will die Sache lieber nicht an die große Glocke hängen«, sagte ich schnell. »Meiner Oma ist es bestimmt nicht recht, wenn irgendwelche fremden Leute etwas davon mitbekommen.«

»Hm. Verstehe.«

»Gibt es denn keine andere Möglichkeit, den Film zu untersuchen? Es wäre mir wirklich wichtig, dass das alles unter uns bleibt.«

Er überlegte kurz. »Ich glaube, ich hab ne Idee. Ich müsste erst was abklären, aber ich denke, wir kriegen das hin.«

KAPITEL 12

Frankfurt am Main, Goethe-Universität, Mai 1952

Ringsum klopften die Studenten auf die Tische. Anderthalb Stunden lang hatte der Professor mit monotoner Stimme über englische Sprachwissenschaft schwadroniert. Während alle anderen ihr Schreibzeug einpackten, sich von den Bänken erhoben und aus dem Hörsaal drängten, blieb Vera sitzen und sah auf ihren leeren Notizblock.

Verflixt. Wieder einmal hatte sie von der Vorlesung nichts mitbekommen. Dabei hatte sie sich fest vorgenommen, dieses Mal nicht zu träumen. Sie wusste, der Stoff war wichtig, und bis zum Ende des Semesters musste sie ihn für die Prüfung beherrschen, aber es half nichts. Sobald von Morphemen, Phonemen und Allomorphen die Rede war, schweiften ihre Gedanken ab, ohne dass sie sich dagegen wehren konnte.

Dabei war sie froh, dass ihre Eltern sie überhaupt zur Uni gehen ließen. Sie erinnerte sich noch genau an die Diskussion, die ihre Mutter vor ein paar Jahren mit ihrem Vater geführt hatte.

»So ein Studium ist doch die reinste Geldverschwendung«, hatte er geschimpft. »Wozu soll das Mädel denn Abitur machen und studieren, wenn es sowieso irgendwann heiratet?«

»Vera ist eben sehr gescheit«, hatte Margarete in ruhigem Ton geantwortet.

»Dann soll sie eben im Laden mithelfen. Dafür braucht es auch Köpfchen.«

Ihre Mutter hatte ihre Worte sorgfältig abgewogen. »Nein, Gustav. Ich glaube, anderswo wäre sie besser aufgehoben.«

Es war einer jener seltenen Momente gewesen, in denen sich Vera von ihr wirklich verstanden gefühlt hatte. Denn Vera hasste es, sich im Laden stundenlang die Beine in den Bauch zu stehen. Jeden Tag dieselben eintönigen Tätigkeiten, Woche für Woche, Monat für Monat, Jahr für Jahr. Sie hatte sich wirklich alle Mühe gegeben, aber sie hatte nun einmal zwei linke Hände. Bonbons fielen zu Boden, wenn sie versuchte, sie in Tüten abzufüllen, und alle Präsentkörbe, die sie mit Schleifen und Bändern verzierte, sahen einfach nur scheußlich aus.

Zähneknirschend hatte Gustav ihr schließlich erlaubt, das Abitur zu machen und sich anschließend für ein Lehramtsstudium einzuschreiben. Lehrerin für Deutsch und Englisch, so ein Beruf war seiner Meinung nach gerade noch akzeptabel für eine unverheiratete junge Frau.

Vera konnte sich beim besten Willen nicht vorstellen, eines Tages vor einer Klasse zu stehen. Trotzdem strengte sie sich jeden Tag an, um sich selbst und ihren Eltern zu beweisen, dass das Studium die richtige Entscheidung gewesen war. Doch es war egal, ob sie gute Noten nach Hause brachte. Ihren Vater interessierte es nicht, und auch ihre Mutter hatte meistens nur ein Schulterzucken für sie übrig. *Bilde dir bloß nicht zu viel ein, junges Fräulein*, schienen sie ihr damit sagen zu wollen. Manchmal kam es Vera vor, als sollte sie künstlich kleingehalten werden. Hübsch und makellos, wie ein Bonsai. Bloß nicht über das enge Schälchen hinauswachsen.

Was hätte sie nur darum gegeben, einmal vom vorgegebenen Pfad abweichen zu können. In den Vorlesungen über Kunstgeschichte, in die sie sich regelmäßig hineinschlich, fiel ihr das Zuhören überhaupt nicht schwer. Wie gebannt lauschte sie den Vorträgen über die großen Künstler und die Stilrichtungen verschiedener Epochen. Es erinnerte sie an ihre Kindheit. An ihre Besuche bei ihrer besten Freundin Doro, deren Vater Kunsthändler gewesen war.

„Wir werden das Land verlassen", hatte sie Vera damals anvertraut, kurz bevor die Deportationen begonnen hatten. Wenige Tage später war Doro fort gewesen. Vera klammerte sich an die Hoffnung, dass ihr noch rechtzeitig die Flucht gelungen war. Dass sie lebte und dass es ihr gut ging.

Schon strömten die nächsten in den Hörsaal, um sich Sitzplätze für die nächste Vorlesung zu sichern. Vera drängte sich an ihnen vorbei und betrat den Korridor. Mit jedem Semester wuchs die Zahl der Studenten, und inzwischen hatte sie das Gefühl, als irrte sie tagtäglich durch einen gigantischen Ameisenhaufen, in dem sich alle wunderbar zurechtfanden – nur sie nicht. Dass sie in diesem anonymen Massenbetrieb irgendein Professor wahrnehmen oder sich gar ihren Namen merken würde – darauf wagte sie schon gar nicht mehr zu hoffen. Von dem Wunsch, hier neue Freundschaften zu schließen, hatte sie sich ebenfalls recht schnell verabschiedet. Es existierten erstaunlich viele Grüppchen von Leuten, die sich bereits aus der Schulzeit kannten und lieber unter sich blieben, und wenn sie doch mal mit jemandem ins Gespräch kam, verlor man sich spätestens nach dem Ende des Semesters wieder aus den Augen.

In der Mensa wehte ihr der übliche, abgestandene Mief entgegen. Irgendwie roch es hier jeden Tag gleich, egal, was auf dem Speiseplan stand. Mit einem Tablett reihte sie sich in die Schlange vor der Essensausgabe ein. Es gab Kartoffelsuppe mit Würstchen. Schon wieder.

Sie nahm sich einen Teller und suchte sich einen freien Tisch. Gerade hatte sie einen Löffel von der faden Suppe probiert, als ihr jemand von hinten auf die Schulter tippte.

Vera drehte sich um, aber niemand war in ihrer Nähe. Als sie sich wieder ihrem Teller zuwandte, stellte sie fest, dass Frank sich an ihren Tisch gesetzt hatte. Er beugte sich vor, stibitzte ein Stückchen Wurst von ihrem Tellerrand und steckte es sich in den Mund. Dann zwinkerte er ihr zu.

Das Blut schoss ihr in die Wangen. In der Menge aus braven Anzugträgern war Frank der Einzige, der mit Lederjacke und Jeanshosen an der Uni aufkreuzte. Anfangs hatte Vera ihn für einen Ami gehalten, denn wann immer er im Unterricht den Mund aufmachte, gab er ein astreines amerikanisches Englisch von sich, bei dem sich so mancher Dozent wohl am liebsten die Haare gerauft hätte. Amerikanisch, das war ein einziges Kaugummikauen – häufig behaupteten das ausgerechnet die Professoren, die nicht einmal das »th« richtig aussprechen konnten.

Vera hatte noch nie beobachtet, dass Frank irgendetwas mitgeschrieben hätte. Wenn er überhaupt mal zu einer Vorlesung erschien, hörte er selten zu. Er liebte es, zu quatschen, und schon mehr als einmal hatte der Professor ihn deshalb hinausgeworfen.

Vera hatte sich schon gefragt, was ein Chaot wie Frank an der Uni verloren hatte, dabei schrieb er stets Bestnoten und hatte sogar schon ein Jahr in den USA verbracht, wie sie neulich erst von ein paar anderen Studenten erfahren hatte.

Letzte Woche schließlich hatte Vera gemerkt, dass Frank sie während der Vorlesungen immer wieder ansah. Zuerst hatte sie geglaubt, sie würde es sich nur einbilden, doch er lächelte jedes Mal, wenn sich im Hörsaal ihre Blicke trafen. Wenn Frank auftauchte, kam es ihr vor, als wehte ein frischer Wind durch das muffige Gebäude. Sie mochte seine unbekümmerte, manchmal sogar schon respektlose Art, mit der er sich über das steife, akademische Gehabe hinwegsetzte.

Letzten Montag schließlich hatte er sie angesprochen. Er sei Schriftsteller und wolle nächste Woche ein paar seiner Gedichte in einer Kneipe vortragen. Ob sie nicht Lust habe, ihn zu begleiten?

Vera war so baff gewesen, dass sie im ersten Moment überhaupt nicht gewusst hatte, was sie darauf antworten sollte. Er schien ihr nicht gerade der kontemplative Typ zu sein, und nun stellte sich heraus, dass er Gedichte schrieb? Nur zu gerne wollte sie ihm dabei lauschen. Aber was würden nur ihre Eltern dazu sagen? Bestimmt fänden sie ihn unmöglich.

»Ich überleg's mir«, hatte sie nur geantwortet. Heute war schon Freitag, und sie war sich immer noch nicht sicher, ob sie seine Einladung annehmen sollte.

»Und, kommst du am Donnerstag mit?«, fragte er und fuhr sich mit der Hand durch sein welliges, dunkelblondes Haar. Unter dem Stoff des weißen T-Shirts zeichneten sich seine Muskeln deutlich ab. Er war ja schon ein Wichtigtuer, aber Vera konnte nicht leugnen, dass ihm die verwegene Aufmachung wirklich gut stand.

Sie rührte in ihrer Suppe. »Weiß nicht. Meine Eltern haben bestimmt was dagegen.«

»Bitte. Ich wäre sehr traurig, wenn du nicht kommst.« Ein erwartungsvoller Glanz lag in seinen braunen Augen. »Denk dir halt was aus. Sag deinen Eltern, dein Zug hätte Verspätung gehabt.«

»Darauf fallen die doch niemals herein«, protestierte sie schwach, aber im Grunde hatte sie sich längst entschieden.

Dann würde es eben Ärger zu Hause geben. Für einen Abend mit Frank nahm sie das gerne in Kauf.

Zwei Tage später klingelte es unten an der Tür. Vera saß vor dem Spiegel in ihrem Zimmer und beeilte sich, ihr Haar zu einem Pferdeschwanz zu binden.

»Vera?«, ertönte die Stimme ihrer Mutter von unten. »Der Besuch ist da.«

Ein letzter prüfender Blick, das gepunktete Kleid noch rasch zurechtgezupft, und schon machte Vera sich auf den Weg ins Erdgeschoss. Es war Sonntagnachmittag, und ihre Eltern hatten Herrn und Frau Wengenroth und deren Sohn zu Kaffee und Kuchen eingeladen.

Vera schüttelte den Gästen artig die Hände und rang sich ein Lächeln ab, obwohl sich alles in ihr dagegen sträubte. Hans Wengenroth betrieb eine Kaufhauskette. Vor dem Krieg hatte sie einem jüdischen Besitzer gehört, doch der war von den Nazis enteignet worden, und Wengenroth hatte die Kaufhäuser zu einem Spottpreis aufgekauft.

Neulich erst hatten sich ihre Eltern darüber unterhalten. Vera hatte es zufällig mitgehört, und dabei war ihr die Galle hochgekommen. Dass man sich am Leid eines anderen bereicherte und dabei nachts noch ruhig schlafen konnte, wollte ihr einfach nicht in den Kopf – wie so vieles, über das niemand offen sprach, weil es leichter war, so zu tun, als hätte man alles vergessen.

Auch ihre Eltern taten das. Vera erinnerte sich noch allzu deutlich an ihr Schweigen nach Doros Verschwinden. Ja, das konnten sie. Schweigen und hinterher behaupten, nichts gewusst zu haben. Unzählige Menschen waren willkürlich ermordet worden, weil ein Regime es beschlossen hatte, und nun machten alle so weiter, als wäre nichts gewesen.

Aber ihren Vater hatte es ja noch nie groß interessiert, mit wem er Geschäfte machte. Seit einer Weile waren er und Wengenroth die dicksten Freunde. Gemeinsam schmiedeten sie große Pläne: Papa sollte die Feinkostabteilungen sämtlicher Kaufhausfilialen beliefern. Feinkost Klein würde bald zur bundesweit bekannten Marke werden.

Wann immer Vera laut aussprach, dass sie Herrn Wengenroth und seine Firma zum Kotzen fand und dass es unanständig war, mit einem Menschen wie ihm Geschäfte zu machen, gerieten sie aneinander. Trotz ihrer bald vierundzwanzig Jahre war Vera in den Augen ihres Vaters noch immer nur eine freche, vorlaute Göre. Bei jeder Diskussion drohte er ihr damit, dass sie sich ihr Studium bald an den Hut stecken könne, falls sie sich ihr lockeres Mundwerk nicht schleunigst abgewöhne.

Mama äußerte sich nie dazu. Nur hinterher kam sie manchmal zu Vera und redete in sanftem Ton auf sie ein. Sie dürfe nicht so streng mit Papa sein, er wolle schließlich nur das Beste, und Vera müsse dankbar für alles sein, was er für sie beide getan habe. Vera konnte es schon längst nicht mehr hören, aber sie wusste, dass es sinnlos war, Mama gegenüber Papas Autorität infrage zu stellen. Wahrscheinlich würde sie ihn bis an ihr Lebensende allein dafür vergöttern, dass er sie trotz ihres unehelichen Kindes geheiratet hatte.

Sie führten die Gäste ins Esszimmer, und Vera setzte sich neben Peter, Wengenroths fünfundzwanzigjährigen Sohn. Er war ein ausgesprochen schüchterner Bursche. Sie konnte ihn ganz gut leiden, und für das, was sein alter Herr getan hatte, konnte er ja nichts.

Mama servierte den Kaffee und stellte eine Platte mit verschiedenen Kuchen- und Tortenstücken auf den Tisch. Gott, wie devot sie sich gab. Servierte den Gästen die größten Stücke und überhäufte die dicke Frau Wengenroth mit Komplimenten, dass es schon peinlich war. Musste man diesen Leuten wirklich so in den Hintern kriechen, nur weil sie Papas zukünftige Geschäftspartner waren? Völlig übertrieben, aber eben auch typisch Mama. Immer lächeln, immer Papa alles recht machen.

Ungefragt schaufelte sie Vera ein großes Stück Sahnetorte auf den Teller. Vera sah sie fragend an. Mama wusste doch, dass sie lieber Obstkuchen aß.

»Iss, mein Kind«, flüsterte sie Vera ins Ohr. »Sonst denken Herr und Frau Wengenroth noch, wir lassen unsere eigene Tochter verhungern.«

Vera verkniff sich eine bissige Erwiderung. Ständig versuchte ihre Mutter, sie zu mästen. Schließlich konnte Vera nichts dafür, dass sie mit ihrer knabenhaften Figur dermaßen aus der Art schlug. Egal, wie viel sie aß, ihr Körper blieb nun einmal dürr und schlaksig. Schon während der Schulzeit hatte sie sich deshalb einiges von ihren Mitschülerinnen anhören müssen. »Bohnenstange« war noch eine der netteren Hänseleien gewesen.

Nach dem Essen gingen sie alle zusammen in den nahe gelegenen Nerotalanlagen spazieren. Vera und Peter liefen ein Stück voraus. Die lauten Stimmen ihrer Väter und das Gegacker der Mütter hallten durch die Parkanlage.

Peter räusperte sich. »Du, gerade läuft ein neuer Film mit der Liselotte Pulver. Hast du den schon gesehen?«

Vera schüttelte den Kopf. Ins Kino ging sie leider nur äußerst selten, denn ihre Eltern hielten nichts davon. Das sei etwas für Dumme, fanden sie. In vielen Dingen waren sie einfach furchtbar altmodisch.

»Wir könnten ihn zusammen anschauen. Ich lad dich ein. Hast du Lust?«

Am Abend verabschiedeten sie die Wengenroths, und Papa ging noch einmal aus dem Haus, um sich mit ein paar Bekannten in seiner Stammkneipe zu treffen.

Von Peters Einladung waren ihre Eltern ganz begeistert gewesen. Es störte sie nicht einmal, dass er Vera ins Kino ausführen wollte. Vera hoffte nur, dass ihre Zusage kein Fehler gewesen war. Nicht, dass Peter sich deswegen einbildete, sie wäre seine Freundin oder so. Sie hatte bloß Ja gesagt, weil sie die Filme von Lilo Pulver so gern mochte.

Während sie Margarete in der Küche beim Abwasch half, musste sie wieder an die spitze Bemerkung über ihre Figur denken, die ihre Mutter ihr vorhin bei Kaffee und Kuchen ins Ohr geflüstert hatte. Sie verstand es einfach nicht. Es gab schließlich einen triftigen Grund, weshalb Vera sich so vom Rest der Familie unterschied. Eigentlich sollte ihre Mutter lieber still sein, was das Thema betraf.

Und es war nicht nur Veras Aussehen. Mit jeder Faser ihres Körpers spürte sie ihr Anderssein, spürte, dass sie nicht in diese Form passte, in die ihre Eltern sie zu pressen versuchten. Aber wo passte sie stattdessen hinein? Wer war sie wirklich, und wie sollte sie es jemals herausfinden, wenn sie nicht einmal wusste, wer ihr richtiger Vater war?

Es gab zwei große Lücken in ihrem Leben: Doro, die vor den Nazis hatte fliehen müssen. Und ihr Vater, dieser gesichtslose Fremde, von dessen Existenz sie nur durch einen Zufall erfahren hatte. Ständig musste sie an die beiden denken. Still und unsichtbar schienen sie ihr überallhin zu folgen.

Vera trocknete einen Teller ab und bemühte sich, ihrer Stimme einen ruhigen, reifen Klang zu verleihen. »Mama, ich glaube, ich bin jetzt alt genug, um endlich die Wahrheit zu erfahren. Findest du nicht?«

Margarete nahm die leere Kuchenplatte und tunkte sie ins Seifenwasser.

Keine Antwort. Im Grunde war Vera nicht überrascht. Sobald sie sich einmal traute, das Thema anzusprechen, tat ihre Mutter, als hätte sie nichts gehört.

Vera atmete tief durch. »Du hast bestimmt deine Gründe, weshalb du es mir bisher nicht verraten wolltest.«

Bestimmt hatte sie nicht gewollt, dass Vera es vor anderen ausplauderte. Die Leute hätten sich nur das Maul zerrissen. Das verstand sie natürlich.

»Aber jetzt bin ich erwachsen. Ich finde, ich habe das Recht, zu wissen, wer mein leiblicher Vater ist.«

Noch immer keine Antwort. Ohne eine Miene zu verziehen, sortierte Margarete das saubere Besteck in die Schublade.

Vielleicht hoffte sie, dass sie nur lange genug schweigen musste, damit Vera die Sache mit ihrem Vater irgendwann vergaß, aber das Gegenteil war der Fall. Je älter Vera wurde, desto mehr Fragen stellte sie sich. Lebte ihr Vater überhaupt noch? War er ein guter oder ein schlechter Mensch? Hatte er Mama womöglich Gewalt angetan? Sie wagte kaum, daran zu denken, aber unweigerlich ging ihr auch diese Frage immer wieder durch den Kopf.

»Weißt du, Mama, ich wünsche mir nichts sehnlicher, als dass du endlich offen mit mir sprichst. Denk nicht, du müsstest mich vor irgendetwas beschützen. Ich halte die Wahrheit aus.« Sie näherte sich ihrer Mutter und legte ihr sanft eine Hand auf den Arm. »Ich verrate es niemandem, versprochen. Schon gar nicht Papa. Ich will es einfach nur wissen. Bitte, Mama.«

Wortlos wandte sich Margarete ab.

Vera ließ das Geschirrtuch auf die Anrichte fallen und ging in ihr Zimmer. Wie sehr sie es hasste, wenn ihre Mutter so schwieg. Ganz klein und hilflos kam sie sich dabei vor.

War es denn wirklich besser, die Wahrheit gar nicht erst zu kennen? Sie konnte und wollte es nicht glauben. Sie litt furchtbar darunter. Sah ihre Mutter das denn nicht?

Die ganze Woche über fieberte Vera dem Donnerstag entgegen, an dem Frank seinen Vortrag in der Kneipe halten würde. Die Tage zogen sich unerträglich hin. Mama ließ sich nichts anmerken. Es war, als hätte ihr Gespräch am Sonntag nie stattgefunden, und jedes Mal, wenn sie gemeinsam am Esstisch saßen, kochte Vera innerlich.

Sie tröstete sich damit, dass sie es ihr bald schon auf ihre Art heimzahlen würde. Wenn sie sich vorstellte, dass ihre Eltern allein beim Anblick von Franks Jeanshosen ausrasten würden, reizte sie das Treffen mit ihm nur umso mehr. Sie tat etwas Verbotenes. Etwas Geheimes. Ja, das hatten ihre Eltern nun von ihrer eigenen Geheimniskrämerei. Wozu sollte Vera die brave, folgsame Tochter sein, wenn man es ihr stets nur mit Schweigen dankte? Sie sah es nicht länger ein.

Am Donnerstagabend betrat sie endlich die Kneipe, in der Franks Lesung stattfinden sollte. Es war ein Schuppen in Frankfurt-Bockenheim, ein beliebter Treffpunkt unter Studenten. Im hinteren Bereich gab es eine kleine Bühne, vor deren zugezogenem Vorhang ein einzelner Barhocker stand.

Vera setzte sich an einen der Tische in der ersten Reihe und sah sich um. Außer ihr war nur ein halbes Dutzend anderer Zuhörer gekommen.

Endlich trat ein junger Mann mit kariertem Hemd ans Mikrofon. Er begrüßte die Gäste, stellte Frank als jungen Schriftsteller vor, der heute Abend experimentelle Lyrik vortragen werde, und bat um Applaus.

Vera klatschte eifrig. Der Vorhang öffnete sich in der Mitte, und Frank schlenderte auf die Bühne. Bevor er sich auf den Barhocker setzte, reckte er sein markantes Kinn und ließ den Blick durch den Saal schweifen, als hätte er für die Anwesenden nichts als Verachtung übrig. Dann zog er sein Notizbuch aus der Jacke, schlug es auf und legte los.

Der Ansager hatte nicht zu viel versprochen. Frank schleuderte den Zuhörern Verse voller Zorn entgegen, wilde, bunte Collagen aus Worten, und Vera lauschte wie gebannt. Er sprach über allgegenwärtiges Schweigen, über Lügen, Scheinheiligkeit und Gedächtnisverlust, steigerte sich immer mehr in seinen Vortrag hinein, sprang bald von seinem Hocker auf und warf sein Notizbuch fort.

Vera konnte ihm kaum folgen, so schnell sprach er, doch seine Worte und der Rhythmus seiner Verse machten etwas mit ihr. Sie spürte eine hilflose Wut auf die Welt in seinen Zeilen. Ein Gefühl, das sie selbst nur allzu gut kannte. Es war dieselbe Wut, die sie auf ihren Vater hatte, der gar nicht ihr richtiger Vater war und trotzdem über ihr Leben bestimmte. Es war die Wut auf ihre Mutter, die stets Dankbarkeit von ihr forderte, obwohl Vera überhaupt nicht wusste, wofür sie dankbar sein sollte. Dafür, dass man sie ständig bevormundete? Dass man ihr einen Teil ihrer Identität vorenthielt?

Frank beendete seinen Vortrag so schnörkellos, wie er ihn begonnen hatte. Atemlos blieb er am Rand der Bühne stehen. Schweißperlen glänzten auf seiner Stirn. Schließlich sammelte er sein weggeworfenes Notizbuch wieder ein, wandte den Zuhörern den Rücken zu und stapfte zurück hinter den Vorhang.

Das Publikum quittierte seinen Auftritt mit Getuschel und verhaltenem Applaus. Vera sah ihm nach. Armer Frank. Er hatte sich verausgabt, hatte sein Herz auf der Bühne ausgeschüttet, aber niemand im Raum wusste es so richtig zu schätzen. Niemand – außer ihr. Seine Gedichte hatten sie zutiefst berührt. Sie hatte das

Gefühl, ihn auf einer Ebene zu verstehen, die weit über Worte hinausging.

Ein paar Minuten später kam er hinter der Bühne hervor und setzte sich an die Bar. Vera stand auf und ging auf ihn zu. Als sich ihre Blicke trafen, schenkte er ihr ein schiefes Lächeln.

»Mensch, Frank, deine Gedichte sind eine Wucht!«

Er zündete sich eine Zigarette an und wies zu den anderen Gästen. »Nett, dass du das sagst, aber ich glaube, mit der Meinung bist du hier alleine.«

Sie setzte sich neben ihn. Frank bestellte zwei Gläser Bier und erzählte, dass er sein Auslandsjahr in New York verbracht hatte. Er hatte viele Clubs besucht, hatte Lesungen amerikanischer Dichter gelauscht und sich von völlig neuartigen literarischen Strömungen beeinflussen lassen.

»Ich fürchte nur, auf Deutsch funktioniert diese Art von Lyrik nicht«, schloss er. »Ich glaube, ich sollte das besser bleiben lassen.«

Vera merkte ihm deutlich an, wie sehr ihn die kühle Reaktion des Publikums verletzt haben musste. »Mach dir nichts draus«, meinte sie. »Vielleicht sind die Leute hier einfach noch nicht so weit.«

»Vielleicht sind es auch einfach nur Banausen.« Er bedachte sie mit einem langen Blick. »Alle, außer dir. Schön, dass du hier bist. Dann hat sich mein Auftritt gelohnt.«

Sie unterhielten sich lange, und Frank erzählte, dass er so bald wie möglich in die USA zurückkehren wollte. Er träumte davon, Creative Writing zu studieren, darum hatte er sich für eines der heiß begehrten Stipendien an der Columbia University in New York beworben.

Veras Lächeln verrutschte. Bei seinem Talent zweifelte sie keine Sekunde daran, dass man ihm das Stipendium gewähren würde. Der Gedanke, dass er ins Ausland gehen würde, machte sie traurig. Eigentlich war es albern – sie kannten sich ja kaum, und trotzdem wusste sie jetzt schon, dass sie ihn schrecklich vermissen würde.

Er schien ihr Schweigen bemerkt zu haben. Einen Moment lang musterte er sie eingehend, dann hob er das Bierglas an die Lippen und trank einen Schluck. »Komm doch mit«, sagte er, ohne eine Miene zu verziehen.

Vera konnte nicht anders und musste prusten. Sie mochte ihn, auch wenn er eine seltsame Art von Humor hatte.

In den nächsten Wochen ertappte Vera sich dabei, wie sie an der Uni ständig nach Frank Ausschau hielt. Wie es seine Art war, erschien er nur unregelmäßig zu den Vorlesungen. Ihr Herz sank jedes Mal, wenn sie ihn nicht im Hörsaal entdeckte, und umso mehr freute sie sich, wenn er plötzlich doch auftauchte und sich zu ihr setzte.

»Lass uns abhauen«, flüsterte er Vera eines Tages zu, als ihr die Vorlesung über Sprachwissenschaft wieder einmal vor lauter Langeweile die Augen zufallen ließ.

Schlagartig fühlte sie sich hellwach und sah ihn ungläubig an. Sie konnte jetzt nicht einfach gehen, so gerne sie es auch getan hätte. Sie musste sich konzentrieren und mitschreiben, obwohl es ihr in Franks Nähe ganz besonders schwerfiel. Ständig machte er sich über den deutschen Akzent des Professors lustig oder schnipste Papierkügelchen in die vorderen Reihen, in denen die Streber saßen.

Vera fand sein Verhalten furchtbar kindisch. Und trotzdem musste sie sich zusammenreißen, um nicht mitten in der Vorlesung laut loszulachen. Wann immer Frank bei ihr war, konnte sie den eintönigen Unibetrieb nicht mehr richtig ernst nehmen.

»So schönes Wetter«, flüsterte er wieder, als sie nicht antwortete. »Draußen steht meine Vespa. Lust, ne kleine Runde zu drehen?«

Natürlich hatte sie Lust darauf. Rasch packte sie ihren Stift und den Notizblock ein, dann schlich sie hinter Frank aus dem Hörsaal.

Kaum hatte sie sich hinter ihm auf sein Moped gesetzt, düsten sie los in Richtung Mainufer.

In den folgenden Wochen ließ sie sich oft von ihm aus langweiligen Veranstaltungen entführen. So oft, dass es allmählich zur Gewohnheit wurde. Sie wusste, wenn sie so weitermachte, könnte sie das Semester bald abschreiben.

Und wenn schon. Dann wäre es eben so. Sie genoss ihre gemeinsamen Ausflüge, auch wenn sie meistens kein konkretes Ziel vor Augen hatten, sondern einfach nur durch die Straßen oder den Stadtwald fuhren. Das Gefühl, unterwegs zu sein, Sonne und Wind im Gesicht, die Freiheit, tun und lassen zu können, was sie wollte – all das brauchte sie, hatte sich im Grunde schon immer danach gesehnt, und sie erlebte es nur, wenn sie mit Frank zusammen war.

Die Treffen mit Peter waren ganz anders. Seit ihrem ersten gemeinsamen Kinobesuch neulich lud er sie nun regelmäßig ein. Er gehörte zum Leben ihrer Eltern, war Teil des eng umsteckten Rahmens, in dem Vera sich für gewöhnlich bewegte. Dabei gab es so viel mehr als das, was ihre Eltern für gut und richtig hielten. Wann immer sie mit Frank auf seiner Vespa saß, wurde ihr aufs Neue bewusst, wie eingesperrt sie sich daheim in Wiesbaden fühlte.

Bei einem ihrer Ausflüge nahm er sie zu sich nach Hause mit. Er wohnte in Bockenheim in einem Zimmer über der Kneipe, in der er seine Lesung abgehalten hatte. Jeden Abend half er hinter dem Tresen aus, um sich ein paar Mark zu verdienen.

Beim Anblick des spartanisch eingerichteten Raums, in dem sich kaum mehr als ein schmales Bett, ein Tisch mitsamt Stuhl und ein Waschbecken befanden, kam Vera sich ziemlich verwöhnt vor. Sie hatte nicht gewusst, dass Frank sich sein Studium komplett selbst hatte finanzieren müssen. Er war stets modisch angezogen und benutzte häufig Wörter, die Vera nicht kannte, obwohl sie sich eigentlich für recht belesen hielt. Wie selbstverständlich war sie davon ausgegangen, er stamme aus einer Akademikerfamilie, doch nun erfuhr sie von ihm, dass sein Vater ein einfacher Fabrikarbeiter gewesen und im Krieg gefallen war. Mit seiner Mutter hatte Frank sich schon vor Jahren zerstritten. Andere Verwandte hatte er nicht – es gab niemanden, der ihn unterstützte.

Während sie unschlüssig im Raum stand, ging er zum Tisch, auf dem sich seine Post stapelte. Er nahm einen geöffneten Briefumschlag und reichte ihn Vera.

»Da, schau mal. Das kam gestern.«

Er stammte aus Übersee. Im Grunde ahnte sie schon, worum es

sich handelte, doch sie zog den Brief heraus und faltete ihn auseinander.

Die Zusage zum Stipendium. Frank hatte sie tatsächlich erhalten. Schon in einem Monat würde er Frankfurt verlassen und nach New York reisen. Als ihr das bewusst wurde, kamen ihr die Tränen.

Er schloss sie in seine Arme und küsste sie. Vera ließ es zu, spürte seine Lippen auf ihren. Verflixt, sie hatte sich nicht in ihn verlieben wollen, und jetzt passierte es doch.

Viel zu schnell ließ er wieder von ihr ab. »Du passt genauso wenig hierher wie ich«, flüsterte er an ihrem Ohr. »Willst du denn ewig in Spießbaden bleiben? Dich lebendig begraben lassen?«

Seine Worte berührten etwas tief in ihr, genau wie seine Gedichte. Ein Leben mit ihm, weit weg von hier ... Für einen Augenblick erlaubte sie es sich, in einem Tagtraum zu schwelgen, aber sogleich holte die Wirklichkeit sie wieder ein.

Ihn begleiten? Wie stellte er sich das vor? Sollte sie denn einfach abhauen, in ein fremdes, weit entferntes Land? Sie hatte doch ihr Studium. Mama hatte sich extra bei Papa dafür eingesetzt, dass Vera studieren durfte. Allein deshalb musste sie es durchziehen.

»Verstehe. Du willst also hierbleiben.« Franks Miene verfinsterte sich. »Lass mich raten, du stehst auf diesen Kaufhaus-Heini!«

»Ts. Erzähl keinen Quatsch.« Sie hatte Frank gegenüber kein Geheimnis daraus gemacht, dass sie sich ein paarmal von Peter ins Kino hatte einladen lassen. Anschließend hatte Peter sie stets pünktlich nach Hause gebracht – sehr zur Freude ihrer Eltern, die ihre Treffen mit ihm wohlwollend zur Kenntnis nahmen.

Aber Peter bedeutete ihr nichts. Wenn sie mit ihm zusammen war, spürte sie kein Kribbeln im Bauch. Und erst recht erlebte sie mit ihm keine Küsse, die ihr Verlangen entfachten.

Bei ihrem nächsten Treffen küsste Frank sie wieder. Heimlich liebten sie sich in seinem Zimmer über der Kneipe, versuchten zu verdrängen, dass ihr Abschied unaufhaltsam näher rückte. Sie würden in Kontakt bleiben, einander Briefe schreiben, aber es wäre nicht dasselbe. Ihre Wege würden sich unweigerlich trennen, das ahnten sie beide, auch ohne es auszusprechen.

Nur noch zwei Tage, dachte Vera traurig, als sie an einem Samstag einen Blick in den Kalender warf. Schon am Montag würde Frank in den Zug nach Bremerhaven steigen, wo das Linienschiff nach New York ablegte.

Ich habe Verpflichtungen, dachte sie, als sie der Kummer erneut zu überwältigen drohte. *Was bildet Frank sich überhaupt ein? Als ob die ganze Welt sich nur um ihn dreht. Er spinnt, wenn er glaubt, dass ich alles hinschmeiße und einfach so mit ihm abhaue. Ich habe ein eigenes Leben.*

Am Abend betrat sie ihr Zimmer und stellte verwundert fest, dass ihre Mutter in ihrem Kleiderschrank wühlte. Für morgen hatte sich Familie Wengenroth wieder zu einem Besuch angekündigt.

»Na endlich.« Margarete zog das zitronengelbe Sommerkleid heraus und drückte es Vera in die Hand. »Zieh das morgen bitte an, bevor der Besuch kommt, ja? Und denk an die goldenen Ohrringe.«

Verwirrt hängte Vera das Kleid über die Lehne ihres Schreibtischstuhls. Sie wusste ja, wie wichtig es für Mama war, immer einen guten Eindruck zu machen, aber nun übertrieb sie es wirklich.

Am nächsten Tag klingelte es pünktlich um drei an der Tür. Vera gab ihr Bestes, ihre höfliche Maske aufzusetzen, obwohl sie sich am liebsten in ihrem Zimmer eingeschlossen hätte.

»Hach, Frau Klein! Ich schwärme ja immer noch von Ihrem Streuselkuchen!« Strahlend ging Frau Wengenroth auf Margarete zu. »Was haben Sie uns denn heute wieder Köstliches gezaubert?«

»Kommen Sie, meine Liebe. Begleiten Sie mich in die Küche.«

Gemeinsam verschwanden die beiden Frauen im Flur. Die Väter klopften einander auf die Schultern, und ihr polterndes Lachen hallte von den Wänden des Esszimmers wider. Vera wunderte sich über die ausgelassene Stimmung der älteren Herrschaften. Sie wusste, dass ihre Eltern sich blendend mit Herrn und Frau Wengenroth verstanden, aber heute führten sie sich fast so auf, als gäbe es irgendetwas zu feiern.

»Vera?« Peter räusperte sich und deutete zur Terrassentür. »Würdest du kurz mit mir nach draußen kommen? Ich möchte dich gern etwas fragen.«

Bestimmt die nächste Einladung ins Kino. Sie folgte ihm in den

Garten. Ein wenig frische Luft konnte sie jetzt gut gebrauchen, und etwas Ablenkung auch.

Peter baute sich vor ihr auf und sah sie erwartungsvoll an. Wie steif er plötzlich wirkte, und so blass im Gesicht.

»Was ist denn?«, fragte Vera besorgt. »Geht es dir nicht gut?« Er hob die Faust an den Mund und räusperte sich. Dann holte er tief Luft.

Verwirrt hob Vera eine Braue. Was sollte das werden? Eine Ansprache?

»Vera«, begann er, und seine Ohren liefen knallrot an. »Wir kennen uns jetzt schon über ein Jahr. Du sollst wissen, dass ich dich sehr schätze. Ja, mehr noch. Man könnte sagen, während unserer Kinobesuche habe ich dich ganz besonders lieb gewonnen.«

Er griff in sein Jackett. Vera starrte auf seine Hand und entdeckte eine winzige Schachtel darin.

Oh nein.

»Daher möchte ich dich heute fragen, ob du mir die große Ehre erweisen würdest ...« Schweißperlen standen auf seiner Stirn. Er fummelte ein Taschentuch aus seinem Jackett und tupfte sich das Gesicht ab. Hektisch steckte er es wieder ein. »Ver...Verzeihung. Ich wollte dich fragen ... Willst du meine Frau werden, Vera?«

Sprachlos und mit offenem Mund starrte sie ihn an. Sie hatten sich doch bloß ein paarmal miteinander verabredet. Und jetzt kam er mit einem Heiratsantrag um die Ecke, einfach so, aus heiterem Himmel?

Gleichzeitig tat er ihr furchtbar leid. Er war so ein lieber Kerl, und wie er nun vor ihr stand und am ganzen Leib zitterte ...

Aus dem Augenwinkel nahm sie eine Bewegung wahr. Langsam drehte sie den Kopf und sah zum Küchenfenster. Entdeckte ihre Mutter und Frau Wengenroth, die durch den Vorhang in ihre Richtung spähten. Hörte das gedämpfte Tuscheln und Gackern der beiden Frauen. Und plötzlich wurde ihr alles klar.

Sie wussten es.

Das zitronengelbe Kleid, das Mama ihr gestern herausgesucht hatte. Die übertrieben gute Laune. Die überschwängliche Begrüßung. Alle hatten von Peters Plänen gewusst – nur Vera nicht.

»Vera?«, fragte er. Sein Kragen bewegte sich unter seinem Kinn. Es sah aus, als hätte er gerade einen dicken Kloß heruntergeschluckt.

»Ich kann dich nicht heiraten.«

»Aber Vera –«

Sie schüttelte den Kopf. »Es tut mir leid, Peter.«

Ein schmerzlicher Ausdruck legte sich auf sein Gesicht.

Sie hielt den Anblick nicht aus. Hastig wandte sie sich ab, rannte ins Haus, die Treppe hinauf, in ihr Zimmer und knallte die Tür zu.

»Mach die Tür auf, Veralein«, ertönte Margaretes Stimme von draußen.

Inzwischen war es Abend, und die Gäste waren längst gegangen. *Ich habe wohl allen die gute Stimmung verdorben,* dachte Vera boshaft. Seit Stunden saß sie in ihrem Zimmer. Schon mehrmals hatte ihre Mutter an die Tür geklopft, aber Vera weigerte sich, aufzumachen. Sie konnte noch immer nicht fassen, was vorhin passiert war.

»Das war wirklich unmöglich von dir«, setzte Margarete erneut an. »Der arme Peter. Er schüttet dir sein Herz aus, und du lässt ihn einfach stehen. Du hast seine Gefühle verletzt. Auch Herr und Frau Wengenroth sind maßlos enttäuscht von dir. Papa und ich müssen uns deinetwegen schämen.«

Mit verschränkten Armen lehnte Vera an der geschlossenen Tür. Soso, Peters Gefühle waren also verletzt. Und was war mit ihren Gefühlen? Die spielten wohl gar keine Rolle.

»Weißt du, Mama, ich hätte es schön gefunden, wenn man mich vorher eingeweiht hätte.«

»Wie hätte Peter dich denn vorher einweihen sollen? Dann wäre es ja keine Überraschung mehr gewesen!«

Wie sie es hasste, wenn ihre Mutter in diesem gekünstelten Tonfall mit ihr sprach. Halb tadelnd, halb beleidigt, wie immer, wenn sie ihr ein schlechtes Gewissen einreden wollte.

»Verkauf mich bitte nicht für dumm, Mama. Ihr alle wusstet schon vorher Bescheid. Jetzt komme ich mir richtig schäbig vor. Dabei mag ich Peter, und ich wollte ihm bestimmt nicht wehtun.

Hast du mal darüber nachgedacht, wie unfair das alles eigentlich mir gegenüber ist?«

Margarete stieß ein spöttisches Lachen aus.

Vera nahm ihre ganze Beherrschung zusammen und bemühte sich um einen ruhigen und geduldigen Tonfall, als müsste sie einem störrischen Kind etwas erklären.»Wenn man jemandem einen Antrag macht, muss man eben auch mit einem Nein rechnen. Wirklich, Mama, das hättet ihr euch alle vorher überlegen sollen.«

Plötzlich klang Margarete verzweifelt.»Ich verstehe dich nicht. Peter ist so ein guter Junge, und ihr wart doch immer ganz dicke miteinander.«

Vera gab auf und öffnete die Tür. Ihre Mutter stand im Flur und bedachte sie mit einem vorwurfsvollen Blick.

»Ich liebe ihn nicht, Mama. Bitte begreif das endlich. Ich will Peter nicht heiraten. Weißt du, ich ... ich will überhaupt niemals heiraten.«

Margaretes Augen weiteten sich.

»Ich studiere ja nicht zum Spaß, und ich bin nicht bereit, meine ganze Zukunft aufzugeben. Nicht für Peter, und auch für keinen anderen Mann. Ich möchte mein eigenes Geld verdienen und so leben, wie es mir gefällt.«

»Kind, was redest du denn da?«

»Du hast doch selbst immer gesagt, dass ich gescheit bin. Du hast dich für mich eingesetzt, hast Papa davon überzeugt, dass er mir ein Studium ermöglicht.«

»Ja, sicher. Damit du etwas hast, womit du deinen Kopf beschäftigen kannst. Wir dachten, dass sich diese Flausen irgendwann von selbst auswachsen. Spätestens dann, wenn du heiratest.«

Fassungslos lauschte Vera den Worten ihrer Mutter. Hielt sie ihr Studium denn für eine bloße Spielerei? Mama war doch ihre Verbündete. Die Einzige, die verstand, dass sie ihren eigenen Weg gehen musste – aber war es überhaupt ihr Weg? Ihr Vater hatte ihre Studienfächer ausgewählt. Hatte entschieden, dass sie Lehrerin werden sollte.

Margarete schien ihr Schweigen als Nachgeben zu interpretieren.»Es war ein aufregender Tag, nicht wahr? Da können die Nerven mit einem durchgehen. Das verstehe ich. Komm, ab ins Bett mit dir. Du wirst sehen, morgen früh sieht die Welt ganz anders aus.«

Durchs Treppenhaus dröhnte Musik, vermischte sich mit den Stimmen der Gäste. Vera hatte kurz in der Kneipe vorbeigeschaut, aber Frank stand heute Abend nicht hinter dem Tresen. Der Gurt ihrer Reisetasche schnitt ihr in die Schulter. Sie hob die Hand und klopfte an seine Zimmertür.

Es dauerte einen Moment, doch endlich öffnete er, und sein Gesicht erschien im Türspalt. Vera registrierte seinen überraschten Blick.

»Nimm mich mit«, flüsterte sie.

Er zog sie zu sich hinein und drückte sie fest an sich. »Ich bin so froh, dass du gekommen bist«, murmelte er zwischen zwei Küssen.

Hinter ihnen fiel die Tür ins Schloss. Vera ließ ihre Reisetasche zu Boden gleiten, in der sich der gesamte Inhalt ihres Sparschweins und ihr Sparbuch befanden.

Sie nahmen sich nicht einmal die Zeit, einander richtig auszuziehen. Gemeinsam fielen sie aufs Bett, und ungeduldig zog sie ihn auf sich, fasste ihm zwischen die Beine, öffnete seinen Reißverschluss. Hauptsache, etwas anderes fühlen, wenigstens für eine Weile, und nichts mehr denken müssen.

Danach lagen sie erschöpft beieinander. Sie sprachen nicht über das Warum, und Vera war es recht so. Sie hätte nicht die Kraft gehabt, in Worte zu fassen, wie tief ihr Schmerz saß. Schmerz über den Verrat ihrer Mutter. Über die bittere Erkenntnis, dass ihre Eltern nichts als eine Ware in ihr sahen. Ein Geschenk an die Geschäftspartner, um die gemeinsame Verbindung zu besiegeln.

Sie hatte geglaubt, ihr Leben läge in ihrer Hand. Nun begriff sie, wie sehr sie sich getäuscht hatte. In Wahrheit hatten ihre Eltern längst alles für sie entschieden.

Sie hatten ihr perfektes Leben geplant, aber es wäre niemals ihr Leben. Nicht, wenn sie noch länger in Wiesbaden blieb.

KAPITEL 13

Berlin-Johannisthal, Februar 1921

Eva würde in Lavinias Fußstapfen treten. Und das schon am Montag. Kurzfristig war es Lichtenfeld noch gelungen, einen Schauspiellehrer für sie aufzutreiben: Adam Król, einen schmächtigen jungen Polen, der in den Filmen der Hyperion die unterschiedlichsten Nebenrollen spielte, manchmal sogar weibliche.

Während andere eine jahrelange Ausbildung absolvierten, blieben Eva nur wenige Tage, um sich mit den Grundlagen der Schauspielkunst vertraut zu machen. Um ihr die Vorbereitung in der kurzen Zeit zu erleichtern, spielte Król ihr sämtliche Szenen mit Gemma vor. Eva beobachtete ihn dabei, und es kam ihr vor wie ein Wunder. Er bewegte sich so geschmeidig wie ein Balletttänzer. Sein Körper und seine Mimik erzählten eine Geschichte, verwandelten ihn vor ihren Augen in einen anderen Menschen.

Als er fertig war, applaudierte sie. »Sie sind eindeutig die bessere Gemma.«

Król bedachte sie mit einem verständnislosen Blick. »Wie kommen Sie denn darauf?«

Mutlos seufzte sie. »Ich bin nicht einmal annähernd so talentiert wie Sie.«

»Nicht doch.« Er tätschelte ihre Hand. »Herr Lichtenfeld hat die richtige Darstellerin ausgewählt. Ich bin mir ganz sicher.«

Darstellerin? Sie war doch nur ein kläglicher Ersatz. Trotzdem, Eva gab ihr Bestes, prägte sich alle seine Ratschläge ein und versuchte, sein Spiel so gut wie möglich zu imitieren. Bis Montag musste alles sitzen.

Am Montagmorgen schrillte der Wecker. Wie die meisten Mitwirkenden hatte auch Eva sich für die Dauer der Dreharbeiten nahe dem Filmatelier ein Zimmer gemietet, um sich morgens und abends die lange Fahrt zu ersparen.

Sie tappte zur Kommode, goss Wasser in eine große Schüssel und wusch sich das Gesicht. Zum ersten Mal würde sie ernsthaft vor einer Kamera stehen. Mit Schrecken dachte sie an die Probeaufnahmen vor ein paar Tagen zurück. Das grelle Licht der Kohlebogenlampen hatte in ihren Augen gebrannt. Und erst dieser Lärm! In anderen Bereichen der Halle wurden parallel zu den Proben bereits weitere Kulissen gebaut. Das Rattern der laufenden Kameras hallte von den Wänden wider, vermischte sich mit Sägen und Hämmern. Dazwischen Lichtenfelds Rufe: »Fräulein Wagner! Den Kopf etwas höher. Wisborg, baumeln Sie nicht so herum. Mehr Körperspannung! Und bitte!«

Es war Eva ein Rätsel, wie sie sich bei all dem Trubel auf ihre Rolle konzentrieren sollte. Immer wieder hatte sie den Faden verloren, hatte damit gerechnet, dass Lichtenfeld jeden Moment genervt die Proben abbrechen würde, um sich doch lieber eine andere, geübte Darstellerin zu suchen. Aber er blieb dabei: Er wollte Eva und keine andere.

Sie trocknete sich ab, zog sich an, nahm unten rasch noch das Frühstück zu sich, das die Wirtin ihr hinstellte, dann begab sie sich auf den Weg zum Atelier.

Kurze Zeit später betrat sie die Garderobe und stellte fest, dass eine andere Darstellerin bereits im Kostüm vor einem der Spiegel saß.

»Guten Morgen«, sagte Eva.

Keine Antwort. Sie musterte die junge, dunkelhaarige Schauspielerin, die sich gerade die Augenränder mit Kajal nachzog, und erkannte sie wieder: Viola Petry, die ihr schon neulich in der Kneipe die kalte Schulter gezeigt hatte.

»Guten Morgen!«, wiederholte Eva und ging zum Kleiderständer.

Noch immer keine Antwort. *Dann eben nicht*, dachte sie und zog sich um. Als sie sich anschließend vor den großen Wandspiegel stellte, wurde ihr ganz komisch zumute.

Dieses Kostüm wäre für Lavinia bestimmt gewesen. Die Knickerbocker waren für Eva gekürzt worden, und am Umfang der weißen Bluse hatte die Kostümbildnerin etwas abnehmen müssen, vor allem obenrum. Doch Eva hatte noch immer das Gefühl, dass ihr Lavinias Sachen viel zu groß waren. Genau wie ihre Rolle.

Ein Klopfen an der Tür riss sie aus ihren Gedanken. Adam Król trat ein und bat sie, auf dem Stuhl vor dem zweiten Spiegel Platz zu nehmen. Sogleich holte er alle möglichen Schminkutensilien aus der Schublade und machte sich an die Arbeit.

Während er ihr nacheinander helle Fettschminke, Puder und Kajal auftrug, erklärte er, dass der Film komplizierten Gesetzen der Optik unterlag. Obwohl die Kamera nur Schwarz-Weiß-Bilder erzeugte, war es enorm wichtig, beim Dreh auf die richtige Farbwahl zu achten. Je heller und ebenmäßiger man ein Gesicht schminkte, desto besser konnte man es auf der Leinwand erkennen. Allerdings durfte man es auch nicht übertreiben, schließlich waren sie nicht am Theater. Besonders bei Großaufnahmen musste alles möglichst natürlich wirken.

»Morgen komme ich noch einmal und helfe Ihnen beim Zurechtmachen.« Er nahm einen Lippenstift und bedeutete ihr, die Lippen zu spitzen. »Danach schaffen Sie das alleine.«

Eva sah sich im Spiegel an und kam sich wie ein Gespenst vor. Hilfesuchend blickte sie zu Król auf. »Heißt das, Sie kommen danach gar nicht mehr ins Atelier, um mir zu helfen?«

Ein Glucksen erklang aus Violas Richtung, als hätte Eva gerade etwas ganz besonders Einfältiges gesagt.

Król schüttelte den Kopf.

Eva senkte die Stimme. »Ich weiß nicht, ob ich das ohne Sie schaffe, Herr Król.« Er war doch ihr Lehrer. Ihr Vorbild. Wenn sie sich nicht länger an ihn halten konnte, was dann?

»Oh doch.« Er setzte ihr eine blonde Perücke auf. »Sie sind bereit, Fräulein Wagner. Haben Sie Vertrauen.«

Sie nahm sich vor, seine Worte im Gedächtnis zu behalten. »*Haben Sie Vertrauen.*« Ein letztes Mal ordnete sie die Strähnen ihrer Perücke, dann verließ sie die Garderobe und betrat die Halle.

Der vertraute Lärm schwappte ihr entgegen. Sogleich kam Lichtenfeld auf sie zu, begrüßte sie mit einem kräftigen Händedruck und führte sie ohne Umschweife in eine Bibliothekskulisse.

»Bevor wir mit dem Drehen beginnen, möchte ich, dass Sie sich ein wenig warmspielen. Es ist alles immer noch sehr neu und ungewohnt, nicht wahr?«

Eva nickte.

»Keine Sorge. Lassen Sie uns die erste Szene erst einmal ohne Kameras proben. Nur wir beide.«

Er zog ein Buch aus dem Regal und drückte es ihr in die Hand. »Also, Sie sind Gemma Hart, Expertin für alte Sprachen, und Sie haben eine wichtige Textstelle gefunden, die von den Historikern übersehen wurde. Ich bin Sidney Stone, ein mutiger Abenteurer. Ein Draufgänger. Ich verstehe nichts von Büchern, ich will nur den Schatz finden. Demonstrieren Sie mir Ihr Wissen. Überzeugen Sie mich.«

Verwirrt sah sie ihn an. Hatte er nicht gerade von der ersten Szene im Drehbuch gesprochen? Die hatte sie aber deutlich anders in Erinnerung.

»Verzeihung. Ich fürchte, mein Gedächtnis lässt mich gerade im Stich. Welche Szene ist das noch gleich?«

»Eine, die ich mir gerade ausgedacht habe. Ich dachte mir, wir improvisieren mal ein wenig. Nur zum Lockerwerden.«

Eva stutzte. Improvisieren? Gerade hatte sie mühevoll alle Szenen einstudiert und sich darauf vorbereitet, sie möglichst exakt nachzuspielen. Und jetzt verlangte er das genaue Gegenteil von ihr.

Er nickte ihr zu. »Und bitte.«

Sie atmete tief durch. Na schön. Er war der Profi.

»Mister Stone, ich habe da etwas Wichtiges gefunden.« Sie schlug das Buch auf. »Sehen Sie nur, es wird Sie interessieren.«

Lichtenfeld umrundete sie mit langsamen Schritten, und Eva beobachtete ihn im Augenwinkel. Spielte er gerade Sidney? Sollte er dann nicht irgendetwas antworten?

Sie räusperte sich und fuhr mit ihrer Improvisation fort. »Ich habe einen Hinweis entdeckt, der selbst von namhaften Historikern ignoriert wurde, für uns aber entscheidend sein könnte.«

Direkt vor ihr blieb er stehen und schüttelte den Kopf. »Glaube ich Ihnen nicht.«

»Aber –«

»Die Leute wollen mit Ihnen fühlen. In jeder Sekunde! Ihre Haut ist noch viel zu dick. Sie muss dünn sein, verstehen Sie? Sie müssen mir zeigen, was in Ihrer Figur vorgeht. Hat Król Ihnen das etwa nicht erklärt? Noch einmal von vorn.«

Der Regieassistent trat hinzu. »Herr Lichtenfeld, die Grabkammer ist ausgeleuchtet. Wir wären dann so weit.«

»Gleich. Fräulein Wagner ist noch nicht bereit.«

»Aber Herr Lichtenfeld, der Drehplan –«

»Ich sagte doch, erst, wenn Fräulein Wagner bereit ist!« Wieder nickte er Eva zu. »Bitte.«

Sie spielte die Szene mehrmals auf verschiedene Arten. Lichtenfeld maß sie mit durchdringendem Blick und unterbrach sie immer wieder.

»Das Publikum kann Ihre Stimme nicht hören, haben Sie das etwa vergessen? Verlassen Sie sich nicht auf Ihre Worte. Benutzen Sie Ihr Gesicht!«

Eva fächelte sich Luft zu. Seit über einer Stunde quälten sie sich nun schon mit dieser Improvisation herum. Das restliche Team hatte alles vorbereitet und wartete auf den Beginn der Dreharbeiten, doch Lichtenfeld ließ sich nicht beirren.

Ihr Hals war wie ausgetrocknet. Sie schwitzte, spürte die ungeduldigen Blicke der anderen Mitarbeiter und verstand nicht, was er mit dieser seltsamen Übung überhaupt erreichen wollte.

»Bitte, Herr Lichtenfeld. Es würde mir helfen, wenn wir eine Szene aus dem Drehbuch proben würden, mit der ich bereits vertraut bin. Ich finde es schwierig, etwas zu spielen und mir gleichzeitig etwas Neues auszudenken.«

»Sie improvisieren die Szene in der Bibliothek so lange, bis Sie mich überzeugt haben. Danach machen wir weiter.«

Erneut nahm Eva das Buch vom Tisch, atmete tief durch und begann von vorn.

»Nein, nein, nein! Ich glaube Ihnen nicht!« Er riss ihr das Buch aus der Hand. »Sie müssen fühlen, was Sie spielen. Ihre Haut muss dünn sein! Wie oft soll ich es Ihnen noch erklären?«

Erklären? Gar nichts erklärte er! Dabei war sie doch nur seinetwegen hier. Weil sie ihm nach Lavinias plötzlichem Tod unbedingt hatte helfen wollen. Sie musste blinzeln, als ihr vor lauter Frust und Erschöpfung die Tränen in die Augen stiegen.

»Ich versuche es ja!« Sie wischte sich mit dem Handrücken über die Wangen. »Was wollen Sie überhaupt von mir?«

Mit verschränkten Armen baute er sich vor ihr auf. »Was ist los mit Ihnen, Fräulein Wagner? Habe ich etwa doch die Falsche ausgewählt? Wir kommen niemals weiter, wenn Sie sich nicht endlich anstrengen!«

Eva konnte es nicht fassen. Wäre es nach ihr gegangen, dann hätten sie heute pünktlich um acht mit der ersten Szene begonnen, anstatt kostbare Zeit mit unsinnigen Improvisationen zu vergeuden. Er wollte eine Szene – die konnte er haben. Sie schnappte ihm das Buch weg und holte tief Luft.

»Deine Dummheit ist unerträglich, du starrsinniger Hanswurst!« Sie knallte das Buch auf den Tisch und schlug es auf. »Sieh her, hier drinnen steht die Wahrheit! Schwarz auf weiß! Ich sollte es dir um die Ohren hauen, vielleicht kapierst du es dann endlich!«

Ihre Stimme hallte durch das Atelier. Oh, wie gut das tat! Sie hatte gar nicht gewusst, dass sie so explodieren konnte.

Atemlos blieb sie vor Lichtenfeld stehen. Wenn er jetzt ernsthaft von ihr verlangte, die Szene noch einmal zu spielen, konnte er sein blaues Wunder erleben.

Mit einem Mal war jegliche Strenge aus seiner Miene verschwunden. Lachfältchen bildeten sich um seine Augenwinkel. »Sieh an. Diese blitzenden Augen, diese bebenden Lippen – Sie können ja richtig wütend werden, Fräulein Wagner.«

Eva stemmte die Hände in die Hüften. Schlagartig wurde ihr klar, was er soeben mit ihr gemacht hatte. Warum er so sehr auf dieser Improvisation bestanden hatte. Es war alles nur ein Spiel gewesen. Er hatte sie absichtlich provoziert, hatte sie an ihre Grenzen getrieben, um ihr ein echtes Gefühl zu entlocken.

Zufrieden nickte er. »Sehr gut. Jetzt ist sie dünn, Ihre Haut. Jetzt glaube ich Ihnen.«

Drei Wochen später saß Eva in einer Drehpause mit Bent Wisborg zusammen. Die Hälfte der anberaumten Drehtage war mittlerweile verstrichen, doch sie hatten erst einen Bruchteil der Szenen im Kasten. Täglich fuchtelte der Aufnahmeleiter mit dem Drehplan vor Lichtenfelds Nase herum, beschwor ihn, sich um Himmels willen daran zu halten.

Es nützte nichts. Wie ein Besessener schob Lichtenfeld Tag für Tag die Requisiten umher, klebte für die Schauspieler Markierungen auf den Boden. In letzter Minute veränderte er Szenen, weil ihm immer neue, bessere Ideen kamen. Bis spät in die Nacht ließ er Einstellungen wiederholen, so lange, bis er endlich zufrieden war.

Auch heute verzögerte er den Tagesablauf. Kaum war die Kulisse ausgeleuchtet, schnappte er sich Hermann Blum, den Kameramann, und inspizierte zusammen mit ihm alles noch einmal gründlich in Hinblick auf die Farbgebung. Bisher hatte Eva immer geglaubt, Farben würden sich im Film einfach nur in verschiedene Grauschattierungen verwandeln. Blum aber hatte ihr während einer Mittagspause erklärt, dass das Filmmaterial in Wahrheit nur wenig lichtempfindlich war und längst nicht alle Farben richtig erfassen konnte. Rot zum Beispiel schlug im fertigen Film komplett in Schwarz um. Blau hingegen wurde zu Weiß, sodass ein schöner blauer Himmel mit Quellwolken im Film nur als langweilige weiße Fläche zu erkennen wäre. All das galt es bei den Dreharbeiten penibel zu beachten, um ansprechende Bilder zu erzeugen – lauter kleine technische Details, auf die Eva vorher nie gekommen wäre.

»Herrgott, wie sieht das denn aus«, schimpfte Lichtenfeld. »Schon wieder zu viel Rot! Hab doch gleich gewusst, dass dieser Szenenbildner vom Theater nichts taugt. Was versteht ein eitler Fatzke wie der schon vom Film ...«

Eva erkannte ihn nicht wieder. Dieser aggressive Fanatismus, mit dem er sich an jedem Detail festbiss, und seine Art, Leute ungeduldig anzufahren – wo war nur der liebenswerte Chaot geblieben, der im Büro ständig den Überblick über seine eigene Zettelwirtschaft verlor?

»Warum lässt er mich nicht einfach meine Arbeit machen?«, brummte Bent Wisborg neben ihr. »Bald schreibt er mir noch vor, wie ich blinzeln soll. Er hätte verdammt noch mal Puppenspieler werden sollen. Lächerlich ist das.«

Anfangs hatte Eva befürchtet, Bent würde sie als Darstellerin nicht ernst nehmen und sie von oben herab behandeln, doch mit seiner offenen, herzlichen Art hatte er rasch ihre Bedenken zerstreut. In den Pausen lachten sie viel miteinander. Bald hatte er ihr das Du angeboten und ihr Fotos von seiner Frau und seiner kleinen Tochter gezeigt.

»Weißt du, ich bin wirklich erleichtert, dass du Gemma spielst«, gestand er ihr nun. »Ich will keine Namen nennen, aber es gab durchaus noch andere Bewerberinnen.« Mit dem Kinn wies er unauffällig in Violas Richtung.

Die hübsche Dunkelhaarige stand neben Lichtenfeld, während er ihr die nächste Einstellung erklärte. Sie spielte die Tänzerin Samira, die alles tat, um Sidney auf eine falsche Fährte zu locken. Ihr Kostüm bestand fast nur aus durchsichtigen Schleiern. Mit geneigtem Kopf lauschte sie Lichtenfelds Erklärungen und spielte dabei verführerisch mit einer Strähne ihres Haars.

Ah, dachte Eva, *daher weht der Wind also*. Deshalb sprach Viola nicht mit ihr. Deshalb hatte sie Eva vorhin im Korridor angerempelt – aus Versehen, natürlich.

Wie so oft endete auch dieser Drehtag erst sehr spät am Abend, und alle machten sich erschöpft und entnervt auf den Nachhauseweg. Eva verabschiedete sich von Bent und winkte den Komparsen und Technikern zu, die an ihr vorbeihasteten. Absichtlich ließ sie sich beim Abschminken mehr Zeit als nötig. Auf dem Weg hinaus tat sie so, als hätte sie etwas vergessen, kehrte wieder in die Garderobe zurück und wartete ab, bis es draußen ruhig wurde.

Nach einer Weile verließ sie die Garderobe wieder und spähte durch die Tür in die Halle. Lichtenfeld war noch da, wie jeden Abend. Nachdenklich schlenderte er zwischen den Kulissen umher, plante im Kopf wohl schon die nächsten Einstellungen. So etwas wie einen entspannten Feierabend schien er nicht zu kennen.

Dass er sie an ihrem ersten Tag so schikaniert hatte, trug sie ihm zwar immer noch ein wenig nach, aber sie schaffte es einfach nie, ihm richtig böse zu sein. Wie einsam er in der großen, verlassenen Halle wirkte. Die anderen Mitarbeiter schimpften täglich über ihn, aber sie waren schließlich nicht bei ihm gewesen, als ihn die Nachricht von Lavinias Tod ereilt hatte. Eva konnte sich denken, wie sehr er hinter seiner strengen Fassade trauern musste. Vielleicht brauchte er einfach nur jemanden, der ihm ein offenes Ohr lieh.

Gerade wollte sie sich bemerkbar machen, als das Tor aufging. Zu ihrer Überraschung trat Eberling ein. Was hatte er zu dieser späten Uhrzeit noch hier zu suchen? Mit seinem Zylinder und im eleganten schwarzen Mantel sah er aus, als wäre er gerade aus der Oper gekommen.

Die beiden Männer begrüßten einander. Lichtenfeld schien ihn bereits erwartet zu haben, und Eva wich lautlos in den Korridor zurück. Bei einer Unterredung der beiden wollte sie lieber nicht stören. Sie würde nur noch rasch ihre Handtasche aus der Garderobe holen und verschwinden – doch kaum hatte sie sich umgedreht, ertönte wütendes Gebrüll aus der Halle.

Wie angewurzelt blieb Eva stehen. Das Gespräch war nach nur wenigen Sätzen zu einem handfesten Streit eskaliert. Die Stimmen der beiden hallten durchs Atelier, sodass sie nur vereinzelte Fetzen verstand.

Eberling schrie etwas von Kosten, die völlig aus dem Ruder liefen. Lichtenfeld schrie zurück, er wolle dem Publikum etwas noch nie Dagewesenes bieten. Er verachte jegliches Mittelmaß und sei keinesfalls zu Abstrichen bereit.

Eva drehte sich wieder um und warf unauffällig einen Blick in die Halle.

»Heinrich, Junge«, fuhr Eberling nun etwas ruhiger fort. »Früher war ich mal genau wie du. Ich wollte mich um jeden Preis beweisen. Und ich weiß ja, was du privat gerade durchmachst. Aber bei allem Verständnis für deine Lage – versuch doch auch einmal, mich zu verstehen. Ich bin mit diesem Film ein großes finanzielles Risiko eingegangen. Also enttäusche mich gefälligst nicht!«

»Das werde ich auch nicht.« Lichtenfeld klang gefasst. »Verlass dich darauf.«

»Ich gebe dir noch eine letzte Chance. Aber lass dir eines gesagt sein: Wenn du den Drehplan bis zum Ende der Woche nicht in den Griff kriegst, werde ich dir die Regie entziehen und diesen Film eigenhändig fertigstellen. Verstanden?«

Eberling warf sich seinen weißen Schal um den Hals, drehte sich auf dem Absatz um und stapfte wieder durchs Tor hinaus.

Lichtenfeld sah ihm schweigend nach, bis das Tor mit einem Knall ins Schloss fiel, und Eva kniff die Augen zusammen. Seine Haltung war auf einmal so gekrümmt, als hätte er Schmerzen. Und was war mit seinen Händen los? Zitterten sie?

Er schlang die Arme um den Oberkörper, wiegte sich mehrmals vor und zurück. Plötzlich wandte er sich um und stürmte davon.

Eva beobachtete, wie er durch die Tür verschwand, die zu den Büroräumen führte, und folgte ihm.

Sie öffnete die Tür zum Korridor. »Herr Lichtenfeld?«, rief sie besorgt.

Stille.

Sie näherte sich seinem Büro am Ende des Gangs und klopfte an die Tür. »Herr Lichtenfeld, sind Sie da? Ist alles in Ordnung?«

Keine Antwort. Sie legte das Ohr an die Tür und lauschte. Drinnen raschelte irgendetwas.

Vorsichtig drückte sie die Klinke hinunter und betrat das Zimmer. Ihr Blick wanderte zum Schreibtisch, der wie üblich mit unzähligen Notizzetteln und Skizzen übersät war, und dem leeren Stuhl dahinter.

Plötzlich erklang ein seltsamer, erstickter Laut, und Eva erschrak. Dahinten, am Boden. Hinter dem Schreibtisch. Da bewegte sich etwas.

Wieder dieser Laut. Ein Keuchen. Nein, ein Schluchzen.

Mit klopfendem Herzen näherte sie sich. Warf einen Blick hinter den Schreibtisch. Und erstarrte.

Lichtenfeld kauerte am Boden und bebte am ganzen Leib. Schweiß rann ihm von der Stirn, bildete kleine Rinnsale an seinen Schläfen. Sein weißes Hemd klebte an seinem Oberkörper, sein linker Ärmel war bis über den Ellbogen hochgekrempelt, und ein lederner Gürtel spannte sich um seinen nackten Oberarm.

Ihre Blicke trafen sich, und Panik flackerte in seinen Augen auf.

Reflexartig griff Eva nach dem Telefonhörer.

»Nicht«, stieß Lichtenfeld hervor.

»Sie brauchen einen Arzt!«

»Keinen Arzt. Nur eine ... Spritze.« Er hob seine zitternde rechte Hand und deutete auf die Schreibtischschublade. »Dadrin.«

Eva ließ den Hörer los und öffnete die Schublade. Noch immer hatte sie keine Ahnung, was hier geschah, doch ihr Schreck saß so tief, dass sie unfähig war, Fragen zu stellen. Sie gehorchte einfach nur, holte eilig alles heraus, was er verlangte, und reichte es ihm.

»Gehen Sie«, keuchte er. Sie sollte ihm nicht dabei zusehen. Zumindest einen Rest seiner Würde wollte er sich bewahren.

Mit zitternden Fingern versuchte er, die braune Apothekerflasche zu öffnen, doch es wollte ihm einfach nicht gelingen.

Eva zögerte. Scham hin oder her, aber gerade war er hilflos, da konnte sie ihn unmöglich sich selbst überlassen.

Kurzerhand kniete sie sich neben ihn, nahm ihm die Flasche aus der Hand und öffnete sie. Sogleich stieg ihr ein scharfer Alkoholgeruch in die Nase. Sie half ihm, einen Wattebausch mit der Desinfektionslösung zu tränken, und er rieb sich die nackte Armbeuge damit ein.

Ein flaues Gefühl breitete sich in ihrem Magen aus. Noch nie in ihrem Leben hatte sie mit einer Spritze hantiert. Sie folgte seinen Anweisungen, so gut sie konnte, brach die Ampulle auf, auf der *Morphin* stand, zog die Spritze mit der Flüssigkeit auf. Sah zu, wie er die Hand mehrmals zur Faust ballte, hielt sein bebendes Handgelenk, damit er mit der Nadel die richtige Stelle traf.

Als er es ihr sagte, löste sie den Gürtel von seinem Oberarm. Nach nur wenigen Sekunden verebbte sein Zittern. Er ließ die Spritze fallen, presste sich ein Stück Mull auf die Einstichstelle, legte den Kopf in den Nacken und schloss die Augen.

Eva blieb neben ihm auf dem Boden sitzen, und nun war sie es, die schwitzte. Sie fühlte sich zugleich erschöpft und erleichtert.

»Danke«, flüsterte er. Er atmete ganz ruhig, und für einen kurzen Moment legte sich ein seliges Lächeln auf sein Gesicht.

»Soll ich nicht doch lieber einen Arzt rufen?«

»Nicht nötig«, sagte er gedehnt. »Ist nur so ein Kriegsandenken. Sie haben mir schon geholfen. Lassen Sie mich jetzt allein.«

Eva stand auf und ging zur Toilette. Im Schränkchen unter dem Waschbecken fand sie einen Stapel mit sauberen Handtüchern. Sie drehte das Wasser auf, hielt eines der Handtücher darunter und wrang es kräftig aus.

Lichtenfeld öffnete die Augen, als er sie zurückkommen hörte, und seufzte leise.

Sie kniete sich neben ihn. Sanft tupfte sie ihm mit dem feuchten Handtuch den Schweiß von der Stirn.

Einen Moment lang ließ er es sich gefallen, dann griff er nach der Tischkante, zog sich daran hoch und strich sich sein Haar glatt.

»So«, sagte er, nun wieder mit klarer, fester Stimme, und vermied es, Eva dabei anzusehen. »Sie sind ja immer noch hier, Fräulein Wagner. Ab nach Hause mit Ihnen.«

Was auch immer hier gerade passiert war, es war nicht für ihre Augen bestimmt gewesen. Unabsichtlich war sie Zeugin von etwas geworden, das sie niemals, niemals hätte sehen dürfen.

Am darauffolgenden Sonntag machte sich Eva auf den Weg nach Gesundbrunnen, um ihre Familie zu besuchen. Es war ungewohnt, dass sie sich unter der Woche überhaupt nicht sahen. Leni wollte gar nicht mehr von ihrem Schoß herunter, und Johanna und Ilse belagerten sie mit Fragen zu den Dreharbeiten.

Lange hatte sie überlegt, ob sie sich das verstörende Erlebnis mit Lichtenfeld in einem ruhigen Moment bei Johanna von der Seele reden sollte, aber sie brachte es einfach nicht fertig. Was auch immer dieses Leiden war, das ihm zu schaffen machte – es war seine Sache, die niemanden etwas anging. Auch Eva nicht.

Am Montag liefen die Dreharbeiten weiter. Lichtenfeld wirkte sichtlich verändert, ruhiger, geradezu entspannt. Ungewohnt zügig schritt der Dreh voran, sodass er den Drehtag bereits um sechs beendete. Die Verwunderung war allen deutlich anzumerken.

Eva ahnte, was dahintersteckte. Er hatte sich Eberlings Warnung zu Herzen genommen. Nachdem sie sich abgeschminkt und umgezogen hatte, verließ sie das Atelier.

Lichtenfeld stand draußen vor der Tür und rauchte. »Ah, Fräulein Wagner. Gut, dass ich Sie noch erwische.«

Sie musste schlucken, als sie seine ernste Miene bemerkte. Hatte er extra auf sie gewartet?

Plötzlich lächelte er, und es wirkte beinahe verlegen. »Hätten Sie Lust, mich zum Abendessen zu begleiten? Hier um die Ecke gibt es eine Kneipe, die montags geöffnet hat und ganz passables Essen anbietet.«

Eva war so überrascht, dass sie nur nicken konnte.

Gemeinsam machten sie sich auf den Weg. Als sie das Lokal betraten, stand der Wirt hinter dem Tresen, polierte Gläser und grüßte sie knapp.

Sie suchten sich einen Tisch in der hinteren Ecke. Sogleich kam die Wirtin, und sie bestellten Bockwürste mit Kartoffelsalat.

»Können Sie sich eigentlich noch an Ihren ersten Kinobesuch erinnern?«, fragte Lichtenfeld nach dem Essen.

Eva nahm einen Schluck von ihrem Wasser. »Als wäre es gestern gewesen. Mit zwölf habe ich mich heimlich mit meiner Schwester hineingeschlichen.«

»Ich war immerhin schon dreizehn. Der Kontrolleur hat mich durchgewinkt, weil ich recht groß war und schon deutlich älter wirkte.« Nachdenklich zündete er sich eine Zigarette an. »Ich weiß noch genau, welcher Film damals lief: *Die Reise zum Mond* von Georges Méliès. Kennen Sie ihn zufällig?«

Eva nickte. Er handelte von einer Gruppe von Forschern, die in einer Raumkapsel zum Mond flogen. »Ich fand ihn ziemlich aufregend. Wie hat er Ihnen gefallen?«

»Na ja, um ehrlich zu sein ... Ich musste mich nach der Vorstellung übergeben.«

Eva schaffte es nicht, ein Prusten zu unterdrücken. »Sie? Ernsthaft?«

»Es war eine dieser Kopien, die man von Hand koloriert hatte, wissen Sie? Die Farben waren grell und flackerten auf der Leinwand, dass es einem schwindelig werden konnte. Als dann diese Einstellung kam, wie die Kapsel auf den Mond zurast ... Das war zu viel für meine jungen Augen. Und dann noch diese grünen Mondkreaturen! Oh Gott, ich hatte wochenlang Albträume.« Er lachte leise. »Trotzdem konnte ich nicht anders. Ich habe mir den Film angesehen, sooft ich konnte. Ich wollte unbedingt herausfinden, wie all diese Tricks funktionierten. Damals ist in mir der Wunsch erwacht, eines Tages selbst Filme zu machen.«

Die Wirtin räumte den Tisch ab. Als sie fort war, wurde Lichtenfelds Ausdruck ernst.

»Hören Sie. Wegen neulich Abend ...« Er räusperte sich. »Sie werden doch niemandem –«

»Ich habe niemandem davon erzählt, und ich habe auch nicht vor, es zu tun. Sie haben mein Wort.«

»Natürlich.« Er atmete erleichtert aus. »Ich wusste, dass ich Ihnen vertrauen kann.«

»Wenn Sie die Frage gestatten – haben Sie schon einmal mit einem Arzt darüber gesprochen?« Sie wusste nicht, wie sie es bezeichnen sollte. Als einen Anfall? Ein Leiden?

Er lächelte müde. »Ach Eva. Machen Sie sich etwa Gedanken um mich?«

Natürlich machte sie sich Gedanken um ihn. Einen Moment lang zögerte sie, unsicher, ob sie aussprechen sollte, was ihr durch den Kopf ging, denn es war ein äußerst sensibles Thema.

»Ich weiß von einigen Männern, die im Krieg ... Nun ja, bei manchen haben es die Ärzte wohl ein wenig mit den Schmerzmitteln übertrieben ...«

Während sie sprach, bildete sich eine steile Falte zwischen seinen Augenbrauen. Energisch drückte er seine Zigarette im Aschenbecher aus. »Ja, ich war im Krieg. Und ja, ich weiß, was Sie denken, aber ich kann Ihnen versichern, ich bin kein Morphinist.«

»Verzeihung. Ich wollte Ihnen nicht zu nahe treten. Es geht mich ja überhaupt nichts an.«

»Schon gut. Ach, ich liebe das Zeug nicht, glauben Sie mir. Ich brauche es ... aus anderen Gründen.«

Seine Kiefer mahlten. Er rang innerlich mit sich, das war unverkennbar.

»Möchten Sie darüber reden?«, fragte sie leise. Sie bot es ihm an. Einfach so. Sie würde ihm zuhören, wenn er es wollte. Niemand musste davon erfahren.

Er zögerte. »Es ist nur so, dass ... Es ist das Einzige, was hilft.

Gegen dieses verdammte ... Na ja, Sie wissen schon.« Er hob seine Hand wenige Zentimeter vom Tisch, sodass nur Eva es sehen konnte, und deutete ein Zittern an.

Im ersten Moment begriff sie nicht, was er damit meinte, doch dann fielen ihr seine Worte wieder ein: »*ein Kriegsandenken*«. Und endlich fiel der Groschen.

Sie versuchte, sich ihre Erschütterung nicht allzu deutlich anmerken zu lassen. Zu Kriegsbeginn musste er Mitte zwanzig gewesen sein. Nicht wenige Männer hatten Narben davongetragen und Gliedmaßen verloren, waren äußerlich für immer entstellt. Täglich sah man viele von ihnen bettelnd auf den Bürgersteigen sitzen.

Im Vergleich zu ihnen hatte Lichtenfeld unfassbares Glück gehabt. Er wirkte kräftig und tüchtig, hatte keine sichtbaren Verwundungen erlitten, konnte arbeiten. Einer, mit dem es das Schicksal gut gemeint hatte, könnte man meinen, doch die Fassade täuschte, wie Eva nun begreifen musste.

Er war ein Kriegszitterer. Niemals hätte sie das vermutet.

Er zündete sich noch eine Zigarette an. Eine Weile schwiegen sie einfach nur.

»Es ist komisch«, sagte er schließlich. »Manchmal merke ich wochen- oder monatelang nichts, aber es ist wieder schlimmer geworden, seit Lavinia –« Er brach ab und schwieg.

Eva sah ihm an, dass er sich dafür schämte. »Und wenn Sie es doch einmal bei einem Arzt probieren?«

»Damit ich mir wieder anhören darf, ich wäre ein Simulant? Ein Feigling?« Kräftig zog er an seiner Zigarette, ehe er den Rauch langsam durch den Mundwinkel entweichen ließ. »Man hat mir das Eiserne Kreuz 1. Klasse verliehen. Mehr als einmal habe ich verwundeten Kameraden das Leben gerettet. Ich bin alles, nur kein Feigling!«

Ein Streifschuss hatte ihn eines Tages ins Lazarett befördert, wie er erzählte, und dort hatten seine unerklärlichen Zitteranfälle begonnen. In einer Nervenklinik bescheinigte man ihm Kriegshysterie. Dort hatte er täglich stundenlang exerzieren müssen, zusammen mit anderen Kranken: Stechschritt, Kniebeugen, Strammstehen. Bei jeder falschen Bewegung, bei jedem noch so kleinen Anzeichen von Müdigkeit hatten die Ärzte ihm Stromstöße versetzt.

Eva hörte ihm wie gebannt zu und musste an ihren Vater denken. Wie wäre es ihm ergangen, wenn er den Krieg überlebt hätte? Wäre er auch als gebrochener Mann in irgendeiner Nervenheilanstalt gelandet?

Lichtenfeld sprach in knappen Sätzen, mit unbewegter Miene, und sein Tonfall war ganz sachlich, so als ginge es um jemand anderen. Eines Tages hatte ihm eine der Schwestern zur Beschäftigung etwas Papier und ein Stück Kohle in die Hände gedrückt. Von da an zeichnete er um sein Leben. Die Schrecken des Krieges bahnten sich ihren Weg, flossen aus ihm heraus. Er zeichnete und zeichnete, bis sein ganzes Zimmer mit seinen Werken tapeziert war. Und plötzlich war es ihm wieder besser gegangen.

»Kein einziger Arzt hat mir geholfen. Keiner! Ich habe meine Arbeit, meine Kunst. Das ist die wahre Medizin! Und wenn es sein muss, weiß ich mir schon selbst zu helfen. Nie wieder lasse ich zu, dass man mich so erniedrigt.«

Mit all seiner Kraft und Kreativität hatte er sich ins Leben zurückgekämpft, und er tat es jeden Tag aufs Neue im Atelier. Seine Getriebenheit, sein fanatischer Eifer – nun verstand sie, was dahintersteckte.

»Weiß Ihre Familie davon?«

»Wozu sollte das gut sein?« Er winkte ab. »Manche Dinge regelt man besser allein.«

Ohne nachzudenken, beugte sie sich vor und nahm seine Hände. »Sie sind nicht allein.«

Verwundert sah er ihre Finger an, die auf seinen ruhten. Eva entzog sie ihm wieder, und ihre Wangen wurden heiß vor Scham. Vielleicht hatte er ihre Geste ganz anders aufgefasst, dabei hatte sie ihm nur Trost spenden wollen.

»So«, sagte er mit fester Stimme, wie immer, wenn ein Thema für ihn beendet war, und sah auf seine Taschenuhr. Dann hob er die Hand und winkte die Wirtin herbei.

Lichtenfeld bestand darauf, Eva bis zu ihrer Pension zu begleiten. Im Dunkeln und bei der Kälte war sie froh, nicht allein laufen zu müssen, auch wenn es nur ein kurzer Weg war.

»Dürfte ich Sie um einen Gefallen bitten?«, fragte sie und hakte sich bei ihm unter, als er ihr seinen Arm anbot. »Wissen Sie, ich würde meiner Mutter und meinen Schwestern so gerne einmal das Atelier zeigen. Hätten Sie etwas dagegen, wenn ich sie nächsten Sonntag mitbringe? Dann stören wir auch niemanden.«

»Ich weiß nicht, ob das so eine gute Idee ist. Die empfindlichen Geräte und die vielen Kabel ...«

»Bitte, Herr Lichtenfeld. Es würde mir viel bedeuten. Gerade wegen meiner Mutter. Sie denkt immer noch ... Na ja ...«

Ein amüsiertes Funkeln lag in seinem Blick. »Dass wir Filmleute die übelsten Halunken sind?«

»So ähnlich.«

Filme wären nichts Solides, nichts für anständige Leute, fand Mutti. Und diesen ominösen Herrn Lichtenfeld würde sie sich zu gerne einmal vorknöpfen, wie sie immer wieder betonte. Vermutlich glaubte sie, Eva hätte eine Affäre mit ihm.

»Ich würde meiner Mutter so gerne zeigen, woran wir arbeiten. Dass das, womit ich mein Geld verdiene, nichts Schlimmes oder Verwerfliches ist, sondern etwas Besonderes.« Sie lächelte. »Etwas Schönes.«

»Na schön. Weil Sie es sind. Aber nur, wenn ich Ihre Familie persönlich durchs Atelier führen darf.«

»Das würden Sie wirklich tun?« Eva wurde es ein wenig bange zumute, wenn sie daran dachte, ihn ihrer Mutter vorzustellen. Armer Lichtenfeld. Mutti würde ihn sicher mit unzähligen Fragen löchern.

Sie blieben vor der Pension stehen.

»Natürlich. Ich muss doch aufpassen, dass niemand etwas anfasst.« Er zwinkerte ihr zu. »Allerdings gibt es noch eine zweite Bedingung.«

»Ja?«

Er nahm seinen Hut ab, beugte sich zu ihr herunter und wandte den Kopf zur Seite.

Eva stutzte.

Als sie es noch immer nicht begriff, deutete er auf seine Wange.

Ihr Herz machte einen Sprung. Meinte er es ernst? Flüchtig sah sie sich um. Niemand war in der Nähe.

Schnell hauchte sie ihm einen Kuss auf die Wange, spürte für eine Sekunde die trockene Wärme seiner Haut an ihren Lippen und der Nasenspitze.

Sogleich wich sie zurück, und da war es wieder, dieses warme Prickeln, das ihren Körper durchströmte, wie schon bei ihrer allerersten Begegnung.

»Gute Nacht, Fräulein Wagner.«

Gute Nacht, wollte Eva erwidern, doch die Worte blieben ihr im Halse stecken. Sie konnte nicht fassen, dass er sie zu einem Kuss aufgefordert hatte. Und erst recht nicht, dass sie es wirklich getan hatte.

Lichtenfeld lächelte ihr noch einmal zu, wandte sich ab und ging.

KAPITEL 14

Berlin, September 1921

Der große Tag war gekommen. *Sidney Stone und das Geheimnis des Pharaos* feierte Premiere. Die Uraufführung sollte in einem Lichtspielhaus am Kurfürstendamm stattfinden, und anschließend würde es einen großen Ball geben. Eberling hatte seine Kontakte spielen lassen und im Vorfeld großzügig Einladungen an Journalisten und Prominente verteilt.

Anfang April hatten sie die Dreharbeiten beendet. Eva war aus der Pension ausgezogen und zu ihrer Familie nach Gesundbrunnen zurückgekehrt, doch bald schon war ihr klar geworden, wie sehr sie sich während ihrer Zeit in Johannisthal verändert hatte. Wochenlang war sie von zu Hause fort gewesen, hatte im Atelier geschuftet, viele neue Erfahrungen gemacht, und bei alldem war sie erwachsener und unabhängiger geworden.

Natürlich hatte sie ihre Mutter und ihre Schwestern vermisst, ganz besonders die kleine Leni. Trotzdem konnte sie nicht so tun, als wäre alles wie immer. Sie passte nicht mehr in ihr altes Leben, wollte nicht mehr zurück in die beengte, finstere Wohnung in der Mietskaserne. Sie brauchte dringend etwas Eigenes. Und auch ihre Familie hatte etwas Besseres verdient.

Gleich nach ihrer Rückkehr hatte sie sich deshalb auf Wohnungssuche begeben. Die Filmgage eröffnete ihr ganz neue Möglichkeiten – zumindest hatte sie das in ihrer anfänglichen Naivität geglaubt, aber der Wohnungsmarkt in der Stadt war heiß umkämpft, wie sie feststellen musste. Wann immer sie eine schöne Wohnung fand, lag diese weit über ihrem Budget. Der Rest war meistens so schäbig, dass ihre Mutter und ihre Schwestern im Grunde besser daran taten, in der Mietskaserne zu bleiben. Es würde eine langwierige Suche werden.

In der Zwischenzeit war es ihr immerhin gelungen, für sich selbst ein Zimmer in Wilmersdorf zu ergattern. Schon seit einer

Weile hatte sie sich in der Wohnung von Frau Sauerbier einquartiert, einer strengen Offizierswitwe, die penibel auf Ordnung und Sauberkeit achtete.

Seit dem Ende der Dreharbeiten hatte Eva ihre Tätigkeit im Büro der Hyperion wieder aufgenommen, und hier in Wilmersdorf hatte sie nun endlich genug Platz für einen eigenen Schreibtisch mitsamt Schreibmaschine, für den Fall, dass sie auch nach Feierabend noch ein paar Dinge erledigen wollte. Mehr noch, hier im Haus gab es Strom, es gab elektrisches Licht, und Frau Sauerbier verfügte sogar über einen eigenen Telefonanschluss im Flur, den ihr Mann zu Lebzeiten angemeldet hatte. Von einer so modernen Ausstattung hätte Eva in der Mietskaserne nur träumen können.

Ähnlich wie Mutti schien es jedoch auch Frau Sauerbier nicht ganz geheuer zu sein, dass Eva beim Film arbeitete. Immer wieder betonte die alte Dame, dass dies ein anständiges Haus sei, in dem kein Herrenbesuch geduldet wurde – als hätte Eva es nötig gehabt, ständig daran erinnert zu werden.

Gerade saß Eva vor dem Spiegel in ihrem Zimmer und sortierte ihre Schminksachen, als es an der Wohnungstür klingelte. Endlich, Johanna war da. Sie würde Eva heute Abend zur Premiere begleiten und hatte darauf bestanden, ihr vorher noch eine Wasserwelle zu legen.

Leni lag derweil mit hohem Fieber im Bett. Ach, die Kleine war so anfällig, steckte sich dauernd mit irgendetwas an, sogar im Sommer, und nun schwächelte Ilse wohl auch. Mutti würde heute Abend zu Hause bleiben, um sich um die beiden kranken Mädchen zu kümmern.

»Weißt du, das wäre wirklich nicht nötig gewesen«, meinte Eva, nachdem Johanna ihr die Haare gewaschen und in ein Handtuch gewickelt hatte. »Es ist lieb, dass du mir hilfst, aber ich hätte auch zum Friseur hier um die Ecke gehen können. Inzwischen kann ich es mir ja leisten.«

»Ach was!« Johanna entfernte das Handtuch und kämmte Evas feuchte Strähnen durch. Sorgfältig legte sie ihr Haar in Wellen und steckte sie mit Klammern fest. »Wer weiß, ob dieser Laden was taugt. Und du willst doch hübsch sein heute Abend. Denk nur an all die Fotografen. Und an deinen Heinrich ...«

»Jetzt geht das wieder los.« Eva verdrehte die Augen. Nach dem Ende der Dreharbeiten hatte Lichtenfeld ihr das Du angeboten. Eigentlich hätte sie sich denken können, dass es ein Fehler wäre, ihrer Schwester davon zu erzählen. »Er ist nicht mein Heinrich.«

»Ach nein?«, flötete Johanna unschuldig. »Das kannst du vielleicht Mutti erzählen.«

Seit er Eva sein geheimes Leiden offenbart hatte, hatte sie das Gefühl, dass sie sich auf eine ganz besondere Art nahestanden. Dass sie über alles reden konnten – fast alles. Wann immer jemand Lavinia in seiner Nähe erwähnte, wurde er still, und seine Miene wirkte wie versteinert. Es war letzten Winter geschehen, doch Eva kam es vor, als hätte die Nachricht über den Tod seiner Verlobten erst gestern in der Zeitung gestanden. Er trauerte noch immer, und in gewissen Momenten glaubte sie, es ihm anzumerken, auch wenn er nie ein Wort darüber verlor.

In den letzten Wochen hatten sie zahlreiche Ideen für eine Fortsetzung des Sidney-Stone-Films gesammelt. Wie schon beim ersten Teil stachelten sie sich gegenseitig zu immer verrückteren Einfällen an, und Eva war kaum mit dem Schreiben hinterhergekommen.

Vor ein paar Tagen war es ihnen schließlich gelungen, das Drehbuch fertigzustellen. Zur Feier des Tages hatte Heinrich sie nach der Arbeit zum Essen eingeladen. Spät am Abend hatte er sie noch zu ihrer Haustür begleitet. Er hatte ihr lange in die Augen gesehen, und für einen Moment hatte Eva sich eingebildet, er wolle sie küssen, doch er zögerte einen Herzschlag zu lang. Schließlich hatte er ihr eine gute Nacht gewünscht und war gegangen.

Verwirrt hatte sie ihm nachgesehen. Längst empfand sie mehr für ihn als nur Freundschaft. Aber empfand er auch etwas für sie? Was sah er überhaupt in ihr? War sie für ihn nur irgendein junges Ding, das er nach Lust und Laune um den kleinen Finger wickeln konnte, wenn er es wollte?

Eva wurde einfach nicht schlau aus ihm. Es war, als hielte er sie ein Stück weit auf Abstand, ohne sie jedoch ganz loslassen zu wollen. Als wäre er zwar durchaus interessiert, aber noch nicht wirklich überzeugt, wie bei einer kostspieligen Anschaffung, die er sich erst gründlich überlegen musste.

»Was bin ich aufgeregt!«, quietschte Johanna neben Eva, als sich ihre Kraftdroschke am Abend durch den lebhaften Verkehr auf dem Ku'damm schlängelte.

Vor dem Lichtspielhaus stiegen die Schwestern aus. *MARMORHAUS* prangte in großen Leuchtbuchstaben an der Fassade des hohen Gebäudes. Darunter hing ein riesiges Filmplakat, auf dem ein muskulöser Mann mit einer Pistole auf einen unsichtbaren Gegner außerhalb des Bildes zielte, während sich eine blonde Frau an seinen linken Arm klammerte. Im Hintergrund war eine Wüstenlandschaft mit Pyramiden zu sehen, und am unteren Bildrand stapelten sich die kostbaren Schätze aus der Grabkammer.

Eva wusste, der muskulöse Mann war Bent, und sie sollte die blonde Frau sein, aber der Plakatmaler hatte keinen von ihnen besonders gut getroffen. Trotzdem, in dieser Größe und mit der Beleuchtung von unten sah es wirklich beeindruckend aus.

»Ach, du hast es gut, Schwesterherz«, schwärmte Johanna. »Was würd ich nur darum geben, einmal im Leben auf einem Plakat zu sein. Vielleicht ist es irgendwann auch bei mir so weit. Dann komme ich ganz groß raus, wart's nur ab!«

Seit einer Weile nahm Johanna Tanzstunden. Anfangs hatte Eva geglaubt, ihre Schwester wolle sich zu einer Balletttänzerin ausbilden lassen, bis Johanna ihr irgendwann mit leuchtenden Augen anvertraut hatte, dass sie modernen Ausdruckstanz lernte – und dass es ihr größter Traum war, eines Tages so berühmt zu werden wie Anita Berber.

Eva hatte es nicht fassen können, dass ihre Schwester ausgerechnet dieser berüchtigten Nackttänzerin nacheiferte. Wenn nur Mutti nichts davon erfuhr! Aber Johanna hatte nur abgewunken. Die Berber sei längst nicht so eine Skandalnudel, wie alle behaupteten, sondern vor allem eine missverstandene Künstlerin, davon sei sie überzeugt.

Vor dem Eingang tummelten sich bereits die ersten Premierengäste. Eva sah nichts als Zylinder und Pelze.

»Oh Gott, Evchen, schau nur«, murmelte Johanna neben ihr.
»Ich kann da nie im Leben reingehen. Diese ganzen vornehmen
Leute ...«

Eva war selbst aufgeregt, doch Johanna zuliebe setzte sie ein
aufmunterndes Lächeln auf. »Du bist doch mindestens genauso
vornehm.« Bewundernd musterte Eva ihre Schwester, wie schon so
oft an diesem Abend. Johanna trug das tief taillierte Abendkleid
aus dunkelgrünem Satin, das sie vor ein paar Tagen bei Wertheim
gekauft hatten. Rosenblüten aus schimmerndem Stoff zierten ihre
kurzen Ärmel. Die Farbe ihres Kleides bildete einen perfekten Kon-
trast zu ihrem rötlichen Haar.

Verlegen strich sich Johanna eine Locke hinters Ohr und lächelte. »Und du erst!«

Eva zupfte am Stoff ihrer Stola, der sich kühl und seidig um ihre
Schultern und Oberarme schmiegte. Ihr Schauspiellehrer Adam
Król hatte ihr zu dem champagnerfarbenen Abendkleid mit den
Fransen geraten. Ein besonderer Clou war das aufgestickte Hiero-
glyphenmuster, als wäre das Kleid extra für die heutige Filmpremi-
ere entworfen worden.

»Sie sehen fantastisch aus«, hatte Król ihr versichert. »Exo-
tisch, glamourös – wie Mata Hari!«

Gemeinsam betraten die Schwestern das Foyer und schoben
sich durch die zahlreichen Gäste. Ungeduldig sah Eva sich um, und
nach einer Weile entdeckte sie Heinrich. Er war gerade eingetroffen
und plauderte mit einigen Gästen.

Schon wollte sie zu ihm gehen, doch dann stutzte sie. Wer war
denn die Frau an seiner Seite? Viola Petry? Tatsächlich, Eva erkannte sie wieder. Ihr weinrotes Kleid betonte ihren hellen Teint,
und passend dazu trug sie eine rote Rose im Haar.

Demonstrativ hakte sie sich bei Heinrich unter, und Eva verspürte einen eifersüchtigen Stich. War es nur Zufall, dass er gleichzeitig mit ihr aufgetaucht war, oder begleitete sie ihn heute Abend
etwa offiziell?

Als hätte er ihren Blick gespürt, hob Heinrich den Kopf und sah
in Evas Richtung. Sogleich entschuldigte er sich bei dem Grüppchen, löste sich von Viola und bahnte sich einen Weg durch die

Menge. Unterwegs musste er immer wieder kurz stehen bleiben, um irgendjemandem die Hand zu schütteln.

Endlich stand er vor ihr. Sein Frack passte ihm wie angegossen, betonte seine breiten Schultern und seine hochgewachsene, schlanke Figur.

»Guten Abend, Fräulein Wagner.« Er musterte sie bewundernd. In Gesellschaft siezten sie sich vorsichtshalber noch immer, um Gerede vorzubeugen. Als gäbe es das nicht schon längst. »Sie sehen wirklich bezaubernd aus.«

Eva setzte ein Lächeln auf und versuchte, sich nichts von ihrer Enttäuschung darüber anmerken zu lassen, dass er mit Viola erschienen war. Sie fragte sich, ob zwischen den beiden etwas war, von dem sie bisher nichts gewusst hatte.

Er reichte ihr die Hand, und Eva fühlte sein leichtes Zittern. Sein erster abendfüllender Spielfilm feierte Premiere. Es war der bedeutendste Moment seiner bisherigen Karriere. Als Regisseur würde man ihm den gesamten Erfolg oder Misserfolg des Films anlasten. Unauffällig drückte sie seine Hand, hielt sie etwas länger fest als nötig, um ihm zu zeigen, dass sie ihm beistehen würde.

Johanna räusperte sich vernehmlich.

Erst jetzt schien Heinrich auch sie wahrzunehmen. »Johanna! Wie schön, dass Sie mitgekommen sind. Sagen Sie, dürfte ich kurz Ihre Schwester entführen? Die Fotografen erwarten uns bereits.«

Eva folgte ihm zum anderen Ende des Foyers, und sogleich gesellten sich auch Eberling und Bent Wisborg zu ihnen. Die drei Männer klopften einander auf die Schultern, als wäre zwischen ihnen nie ein böses Wort gefallen. Heinrich und Bent nahmen Eva in ihre Mitte, und zusammen posierten sie für die Fotografen.

»Hier, Fräulein Wagner! Bitte recht freundlich! Ja, so ist es gut! Wunderschön!«

Das Foyer füllte sich immer mehr. Eva entschuldigte sich, suchte in der Menge nach Johanna und fand sie ins Gespräch mit einem Journalisten vertieft.

»Aber ja, Elizabeth Davenport ist das größte Idol meiner Schwester«, plauderte sie fröhlich. »Es war Schicksal, sage ich Ihnen. Herr Lichtenfeld sah Eva zufällig in einem Café und sagte:

›Junges Fräulein, ein so hübsches Gesicht wie Ihres ist für die Leinwand bestimmt!‹, und meine Schwester darauf –«

»Entschuldigen Sie uns bitte«, ging Eva dazwischen und wandte sich lächelnd an den Journalisten. »Der Film beginnt gleich. Wir müssen zu unseren Plätzen.«

Energisch fasste sie Johanna am Arm und bahnte sich mit ihr einen Weg durch die Menge. »Meine Güte, was redest du denn da?«, zischte sie ihr zu. »So etwas hat Heinrich nie zu mir gesagt. Das weißt du ganz genau!«

»Na und? Die Leute von der Zeitung wollen eben etwas Spannendes hören, darum dachte ich mir, ich schmücke alles ein wenig aus.«

Eva verkniff sich eine Antwort. Eine Verkettung von Zufällen hatte sie hierhergeführt, angefangen beim tragischen Tod von Fräulein Berg. Ihr hätte an diesem Abend das Blitzlichtgewitter gelten sollen.

Gemeinsam mit Johanna betrat sie den Saal und ging ganz nach vorn zur ersten Reihe. Eva wusste nicht genau, wie viele Plätze es hier gab. Fünfhundert, vielleicht sechshundert? Das Marmorhaus war keiner der ganz großen Lichtspielpaläste und stammte noch aus der Zeit vor dem Krieg. Die sanfte Beleuchtung, die mit edlem Mahagoni verkleideten Wände und das expressionistische Deckengemälde verliehen ihm eine einzigartige Atmosphäre.

Bent und seine Frau saßen bereits auf ihren reservierten Plätzen, daneben Eberling mitsamt Gattin. Der freie Sitz neben Heinrich war für Eva reserviert. Erleichtert stellte sie fest, dass Viola weiter hinten bei den Nebendarstellern saß.

Sie nahm neben ihm Platz, und Johanna setzte sich zu ihrer Rechten. Nach und nach füllten sich die Reihen, auch oben im Rang. Die Luft war schwer, das erwartungsvolle Gemurmel der Menschen erfüllte den Saal. Der Vorhang öffnete sich, langsam wurden die Lichter gedimmt, und das Publikum verstummte.

Mit einem Mal war es so still, dass Eva ihre eigenen Atemzüge hörte. Eine seltsame Anspannung nahm von ihr Besitz, und im nächsten Moment spürte sie eine Berührung.

Heinrich tastete nach ihrer Hand, streichelte ihren Handrücken und umfasste ihre Finger.

Eva sah stur zur Leinwand. Ihr Herz pochte. Sie wünschte, sie hätte ihn nicht so gerngehabt. Dann wäre es ihr egal gewesen, dass er mit einer anderen bei der Premiere aufgetaucht war. Und sie hätte sich nicht fragen müssen, ob diese Berührung etwas zu bedeuten hatte.

Nein, es ist nur die Aufregung, sagte sie sich. Eine harmlose kleine Geste unter Freunden, so wie ihr Händedruck vorhin, und sie schmiegte ihre Hand in seine. Vielleicht brauchten sie gerade beide jemanden, an dem sie sich festhalten konnten.

Endlich spielten die Musiker auf, und der Filmtitel erschien in großen Buchstaben auf der Leinwand.

»Wahnsinn, Evchen«, flüsterte Johanna, als ihr Name im Vorspann auftauchte, und als Eva zum ersten Mal auf der Leinwand erschien, jauchzte sie leise: »Sieh nur, das bist du!«

Eva konnte es kaum glauben. Diese geschminkte Schönheit mit der blonden Perücke – war das wirklich sie? Sie staunte. Wie geschickt Heinrich mit Einstellungen und Schnitten den Blick und die Aufmerksamkeit des Publikums lenkte. Sie erinnerte sich an jenen Tag vor ein paar Wochen, als sie ihm am Schneidetisch über die Schulter hatte schauen dürfen. Still hatte sie dabeigesessen und beobachtet, wie er die besten Aufnahmen auswählte. In akribischer Feinarbeit hatte er aus unzähligen Schnipseln Sidneys und Gemmas Geschichte zum Leben erweckt.

Man hörte kein Husten, kein Gähnen, nirgends raschelte Bonbonpapier. So ruhig hatte Eva ein Kino nur selten erlebt. Kein einziger Zuschauer kam auf die Idee, sich im Dunkeln zur Toilette zu schleichen.

Als Sidney eine steile Wand über einem Abgrund hinaufkletterte, schnappten die Leute in der Reihe hinter ihr erschrocken nach Luft. Und als Gemma in der Bibliothek wütend das Buch auf den Tisch knallte und der sonst so tapfere und männliche Sidney vor ihrer Schimpftirade zurückwich, ging plötzlich ein lautes Lachen durch den Saal.

Sogar Eva musste schmunzeln und tauschte einen Blick mit

Heinrich. Die viele Arbeit, die endlosen Drehtage – sie hatten sich gelohnt.

Viel zu schnell war der Film vorüber, und der Abspann lief. Sidney Stone hatte den Schatz des Pharaos vor den Grabräubern gerettet und zugleich Gemmas Herz erobert.

Im nächsten Augenblick tobte ein Sturm im Saal. Das Publikum applaudierte so laut, der Boden, die Luft, die Wände schienen zu vibrieren.

Die Lichter gingen wieder an, und Eva wusste nicht, wie ihr geschah. Johanna rüttelte sie am Arm und rief irgendetwas, das sie in dem Lärm nicht verstand. Mit einem Mal waren alle um sie herum auf den Beinen.

Heinrich packte Eva an den Händen, zog sie schwungvoll aus ihrem Sitz, und ehe sie sichs versah, standen sie alle auf der Bühne. Bent fasste sie an der Hand. Zusammen verbeugten sie sich.

»Das ist dein Applaus, Eva!«, rief er ihr ins Ohr und wich einen Schritt zurück.

Johanna war von ihrem Sitz aufgesprungen, klatschte und hüpfte vor Begeisterung. Ungläubig ließ Eva den Blick durch die Menge schweifen und drehte sich um. Heinrich lächelte ihr aufmunternd zu. Mit einer Geste signalisierte er ihr, nach vorn an den Rand der Bühne zu treten.

Der Beifall schwoll an. »Bravo!«, rief jemand im Publikum, und weitere Rufe folgten.

»Danke«, sagte sie immer wieder und verneigte sich, doch ihre Stimme ging im tosenden Applaus unter.

Der Premierenball fand im nahe gelegenen Weinhaus Rheingold statt. Vor dem Eingang des Lichtspielhauses verabschiedete sich Johanna von Eva. Mutti war nicht mehr die Jüngste und schaffte es nicht mehr so wie früher. Johanna hatte ihr versprochen, gleich nach der Vorstellung nach Hause zu fahren, um sich daheim um die beiden kranken Mädchen zu kümmern.

Nach und nach trafen die geladenen Gäste ein, darunter ausgewählte Journalisten sowie namhafte Vertreter der Filmbranche.

Eva, Bent und die anderen Darsteller waren zwar die Gesichter des Films, doch am Nebentisch saßen die wirklich wichtigen Köpfe, die Investoren aus der Industrie, mit Eberling und Heinrich zusammen. Immer wieder ertönten ihre kehligen Lachsalven. Sie rauchten Zigarren und gratulierten einander gegenseitig zu dem gelungenen Projekt.

Anschließend spielte die Kapelle auf, und die älteren Herren von Eberlings Tisch machten sich einen Spaß daraus, Eva nacheinander zum Tanz aufzufordern. Mehr als einer trat ihr dabei auf die Füße, dass ihr die Zehen schmerzten.

Unauffällig spähte sie in die Menge der Tanzenden. In einer Nische etwas abseits entdeckte sie Heinrich, umringt von mehreren Frauen, an seiner Seite wieder Viola. Er musste wohl gerade etwas Lustiges gesagt haben, denn plötzlich kreischten sie auf, als hätten sie Mäuse unter ihren Röcken. Beiläufig hob Viola die Hand und zupfte ihm einen Faden von der Schulter.

Nach einer Weile entschuldigte sich Eva und flüchtete zur Toilette. Als sie wieder in den Saal zurückkehrte, suchte sie Zuflucht hinter einer Säule, in der Hoffnung, wenigstens für ein paar Minuten von den Tanzaufforderungen der älteren Herren verschont zu bleiben. Sie fühlte sich wie eine Trophäe, die herumgereicht wurde. Würde dieser Abend denn niemals enden? Ihre Wangen schmerzten von dem maskenhaften Lächeln, hinter dem sie sich in den letzten Stunden versteckt hatte.

»Eva! Ein Glück, hier sind Sie.«

Überrascht drehte sie sich um. Heinrich drängte sich zwischen ein paar Gästen hindurch. Er blieb vor ihr stehen und bedachte sie mit einem mitfühlenden Blick.

»Sie Arme. Ich dachte schon, die Herren Investoren nehmen Sie den ganzen Abend in Beschlag.« Er umfasste sanft ihre Hand und verneigte sich vor ihr. »Schenken Sie mir den nächsten Tanz?«

Eva antwortete nicht sofort. Ja, sie waren von Menschen umgeben, aber dass sie sich deshalb siezten, kam ihr plötzlich furchtbar affig vor. Gut, wenn er es so wollte, konnte er es haben.

»Wissen Sie, ich bin etwas erschöpft, wenn ich ehrlich bin.«

Sein Lächeln verblasste. »Bitte. Nur den einen Tanz. Ich habe mich den ganzen Abend darauf gefreut.«

»Ach? Wenn das so ist ...« Sie straffte sich. »Wie wäre es, wenn Sie stattdessen Fräulein Petry auffordern? Sie hätte bestimmt nichts gegen einen Tanz mit Ihnen.«

Ein paar Sekunden lang starrten sie einander schweigend an. Ob er die Spitze in ihren Worten bemerkt hatte? Sie hatte sie sich nicht verkneifen können.

»Mir liegt nichts an Fräulein Petry«, sagte er schließlich. »Sie sind meine Hauptdarstellerin, und heute Abend ist es mein gutes Recht, mit Ihnen zu tanzen. Finden Sie nicht?«

Eva bemerkte die winzigen Lachfältchen um seine Augenwinkel. Lag ihm tatsächlich nichts an Fräulein Petry? So ganz kaufte sie es ihm nicht ab, aber schon fühlte sie ihren Widerstand schwinden. Er hatte genau das gesagt, was sie in diesem Moment hatte hören wollen.

Bereitwillig reichte sie ihm ihre Hand und ließ sich von ihm zur Tanzfläche führen.

Im Takt der Musik bewegten sie sich zwischen den anderen Paaren. Mit eleganten, federleichten Schritten führte er sie über das Parkett – eine Wohltat nach all ihren bisherigen Tanzpartnern heute Abend.

»Eva, es gibt da etwas, das ich Ihnen schon die ganze Zeit –« Er besann sich. »Was ich eigentlich meinte ... Ich möchte mich endlich einmal bei dir bedanken. Für kurze Zeit sah es so aus, als wäre das ganze Projekt zum Scheitern verurteilt, aber du ... du hast diesen Film gerettet. Ich stehe tief in deiner Schuld.«

Überrascht sah sie zu ihm auf. Mit diesen Worten hatte sie nicht gerechnet.

Er beugte sich vor und sprach leise in ihr Ohr. »Du hast das Publikum verzaubert, das hat jeder heute Abend gespürt. Du hast Gemma zum Leben erweckt.«

Seine Worte machten sie verlegen. Zugleich bekam sie eine Gänsehaut. Gemma zum Leben erweckt – was für eine befremdliche Ausdrucksweise, wenn man bedachte, wie sie an diese Rolle gekommen war.

»Es war schließlich ein Notfall, und ich habe dir doch versprochen, dass ich dir helfen würde. Das war selbstverständlich.«

»Nein, das war es nicht.« Er zögerte. »Ich bin oft schwierig. Ich weiß es ja selbst. Aber du hattest Geduld mit mir. Hast immer zu mir gestanden und klaglos alle meine Launen ertragen. Ich weiß gar nicht, womit ich das verdient habe. Ich glaube, ich bin noch nie zuvor jemandem begegnet, der mich so versteht wie du. Dem ich so bedingungslos vertrauen kann.«

Dann hatte sie ihr Gefühl also doch nicht getäuscht? Standen sie einander wirklich so nah, wie sie geglaubt hatte, und er empfand genauso wie sie? Ein Glücksgefühl durchströmte sie, warm und sanft wie ein Sommerregen.

Fast zu schön, um wahr zu sein, flüsterte gleich darauf eine kleine verschlagene Stimme in ihrem Kopf. Erst jetzt sagte er all diese charmanten Dinge zu ihr, nachdem sie sich als geeigneter Ersatz für Lavinia erwiesen hatte. So, als hätte er den heutigen Abend abgewartet, um zu sehen, wie die Premiere lief.

Nein, welch ein hässlicher Gedanke. Sie verdrängte ihn. »Nicht doch. Ich habe zu danken. Mit dieser Rolle hast du mir eine große Chance gegeben – auch wenn ich wünschte, ich hätte sie unter anderen Umständen bekommen.«

Er sah sie lange an. »Weißt du, nach Lavinias Tod ... Eine Zeit lang dachte ich, ich könnte nie wieder glücklich sein. Wenn du nicht da gewesen wärst ... Du ahnst ja nicht, wie viel du mir bedeutest.«

In diesem Moment endete das Lied, und die Gäste applaudierten. Eva blieb vor Heinrich stehen, sah den hoffnungsvollen Glanz in seinen Augen, seine leicht geöffneten Lippen, die sich ihren näherten.

»So, Heinrich, jetzt reicht es aber! Du hattest sie lange genug für dich.« Eberling drängte sich zwischen sie. »Mein liebes Fräulein Wagner, darf ich bitten?«

Es war schon weit nach Mitternacht, als sich die Feier langsam auflöste. Heinrich beugte sich zu Eva und raunte ihr etwas ins Ohr. Sie verstand nur »Kraftdroschke« und nickte.

Vor dem Eingang des Lichtspielhauses winkte er einen Wagen herbei, öffnete die hintere Tür und ließ Eva einsteigen. Dann kletterte er ebenfalls hinein, schließlich musste er in dieselbe Richtung wie sie.

Eva nannte dem Fahrer die Adresse ihres Zimmers in Wilmersdorf, und sie fuhren los. Die blinkenden Leuchtreklamen des Ku'damms zogen an ihnen vorüber, und für einen Moment schloss sie die Augen. Es war ein langer, aufregender Abend gewesen.

Plötzlich spürte sie wieder Heinrichs Hand auf ihrer. Sanft verschränkten sie ihre Finger miteinander, und ihr Herz machte einen Sprung. Sie warf beiläufig einen Blick in den Rückspiegel, sah die Augen des nichts ahnenden Fahrers, die fest auf die Fahrbahn gerichtet waren.

Was trieb Heinrich nur für ein seltsames Spiel? Sein Daumen glitt über die Innenfläche ihrer Hand. *»Du ahnst ja nicht, wie viel du mir bedeutest.«* Lag ihm wirklich etwas an Eva? Was sah er in ihr?

Kurze Zeit später bogen sie bereits in die ruhige Seitenstraße ein, in der Eva wohnte, und der Wagen hielt am Bordstein vor ihrem Haus. Heinrich bezahlte den Fahrer und schickte ihn fort. Es war eine laue Spätsommernacht, der Himmel war sternenklar, und die Blätter der Bäume rauschten in der warmen Brise.

Eva hakte sich bei Heinrich unter, und Seite an Seite schlenderten sie zur Haustür. Im trüben Licht der Straßenlaternen sahen sie einander an. Etwas Unausgesprochenes lag zwischen ihnen, schon seit Stunden. Nein, schon viel länger. Eine unterschwellige, kaum noch zu ertragende Spannung.

Zärtlich strich er Eva eine Strähne aus der Stirn. Bevor sie etwas sagen konnte, beugte er sich zu ihr, und plötzlich fühlte sie seine Lippen auf ihren.

Ein Kuss, ein richtiger Kuss, der vorsichtig begann und rasch tiefer, fordernder wurde.

Eva vergaß all ihre Fragen. Sie schlang die Arme um Heinrichs Schultern und erwiderte den Kuss. Sein Zylinder rutschte ihm vom Kopf und fiel zu Boden. Im nächsten Moment stieß Eva mit dem

Rücken gegen etwas Hartes, und sie begriff, dass Heinrich sie mit seinem Körper an die geschlossene Haustür drückte.

Atemlos beschrieb er eine Spur aus Küssen an ihrem Hals. »Ich will dich«, hauchte er an ihrem Ohr. »Ich brauche dich. Lass mich heute Nacht nicht allein.«

Ein ziehendes, fast schon schmerzliches Verlangen ließ ihren Atem stocken – aber gleichzeitig war da noch ein anderes Gefühl. Unsicherheit. Vielleicht sogar ein wenig Angst. Sie hatte noch nie mit einem Mann ... Nein, es ging viel zu schnell. Ihr Herz brauchte Zeit, es zu begreifen.

»Nicht«, flüsterte sie.

Er ließ von ihr ab und sah sie fragend an.

Sie nahm all ihren Mut zusammen. Sie brauchte Gewissheit. Erst recht, bevor sie sich auf etwas einließ, was sie hinterher vielleicht bereute.

»Als wir vorhin getanzt haben, hast du so viel Schönes zu mir gesagt«, begann sie. »Ich frage mich, ob es dir wirklich ernst damit ist.« Hätte er sie wohl genauso mit Komplimenten überschüttet, wenn der Film beim Publikum durchgefallen wäre? Wenn sie es nicht geschafft hätte, Lavinias Rolle glaubhaft auszufüllen?

Er küsste ihre Stirn. »Natürlich ist es mir ernst mit dir.«

Eva zögerte. »Und was ist mit Viola?«

Er atmete hörbar aus. Das Thema war ihm unangenehm, sie merkte es ihm deutlich an.

»Sag schon. Hast du etwas mit ihr?«

Er starrte sie lange an, schien innerlich mit sich zu ringen.

»Sei bitte ehrlich.«

Als er noch immer nichts erwiderte, löste sie sich von ihm und wandte sich ab. Er brauchte gar nichts zu sagen. Sie verstand es auch so.

»Ist ne Weile her«, antwortete er endlich.

Sie drehte sich wieder zu ihm um und verengte die Augen. »Was soll das heißen?«

»Ich war völlig fertig. Wusste nicht mehr, wo mir der Kopf stand, und plötzlich klopfte Viola an meine Tür. Wir haben etwas getrunken, und sie hörte mir zu, tröstete mich ...« Hilflos hob er die Hände. »Ich hatte einen schwachen Moment, und sie ... Sie war einfach da, verstehst du?«

Es dauerte einen Augenblick, doch endlich begriff sie, wovon er sprach. Es musste kurz nach dem Tod seiner Verlobten geschehen sein. Die ganze Zeit über hatte er ihr furchtbar leidgetan, und nun erfuhr sie, dass er sich, anstatt zu trauern, in Violas Arme geflüchtet hatte. Abscheu überkam sie. Nicht nur im Film, auch im Bett hatte er Lavinia kurzerhand durch eine andere ersetzt. Wie eine kaputte Glühbirne, die man austauschte, ohne groß darüber nachzudenken.

»Und?«, fragte sie. »Liebst du sie?«

Er schüttelte den Kopf. »Das war bloß eine einmalige Geschichte.« Dann seufzte er. »Du wolltest die Wahrheit. Bitte, da hast du sie. Ich bin nicht stolz auf das, was passiert ist. Du hast jedes Recht, mich dafür zu verachten.«

Seine Worte überraschten sie. Hatte sie denn wirklich dieses Recht? Durfte sie ihn für etwas verachten, das geschehen war, lange bevor sie einander nähergekommen waren?

Sie wünschte sich, sie hätte es einfach nur verstehen können. Dass er Liebe und Sinnlichkeit so säuberlich voneinander trennen konnte wie das Besteck in einer Schublade, und das mitten in seiner größten Trauer – es war ihr ein Rätsel.

»Und ich?« Ihre Stimme zitterte. »Was bin ich für dich? Auch nur eine von diesen einmaligen Geschichten?«

Seine Miene wurde weich. »Nein. Das könntest du niemals sein.« Er berührte ihre Wange. »Ich liebe dich.«

Sie ballte die Hände zu Fäusten. »Mich? Bist du dir sicher?« Sie deutete auf ihr Gesicht. »Wen liebst du denn wirklich? Dieses geschminkte und aufgetakelte Ding? Was bin ich für dich? Ein weiterer bequemer Ersatz für Lavinia Berg?«

Noch während sie es aussprach, begriff sie, dass sie zu weit gegangen war.

Ein schmerzlicher, ungläubiger Ausdruck lag in seinen Augen, als hätte sie ihn soeben geohrfeigt.

»Heinrich ...« Ihre Kehle brannte. »Ich hätte das nicht sagen dürfen. Es tut mir so leid.« Sie streckte die Hand nach ihm aus, doch er wich zurück.

Wortlos bückte er sich, hob seinen Zylinder vom Boden und setzte ihn sich wieder auf. »Nein. Mir tut es leid.«

Mit großen Schritten ging er davon, ohne sich zu verabschieden.

KAPITEL 15

Berlin, September 1921

Gleich am nächsten Morgen kam Johanna zu Besuch und brachte einen ganzen Stapel Zeitungen mit.

»Sieh nur, Evchen!« Begeistert verteilte sie die Ausgaben auf dem Bett. »Du bist auf allen Fotos drauf! Blendend schaust du aus. Und sieh mal, was hier in dem Artikel steht.« Sie räusperte sich und las vor: »Die neue Hoffnung der Hyperion! Die gewagte Entscheidung, die Hauptrolle mit einer Debütantin zu besetzen, zahlt sich aus: Die bezaubernde Eva Wagner erobert die Herzen des Publikums mit Schönheit und Natürlichkeit.«

Eva hielt den Anblick der Zeitungen nicht länger aus. Auf allen Fotos war sie zusammen mit Heinrich abgebildet. Schluchzend wandte sie sich ab.

Erschrocken ließ Johanna die Zeitung fallen und schloss ihre Schwester in die Arme. »Ach du meine Güte, Evchen! Was hast du denn?«

Mit knappen Worten erzählte Eva ihr, was am Abend zwischen ihnen vorgefallen war.

Liebevoll wischte Johanna ihr die Tränen von den Wangen. »Dein Heinrich ist eben auch nur ein Mensch. Und dass er kein unerfahrener Schulknabe mehr ist, wusstest du doch längst.«

»Das ist es nicht.« Sie stand auf und goss Wasser in die Schüssel auf der Kommode. »Er wollte erst abwarten, wie das Publikum auf mich reagiert, bevor er mir seine Liebe gesteht – oder zumindest das, was er für Liebe hält. Ich glaube, er sieht in mir nur ein Werkzeug, das ihm zu Ruhm verhelfen soll.«

Johanna bedachte sie mit einem traurigen Blick. »Puh, das ist aber starker Tobak. Dann wollte er dich also nur benutzen? Traust du ihm so etwas wirklich zu?«

Eva befeuchtete ihre Hände und wusch sich das Gesicht. »Ach, ich weiß überhaupt nicht mehr, was ich glauben soll.«

»Was sagt dir dein Gefühl?«

Sie trocknete sich mit einem Handtuch ab. Ihr Gefühl war ein törichtes, unbelehrbares Ding, das sich trotz allem nach ihm sehnte. Sie dachte an das, was sie ihm an den Kopf geworfen hatte, und fühlte sich elend. Die Bemerkung über Lavinia war wirklich unter der Gürtellinie gewesen. Und wie er sie daraufhin angesehen hatte ... Sie musste ihn sehr verletzt haben.

Er sagte, sie hätte jedes Recht, ihn für seine Affäre mit Viola zu verachten. Aber womit nahm sie sich dieses Recht überhaupt heraus? Seine alten Geschichten gingen sie im Grunde genommen nichts an. Und schließlich war er derjenige, der nach Lavinias Tod eine schwere Krise durchlitten hatte. Stand es ihr da zu, über ihn zu urteilen? Hatte sie sich womöglich aus gekränkter Eitelkeit dazu verleiten lassen, voreilige Schlüsse zu ziehen?

Vielleicht lag ihm wirklich etwas an ihr. Er hatte ihr sein Herz ausgeschüttet, und sie kam ihm mit Vorwürfen und Unterstellungen.

Johanna strich ihr tröstend über den Rücken. »Na komm. Spring über deinen Schatten und sprich mit ihm. Vielleicht stellt sich heraus, dass alles nur ein großes Missverständnis war. War ja auch alles ziemlich aufregend gestern. Am besten, du schläfst eine Nacht darüber, so aufgelöst, wie du bist. Überleg dir ganz in Ruhe, was du ihm sagen willst. Und dann klingelst du bei ihm.«

Der nächste Tag war ein Montag. Eva hatte sich in weiser Voraussicht Urlaub genommen, um sich nach der aufregenden Premiere zu entspannen, kam aber den ganzen Tag über nicht zur Ruhe. Sie nahm sich vor, Heinrich am Abend in seiner Wohnung aufzusuchen, wenn er hoffentlich zu Hause war.

Als es dämmerte, machte sie sich auf den Weg. Ihr Herz pochte, als sie vor seiner Haustür in Charlottenburg stand. Es war eines dieser gepflegten Häuser aus der Gründerzeit, mit aufwendig gemeißelten Verzierungen, die längst aus der Mode gefallen waren. Sie nahm all ihren Mut zusammen und klingelte.

Nichts. Sie wartete ab, klingelte noch einmal und sah zu seinem Fenster hinauf. Bestimmt war er noch bei der Arbeit oder saß in irgendeinem Lokal. Damit hatte sie schon gerechnet.

Kurzerhand holte sie ihr Notizbuch und einen Stift aus ihrer Handtasche hervor und schrieb ihm ein paar Zeilen. Sie riss den Zettel heraus, faltete ihn zusammen und steckte ihn in seinen Briefkasten. Anschließend machte sie sich wieder auf den Heimweg.

Am nächsten Morgen klingelte das Telefon im Flur. Kurz darauf klopfte Frau Sauerbier an Evas Zimmertür.

»Ein Anruf für Sie, Fräulein Wagner.«

Eva sprang auf, eilte aus dem Zimmer und schnappte sich den Hörer. »Ja?«

»Guten Morgen, Fräulein Wagner«, meldete sich eine vertraute Frauenstimme. »Hyperion Filmproduktion, Abel am Apparat.«

»Oh.« Eva versuchte, sich ihre Enttäuschung nicht allzu deutlich anmerken zu lassen. »Guten Morgen.«

»Verzeihen Sie, dass ich Sie in Ihrem Urlaub störe. Sie möchten bitte heute Nachmittag um drei Uhr in Herrn Eberlings Büro erscheinen, sofern Sie es einrichten können.«

»Darf ich fragen, worum es geht?«

»Herr Eberling lässt ausrichten, es handelt sich um eine äußerst wichtige Angelegenheit, die keinen Aufschub duldet. Er wird Ihnen alles Weitere persönlich mitteilen.«

Fräulein Abel verabschiedete sich, und Eva hängte den Hörer auf. Bisher war es erst ein einziges Mal vorgekommen, dass Eberling sie zu einem vertraulichen Gespräch in sein Büro zitiert hatte, und das war damals nach Fräulein Bergs Unfall gewesen. Ein mulmiges Gefühl beschlich sie. Was konnte so dringend sein, dass er sie sogar im Urlaub anrufen ließ? Bestimmt war es nichts Gutes.

Am Nachmittag betrat sie das Büro in der Friedrichstraße. Als sie den Flur durchquerte, kam sie an Heinrichs geschlossener Tür vorbei. Kurz blieb sie stehen und lauschte, aber nichts war zu hören. Ob er schon wieder im Atelier zugange war?

Gerade wollte sie klopfen, als Eberlings tiefe Stimme durch den Flur schallte. »Ah, da ist sie ja, unsere Goldmarie!«

Mit großen Schritten kam er auf sie zu. Sein ausladender Bauch wippte unter dem Jackett, und die Enden seines gezwirbelten Schnurrbarts hoben sich, als er ihr zulächelte. Mit einem kräftigen

Händedruck begrüßte er sie und führte sie in den großen Besprechungsraum.

Eva staunte. Auf dem länglichen Tisch standen mehrere Teller mit unterschiedlich garnierten Schnittchen, Küchlein und Pralinen.

Eberling rückte ihr einen Stuhl zurecht. »Bitte setzen Sie sich. Was darf ich Ihnen anbieten? Tee? Kaffee?«

Sie nahm Platz und sah ungläubig zu ihm auf. Jetzt bediente er sie sogar? Das hatte es ja noch nie gegeben.

»Einen Kaffee bitte.«

Er schenkte ihr eine Tasse ein und setzte sich ihr gegenüber. »Bitte, greifen Sie zu!« Er deutete auf die Teller. »Schließlich haben wir etwas zu feiern. Ich möchte Sie nochmals zu Ihrer Rolle beglückwünschen, Fräulein Wagner. Die ersten Filmkritiken klangen begeistert, und der Verleih meldet uns schon jetzt hervorragende Umsätze an den Kassen der Lichtspielhäuser. Diesen Erfolg haben wir zu einem großen Teil Ihnen zu verdanken – Ihnen und Ihrem hübschen Gesicht, wenn Sie mir die Bemerkung gestatten.«

Eva biss in ein Schnittchen mit Räucherlachs. So überschwänglich hatte sie Eberling noch nie erlebt. Sie war glücklich, dass der Film so gut angenommen wurde, und unter anderen Umständen hätte sie sich über das Lob freuen können. Aber es war typisch für Eberling, dass er einzig ihr Aussehen als einen der entscheidenden Erfolgsfaktoren hervorhob. Wieder einmal ging es ihm nur um das Oberflächliche. Dass sie auch das Drehbuch mitverfasst hatte, ignorierte er geflissentlich. Von Anfang an hatte er sich geweigert, sie offiziell als Co-Autorin im Vorspann aufzuführen. »Eine Hauptdarstellerin, die gleichzeitig Drehbücher schreibt? Das kauft uns doch kein Mensch ab!«, hatte er immer wieder betont.

»Sie wissen ja, wie es in unserer Branche läuft«, redete er weiter. »Das Publikum giert ständig nach neuem Stoff. Auf den Lorbeeren ausruhen, so etwas gibt es bei uns nicht – Sidney Stone braucht eine Fortsetzung, so schnell wie möglich!«

Eva wunderte sich. Dann hatte Heinrich ihm das fertige Drehbuch für den zweiten Teil also bereits vorgelegt, und Eberling hatte es abgenommen? Davon hatte er ihr überhaupt nichts erzählt. Sicherheitshalber hakte sie lieber noch einmal nach.

»Falls Sie auf das Drehbuch anspielen, das ich bereits mit Herrn Lichtenfeld erarbeitet habe –«

»Langsam, meine Liebe.« Er lachte leise. »Ihre Zeiten als Schreibkraft bei uns sind vorüber. Es wäre eine geradezu skandalöse Verschwendung Ihres Potenzials. Ab jetzt werden wir Sie nur noch als Darstellerin einsetzen, und bald schon werden Sie erneut als Gemma vor der Kamera stehen. Wir machen nur noch rasch Ihren neuen Vertrag fertig. Sobald Sie aus dem Urlaub zurück sind, können Sie ihn unterschreiben.«

Nachdenklich rührte Eva in ihrer Kaffeetasse. Mit einem Mal fühlte sie sich sehr an ihr letztes Gespräch mit Heinrich erinnert. Genau wie er hatte auch Eberling in aller Ruhe abgewartet, wie der Film beim Publikum ankommen würde. Sie hatte sich als Darstellerin bewiesen, hatte gezeigt, dass sie die Herzen der Zuschauer gewinnen konnte. Und plötzlich war sie keine Schreibkraft mehr, die man in ein winziges Büro neben den Aktenschrank steckte, sondern eine heiß begehrte Schauspielerin, die vom Chef Kaffee und Schnittchen serviert bekam.

»Mit Verlaub, Herr Eberling – Ihr Vertrauen in meine Fähigkeiten als Schauspielerin schmeicheln mir, aber meine Arbeit als Filmschriftstellerin liegt mir ebenso am Herzen. Meine Zusammenarbeit mit Herrn Lichtenfeld –« Sie hielt inne. Heinrich hatte bisher nicht auf ihre Nachricht reagiert. Was, wenn er auch weiterhin schwieg, wenn er nicht einmal zu einer Aussprache bereit wäre? Die Vorstellung schmerzte sie, und sie wusste nicht, wie sie damit fertigwerden sollte.

Gleichzeitig fragte sie sich, wie es ihnen dann jemals wieder gelingen sollte, vernünftig miteinander zu arbeiten. Aber was privat zwischen ihnen vorgefallen war, gehörte nicht hierher.

»Was Herr Lichtenfeld davon hält, ist nicht mehr von Bedeutung.«

Sie warf Eberling einen fragenden Blick zu.

Er lehnte sich zurück, holte eine Zigarre aus seinem Etui und zündete sie sich an. »Herr Lichtenfeld arbeitet nicht mehr für mich.«

KAPITEL 16

Berlin, September 1921

»Lichtenfeld? Nein. Der war schon seit Tagen nicht mehr hier«, sagte der alte Herr mit Brille und schlohweißem Haar, der direkt neben Heinrich wohnte. »Bestimmt ist er wieder im Atelier. Dann kommt es öfter mal vor, dass er auswärts übernachtet.«

Eva bedankte sich für die Auskunft, doch ein ungutes Gefühl stieg in ihr auf. Wo steckte Heinrich nur? Seit Eberling ihm gekündigt hatte, gab es kein Lebenszeichen mehr von ihm. Und wenn er wirklich schon seit Tagen nicht mehr zu Hause gewesen war, konnte er auch ihre Nachricht nicht erhalten haben.

Sie verließ das Haus und machte sich auf den Weg zum nahe gelegenen Ku'damm. Während ihres Gesprächs vorhin hatte Eberling etwas von kreativen Differenzen und internen Umstrukturierungen geschwafelt. Erst, nachdem Eva mehrmals nachgehakt hatte, war er mit der ganzen Wahrheit herausgerückt: Heinrichs Arbeitsweise war ihm zu chaotisch, zu riskant, und Eberling war nicht bereit, ihm ein zweites Mal die Regie eines so kostspieligen Films zu überlassen. Das Drehbuch der Fortsetzung hatten Eva und Heinrich noch schreiben dürfen, aber die Regie würde Eberling dieses Mal höchstpersönlich übernehmen.

Auf dem Ku'damm stieg sie in eine Kraftdroschke und wies den Fahrer an, sie zum Romanischen Café zu fahren. Dort sprach sie sogleich den Portier an.

»Lichtenfeld? Der Filmregisseur, richtig? Nein, tut mir leid. Ich habe ihn schon seit einer Weile nicht mehr hier gesehen.«

Eva stieg in die nächste Kraftdroschke. Dank ihrer Filmgage musste sie sich über so etwas wie Fahrtkosten in nächster Zeit keine Gedanken machen. Am Potsdamer Platz angekommen, betrat sie das Café Josty.

Der Oberkellner blätterte den Kalender mit den Reservierungen durch und schüttelte den Kopf. »Tut mir leid. Hier ist nichts vermerkt. Ich kann mich auch nicht erinnern, wann Herr Lichtenfeld zuletzt hier war. Wenn Sie einen Moment Zeit haben, kann ich gerne einmal in unserer anderen Filiale nachfragen.«

Sie nickte. Der Oberkellner griff zum Telefon, doch schon nach einem kurzen Gespräch legte er auf und schüttelte bedauernd den Kopf.

Enttäuscht verließ sie das Lokal. Wo sollte sie noch suchen? Wen konnte sie noch fragen? Plötzlich kam ihr ein schrecklicher Gedanke: Was, wenn Heinrich sich etwas angetan hatte? Vielleicht war ihre Sorge übertrieben, aber sie konnte nicht anders. Seit ihr Vater damals nicht mehr aus dem Krieg heimgekehrt war, befürchtete sie immer gleich das Schlimmste. Und sie wusste ja, wie viel Heinrich die Arbeit beim Film bedeutete. Seine Kunst war es, die ihm im Krieg den Verstand gerettet hatte, daran glaubte er felsenfest. Sie war sein Halt, wenn es ihm schlecht ging. Seine Medizin, ohne die er nicht leben konnte.

Es war absurd. Eva hatte geglaubt, er wollte sie benutzen, aber in Wahrheit war er es, der von Eberling benutzt worden war. Ausgerechnet von dem Mann, dem er am allermeisten vertraut, den er stets für seinen Freund und Förderer gehalten hatte. Wenn sie das geahnt hätte ... Umso mehr bereute sie ihre harten, ungerechten Worte von neulich Abend.

Resigniert fuhr sie nach Hause. Gerade als sie den Schlüssel in die Wohnungstür stecken wollte, öffnete Frau Sauerbier bereits von innen. Die alte Dame bedachte sie mit einem strengen Blick, und Eva fragte sich, womit sie ihn verdient hatte. Hatte ihre Vermieterin etwa schon länger an der Tür gestanden und auf sie gewartet?

»Da sind Sie ja endlich!«, sagte Frau Sauerbier. »Vorhin hat hier ein fremder Mann geklingelt und wollte Sie sprechen.«

Evas Herz machte einen Sprung. »Ein Mann? Wer war es?«

Die alte Dame stemmte die Hände in die Hüften. »Ich muss doch sehr bitten, Fräulein Wagner! In Ihrer Branche mögen die Sitten ja recht locker sein, aber das hier ist ein anständiges Haus!« Seufzend nahm sie einen zusammengefalteten Zettel von der Kommode und drückte ihn Eva in die Hand. »Dieses Mal will ich noch ein Auge zudrücken, aber beim nächsten Mal behalte ich mir vor, Ihren Mietvertrag zu kündigen. Ist das klar?«

Ungeduldig faltete Eva den Zettel auseinander. Sofort erkannte sie die geschwungene Handschrift wieder.

Triff mich um 8 auf der Luiseninsel im Tiergarten. Heinrich

Sie atmete auf und warf einen Blick auf die Uhr: gleich zehn vor acht. Unter dem fassungslosen Blick ihrer Vermieterin stürmte Eva zur Wohnungstür hinaus.

Sie musste bis zum Ku'damm laufen, bis sie endlich eine freie Kraftdroschke fand. Als sie am Tiergarten eintraf, war es bereits zwanzig nach acht. Rasch bezahlte sie den Fahrer, rannte los und überquerte die Brücke, die zu der Insel führte.

Suchend sah sie sich um, während sie das große Blumenbeet umrundete. Ihr Blick streifte die leeren Parkbänke, die Wege ringsum. Nirgends entdeckte sie Heinrich. Hatten sie sich verpasst?

»Eva?«, ertönte es vom Weitem.

Sie wandte sich nach rechts. Heinrich stand auf der anderen Seite der kleinen Insel, neben dem Denkmal, und winkte ihr zu.

Erleichtert lief sie in seine Richtung. Mit einem Sprung setzte er über die Stufen hinweg, die das Denkmal vom restlichen Bereich trennten, und kam ihr entgegen.

Sie verlangsamte ihre Schritte, und eine Armeslänge voneinander entfernt blieben sie stehen.

»Ein Glück.« Seine Lippen verzogen sich zu einem Lächeln, das beinahe schüchtern wirkte. »Ich dachte schon, deine Vermieterin hätte meine Nachricht einfach in den Müll geworfen. Ziemlich streng, die Dame. Man kann richtig Angst vor ihr bekommen.«

Nun musste auch Eva lächeln, aber sogleich wurde sie wieder ernst. »Eberling hat mir alles erzählt. Oh, Heinrich, es tut mir so leid. Und ich dachte, er wäre dein Freund.«

Ein bitterer Zug legte sich um seinen Mund. »In unserer Branche gibt es keine Freunde. Die Hyperion besitzt alle Rechte an dem Stoff. Die Zukunft von Sidney Stone liegt nicht mehr in meiner

Hand. Ich bin entbehrlich für Max, aber auf dich kann er nicht verzichten. Du bist Gemma. Die Leute lieben dich.«

Wehmut stieg in ihr auf, wenn sie daran dachte, dass Heinrich sie nun nicht mehr auf ihrem Weg begleiten würde. »Nur für dich wollte ich Gemma sein.«

»Ach Eva. Sag doch nicht so etwas.«

»Oh doch. Ich wünschte nur, ich hätte ein paar andere Dinge niemals gesagt. Ich wünschte, neulich Abend –«

Er schloss sie in seine Arme und brachte sie mit einem Kuss zum Schweigen. »Vergeben und vergessen«, flüsterte er.

Für einen Moment wurde ihr ganz leicht ums Herz, doch sie löste sich wieder von ihm. Etwas anderes ließ ihr noch immer keine Ruhe. »Ich habe überall nach dir gesucht. Wo warst du nur?«

Er legte ihr seinen Arm um die Schultern. »Komm, ich führe dich zum Essen aus. Dann kann ich dir alles in Ruhe erzählen. Du wirst es nicht glauben – ich habe große Pläne!«

Staunend betrat Eva das italienische Lokal, in dem es ungewohnt und doch verführerisch duftete. Sie hatte noch nie italienisch gegessen und überließ es Heinrich, ein Gericht für sie zu bestellen.

Wenig später servierte der Kellner die Spaghetti, und Heinrich demonstrierte ihr, wie man sie richtig aß. Eva versuchte es ihm gleichzutun, drehte sie vorsichtig mit einer Gabel auf, doch sie fielen immer wieder auf den Teller. Schließlich gab sie es auf und ließ sich vom Kellner ein Messer bringen, um sie klein zu schneiden.

»Die letzten Tage war ich viel unterwegs«, erzählte Heinrich, während sie aßen. »Ich habe mit wichtigen Leuten gesprochen, mit Investoren verhandelt.« Er nahm ihre Hand. »Stell dir vor, Eva: Ich werde eine Firma gründen! Bald kann ich meine eigenen Filme drehen.«

Sie traute ihren Ohren kaum. »Aber ... das ist ja fantastisch!«

Entschlossen nickte er. »Du wirst sehen, bald schon wird Max es bitter bereuen, dass er mich hinausgeworfen hat. Dafür sorge ich.«

Sie sah von ihrem Teller auf. Sein grimmiger Tonfall befremdete sie.

Als er ihren verwunderten Blick bemerkte, lachte er leise. »Warte nur ab. Am Ende hat Max mir sogar einen Gefallen getan. Ich hätte es schon viel früher wagen sollen, auf eigenen Beinen zu stehen!«

Dann erzählte er ihr von all den aufregenden Filmideen, die er in Zukunft umsetzen wollte, und Eva lauschte ihm aufmerksam. Sie hatte schon befürchtet, die Kündigung hätte ihm den Boden unter den Füßen weggerissen. Umso mehr freute sie sich jetzt für ihn. Er wirkte gelöst, regelrecht euphorisch. Wie seine Augen leuchteten und wie lebhaft er alles mit Gesten untermalte ...

Mit einem Mal fand sie es unerträglich, dass ein Tisch zwischen ihnen stand. So viel Abstand, und die anderen Gäste im Lokal – es waren nicht viele, aber doch zu viele. Sie wollte ihm wieder ganz nah sein, ihn küssen, wie vorhin im Tiergarten ... Nein, sie wollte mehr, viel mehr.

Flüchtig sah sie auf die Uhr. Schon nach zehn. Sie konnte sich nicht länger beherrschen, beugte sich vor und nahm seine Hand.

»Heinrich«, sagte sie leise. »Heute Nacht will ich bei dir sein.«

Zum ersten Mal erlebte sie ihn sprachlos.

Es dauerte ein paar Sekunden, bis er sich wieder aus seiner Starre gelöst hatte. Mit einem Mal schien er es sehr eilig zu haben, die Rechnung zu bezahlen, und winkte den Kellner herbei.

Anschließend verließen sie das Restaurant, doch sie kamen nicht weit. Heinrich nahm ihre Hand und zog sie ungeduldig mit sich in die nächste Toreinfahrt. Gleich darauf lagen sie einander in den Armen und küssten sich leidenschaftlich.

»He, ihr zwei!«, ertönte es von der anderen Straßenseite, dazwischen Gejohle und Pfiffe. »Nehmt euch gefälligst ein Zimmer!«

Ihre Lippen lösten sich voneinander, als sie gleichzeitig lachen mussten.

»Komm«, flüsterte Heinrich. »Lass uns zu mir gehen.«

Er nahm wieder ihre Hand, und sie setzten ihren Weg fort. Eva wusste, dass es von hier aus bis zu seiner Wohnung nur wenige Minuten zu Fuß waren, trotzdem kam es ihr unerträglich lang vor.

Endlich standen sie vor seiner Haustür. Heinrich schloss auf, und Hand in Hand eilten sie die Treppe hinauf. Als hinter ihnen die

Wohnungstür ins Schloss fiel, küssten sie sich wieder. Hastig streiften sie ihre Schuhe ab, ließen Jacken und Hüte auf dem Weg durch den Flur achtlos zu Boden fallen.

Vor der Schlafzimmertür hob er Eva schwungvoll auf seine Arme und trug sie zum Bett. Im Licht der Nachttischlampe streifte er ihr langsam ein Kleidungsstück nach dem anderen ab. Sie fasste Mut und tat es ihm gleich, nestelte an seiner Krawatte, öffnete die obersten Knöpfe seines Hemds, doch weiter kam sie nicht, denn schon zog er sich beides ungeduldig selbst aus.

Sie genoss das Gefühl seines heißen Atems auf ihrer Haut, während er sie liebkoste. Hektisch zog er die Nachttischschublade auf und holte eine kleine, bunt gestreifte Schachtel heraus.

Nun wurde ihr doch wieder ein wenig bange zumute. »Heinrich«, begann sie leise. »Ich muss dir etwas sagen.« Sie zögerte. »Weißt du ... Ich hab noch nie ...«

Er sah ihr in die Augen, umfasste ihre Wangen, und ein Lächeln huschte über sein Gesicht. »Du zartes Wesen. Hab keine Angst.« Mit dem Daumen streichelte er ihre Lippen. »Ich werde ganz sanft mit dir sein ...«

Immer wieder hielt er inne. Ihr zuliebe versuchte er, seine Leidenschaft im Zaum zu halten, ihr nicht davonzueilen, doch es half nichts. Er war ihr weit voraus, und seine Bewegungen waren längst nicht mehr vorsichtig, wurden schneller und wilder, bis er sich erschöpft auf sie sinken ließ.

Eva drückte ihn fest an sich und küsste seine schweißfeuchte Stirn. Sie hatte es nicht geschafft, ihn einzuholen. Er war weit vor ihr zum Ziel gelangt.

»Es ist ein Glück, dass ich dich habe«, murmelte Heinrich, als sie später nebeneinanderlagen.

Evas Lippen waren trocken und empfindlich, ihre Wangen brannten. Ja, es war unanständig, was sie taten, aber es kümmerte sie nicht. Sie lag dicht an seine Brust geschmiegt, küsste ihn immer wieder, versuchte, seine Leidenschaft aufs Neue zu entfachen. Lust durchströmte ihre Glieder, war im Grunde erst richtig erwacht, nachdem er sich verausgabt hatte.

»Sag mal«, raunte er, während er ihren Rücken streichelte. »Der neue Vertrag, den Max dir angeboten hat – hast du ihn schon unterschrieben?«

Eva stöhnte. Eberling war in diesem Moment wirklich der Letzte, an den sie denken wollte. »Nein. Und ich bin mir nicht einmal sicher, ob ich das überhaupt noch will. Nicht, nachdem er dich so hintergangen hat.«

Heinrich löste sich von ihr und setzte sich auf. »Gut. Dann tu es auch nicht.«

Bevor sie etwas erwidern konnte, beugte er sich zu ihr und bedeckte ihr Gesicht mit Küssen. »Bitte, Eva. Du musst mir helfen! Meine Pläne, meine Firma ... Wie soll ich das alles schaffen, ohne dich an meiner Seite? Ich brauche dich doch so sehr.«

»Aber ich bin ja an deiner Seite.«

»Dann vergiss die Hyperion und arbeite für mich. Stell dir einmal vor, wie das wäre! Gemeinsam könnten wir die wundervollsten Geschichten erzählen – über Sidney und Gemma, über alles, was wir wollen. Und sie würden uns gehören, ganz allein uns. Klingt das nicht wie ein Traum?«

Zärtlich strich sie ihm eine Strähne aus der Stirn. Ja, es klang wirklich wie ein Traum. *Zu schön, um wahr zu sein,* flüsterte wieder die verräterische kleine Stimme in ihr. Dass die Rechte an Sidney Stone bei der Hyperion lagen, wussten sie schließlich beide.

»Ich wünschte nur, er ginge in Erfüllung.«

»Dann sorgen wir dafür.« Er sah ihr fest in die Augen. »Holen wir uns Sidney und Gemma zurück!«

Eine Woche später verließ Eva zum letzten Mal ihr kleines Büro in den Räumen der Hyperion. In dem Karton, den sie vor sich hertrug, befanden sich alle ihre privaten Besitztümer, die sich im Laufe der Zeit dort angesammelt hatten: mehrere Bücher und Zeitschriften, eine Puderdose und ein kleiner Gummibaum, den sie sich neulich erst in einem Blumenladen gekauft hatte.

»Aber Fräulein Wagner, das kann doch nicht Ihr Ernst sein!« Wild gestikulierend lief Eberling ihr nach, überholte sie im Korridor und blieb vor ihr stehen. »Denken Sie an Ihre Zukunft! Wir sind eine etablierte Filmproduktion. Wir haben Sie aufgebaut. Ihr Platz ist bei uns!«

Als Eva nichts antwortete, legte er ihr väterlich eine Hand auf die Schulter und senkte die Stimme. »Jetzt denken Sie doch mal nach, Mädchen. Wollen Sie Ihre Schauspielkarriere denn einfach so wegwerfen? Oder geht es Ihnen ums Geld? Na schön. Ich erhöhe Ihre Gage. Von mir aus kriegen Sie das Doppelte!«

Jetzt bloß keine Miene verziehen. Das war das Wichtigste. Sie würde sich auf keine Diskussion einlassen – genau so, wie Heinrich es ihr geraten hatte.

»Nein. Am Geld liegt es also auch nicht.« Er musterte sie mit zusammengekniffenen Augen. »Was ist es dann?«

Unter seinem prüfenden Blick brach ihr der Schweiß aus. Oh Gott, er schöpfte doch hoffentlich keinen Verdacht?

»Ich hab's!«, platzte er heraus. »Heinrich! Er steckt dahinter, nicht wahr?«

Reflexartig wich Eva einen Schritt zurück und umklammerte den Karton fester.

Eberling stemmte die Hände in die Hüften. »Oh ja. Ich kenne ihn doch, den alten Schwerenöter. Er hat Ihnen den Kopf verdreht, was? Sagen Sie schon, was hat er Ihnen eingeflüstert? Hat er Ihnen große Versprechungen gemacht? Glauben Sie mir, Kindchen, Sie wären nicht die Erste, die auf ihn hereinfällt ...«

Eva konnte es nicht fassen. Ausgerechnet er, der nur an seinen eigenen Profit dachte, der seinen vermeintlichen Freund hintergangen hatte, spielte sich nun ihr gegenüber als Moralapostel auf?

»Mit Verlaub, Herr Eberling – mein Privatleben geht Sie nichts an. Guten Tag!«

Erhobenen Hauptes stolzierte sie an ihm vorbei, verabschiedete sich noch kurz von Fräulein Abel und verließ das Büro.

Zum Glück standen am Bordstein mehrere Kraftdroschken bereit. Sie stieg in die erstbeste und nannte dem Fahrer Heinrichs Adresse.

Seufzend lehnte sie sich zurück, als der Wagen losfuhr, drückte den Karton an ihre Brust und bemerkte erst jetzt, wie sehr ihre Hände zitterten. Ihres und Heinrichs Werk, sie trug es bei sich, und niemand wusste etwas davon. In einem unbeobachteten Moment hatte sie das Drehbuch, die Abschrift und sämtliche Notizen für die Sidney-Stone-Fortsetzung aus dem Aktenschrank gezogen und sie ganz unten im Karton unter ihren Privatsachen deponiert. Während der Fahrt sah sie immer wieder durchs Rückfenster, rechnete jeden Moment damit, Eberlings vor Wut gerötetes Gesicht hinter der Windschutzscheibe einer anderen Kraftdroschke zu entdecken.

Endlich traf sie vor Heinrichs Wohnhaus ein und trug die Sachen hinauf. Zufrieden nahm er den Karton entgegen, räumte ihn aus, zog das Drehbuch heraus und blätterte es durch.

»Jetzt guck doch nicht so«, meinte er amüsiert, als er Evas Miene bemerkte. »Wenn man es genau nimmt, hast du nichts Unrechtes getan. Du hast nur unser Eigentum zurückgeholt.«

Sie atmete tief durch. »Du hättest Eberling sehen sollen. Er war völlig ahnungslos.«

Heinrich lachte. »Natürlich war er das. Wer würde dir auch so etwas zutrauen, so hübsch und unschuldig, wie du ausschaust?«

»Alles deine Schuld. Deinetwegen bin ich zur Diebin geworden!«

Achtlos ließ er das Drehbuch auf den Tisch fallen, zog sie an sich und zerstreute ihre letzten Zweifel mit einem Kuss. »Komm her, meine Diebin«, raunte er. »Meine kleine Handlangerin ...«

Eva erwachte am nächsten Morgen, als aus dem benachbarten Zimmer Klavierklänge zu ihr drangen. Sie stand auf, sammelte ihre Kleidungsstücke vom Boden auf und streifte sie sich über. Barfuß tappte sie in den Flur. Die Musik kam aus dem Wohnzimmer, und die Tür stand einen Spaltbreit offen.

Heinrich saß im Morgenmantel am Klavier, und Eva lauschte wie gebannt. Die Melodie klang sehr gefühlvoll, fast schon melancholisch, doch mittendrin brach er ab, griff nach einem Bleistift und notierte etwas auf einem Notenblatt.

Als er Evas Schritte hinter sich hörte, warf er ihr über die Schulter hinweg einen Blick zu. »Guten Morgen. Na, hab ich dich geweckt mit meinem Geklimper?«

Sie blieb neben ihm stehen und legte einen Arm um seine Schultern. »Wie heißt denn dieses Lied?«

»Das weiß ich selbst noch nicht. Es geht mir schon seit einer Weile durch den Kopf. Ich dachte, ich könnte es irgendwann einmal als Begleitmusik für einen Film verwenden. Im Kino spielen sie meistens nur das übliche Gedöns, Schubert, Beethoven und so weiter.« Er zog sie auf seinen Schoß. »Aber vielleicht ist es gar keine Filmmusik. Vielleicht ist es einfach nur unser Lied.«

»Unser Lied?« Sie schmunzelte. »So eine romantische Ader hätte ich dir gar nicht zugetraut.«

Sein Lächeln verblasste, und er bedachte sie mit einem langen, nachdenklichen Blick. »Eva, ich meine es ernst mit dir. Ich hoffe, du weißt das.« Er nahm ihre Hand und führte sie zu seinen Lippen. »Heirate mich.«

Sie starrte ihn an. Es dauerte ein paar Herzschläge, bis sie ihre Sprache wiedergefunden hatte, doch bevor sie antworten konnte, schüttelte er den Kopf.

»Ich weiß, du hast etwas Besseres verdient. Einen soliden Kerl, der dich schick ausführt, der dir Blumen und einen Ring schenkt, wie es sich gehört. Stattdessen sitzt hier so ein unrasierter Trottel im Morgenmantel vor dir, der dir nichts zu bieten hat als einen Haufen Schulden –«

Zärtlich umfasste sie seine Wangen und küsste ihn. Er brauchte nichts weiter zu sagen. Sie wusste, es würde nicht einfach werden. Sie wusste, welch hohes Risiko sie eingingen. Wenn sie eine Firma aufbauen wollten, würden sie hart arbeiten müssen, härter als je zuvor, und vielleicht wären ihre gemeinsamen Pläne dennoch zum Scheitern verurteilt.

Aber sie war bereit, alles zu geben – für ihn, für sie beide. Für ihre Träume aus Licht.

»Ja«, flüsterte sie. »Ja, ich will!«

KAPITEL 17

Wiesbaden, Juni 2000

Am Sonntag bestand Silke darauf, ausnahmsweise einmal ohne mich ins Krankenhaus zu fahren. Vermutlich hatte sie ein schlechtes Gewissen, weil ich während der Woche die meisten Pflichten übernommen hatte. Dabei tat ich es gern, und davon abgesehen war es die einfachste Lösung. Silke wohnte in Frankfurt und hatte einen viel weiteren Weg als ich.

»Ruh dich ein wenig aus«, sagte sie morgens am Handy zu mir.

»Ich kümmere mich um alles, versprochen.«

Schon wollte ich protestieren, aber vielleicht hatte Silke recht. Seit etwas mehr als einer Woche lag Oma jetzt im Krankenhaus. Eine Woche, seitdem alles aus den Fugen geraten war, doch es fühlte sich an wie ein ganzer Monat. Ich musste mir meine Kräfte einteilen.

Gerade hatte ich mir ein Müsli gemacht und mich in die Küche gesetzt, als erneut mein Handy klingelte. Ich zuckte zusammen, denn bei jedem Anruf rechnete ich damit, eine schlimme Nachricht zu erhalten. Als ich Julians Namen auf dem Display sah, atmete ich erleichtert auf.

»Hi«, meldete er sich. »Sag mal, hättest du Lust, mich heute ins Filmarchiv zu begleiten?«

Ich war so überrascht, dass ich mich fast an meinem Müsli verschluckt hätte. »Hat es denn sonntags geöffnet?«

Er erzählte mir, dass er vor einer Weile ein Praktikum im Filmarchiv gemacht hatte und noch immer einen guten Draht zu dessen Leiter besaß. Nach unserem Gespräch am Vorabend hatte Julian ihn spontan angerufen und gefragt, ob er sich heute ausnahmsweise den Schlüssel ausleihen dürfe.

»Wir können außerhalb der Öffnungszeiten an den Umspanntisch und uns in Ruhe den alten Film deiner Oma ansehen, ohne dass jemand etwas davon mitbekommt. Was hältst du davon?«

Wie unfassbar lieb von Julian. Gestern erst hatte er mir versprochen, dass er sich etwas einfallen lassen würde, und nun hatte er extra meinetwegen den Leiter des Filmarchivs bequatscht. Er hatte etwas gut bei mir, so viel stand fest.

Nachdem ich euphorisch zugestimmt hatte, erklärte er mir, wo sich das Archiv befand, und wir verabredeten uns für den Nachmittag. Mein Herz klopfte aufgeregt, als ich auflegte. Ich hatte keine Ahnung, was mich erwartete. Ob mir der Film tatsächlich einen Hinweis auf Veras leiblichen Vater liefern würde?

Ein paar Stunden später fuhr ich zu Omas Haus. Als ich in ihre Straße einbog, hielt ich vorsichtshalber Ausschau nach Silkes Wagen, doch er war nirgends zu sehen, wie ich erleichtert feststellte. Wahrscheinlich war Silke schon heute Mittag hier gewesen, um den Garten zu gießen, und saß inzwischen bestimmt bei Oma in der Klinik. Es war besser, wenn meine Schwester von dem alten Film nichts mitbekam. Bei unserem Gespräch gestern hatte sie mir deutlich zu verstehen gegeben, dass sie nichts davon hielt, allzu tief in der Vergangenheit zu wühlen.

Ich schloss die Haustür auf und ging in Omas Schlafzimmer. Vorsichtig holte ich die Filmdosen aus der Truhe und packte sie in meine mitgebrachte Reisetasche. Gar nicht so leicht, die Dinger. Ich schätzte, dass eine davon bestimmt zwei oder drei Kilo wog.

Mit dem Film im Gepäck machte ich mich auf den Weg zur Bushaltestelle und fuhr zum Gewerbegebiet außerhalb der Stadt. Vor einem Supermarkt stieg ich aus und bog in eine lang gezogene Straße. Ein paar Minuten später stand ich endlich vor dem verglasten Bürogebäude, das Julian mir beschrieben hatte, und wie verabredet schickte ich schnell eine SMS, um ihm Bescheid zu geben.

Kurz darauf öffnete er mir von drinnen die Tür. Zur Begrüßung schenkte er mir sein breites Lächeln, das ich so mochte, und nahm mir sofort die schwere Reisetasche ab.

Ich folgte ihm zum Aufzug. Im zweiten Stock führte Julian mich in einen Raum mit verschiedenen Apparaten. Links stand ein wuchtiges Ding mit mehreren großen Spulen, das von einer durchsichtigen Plane bedeckt war. Er deutete nach rechts, zu einem flachen Tisch mit einer Handkurbel und zwei metallenen Drehtellern.

»Damit können wir den Film ganz vorsichtig untersuchen, ohne ihn kaputtzumachen.«

Wir nahmen nebeneinander auf Hockern Platz, und Julian zog sich weiße Stoffhandschuhe an. Vorsichtig nahm er die erste Filmrolle aus der obersten Dose und legte sie auf einen der beiden Drehteller. Mit Daumen und Zeigefinger entrollte er ein kurzes Stück und spannte es auf die Spule des zweiten Drehtellers.

Behutsam drehte er an der Kurbel. Langsam setzten sich die beiden Scheiben in Bewegung, und der Streifen lief über eine flache, rechteckige Lampe, die in die Tischplatte eingelassen war.

»Ist wohl nach der letzten Vorführung nicht zurückgespult worden«, stellte er fest. »Auch gut. Fangen wir eben hinten an, das erhöht die Spannung.«

Als wäre ich nicht auch so schon gespannt genug. Ich starrte auf das helle Rechteck, und endlich erschienen die ersten Bilder auf dem Streifen.

Julian hörte mit dem Kurbeln auf und reichte mir eine Lupe. »Da, schau mal.«

Ich beugte ich mich über den Tisch, hielt mir die Lupe vors Auge und betrachtete eines der gelblich eingefärbten Bilder. Eine wunderschöne Frau mit langem blondem Haar war darauf zu erkennen. Schmachtend sah sie zu einem ebenfalls sehr attraktiven Mann auf, der ein Piratenkostüm trug.

»Hast du irgendeine Ahnung, wer das ist?«, fragte ich und gab Julian die Lupe zurück.

Er sah sich die Aufnahme lange an. »Hm. Schwer, das auf den ersten Blick zu sagen. Die Frau kommt mir bekannt vor, aber mir fällt ihr Name nicht ein.«

Er kurbelte ein Stückchen weiter. Beim nächsten Abschnitt hielt er wieder an. Eine grünliche, fast schon gespenstisch anmutende Schrift hob sich vor einem schwarzen Hintergrund ab. Auch ohne Lupe gelang es mir, sie zu entziffern: *Es ist mir egal, was mein Vater will. Mein Platz ist an deiner Seite, Joaquín!*

Ein leises Schleifgeräusch ertönte, während sich der Film weiterdrehte. Immer wieder hielt Julian an, damit wir die Bilder genauer betrachten und die Schrift lesen konnten. Da wir uns den

Streifen rückwärts anschauten, fiel es mir schwer, mir die Handlung zusammenzureimen. Es war eine Abenteuerschnulze, so viel verstand ich immerhin. Es ging um die Tochter eines reichen Plantagenbesitzers, die sich in einen Piratenkapitän verliebte.

Mit jedem Meter, den Julian abspulte, wuchs meine Verwirrung. Warum bewahrte Oma ausgerechnet einen alten Schinken wie diesen unter ihrem Bett auf? So etwas passte überhaupt nicht zu ihr, aber seit ich die alten Fotos in der Truhe entdeckt hatte, wusste ich, dass es weitaus mehr in Omas Vergangenheit gab, als Silke und ich ahnten.

Der Film stammte noch aus der Zeit, als Oma offenbar in Berlin gelebt hatte. Hatte sie etwas mit seiner Entstehung zu tun gehabt? War sie Veras Vater beim Dreh dieses Films begegnet? Hatte sie womöglich sogar selbst darin mitgespielt? Bis vor Kurzem hätte ich so einen Einfall für vollkommen abwegig gehalten, aber nun überschlugen sich meine Gedanken.

Julian kurbelte weiter, und endlich erschien der Vorspann. Ich schnappte mir die Lupe und beugte mich über den Streifen. Wie lautete noch gleich Omas Mädchenname? Uhlenberg? Uhlenbrock? Ich war mir nicht mehr ganz sicher. Angestrengt ging ich die gesamte Liste der Beteiligten durch, aber nirgends tauchte ein Name auf, der auch nur so ähnlich klang.

Enttäuscht ließ ich die Lupe wieder sinken. Julian kurbelte noch ein Stück weiter, bis endlich in grünlich leuchtenden Großbuchstaben der Titel erschien:

DIE PIRATENKÖNIGIN

»Noch nie gehört«, murmelte Julian und deutete auf die Lupe in meiner Hand. »Darf ich mal?«

Ich reichte sie ihm, und er spulte zurück zum Vorspann.

»Eva Lichtenfeld«, las er vor. »Wusste ich doch, dass mir die Frau bekannt vorkommt.«

Ich hatte den Namen ebenfalls im Vorspann gelesen, aber er sagte mir nichts.

»Sie war eine berühmte Schauspielerin in den Zwanzigern«, erzählte Julian. »Die Frau von Heinrich Lichtenfeld.«

Ratlos sah ich ihn an. Auch dieser Name sagte mir nichts, aber ich war es längst gewohnt, nur Bahnhof zu verstehen, wenn er von irgendetwas sprach, das mit Filmen zu tun hatte.

»Lichtenfeld galt als einer der einflussreichsten Filmregisseure zur Zeit der Weimarer Republik.« Nachdenklich musterte er den Filmstreifen. »Wie ungewöhnlich. Bisher kannte ich Eva Lichtenfeld nur als Schauspielerin. Im Vorspann wird sie aber nicht nur als Hauptdarstellerin, sondern auch als Drehbuchautorin und Regisseurin aufgeführt. Lass mich mal was nachschauen.«

Ich folgte ihm nach nebenan, und wir setzten uns an einen Rechner. Julian gab den Filmtitel in die Suchmasken verschiedener Datenbanken ein, doch nirgends tauchte etwas darüber auf. Als er nach dem Namen »Lichtenfeld« suchte, erschien eine lange Liste von Filmen, doch *Die Piratenkönigin* war nicht darunter.

»Sieht aus, als hätte deine Oma all die Jahre über ein echtes Schätzchen gehütet.« Julian lächelte. »Ich glaube, wir sind gerade einem verschollenen Film auf die Spur gekommen.«

Schon wieder so ein Ausdruck, mit dem ich nichts anfangen konnte. Julian erzählte, dass in der damaligen Filmwirtschaft kaum jemand davon ausgegangen war, dass Stummfilme einmal für die Nachwelt wertvoll sein könnten. Erst recht nicht nach dem Aufkommen des Tonfilms. Außerdem hatte man in den Zwanzigern noch nicht ahnen können, dass es irgendwann einmal möglich sein würde, Kinofilme im Fernsehen oder über Videotheken gewinnbringend weiterzuverwerten, also hatte man die meisten Kopien kurzerhand entsorgt. Ein bedeutender Teil des Filmerbes war unwiederbringlich verloren.

»Stell dir mal vor, man hätte das mit Tonfilmen gemacht. Vielleicht hätte man dann auch *Vom Winde verweht* weggeschmissen. Oder *Star Wars*!« Julian kratzte sich am Kopf. »Trotzdem kapiere ich nicht, warum der Film nirgends auftaucht. Selbst wenn er offiziell als verschollen gilt, müsste zumindest der Titel noch irgendwo verzeichnet sein.«

Er stand auf und zog mehrere dicke Wälzer aus einem Bücherregal. Gemeinsam schlugen wir in ihnen nach, aber nirgends wurde *Die Piratenkönigin* erwähnt.

Immerhin fand ich ein paar kurze Einträge zu Eva Lichtenfeld. In keinem war jedoch die Rede davon, dass sie sich jemals als Drehbuchautorin oder Regisseurin betätigt hätte. Stets wurde sie nur als das schöne Gesicht an der Seite ihres Mannes bezeichnet. Zumindest bis Ende der Zwanziger. *Danach verliert sich ihre Spur*, hieß es überall nur. War sie gestorben? War sie ausgewandert? Hatte niemand je nachgeforscht, was aus ihr geworden war? Der Satz klang so lapidar, als wäre das weitere Schicksal dieser wohl einst so berühmten Schauspielerin nicht weiter wichtig.

Resigniert klappte ich das Buch zu, in dem ich gerade gelesen hatte. So faszinierend das alles auch war, es brachte mich keinen Schritt weiter. Ich hatte mir erhofft, durch den Film etwas über Veras leiblichen Vater herauszufinden, aber nun musste ich einsehen, dass ich vermutlich einer falschen Fährte gefolgt war.

Am frühen Abend verließen wir das Archiv, und Julian begleitete mich zu Omas Haus. Er wartete im Flur, während ich die Filmdosen wieder sicher in der Truhe unter dem Bett verstaute.

»Ich glaube, wir haben heute eine ganz besondere Entdeckung gemacht«, sagte er, als ich aus dem Schlafzimmer zurückkehrte. »Findest du nicht auch, dieser Film hätte etwas Besseres verdient, als bis in alle Ewigkeit in einer Truhe zu verschwinden?«

Ich wusste selbst, dass der Film wertvoll war, aber was erwartete Julian von mir? Dass ich ihn irgendwelchen Forschern und Restauratoren überließ? Genau das wollte ich ja vermeiden.

»Es geht nicht anders«, sagte ich. »Er gehört meiner Oma. Und ich möchte dich nochmals inständig bitten, die ganze Angelegenheit für dich zu behalten. Okay?«

Er sah mich verwundert an. »Kann sein, dass ich mich täusche, aber irgendwie hab ich das Gefühl, dass ich dir mit dem Besuch im Filmarchiv heute keinen Gefallen getan hab.«

Unabsichtlich hatte ich ihn mit meinen Worten vor den Kopf gestoßen. Er konnte nicht wissen, wonach ich in Wahrheit gesucht hatte, und nun ließ ich meine Enttäuschung an ihm aus.

»Tut mir leid«, erwiderte ich. »Du hast dir so viel Mühe gemacht, und ich bin dir sehr dankbar. Ich hatte mir einfach nur etwas anderes versprochen. Es gibt so eine Art Geheimnis in unserer Familie, und ich hatte mir ein paar Antworten erhofft ... Ach, es ist kompliziert. Ich würde es dir gerne erklären, aber ich weiß überhaupt nicht, wo ich anfangen soll.«

Seine Miene wurde weich. »Macht nichts. Ich hab heute Abend nichts mehr vor.«

Julian war ein Schatz – aber das wusste ich ja längst, und ich war erleichtert, dass er mir meine unnötig schroffe Reaktion nicht nachtrug.

»Wie wäre es, wenn wir etwas essen gehen?«, schlug ich vor. »Ich lad dich ein. Schließlich hast du noch etwas gut bei mir.«

Wir beschlossen, das schöne Wetter auszunutzen, und machten uns auf den Weg zum nahe gelegenen Neroberg. Zum Glück erwischten wir noch die letzte Bahn, die an diesem Abend hinauffuhr.

Oben angekommen, setzten wir uns an einen der Tische des Restaurants, das sich in einem alten Turm befand. Es war das letzte Überbleibsel eines prächtigen Hotels aus dem neunzehnten Jahrhundert, das leider schon vor Jahren abgebrannt war. Ich war damals sechzehn gewesen und konnte mich noch gut an das Gebäude erinnern.

Wir bestellten uns Flammkuchen, und während wir aßen, erzählte ich Julian die ganze Wahrheit. Von meiner Mutter, die ich nie wirklich gekannt hatte. Von meinen Versuchen, etwas über sie in Erfahrung zu bringen. Und von dem unbekannten Mann, den es in Omas Leben gegeben haben musste. Meinem Großvater.

Julian sah mich mit seinen großen braunen Augen an, in denen so viel Wärme lag, und lauschte mir aufmerksam. Zwischendurch stellte er mir ein paar Fragen, die er ganz behutsam formulierte. Es tat gut, ganz offen mit ihm reden zu können. In kürzester Zeit war eine besondere Vertrautheit zwischen uns gewachsen, und es fühlte sich an, als hätten wir uns schon seit Jahren gekannt. In Julians Nähe brauchte ich mich nicht zu verstellen, sondern konnte einfach ich selbst sein, mit all meinen Macken. Es gab viel zu wenige Menschen in meinem Leben, die mir dieses Gefühl vermittelten.

Nachdem wir gegessen hatten, zahlte ich die Rechnung. Wir hatten uns lange unterhalten, und inzwischen dämmerte es. Wir verließen das Lokal, überquerten die Wiese, auf der mehrere lachende und feiernde Grüppchen auf Picknickdecken saßen, und schlenderten die Stufen zu der Terrasse mit dem alten Kriegsdenkmal hinab. Hier ging es deutlich ruhiger zu. Ganz am Ende befand sich eine niedrige Mauer, und wir nahmen darauf Platz.

Es war eine meiner Lieblingsstellen, denn sie bot einen wunderbaren Ausblick über die Stadt. Während ich den klaren Abendhimmel betrachtete, musste ich wieder an meine Mutter denken. Wiesbaden war ihr zu eng und zu spießig gewesen, das wusste ich aus ihren Tagebüchern. Sie hatte es hier nie lange ausgehalten. Ich jedoch hatte fast mein ganzes Leben hier verbracht und fühlte mich viel zu wohl, als dass ich jemals auf die Idee gekommen wäre, wegzuziehen.

Ich hatte gehofft, meiner Mutter mithilfe ihrer alten Aufzeichnungen ein wenig näherzukommen. Vielleicht sogar etwas zu finden, das uns miteinander verband. Aber je mehr ich über sie und ihr unstetes Leben erfuhr, desto mehr begriff ich, wie unterschiedlich wir beide waren. Ich war weder rebellisch noch mutig, sondern hielt mich an vertrauten Dingen fest. Ich war durch und durch gewöhnlich. Als hätte ich mein Leben lang versucht, das komplette Gegenteil von Vera zu sein.

»Langsam frage ich mich, ob es nicht ein großer Fehler ist, diese Nachforschungen anzustellen«, meinte ich nachdenklich, und Silkes Worte kamen mir wieder in den Sinn. »Ich glaube, meine Oma wollte meine Mutter vor irgendetwas beschützen. Vielleicht habe ich nicht das Recht, nach der Wahrheit zu fragen.«

»Natürlich hast du das Recht, danach zu fragen«, entgegnete Julian sanft. »Das hast du immer. Die eigentliche Frage ist, ob du wirklich bereit bist, die Antwort zu hören.«

Bevor ich etwas erwidern konnte, legte er den Arm um mich, als wäre es das Selbstverständlichste auf der Welt.

Ich war so überrascht, dass ich es einfach geschehen ließ, und ein Glücksgefühl durchströmte mich. Für einen Moment lehnte ich den Kopf an seine Schulter und schloss die Augen. Das Gefühl, jemandem nah zu sein – wie sehr ich es vermisst hatte. Auch davon gab es viel zu wenig in meinem Leben.

Lange blieben wir sitzen und sahen hinaus auf die Dächer der Stadt. Nach einer Weile richtete ich mich wieder auf, und unsere Blicke trafen sich. Julian strich mir eine Strähne hinters Ohr. Das Licht der entfernten Straßenlaternen spiegelte sich in seinen Augen. Die letzten Tage waren so furchtbar gewesen. Ich wusste nicht, wie ich es ohne ihn geschafft hätte, sie durchzustehen. Unsere gemeinsamen Schichten bei der Arbeit, unsere Gespräche und Treffen – im Grunde waren es nur ganz banale Dinge gewesen, gar nichts Besonderes oder gar Romantisches, und doch war er an meiner Seite gewesen, seine Gegenwart wie ein Sonnenstrahl, der mich wärmte. Die Stunden mit ihm waren das Einzige, worauf ich mich in den letzten Tagen hatte freuen können.

Ob ihm bewusst war, wie viel er mir inzwischen bedeutete? Am liebsten hätte ich ihn geküsst – aber plötzlich ertönte neben uns ein Knall, gefolgt von Gelächter.

Eines der Grüppchen hatte beschlossen, seine Party auf unsere Mauer zu verlegen. Sekt sprudelte aus einer Flasche, und Plastikbecher wurden herumgereicht.

»Oh Mann«, stöhnte Julian, als gleich darauf ohrenbetäubender Techno aus einem tragbaren CD-Player dröhnte.

Der schöne Moment war verflogen. Ich ärgerte mich, aber vielleicht hatten mich die Störenfriede gerade unabsichtlich vor einer großen Peinlichkeit bewahrt. Schließlich konnte ich mir nicht sicher sein, ob Julian das Gleiche für mich empfand.

Sanft löste ich mich von ihm. »Es ist sowieso schon recht spät, und ich hab Frühschicht morgen.«

So selbstverständlich, wie er vorhin den Arm um mich gelegt hatte, nahm er nun meine Hand. Seite an Seite folgten wir einem Pfad den Berg hinunter und liefen bis zur Bushaltestelle im Tal. Dort stiegen wir in den nächsten Bus in Richtung Innenstadt.

»Du wolltest doch neulich wissen, warum ich mich in eurem Buchladen beworben habe«, sagte Julian während der Fahrt.

»Na, weil du günstige Bücher für dein Studium brauchst, natürlich.«

Er schüttelte den Kopf. »Das war gelogen. Ich hab es aus einem anderen Grund getan, aber ich hab mich nicht getraut, ihn dir zu verraten.«

»Warum denn nicht?«

»Weil er etwas mit dir zu tun hat.«

Überrascht sah ich ihn an.

Wieder nahm er meine Hand. »Vor einer Weile kam ich an eurem Schaufenster vorbei. Du warst gerade dabei, es zu dekorieren. Ich hab dich gesehen und dachte mir: Wow, die musst du unbedingt kennenlernen.«

Im ersten Moment hielt ich es für einen seiner Scherze und musste schmunzeln, doch als ich ihm in die Augen sah, verstand ich, dass er es vollkommen ernst gemeint hatte. Und ich war sprachlos.

Schon näherten wir uns der Haltestelle, an der Julian aussteigen musste.

Verlegen fuhr er sich mit der freien Hand durchs Haar. »Schon okay. Hab mir gleich gedacht, dass es sich bescheuert anhört ...«

»Nein«, widersprach ich sanft. »Überhaupt nicht. Ich glaube, so etwas Schönes hat noch nie jemand zu mir gesagt.«

Der Bus hielt an. Als sich die Türen öffneten, beugte sich Julian zu mir und hauchte mir zum Abschied noch schnell einen Kuss auf die Lippen.

Am nächsten Tag fiel es mir extrem schwer, mich auf die Arbeit zu konzentrieren. Bei anderen Leuten nervte es mich, wenn sie andauernd ihre Handys herauskramten, aber nun ertappte ich mich selbst dabei, dass ich einfach nicht die Finger davon lassen konnte.

Seit heute früh schrieben Julian und ich unermüdlich hin und her. Ausgerechnet diese Woche hatte er Urlaub, denn er war mit der Uni auf Exkursion in Berlin. Wann immer ich eine freie Minute hatte, zückte ich mein Handy und stellte freudig fest, dass ich wieder eine Antwort von ihm bekommen hatte.

Nach Feierabend fuhr ich in die Klinik, um Oma zu besuchen. Als ich ihr Zimmer betrat, traute ich meinen Augen kaum.

Sie saß aufrecht im Bett und scherzte mit einer Krankenschwester, die gerade ihren Blutdruck maß. Omas Wangen wirkten viel rosiger als noch vor ein paar Tagen. Auch ihre Stimme klang wieder genauso kräftig und entschlossen, wie ich sie kannte. Ihre Lebenskraft schien zurückgekehrt zu sein.

Es war ein Anblick, auf den ich schon gar nicht mehr zu hoffen gewagt hatte. Erst recht nicht, nachdem die Ärztin uns am Samstag so schlechte Nachrichten überbracht hatte. Es fühlte sich an wie ein Wunder.

Freudig stürmte ich auf das Bett zu und schloss Oma in die Arme. Ich wusste, sie mochte keine Gefühlsausbrüche, aber ich konnte nicht anders. Vor lauter Erleichterung darüber, dass es ihr anscheinend wieder besser ging, kamen mir die Tränen.

»Mein Schätzchen«, sagte sie und strich mir über den Rücken. »Es wird alles gut. Mach dir keine Sorgen. Der Doktor hat gesagt, in ein paar Tagen darf ich vielleicht schon nach Hause.«

Ich löste mich von ihr. »Wirklich? Das ist ja toll!«

Sie nickte. »Und weißt du, worauf ich jetzt am meisten Lust habe? Auf frische Luft und Sonne!«

Ich half ihr in den Rollstuhl und schob sie ins Freie, zu einer Bank, auf die ich mich setzte. Neben mir lächelte Oma zufrieden, und ich nahm ihre kleine faltige Hand.

Sie blinzelte in die Sonne und atmete tief durch. »Ach, Kind, es tut mir so leid, dass ihr euch meinetwegen so viele Umstände machen müsst. Ich falle dir und Silke bestimmt zur Last.«

»Sag doch nicht so was«, meinte ich entrüstet. Typisch Oma. Ganz egal, wie schlecht es ihr ging, stets war es ihre größte Sorge, irgendjemandem zur Last zu fallen. »Wir kümmern uns gern um dich. Wir haben dich lieb.«

Sie tätschelte meine Hand. »Ich hab euch auch lieb. Aber schau mal, jetzt bin ich schon eine ganze Woche im Krankenhaus, und es geht mir schon viel besser. Es ist in Ordnung, wenn ihr mich nicht mehr jeden Tag besuchen kommt.«

»Ich möchte dich aber jeden Tag besuchen!«

»Unsinn. Du bist noch so jung und hast sicher Besseres zu tun, als jeden Tag mit deiner alten Oma zu verbringen.«

»Aber Oma –«

»Die nächsten Tage will ich dich hier nicht sehen. Verstanden?«

Ich wollte noch etwas einwenden, aber Oma setzte ihre strenge Miene auf, die keinerlei Widerspruch duldete.

Sie hatte recht. In den letzten zehn Tagen hatte mein Leben nur aus Arbeit, Ängsten und Krankenhausbesuchen bestanden.

Und aus Nachforschungen, von denen sie nichts ahnte.

Für einen Moment war ich versucht, sie auf meine Mutter anzusprechen, aber gleich darauf wurde mir klar, dass es eine Schnapsidee wäre. Ich durfte unmöglich riskieren, dass Oma sich aufregte. Nicht jetzt, nachdem sie sich gerade erst ein wenig erholt hatte. Vielleicht verkraftete sie es emotional nicht, wenn ich ein so sensibles Thema anschnitt, und erlitt einen erneuten Zusammenbruch. Einen, von dem sie sich nicht mehr erholen würde. Das könnte ich mir niemals verzeihen.

Nein. Sosehr ich mich auch nach Antworten sehnte, Omas Wohlergehen war mir wichtiger.

Eine Weile blieben wir noch in der Abendsonne sitzen und plauderten. Anschließend brachte ich Oma zurück auf ihr Zimmer und verabschiedete mich von ihr.

Ich fuhr nach Hause, und als ich meine Küche betrat, fiel mein Blick auf die Ansichtskarte mit dem Leuchtturm, die mein Vater mir geschickt hatte. Seit anderthalb Wochen hing sie nun schon an meinem Kühlschrank, ohne, dass ich sie groß beachtet hätte, doch als ich sie jetzt sah, erschien sie mir fast wie ein Zeichen. Eines von vielen, die ich geflissentlich ignoriert hatte, und das seit Jahren.

Ich entfernte den Magneten und nahm die Karte in die Hand. Nur ein paar Worte standen darauf, mehr oder weniger die gleichen wie immer:

Liebe Ariane,
meine Tür steht dir immer offen.
André

Wenn mir jemand Antworten geben konnte, dann mein Vater. Er hatte Vera geliebt, war jahrelang mit ihr zusammen gewesen, hatte sie wahrscheinlich besser gekannt als irgendjemand sonst. Vielleicht hatte sie sich ihm gegenüber geöffnet, hatte ihm von der Suche nach ihrem leiblichen Vater erzählt – und ob es ihr jemals gelungen war, herauszufinden, wer er wirklich war.

Es wurde Zeit, meinen Stolz und meine Schuldgefühle zu überwinden. Zeit, mich endlich wie eine Erwachsene zu benehmen.

Mehrmals atmete ich tief durch und nahm all meinen Mut zusammen. Mit klopfendem Herzen griff ich zum Telefon und wählte Andrés Nummer.

KAPITEL 18

New York, Januar 1955

Gegen halb elf am Samstagabend klingelte es an der Wohnungstür. Vera schreckte auf und lauschte. War Silke etwa von dem Geräusch wach geworden?

Erneut klingelte es.

»Ruhe, verdammt noch mal«, zischte sie, streifte sich den Morgenmantel über und tappte barfuß zur Tür ihres Apartments. Ein Blick durch den Türspion, und sie seufzte.

Frank. Wochenlang war er fort gewesen, ohne ein einziges Lebenszeichen. Vera schloss die Tür auf, und er lehnte lässig im Türrahmen.

»Na?« Er sagte es, als hätte er bloß ein paar Stunden in einer Kneipe verbracht.

»Du hast Nerven! Um diese Uhrzeit ... Du hättest Silke wecken können!«

Er machte ein unschuldiges Gesicht. »Was denn? Freust du dich gar nicht, mich zu sehen?«

Sie verdrehte die Augen. Typisch Frank. Es war schwer genug, Silke zum Einschlafen zu bringen. Das hätte er gewusst, wenn er sich öfter mal zu Hause blicken lassen würde. Stattdessen zog er lieber mit seinen amerikanischen Schriftstellerkollegen um die Häuser. *Beat Generation* nannten sie sich, traten in allen möglichen Bars auf, trugen vor einem jungen, begeisterten Publikum ihre größtenteils improvisierten Texte vor und waren dabei selten nüchtern.

Immerhin, es war sein dritter Besuch innerhalb von zwei Monaten. Für seine Verhältnisse ungewöhnlich viel.

Er hob die Brauen. »Was ist? Muss ich im Treppenhaus übernachten?«

Ja, das musst du, hätte sie ihm am liebsten an den Kopf geworfen. Ausgerechnet heute stand er vor ihrer Tür, am Abend vor Mamas

Ankunft. Nach Silkes Geburt hatte Vera ihren ganzen Mut zusammengenommen und einen Brief nach Deutschland geschickt. Schließlich hatten die Großeltern das Recht, ihre Enkelin kennenzulernen. Nun hatte sich ihre Mutter zu ihrem allerersten Besuch in New York angekündigt, und es bedeutete Vera unendlich viel.

Allerdings war es ihr gar nicht recht, dass Frank dabei sein würde. Er und Mama in einer Wohnung, das konnte nicht gut gehen. Eigentlich sollte sie ihm die Tür vor der Nase zuknallen – aber schon verzogen sich seine Lippen zu dem charmanten Lächeln, bei dem sie jedes Mal einknickte.

Mit einem Nicken bat sie ihn herein, schloss leise die Tür und folgte ihm ins Schlafzimmer. Ihr Eheleben war genauso spontan und unkonventionell wie seine improvisierten Gedichte. Frank bezahlte keine Rechnungen, übernahm keinerlei Verantwortung. Meistens hatte Vera nicht einmal eine Ahnung, wo er steckte, aber sie hatte es längst aufgegeben, mit ihm darüber zu streiten. Frank war eben ein Chaot und sehr freiheitsliebend.

Aber war sie das nicht genauso? Immerhin machte Frank ihr keine Vorschriften. Für sie bedeutete Freiheit, sämtliche Entscheidungen für ihr eigenes Leben zu treffen. Das hatte sie erst lernen müssen, nachdem sie von zu Hause fortgelaufen war. Niemand hatte sie darauf vorbereitet, wie einsam es sich anfühlen würde, die einzige Erwachsene in einer Familie zu sein.

Hauptsache, sie führten nicht so eine spießige Beziehung wie ihre Eltern, in der sie sich wie lebendig begraben gefühlt hätte. Und irgendwie gefiel es ihr, diejenige zu sein, die das Geld nach Hause brachte. Kurz nach ihrer Ankunft hatte sie sich trotz ihrer zwei linken Hände als Kellnerin in einem Diner in Downtown Manhattan versucht, und prompt war sie dort von einem Gast angesprochen worden: Er sei Modefotograf und auf der Suche nach modernen Großstadtgesichtern. Ob sie sich vorstellen könne, als Fotomodell zu arbeiten?

Im ersten Moment hatte Vera es für einen Scherz gehalten. Sie, die Bohnenstange, die man in der Schule wegen ihres schlaksigen Aussehens gehänselt hatte – ausgerechnet sie sollte sich von irgendwem in der neuesten Mode fotografieren lassen?

Doch es war kein Scherz. Vera war der Einladung gefolgt, und seit ihre ersten Fotos in Magazinen erschienen waren, wurde sie regelmäßig als Mannequin angefragt. Ewig konnte und wollte sie diesen Job nicht machen, aber die Arbeit wurde hervorragend bezahlt und ermöglichte ihnen ein sorgenfreies Leben.

In Wahrheit aber träumte sie noch immer von einem Kunststudium. Sie liebte es, stundenlang durch das Museum of Modern Art zu schlendern. Oft blieb sie vor Gemälden und Skulpturen stehen und träumte davon, eines Tages selbst etwas zu erschaffen.

Vielleicht würde sie nächstes oder übernächstes Jahr endlich den nötigen Mut aufbringen, eine Mappe zu erstellen und sich damit für ein Studium zu bewerben. Dann wäre Silke schon etwas größer, und wenn Vera weiterhin so lukrative Aufträge erhielt, hätte sie bis dahin sicher auch genug Geld auf die hohe Kante gelegt.

Im Morgengrauen erwachte sie von einem lang gezogenen Schrei. Frank lag leise schnarchend neben ihr. Gestern Abend waren sie besonders leidenschaftlich gewesen, wie immer, wenn sie sich wochenlang nicht gesehen hatten. Wahrscheinlich hätte nun eine Bombe im Zimmer explodieren können, ohne dass er es bemerkte.

Schlaftrunken wälzte sich Vera aus dem Bett und tappte ins Kinderzimmer. »Was hast du denn, mein Liebling?«, flötete sie und zog die Jalousie hoch.

Die Schwangerschaft war eine freudige Überraschung gewesen. Vergessen war Veras Schwur, niemals heiraten zu wollen. Das Baby wirbelte alle ihre Pläne gründlich durcheinander, denn eine Adoption wäre ihr keinesfalls in den Sinn gekommen. Niemals sollte sich ihr Kind fragen müssen, wer seine richtigen Eltern waren. Wie belastend so etwas war, wusste sie aus eigener Erfahrung, also hatten Frank und sie vor der Geburt noch schnell die Ringe getauscht.

Silke strampelte in ihrem Bettchen, der Kopf gerötet, die speckigen Fäuste in die Decke gekrallt, und brüllte sich die Seele aus dem Leib.

Bestimmt hatte die Kleine einen schlimmen Traum gehabt. *Armes Ding*, dachte Vera. Sie beugte sich hinunter, streckte die Hände nach ihrer fünfzehn Monate alten Tochter aus, wollte sie aus dem Bettchen heben, sie küssen und an sich drücken.

»Nein!«, schrie Silke. Es war ihr erstes und bisher einziges Wort.

Beruhigend streichelte Vera ihre blonden Löckchen. »Komm her, Sweetheart. Komm zu Mama.«

Es hatte keinen Sinn. Silke wehrte jede ihrer Berührungen mit Fausthieben ab.

Hilflos blickte Vera auf ihre tobende Tochter hinab und wischte sich ihre eigenen Tränen fort. Silke war ein Schreikind gewesen, hatte sich schon als Säugling nicht von ihr beruhigen, sich nicht einmal von ihr stillen lassen wollen. Ihr Gebrüll ging Vera jedes Mal durch Mark und Bein. Egal, was sie tat, egal, was ihr Instinkt ihr riet – anscheinend war es immer das Falsche.

»Na, na, wer wird denn weinen?«, ertönte plötzlich Franks Stimme hinter ihr. Er trat ans Bettchen und kitzelte Silkes Bauch.

Es war, als wäre ein Schalter umgelegt worden. Augenblicklich löste sich Silkes Wut in Gelächter auf.

»*Where's Daddy's little girl?*«, gurrte Frank, hob Silke auf seine Arme und bedeckte ihr Gesicht mit Küssen.

»Dada!«, gluckste sie.

Neidisch sah Vera den beiden beim Schmusen zu. Unglaublich. Kaum war Frank wieder hier, empfing Silke ihn, als wäre er nicht einen Tag fort gewesen. Von Fremdeln keine Spur. Und jetzt sagte sie sogar »Dada« zu ihm! Auf ein »Mama« wartete Vera bisher noch vergeblich.

Sofort meldete sich ihr schlechtes Gewissen. Vielleicht war es ihre eigene Schuld. Vielleicht sollte sie weniger Aufträge annehmen. Silke nicht so häufig in der Obhut der Nanny lassen.

Unsinn. Silke liebte ihre Nanny, hatte dort alles, was sie brauchte. Und Vera war eine gute Mutter, davon war sie fest überzeugt, auch wenn ihr Lebenssinn nicht darin bestand, rund um die Uhr zu Hause zu sein, um ihrem Kind nach jedem Geschäft den Po abzuwischen.

Nein, Vera hatte sich fest vorgenommen, ihre Tochter unabhängig von allen Konventionen zu erziehen. Silke sollte sich frei entfalten, Vera würde ihr niemals irgendetwas vorschreiben.

Noch etwas, das sie sich von ihren eigenen Eltern gewünscht hätte.

Der adrette graue Mantel, die kurzen blonden Locken, die unter der Hutkrempe hervorschauten – Vera entdeckte ihre Mutter schon von Weitem. Wie klein sie in der Menschenmenge wirkte, die sich vor dem Dampfer aus Europa tummelte.

Als Silke in ihren Armen zu quengeln und zu strampeln begann, ließ Vera sie herunter und nahm sie an die Hand. »Come on, Sweetheart. Oma wartet schon.«

Sie drängten sich durch die Masse der Passagiere. Mit klopfendem Herzen blieb Vera hinter Margarete stehen.

»Mama?«

Ihre Mutter drehte sich zu ihr um. Lange sahen sie einander an, ohne etwas zu sagen.

Vera fühlte einen Kloß im Hals. Fühlte Silkes kleine Händchen, die sich an den Stoff ihres Rocks klammerten. Wie oft hatte sie sich diesen Moment des Wiedersehens ausgemalt. Tausendmal hatte sie sich überlegt, was sie nach all den Jahren zu ihrer Mutter sagen würde. Wie sie ihr erklären sollte, warum sie sich damals fürs Weglaufen entschieden hatte. Dass sie es nicht getan hatte, um ihre Eltern zu bestrafen oder weil sie sie hasste. Aber nun überschlugen sich ihre Gedanken, und sie brachte kein einziges Wort heraus.

Schweigend trat sie einen Schritt nach vorn und schloss ihre Mutter in die Arme.

Margarete zuckte spürbar zusammen. Einen Moment lang ließ sie die Umarmung steif über sich ergehen, dann spürte Vera eine sanfte Berührung am Rücken.

»Kind«, sagte Margarete leise. Sonst nichts.

Vera verkniff sich ihre Tränen. Sie ahnte, dass sich hinter diesem einen Wort all das Unausgesprochene verbarg, das zwischen ihnen stand.

Gleich darauf lösten sie sich wieder voneinander, und Margaretes Blick fiel auf Silke. Sofort wurde ihre Miene weich, und ihre ganze Haltung entspannte sich.

Vera beugte sich zu ihrer Tochter. »Schau mal, Silke. Das ist Oma.«

Strahlend ging Margarete vor ihrer Enkelin in die Hocke. »Ja, wen haben wir denn da? Sieh an, du bist ja ein richtiges Engelchen!«

Silke wandte sich verlegen ab und verbarg ihr kleines Gesicht in Veras Rockfalten. So unsicher hatte Vera ihre sonst so temperamentvolle Tochter noch nie erlebt.

Sie nahmen sich ein Taxi, fuhren zur Upper East Side und stiegen vor dem gepflegten Backstein-Townhouse aus, in dem sich Veras Apartment befand. Drinnen nahm sie Silke auf den Arm und führte ihre Mutter durch die Wohnung.

Viel Zeit war vergangen. Vera war kein Kind mehr, hatte eine eigene Tochter und empfand sich auf Augenhöhe mit ihrer Mutter. Nun ließ sie Mama zum ersten Mal in ihr neues Leben hinein. Es war ganz anders als ihr altes Leben in Wiesbaden, und Vera fragte sich, was ihrer Mutter dabei durch den Kopf gehen mochte. Sie sagte kaum etwas, hatte auch schon während der Fahrt hierher geschwiegen. Hatte nichts von Papa erzählt, aber Vera konnte sich bereits denken, weshalb er nicht mitgekommen war. Wahrscheinlich würde er ihr ihren Weggang niemals verzeihen.

Mit großen Augen sah sich Margarete in den schlicht und zugleich modern eingerichteten Zimmern um. Schüttelte mit stoischer Miene Frank die Hand, als er in Unterwäsche aus dem Schlafzimmer geschlendert kam. Vera wäre am liebsten im Boden versunken. Sie hatte ihm extra eingeschärft, dass er rechtzeitig aufstehen und sich etwas Ordentliches anziehen sollte. Ihr selbst war es egal, wenn er bis zum Nachmittag im Bett blieb, aber um Himmels willen nicht, wenn Mama zu Besuch kam!

Zuletzt zeigte sie ihrer Mutter das Gästezimmer und das zugehörige kleine Bad. »Bestimmt bist du müde nach der langen Reise. Ruh dich ein wenig aus. In der Zwischenzeit koche ich uns etwas.«

Wie höflich sie miteinander sprachen. Ganz fremd waren sie einander geworden.

Frank zog sich wieder ins Schlafzimmer zurück, und Margarete machte sich ans Auspacken. Vera schloss die Zimmertür und nahm Silke mit in die Küche. Dort hatte sie ihr eine Spielecke mit Kuscheltieren und Bauklötzen eingerichtet, die Silke jedoch geflissentlich ignorierte. Begeistert tapste sie Vera hinterher, riss die Schränke auf, zog Schüsseln, Töpfe und Pfannen heraus und verteilte sie auf dem gesamten Küchenboden.

»Nein, Sweetheart«, sagte Vera sanft, aber bestimmt. »In so einem Durcheinander kann Mama nicht kochen.«

Sie sammelte den Großteil der Utensilien wieder ein und hinderte Silke behutsam daran, in die Schublade mit den scharfen Messern zu greifen.

»Schau mal.« Vera reichte ihr einen kleinen Kochlöffel und deutete auf zwei Töpfe, die sie für sie auf dem Boden stehen gelassen hatte. »Die kannst du haben. Kochst du mir eine leckere Suppe?«

Sogleich lief Silkes Köpfchen rot an. Dass Vera ihre Auswahl an Spielzeug dermaßen einschränkte, gefiel ihr gar nicht. Sie stieß einen zornigen Laut aus und stampfte mit dem Fuß auf.

Hektisch wühlte Vera in der Besteckschublade, zog für Silke zusätzlich noch einen Pfannenwender und einen Schneebesen heraus und hielt ihr lächelnd beides hin.

Silke schlug die Hand ihrer Mutter fort, warf sich auf den Boden und brüllte.

»Was hast du denn, mein Schätzchen?«, ertönte Margaretes Stimme. Sie betrat die Küche, ging neben Silke in die Hocke und breitete die Arme aus. »Komm zu Oma!«

Tatsächlich, Silke ließ sich von Margarete auf den Arm nehmen und wurde augenblicklich ruhig. Fasziniert spielte sie mit der glänzenden Brosche an der Bluse ihrer Großmutter.

War das zu glauben? Gerade waren die beiden einander zum allerersten Mal begegnet und verstanden sich auf Anhieb blendend. So schön es auch war – Vera konnte nicht anders, als bei dem Anblick wieder den vertrauten neidischen Stich zu verspüren.

»Na, siehst du«, sagte Margarete leise zu Silke. »Kaum ist Oma da, schon ist alles wieder gut.« Sie schaukelte die Kleine auf ihren Armen und sah sich in der Küche um. »Hast du denn keinen Laufstall?«

Vera hörte den unterschwelligen Vorwurf heraus und schüttelte entschieden den Kopf. »So etwas brauchen wir nicht.« Schon während der Schwangerschaft hatte sie beschlossen, ihr Kind niemals in so einem Ding einzusperren.

Margarete setzte sich an den Esstisch. Silke wirkte wie verwandelt und schien plötzlich jegliches Interesse an Küchenutensilien verloren zu haben. Ganz ruhig blieb sie auf dem Schoß ihrer Oma sitzen und schmiegte sich an sie.

Vera kehrte an den Tresen zurück und wusch den Salat. Sie liebte ihre Tochter, brachte ihr jeden Tag unendlich viel Geduld und Verständnis entgegen, auch wenn es ihr nicht immer leichtfiel. Und womit wurde ihre Liebe quittiert? Mit Geschrei und Tobsuchtsanfällen. Bei Frank und Margarete konnte die Kleine ruhig sein und schmusen. Nur nicht bei ihrer eigenen Mutter. Vera wusste, es war falsch von ihr, so zu empfinden, aber sie fühlte sich betrogen.

Vom Esstisch ertönte leises Schmatzen, und Vera drehte sich um. Silke war auf Margaretes Schoß eingeschlafen und nuckelte am Daumen.

Die Kleine musste völlig erschöpft gewesen sein, schließlich hatten sie den Mittagsschlaf ausfallen lassen, um zum Hafen zu fahren. Kein Wunder, dass sie eben so unleidlich gewesen war.

Erst jetzt fiel Vera auf, dass noch immer die neueste Ausgabe der *Vogue* auf dem Tisch lag. Mist. Eigentlich hatte sie die Zeitschrift noch vor Mamas Ankunft wegräumen und sie ihr in einem ruhigen Moment zeigen wollen, aber nachdem Frank unerwartet aufgetaucht war, hatte sie überhaupt nicht mehr daran gedacht.

Ungläubig beäugte Margarete die Zeitschrift. Es war die erste Ausgabe, die Vera auf dem Cover zeigte, und sie war stolz darauf.

Nein, stolz war nicht das richtige Wort. Stolz konnte man nur auf etwas sein, das man geleistet hatte, oder? Und das hatte sie ja nicht, streng genommen. Nur durch Zufall war sie in diesen Job hineingeraten, und nun verdiente sie viel Geld mit etwas, wofür sie überhaupt nichts konnte. Mit ihrem Aussehen, das sie von irgendeinem Fremden geerbt hatte.

Auf dem Cover der *Vogue* ging ihr Bild nun um die Welt. *Ob mich mein richtiger Vater jetzt sieht?* Manchmal malte Vera sich aus, dass er seine eigenen Gesichtszüge in ihr erkennen, sich eines Tages vielleicht sogar von sich aus bei ihr melden würde. Es war ein törichter Gedanke, aber irgendwie fand sie ihn schön.

Vera trocknete sich die Hände an einem Spültuch ab. Gerade wollte sie erklären, was es mit dem Foto auf sich hatte, als Margarete leise schluchzte.

Betroffen blieb Vera stehen. »Mama ... Was hast du?«

Margarete zog ein Taschentuch aus ihrer Bluse hervor. »Ich hab mir immer gewünscht, dass es dir gut geht. Dass du in Sicherheit bist. In guten Händen.«

Vera setzte sich zu ihr. »Es tut mir leid, dass es damals so enden musste. Ich weiß, ich habe dir und Papa viel Kummer bereitet. Das wollte ich nicht.« Sie überlegte sich sorgfältig, wie sie es am besten ausdrücken konnte, ohne dabei vorwurfsvoll zu klingen. »Ich wusste einfach nicht, was ich sonst hätte tun sollen. Ich musste raus aus Wiesbaden und mein eigenes Leben führen.«

Margarete hob die Hand an den Mund. Tränen kullerten ihre Wangen hinab. »Das weiß ich«, schluchzte sie leise. »Das verstehe ich. Ich war selbst mal jung ... Hab Fehler gemacht ... große Fehler ...«

Vera streckte die Hand aus und streichelte den Arm ihrer Mutter. Momente wie diese waren selten und kostbar: Wenn ihre Mutter aufhörte, Mutter zu sein, und sich einfach nur als die fehlbare Frau zeigte, die sie in Wirklichkeit war.

»Danke, dass du es verstehst«, sagte Vera sanft. »Ich weiß, ich führe ein anderes Leben als das, was du und Papa für mich vorgesehen hattet, aber für mich ist es kein Fehler. Es geht mir gut, und ich bin glücklich. Du musst dir um mich und Silke keine Sorgen machen, hörst du?«

Margarete schüttelte den Kopf. »So was wie das hier ... Das hab ich nie für dich gewollt.«

»Was denn?«

»Na, das hier!« Sie deutete auf das Cover. »Dich von aller Welt begaffen zu lassen! Dich so zu verkaufen!«

Plötzlich kam Vera sich vor, als müsste sie sich für Nacktaufnahmen in irgendeinem Schmuddelmagazin rechtfertigen. Nicht zu fassen. War ihre Mutter etwa den weiten Weg aus Deutschland gekommen, nur um eine weitere Grundsatzdiskussion mit ihr zu führen?

»Ich habe dir bereits geschrieben, als was ich arbeite, Mama. Es ist kein Geheimnis, und das war es auch nie. So ist mein Leben jetzt, ob es dir gefällt oder nicht.«

»Ja, ein schönes Leben ist das. Lässt dich aushalten von diesem abgehalfterten Schriftsteller –«

»Ich lasse mich von niemandem aushalten, Mama.« Veras Ton wurde schärfer. »Ich verdiene mein eigenes Geld.«

»Und was ist mit der Kleinen? So ein Leben willst du ihr also bieten? Merkst du nicht, wie sehr sie unter deiner Überspanntheit leidet?«

Vera lehnte sich zurück. Sie hatte keine Ahnung, wie es ihre Mutter immer wieder schaffte, mit nur wenigen Worten zielgenau ihre verwundbarste Stelle zu treffen. »Interessant, dass du dir so ein Urteil erlaubst, nachdem du deine Enkelin seit nicht einmal zwei Stunden kennst.«

»Dafür brauche ich keine zwei Stunden. Sieh sie dir doch an!« Sie deutete auf die friedlich schlafende Silke in ihren Armen. »Die Kleine braucht ein Zuhause mit festen, geregelten Abläufen. Sie braucht Eltern, auf die sie sich verlassen kann. Keinen Vater, der permanent um die Häuser zieht, und keine Mutter, die sie ständig zu einem Kindermädchen abschiebt. Mein Gott, Vera! Das ist doch kein Leben für ein Kind!«

Vera trommelte mit den Fingern auf dem Tisch. Bis eben hatte sie geglaubt, sich beherrschen zu können, doch nun hielt sie es nicht länger aus. Sie sprang auf, stürmte in den Flur, schlug das Telefonbuch auf und griff nach dem Hörer.

Nach einem kurzen Gespräch stapfte sie ins Gästezimmer, zerrte den Koffer ihrer Mutter aus der Ecke und begann, all ihre Sachen wieder einzupacken.

Aus der Küche ertönte Silkes Geschrei, und gleich darauf erschien Mama im Zimmer. Sie wiegte die weinende, verschlafene Silke im Arm. Verständnislos beobachtete Margarete das Treiben ihrer Tochter.

»Ich habe es mir anders überlegt, Mama. Es ist nicht gut, wenn wir beide unter einem Dach wohnen. Ich bezahle dir ein Zimmer in einem Hotel ganz in der Nähe. Geld fürs Taxi gebe ich dir auch.«

»Veralein, sei doch nicht albern ...«

Vera warf die restlichen Sachen in den Koffer und knallte ihn zu. Dann richtete sie sich auf und sah ihrer Mutter fest in die Augen.

»Es tut mir leid, Mama. Ich kann und will dich nicht länger in meiner Wohnung haben. Bitte geh. Sofort.«

KAPITEL 19

Berlin-Grunewald, Anfang Juni 1926

Licht fiel durch die offene Tür des Schlafzimmers. Eva blinzelte schläfrig und erkannte im Halbdunkel Heinrichs Silhouette. Gedämpft drang seine Stimme zu ihr.

Sie hob die Hand und pulte die Watte aus ihren Ohren, die sie beim Zubettgehen hineingestopft hatte, um trotz seines nächtlichen Klavierspiels schlafen zu können. Wie spät war es überhaupt? Sie warf einen Blick auf den Wecker: halb vier. Es kam ihr so vor, als wäre sie erst vor ein paar Minuten eingeschlafen.

»Was ist denn los?«, murmelte sie müde.

»Ich brauche dich, Eva. Gerade hatte ich wundervolle Ideen! So viele, dass in meinem Kopf alles ganz durcheinander ist.«

Nicht schon wieder, dachte sie. Die Inspiration überfiel ihn mit Vorliebe nachts. Oft fand er keinen Schlaf, und dann notierte er Filmideen, zeichnete Entwürfe für Kulissen oder komponierte Begleitmelodien, manchmal bis in die frühen Morgenstunden. Trotzdem stand er am nächsten Tag bis spätabends im Atelier, ohne dass man ihm etwas anmerkte. Seine Energie schien einfach nie zur Neige zu gehen, ganz egal, wie wenig er geschlafen hatte.

Sie wusste, er konnte nichts dafür, dass der Schlaf nicht sein Freund war. Regelmäßig suchten ihn Albträume heim, aus denen er aufschreckte. Noch so ein Kriegsandenken, wie er ihr erzählt hatte, darum hatten sie sich im neuen Haus von Anfang an für getrennte Schlafzimmer entschieden.

Er rüttelte sie an der Schulter. »Na los. Schlafen kannst du ein andermal. Jetzt musst du mir helfen, meine Einfälle zu ordnen.«

Seufzend drehte sich Eva auf die andere Seite. »Können wir das nicht morgen früh –«

»Nein, das können wir nicht!« Er riss ihre Decke fort. »Gute Ideen darf man nicht warten lassen, sonst entwischen sie einem und kommen niemals wieder.«

Widerwillig wälzte sie sich aus dem Bett, streifte sich den Morgenmantel über und schlüpfte in ihre Mokassins. Es hatte keinen Sinn, mit ihm zu diskutieren, das wusste sie aus leidlicher Erfahrung. Der Arbeitstag begann, wenn er es entschied, und wenn es nachts um halb vier war. Es war der Preis, den sie dafür zahlte, mit einem waschechten Genie verheiratet zu sein.

Sie folgte ihm in sein Büro im Dachgeschoss. Vor zwei Wochen erst waren sie in das neue Haus eingezogen. Alles hier wirkte hell, groß und modern, und noch immer hing der Geruch von frischer Farbe in den Zimmern.

Die Dreharbeiten zu ihrem neuesten Film waren gerade abgeschlossen, und Heinrich hatte sich ausnahmsweise einmal freigenommen, um die letzten Arbeiten am Haus und den Umzug zu beaufsichtigen. Eva hatte sich schon darauf gefreut, ganz in Ruhe alle Kartons auszupacken und nicht ständig von einem Termin zum nächsten hetzen zu müssen wie sonst. Aber Ruhe und Entspannung waren Fremdwörter für Heinrich, und so etwas wie richtigen Urlaub oder Feiertage gab es bei ihnen nicht.

Die Firma ging stets vor, oder wie Heinrich immer sagte: die Kunst. Denn nichts anderes war der Film für ihn, und er schäumte jedes Mal vor Wut, wenn irgendein Feuilletonist seinen Werken jeglichen künstlerischen Wert absprach. Doch der Film war auch ein flüchtiges Medium, das schnell konsumiert und genauso schnell wieder vergessen wurde. Die Augen des Publikums verlangte es nach immer neuen, noch nie dagewesenen Reizen.

Inzwischen produzierte die Lichtenfeld Film neben zahlreichen Werbefilmchen jährlich zwei große Kinostreifen für die Ufa. Eva verfasste nicht nur die Drehbücher, wobei sie sich stets nach Heinrichs Ideen und Wünschen richtete, sondern verkörperte auch jedes Mal die weibliche Hauptrolle. Und wenn sie nicht gerade gemeinsam über neuen Stoffen brüteten oder im Atelier arbeiteten, saß Heinrich am Schneidetisch oder im Büro in der Friedrichstraße, die sich in den ehemaligen Räumen der Hyperion befanden, denn ohne es zu ahnen, hatte Eberling mit Heinrichs Kündigung seinen eigenen Niedergang besiegelt.

Eberlings Pechsträhne hatte mit dem rätselhaften Verschwinden des Sidney-Stone-Drehbuchs begonnen. In kürzester Zeit hatten seine Dramaturgen einen Ersatz zusammengeschustert, doch der daraus resultierende Film war gnadenlos beim Publikum durchgefallen. Heinrichs Filmreihe über den Abenteurer Simon Stuart, dessen Name nur ganz zufällig an Sidney Stone erinnerte, erfreute sich hingegen großer Beliebtheit.

Vor drei Jahren hatte Heinrich die finanziell stark angeschlagene Hyperion aufgekauft und Eberling kurzerhand entlassen. Seitdem verdingte sich der ehemalige Filmproduzent als Würstchenverkäufer am Bahnhof Zoo. Zumindest hatte Heinrich das voller Genugtuung behauptet. Eva hatte keine Ahnung, ob es wirklich stimmte.

Heinrichs Ehrgeiz und seine Zielstrebigkeit konnten durchaus skrupellose Züge annehmen – manchmal waren sie Eva fast schon unheimlich. Zugleich musste sie zugeben, dass Heinrich einen untrüglichen Geschäftssinn besaß. Während die Inflation Unzählige in den Ruin getrieben hatte, hatte er maßlos davon profitiert. Mit der Abwertung des Geldes hatten auch schlagartig sämtliche Schulden aus der Gründungsphase seiner Firma an Wert verloren. Bei jeder sich bietenden Gelegenheit gab er die Geschichte zum Besten und schmückte sie genüsslich aus, wie er es immer gern tat: »Eines Tages stand ich da, mit Schubkarren voller Geld, und musste mich entscheiden: Kaufe ich mir ein paar Schrippen, oder zahle ich meine Kredite zurück?«

Gähnend setzte sich Eva an den Schreibtisch und schob mit leichtem Ekelgefühl den vollen Aschenbecher beiseite. Was für ein Chaos schon wieder. Überall lose Blätterstapel, vollgekritzelte Zettel, angefangene Skizzen und unzählige Zeitungsausschnitte, die Heinrich zu Inspirationszwecken gesammelt hatte. So, wie es hier aussah, war es kein Wunder, dass er es nicht schaffte, seine Gedanken zu ordnen. Aber so war er eben, sie kannte ihn nicht anders.

Heinrich zündete sich eine Zigarette an und erklärte, welcher neue Stoff ihm vorschwebte: Dieses Mal sollte es ein Kriminalfilm inklusive Liebesgeschichte werden. Gemeinsam machten sie sich daran, seine Notizen zu sortieren und in die richtige Reihenfolge zu bringen. Anschließend setzte sich Eva an die Schreibmaschine und fasste alles erst einmal auf wenigen Seiten zusammen. Ein solcher Abriss bildete die Grundlage für das eigentliche Drehbuch, das sie in den kommenden Tagen und Wochen schreiben würde. Während sie tippte, flocht sie Heinrichs Ideen ein, verwob sie sorgfältig zu einer zusammenhängenden Handlung, was durchaus seine Tücken hatte. Heinrichs Filme waren visuelle Meisterwerke und so fesselnd, dass kaum einer wagte, den Blick auch nur für eine Sekunde von der Leinwand abzuwenden. Mit der Glaubwürdigkeit aber nahm er es nicht immer so genau.

»Ich kaufe es der Heldin nicht ab, dass sie dem Helden seinen Betrug ohne Weiteres verzeiht«, wandte Eva an einer Stelle ein. »Und das Publikum sicher auch nicht.«

»Dann schreib es eben um! Es muss funktionieren, egal, wie. Hauptsache, die beiden sind am Ende glücklich miteinander. Das wollen die Leute.« Er deutete auf das Blatt. »Und schau, dass der zweite Akt keinen Durchhänger hat. Da braucht es noch einen Knalleffekt, sonst stehen uns die Zuschauer mittendrin auf und gehen eine rauchen. Ich kenn doch meine Pappenheimer.«

Eva stöhnte leise. Natürlich, für ihn zählten nur spektakuläre Einstellungen und nervenaufreibende Wendepunkte. Aber Lücken füllen, feine Nuancen ausarbeiten, Charaktere erschaffen, mit denen man mitfühlte – das empfand er als lästigen Kleinkram und überließ es stets ihr. Dabei waren es doch gerade diese vermeintlichen Kleinigkeiten, die eine Geschichte erst lebendig machten, wie Eva fand.

»Braucht es denn im ersten Akt wirklich diese Leiche, die aus dem Schrank fällt? Verzeih mir, aber es wäre doch klüger, wenn –«

»Ach was! Das Publikum akzeptiert das.«

»Es ist aber ziemlich plump. Mehr noch, es ist unlogisch.«

Ein letztes Mal zog er an seiner Zigarette und drückte sie energisch aus. »Wer nur auf Logik aus ist, der hat im Kino nichts verloren. Der kann meinetwegen zu Hause bleiben und Kreuzworträtsel lösen.«

Es war einer seiner typischen Sprüche. Langsam hörte er sich schon an wie Eberling, merkte er das denn nicht? Eva gab es auf, noch weiter darüber diskutieren zu wollen, und tippte frustriert weiter. Inzwischen war es hell geworden, und von unten drangen bereits die vertrauten Geräusche aus der Küche. Martha, ihre Haushälterin, bereitete gerade das Frühstück zu.

Eva schniefte und blinzelte eine Träne fort. Es hatte eine Zeit gegeben, da hatte sie die gemeinsame Arbeit an ihren Drehbuchentwürfen regelrecht beflügelt. Früher, als Heinrich sich noch für ihre Einfälle interessiert und sie sich gegenseitig zu immer verrückteren Ideen angestachelt hatten. »Je verrückter, desto besser«, hatte er gesagt – damals, zu Beginn ihrer Ehe, noch vor dem Erfolg. Von der Hand in den Mund hatten sie gelebt, an manchen Abenden kein Geld mehr fürs Essen übrig gehabt, doch sie hatten einander gehabt, und Eva hatte es furchtbar romantisch gefunden. Wie die tapfere Piratin in ihrem allerersten Drehbuch war sie sich vorgekommen. Der Liebe wegen hatte sie sich auf ein Abenteuer mit ungewissem Ausgang eingelassen, gegen den Willen ihrer Mutter.

Irgendwann waren die ersten lukrativen Aufträge gekommen. Einer größer als der nächste, und plötzlich war alles ganz schnell gegangen. Erfolg, Wohlstand – endlich hatten sie all das, was sie sich immer erträumt hatten.

Aber gleichzeitig war ihnen auch etwas Wichtiges abhandengekommen. In letzter Zeit hatte Eva ständig das Gefühl, dass nichts, was sie tat, gut genug war. Heinrich hörte ihr kaum noch zu. Er schmetterte all ihre Ideen ab und fuhr ihr nicht nur bei der Arbeit immer öfter ungeduldig über den Mund. Es war dieselbe Unerbittlichkeit, mit der er im Atelier Einstellungen so lange wiederholen ließ, bis sie ihm perfekt gelangen, ohne Rücksicht auf Kosten, Zeitpläne oder das Wohlergehen seiner Mitarbeiter. Dieses Verhalten wurde immer mehr zur Regel, strahlte inzwischen sogar in ihr Privatleben und in ihre Beziehung aus, und langsam fragte Eva sich, wann es zwischen ihnen jemals wieder so wie früher werden würde.

Ihr Magen knurrte. Sie tippte den letzten Satz, zog das Blatt aus der Maschine und drückte es Heinrich in die Hand. Prüfend überflog er es, und sie wartete nur darauf, dass er irgendeinen Fehler darin fand.

Stattdessen legte er es beiseite und beugte sich zu ihr. »Was würde ich nur ohne dich machen?«, sagte er leise und schenkte ihr ein entschuldigendes Lächeln. »Ich weiß. Ist nicht immer einfach mit mir, was?«

Eva starrte ihn wortlos an. Ihr fielen genug Dinge ein, die sie ihm liebend gerne an den Kopf geworfen hätte, doch ein Streit hätte ihr nach der Tortur der letzten Stunden gerade noch gefehlt.

»Ich bin am Verhungern«, sagte sie nur, erhob sich und verließ das Zimmer.

Unten deckte Martha gerade den Tisch. Sie bat Eva, Platz zu nehmen, schenkte ihr Kaffee ein und verschwand sogleich wieder in die Küche.

Eva nahm sich eine Schrippe aus dem Korb. Als sie sie gerade aufschneiden wollte, stand plötzlich Heinrich neben ihr.

»Für dich«, sagte er und reichte ihr ein buntes, rechteckiges Päckchen.

Überrascht nahm Eva es entgegen und packte es aus: ein großformatiger Bildband. *Bali – Insel der Götter und Dämonen*, stand dort in großen Buchstaben.

»Ich hab es neulich zufällig im Laden entdeckt und musste sofort an uns denken.« Heinrich zog sich einen Stuhl heran und setzte sich neben sie. Er schlug das Buch auf und deutete auf verschiedene Bilder. »Hier, sieh mal. Das ist der Gunung Agung, ein mächtiger Vulkan. Und ringsum diese wunderschönen Reisterrassen. Der Anblick würde dir den Atem rauben. Und all diese prächtigen Tempelanlagen!«

Eva seufzte leise. Vor der Hochzeit hatte er ihr versprochen, sie eines Tages auf eine Reise zu all den Orten in Asien mitzunehmen, die er vor dem Krieg besucht hatte – irgendwann, wenn die Firma am Markt etabliert wäre und sie es sich leisten könnten.

Sie klappte das Buch zu und schob es beiseite. »Ach, Heinrich. Schon seit Jahren sprichst du von dieser Reise. Wir wissen doch beide, dass ständig irgendetwas dazwischenkommt.«

Er hauchte ihr einen Kuss auf die Wange. »Bald ist es so weit, ich verspreche es dir. Dann können wir die Früchte unserer Arbeit genießen. Dann beginnt die schöne Zeit.«

»Es geht mir gar nicht um diese Reise.« Sie bemühte sich um einen versöhnlichen Tonfall. »Natürlich wäre so ein Urlaub etwas Schönes, aber du sollst nicht glauben, dass ich irgendeine Wiedergutmachung oder übertriebene Dankesgesten von dir erwarte.«

»Aber Eva, was redest du denn da? Bali ist das Paradies auf Erden. Es gibt Wunder dort, eines größer als das andere. Und ich möchte dir diese Wunder endlich einmal zeigen.«

»Ich meine ja nur. Müssen wir wirklich erst auf Reisen gehen, um glücklich zu sein?«

Früher hatte sie geglaubt, das Filmemachen wäre sein Halt, sein kreatives Ventil, aber phasenweise artete es bei ihm zu einer regelrechten Sucht aus. Dieses Verbissene, dieses Obsessive, es musste doch auch an seinen Kräften zehren. Es konnte ihn nicht glücklich machen.

Zärtlich strich sie ihm eine Strähne aus der Stirn. »Die schöne Zeit, von der du sprichst – im Grunde sollte sie längst begonnen haben, denkst du nicht? Ich meine ... Es läuft doch gut mit uns, mit der Firma. Sieh nur, was wir alles zusammen erreicht haben. Ich wünschte, du könntest glücklich darüber sein, aber ich habe das Gefühl, dass es dir immer noch nicht genug ist.«

Anstatt etwas zu erwidern, rückte Heinrich von ihr ab, griff nach einer Schrippe und nahm sich die Zeitung, die Martha für ihn bereitgelegt hatte.

Eva ahnte, dass es im Moment keinen Sinn hatte, weiter nachzuhaken. Er blockte ihre Gesprächsversuche ab, wie er es immer tat, wenn ihm ein Thema nicht passte. Sie wusste schon gar nicht mehr, wann sie sich zum letzten Mal vernünftig miteinander unterhalten hatten.

Schweigend frühstückten sie, bis Heinrich nach einer Weile die Zeitung zusammenfaltete und einen Blick auf die Uhr warf. »So. Wird Zeit, dass du dich fertigmachst. Wir wollen doch nicht zu spät kommen.«

Richtig, heute war ja der Termin. Daran hatte sie überhaupt nicht mehr gedacht, nachdem Heinrich sie mitten in der Nacht aus dem Bett gescheucht hatte. Er hatte für sie einen Vertrag mit einer

Kosmetikfirma abgeschlossen, und heute Vormittag sollten die Fotos für die Werbeanzeige gemacht werden.

»Ich finde es immer noch albern, dass ich mein Gesicht für eine Anti-Falten-Creme hergeben soll.« Und das mit gerade einmal sechsundzwanzig Jahren! Wäre es nach ihr gegangen, hätte sie das Angebot abgelehnt, doch Heinrich war ihr Ehemann. Allein seine Unterschrift war rechtskräftig, und was das Geschäftliche anging, traf er sämtliche Entscheidungen.

Er verdrehte die Augen. »Jetzt geht das wieder los. Wir haben das doch längst besprochen.«

Eva trank einen Schluck Kaffee. Ja, das hatten sie. Mehrmals sogar. Sie war viel mehr als nur Schauspielerin. Eva Lichtenfeld war eine Marke, und diese Marke war viel wert, wie Heinrich niemals müde wurde, zu betonen.

Er stand auf und deutete auf die halbe, mit Butter bestrichene Schrippe, die noch auf ihrem Teller lag. »Na komm, das reicht. Geht alles nur auf die Hüfte.«

Sie sah ihm nach, als er das Esszimmer verließ. *Wahrscheinlich hat er nur einen Witz machen wollen,* sagte sie sich. Trotzdem ärgerte es sie. In letzter Zeit redete er häufig mit ihr wie mit einem Kind. Besonders, wenn es ums Essen ging. Entweder aß sie zu wenig oder zu viel. Sie konnte es ihm einfach nie recht machen.

Trotzig biss sie noch einmal in ihre Schrippe, dann stand sie ebenfalls auf und ging nach oben, um sich anzuziehen und zurechtzumachen.

Als sie eine halbe Stunde später das Haus verließ, wartete Heinrich bereits im Auto auf sie. Natürlich würde er sie begleiten, schließlich musste er die Arbeit des Fotografen überwachen und sicherstellen, dass er Eva ins rechte Licht rückte.

Anstatt direkt loszufahren, maß er sie mit einem prüfenden Blick. »Ts. Wenn du auf den Fotos nachher genauso guckst, wird niemand die Creme kaufen wollen. Im Atelier will ich eine fröhliche Eva sehen. Verstanden?«

Am nächsten Tag warf Eva einen Blick auf die Uhr, als sie draußen einen Motor hörte. Waren die Herren von der Redaktion denn schon so früh dran? Heinrich hatte ein paar Reporter der renommierten Ullstein-Zeitschrift *Die Dame* eingeladen. Die Marke Lichtenfeld musste weiter aufgebaut und gestärkt werden, deshalb wollte er den Journalisten das neue Haus präsentieren. Es würde einen großen Artikel mit vielen Fotos geben.

Dabei steckte Eva noch der Fototermin vom vorigen Tag in den Knochen. Immer wieder hatte sie in die Kamera lächeln müssen, weil der Fotograf der Ansicht gewesen war, dass es ihr am nötigen Strahlen fehlte – kein Wunder, nachdem sie die halbe Nacht durchgemacht hatte.

Sie trat ans Fenster und warf einen Blick nach draußen. Nein, es waren nicht die Journalisten, die sich heute für drei Uhr angekündigt hatten. Es war nur Heinrich, der gerade das Auto aus der Garage fuhr. Sein heiß geliebter Cadillac musste natürlich mit auf die Fotos. Er parkte den Wagen vor dem Haus, stieg aus, musterte ihn prüfend und polierte ihn mit einem Tuch.

»Martha!«, ertönte kurz darauf seine Stimme aus dem Erdgeschoss. »Ich sagte doch, Sie sollen die Gläser polieren! Herrgott, die Bilderrahmen haben Sie auch noch nicht abgestaubt. Muss man denn hier alles selbst machen.«

Eva legte ihre Perlenkette und die passenden Ohrringe an und verließ ihr Ankleidezimmer. Auf der Treppe glitt ihr Blick über ihr eingerahmtes Hochzeitsfoto. Darauf stand Heinrich kerzengerade neben ihr, seine Hand auf ihrer Schulter, während sie verträumt lächelnd zu ihm aufblickte. Daneben ein Bild, das während ihrer Hochzeitsreise an der Côte d'Azur entstanden war. Die hatten sie sich damals nur leisten können, weil ein befreundetes Schauspielerpaar sie auf seine Segeljacht eingeladen hatte. Auf dem Foto trug Heinrich eine Kapitänsmütze, und Eva lehnte an seiner Brust und blickte hinaus aufs Meer.

Sie stieg die Stufen hinab, sah sich nacheinander die restlichen eingerahmten Fotos an, die sie an verschiedenen Orten zeigten, bei privaten Feiern, bei Filmpremieren. Ein Panorama ihrer gemeinsamen Jahre, doch so unterschiedlich die Bilder auch waren, eines hatten sie alle gemeinsam: Heinrich schaute stets direkt in die Kamera, sah zielstrebig nach vorn, gab den Kurs vor. Eva hingegen wirkte wie das hübsche kleine Dummchen, das sich an ihm fest-hielt und verträumt in die Ferne starrte, und bei diesem Gedanken stieg ein bitteres Gefühl in ihr auf.

Sie betrat das Erdgeschoss. Der Parkettboden im Wohn- und Essbereich glänzte, die weißen Vorhänge hatten keine einzige Falte, die Kissen waren akkurat auf dem Sofa platziert. Heinrich inspi-zierte alles so gründlich wie im Atelier und hantierte eifrig mit dem Staubwedel. Unterdessen holte Martha nacheinander sämtliche Gläser aus dem Schrank und polierte sie.

»Ah, Eva! Gut, dass du kommst. Lass dich mal ansehen.« Hein-rich drückte der Haushälterin den Staubwedel in die Hand und blieb vor Eva stehen.

Nun wurde sie inspiziert. Am liebsten hätte sie ihr blaues Som-merkleid angezogen, aber Heinrich fand es zu schlicht und zu alt-backen. Vorhin hatte er in den Schränken ihres Ankleidezimmers gewühlt und ihr die Sachen aufs Bett gelegt, die sie jetzt trug: eine kurzärmelige rote Bluse mit stilisiertem Blumenmotiv, dazu einen Seidenschal und einen fließenden weißen Rock.

Zufrieden ließ er seinen Blick über ihre Kleidung gleiten und zupfte an einer Strähne ihres blondierten Haars. »Sehr schön. Ge-nau so, wie ich es mir vorgestellt habe.«

Schon klingelte es. Er eilte zur Tür, und Eva half Martha, die Glä-ser rasch wieder in den Schrank zu räumen. Kaum waren sie fertig, stand Heinrich auch schon mit den beiden Ullstein-Redakteuren in der Wohnzimmertür, einem blonden Reporter mittleren Alters und einer jungen Fotografin.

Eva begrüßte die beiden Gäste herzlich und bat sie, auf dem Sofa Platz zu nehmen. Heinrich gesellte sich dazu, Martha servierte Kaf-fee, und der Reporter stellte die ersten Fragen.

Eva war es gewohnt, still dabeizusitzen und zu lächeln, wäh-rend Heinrich das Reden übernahm, was ihm auch sichtlich Spaß bereitete. Er sprach von seinem neuesten Film, der bald ins Kino kommen würde. Ein tragischer und packender Stoff, so authen-tisch wie keiner zuvor. Er erzählte vom neuen Haus. Ein Werk re-nommierter Architekten, ganz im Stil der Neuen Sachlichkeit, großzügig, hell und luftig. Es passte hervorragend zu ihm, er liebte ja alles Moderne, hatte selbst an den Entwürfen mitgewirkt, und das Ergebnis entsprach genau seinen Wünschen.

Der Reporter schrieb eifrig alles mit. »Und die werte Gattin?«, wandte er sich nach einer Weile an Eva.

Sie faltete die Hände im Schoß, neigte den Kopf und setzte ihr entzückendstes Lächeln auf. »Ich bin die Frau von Heinrich Lichtenfeld. Mehr brauche ich Ihnen hoffentlich nicht zu sagen.«

Alle lachten. Es war ihre übliche Antwort, und in der Regel gaben sich die Reporter damit zufrieden. Ab und zu kam höchstens noch eine Frage zum Geheimnis ihrer Schönheit, oder man erkundigte sich mit einem vielsagenden Lächeln danach, wann denn endlich mit dem ersten Kind zu rechnen sei, worauf sich Heinrich stets einmischte: »Als könnte ich auf meine schlanke Hauptdarstellerin verzichten!«

Niemand fragte sie nach ihrer Schauspielerei. Niemand wollte wissen, dass sie noch immer regelmäßig mit Herrn Król an ihrer Kunst feilte. Dass sie Englischstunden bei einem Privatlehrer nahm oder sich regelmäßig bei Herrn Mahir in dessen Boxstudio auf dem Ku'damm abrackerte, um ihre schlanke Figur zu halten und vor der Kamera beweglich zu bleiben.

Erst recht ahnte niemand, dass sie es war, die für Heinrich die Drehbücher verfasste. »E. L. Cartwright« lautete ihr Pseudonym, das in jedem Vorspann auftauchte, eine Kombination aus ihren Initialen und der englischen Variante ihres Mädchennamens Wagner. Bloß nicht ihr richtiger Name, darauf bestand Heinrich. Die Wahrheit wäre zu kompliziert, glaubte er, zu verwirrend für all die einfachen Leute da draußen. Eine schreibende Hauptdarstellerin – das passte nicht zur Marke. Nicht, dass man seine Filme noch als Weiberkram abstempelte.

»Eine Frage gibt es dennoch, die unsere Leserinnen brennend interessiert.« Der Reporter neigte den Kopf. »Sagen Sie, Frau Lichtenfeld – sind Sie glücklich?«

Eva stutzte. Es war eine ungewöhnliche Frage, mit der sie nicht gerechnet hatte. Dabei war sie gar nicht kompliziert, und Eva wusste ganz genau, welche Antwort von ihr erwartet wurde – auch wenn sich tief in ihrem Inneren etwas dagegen sträubte, sie auszusprechen.

Heinrichs Augen weiteten sich kaum merklich, als sie zögerte.

»Aber ja, ich bin glücklich«, stieß sie hervor. »Sehr sogar!«

Sie plauderten noch etwas, bis der Reporter sein Notizbuch zuklappte. »Wirklich beeindruckend.« Er stand vom Sofa auf und sah sich um. »Das Haus wirkt sehr futuristisch, wenn Sie mir die Bemerkung gestatten.«

Heinrich erhob sich ebenfalls und lächelte entschuldigend, als der Journalist aus dem Fenster sah und das noch immer verwilderte Grundstück betrachtete. »Nur der Garten ist leider noch nicht fertig, aber wir haben uns bereits für einen Rasen und Hecken entschieden. Klare Linien, wissen Sie?«

Eva räusperte sich. Gar nichts hatten sie entschieden. Seit Monaten führten sie immer wieder dieselbe Diskussion, denn Eva wünschte sich blühende, duftende Beete mit üppigen Stauden, und viele verschiedene Rosensorten. »Blumen?«, stöhnte Heinrich jedes Mal. »Da kann ich ja gleich auf einen Friedhof ziehen!«

Der Reporter wandte sich wieder um. »Wir würden gerne noch ein paar Fotos machen, wenn Sie erlauben.«

Sie posierten an verschiedenen Stellen im Wohnzimmer, in Heinrichs geräumigem Büro im Dachgeschoss, neben den Turngeräten im Sockelgeschoss und auf der ovalen, leicht erhöht liegenden Terrasse, die in den Garten hinausragte und einem stets das Gefühl gab, auf dem Deck eines Schiffs zu stehen.

Eva registrierte, wie unsicher Heinrich wirkte, während die junge Fotografin immer wieder die Kamera auf ihn richtete. Heute gab sie die Anweisungen, das war ihm wohl nicht geheuer, doch sie blieb tapfer und ließ sich nicht von seinen zahlreichen Bemerkungen zu ihrer Ausrüstung oder zu den Lichtverhältnissen beirren. »Vielen Dank für Ihre Hinweise, Herr Lichtenfeld, aber ich weiß durchaus, wie ich meine Arbeit zu erledigen habe«, meinte sie freundlich, aber bestimmt.

Zum Schluss der Cadillac. Eva stand etwas abseits mit dem Reporter, während Heinrich lässig an seinem Wagen lehnte und sich ablichten ließ. Langsam schien er Gefallen daran zu finden, entspannte sich sichtlich, lächelte sogar. Wie ein leibhaftiger Filmheld.

Und Eva? Sie war die Frau an der Seite des Helden. Sie hatte hübsch auszusehen und ihn zu bewundern. Es war ein winziger, fast bis zur Unkenntlichkeit geschönter Ausschnitt ihres Lebens. Die Firma, die Marke, das Image – irgendwie war es doch ein ziemlicher Affenzirkus. Eva hätte das alles nicht gebraucht, aber weil es für Heinrich wichtig war, weil er die Inszenierung liebte, die Illusion, fügte sie sich klaglos in ihre zugewiesene Rolle.

Nun aber, während sie ihn voller Stolz vor dem neuen Haus und dem Cadillac posieren sah, stieg wieder ein bitteres Gefühl in ihr auf. Sie dachte an all die Wochenenden und Feiertage, an denen sie unermüdlich durchgearbeitet hatte. An die vielen durchwachten Nächte, in denen sie aus den kleinsten und abwegigsten seiner Ideenfetzen noch brauchbare Drehbücher gesponnen hatte. Der Erfolg, der ihnen beschieden war, und der Wohlstand, in dem sie lebten – hatte Eva nicht genauso ihren Teil dazu beigetragen? Und dennoch blieb der Großteil ihrer Arbeit unsichtbar. Verborgen hinter seinem Genie.

Was war mit ihren Ideen, mit ihren Träumen? Vielleicht war es selbstsüchtig von ihr, aber sie sehnte sich nach etwas, das nur ihr allein gehörte. Und plötzlich kam ihr eine Idee.

»Wissen Sie, Herr Fiegenbaum«, wandte sie sich an den Reporter, »ich bin eine begeisterte Leserin Ihrer Literaturbeilage.«

»So?« Er lächelte. »Na, das wird meine Kollegen aber freuen. Ich gebe es gerne weiter.«

Eva zögerte. Sollte sie es wagen? Normalerweise neigte sie nicht dazu, einfach Dinge zu behaupten, die nicht stimmten, aber es war eine seltene Chance, und sie wollte sie unbedingt nutzen.

»Sie werden es nicht glauben«, fuhr sie fort, »seit Kurzem arbeite ich sogar selbst an einem Roman.«

Sie wusste selbst nicht genau, wie sie darauf gekommen war. Und ob es überhaupt eine kluge Idee war. Aber in diesem Moment wollte sie sich vor allem selbst etwas beweisen.

»Ah«, meinte er gedehnt. »Tatsächlich?«

Er fand sie lächerlich, sie hörte es an seinem Tonfall. Eine schreibende Schauspielerin, eine überspannte Diva, die den ganzen Tag in ihrer Villa saß und aus Langeweile zur Möchtegern-Literatin wurde. Ganz bestimmt dachte er das von ihr.

»Aber ja. Ich frage mich, ob ich meinen Roman wohl bei Ihrer Redaktion einreichen dürfte?«

Er musterte sie mit hochgezogenen Brauen. Der Mann nahm sie nicht ernst, nicht eine Sekunde lang, er musste sich mit aller Macht ein Lachen verkneifen, sie sah es ihm deutlich an.

Gut, dann sollte er sie eben auslachen, aber sie wollte es wenigstens versucht haben. »Nun? Was meinen Sie? Nur ein paar Seiten, um sich einen ersten Eindruck zu verschaffen. Ich weiß ja, die Zeit von Journalisten ist immer knapp –«

»Aber gerne doch. Schicken Sie uns Ihr Manuskript. Meine Kollegen werden es prüfen.«

Gewiss war das nur eine Floskel. Er rechnete nicht ernsthaft damit, dass sie der Redaktion etwas schicken würde, und falls sie es doch tat, ging er offenbar davon aus, dass es sich dabei nur um etwas Kitschiges, absolut Hanebüchenes handeln konnte.

Eva schenkte ihm ein zuckersüßes Lächeln. Sie war fest entschlossen, ihm das Gegenteil zu beweisen.

KAPITEL 20

Berlin-Grunewald, Mitte Juni 1926

Eva zuckte zusammen, als es an ihrer Schlafzimmertür klopfte.

»Wir müssen los«, ertönte Heinrichs Stimme.

»Bin gleich so weit!«, rief sie. Fertig angezogen saß sie auf ihrem Bett und beeilte sich, den angefangenen Satz noch zu Ende zu schreiben. Sie klappte ihr Notizbuch zu, ließ es in der Schublade ihres Nachttischs verschwinden, verließ ihr Schlafzimmer und ging nach unten.

Heinrich stand vor dem Spiegel im Flur und zupfte an den Ärmeln seines Fracks. Prüfend ließ er seinen Blick über ihr roséfarbenes Kleid schweifen. »Na endlich«, meinte er und nahm seinen Zylinder. Gemeinsam verließen sie das Haus und fuhren los.

Sie waren zu einer Filmpremiere eingeladen. Die große Elizabeth Davenport war aus Hollywood angereist, um ihren neuesten Film in Berlin zu präsentieren, und anschließend würde es einen Empfang geben. Nie hätte Eva sich träumen lassen, dass sie ihrem Idol von früher irgendwann einmal persönlich begegnen würde, doch heute Abend war es endlich so weit.

»Ich dachte schon, du wirst nie fertig«, sagte Heinrich, als er von der Auffahrt ihres Grundstücks in die Hauptstraße einbog.

Eva schwieg. Er ahnte nichts davon, dass sie seit dem Besuch der Ullstein-Redakteure in jeder freien Minute an ihrem Roman schrieb. Wahrscheinlich hätte er über ihr Geschriebenes ohnehin nur die Nase gerümpft – nicht visionär genug, keine richtigen Knalleffekte –, aber darum ging es ihr nicht. Die Geschichte, die sie schrieb, war wie ein zartes Pflänzchen, das sie täglich hegte und pflegte, und wenn es nur für ein paar Minuten war. Vor allem aber war sie etwas, das nur Eva gehörte. Etwas, das sie nur für sich tat und in das sie sich nicht von Heinrich hineinreden lassen wollte. Manchmal wusste sie schon gar nicht mehr, wie es sich anfühlte, einfach nur sie selbst zu sein.

Worum es in der Geschichte ging und wie sie ausgehen würde, wusste Eva selbst noch nicht genau, aber mit der Zeit würde sich schon alles finden, davon war sie überzeugt. Hauptsache, sie hatte endlich ein Ventil für all ihre ungenutzten, von Heinrich verworfenen Ideen. Sie musste auch nicht auf die Länge achten oder überlegen, wie alles später vor der Kamera aussehen würde. Sie brauchte einfach nur den Stift aufs Papier zu setzen und konnte ihrer Fantasie freien Lauf lassen. Es fühlte sich herrlich an, endlich einmal ohne die strengen, einengenden Vorgaben eines Drehbuchs zu schreiben. Oder denen von Heinrich.

Sie parkten in einer Seitenstraße, nicht weit entfernt von der Gedächtniskirche, und näherten sich dem Lichtspielhaus. Die hochrangige Berliner Prominenz gab sich zur heutigen Premiere ein Stelldichein, und vor dem Eingang hatten sich bereits zahlreiche Reporter, Fotografen und Schaulustige versammelt.

»Frau Lichtenfeld, kann ich ein Autogramm haben?«, rief jemand neben ihr.

»Frau Lichtenfeld, ich bin Ihr größter Verehrer!«, ertönte es von der anderen Seite, und schon war sie von einem guten Dutzend Menschen umringt, die ihr Programmhefte zum Signieren hinhielten.

Freudig unterschrieb sie alles, ließ sich Namen für Widmungen buchstabieren, schüttelte Hände und nahm tröstend ein junges Fräulein in den Arm, das vor lauter Aufregung, ihr gegenüberzustehen, in Tränen ausgebrochen war. Zu spüren, dass ihre Filme die Menschen berührten, war der mit Abstand schönste Teil ihres Berufs, auch wenn sie den Leuten am liebsten zugerufen hätte, dass es nur ein Trugbild aus Schminke und Licht war, das sie liebten. In Wahrheit besaß es so wenig Ähnlichkeit mit ihr wie diese schrecklichen Eva-Lichtenfeld-Porzellanfiguren, die reißenden Absatz fanden.

Währenddessen stand Heinrich etwas abseits und sprach mit ein paar Reportern. Nur ab und zu warf er einen Blick in Evas Richtung. Er mochte der Visionär sein, das Genie hinter der Kamera, aber sein Gesicht war längst nicht so berühmt wie ihres. Eva konnte sich nicht helfen, aber sie fand, er wirkte jedes Mal ein wenig beleidigt, wenn wildfremde Menschen sie in aller Öffentlichkeit mit Aufmerksamkeit und Zuneigung überschütteten. Dabei hätte es ihn doch stolz machen müssen. Schließlich war sie seine Marke. Sein Produkt.

Geduldig nahm sie sich für alle Wartenden Zeit, bis auch der letzte glücklich davonging. Anschließend betrat sie mit Heinrich das Lichtspielhaus, durchquerte das Foyer und stieg die gewundene Treppe zum Rang hinauf.

Wie jedes Mal, wenn sie den imposanten Saal des Capitols betrat, stockte ihr der Atem beim Anblick der goldgelb beleuchteten, festzeltartigen Decke. Heinrich führte sie zu ihren reservierten Plätzen, die sich in einer der Logen direkt vorne an der Brüstung befanden. Von dort aus hatte man einen ausgezeichneten Blick auf die Leinwand, vor der sich bereits das fünfzigköpfige Orchester versammelt hatte.

Zwei der vier Logenplätze waren von einem anderen Paar besetzt, das sich sogleich zu ihnen umdrehte, und Eva erstarrte, als sie die beiden Herrschaften erkannte: Es war niemand anderes als der berühmte Ufa-Regisseur Fritz Lang mitsamt seiner Ehefrau, der Schriftstellerin Thea von Harbou.

Eine Sekunde lang herrschte eisiges Schweigen in der Loge. Herr Lang konnte es nicht ahnen, doch er war für Heinrich so etwas wie ein Intimfeind. Seit Jahren verfolgte er Langs Werdegang nicht nur in der Presse, sondern sah sich auch jeden seiner Filme an, meistens sogar mehrfach. Fanatisch prägte sich Heinrich jedes noch so kleine Detail ein, um anschließend vor Eva genüsslich aufzuzählen, was Lang alles falsch gemacht hatte und warum er Frau von Harbous Drehbuch wieder einmal albern und schwülstig fand.

Eva hatte schon lange das Gefühl, dass er Lang in Wahrheit bewunderte und es nur nicht zugeben wollte. Einmal hatte sie sogar den Fehler gemacht und es Heinrich gegenüber ausgesprochen, doch er hatte äußerst empfindlich darauf reagiert. Seitdem hielt sie sich mit entsprechenden Bemerkungen lieber zurück.

»Na, das ist ja mal eine angenehme Überraschung!« Lang löste sich als Erster aus seiner Starre und erhob sich von seinem Platz. Er rückte sein Monokel zurecht, stellte sich überflüssigerweise vor, nahm Evas Hand und deutete galant einen Handkuss an.

Anschließend schüttelte er ihrem Mann die Hand. »Der große Heinrich Lichtenfeld!« Tatsächlich musste er zu ihm aufsehen, denn Heinrich überragte ihn um ein gutes Stück. »Wie schön, dass wir uns endlich einmal persönlich kennenlernen!«

Eva traute ihren Augen kaum. Lächelte Heinrich etwa? Er konnte ihr nichts vormachen. Es schmeichelte ihm sichtlich, dass Lang ihn auf Anhieb erkannt hatte.

Rasch verstaute Frau von Harbou ihr Strickzeug in ihrer Handtasche, stand ebenfalls auf und begrüßte Eva mit einem festen Händedruck. Sie kam nicht umhin, sich ein wenig über die Schriftstellerin zu wundern. Ihr verträumter Blick, der altmodische Dutt und die matronenhafte Ausstrahlung – ihr gesamtes Auftreten passte so gar nicht zu Langs mondäner Erscheinung.

»Wissen Sie, Herr Lichtenfeld, ich bin ja ein großer Bewunderer Ihrer entzückenden Werbefilme!«, erzählte Lang unterdessen.

Heinrichs Lächeln verblasste. »Ach?«

»Die sind ja fast das Beste an jedem Kinobesuch. Dass man es schafft, eine Botschaft in so wenigen Einstellungen auf den Punkt zu bringen – das ist die wahre Kunst, sage ich immer zu Thea.«

Eva zuckte innerlich zusammen, als sie die Röte in Heinrichs Gesicht bemerkte. Ob nun mit Absicht oder nicht, Lang hatte es geschafft, mit nur wenigen Worten Heinrichs wunden Punkt zu treffen. Einzig auf ein unbedeutendes Nebenprodukt reduziert zu werden, obwohl es doch in Wahrheit seine großen Kinofilme waren, in die sein gesamtes Herzblut floss – das kränkte ihn gewiss zutiefst.

Sogleich setzte Heinrich wieder ein Lächeln auf und klopfte Lang auf die Schulter. »Und Sie drehen einen futuristischen Monumentalfilm für die Ufa, wie ich hörte? Alle Achtung, mein Lieber. Ich könnte direkt neidisch werden, wenn ich nicht so viel Respekt hätte. Man will sich gar nicht ausmalen, was es heißt, ein so gewaltiges Projekt in die Hände eines Unfähigen zu geben.«

Die Spitze hinter seinen Worten war nicht zu überhören, doch Lang ging gar nicht erst darauf ein. »Wissen Sie, Frau Lichtenfeld, ich bedaure noch immer zutiefst, dass Sie die Hauptrolle in meinem neuen Film abgelehnt haben«, wandte er sich wieder an Eva. »Sie waren von Anfang an meine Wunschkandidatin. Ich bin überzeugt, Sie hätten eine fantastische Maschinenfrau abgegeben.«

Eva starrte ihn verständnislos an. Hauptrolle? Maschinenfrau? Ihr Blick wanderte zu Heinrich, doch der ließ sich nichts anmerken.

Lang tätschelte ihre Hand. »Dieses Mal sollte es leider nicht sein, aber vielleicht wären Sie bereit, in einem meiner nächsten Filme mitzuwirken? Es wäre mir eine große Ehre.«

Bevor sie etwas erwidern konnte, verdunkelte sich der Saal. Herr Lang und Frau von Harbou setzten sich wieder, und Eva nahm zusammen mit Heinrich Platz.

Schon spielte das Orchester auf, und der Vorhang öffnete sich. Seit Wochen hatte sie sich darauf gefreut, die Heldin ihrer Jugend endlich wieder auf der Leinwand zu sehen. Nun aber konnte sie den Film gar nicht richtig genießen, denn pausenlos gingen ihr Herrn Langs Worte durch den Kopf.

Heinrich hatte sein Angebot abgelehnt. Einfach so, ohne sie vorher zu fragen. Ohne ihr gegenüber auch nur ein einziges Wort darüber zu verlieren.

Noch während des Abspanns sprang Heinrich auf, fasste Eva am Arm und zog sie ungeduldig mit sich nach draußen.

»Unmöglich«, zischte er im Foyer. »Dass die uns bei über tausend Plätzen ausgerechnet in eine Loge mit diesem Arschloch setzen mussten!«

Eva entzog ihm ihren Arm. »Warum hast du es mir nicht gesagt?«

»Was denn?«

Er wusste längst, wovon sie sprach, sie hörte es an seinem gereizten Tonfall. »Ich dachte, wir entscheiden solche Dinge gemeinsam. Bisher hast du mir zumindest immer Bescheid gesagt, wenn es um etwas Wichtiges ging ...«

»Lass uns ein andermal darüber reden, ja?«

»Ich will aber jetzt darüber reden!«

»Hier? Während der Premierenfeier? Ich bitte dich!«

»Ich habe dir immer vertraut. Ich kann nicht fassen, dass du –«

»Schluss jetzt. Ich will heute Abend nichts mehr davon hören.«

Am Klavier begann der Pianist, sich warmzuspielen, während hinter ihnen die Gäste aus dem Saal ins Foyer strömten. Für Heinrich war das Thema beendet, doch Eva kochte innerlich. Dabei ging es ihr gar nicht um die Rolle an sich, sondern ums Prinzip. Sie fühlte sich hintergangen.

Laute Stimmen ertönten von der Treppe, und alle Gäste hielten den Atem an, als Elizabeth Davenport das Foyer betrat, begleitet von ihrem mittlerweile dritten Mann, dem Schauspieler und Frauenschwarm Lionel Pierce. Nach dem Krieg hatte sich Elizabeth von den großen amerikanischen Studios unabhängig gemacht und eine eigene Filmgesellschaft gegründet. Aus dem einstigen Kinderstar war mittlerweile nicht nur eine erwachsene Schauspielerin, sondern vor allem eine mächtige Produzentin geworden. Hinter den Kulissen besaß sie die volle Kontrolle, und renommierte Regisseure wie Ernst Lubitsch rissen sich darum, ihre Filme inszenieren zu dürfen.

»Komm«, sagte Heinrich und fasste Eva wieder am Arm, dieses Mal etwas sanfter.

Rasch bildete sich eine Menschentraube um das berühmte Paar. Eva und Heinrich reihten sich in die Schlange der Gratulanten ein, und sie versuchte, ihren Ärger hinunterzuschlucken. Schließlich würde sie jeden Moment der echten, leibhaftigen Elizabeth Davenport begegnen.

Endlich machten die Leute vor ihr Platz. Eva trat vor, und zum ersten Mal trafen sich ihre und Elizabeths Blicke. Kein Plakat, keine Leinwand, sondern ein Mensch, hier mit ihr, im selben Raum, der dieselbe Luft atmete wie sie. Und wie schön Elizabeth war, noch viel schöner als in ihren Filmen. Wie eine Königin sah sie aus. Eine weiße Federboa schmiegte sich um ihren Hals, ein langes Kleid mit golddurchwirkten Stickereien betonte ihre schlanke Figur, und anstatt einer Krone trug sie einen champagnerfarbenen, mit Perlen verzierten Turban.

Eva spürte, wie ihre Knie weich wurden. *It is an honour to meet you, Mrs Davenport«*, brachte sie mühsam ihre zuvor einstudierten Worte hervor. *»My ... my name is Eva Lichtenfeld ...«*

Mit einem Mal hatte sie das Gefühl, keine Luft mehr zu bekommen. Nun war sie es, die vor einer großen Berühmtheit stand, fühlte sich wie das Fräulein von vorhin, das vor dem Eingang in Tränen ausgebrochen war. So etwas Peinliches durfte Eva auf keinen Fall passieren, nicht vor einem Weltstar, aber schon spürte sie, wie ihre Augen feucht wurden ...

Elizabeth musste ihre Aufregung bemerkt haben. Kurzerhand schloss sie Eva fest in ihre Arme.

»Immer mit der Ruhe, Darling«, sagte sie auf Englisch.

Eva wusste überhaupt nicht, wie ihr geschah. »Herzlichen Glückwunsch zu Ihrem gelungenen Film«, stammelte sie. Auch diesen Satz hatte sie vorher einstudiert, und erst jetzt fiel ihr auf, wie gekünstelt er klang.

Elizabeth löste sich wieder von ihr. »Oh, Sweetheart! Hat er dir wirklich gefallen?«

Eva nickte eifrig. »Aber ja! Ich war schon immer eine große Verehrerin Ihrer Filme.«

Elizabeth wirkte sichtlich bewegt und bedankte sich überschwänglich. Gleich darauf wandte sie sich Heinrich zu und schüttelte ihm die Hand.

Eva begrüßte derweil Elizabeths Mann. Sein lascher Händedruck und seine Fistelstimme überraschten sie. Im Film verkörperte Lionel Pierce attraktive und charismatische Rollen, im echten Leben hingegen wirkte er schüchtern, geradezu unscheinbar. Sie wunderte sich. Wie passten ein Mann wie er und eine Frau wie Elizabeth bloß zusammen?

»Sag ruhig Betty zu mir«, wandte sich Elizabeth wieder an Eva. »Ich bewundere dich auch schon lange, *you know*? Ich habe alle Simon-Stuart-Filme gesehen. Du bist eine fantastische Schauspielerin.«

Evas Augen weiteten sich. Ein paar ihrer Filme waren in den amerikanischen Verleih gekommen, aber nie hätte sie zu träumen gewagt, dass Betty sie gesehen hatte.

»Danke«, erwiderte Eva unbeholfen. »So etwas zu hören, von jemandem wie dir –«

»*Listen, Darling*«, fuhr Betty unbeirrt fort. »Ich wollte dich schon längst einmal persönlich kennenlernen, aber hier herrscht viel zu viel Trubel. Was hältst du davon, wenn wir zusammen essen gehen? Irgendwo, wo man in Ruhe reden kann. Hättest du morgen oder übermorgen Zeit? So lange sind Lionel und ich noch in Berlin.«

Evas Gedanken überschlugen sich. Sie musste die Amerikanerin falsch verstanden haben. Bislang war Eva ja nur das geschliffene Oxford-Englisch ihres Privatlehrers gewohnt.

Als sie nicht gleich antwortete, berührte Elizabeth ihre Hand. »*No pressure, Sweetheart.* Wir wohnen im Adlon. Ruf einfach an, okay?«

Eisiges Schweigen herrschte im Wagen, als Eva und Heinrich spät am Abend nach Hause fuhren. Noch immer schienen Langs Worte zwischen ihnen zu schweben.

»Du wirst es nicht glauben«, begann Eva nach einer Weile. »Elizabeth Davenport kennt unsere Filme. Sie hat mir vorhin erzählt, dass sie alle Teile von Simon Stuart gesehen hat, und sie war begeistert. Hättest du das für möglich gehalten?«

Heinrich erwiderte nichts. Er starrte nur stur auf die Fahrbahn.

Das Schweigen setzte sich fort, bis er in ihre Auffahrt einbog und in der Garage parkte. Er stieg aus, und Eva folgte ihm. Sobald sie das Haus betreten hatten, verschwand er sogleich nach oben, und kurz darauf fiel die Tür seines Schlafzimmers zu.

Eva seufzte. In solchen Momenten war sie wirklich froh über die getrennten Schlafzimmer. Wahrscheinlich trug er es ihr immer noch nach, dass sie ihm Vorhaltungen wegen seiner Reaktion auf Langs Angebot gemacht hatte, aber sie blieb dabei. Er konnte sie beleidigt anschweigen, so viel er wollte. Wenn es nach ihr ging, dann war das letzte Wort in dieser Sache zwischen ihnen noch längst nicht gesprochen.

Mitten in der Nacht erwachte sie, als sie vor ihrer Zimmertür Schritte hörte. Hatte Heinrich nun doch ein schlechtes Gewissen, weil er sie bei seiner Entscheidung einfach so übergangen hatte? Kam er sie in ihrem Bett besuchen, weil er es wiedergutmachen wollte? Eva wusste, es war die einzige Art der Versöhnung, zu der er wirklich fähig war, doch im Moment war ihr nicht nach Sinnlichkeit zumute – schon gar nicht auf die schnelle, hastige Art, mit der er meistens über sie herfiel, als bräuchte er ihren Körper so dringend wie sein Morphium. Sie wünschte sich eine Aussprache. Ein echtes Gespräch auf Augenhöhe. Wenigstens ein einziges Mal.

Reglos blieb sie liegen und lauschte. Nein, an ihrer Tür tat sich nichts, Heinrich ging wohl nur ins Bad. Sie schloss die Augen, versuchte, wieder einzuschlafen, doch es half nichts. Sie war hellwach, hörte, wie er den Spiegelschrank im Bad öffnete und wieder schloss. Dann ein Klirren und ein gedämpftes Fluchen.

Vielleicht sollte ich doch lieber nach ihm sehen. Sie kroch aus dem Bett, öffnete die Tür und tappte in den Flur.

Als sie das Licht anknipste, kam Heinrich gerade aus dem Badezimmer. Wie erstarrt blieb er vor ihr stehen, nur in Unterwäsche, und hielt sich schützend den linken, angewinkelten Arm.

»Oh nein«, sagte sie leise. »Ist es wieder passiert?«

Sie konnte sich nicht erinnern, wann er zuletzt einen Zitteranfall gehabt hatte. Zumindest hatte sie schon lange keinen mehr mitbekommen. Aus falscher Scham glaubte er, sie vor ihr verstecken zu müssen, obwohl sie ihm immer wieder versicherte, dass er sich bei ihr für nichts entschuldigen, ihr nichts erklären und nicht den Starken spielen musste.

»Wollte dich nicht wecken«, antwortete er nur.

»Komm«, bat sie leise und streckte die Hand nach ihm aus.

Als er sich nicht rührte, fasste sie ihn sanft am Arm und führte ihn in ihr Schlafzimmer. Sie legte sich ins Bett, hob ihre Decke, und er kroch zu ihr.

»Alles gut«, flüsterte sie, schmiegte sich an seinen Rücken und wiegte ihn sanft in ihren Armen.

Minutenlang lagen sie einfach nur still nebeneinander. Es war ungewohnt, dass sie zusammen im Bett lagen, ohne dass Begierde im Spiel war. Ungewohnt, aber schön. Ruhe, Nähe, Zärtlichkeit – das alles gab es viel zu selten bei ihnen, und es fehlte Eva.

»Stimmt es wirklich, dass die Davenport unsere Filme mag?«, murmelte Heinrich nach einer Weile. Es klang so, als wäre er kurz vorm Einschlafen.

Natürlich. Vorhin im Auto hatte er beleidigt geschwiegen, aber es hätte sie sehr gewundert, wenn ihm das Kompliment einer solchen Hollywood-Größe egal gewesen wäre.

»Aber ja. Stell dir vor, sie war so begeistert, dass sie mich sogar um ein privates Treffen gebeten hat. Ich bräuchte nur im Adlon anzurufen, meinte sie. Ist das nicht verrückt?«

Heinrich antwortete nicht. Seine Atemzüge waren tief und gleichmäßig geworden.

Eva schloss die Augen. Ja, es war vollkommen verrückt, und sie wusste nicht, ob sie den nötigen Mut aufbringen würde, im Adlon anzurufen. Im Nachhinein konnte sie sich kaum vorstellen, dass Betty ihre Worte von vorhin wirklich ernst gemeint haben könnte.

Bestimmt hat sie unser Gespräch ohnehin längst vergessen, dachte sie und schlief ein.

Als Eva am nächsten Morgen erwachte, war der Platz neben ihr leer. Sie wälzte sich aus dem Bett, schlüpfte in den Morgenmantel und verließ ihr Schlafzimmer.

Aus dem Dachgeschoss drang Heinrichs Stimme zu ihr. Er telefonierte. Auf Englisch. Eva stieg die Stufen hinauf. Verwundert blieb sie in der offenen Tür seines Büros stehen.

»*Alright*«, sagte er gerade. »*Yes. Very good. See you tonight!*« Dann legte er auf und lächelte Eva zu. »Zieh dir heute Abend etwas Schickes an. Wir sind mit Mrs Davenport und Mr Pierce verabredet.«

KAPITEL 21

Berlin-Grunewald, Mitte Juni 1926

Eva konnte es nicht fassen. Sie hatte geglaubt, Heinrich wäre eingeschlafen, dabei hatte er jedes ihrer Worte mitbekommen. Und jetzt
handelte er schon wieder ohne vorherige Absprache, rief einfach
Betty an und reservierte direkt im Anschluss einen Tisch bei Horcher – einem äußerst vornehmen Restaurant, in dem bedeutende
Persönlichkeiten aus Industrie, Politik, Kunst und Kultur zu speisen pflegten.

Pünktlich um acht betraten Eva und Heinrich das Restaurant,
und ein Kellner führte sie an ihren Tisch. Eva fand die Atmosphäre
in dem kleinen Lokal immer ein wenig verkrampft. Lieber wäre sie
in Schwanneckes Weinstuben eingekehrt, denn dort ging es spürbar lockerer zu, und mit den meisten Gästen, die sich zum Großteil
aus Film-, Theater- und Schriftstellerkreisen zusammensetzten,
duzte sie sich mittlerweile.

Ein paar Minuten später trafen endlich auch Elizabeth und Lionel ein. Heinrich begrüßte sie überschwänglich. Eva überließ ihm
das Reden, wie sie es meistens in Gesellschaft tat. Ihr blieb auch
kaum etwas anderes übrig, denn er war wieder einmal nicht zu
bremsen. Er übersetzte den beiden ahnungslosen Amerikanern die
Speisekarte, empfahl ihnen die *Medaillons Horcher* und den passenden Wein. Als das Essen kam, erzählte er voller Stolz davon, dass er
hierzulande maßgeblich dazu beigetragen habe, den Film von einer
einstigen Jahrmarktsattraktion zu einer wahrhaftigen Kunstform
zu erheben. Heutzutage sei er deshalb einer der wenigen unabhän-
gigen Filmemacher, die sich trotz der Monopolstellung der Ufa er-
folgreich am Markt hielten. Und überhaupt, er sei schon immer ein
großer Bewunderer des amerikanischen Kinos gewesen. Im Deutschen Reich sei man ja viel zu engstirnig und ängstlich, wenn es
darum gehe, etwas Neues auszuprobieren, und ehrlich gesagt sei
ihm die deutsche Filmbranche längst zu klein geworden ...

Eva stocherte in ihrem Salat herum, als erforderte es ihre gesamte Konzentration, und traute sich kaum, den Blick zu heben. Auf der einen Seite saß ihr Mann, der ungebremst redete und dabei lebhaft gestikulierte, auf der anderen Seite Betty, die immer wieder ein tapferes »*Interesting!*« oder »*Really?*« einwarf und dabei angestrengt lächelte. Lionel trommelte derweil ungeduldig mit den Fingern auf der Tischdecke.

Bescheidenheit gehörte nicht zu Heinrichs Stärken, das wusste Eva, aber selten war ihr sein ausgeprägter Hang zur Selbstdarstellung so peinlich gewesen wie heute Abend. Im Atelier fielen ihm Details auf, die niemand außer ihm bemerkte, selbst winzigste Regungen in den Gesichtern der Schauspieler. Warum nur nahm er jetzt nicht wahr, dass er die beiden Amerikaner mit seinem Gerede fürchterlich langweilte?

»*Wonderful*«, meinte Betty nach dem Essen. »Aber jetzt ist mir nach etwas Aufregenderem zumute.« Spielerisch stieß sie Heinrich in die Seite. »Eure Stadt ist doch berühmt für ihre sündigen Nachtlokale. Sag schon, *Heinrick*. Was kannst du uns empfehlen?«

Er lächelte nachsichtig. Sein Name war für die beiden Amerikaner schier unaussprechlich. »Das kommt ganz darauf an. Wie aufregend darf es denn sein?«

»Bringt mich irgendwohin, wo es bunt und wild zugeht. Aber bloß in keinen dieser Läden für Touristen, hört ihr?«

Heinrich erklärte, dass er die perfekte Adresse kannte, die sich außerdem ganz in der Nähe befinde, und bestand darauf, die Rechnung zu übernehmen.

Zu viert verließen sie das Lokal, legten ein kurzes Stück zu Fuß zurück und betraten das Eldorado. Es besaß einen Ruf als Transvestitenkneipe, doch im Grunde war hier ausnahmslos jeder willkommen. Fräcke und Strickpullover, Abendkleider und Lodenanzüge, alles vermischte sich auf der Tanzfläche, das bunte Getümmel glich einer immerwährenden Karnevalsveranstaltung.

Dichter Rauch brannte in Evas Augen, als sie sich ins Gedränge mischten. Luftschlangen flogen über ihre Köpfe, Jazzklänge dröhnten in ihren Ohren. Sie beobachtete die Tanzpaare: Frau mit Mann, Mann mit Mann, Frau mit Frau – in diesem Lokal gab es keine Regeln, und es blieb nicht lange unbemerkt, dass soeben einige Berühmtheiten hereingekommen waren. Kreischend stürmten mehrere Transvestiten auf Heinrich und Lionel zu und warfen ihnen ihre fuchsiafarbenen Federboas um die Hälse.

Auch Eva und Betty wurden sogleich von mehreren Verehrern umringt, doch Betty lehnte dankend sämtliche Tanzaufforderungen ab. Stattdessen nahm sie Eva an der Hand und zog sie mit sich auf die Tanzfläche.

»*Thank goodness!*«, seufzte Betty, während sie sich miteinander zu den Klängen eines langsamen Liedes bewegten. »Endlich hab ich dich mal für mich. Vorhin im Restaurant dachte ich, dein Mann hört nie auf zu reden. Also wirklich, Eva, wie hältst du das nur aus?«

»Manchmal weiß ich das auch nicht«, rutschte es ihr heraus, und sie mussten beide lachen.

»Weißt du, er erinnert mich sehr an meinen ersten Mann. Mein ehemaliger Agent. Gutaussehend und etwas zu sehr von sich selbst überzeugt. Was hab ich ihn vergöttert. Bis ich es irgendwann satthatte, mir ständig von ihm vorschreiben zu lassen, was ich spielen soll.« Sie maß Eva mit einem nachdenklichen Blick. »Sei ehrlich, Darling. Bist du glücklich?«

Schon wieder diese Frage. Eva konnte es nicht fassen. Strahlte sie etwa so großes Unglück aus, dass plötzlich jeder glaubte, sie darauf ansprechen zu müssen?

Aber natürlich bin ich glücklich. Sehr sogar. Ich bin die Frau von Heinrich Lichtenfeld. Mehr muss ich Ihnen hoffentlich nicht sagen.

Es wäre so einfach, Betty eine ihrer erprobten Antworten zu geben, doch Eva brachte es nicht über sich.

»Wenn ich ehrlich sein soll«, begann sie zögerlich. Wo sollte sie nur anfangen? Sie kannten sich ja kaum, und sie konnte und wollte auch nicht ihr ganzes Privatleben vor Betty ausbreiten. »Ich fände es einfach schön, mal etwas anderes zu spielen. Verstehst du? Nicht immer nur das brave Blondchen ...«

Betty lachte. »Natürlich, das verstehe ich vollkommen! Mir hat man es früher auch nie zugetraut, dass ich etwas anderes sein könnte als die süße kleine Betty. Bis ich mich selbstständig gemacht habe. Jetzt drehe ich meine eigenen Filme und spiele nur noch das, was ich will!«

»Wirklich, Betty, ich beneide dich.«

»Das brauchst du nicht.« Betty beugte sich vor. »*Listen*. Ich mag deine Ausstrahlung auf der Leinwand. Ich habe sie gleich gespürt, als ich dich zum ersten Mal im Kino sah. Wenn du weinst, zerreißt es einem jedes Mal das Herz. Das Publikum kann gar nicht anders, als sich sofort in dich zu verlieben. Du wirkst so unschuldig, so natürlich. Das ist eine seltene Gabe, *you know?* Entweder man hat sie oder man hat sie nicht. Und du, meine Liebe, hast sie.«

Evas Lächeln gefror. Betty ahnte ja nicht, mit welchen Methoden Heinrich ihr die natürlich wirkenden Reaktionen entlockte. Und nicht nur ihr. Bis spät in die Nacht ließ er Einstellungen wiederholen, brüllte die Darsteller an, sobald sie sich ihre Erschöpfung anmerken ließen. So mancher war schon vor laufenden Kameras in Tränen ausgebrochen oder gar umgekippt – ungeplante Ereignisse, die Heinrich dankbar in seine Filme einbaute.

Betty zwinkerte ihr zu. »Jetzt tu nicht so bescheiden, Sweetheart. Dein Mann ist schon ein gerissener Bursche, das muss man ihm lassen. Sieht dich in einem Café und gibt dir sofort eine Hauptrolle. An seiner Stelle hätte ich es genauso gemacht!«

Oh nein, dachte Eva. Dieses Gerücht hielt sich hartnäckig, seit Johanna es damals in die Welt gesetzt hatte, aber Eva hätte nicht gedacht, dass es inzwischen sogar in Amerika kursierte. »Hör mal, Betty, das war in Wirklichkeit ganz anders –«

»Bei mir brauchst du dein Licht nicht unter den Scheffel zu stellen. Ganz im Gegenteil. In dir schlummert so viel ungenutztes Potenzial. Ich sage, die blonde Unschuld hast du lange genug gegeben. Die kannst du in den Filmen deines Mannes sein. Hübsch, brav und langweilig. Die reinste Verschwendung, wenn du mich fragst. Aber ich ... ich sehe dich in neuen, interessanteren Rollen.«

Eva traute ihren Ohren kaum. Wovon sprach Betty bloß? Wollte sie damit etwa andeuten ...

»Es wird Zeit, den nächsten Schritt zu wagen, Darling.« Bettys Augen leuchteten. »Das deutsche Kino ist zu klein für dich. Komm mit mir nach Hollywood.«

»Du meinst ... du bietest mir eine Rolle an?«

»Wer spricht denn von einer?« Betty lachte. »Es könnte so viele für dich geben! Schön oder hässlich, stark oder schwach, lustig, traurig, einfältig, klug, geheimnisvoll, verrucht, sexy ... Für mich kannst du alles spielen, worauf du Lust hast! Lass es uns gemeinsam herausfinden.«

Amerika ... Wie aufregend das klang! Noch nie war Eva so weit gereist. Für einen Moment malte sie sich aus, wie es wäre, mit ihrem größten Idol zu arbeiten, und eine bunte Welt voller Möglichkeiten tat sich vor ihr auf. War es nicht genau das, wonach sie sich sehnte? Etwas Eigenes, das nur ihr gehörte. Die Chance, sich zu entfalten und etwas Neues zu wagen – und nun bot Betty sie ihr.

Lautes Gelächter riss Eva aus ihren Gedanken, und sie warf einen Blick in Heinrichs Richtung. Einer der Transvestiten hatte es tatsächlich geschafft, ihn zu einem Tanz zu überreden – ein zierlicher Bursche mit blonder Perücke, der zweifellos auch ein bildhübsches Mädchen abgegeben hätte. Heinrich erlaubte es ihm sogar, ihm einen Kuss auf die Wange zu drücken, doch weitere Annäherungsversuche des jungen Mannes wehrte er lachend ab. Mit einem Taschentuch wischte er sich den Lippenstift fort und setzte sich zu ein paar jungen Damen an den Tisch – die nächsten, bei denen er sich seine nötige Dosis an Bewunderung abholte.

Dass Frauen Heinrich mochten, war nichts Neues für Eva. Ein Filmregisseur, der noch dazu gut aussah, zog stets die Blicke der Damen auf sich. Heinrich wiederum genoss es, im Zentrum der Aufmerksamkeit zu stehen, verteilte Komplimente und gab lustige Anekdoten zum Besten.

Eva hätte es mittlerweile gewohnt sein müssen, trotzdem verspürte sie jedes Mal einen eifersüchtigen Stich. Nicht, dass sie ihn jemals ernsthaft der Untreue verdächtigt hätte – obwohl er sich mit der einen oder anderen Nebendarstellerin für ihren Geschmack ein wenig zu gut verstand. Ein paarmal hatte sie ihn darauf angesprochen, aber er hatte ihre Worte nur lachend abgetan.

Nein, Eva fand es vor allem ungerecht. Bei anderen konnte er unterhaltsam und charmant sein, während sie als seine Frau nur seine launische, obsessive, arbeitswütige Seite zu spüren bekam.

Ihr Herz sank, als ihr noch etwas anderes bewusst wurde. Für ein paar Minuten hatte sie verdrängt, dass es im Grunde unerheblich war, was sie sich wünschte. Als ihrem Mann stand es allein Heinrich zu, über Bettys Angebot zu entscheiden, und nach ihrem Gespräch mit Fritz Lang konnte Eva sich bereits denken, wie Heinrich darauf reagieren würde.

Andererseits war Bettys Angebot kaum mit dem eines verhassten Konkurrenten von der Ufa zu vergleichen. Wenn Eva es sich recht überlegte: Was konnte ihnen denn Besseres passieren? Heinrich sprach doch ständig davon, dass sie ihre Marke stärken mussten. Wäre eine Rolle in einem Hollywoodfilm für Eva nicht das Gütesiegel schlechthin? Würde letztendlich nicht auch die Firma davon profitieren?

Sie war sich sicher, mit diesem Argument würde sie Heinrich überzeugen. Sie konnte es kaum erwarten, ihm davon zu erzählen.

Spät am Abend verließen sie das Lokal. Stundenlang hatten sie getanzt, und Eva war glücklich, aber auch erschöpft, und ihre Füße schmerzten wie schon lange nicht mehr.

»Denk an meine Worte, Darling«, flüsterte Betty, als Eva sie draußen zum Abschied umarmte. »Und lass dir nicht zu lange Zeit mit deiner Antwort, okay? Ich warte auf dich, aber nicht ewig.«

Zusammen mit Lionel stieg sie in eine Kraftdroschke ein, winkte Eva ein letztes Mal zu und fuhr davon.

Eva folgte Heinrich in die Seitenstraße, in der sein Cadillac stand. »Ich finde immer noch, wir hätten vorhin lieber nicht mit dem Auto kommen sollen. Lass uns auch lieber eine Kraftdroschke nehmen.«

»Herrgott, jetzt geht das wieder los. Glaubst du ernsthaft, wegen so einem bisschen Sekt lasse ich jetzt das Auto hier stehen?« Er schloss den Wagen auf. »Na komm schon, steig ein.«

Mit einem unguten Gefühl ließ sich Eva auf den Beifahrersitz sinken. Wenn Heinrich etwas getrunken hatte, fuhr er unkonzentriert und ließ sich zu riskanten Manövern hinreißen. Vor allem aber war er uneinsichtig. »Niemand kann mir verbieten, mich zu amüsieren«, sagte er gerne, und er ließ es sich schon gar nicht nehmen, sich ans Steuer seines kostbaren Cadillacs zu setzen. Denn das war sein gutes Recht, und ausschließlich seines. Als Eva ihn neulich gefragt hatte, wann er es ihr endlich erlauben würde, den Führerschein zu machen, hatte er ihr nur einen vielsagenden Blick zugeworfen.

Sie fuhren los, und Eva rang innerlich mit sich. Sollte sie es ihm gleich sagen oder lieber bis morgen warten, wenn er wieder nüchtern war? Ach, sie war viel zu aufgeregt, sie konnte es einfach nicht länger für sich behalten.

»Heinrich, du wirst es nicht glauben«, begann sie. »Betty hat mir eine Rolle in einem ihrer Filme angeboten!«

Prustend beugte er sich übers Lenkrad.

Eva warf ihm einen verwirrten Blick zu. Sie hatte mit unterschiedlichen Reaktionen gerechnet, aber bestimmt nicht mit dieser.

»Glaubst du mir etwa nicht?«

»Oh doch, das glaub ich sofort! Kein Wunder, so, wie die sich an dich herangeschmissen hat. Ein Bild für die Götter! Hätte ich doch nur eine Kamera dabeigehabt.«

»Wie bitte? Sie hat sich nicht an mich –«

»Hast du es denn nicht gemerkt? Und nicht nur deine Betty ist vom andern Ufer, ihr Mann ist es auch! Lionel Pierce, Hollywoods großer Frauenliebling. Wer hätte das gedacht? Diese Stielaugen, die er bei den Transvestiten gemacht hat ...«

»Das musst ausgerechnet du sagen.«

»Was denn? Wegen eines Tänzchens?« Er fasste ihr zwischen die Schenkel. »Da solltest du mich aber besser kennen.«

Eva nahm seine Hand und schob sie fort.

»Ach Eva. Dachtest du wirklich, die bietet dir eine Rolle an? Die will dich doch nur ficken.«

Es verletzte sie, dass er alles ins Lächerliche zog, ja, sogar ins Obszöne. Aber sie war selbst schuld, hätte sich denken können, dass es keinen Sinn hatte, heute Abend mit ihm darüber zu reden.

Und nun, da sie es ausgesprochen hatte, regten sich auch leise Zweifel bei ihr. Bettys Angebot klang aufregend, aber ein Wort allein bedeutete wenig in ihrer Branche. Hatte sie sich von den vielen Komplimenten blenden lassen? Verrannte sie sich womöglich gerade in etwas?

Als sie stumm blieb, warf Heinrich ihr einen Blick zu. Sein spöttisches Lachen war ihm mit einem Mal vergangen. Stattdessen zeichnete sich nun so etwas wie Unsicherheit in seiner Miene ab.

»Sag bloß, du willst das?«

Eva sah aus dem Fenster. »Lass uns ein andermal darüber sprechen, ja?«

Nach einer Weile bogen sie in ihre gekieste Auffahrt ein, und Heinrich parkte vor der Garage. Wortlos stieg er aus und knallte die Fahrertür zu, und Eva zuckte zusammen. Es war dieses beleidigte Schweigen, das sie so gut von ihm kannte. Sie spürte ganz genau, dass es in ihm arbeitete. Mit einem flauen Gefühl im Magen folgte sie ihm nach drinnen.

Im Wohnzimmer streifte er sich das Jackett ab, schlüpfte aus der Weste, löste die Fliege und warf alles aufs Sofa. Er wandte sich zur verglasten Terrassentür, als könnte er um diese Uhrzeit draußen im Dunkeln irgendetwas erkennen. Dann zündete er sich eine Zigarette an. Als er seine Hand wieder sinken ließ, zitterte sie leicht.

Eva blieb unsicher im Türrahmen stehen. »Heinrich? Ist alles in Ordnung?«

Er fuhr sich mit der freien Hand durchs Haar und schniefte leise. Sein Gesicht spiegelte sich in der Terrassentür, und Eva stellte erschüttert fest, dass er weinte.

»Du meine Güte. Was ist denn los? Sprich mit mir. Bitte.«

Er reagierte nicht. Nur sein leises Schluchzen drang zu ihr, und Eva verfluchte sich innerlich. Sie kannte doch seine wechselnden Stimmungen, wusste ganz genau, wie sehr der Alkohol sie verstärken konnte. Hätte sie im Auto doch bloß den Mund gehalten!

»Lass uns eine Nacht darüber schlafen.« Sie näherte sich ihm. »Morgen früh können wir ganz in Ruhe –«

»Ich fasse es nicht, dass du mir so etwas antust.« Er fuhr herum. »Ist es wegen dieser Sache mit Lang? Willst du dich jetzt an mir rächen?«

»Wie kommst du darauf, dass ich –«

»So was Unverschämtes wie dieses amerikanische Weibsstück ist mir in meinem ganzen Leben noch nicht untergekommen.« Hektisch zog er an seiner Zigarette. »Was zum Teufel bildet die sich ein? Erst Interesse heucheln und mich dann so hinters Licht führen. Und ich Idiot lade sie sogar noch zum Essen ein, diese verlogene Schlampe! Noch nie bin ich so erniedrigt worden!«

Vergeblich versuchte Eva, aus seinen Worten schlau zu werden. Er musste heute Abend wirklich zu tief ins Glas geschaut haben, denn was er sagte, ergab überhaupt keinen Sinn. Es sei denn ...

Oh nein. Sie hätte es gleich erkennen müssen, sie wusste doch um Heinrichs Eitelkeit. Bettys Komplimente, ihr Lob für seine Filme und ihre Einladung zu einem persönlichen Treffen – all das hatte er ganz allein auf sich bezogen, musste es als Interesse an ihm und seiner Regiekunst aufgefasst haben. Bestimmt hatte er sich bereits ausgemalt, dass er Bettys nächsten Film inszenieren würde – und jetzt hatte er erfahren müssen, dass ihr Interesse gar nicht ihm galt, sondern ausschließlich Eva.

»Nicht doch.« Eva bemühte sich um einen besänftigenden Tonfall. »Betty wollte dich ganz sicher nicht hinters Licht führen. Es war ein Missverständnis, mehr nicht. Und eigentlich hättest du doch allen Grund, stolz zu sein –«

Ein Schlag ins Gesicht schnitt ihr das Wort ab. Erschrocken sah sie zu Heinrich auf. Es dauerte ein paar Sekunden, bis sie begriff, was gerade passiert war.

Keuchend stand er vor ihr und ließ die Hand sinken, mit der er sie soeben geohrfeigt hatte. Dann hob er die andere, in der er noch immer die brennende Zigarette hielt, und nahm einen tiefen Zug.

Evas Wange glühte. Ihre Unterlippe brannte, und ein metallischer Geschmack breitete sich auf ihrer Zunge aus.

Ein wütender Glanz lag in Heinrichs Augen. Instinktiv wich sie einen Schritt zurück, doch mit seiner freien Hand packte er Eva gewaltsam am Unterkiefer und zwang sie, ihm in die Augen zu sehen. Schmerzhaft bohrten sich ihre Zähne in die Innenseiten ihrer Wangen.

»Niemals gestatte ich, dass du für diese Schlampe arbeitest. Du spielst in meinen Filmen. Du trägst meinen Namen. Du bist mein Produkt!«

Ruckartig ließ er sie los. Ohne ein weiteres Wort stapfte er an ihr vorbei und verließ das Wohnzimmer.

Sobald sie seine Schlafzimmertür oben zuschlagen hörte, wich jegliche Kraft aus ihrem Körper. Erschöpft sank sie auf die Knie. Sie verstand nicht, was eben geschehen war. Warum es geschehen war. Hilflos schlang sie sich die Arme um den Oberkörper und ließ ihren Tränen freien Lauf.

KAPITEL 22

Berlin-Grunewald, Mitte Juni 1926

Am nächsten Morgen erwachte Eva von Vogelgezwitscher, das durch ihr offenes Schlafzimmerfenster drang. Es war Sonntag. Eva blieb liegen, beobachtete die vorbeiziehenden Wolken vor dem blauen Himmel, lauschte dem Rauschen der Blätter.

Wie ruhig und friedlich alles wirkte. Einen Moment lang kam es ihr so vor, als wäre alles nur ein böser Traum gewesen. Sie hob die Hand und befühlte ihre Wange. Ihre Haut fühlte sich noch immer heiß und empfindlich an. Ihre Zungenspitze streifte die brennende kleine Wunde an der Innenseite ihrer Unterlippe.

Nein, sie hatte es nicht geträumt. Es war wirklich passiert.

Es klopfte an ihre Zimmertür. »Gnädige Frau?«, ertönte Marthas Stimme. »Das Frühstück ist fertig. Der gnädige Herr erwartet Sie bereits am Tisch.«

Eva rührte sich nicht. Gleich darauf klopfte es erneut.

»Der Kaffee wird kalt!«, rief Heinrich im Flur. »Na komm, raus aus den Federn. Oder soll ich einen nassen Waschlappen holen?«

Es war sein gut gelaunter Tonfall, den er in letzter Zeit nur noch äußerst selten anschlug. Und dann ausgerechnet heute. Als hätte er vergessen, was er letzte Nacht getan hatte.

Doch Eva hatte es nicht vergessen. Sie schlüpfte in ihren Morgenmantel, ging nach unten und betrat das Esszimmer. Heinrich hatte sich hinter seiner Zeitung verschanzt. Martha schenkte ihm gerade Tee ein.

»Guten Morgen, gnädige Frau.«

Eva entging nicht, wie sich die Augen der Haushälterin bei ihrem Anblick weiteten. Beschämt wandte Eva sich ab, und für einen Moment herrschte betretenes Schweigen.

Schließlich räusperte sich Martha. »Darf es ein Kaffee sein, so wie immer?«

Heinrich ließ die Zeitung sinken und sah in Evas Richtung. Sie versuchte einzuschätzen, was in ihm vorging, doch seine Miene war wie versteinert.

»Sehr gern«, sagte sie zu Martha.

Die Haushälterin nickte und verschwand in Richtung Küche.

Eva ließ sich auf ihrem Stuhl nieder und vermied es, Heinrich anzusehen. Am liebsten hätte sie ihn zur Rede gestellt, doch im selben Moment kehrte Martha mit der Kaffeekanne zurück.

Nicht jetzt, sagte sich Eva. *Nicht in Marthas Anwesenheit.* Sie spürte, sobald sie es ansprach, würden ihr wieder die Tränen kommen. Und ihre Schwestern? Für heute Nachmittag hatten sie ihren Besuch angekündigt. Wie sollte sie es ihnen erklären, wenn sie nachher kamen und ihr verheultes Gesicht sahen?

Eva aß nur wenige Bissen. Sie hatte kaum Appetit, und die kleine Wunde störte sie beim Essen. Bald schon zog sie sich wieder nach oben zurück.

Im Spiegel, der über ihrem Schminktisch hing, betrachtete sie ihre gerötete Wange. Noch nie hatte es Gewalt zwischen ihnen gegeben.

Bis zum Nachmittag blieb sie oben und kühlte ihre Wange mit feuchten Tüchern. Sie verließ erst wieder ihr Zimmer, als sie die Kraftdroschke mit ihren Schwestern hörte.

Heinrich war bereits draußen, öffnete die Beifahrertür und half Ilse beim Aussteigen. Letztes Jahr hatte sie Klaus geheiratet, ihren großen Schwarm, und inzwischen war sie im fünften Monat schwanger. Voller Stolz trug sie ihren Bauch vor sich her, der schon jetzt eine beachtliche Größe angenommen hatte.

»Die Tritte werden immer stärker!«, rief sie strahlend. »Klaus ist fest davon überzeugt, dass es ein Junge wird!«

Als Straßenbahnfahrer arbeitete Klaus oft auch sonntags, darum war er heute nicht mitgekommen. Eva war insgeheim froh darüber, denn sie wurde einfach nicht warm mit ihrem Schwager.

»Lass dich drücken, Schwesterherz!«, rief Johanna und stieg mit ausgebreiteten Armen aus. Sie presste Eva fest an sich und bedachte sie gleich darauf mit einem besorgten Blick. »Was ist, Evchen? Stimmt was nicht?«

Hinter ihr stieg gerade Leni aus dem Wagen, ganz adrett im beigefarbenen Kleid und mit weißer Schleife im kinnlangen Haar, und bei ihrem Anblick spürte Eva, wie Tränen in ihren Augen brannten.

Wie gerne hätte sie sich Johanna anvertraut. *Nicht jetzt*, sagte sie sich erneut. Nicht, wenn Heinrich es mitbekam, und erst recht nicht, wenn Leni dabei war. Sie war noch viel zu jung und hätte es nicht verstanden.

»Bin nur etwas müde. War spät gestern, wir waren aus.«

»Ah. Verstehe.«

Bildete Eva es sich ein, oder blieb Johannas Blick etwas zu lange an ihrer Wange hängen? Sie hatte sich doch extra das Gesicht gepudert, damit man die rötlichen Male nicht mehr sah.

Bevor Johanna sie noch irgendetwas fragen konnte, löste Eva sich von ihr und schloss Leni in die Arme. Seit Mutti im vergangenen Jahr ganz unerwartet an einer Herzschwäche verstorben war, wohnte die Kleine bei Ilse und Klaus, die eine neue Wohnung bezogen hatten.

»Lass dich mal anschauen.« Liebevoll strich Eva ihrer jüngsten Schwester eine Strähne aus der Stirn. Unglaublich, jetzt war sie schon elf. Obwohl die Zeiten in der finsteren und zugigen Mietskaserne zum Glück längst vorbei waren, blieb Leni ihr Sorgenkind. Noch immer war sie sehr dürr und litt häufig an Fieber.

»Heinrich!«, rief Leni und stürmte begeistert auf ihn zu. Von Evas Schwestern war Leni die einzige, die ihn wirklich mochte, ihn geradezu vergötterte. Vom ersten Moment an hatte sie zu Heinrich aufgeschaut, und obwohl sie sich nur selten sahen, war er in ihrer Gefühlswelt vielleicht das, was einem Vater am nächsten kam.

»Übst du denn auch fleißig auf deinem neuen Klavier?«, erkundigte er sich. Er hatte es Leni zum Geburtstag geschenkt und bezahlte ihr den Musikunterricht.

Leni nickte und präsentierte ihm stolz ihr mitgebrachtes Notenheft: Schumanns *Album für die Jugend*.

Zu fünft gingen sie hinein und nahmen am Esstisch Platz. Während Martha den Butterkuchen servierte, traute Eva ihren Ohren kaum. Täuschte sie sich, oder fand zwischen Heinrich und ihren Schwestern gerade eine nette Unterhaltung statt, ganz ohne Sticheleien? Normalerweise machte ihr Mann keinen Hehl daraus, dass er sowohl Ilse als auch Klaus ziemlich beschränkt fand. Klaus wiederum ließ bei jeder Gelegenheit durchblicken, dass er Heinrich für einen abgehobenen Schnösel hielt, und die Tatsache, dass sie eine Haushälterin beschäftigten, verleitete Ilse immer wieder zu spitzen Bemerkungen.

Und Johanna – vor ein paar Monaten hatte sie ihren Traum verwirklicht und in der Friedrichstraße ihr eigenes Varieté eröffnet, in dem sie regelmäßig als Nackttänzerin auftrat, nur wenige Häuser von den Büroräumen der Lichtenfeld Film entfernt. Heinrich fand es skandalös, fürchtete er doch um sein und Evas öffentliches Image, falls sich herumsprach, wessen Schwester sich da Abend für Abend entblößte und obszöne Verrenkungen vor den Leuten aufführte. »Ginge es nach mir, wärst du längst in einem Erziehungsheim für gefallene Mädchen gelandet!«, hatte er Johanna einmal an den Kopf geworfen – ein seltener Moment der Einigkeit zwischen ihm, Ilse und Klaus.

»Ihr versteht einfach nichts von meiner Kunst!«, hatte sich Johanna verteidigt.

An diesem Nachmittag aber hielt sich Heinrich auffallend mit Kommentaren über Johannas Lebenswandel zurück, und als sich Ilse wieder einmal zu einer Spöttelei über die moderne Einrichtung des Hauses hinreißen ließ, reagierte er nicht beleidigt, sondern nahm ihr kurzerhand mit einem Witz den Wind aus den Segeln.

Nach dem Essen schnappte er sich Leni und setzte sich mit ihr ans Klavier, auf dem inzwischen seine hölzerne Büste thronte. *Dieses fürchterliche Selbstbildnis*, dachte Eva. Dass er sich von dem hässlichen Ding noch immer nicht getrennt hatte. Mit finsterem Blick schien es Leni zu beobachten, doch sie legte unbeirrt ihr mitgebrachtes Heft auf das Notenpult und spielte den *Wilden Reiter* vor. Heinrich lauschte ihr, korrigierte sie sanft, wann immer sie einen Fehler machte.

Fassungslos beobachtete Eva ihn. Er wirkte regelrecht wie verwandelt, war so gut gelaunt wie schon lange nicht mehr. Als hätte es den gestrigen Abend nie gegeben. War es möglich? Hatte er so viel getrunken, dass er sich nicht mehr daran erinnern konnte?

Später standen sie gemeinsam an der Tür und verabschiedeten den Besuch. Johanna bedachte Eva mit einem besorgten Blick. »Wenn irgendwas ist, melde dich«, flüsterte sie ihr zu und streichelte ihren Arm. »In Ordnung?«

Eva nickte. Johanna und ihr Röntgenblick. Sie ließ sich einfach niemals täuschen.

Leni sah erwartungsvoll zu Heinrich auf. »Wann gehen wir wieder in den Luna-Park?«

»Wenn mein neuer Film fertig ist. Hab noch ein wenig Geduld.«

»Weißt du, Heinrich ... ich will unbedingt mal mit der Achterbahn fahren.«

Er staunte. »Was? So mutig bist du auf einmal geworden?«

»Aber nur, wenn du mitfährst. Versprichst du es mir?«

Er streckte die Hand aus und zauste ihr blondes Haar. »Aber ja doch. Das machen wir!«

»Leni? Kommst du?«, ertönte es aus der Kraftdroschke.

Leni umarmte erst Eva, dann Heinrich, und schließlich rannte sie zum Wagen und stieg ein. Eva sah der Kraftdroschke nach, bis sie hinter den Sträuchern am Straßenrand verschwunden war.

Wie aufs Stichwort fühlte sie eine Berührung an ihrer Hand. Heinrich tastete nach ihren Fingern, vorsichtig, zögerlich.

»Eva«, begann er leise. »Was gestern Nacht passiert ist ...«

Er hatte es also doch nicht vergessen. Sie zuckte vor seiner Berührung zurück, wandte sich ab und stürmte in den Garten.

»Ich hätte das niemals tun dürfen«, sagte er hinter ihr. »Ich weiß nicht, was in mich gefahren ist.«

»Ich schon! Als dir klar wurde, dass Bettys Angebot nicht dir gilt, sondern mir, hast du deinen Frust an mir ausgelassen.«

»Nein. Du irrst dich.«

Eva blieb neben der Terrasse stehen und wandte sich um. »Ich bitte dich. Dein Ruhm ist doch alles, worum es dir geht.«

»Du liebe Güte. Glaubst du wirklich, dass –«

»Ich fürchte mich jetzt schon vor dem nächsten Mal, wenn ein anderer Regisseur mit einem Rollenangebot auf mich zukommt. Was dann, Heinrich? Wirst du mich dann wieder bestrafen?« Erschöpft ließ sie sich auf die steinernen Stufen sinken, die zur Terrasse hinaufführten. »Ich halte das alles nicht mehr aus. Deine unersättlichen Ansprüche, die Rollen, in die du mich presst ... Du raubst mir die Luft zum Atmen, begreifst du das nicht?«

Heinrich maß sie mit einem fassungslosen Blick. Zum ersten Mal hatte sie laut ausgesprochen, was sich schon seit einer ganzen Weile in ihr angestaut hatte, ohne dass er ihr dabei über den Mund gefahren war. Doch sie war noch nicht fertig. Es schien, als wäre plötzlich ein Damm gebrochen.

»Ich dachte, ich könnte für alles Verständnis aufbringen. Für dein seelisches Leiden, für deine Arbeitswut und deinen unersättlichen Ehrgeiz. Ich habe dich unterstützt, weil ich wollte, dass du glücklich bist. Aber ich kann nicht mehr. Und diese schöne Zeit, von der du dauernd sprichst – ich glaube nicht mehr daran, dass sie jemals kommen wird, erst recht nicht nach gestern Abend. Mit dieser Ohrfeige hast du etwas kaputt gemacht. Vielleicht für immer.«

Wortlos ließ sich Heinrich neben ihr auf den Stufen nieder. Dieses Mal war es kein beleidigtes, sondern ein ratloses Schweigen.

»Weißt du, was Bettys Angebot betrifft ... Ich bin mir nicht einmal sicher, ob es wirklich etwas zu bedeuten hatte. Aber das, was sie zu mir sagte, oder eher, wie sie es sagte, hat mich berührt. Es gab mir das Gefühl, dass mich jemand sieht. Dass da jemand ist, der ein ungenutztes Potenzial in mir erkennt und auf Augenhöhe mit mir redet.« Sie zögerte. »So, wie du es früher einmal getan hast.«

»Das tue ich immer noch.«

Eva warf ihm einen ungläubigen Blick zu. »Wann waren wir beide denn zuletzt auf Augenhöhe? Ich habe gefälligst hübsch auszusehen und den Mund zu halten. Ach ja, deine Drehbücher darf ich dir auch noch schreiben. Aber wehe, ich äußere eigene Ideen.« Sie schüttelte den Kopf. »Betty hat mir ganz neue Möglichkeiten aufgezeigt. Mir das Gefühl vermittelt, dass es noch ein anderes Leben für mich geben könnte.«

»Ein ... anderes Leben?« Seine Miene wirkte gefasst, aber Eva merkte, dass es ihn viel Selbstbeherrschung kostete.

»Nein, so meinte ich das nicht«, sagte sie schnell, als ihr klar wurde, wonach ihre Worte klangen.

»Doch. Genau so meintest du es.« Er schluckte schwer. »Du

hast ja recht. Mit allem. Du hältst mir den Spiegel vor, und alles, was ich sehe, ist ein rücksichtsloser Egomane.«

Hörte sie wirklich so etwas wie Einsicht aus seinen Worten heraus? Schweigend sah er sie an, und sie fragte sich, ob er darauf hoffte, dass sie ihm widersprach.

Als sie nichts sagte, seufzte er leise. »Verstehe. Was hält dich denn noch bei mir, wenn Hollywood ruft?«

»Als ginge es mir dabei um Hollywood! Ich habe geschworen, dir zur Seite zu stehen, und das will ich noch immer.« Nun kamen ihr doch die Tränen. Sie wischte sie mit dem Handrücken fort. »Aber du machst es mir so schwer, und ich habe keine Kraft mehr. Ich kann so nicht weitermachen.«

Er nahm ihre Hand. »Ich weiß, ich habe Fehler gemacht. Hab dir wehgetan ... Vielleicht wird es zwischen uns nie mehr so wie früher werden. Aber das muss es auch gar nicht, denn ab jetzt wird alles anders. Nein, es wird besser. Viel besser. Ich verspreche es dir.«

Er schloss sie in seine Arme, und Eva ließ es zu. Irgendwo verborgen unter diesen zahlreichen Rollen, die sie mit oder ohne Kamera für ihn verkörperte, war sie seine Frau. Irgendwo war da noch der alte Funke zwischen ihnen, sie spürte es. Tief in ihrem Inneren lebte die leise Hoffnung, dass er seine Worte aufrichtig meinte. Dass er wirklich bereit war, sich zu ändern.

»Wie gerne ich dir das glauben würde«, sagte sie leise.

Er drückte sie fest an sich. »Ich werde es dir beweisen.«

Gleich am nächsten Tag ließ Heinrich Betty per Telegramm wissen, dass von Evas Seite kein Interesse an Rollenangeboten bestand.

»Vergiss die Davenport«, sagte er. »Alles, was sie dir in Hollywood bietet, kannst du auch bei mir haben. Ab jetzt arbeiten wir auf Augenhöhe zusammen, du wirst sehen.«

Wie schön diese Worte wieder einmal klangen, und doch konnten sie alles und nichts bedeuten.

»Dann zeig mir, dass du es ernst meinst«, entgegnete Eva. »Ich will raus aus diesem Korsett, in das du mich gesteckt hast. Ich will eigene Ideen verwirklichen, ja, sie überhaupt einmal aussprechen dürfen, ohne dass du gleich alles abschmetterst. Und ich will nicht immer nur das niedliche Blondchen sein, sondern endlich wieder eine intelligente Rolle spielen. So eine wie Gemma.«

Sie setzten sich zusammen und nahmen sich noch einmal das Drehbuch zu *Der Pfad der Tugend* vor, ihrem neuen Film. Es sollte ein packender Krimi mit Liebesgeschichte werden. Die Dreharbeiten waren für den Herbst anberaumt. Eva würde die Rolle der Cordelia spielen, eine Bankierstochter, die sich im Laufe der Handlung mit einem Kriminellen einließ und ihn zum Guten bekehrte.

»Wie du wünschst«, sagte Heinrich. »Ich lasse dir völlig freie Hand bei der Ausgestaltung deiner Rolle. Schreib sie dir auf den Leib, ganz so, wie du sie am liebsten hättest.«

Eva kaufte ihm seine Großzügigkeit nicht so recht ab, darum beschloss sie, ihn auf die Probe zu stellen. Sie nahm sich das Drehbuch zur Brust. Wahrscheinlich glaubte er, dass sie nur hier und da ein paar Kleinigkeiten ändern würde, aber da hatte er sich getäuscht. Sie schrieb es von Grund auf neu, machte aus der Bankierstochter eine schöne Trickbetrügerin und aus ihrem Liebhaber einen Polizisten, der ihr hoffnungslos verfiel. Ja, das klang doch gleich viel aufregender.

Kaum war sie fertig, legte sie Heinrich das neue Drehbuch vor. Ungeduldig saß sie dabei, während er es durchlas. Nun würde sich zeigen, wie ernst es ihm wirklich mit seinen Worten gewesen war.

»Also ich weiß ja nicht, wie ich das finden soll«, erwiderte er nach einer Weile seufzend, als er die letzte Seite zurück auf den Stapel legte.

»Was denn?« Eva tat ahnungslos. Eigentlich wusste er doch ganz genau, wie er es fand. Sie wussten es beide.

»Dass du unbedingt eine Kriminelle spielen willst. Das passt doch überhaupt nicht zu deinem Image.«

»Genau deshalb reizt mich diese Rolle ja so sehr. Endlich mal was anderes! Glaub mir, das Publikum wird überrascht sein, eine ganz neue Seite von mir kennenzulernen.«

Anstatt zu antworten, massierte er seine Schläfen, als hätte er plötzlich Kopfschmerzen bekommen.

»Sag bloß, du wirfst jetzt doch wieder alles über den Haufen? Denk an dein Versprechen ...«

»Ja, ja! Dann spiel eben eine Trickbetrügerin, wenn es dich glücklich macht.«

Sie versuchte, sich ihre Erleichterung nicht allzu deutlich anmerken zu lassen. »Gut. Dann zum nächsten Thema. Wir müssen noch über die Kostüme, das Szenenbild und die Requisiten reden.«

Er sah sie verständnislos an.

»Cordelia ist meine Rolle. Ich kenne sie am besten, darum will ich selbst entscheiden, wie sie sich kleidet und wie sie ihre Wohnräume einrichtet.«

»Herrgott, was denn noch alles ...«

»Hast du nicht von gleicher Augenhöhe gesprochen? Und sagtest du nicht, ich hätte völlig freie Hand bei der Ausgestaltung meiner Rolle? Das gehört schließlich alles dazu, nicht wahr?«

In den darauffolgenden Wochen setzte sich Eva mit dem Kostümbildner und der Filmarchitektin zusammen und schilderte ihnen ganz genau, wie sie sich Cordelias Kleidung, ihre Wohnung und jedes Detail der Einrichtung vorstellte. Heinrich murrte zwar ein wenig über manche ihrer Einfälle, hielt jedoch Wort und segnete alle ihre Vorschläge ab.

Im Herbst begannen endlich die Dreharbeiten, und Eva wurde bewusst, dass sie im Gespräch mit den Fachleuten Blut geleckt hatte. Sie entwickelte Interesse an der Technik im Atelier, ließ sich von den Kameramännern und Beleuchtern in den Drehpausen alles erklären. Heinrich maß sie mit einem ungläubigen Blick, als er sie einmal spätabends noch zu Hause am Schreibtisch sitzen sah, in die Lektüre eines seiner Fachbücher vertieft. Ihr neu entwickelter Eifer schien ihm im ersten Moment ein wenig unheimlich zu sein, doch dann besann er sich, kam auf sie zu und schloss sie in die Arme.

»Ich bin stolz auf dich«, sagte er.

Eva wusste nicht, wie ihr geschah. Glücklich erwiderte sie seine Umarmung. Sie wollte ihm ja nichts wegnehmen. Sie wollte nur die Last mit ihm teilen. Zu spüren, dass er ihren Entscheidungen vertraute und dass sie einander auf Augenhöhe begegnen konnten – genau danach hatte sie sich immer gesehnt.

Und langsam glaubte sie daran, dass es ihnen wirklich gelingen konnte.

KAPITEL 23

Berlin, Zoologischer Garten, Ende Januar 1927

»Frau Lichtenfeld! Ihr Fräulein Schwester verlangt am Telefon nach Ihnen. Es ist dringend.«

Eva erhob sich vom Tisch und folgte dem Kellner durch das dichte Gedränge des Presseballs, der wie jedes Jahr im Restaurant des Zoologischen Gartens stattfand. Alles, was in Berlin Rang und Namen hatte, versammelte sich hier, dementsprechend war der Ball ein Pflichttermin für sie und Heinrich.

Kurz vor Weihnachten hatten sie die Dreharbeiten zu *Der Pfad der Tugend* beendet, und schon jetzt kursierten erste Artikel über Evas gewagten Imagewechsel als verführerische Trickbetrügerin. *Der neueste Schachzug des genialen Heinrich Lichtenfeld*, hieß es in der Fachpresse. Niemand wusste, dass es in Wahrheit Evas Einfall gewesen war. Aber schließlich hatte sie es nicht für den Ruhm getan, sondern vor allem, um Heinrich und sich zu beweisen, wozu sie fähig war.

Und wie es aussah, war es ihr auch gelungen. Nicht nur, dass Heinrich ihr für das nächste Filmprojekt wieder ein umfangreiches Mitspracherecht zugesichert hatte, auch er selbst hatte sich verändert. Er war viel ausgeglichener, trank weniger, riss sie nachts nicht mehr aus dem Schlaf, wenn ihn die Ideen überfielen. Sie verstanden sich so gut wie schon lange nicht mehr.

So schön es auch war und sosehr sie sich wünschte, dass es von nun an immer so blieb, Eva konnte ihrem neuen, harmonischen Miteinander noch nicht ganz trauen. War Heinrichs Wandlung von Dauer, oder würde er früher oder später wieder in seine alten Muster zurückfallen? Sie wollte sich lieber nicht seine Reaktion ausmalen, falls er jemals erfuhr, dass sie seit seiner Absage heimlich in regem Briefkontakt mit Betty Davenport stand.

Und auch ihr Romanmanuskript behielt sie vorerst noch lieber für sich. Es war ihr kostbares kleines Projekt, und sie spürte, dass es noch nicht reif war für fremde Blicke. Wenn sie es aber wirklich ernst damit meinte und es einem Verlag anbieten wollte, würde sie Heinrich davon erzählen müssen. Er war es, der den Verlagsvertrag unterschreiben würde – und dann würde sich zeigen, inwiefern er wirklich bereit war, Eva mehr Freiräume zu gewähren.

Endlich näherte sie sich dem Tresen. Der Kellner reichte ihr den Telefonhörer, und ein mulmiges Gefühl befiel sie. Hinter ihr legte sich gerade der Saxofonist der Jazzband ins Zeug. Eva musste sich das freie Ohr zuhalten, um etwas verstehen zu können.

»Gott sei Dank, endlich erreiche ich dich«, sagte Johanna am anderen Ende der Leitung. »Hör zu, Leni ist sehr krank.«

Eva erschrak. Wegen eines simplen Schnupfens würde Johanna sie bestimmt nicht hier anrufen – und warum meldete sich überhaupt Johanna bei ihr, und nicht Ilse, die sich doch normalerweise um Leni kümmerte?

Heinrich tauchte neben ihr auf, warf ihr einen vorwurfsvollen Blick zu und tippte mit dem Zeigefinger auf seine Armbanduhr.

Eva hob beschwichtigend die Hand.

»Ilse wollte nicht, dass ich dich deswegen auf dem Ball anrufe«, fuhr Johanna fort, »aber ich an deiner Stelle würde es sofort wissen wollen, ganz egal, wo ich gerade bin –«

»Sag schon, was hat Leni?«

Als der Name des Mädchens fiel, ließ Heinrich die Hände sinken.

»Diphtherie. Sie hat Fieber und kann nur schwer atmen. Heute früh musste sie auf die Isolierstation.«

Eva brauchte einen Moment, um die Information sacken zu lassen. »Diphtherie? Ganz sicher?«

Sie warf einen Blick zu Heinrich. Mit gerunzelter Stirn lauschte er ihrer Hälfte des Gesprächs. Besorgnis zeichnete sich in seiner Miene ab.

Eva griff hilfesuchend nach seiner Hand. Leni, ihre kleine, zerbrechliche Leni. Sie war ganz allein an einem fremden Ort, getrennt von ihrer Familie.

»Darf sie denn wirklich gar keinen Besuch bekommen?«

»Wir können ihr nur von draußen durchs Fenster winken.«

»In welchem Krankenhaus ist sie?« Eva ließ sich vom Kellner einen Zettel geben, notierte die Adresse und legte auf.

»Ach Gott, die arme Kleine«, seufzte Heinrich. »Ich hab den Mist mal als Kind gehabt. Heutzutage kann man es zum Glück viel besser behandeln. In ein paar Tagen ist sie wieder putzmunter, da bin ich mir sicher.«

Eva steckte den Zettel ein. »Ich muss los.«

»Was denn, jetzt sofort? Jeden Moment kommt der Reichskanzler.«

»Das ist mir egal. Leni liegt im Krankenhaus!«

Sie eilte zur Garderobe, ließ sich ihren Mantel geben und streifte ihn über ihr Kleid.

»Aber Eva, das hat doch keinen Sinn«, beharrte Heinrich und folgte ihr. »Sie werden dich nicht zu ihr lassen!«

Wortlos schob sie sich an ihm vorbei und verließ das Restaurant.

Im Krankenhaus warteten bereits Ilse und Johanna. Als sie Eva kommen sahen, sprangen sie von ihren Stühlen auf. Nacheinander umarmte sie die beiden. Sogleich brach Ilse in Tränen aus, und Eva drückte sie tröstend an sich.

»Mein Gott, Ilse!«, zischte Johanna. »Ich kapiere einfach nicht, warum du so lange gewartet hast. Leni hätte schon viel früher in die Hände eines Arztes gehört!«

»Vorwürfe helfen jetzt niemandem«, meinte Eva streng.

Ilse wischte ihre Tränen fort. »Wie hätte ich denn ahnen sollen, dass es so schlimm wird? Ihr kennt doch Leni. Ständig hat sie irgendwas, aber ich kann mich nicht mehr so wie früher um sie kümmern, seit unser Walterchen da ist.«

Eva streichelte den Arm ihrer Schwester. Ilse hatte ihren Sohn vor zwei Monaten zur Welt gebracht, ein kräftiges, ständig hungriges Kerlchen, das zu nächtlichen Bauchkrämpfen neigte.

»Ich dachte, nach ein paar Tagen Bettruhe ist es ausgestanden«, fuhr Ilse schniefend fort. »So wie immer. Aber heute Abend fing sie plötzlich an zu röcheln ...«

Nachdem sich Ilse etwas beruhigt hatte, sprach Eva eine der

Krankenschwestern an. Sie begleitete Eva durch eine Tür in den Hinterhof. Eine gewundene Stahltreppe führte an der Rückseite des Gebäudes hinauf. Im ersten Stock blieb die Schwester stehen und deutete auf ein Fenster.

Eva beugte sich vor und hob die Hände an die Schläfen, um durch das spiegelnde Glas etwas erkennen zu können. Dort, in einem schmalen Bett, lag Leni. Ihr Hals war geschwollen, die Wangen gerötet. Apathisch starrte sie zur Decke. Das Atmen bereitete ihr sichtlich Mühe.

Eva klopfte gegen die Fensterscheibe. Langsam drehte sich Leni zu ihr, blinzelte in ihre Richtung und lächelte müde. Eva schluckte schwer. Wie gerne hätte sie sich zu Leni aufs Bett gesetzt, sie getröstet und ihr etwas vorgelesen. Sie verstand, dass die Isolation medizinisch notwendig war, trotzdem erschien sie ihr grausam.

Nach einer Weile kehrte Eva wieder in den Wartebereich zurück, wo sich gerade ein Arzt mit ihren beiden Schwestern unterhielt.

»Es ist ein besonders schwerer Verlauf«, erklärte er. »Die Infektion ist schon recht weit fortgeschritten. Wir haben Ihrer Schwester das Heilserum gespritzt. Nun müssen wir abwarten, ob die Behandlung anschlägt.«

Spät am Abend fuhr Eva nach Hause. Heinrich war noch nicht vom Presseball zurück, und Martha hatte sich bereits in ihr Zimmer im Sockelgeschoss zurückgezogen.

Eva kleidete sich um, putzte sich die Zähne und legte sich ins Bett, fand jedoch keine Ruhe. Der Anblick von Leni auf der Isolierstation ging ihr nicht aus dem Kopf.

Spät in der Nacht erwachte sie aus einem leichten Schlummer, als sich ihre Schlafzimmertür einen Spaltbreit öffnete. Heinrich kam herein und setzte sich zu ihr aufs Bett.

»Tut mir leid, dass ich nicht lange genug bleiben konnte, um dem Reichskanzler die Hand zu schütteln«, sagte sie leise.

Er streichelte ihr Haar. »Leni ist wichtiger als der Reichskanzler.«

Tränen brannten ihr in den Augen. »Es geht ihr wirklich schlecht. Ich mach mir fürchterliche Sorgen.«

Er zog sich seinen Frack aus, streifte alles ab bis auf die Unterwäsche und kroch zu Eva unter die Decke. Wortlos schmiegte er sich an ihren Rücken, nahm ihre Hand und verschränkte ihre Finger mit seinen.

Noch immer kam es viel zu selten vor, dass sie zusammen in einem Bett lagen, ohne dabei sinnlich zu werden. Und noch viel seltener, dass er sie tröstete, ohne dass sie ihn erst darum bitten musste. Vielleicht hatte er doch dazugelernt, und seine Wandlung war von Dauer.

Dankbar hauchte sie ihm einen Kuss auf die Wange und schlief zum Geräusch seiner Atemzüge ein.

Als Eva am nächsten Morgen gegen halb acht erwachte, stellte sie überrascht fest, dass Heinrich noch immer zu Hause war.

»Musst du denn nicht ins Büro?«, fragte sie, als sie die Treppe hinunterkam und ihn mit der Zeitung auf dem Sofa sitzen sah. Normalerweise war er um diese Uhrzeit längst bei der Arbeit.

»Ich dachte mir, ich fange heute später an.« Er faltete die Zeitung zusammen und legte sie beiseite. »Dann kann ich dich zur Besuchszeit zum Krankenhaus fahren.«

Eva frühstückte rasch und zog sich an. Gemeinsam stiegen sie ins Auto und machten sich auf den Weg zur Klinik.

»Heute Abend nehme ich mir ein Zimmer in der Stadt«, erklärte sie. »Vielleicht ist es übertrieben, aber ich möchte unbedingt in Lenis Nähe sein, falls irgendetwas sein sollte.«

Heinrich nahm es schweigend hin.

»Leni hat übrigens nach dir gefragt. Ich hab es von der Schwester erfahren.«

Seine Hände verkrampften sich ums Lenkrad. »Ach Eva«, seufzte er leise. »Du weißt doch ... Ich und Krankenhäuser ...«

Er hasste sie wie die Pest. Ein weiteres Kriegsandenken, wie er ihr einmal anvertraut hatte.

»Du musst nicht lange bleiben. Wenn du ihr nur einmal durchs Fenster zuwinkst, würdest du ihr bestimmt eine große Freude machen.«

Sie warteten an einer Kreuzung. Aus dem Augenwinkel sah sie, dass er mit den Fingern auf dem Lenkrad trommelte.

»Na schön«, sagte er endlich. »Wenn die Kleine es sich wünscht.«

Sie parkten in einer Seitenstraße, stiegen aus und näherten sich dem riesigen Klinkergebäude. Eva fühlte, dass es ihn Überwindung kostete. Sie nahm seine Hand, als sie den Haupteingang erreichten.

Heinrich folgte ihr hinein, doch schon nach wenigen Schritten wurde er blass. Ruckartig entzog er ihr seine Finger.

»Was hast du?«, fragte Eva leise und trat an seine Seite. Lag es an der schummrigen Beleuchtung, oder war sein Gesicht wirklich grünlich angelaufen?

»Dieser Geruch. Oh Gott ... Riechst du es nicht?«

Eva runzelte die Stirn. Es war der typische Geruch nach Desinfektionsmitteln, wie sie ihn aus Arztpraxen und Krankenhäusern kannte.

»Es riecht nach Krankheit ... nach Tod ... wie in einem Lazarett ...« Er hielt sich die Hand vor den Mund, als müsste er gleich würgen, fuhr herum und taumelte zur Tür hinaus.

Eva lief ihm nach. Sie fand ihn draußen neben der Tür. Keuchend stützte er sich an der Klinkerfassade ab.

Sanft strich sie ihm über den Rücken. Ein paar Leute gingen an ihnen vorbei und warfen ihnen neugierige Blicke zu.

»Geht es wieder?«, fragte Eva nach einer Weile.

Anstatt zu antworten, richtete er sich auf und strich seinen Mantel glatt. Es war ihm peinlich.

»Vielleicht hilft es, wenn du dir ein Taschentuch vor die Nase hältst.«

»Ich kann nicht.«

»Du musst ja nur ein kurzes Stück durch den Korridor, dann geht es direkt wieder nach draußen in den Hinterhof –«

»Nein. Ich ertrage das nicht!«

»Aber Leni –«

Er schüttelte den Kopf. »Es tut mir leid. Sag Leni ... Sag den Schwestern, sie sollen ihr ausrichten, dass ich sie lieb habe.« Mit diesen Worten wandte er sich ab und kehrte schnellen Schrittes zum Auto zurück.

»Leni ist sehr schwach«, erzählte Ilse, als sich Eva im Wartebereich zu ihren Schwestern gesellte. »Das Fieber geht einfach nicht weg.«

Eva legte ihr die Hand auf die Schulter. »Ich sehe gleich mal nach ihr.«

»Und dein Gatte?« Johanna hob eine Braue. »Ich hatte gehofft, er lässt sich auch mal hier blicken. Leni wollte ihn doch unbedingt sehen.«

Eva war nicht gut darin, Ausreden zu erfinden. Wie sollte sie es ihren Schwestern nur erklären, ohne Heinrich bloßzustellen? »Er hat so viel zu tun. Du weißt ja, die Arbeit ...«

»Das ist ja lächerlich!« Wütend stemmte Johanna die Hände in die Hüften. »Klavierstunden geben, in den Luna-Park gehen, so was macht er gerne. Aber wenn es darum geht, die Kleine im Krankenhaus zu besuchen, dann ist irgendein Film natürlich wichtiger.«

»Johanna!« Empört gab Ilse ihr einen Klaps auf den Arm. »Reiß dich gefälligst zusammen. Es ist immerhin Evas Mann, von dem du hier sprichst.«

Eva wandte sich ab und ging in den Hinterhof. Sinnlose Diskussionen waren das Letzte, was sie jetzt gebrauchen konnte, aber sie konnte es Johanna nicht übel nehmen. Gerade lagen bei ihnen allen die Nerven blank.

Als sie an Lenis Fenster trat, stutzte sie. Die Vorhänge waren komplett zugezogen.

Vielleicht schlief die Kleine gerade. Trotzdem, sie hatte ein ungutes Gefühl. Zurück im Gebäude, erkundigte sie sich bei einer Schwester.

»Der Herr Doktor ist gerade im Zimmer.«

Evas ungutes Gefühl verstärkte sich. »Stimmt irgendetwas nicht?«

»Es tut mir leid, mehr kann ich Ihnen im Moment nicht sagen. Weitere Auskünfte muss Ihnen der Doktor geben.«

Sie kehrte in den Wartebereich zu Ilse und Johanna zurück.

Stunden vergingen, dann tauchte endlich der Arzt auf.

Nacheinander sah er die drei Schwestern an und atmete tief durch. »Meine Damen, ich muss Ihnen leider mitteilen ...«

Eine seltsame Trance befiel Eva, während er sprach. Sie sah noch, wie sich sein Mund bewegte.

»Plötzliche Komplikation ... Luftröhrenschnitt ...«

Nur wenige seiner Worte schnappte sie auf, aber mehr war auch gar nicht nötig.

Leni, ihr zartes Wesen. Sie war ihnen genommen worden.

KAPITEL 24

Berlin-Mitte, Ende Januar 1927

Zu dritt saßen sie im Wartebereich und hielten einander in den Armen. Johanna und Ilse weinten. Eva drückte die beiden an sich und fühlte sich auf eigenartige Weise losgelöst vom Geschehen. Sie wollte weinen, sie hätte es so gerne getan, aber sie konnte es nicht. Ihr Innerstes war wie eingefroren, und ein Teil von ihr wehrte sich mit aller Macht dagegen, die Worte des Arztes zu akzeptieren.

Heinrich. Wenn er doch nur hier wäre. Ohne ihn wagte sie es nicht, ihrer Trauer freien Lauf zu lassen. Nicht ohne seine Nähe, ohne seine feste Umarmung, die ihr Halt gab. So wie gestern Nacht, als er zu ihr gekommen und einfach nur für sie da gewesen war.

Sanft löste sie sich von Ilse und Johanna und stand auf. Bei einer Schwester erkundigte sie sich nach dem nächsten Münzfernsprecher. Draußen war es bereits dunkel. Den ganzen Tag hatte sie hier in der Klinik verbracht und dabei jegliches Zeitgefühl verloren.

Sie rief im Büro an. Niemand meldete sich, obwohl sie es lange klingeln ließ. Bestimmt hatten alle längst Feierabend gemacht.

Also versuchte Eva es zu Hause. Auch dort ging niemand ans Telefon, und wie sie ihre Haushälterin kannte, lag die bestimmt schon längst im Bett.

»Soll ich die Verbindung trennen?«, fragte das Fräulein am anderen Ende der Leitung.

»Moment bitte.« Eva kramte ihr Adressbüchlein aus der Handtasche, rief bei mehreren Freunden an und in verschiedenen Kneipen. Nirgends war Heinrich, und niemand wusste, wo er war.

Sie legte auf. Es war ihm nicht gut gegangen vorhin. Niemals hätte sie zulassen dürfen, dass er sich in diesem Zustand hinters Steuer setzte, hätte darauf bestehen müssen, dass er sich eine Kraftdroschke nahm ...

Nein, sie musste ruhig bleiben. Vielleicht war er doch zu Hause. Es konnte tausend Gründe geben, weshalb er nicht ans Telefon gegangen war. Womöglich hatte er sich wieder Morphium gespritzt und war eingeschlafen.

Sie kehrte zu ihren Schwestern in den Wartebereich zurück. Johanna hatte sich inzwischen wieder ein wenig gefasst, doch ihre Augen waren gerötet, die Lider mit schwarzer Wimperntusche verschmiert. Sie hielt Ilse im Arm, die immer wieder leise schniefte.

Eva setzte sich zu ihnen. Nicht einmal um Abschied zu nehmen, ließ man sie zu Leni, da noch immer Infektionsgefahr bestand. Schweren Herzens verließen sie das Krankenhaus und schlossen einander noch einmal fest in die Arme, ehe sich jede von ihnen auf den Heimweg begab.

Das tranceartige Gefühl hielt weiter an, während Eva in eine Kraftdroschke stieg und nach Hause fuhr. Sie mussten sich um die Beerdigung kümmern. Einen Sarg aussuchen. Nüchtern ging ihr Verstand die nächsten Schritte durch. Der Rest ihres Gehirns verweigerte die Mitarbeit.

Draußen zogen die Lichter der Häuser an ihr vorbei. Das Leben in der Stadt ging seinen gewohnten Gang, doch ihre Gefühle lagen wie unter einer dicken Eisschicht verborgen.

Endlich bog der Wagen in ihre Auffahrt ein, und Eva blickte zu den dunklen Fenstern hinauf, in denen sich der Vollmond spiegelte. Sie reichte dem Fahrer das Geld, stieg aus und schloss die Haustür auf. Aus dem dunklen Wohnzimmer ertönte laute Musik vom Plattenspieler.

»Heinrich?«

Sie rechnete damit, ihn schlafend auf dem Sofa zu finden. Ohne Schuhe, Hut und Mantel auszuziehen, betrat sie das Wohnzimmer und schaltete das Licht an, doch das Sofa war leer.

Das laute Gedudel des Plattenspielers war unerträglich. Eva wollte ihn abstellen, doch als sie auf dem Weg dorthin den Glastisch umrundete, stellte sie fest, dass zwei Sektgläser darauf standen.

Sie nahm eines davon in die Hand. Etwas Rötliches klebte am Rand. Wie ein Lippenstiftabdruck.

Langsam stellte sie die Gläser wieder zurück. Ihr Blick streifte den vollen Aschenbecher.

Sie ging zur Treppe, stieg hinauf in den ersten Stock. Die Tür zu Heinrichs Schlafzimmer stand einen Spaltbreit offen. Als Eva sich näherte, stach ihr ein penetranter Geruch in die Nase, eine Mischung aus Parfum und Schweiß. Sie hörte schwere Atemzüge, ahnte längst, was sie erwartete, doch sie konnte nicht anders, sie musste Gewissheit haben und warf einen Blick hinein.

Der Mond erhellte das Zimmer. Eva machte zwei Gestalten im Bett aus. Die Decke rutschte von ihnen herunter, und ein blanker Hintern kam zum Vorschein.

Wie gelähmt sah sie dabei zu, wie sich Heinrich an einer anderen Frau abarbeitete. Mondlicht fiel auf ihr Gesicht, und Eva erkannte sie.

Viola Petry.

Evas Blick verschwamm. Rückwärts wankte sie in den Flur und suchte Halt an der Wand, als für einen Augenblick der Boden unter ihren Füßen schwankte.

Luft. Sie musste dringend an die frische Luft, sonst würde sie ersticken. Sie klammerte sich ans Treppengeländer und stieg langsam die Stufen wieder hinab. Von oben drang noch immer das Keuchen der beiden zu ihr, vermischte sich mit dem Schlager von der Platte.

Übelkeit wallte in ihr hoch. Eva stieß sich vom Geländer ab, taumelte durch den Flur und riss die Tür auf.

Keine Sekunde zu früh. Kaum war sie draußen, bäumte sich ihr Magen auf. Sie schaffte es gerade noch hinter den nächsten Strauch und erbrach sich.

Wie lange Eva schon durch die Stadt wanderte, wusste sie nicht. Sie lief einfach nur geradeaus, folgte dem Verlauf der Straße. Menschen strömten an ihr vorbei. Es war dunkel, sie hatte sich den Hut tief in die Stirn gezogen, niemand erkannte sie.

Lügen, dachte sie, *alles Lügen*. Heinrichs wundersame Wandlung, ihre Beziehung auf Augenhöhe, ihr gemeinsames Leben – alles falsch, alles unecht, alles Kulisse. Er hatte ihr etwas vorgespielt, um sie bei Laune zu halten, hatte ihre Abwesenheit ausgenutzt, um mit einer anderen zu schlafen. Menschen waren nichts als Werkzeuge für ihn, nichts als Rollen, die er mit passenden Darstellern besetzte. Austauschbaren Darstellern.

Hatte sie es nicht längst gewusst, wenn sie ehrlich war? Schon vor Jahren hatte sie sein wahres Gesicht erkannt und es nicht wahrhaben wollen. Bis über beide Ohren war sie verliebt gewesen, kaum mehr als ein Backfisch. Heinrich hatte ihr immer wieder gesagt, was sie hören wollte – berechnend, kalt, skrupellos. Und sie war darauf hereingefallen, hatte sich täuschen lassen, hatte alles getan, was er von ihr verlangte.

Alles für den Film.

Sie hatte das Gefühl, durch einen endlosen gläsernen Tunnel zu laufen. Sie kam an feinen Geschäften und Restaurants vorbei, sah durch die Fenster der Häuser, in deren Stuben Paare und Familien beieinandersaßen. Fremd erschienen sie ihr, wie Wesen aus einer anderen Welt.

Nein, sie selbst war das fremde Wesen. Sie hatte die Rolle zu lange gespielt, die Heinrich ihr auf den Leib geschrieben hatte – so lange, dass es sich anfühlte, als hätte es nie ein anderes Leben gegeben. So lange, dass sie vergessen hatte, wo die Grenze verlief zwischen Rolle und eigenem Ich.

Sie hatte alles gegeben, war am Ende ihrer Kräfte. Ihr Inneres fühlte sich leer an, wie ausgehöhlt, nichts war von ihr übrig.

Auf einer Brücke blieb sie stehen und blickte hinab aufs ruhig dahinfließende Wasser. Sie umfasste das Stahlgeländer und beugte sich vor. Wie friedlich es dort unten aussah. Behaglich und einladend wie ein Bett. Mit einem Mal erschien es ihr absolut plausibel. Die sanften Wellen würden sie auffangen, sie umhüllen wie eine Daunendecke, und sie würde hinabsinken in die Tiefe, wo es still und dunkel wäre.

Schlafen, nur noch schlafen. Keine Lügen mehr, keine Reue, keine Trauer, kein Schmerz. Endlich Ruhe und Frieden. Wie sehr sie sich danach sehnte. Sie stellte sich vor, wie es wäre, hinabzuspringen, und dabei überkam sie eine endlose Erleichterung.

Achtlos ließ sie ihre Tasche fallen und kletterte über das Geländer auf die andere Seite, setzte die Füße auf die breite, waagerechte Stahlstrebe, die über das Wasser ragte, breitete erwartungsvoll die Arme aus.

»Nicht!«

Ein kräftiger Ruck an ihrem Arm. Etwas zerrte sie vom Abgrund fort, sie verlor das Gleichgewicht, und im nächsten Moment fand sie sich auf der kalten Stahlstrebe wieder.

Eine Windböe riss ihr den Hut vom Kopf. Im hohen Bogen flog er ins Wasser. Eva beobachtete, wie er auf den Wellen trieb und unter der Brücke verschwand.

Eine Hand schloss sich fest um ihren Oberarm, und plötzlich packte sie hilflose Wut.

»Lass mich los!« Wild schlug sie auf den Fremden ein, der es gewagt hatte, sie am Sprung zu hindern. »Lass mich los, verdammt noch mal!«

Doch er hielt sie fest. Sie hieb nach ihm, sie schrie ihn an. Sein Griff lockerte sich um keinen Millimeter.

Mit einem Mal wich sämtliche Kraft aus ihrem Körper. Ein scharfer Wind schnitt ihr ins Gesicht, fuhr ihr in sämtliche Glieder. Ihre Hände waren wie Eis, kribbelten und pochten schmerzhaft. Erst jetzt fiel ihr auf, wie kalt es hier oben auf der Brücke war.

Sie sah hinab aufs Wasser. Die finstere Oberfläche kräuselte sich im Licht der Straßenlaternen. Gurgelnd und plätschernd strömte der Fluss unter der Brücke hindurch. Da war nichts Einladendes mehr, nichts Behagliches. Nur Kälte und Dunkelheit.

Fremde Arme umfingen sie, drückten sie an einen fremden Körper. Eine warme, kratzige Wange schmiegte sich an ihre.

»Ich lasse dich nicht los«, erklang eine tiefe Stimme. »Ich lasse nicht zu, dass du springst!«

Der Mann nahm Evas Hände in seine, rieb ihre steifen Finger, hauchte sie mehrmals an. Seine Wärme durchdrang ihre Haut, und langsam ließ das schmerzhafte Pochen nach.

Er sagte irgendetwas, doch sie nahm nur den Klang seiner Stimme wahr. Sanft fasste er sie am Hinterkopf, zog sie zu sich, schmiegte sie an seine Brust. Seine Wärme tat so unfassbar gut, und plötzlich zerbrach etwas in Eva.

Leni war tot. Das Baby in ihren Armen, das kleine Mädchen, das sich nachts an sie gekuschelt hatte, die Elfjährige, die so stolz Klavier spielte – sie war fort, für immer. Eva hatte es längst gewusst, hatte die Worte des Arztes in der Klinik vernommen, doch die Erkenntnis drang erst jetzt zu ihr durch, verzögert, aber dennoch unerbittlich, kalt und scharf, wie eine Klinge.

Heiße Tränen quollen ihr aus den Augen. Hemmungslos weinte sie in den Armen des Fremden, und er ließ es geduldig zu, obwohl er sie überhaupt nicht kannte, nicht wusste, warum sie weinte. Wortlos wiegte er sie in seinen Armen und ließ sie weinen, bis sie nicht mehr konnte.

»Was soll ich tun?«, fragte er schließlich leise. »Wie kann ich dir helfen?«

Sie wollte fort von hier, raus aus der Kälte. Aber wohin? Am Morgen hatte sie sich ein Hotelzimmer reserviert, doch es graute ihr davor, die ganze Nacht dort allein herumzusitzen.

An zu Hause wollte sie nicht einmal denken.

Im schwachen Licht der Laternen sah sie zu dem Fremden auf. Der Wind musste auch seinen Hut fortgeweht haben. Seine dunklen Locken standen ihm wirr vom Kopf ab. Ein freundliches Funkeln lag in seinen Augen. Wie jung er war, kaum älter als sie selbst – und hübsch ...

»Nimm mich mit«, flüsterte sie aus einem Impuls heraus. »Ich will bei dir bleiben.«

Er schüttelte den Kopf. »Tut mir leid.«

Sie hatte keine Ahnung, was in sie gefahren war, so etwas von ihm zu verlangen. Sie kannten sich überhaupt nicht, und vielleicht hatte er Frau und Kinder zu Hause, da konnte er unmöglich irgendeine völlig aufgelöste, fremde Frau mitbringen, die sich beinahe in die Spree gestürzt hätte ...

»Meine Schwester wohnt nicht weit von hier«, sagte sie schließlich.

Er nahm ihre Hand. »Ich begleite dich zu ihr, wenn du willst.«

»Evchen? Was machst du denn hier, um diese Zeit?« Johanna fiel ihr um den Hals. Sie trug einen seidenen Morgenmantel. Ihr Gesicht war vom vielen Weinen noch immer gerötet. »Du lieber Gott, ganz durchgefroren bist du!«

Eva fühlte sich erschöpft, als hätte sie eine mehrtägige Odyssee hinter sich gebracht. »Kann ich heute Nacht bei dir bleiben?«

»Aber natürlich!«

Sie wandte sich an ihren Retter. Ohne nachzudenken, fasste sie ihn sanft am Kragen und hauchte ihm einen Kuss auf die Wange.

»Danke«, flüsterte sie.

»Pass gut auf dich auf.« Er hob die Hand und strich ihr über die Wange. Dann ging er.

Johanna lehnte sich über das Treppengeländer und starrte ihm mit offenem Mund nach, bis unten die Haustür ins Schloss fiel. Dann wandte sie sich um und warf Eva einen verständnislosen Blick zu.

»Wer zum Teufel war das denn?«

Bevor Eva darauf antworten konnte, fasste ihre Schwester sie an der Schulter und führte sie in die geräumige Wohnung, in der sie seit einigen Wochen wohnte. Drinnen musterte Johanna sie von oben bis unten. Ihr Mantel, ihr Rock, ihre Strumpfhose, alles war beim Sturz auf die Stahlstrebe dreckig geworden.

»Du liebe Zeit, Evchen. Ist irgendwas passiert? Sag schon, wer war dieser Mann?«

Eva ließ sich von ihr aus dem Mantel helfen. »Ach, das war eine ganz dumme Sache ... Ich bin vorhin beim Spazierengehen gestürzt. Er war zufällig in der Nähe und hat mir geholfen.«

Es war keine Lüge. Sie hatte nur ein paar entscheidende Details verschwiegen, von denen Johanna nichts zu wissen brauchte.

»Du warst spazieren? Um diese Uhrzeit?« Johanna schüttelte den Kopf. »Wolltest du nicht zu Heinrich? Weiß er, dass du hier bist?«

Eva antwortete nicht. Was Heinrich getan hatte ... Nein, sie hatte nicht das Recht, Johanna in diesen schweren Stunden auch noch mit ihren Eheproblemen zu belasten.

Oder ihren Todessehnsüchten ... Oh Gott, um ein Haar wäre sie wirklich von dieser Brücke gesprungen. Auch das durfte Johanna niemals, niemals erfahren.

»Bitte lass uns ein andermal reden. Ich bin so müde ...«

Vorläufig gab ihre Schwester es auf, Eva mit Fragen zu löchern,

und fing an, auf dem Wohnzimmersofa ein provisorisches Gäste-
bett herzurichten. Währenddessen zog Eva im Bad ihre schmutzigen Sachen aus und wusch sich mit warmem Wasser.

Erschöpft legte sie sich hin und ließ sich von Johanna zudecken.
Ihre Füße schmerzten von der langen Wanderung, kleine Frostbeu-
len kribbelten an ihren Zehen und Fingern, und beim Sturz auf der
Brücke hatte sie sich blaue Flecken an Ellbogen und Hüfte geholt.

Die größten Wunden aber klafften in ihrem Inneren. Immer
wieder musste sie an Leni denken. Und an die beiden Gestalten, die
sich in Heinrichs Bett gewälzt hatten. Ihr Leben, wie sie es gekannt
hatte, war vorüber, auch wenn sie nicht gesprungen war.

Erst jetzt wurde ihr klar, dass sie den Fremden einfach hatte
gehen lassen, ohne ihn auch nur nach seinem Namen zu fragen. So
plötzlich, wie er aufgetaucht war, war er auch wieder verschwunden.

Noch immer glaubte sie, seine Hände zu spüren, die ihre wärm-
ten. Seine Wange an ihrer. Seine starken Arme, die sie festhielten.

Eine Weile starrte sie in die Dunkelheit, lauschte dem Ticken
der Wanduhr, und endlich fiel sie in einen tiefen, traumlosen Schlaf.

KAPITEL 25

Norddeich, Juni 2000

Nach einer mehrstündigen Fahrt stieg ich am Bahnhof Norddeich Mole aus dem Zug. Eine kühle Brise zerzauste mein Haar, und sogleich drang mir die salzige Luft in die Nase, die mir von früher vertraut war.

Heute war Fronleichnam, und mein Vater und ich hatten am Telefon vereinbart, dass ich ihn über das lange Wochenende besuchen kommen würde. Es war ein recht kurzes Gespräch gewesen. Wahrscheinlich hatte ihn mein Anruf so sehr überrascht, dass es ihm nicht einmal eingefallen war, mich zu fragen, wieso ich nach all den Jahren plötzlich wieder Kontakt zu ihm suchte.

Von Tag zu Tag erholte sich Oma etwas mehr. Anfang der kommenden Woche würde sie endlich aus der Klinik entlassen werden, davon war sie fest überzeugt, und bis dahin wünschte sie keinen Besuch von uns, wie sie während unserer täglichen Telefonate immer wieder betonte. Natürlich hatte ich sie vor dem Kauf meiner Fahrkarte trotzdem gefragt, ob es ihr recht wäre, wenn ich für ein paar Tage an die Nordsee fuhr.

»Aber natürlich, mein Schätzchen«, hatte sie erwidert. »Da wird sich André aber freuen! Sag mal, wie kommt es denn, dass du nach so langer Zeit endlich über deinen Schatten springst?«

»Ich weiß es auch nicht so genau«, log ich. Von den Nachforschungen zu meiner Mutter wollte ich Oma gegenüber lieber nichts erwähnen. »Vielleicht hat es ein wenig mit dir zu tun. Ich hatte neulich solche Angst um dich, und zum ersten Mal ist mir bewusst geworden, wie schnell alles zu Ende gehen kann. Ich hab ja nur den einen Vater. Wer weiß, wie viel Zeit mir noch mit ihm bleibt.«

Der zweite Teil entsprach der Wahrheit, aber es steckte noch viel mehr dahinter. Was ich aus den Tagebüchern meiner Mutter erfahren hatte, hatte mich sehr nachdenklich gestimmt. Vera hätte alles dafür gegeben, zu erfahren, wer ihr richtiger Vater war. Ich hingegen kannte meinen richtigen Vater, schloss ihn aber absichtlich aus meinem Leben aus. Welch bittere Ironie.

Ich warf mir meine Reisetasche über die Schulter und blieb kurz vor den Taxis stehen, die vor dem Bahnhof warteten. Nach der langen Fahrt würden mir etwas Bewegung und frische Luft sicher guttun, also beschloss ich, den Fußweg über den Deich zu nehmen.

Ich kam am Strand mit seinen grasbewachsenen Dünen und den Strandkörben vorbei. Von Weitem drangen das Rauschen der Wellen und die Rufe spielender Kinder zu mir. Bald ließ ich den Strand hinter mir, verließ den Deich und bog in eine schmale Straße ein, die durch saftig grüne Felder führte. In der Ferne konnte ich schon die reetgedeckten Dächer der Künstlersiedlung erkennen, in der André lebte. Hier hatten sich meine Eltern vor vielen Jahren kennengelernt.

Bei dem Anblick meldete sich wieder mein schlechtes Gewissen. Ich blieb am Wegesrand stehen und zückte mein Handy. Julian war noch immer auf Exkursion in Berlin, und seit er fort war, hatten wir jeden Abend telefoniert und zwischendurch fleißig SMS geschrieben. Ich hatte ihm von meinem Besuch bei André erzählt, von meinen Ängsten und Zweifeln, doch Julian hatte mich immer wieder ermutigt und mir versichert, dass es die richtige Entscheidung war.

Bin gleich da, tippte ich nun. *Er weiß zwar, dass ich komme, aber ich frage mich trotzdem, wie er reagiert, wenn ich vor ihm stehe.*

Keine zwei Minuten später kam Julians Antwort: *Er wird sich freuen, dich zu sehen. Mach dir keine Sorgen. Ich find's toll, dass du dich bei ihm gemeldet hast.*

Wie immer, wenn Julian mir schrieb, wurde es mir ganz warm ums Herz. Ich steckte mein Handy wieder ein und lief weiter, folgte dem Weg, der in die Siedlung führte, und trat durch das hölzerne Gartentor, das zu Andrés blauem Fachwerkhaus gehörte.

Lautes Bellen ließ mich zusammenzucken. Wie angewurzelt blieb ich auf dem Gras hinter dem Tor stehen. Ein brauner Mischlingshund sprang hinter einem Busch hervor und stürzte auf mich zu. Bellend und schwanzwedelnd baute er sich vor mir auf.

»Flora!«, rief eine helle Stimme. »Aus!«

Augenblicklich verstummte der Hund und rannte davon. Stattdessen näherte sich mir eine Jugendliche. Ich schätzte sie auf ungefähr sechzehn. Eine ihrer rötlichen Rastalocken hatte sich aus ihrem Dutt gelöst und fiel ihr in die Stirn. Misstrauisch beäugte sie mich.

»Hallo«, sagte ich zu ihr. »Ich bin Ariane.«

Ihre Augen weiteten sich. »Oh. Sorry, wenn dich der Hund erschreckt hat.« Sie wischte sich die Locke aus dem Gesicht und räusperte sich. »Ich bin Imogen.«

Meine jüngere Halbschwester. Unsicher trat sie von einem Fuß auf den anderen, und mir wurde klar, dass sie sich von mir eingeschüchtert fühlte.

Wie gut ich dieses Gefühl kannte. Ich empfand es jedes Mal, wenn ich Silke begegnete. Und ich hatte es auch damals empfunden, als ich Andrés Brief geöffnet und das erste Babyfoto von Imogen darin gesehen hatte.

Ich gab mir einen Ruck und breitete die Arme aus. »Schön, dich endlich kennenzulernen.«

Imogens Miene hellte sich auf. Erleichtert kam sie auf mich zu und umarmte mich. »Papa hat mir oft von dir erzählt. Komm mit, ich bringe dich zu ihm. Er werkelt gerade im Schuppen.«

Sie führte mich zu einer kleinen Werkstatt neben dem Haus. Ich erkannte meinen Vater schon von Weitem. Gerade stand er an einer Kreissäge und zerteilte ein langes Brett. Als wir eintraten, schaltete er die Säge ab und sah von seiner Arbeit auf. Dann zog er sich die Handschuhe aus und nahm die Schutzbrille ab.

Sein Gesicht war deutlich schmaler und faltiger als früher. Ich wollte etwas sagen, doch meine Kehle war wie zugeschnürt. Ich kam mir so erbärmlich vor. Jahrelang war ich ihm gegenüber distanziert und abweisend gewesen. Hatte ihn unfairerweise dafür bestraft, dass er es gewagt hatte, nach dem Tod meiner Mutter eine neue Beziehung einzugehen. Und nun kam ich ihn besuchen, als hätte es niemals diese Funkstille zwischen uns gegeben.

Ich hätte es verstanden, wenn er mir Vorwürfe gemacht, mich vielleicht sogar beschimpft oder mich fortgeschickt hätte.

Stattdessen kam er auf mich zu und schloss mich fest in seine Arme.

Als wir gemeinsam ins Haus gingen, kam sogleich Andrés Frau auf mich zu, und bevor ich wusste, wie mir geschah, umarmte sie mich. Sarah hieß sie und stammte aus Dublin, lebte seit siebzehn Jahren in der Künstlerkolonie. Imogen war ihr wie aus dem Gesicht geschnitten. Beide waren sie recht klein und hatten rötlich-braunes Haar, und wenn sie lächelten, zeigten sich Grübchen auf ihren von Sommersprossen gesprenkelten Wangen.

Die beiden führten mich zum Esstisch in der geräumigen Wohnküche. André machte sich derweil daran, das Abendessen zu kochen. Mein Vater war einer der wenigen Siedlungsbewohner, die sich nicht künstlerisch betätigten. Er war gelernter Zimmermann, hatte sich auf historischen Fachwerkbau spezialisiert und restaurierte alte Bauernhäuser, wie es sie auch in der Siedlung gab.

Es gab Gemüsecurry, denn Sarah und ihre Tochter waren Vegetarierinnen, wie sie mir erzählten. Während André kochte, ließ ich meinen Blick durch die Küche schweifen, über das dunkle Holz, das sich von den weiß verputzten Wänden abhob, über das Sammelsurium aus Bilderrahmen, alten Vasen und Kerzenständern, das jede freie Oberfläche zierte. Alles hier wirkte so bunt, so warm und gemütlich, und während Sarah und Imogen mit mir plauderten, als wären wir alte Freunde, stieg ein wohliges Gefühl in mir auf.

Und gleichzeitig wurde ich traurig. Sosehr ich mich darüber freute, dass sie mich herzlich bei sich aufgenommen hatten, machte es mir gleichzeitig bewusst, was mir in meinem Leben fehlte: Geborgenheit. Vertrautheit. Zugehörigkeit.

Nach dem Essen half ich beim Abwasch, und anschließend gingen André und ich nach draußen in den Garten. Wir setzten uns auf eine Holzbank neben dem Haus. Nachdenklich sah ich hinauf in den klaren Sternenhimmel. Wie ruhig es hier war. Wenn man aufmerksam lauschte, konnte man sogar das entfernte Meeresrauschen hören.

Dieses vertraute, geborgene Gefühl – ich hatte mich dagegen gewehrt, hatte mich freiwillig aus Andrés Leben zurückgezogen, aus

Unsicherheit, aus Neid und Eifersucht auf seine neue Familie. Ich hatte ihnen keine Chance gegeben, hatte nicht einmal versucht, sie kennenzulernen. Und dennoch empfingen sie mich nun mit offenen Armen, obwohl ich es überhaupt nicht verdient hatte.

»Weißt du«, begann ich zögerlich, »als ich dich vor ein paar Tagen angerufen habe, hatte ich furchtbare Angst, dass du einfach auflegst. Und vorhin, als ich ankam, war ich fest davon überzeugt, dass du mich gleich wieder wegschicken würdest.«

»Wie kommst du denn darauf?«, fragte er sanft. »So lange hab ich darauf gehofft, dass du dich bei mir meldest. Hast du ernsthaft geglaubt, mir fällt nichts Besseres ein, als dich gleich wieder fortzuschicken?« Er rückte näher zu mir und legte seinen Arm um mich. »Meine Tür stand dir schon immer offen. Ich habe es dir signalisiert, bei jeder Gelegenheit, aber ich musste einsehen, dass ich dich zu nichts zwingen kann. Ich konnte es dir nur anbieten. Die Entscheidung musstest du selbst treffen.«

Erleichtert lehnte ich den Kopf an seine Schulter. Die losen Fäden meines Lebens lagen vor mir, so deutlich sichtbar wie noch nie zuvor, aber zugleich verspürte ich eine neue Zuversicht. Eine Hoffnung, an etwas anzuknüpfen, das ich vor vielen Jahren verloren hatte.

Am nächsten Tag brachen Sarah und Imogen zu einem Besuch bei Freunden auf. Sie sprachen es nicht aus, aber ich konnte mir denken, dass sie es taten, damit André und ich ein wenig Zeit für uns hatten.

Wir beschlossen, einen Ausflug zu machen, und nahmen die Fähre nach Norderney. Auf der Insel angekommen, liehen wir uns Fahrräder aus und machten eine Tour am Strand entlang, durch die Dünenlandschaft, bis zum Leuchtturm und wieder zurück. In einem Café bestellten wir uns zwei große Eisbecher. Genüsslich löffelten wir sie aus und unterhielten uns anschließend noch lange, und in mir erwachten Erinnerungen an die Ferien meiner Kindheit.

Als wir am Nachmittag wieder in der Künstlerkolonie eintrafen, setzten wir uns in die Küche, und André bereitete eine Kanne mit starkem Ostfriesentee zu. Er schenkte mir etwas davon ein, und das Stück Kandiszucker in meiner Tasse knisterte.

»Deine Mutter und ich haben früher viele Ausflüge gemacht«, erzählte er. »Sie liebte es, am Meer zu sein, denn sie mochte den Ausblick, die Weite. Es vermittelte ihr ein Gefühl von Freiheit.«

»Ich wünschte, ich könnte mich an sie erinnern.« Ich schluckte schwer. »Oma wollte nie über sie sprechen. Ab und zu habe ich sie gefragt, was für ein Mensch Mama war, aber es hat sie jedes Mal sehr traurig gemacht. Also habe ich irgendwann ganz damit aufgehört. Ich wollte Oma nicht wehtun.«

André stellte die Kanne ab und gab etwas Sahne in seine Tasse. Genau wie Oma hatte auch er mir so gut wie nichts über meine Mutter erzählt. Ich beobachtete seine Miene, rechnete damit, denselben schmerzlichen Ausdruck darin zu erkennen, den ich schon so oft bei Oma gesehen hatte, wann immer die Sprache auf Vera kam. Doch es lag kein Schmerz in seinem Blick. Nur Wärme.

»Deine Oma war der Meinung, dass es klüger wäre, dir möglichst wenig über deine Mutter zu erzählen«, erklärte er in ruhigem Tonfall. »Du warst noch so klein, als sie starb, darum dachte Margarete, du wärst nicht in der Lage zu begreifen, was Veras Tod bedeutet. Je weniger du dich an deine Mutter erinnern würdest, desto leichter würde es dir fallen, über ihren Verlust hinwegzukommen – davon war sie felsenfest überzeugt. Und anscheinend ist sie das bis heute.«

»Aber du warst anderer Meinung?«

»Oh ja. Ich war in vielen Dingen anderer Meinung, aber mir waren die Hände gebunden. Als deine Mutter starb, bestand deine Oma darauf, das alleinige Sorgerecht zu erhalten. Weißt du, das waren noch andere Zeiten damals. Vera und ich waren nicht verheiratet gewesen, ich hatte nicht einmal ein regelmäßiges Einkommen. Also entschied das Gericht, dass du bei Margarete aufwachsen solltest, und mir blieb nichts anderes übrig, als mich dem zu beugen.«

Meine Augen weiteten sich. Noch etwas, von dem ich bisher nichts gewusst hatte, denn Oma hatte es mir immer ganz anders erzählt. Sie hatte behauptet, sie und André wären sich von Anfang an einig gewesen, dass es besser wäre, wenn ich bei ihr aufwachse.

André atmete tief durch. »Du hattest schon den Tod deiner Mutter verkraften müssen. Auf keinen Fall wollte ich, dass du in unsere Meinungsverschiedenheiten hineingezogen wirst und dich im schlimmsten Fall zwischen mir und deiner Oma hin- und hergerissen fühlst. Ich wusste ja, wie sehr du sie liebst, und habe mir mehr als alles andere gewünscht, dass du dich bei ihr wohlfühlst. Also tat ich, was sie verlangte. Ich schwieg.«

Seine Worte trafen mich. Mein Vater hatte vor Gericht um mich gekämpft und eine bittere Niederlage hinnehmen müssen. Er hatte sich zurückgenommen und sich Omas Wünschen gefügt, obwohl es ihm das Herz gebrochen hatte. Und das alles meinetwegen. Um mir nach Veras Tod ein möglichst unbeschwertes Aufwachsen zu ermöglichen.

Ich hob die Tasse an die Lippen, aber anstatt etwas zu trinken, stellte ich sie gleich wieder hin. Meine Kehle fühlte sich eng an, und ich spürte ein leichtes Brennen in den Augen. Meine liebevolle, großzügige Oma – mit einem Mal lernte ich eine ganz neue, fremde Seite von ihr kennen. Sie hatte mich meinem Vater weggenommen. Hatte mir die Erinnerung an meine Mutter vorenthalten.

Ich wollte Oma nicht böse sein. Ich liebte sie doch, und ich versuchte mir einzureden, dass sie es nur getan hatte, weil sie geglaubt hatte, dass es das Beste für mich wäre. Trotzdem empfand ich eine Mischung aus Trauer und Wut, und unweigerlich musste ich an Julians Worte von neulich denken: Fragen durfte man immer stellen – aber war man auch bereit, die Antworten zu hören? Jetzt erst begriff ich, was er wirklich damit gemeint hatte.

»Erzähl mir mehr«, bat ich. »Erzähl mir von meiner Mutter.«

André lächelte. »Komm mit. Ich möchte dir etwas zeigen.«

Wir standen auf, und ich folgte ihm ins Wohnzimmer, dessen Wände mit alten Schränken und Bücherregalen gesäumt waren. Er öffnete eine Kommode, holte mehrere Schachteln heraus und reichte sie mir.

Unzählige Fotos befanden sich darin. Die ältesten zeigten Vera und André, dann kamen Fotos von Vera mit dickem Bauch, und schließlich tauchten die ersten Babyfotos von mir auf. Nach und nach ging ich sie alle durch, sah mich als Baby in Veras Armen liegen, als Kleinkind auf Andrés Schultern sitzen und fand schließlich Fotos, auf denen ich abwechselnd mit Vera und André auf einer Wiese herumtollte.

Ich drehte eines der Fotos um. Auf der Rückseite stand *1974*, und sofort musste ich an das Bild von Vera und mir denken, das neulich aus Omas Kommode gefallen war. Darauf trug ich dasselbe rote Cordkleidchen wie auf diesen Fotos, und Vera trug dieselbe geblümte Bluse. Es musste am selben Tag entstanden sein, kurz vor Veras Tod. Der Gedanke ließ mich schluchzen.

André setzte sich neben mich und nahm mich tröstend in den Arm. Leise weinte ich an seiner Schulter. Ich trauerte, vielleicht zum ersten Mal richtig. Um meine Mutter, die ich viel zu früh verloren hatte. Um das Leben, das ich nie geführt hatte.

»Zeig mir mehr«, bat ich, als ich mich wieder ein wenig gefasst hatte. »Ich will wissen, was für ein Mensch Mama wirklich war.«

André löste sich von mir, stand auf und zog ein großformatiges Buch aus einem der Regale.

Ich nahm es entgegen und betrachtete den Einband: *Werkkunstschule Wiesbaden, Jahrgang 69/70.*

»Deine Mutter hatte unzählige Talente«, erzählte André. »Sie war eine begabte Künstlerin.«

Ich wusste, dass Vera nach dem Ende ihrer Model-Karriere noch einmal bei null angefangen hatte und nach Wiesbaden zurückgekehrt war, um an der Werkkunstschule Bildhauerei zu studieren, aber noch nie hatte ich ein Bild aus jener Zeit gesehen. Oder eines ihrer Werke.

Ich blätterte das Buch durch, betrachtete die Klassenfotos. Vera sei damals Ende dreißig gewesen, erzählte André, zu alt in den Augen der Modebranche, aber zu jung, um sich auf ihren Lorbeeren auszuruhen. Also hatte sie sich für ein Studium entschieden und sich zwischen all diese jungen Hüpfer begeben, die gerade erst mit der Schule fertig geworden waren.

Und das ausgerechnet in Wiesbaden, der Stadt, die ihr immer zu klein und zu spießig gewesen war. An ihrer Stelle hätte ich mich an irgendeiner renommierten Uni im Ausland eingeschrieben. Sie hätte es sich problemlos leisten können, davon war ich überzeugt.

Ich blätterte weiter, bis ich auf ein großformatiges Schwarz-Weiß-Foto von Vera stieß. Sie stand vor einem Gebilde aus weißem Sandstein, das vage an ein Gesicht erinnerte, doch die Züge waren von Brüchen und Löchern durchzogen. Es erinnerte mich an das Überbleibsel einer antiken Statue.

Ich las die Bildunterschrift: *Absolventin Vera Hunold thematisiert in ihren Skulpturen die unvollkommenen und lückenhaften Aspekte des menschlichen Lebens. Hier präsentiert sie ihre Abschlussarbeit mit dem Titel »Bildnis des abwesenden Vaters«.*

Der Anblick erschütterte mich. Die Frage danach, wer ihr leiblicher Vater war, hatte Vera ihr Leben lang verfolgt. Erst jetzt begriff ich, wie tief die Verletzung meiner Mutter wirklich gegangen war.

»Weißt du etwas über ihren leiblichen Vater?«, fragte ich. »Hat Mama mit dir über ihn gesprochen? Hat sie jemals herausgefunden, wer er war?«

Andrés Miene verfinsterte sich. »Ja, das hat sie. Kurz vor ihrem Tod.«

Eine fürchterliche Ahnung beschlich mich. »Was ist damals passiert? War es der Grund für ihren Unfall?«

Er zögerte.

»Bitte, André. Ich bin kein Kind mehr, das beschützt werden muss. Ich will endlich die Wahrheit wissen!«

KAPITEL 26

Berlin-Charlottenburg, Anfang Februar 1927

Eva murmelte einen Abschiedsgruß, nahm das Schäufelchen und ließ Erde in das Grab hinabrieseln. Mit einem dumpfen Geräusch fielen die dunklen Klumpen auf das helle Holz.

Einen Moment noch sah sie auf den Sarg hinunter, dann wischte sie ihre Tränen fort und gesellte sich zu Johanna. Ilse und Klaus standen neben ihr, im Kinderwagen das schlafende Baby.

Als Letzter war Heinrich an der Reihe. Mit stoischer Miene trat er ans Grab. Anschließend kehrte er an Evas Seite zurück. Er räusperte sich, und ein feuchter Glanz lag in seinen Augen.

Nach der Trauerfeier verabschiedeten sie sich voneinander. Eva umarmte ihre Schwestern, dann stieg sie zu Heinrich ins Auto. Gemeinsam fuhren sie nach Grunewald.

Nachdenklich öffnete sie das Medaillon, das sie um den Hals trug, und streichelte das blonde Strähnchen darin. Sie hatte Leni nicht mehr sehen dürfen, aber eine der Schwestern in der Klinik war so freundlich gewesen, ihr ein Löckchen von Lenis Haar abzuschneiden. Eva hütete es wie einen Schatz. Es war alles, was ihr von ihrer jüngsten Schwester geblieben war.

Die Tage seit Lenis Tod erschienen ihr wie eine Ewigkeit, verschmolzen in ihrer Erinnerung zu einem einzelnen, nicht enden wollenden Tag. Seit jenem Abend vor einer Woche, an dem sie ihrem Leben beinahe ein Ende bereitet hätte, hatte sie sich bei Johanna einquartiert. Es sei das Beste in dieser schwierigen Zeit, wenn sie bis zur Beerdigung bei Johanna bliebe, hatte sie Heinrich am nächsten Morgen am Telefon erklärt. Johanna brauche sie dringend als Trost und Stütze an ihrer Seite, und selbst in der Trauer gebe es jede Menge zu tun, so vieles müsse organisiert werden.

All das stimmte, doch es war nur die halbe Wahrheit. Lenis Verlust wog zu schwer, der Schmerz war noch zu frisch, überstrahlte alles andere, und Eva hatte weder die Kraft noch die Nerven gehabt, Heinrich wegen seiner Untreue zur Rede zu stellen.

Er nahm es hin, dass sie bei Johanna blieb. Er ahnte nicht, dass Eva von seiner Affäre wusste, ihn auf frischer Tat ertappt hatte. Zumindest ließ er sich während ihres kurzen Gesprächs nichts anmerken.

»Seht zu, dass die Kleine den schönsten Sarg bekommt, hörst du?«, hatte er am Telefon geantwortet. »Und auch an den Blumen soll nicht gespart werden. Egal, was es kostet, ich komme selbstverständlich dafür auf.«

Während sie nun nach Grunewald fuhren, war es still im Wagen.

»Sag mal, soll das jetzt immer so weitergehen?«, fragte Heinrich plötzlich. »Willst du mich etwa nur noch anschweigen? Wenn ich es nicht besser wüsste, könnte ich fast glauben, du wolltest mich für irgendetwas bestrafen.«

Eva sah aus dem Fenster. In der vergangenen Woche hatte er täglich angerufen und nach ihr verlangt, aber sie hatte sich jedes Mal von Johanna verleugnen lassen.

»Weißt du, so schlimm das alles auch ist, aber irgendwann muss das Leben weitergehen. Findest du nicht?«

Eva musterte ihn. Wie er das sagte, ganz ohne dabei rot zu werden … Unter anderen Umständen hätte sie vielleicht sogar darüber lachen können.

»Für dich geht es ja schon längst weiter«, erwiderte sie.

Er warf ihr einen betroffenen Blick zu. »Mensch, mich nimmt Lenis Tod doch genauso mit! Heute Morgen saß ich am Klavier, aber ich habe es einfach nicht geschafft, das Stück zu Ende zu spielen. Dauernd musste ich an die Kleine –«

»Ich habe euch gesehen«, fiel sie ihm ins Wort.

Er runzelte die Stirn.

»Du. Mit Viola. In deinem Schlafzimmer.«

Mit einem Mal war Heinrich ganz still. Er lenkte den Wagen in ihre Auffahrt und parkte vor dem Garagentor. Wortlos stieg er aus und ging ins Haus.

Eva folgte ihm ins Wohnzimmer und hinaus auf die erhöhte Terrasse. In aller Ruhe schlenderte er zum geschwungenen Rand, der in den noch immer verwilderten Garten hinausragte, und zündete sich eine Zigarette an.

»Verdammt noch mal, Heinrich. Sprich gefälligst mit mir!« Eva blieb neben ihm stehen, und Wut stieg in ihr auf. »Leni hing so sehr an dir. Es war ihr letzter Wunsch, dich zu sehen. Aber das war dir egal. Du wusstest, dass ich an dem Abend nicht nach Hause kommen würde, und da fiel dir nichts Besseres ein, als meine Abwesenheit auszunutzen, um es in aller Ruhe mit diesem Weibsstück zu treiben!« Tränen verschleierten ihren Blick. »Ich fasse es nicht, dass du zu so etwas fähig warst.«

In entspannter Pose lehnte er am Geländer, führte seine Zigarette zum Mund und nahm einen tiefen Zug. Er sah Eva nicht einmal an. Hatte er ihr überhaupt zugehört? Kümmerte ihn das alles nicht?

»Ts.« Verächtlich blies er den Rauch fort. »Das musst du dir eingebildet haben.«

Eva hatte damit gerechnet, dass er ihr wieder irgendeine billige Erklärung auftischen würde. »*Ich war völlig fertig, und Viola war da, hörte mir zu, tröstete mich …*«

So abstoßend sie es auch fand – vielleicht hätte sie es noch irgendwie verstehen können, wenn er ihr erklärt hätte, dass er an jenem Abend verzweifelt gewesen war. So sehr, dass er sich unbedingt hatte abreagieren müssen, egal wie.

Doch er stellte nun allen Ernstes ihre Sinne infrage?

»Ich habe es mir nicht eingebildet!«, erwiderte sie bestürzt. Dass er bei alldem so kalt bleiben konnte. Sie begriff es einfach nicht. »Ich hatte gerade erst von Lenis Tod erfahren. Ich habe überall versucht, dich zu erreichen. Weil ich dich brauchte. Weil ich mir gewünscht hätte, dass du mich auffängst. Und als ich dich dann mit dieser anderen sah …«

Sie zögerte. Sollte sie wirklich wagen, es auszusprechen? Nicht einmal Johanna wusste davon.

Aber Eva ertrug sein eisiges Schweigen nicht länger. All ihre Worte schienen wirkungslos an ihm abzuprallen. Noch immer würdigte er sie keines Blickes. Sie sehnte sich nach irgendeiner Reaktion von ihm.

»Es hat mir den Boden unter den Füßen weggezogen. Begreifst du das nicht? Ich war verzweifelt, wusste nicht mehr, wohin. Am liebsten wäre ich Leni gefolgt. Ich ... ich stand sogar schon auf einer Brücke.«

Für den Bruchteil einer Sekunde hoben sich seine Mundwinkel. Dann beugte er sich vor und spähte in die Ferne, als hätte er einen interessanten Vogel entdeckt.

Gerade hatte sie ihm gestanden, dass sie kurz davor gewesen war, sich das Leben zu nehmen, und er ging wortlos darüber hinweg, als hätte sie nur einen schlechten Scherz gemacht. Glaubte er etwa, dass sie es sich nur ausgedacht hatte, um ihm Schuldgefühle einzureden? Oder war es ihm wirklich egal?

Eva fuhr herum, stürmte zurück ins Haus und stieg die Treppe hinauf. In ihrem Ankleidezimmer riss sie sämtliche Schränke auf, holte einen Koffer heraus, legte ihn offen auf den Boden und warf verschiedene Kleidungsstücke hinein.

»Was soll das werden?«, ertönte Heinrichs Stimme von der Tür.

»Ich ziehe aus«, erwiderte Eva knapp. »Ich wohne ab jetzt bei Johanna.«

»Wenn du das wagst, siehst du keinen Pfennig von mir.«

»Das ist mir egal.« Eva zog mehrere Blusen aus dem Schrank und stopfte sie in den Koffer. »Ich kann nicht mehr, Heinrich. Ich will die Scheidung.«

Lachend fasste er sich an die Stirn, als hätte er gerade einen unfassbar guten Witz gehört. »So? Das wollen wir doch mal sehen.«

»Wenn ich vor dem Scheidungsrichter aussage, dass du mich betrogen hast ...«

»... werde ich ihm schildern, wie verwirrt du seit dem Tod deiner geliebten Schwester bist.« Er fixierte sie mit kaltem Blick. »Erst bildest du dir ein, du hättest mich mit einer anderen Frau gesehen, dann willst du sogar von einer Brücke springen. Kein Richter glaubt einer Geisteskranken.«

Dass es ihm überhaupt einfiel, ihren Selbstmordversuch dazu missbrauchen zu wollen, um sie vor Gericht als unzurechnungsfähig dastehen zu lassen ... Für einen Moment war Eva sprachlos.

Er näherte sich ihr und blieb erst stehen, als sich ihre Nasenspitzen beinahe berührten. »Wenn du die Scheidung einreichst, wird es dein Ruin sein«, sagte er leise. »In jeder Hinsicht. Niemand wird dich je wieder engagieren. Nicht als Darstellerin, nicht einmal als Komparsin, und deine Schreibkünste werden bestenfalls noch für eine Stelle als Tippfräulein taugen. Dafür sorge ich. Und bald schon heißt es: Husch, husch, zurück in die Mietskaserne, Fräulein Wagner.«

Er beugte sich vor und hauchte Eva einen Kuss auf die Stirn. Dann wandte er sich um und schlenderte pfeifend zur Tür hinaus.

Wie erstarrt stand Eva vor dem Spiegel. Noch immer lief es ihr kalt den Rücken hinunter, wenn sie an Heinrichs Worte dachte. Keine Reue, kein Mitgefühl. Nur kalte Berechnung.

Er war ihr Ehemann, und damit gehörten ihm das Haus, das Geld, die Firma, und im Grunde gehörte ihm auch Eva. Sie war nur deshalb Schauspielerin und Schriftstellerin, weil er sie dazu gemacht hatte. Sie arbeitete, weil er es ihr gestattete, und sie tat es ausschließlich für ihn, unter seiner Kontrolle. Er hatte sie in der Hand, und er wusste es ganz genau.

Nein, das ist nicht wahr!, wollte sie ihrem Spiegelbild zurufen. Es gibt immer einen Ausweg. Worauf wartest du? Pack deinen Koffer und geh! Was hält dich noch hier?

Für einen Moment verschaffte ihr der Gedanke Erleichterung. Es klang simpel. So simpel, wie von einer Brücke zu springen.

Aber wäre es klug? Jahrelang hatte sie Ordnung in Heinrichs Chaos gebracht, hatte all seine Launen ertragen und aus seinen abwegigsten Einfällen ganze Drehbücher erschaffen, ohne auch nur eine namentliche Nennung im Vorspann dafür zu erhalten. Sie hatte ihr Gesicht hergegeben, für Filme, für Plakate, für Werbeverträge. Sie hatte die Firma mit aufgebaut. Sie war der Kern ihrer gemeinsamen Marke.

Wenn sie jetzt ging, konnte Heinrich sie vor Gericht der böslichen Verlassung bezichtigen, und sollte der Richter sie bei der Scheidung schuldig sprechen, würde sie sämtliche Ansprüche verlieren.

Eva sah ihrem Spiegelbild in die Augen. Ein entschlossener Glanz lag darin. Wollte sie Heinrich all das, woran sie jahrelang mitgearbeitet hatte, einfach kampflos überlassen? Warum in aller Welt sollte sie ihn für seine Untreue noch belohnen? Es wäre furchtbar feige. So feige, wie von einer Brücke zu springen.

In aller Ruhe packte sie ihren Koffer wieder aus. Er hatte damit gedroht, ihr das Leben schwer zu machen, sollte sie eine Scheidung anstreben – warum sollte sie es ihm im Gegenzug dann unnötig leicht machen? Sie gönnte ihm diesen Triumph einfach nicht.

Den Rest des Tages gingen sie einander aus dem Weg. Als Eva am nächsten Morgen ihr Zimmer verließ und nach unten kam, saß Heinrich mit seiner Zeitung am gedeckten Esstisch.

Schon eilte ihr Martha mit einer Kanne entgegen. »Für Sie wieder einen Kaffee, gnädige Frau?«

Eva setzte sich und sah zu, wie ihr die nichts ahnende Haushälterin etwas einschenkte. Gleich darauf verschwand Martha wieder in die Küche.

»Na?«, fragte Heinrich, ohne von seiner Zeitung aufzusehen. »Haste dich wieder gefangen?«

Zufrieden lächelte er in sich hinein. Offenbar ging er davon aus, dass Eva sich stillschweigend fügte.

Gut, dachte sie. *Soll er das ruhig glauben.*

Ein paar Tage später traf Eva sich mit Johanna und erzählte ihr alles. Pragmatisch, wie ihre Schwester stets war, schlug sie Eva sogleich ein Treffen mit einem ihrer engsten Freunde vor. Siegfried hieß er. Ein Anwalt.

»Keine Sorge, Sigi wird die Sache absolut vertraulich behandeln. Er wird auch nichts dafür verlangen, dass er dich berät – er schuldet mir ohnehin noch einen Gefallen.« Johanna zwinkerte ihr zu, und Eva beschloss, lieber nicht weiter nachzufragen.

Am darauffolgenden Samstagabend empfing Siegfried sie diskret in seiner Kanzlei im Westend, nachdem alle seine Mitarbeiter bereits Feierabend gemacht hatten. Die Schwestern nahmen vor seinem Schreibtisch Platz, und Eva schilderte ihre Situation.

Der Anwalt lauschte aufmerksam, rückte mehrmals seine Brille mit den kreisrunden Gläsern zurecht und stellte ihr zwischendurch immer wieder Fragen. Dann setzte er zu einer weitschweifigen Erklärung an.

Eva massierte ihre Schläfen, während sie Siegfrieds Fachchinesisch lauschte. In Grundzügen wusste sie bereits, wie Scheidungen funktionierten, dass einem oder beiden Partnern vor Gericht eine Schuld nachgewiesen werden musste – zum Beispiel, wenn ein Ehebruch vorlag. Nur erwies sich dieser Nachweis in der Praxis als durchaus schwierig. Eine Anschuldigung allein reichte nicht, es brauchte konkrete Beweise und Zeugen.

Leider hatte ich im entscheidenden Moment keinen Fotoapparat zur Hand, dachte Eva boshaft.

Als das Gespräch beendet war, versuchte sie, sich ihren Frust nicht anmerken zu lassen, und bedankte sich vielmals bei Siegfried. Er begleitete sie und Johanna noch zur Tür, und sie verabschiedeten sich, wobei Johanna ihm einen Kuss auf die Wange hauchte. Eva tat so, als hätte sie es nicht gesehen.

»Ach, Evchen, das tut mir so leid«, meinte Johanna, während sie draußen nach einer Kraftdroschke Ausschau hielten. »Das war bestimmt nicht das, was du hören wolltest, hm? Na komm, wir gehen erst mal was trinken.«

Sie fuhren zu Johannas Lieblingskneipe, die sich ganz in der Nähe des E-Werks in Charlottenburg befand. Eva müsse sich keine Gedanken machen, dort von Verehrern belagert zu werden, wie Johanna erzählte. Dass Prominente dort aufkreuzten, sei durchaus keine Seltenheit, denn sie schätzten die gemütliche und zugleich diskrete Atmosphäre.

Die Schwestern setzten sich an einen freien Tisch im hinteren Bereich, in dem es etwas ruhiger zuging. Nachdenklich beobachtete Eva die Paare, die sich auf der Tanzfläche zu Jazzklängen bewegten. Niemand hier ahnte, dass Eva erst neulich Nacht ganz in der Nähe auf einer Brücke gestanden hatte. Auch Johanna nicht, und Eva hatte sich geschworen, es ihr niemals zu erzählen.

»Vielleicht finden wir ja doch noch eine Lösung.« Johanna streichelte Evas Hand.

»Und wie soll diese Lösung aussehen? Heinrich tut so, als hätte ich mir alles nur eingebildet –«

Sie unterbrach sich, als ihr ein Gedanke kam. Heinrich hatte ihr damit gedroht, sie vor Gericht als geisteskrank darzustellen. Und hatte der Anwalt vorhin nicht auch Geisteskrankheit als einen möglichen Scheidungsgrund genannt? Heinrichs Albträume, seine Zitteranfälle, sein Morphiumkonsum – all das könnte sie vor Gericht anführen, und im Gegensatz zu einer Affäre ließe es sich eindeutig nachweisen. Sein Aufenthalt in einer Nervenheilanstalt, von dem er ihr vor einigen Jahren erzählt hatte, war gewiss irgendwo dokumentiert ...

Sie erschrak ein wenig vor sich selbst. Wäre sie wirklich dazu fähig, Heinrichs seelisches Leiden, für das er nichts konnte, seine geheime Schwäche, die er ihr und sonst niemandem anvertraut hatte, gnadenlos vor Gericht auszuschlachten? Seine Kälte und Berechnung schienen langsam auf Eva abzufärben, und bei dieser Vorstellung lief es ihr eiskalt den Rücken hinunter.

Nein. Sie wollte ihrem Spiegelbild auch in Zukunft noch in die Augen blicken können, ohne dabei Abscheu zu empfinden. Es musste einen anderen Weg geben. Kleidungsstücke und Briefe der Geliebten, Zeugen, die die beiden irgendwo zusammen gesehen hatten, all das, was der Anwalt als mögliche Beweise aufgezählt hatte – bestimmt ließen sich irgendwelche Spuren seiner Affäre finden, wenn Eva nur richtig danach suchte.

»Was ist, Evchen?«, fragte Johanna. »Woran denkst du gerade?«

Eva begriff, dass sie gerade sekundenlang ins Leere gestarrt haben musste. »Nichts«, meinte sie ausweichend und ließ ihren Blick durch den Saal schweifen.

Am Nachbartisch saß ein Pärchen, und gerade servierte ihnen ein junger Kellner die Getränke. Er hob sein Tablett, wandte sich zum Gehen, sah zufällig in Evas Richtung, und als sich ihre Blicke trafen, setzte ihr Herz für ein paar Schläge aus.

Er ist es, schoss es ihr durch den Kopf. *Der junge Mann von der Brücke!*

Seine Augen weiteten sich. Er hatte sie auch erkannt, sie merkte es ihm an. Wie angewurzelt blieb er zwischen den Tischen stehen.

Eva erhob sich und ging auf ihn zu. Natürlich, jetzt begriff sie es. Er arbeitete hier. Ganz in der Nähe der Brücke.

Vorsichtig stellte er sein volles Tablett auf einem Tisch ab. Eva wäre ihrem Retter am liebsten um den Hals gefallen. Sie war glücklich, dass sie ihn wiedergefunden hatte, nachdem sie ihn neulich gedankenlos fortgeschickt hatte, ohne ihn überhaupt nach seinem Namen zu fragen.

Hinter ihr räusperte sich jemand. Ach richtig, Johanna war ja auch noch da. Für eine Minute hatte sie ihre Schwester völlig vergessen.

Johanna schob sich an ihr vorbei, blieb vor dem jungen Mann stehen und begutachtete ihn mit unverhohlener Neugier. »Na so was. Wir haben uns doch neulich schon einmal gesehen, wenn mich nicht alles täuscht?« Erwartungsvoll sah sie Eva an. »Was ist? Willst du mir deinen Bekannten nicht endlich einmal vorstellen?«

Eva warf ihm einen hilfesuchenden Blick zu.

»Jacob«, sagte er schnell und beugte sich vor, um Johannas Hand zu schütteln.

»Ah, Jacob!« Eva räusperte sich. »Ein Glück, dass ich dich hier sehe. Ich bin noch gar nicht dazu gekommen, mich richtig bei dir zu bedanken.« Sie nickte ihm vielsagend zu. *Bitte sag jetzt nichts Falsches!* »Weil du mir doch geholfen hast. Nach meinem schweren Sturz.«

Er zögerte, doch endlich fiel der Groschen. »Richtig. Der Sturz.«

»Ja, richtig. Es war kalt und glatt ...«

Johanna glaubte ihnen kein einziges Wort, das sah Eva ihr deutlich an, und sie begriff, dass sie jetzt besser den Mund halten sollte.

Die Gäste applaudierten, als die letzten Töne eines Songs verklangen. Der Bandleader gab den anderen Musikern ein Zeichen, und sie stimmten ein langsameres Lied an.

Jacob näherte sich Eva. »Wollen wir tanzen?«

»Musst du denn nicht arbeiten?«

Er tippte einem anderen Kellner auf die Schulter, deutete auf sein Tablett, das noch immer auf dem leeren Tisch stand, und sagte ihm etwas ins Ohr.

Augenzwinkernd wandte sich Jacob wieder an Eva. »Hab gerade beschlossen, dass ich Pause mache.«

Der andere Kellner räumte das Tablett ab, und Eva bekam ein schlechtes Gewissen. »Bist du dir sicher? Nicht, dass du meinetwegen Ärger kriegst.«

Seine honigfarbenen Augen funkelten, und als er auffordernd den Kopf neigte, fiel ihm eine seiner ungezähmten Locken in die Stirn. Evas Herz hüpfte, und mit einem Mal waren all ihre Bedenken vergessen.

Sie reichte Jacob ihre Hand und ließ sich von ihm zur Tanzfläche führen. Er war kaum größer als sie, und sie konnte ihm beim Tanzen direkt in die Augen schauen, ohne zu ihm aufblicken zu müssen. Wie ungewohnt sich das anfühlte.

»Wie geht es dir?«, fragte er nach einer Weile. Aus dem Mund jedes anderen hätte die Frage wie eine Floskel geklungen, nicht aber aus seinem. Nicht nach dem, was sie neulich Nacht miteinander erlebt hatten.

»Gut«, antwortete sie knapp und musste wieder lächeln. *Nun, da ich dich wiedergefunden habe.* So schnell würde sie ihn nicht wieder gehen lassen. Dieses Mal nicht.

Ein dicker Mann erschien hinter dem Tresen und machte Jacob ein Zeichen.

»Ich glaube, dein Chef ist sauer«, meinte Eva.

Jacob winkte dem Mann zu, dann wandte er sich wieder an Eva. »Ein Lied noch.«

Langsam bewegten sie sich zwischen den anderen Paaren. Sie schlang die Arme um seinen Nacken und schmiegte ihre Wange an seine, so wie er es in jener Nacht bei ihr getan hatte. Sie verstand selbst nicht, was gerade geschah. Hier war sie, mit einem Mann, dessen Namen sie nun immerhin kannte, über den sie aber sonst überhaupt nichts wusste. Trotzdem fühlte sich seine Nähe vertraut an. Als hätte das Erlebnis auf der Brücke schlagartig eine tiefe Verbundenheit zwischen ihnen geschaffen.

Viel zu schnell endete das Lied.

»Ich will dich wiedersehen«, flüsterte Eva ihm zu. »Wann bist du wieder hier?«

»Ich weiß es nicht«, antwortete Jacob schulterzuckend. »Ich arbeite hier nur ab und zu, wenn man mich braucht.«

Das Gesicht des Mannes hinter dem Tresen lief dunkelrot an, doch Eva weigerte sich, Jacob loszulassen. »Wo kann ich dich treffen?«

Es war wie verhext. Sie fragte ihn nach seiner Telefonnummer, doch er hatte keine. Sie versuchte, einen festen Tag, einen Ort und eine Uhrzeit mit ihm auszumachen, doch Jacob schaute sie nur mit großen Augen an, als hätte sie soeben von ihm verlangt, eine komplizierte mathematische Gleichung im Kopf zu lösen.

Was war nur los mit ihm? Fühlte er sich etwa von ihr eingeschüchtert, weil sie eine berühmte Schauspielerin war? Diesen Eindruck hatte er bisher eigentlich nicht gemacht. Oder wollte er in Wahrheit überhaupt nichts von ihr wissen und traute sich nicht, es ihr direkt zu sagen?

Sie ließ trotzdem nicht locker, und schließlich verständigten sie sich darauf, dass sie es irgendwann tagsüber bei ihm zu Hause versuchen würde.

Eva bat Johanna um einen Stift, nahm sich einen Bierdeckel und drückte Jacob beides in die Hand, damit er seine Adresse darauf notierte.

Verwirrt sah er Eva an, als wüsste er nicht, was er damit anfangen sollte. Sogleich gab er ihr beides wieder zurück.

»Schreib du es lieber auf«, bat er mit einem verlegenen Lächeln. »Du könntest mein Gekritzel niemals entziffern.«

Rasch notierte sie seine Straße und Hausnummer. Anschließend eilte er zum Tresen, wo sein verärgerter Chef ihn bereits erwartete, und Eva kehrte zu ihrer Schwester an den Tisch zurück.

»Sieh an.« Johanna zündete sich eine Zigarette an. »Meine Schwester hat also auch ein Geheimnis.«

Eva sah in Jacobs Richtung. *Er ist das Geheimnis*, dachte sie sich und nahm sich fest vor, es zu lösen.

KAPITEL 27

Berlin-Grunewald, Februar 1927

Am Montagmorgen erwachte Eva schon in aller Frühe, doch sie blieb im Bett liegen, bis sie Heinrich draußen mit dem Wagen davonfahren hörte. Dann stand sie auf und holte ihre Handtasche. Noch immer befand sich der Bierdeckel mit Jacobs Adresse darin – gut versteckt zwischen ihren weiblichen Hygieneartikeln, denn sie wusste, Heinrich hätte sich eher einen Finger abgeschnitten, als darin herumzuwühlen.

Jacobs Verhalten im Lokal neulich Abend gab ihr noch immer Rätsel auf, und sie fragte sich, ob er sie überhaupt wiedersehen wollte. Schließlich waren sie sich unter äußerst seltsamen Umständen begegnet. Trotzdem wollte sie es unbedingt versuchen. Auch auf das Risiko hin, dass er sie fortschickte.

Sie zog sich an, wobei sie schlichte, unauffällige Kleidung wählte. Dann betrat sie ihr kleines Arbeitszimmer, das sich im selben Stockwerk befand. Auf dem Schreibtisch lag das Drehbuch, das sie begonnen hatte, bevor Leni krank geworden war, ein kleiner Stapel aus getippten Seiten. Sie schob ihn beiseite und holte stattdessen ihr Notizbuch mit dem angefangenen Roman aus der Schreibtischschublade.

Seit Monaten arbeitete sie unregelmäßig daran, schrieb immer wieder ein paar Zeilen. Im Grunde war es noch gar kein richtiger Roman, eher eine Sammlung aus lose zusammenhängenden Kapiteln, aus denen sich nach und nach eine Geschichte herauszuschälen begann. Es ging um eine Frau, die aus ihrem Leben ausbrach, die ihre Familie und ihre Heimat hinter sich ließ.

Wohin es ihre Heldin zog, wusste Eva noch immer nicht so recht. Anders als bei ihren Drehbüchern, deren Handlung sie zuvor jedes Mal minutiös zusammen mit Heinrich plante, entstand ihr Roman erst, während sie ihn aufschrieb, durch Ideen, die ihr spontan zuflogen. Bisher hatte das auch recht gut funktioniert, ihre Fantasie arbeitete ja immer auf Hochtouren, aber seit Lenis Tod hatte sie kein einziges Wort mehr zu Papier gebracht.

Resigniert legte Eva das Notizbuch zurück in die Schublade. Stattdessen nahm sie den Koffer mit ihrer Reiseschreibmaschine und trug ihn nach unten.

»Ich möchte mich heute zum Arbeiten ins Café Josty setzen«, sagte sie zu Martha und deutete auf den schweren Koffer. »Bestellen Sie mir doch bitte eine Kraftdroschke, ja?«

Im Flur schlüpfte Eva in einen braunen Mantel, von dem sie sich seit Jahren nicht trennen konnte, und zog sich einen glockenförmigen Hut tief in die Stirn. *Etwas Farbe im Gesicht hätte mir bei meiner Blässe wohl gutgetan*, dachte sie beim Blick in den Spiegel, doch es war besser, wenn sie heute ungeschminkt aus dem Haus ging. So wurde sie auf der Straße viel seltener erkannt.

Kurz überlegte sie, ob sie sicherheitshalber noch eine Sonnenbrille aufsetzen sollte, verwarf den Gedanken aber gleich wieder. Damit würde sie zu dieser Jahreszeit eher zusätzliche Blicke auf sich ziehen, aber sie wollte ja unauffällig wirken.

Gleich darauf traf ihre Kraftdroschke ein. Als Eva einstieg und dem Fahrer Jacobs Adresse nannte, warf er ihr über seine Schulter hinweg einen entsetzten Blick zu.

»Jute Frau, sind Se sicher? Dit is mitten im Scheunenviertel.«

Das Scheunenviertel war nicht unbedingt die beste Gegend, das wusste Eva selbst, aber das spielte jetzt keine Rolle. Sie nickte dem Fahrer zu, und endlich fuhr er los.

Die Fahrt zog sich hin, führte sie durch die halbe Stadt. Zwischen den Ständen zweier Straßenhändler hielt der Fahrer endlich an. Eva bezahlte ihn, stieg aus, hievte ihren Koffer aus dem Wagen und sah sich um. Es war die richtige Adresse, soweit sie es erkennen konnte.

»Passen Se jut uff«, warnte der Fahrer noch durchs offene Seitenfenster und fuhr davon.

Eva trat durch das Tor einer Mietskaserne. Im Hinterhof spielte eine Gruppe Kinder, und eines der Mädchen trug lange blonde Zöpfe.

Unwillkürlich musste sie an Leni denken. Sie schluckte ihren

Schmerz hinunter, betrat das hintere Gebäude, stieg die knarrenden Stufen hinauf in den zweiten Stock und klopfte.

Eine runzelige alte Frau öffnete die Tür. *Oh Gott*, dachte Eva. *Ist das etwa seine Mutter? Nein, viel zu alt. Seine Großmutter?*

»Jacob?«, krächzte die Alte, nachdem Eva nach ihm gefragt hatte, und musterte sie von oben bis unten. »Der is nicht da.«

»Wissen Sie, wo ich ihn finden kann?«

»Hat wohl mal wieder die Zeit verjessen«, murmelte die Frau in sich hinein. »Kieken Se ma unten am Koppenplatz. Da isser oft um die Zeit.«

Eva verließ das Haus, durchquerte die lebhafte Straße, sah hebräische Schriftzüge an vielen Gebäuden und kam an Geschäften vorbei, die koschere Waren anboten. Endlich erreichte sie einen begrünten Platz, auf dem sich eine Schar Kinder und Jugendliche um irgendetwas tummelte.

Neugierig näherte Eva sich, und tatsächlich, mittendrin entdeckte sie Jacob. Im Schneidersitz hockte er auf einer Bank, und auf seinem Schoß lag ein Zeichenblock, auf dem er gerade etwas mit Kohle skizzierte. Dabei wirkte er völlig versunken und ließ sich nicht einmal von den Kindern ringsum ablenken, obwohl sie ständig kicherten und sich gegenseitig schubsten.

Nach einer Weile riss er das oberste Blatt aus seinem Block und reichte es einem der Jungen.

»Mensch, Karl!«, rief einer der anderen. »Das bist ja du!«

»Jetzt bin ich dran!« Ein kleines Mädchen zupfte an Jacobs Ärmel. »Malst du mich auch, Jacob? Bitte, bitte!«

In diesem Moment hob Jacob den Kopf, und Eva winkte ihm zu. Erst beim zweiten Hinsehen erkannte er sie, und seine Miene erhellte sich.

»Morgen male ich dich als Erstes«, wandte er sich an das kleine Mädchen, das daraufhin ein trauriges Gesicht machte. »Versprochen.«

»Malst du uns auch wieder ein schönes großes Kreidebild auf den Boden?«, rief ein anderes Kind.

»Meinetwegen. Aber jetzt tut mir meine Hand weh. Ich muss mich ein wenig ausruhen. Warum geht ihr nicht wieder spielen?«

Die Kinder dachten gar nicht daran, ihn in Ruhe zu lassen. Sie bettelten ihn an, weiterzumachen. Er musste ihnen erst fest versprechen, dass er beim nächsten Mal jeden von ihnen malen würde, ehe sie endlich nachgaben und davonstürmten.

Jacob sah ihnen hinterher. Dann drehte er sich zu Eva um und nahm seinen Hut ab.

Unsicher blieb sie stehen und umklammerte den Griff ihres Koffers. Zum ersten Mal sahen sie einander bei Tageslicht. Bestimmt gab Eva einen seltsamen Anblick ab: eine berühmte Filmschauspielerin, die sich als Tippfräulein verkleidet hatte, um im Scheunenviertel nicht aufzufallen.

Wusste er überhaupt, wer sie war? Bisher hatte er sich nichts anmerken lassen. Sie hoffte einfach nur, dass er sie nicht gleich wieder fortschicken würde.

Doch er tat es nicht. Mit ausgebreiteten Armen kam er auf sie zu.

Erleichtert stellte Eva ihren Koffer ab und ließ zu, dass Jacob sie fest an sich drückte. Seine Wange an ihrer. Da war es wieder, dieses vertraute Gefühl, diese Verbundenheit mit einem Mann, der ihr im Grunde noch immer ganz fremd war.

»Da bist du endlich«, sagte er leise an ihrem Ohr. »Ich hab auf dich gewartet. Ich hatte schon Angst –« Er stockte.

Eva löste sich von ihm und sah ihm in die Augen. »Wovor?«

Er zögerte, bevor er es aussprach. »Ich hatte Angst, du hättest es wieder versucht.«

Seine Worte überraschten und erschütterten sie zugleich. »Ich wollte bestimmt nicht, dass du dich meinetwegen sorgst. Weißt du, ich hatte auch ein wenig Angst, bevor ich herkam. Ich dachte, vielleicht hältst du mich für verrückt und willst nichts mit mir zu tun haben.«

Er nahm ihren Koffer. Gemeinsam gingen sie zur Bank und setzten sich. Jacob nahm Evas Hand und umschloss sie sanft mit seiner.

»Warum wolltest du es tun? Warum ... wolltest du sterben?«

Kein Vorwurf lag in seinem Blick. Nur Wärme. Und plötzlich schämte sich Eva.

»Ich glaube, eigentlich wollte ich es gar nicht. Ich wollte einfach vor etwas davonlaufen.«

Er nahm auch ihre andere Hand in seine. »Ich weiß nicht, ob ich es noch einmal schaffen würde, dich daran zu hindern.«

»Das wird auch nicht nötig sein.«

»Versprichst du es mir?«

Es ging ihm wirklich nah. Sie waren Wildfremde, und doch fühlte er mit ihr. Er sorgte sich um sie, während Heinrich nur ein kaltes Lächeln für sie übriggehabt hatte, und als es ihr bewusst wurde, verschleierten Tränen ihren Blick. Sie nickte.

Eine Weile saßen sie beieinander, sahen dem ausgelassenen Treiben der Kinder auf der Grünfläche zu und hielten sich an den Händen. Wie gut seine Berührung tat.

Verstohlen wischte sich Eva eine Träne fort und deutete auf die Zeichensachen, die neben Jacob auf der Bank lagen. »Darf ich mal sehen?«

Er reichte ihr seine Mappe.

Eva öffnete sie, blätterte darin und staunte. »Aber Jacob, diese Bilder könntest du bestimmt an jede Zeitung verkaufen! Du bist ein begnadeter Zeichner. Wie der große Heinrich Zille! Ach was ... sogar noch besser!«

Er lachte.

»Wo hast du das nur gelernt? Warst du auf der Kunstschule?«

»Ich mach das nur zum Spaß. Hab es mir selbst beigebracht.«

Wie realistisch und detailgetreu er das Aussehen der Menschen einfing. Seine Zeichnungen waren viel aufwendiger als die schnell dahingekritzelten Karikaturen und Porträts, die andere Straßenkünstler an Touristen verscherbelten, wirkten fast schon wie Fotografien.

»Also wirklich, die sollten im *Simplicissimus* abgedruckt werden«, fand Eva.

Jacob zuckte nur mit den Schultern. »Die meisten verschenke ich.«

»Ich meine es ernst! Wenn du willst, kann ich dich ein paar Journalisten vorstellen. Bestimmt wären sie begeistert von deinen Werken ...«

»Bitte nicht.« Er lächelte. »Ich könnte es niemals auf Kommando. Deine Journalistenfreunde wären bitter enttäuscht, glaub mir.«

Sie blätterte weiter. Nein, bei genauerem Hinsehen war er doch kein Künstler wie der berühmte Heinrich Zille, denn dazu fehlte es seinen Bildern an jeglicher Derbheit. Auf einer Zeichnung waren zwei schmutzige Kinder mit zerrissener Kleidung zu sehen, die einander tröstend im Arm hielten. Eine weitere zeigte ein gebrechlich wirkendes altes Ehepaar in einer heruntergekommenen Stube, und die Frau fütterte ihren Mann mit einem Löffel. Jacobs Bilder strahlten eine ganz besondere Zärtlichkeit aus, offenbarten einen Blick für das Schöne inmitten von Elend. Für das Verletzliche.

Sie sah von den Zeichnungen auf. Ihr geheimnisvoller Schutzengel. Er wohnte in einer Mietskaserne im Scheunenviertel, er zeichnete wunderschöne Bilder – je mehr sie über ihn erfuhr, desto rätselhafter erschien er ihr.

»Erzähl mir von dir«, bat sie.

»Was willst du denn über mich wissen?«

»Alles. Einfach alles.«

Er erhob sich, nahm Evas Koffer und bot ihr seinen freien Arm an. Sie klappte seine Mappe zu, hakte sich bei ihm unter, und gemeinsam schlenderten sie über den Platz. Seine Mutter sei früh an Tuberkulose gestorben, erzählte er. Wenig später sei sein Vater zum Kriegsdienst einberufen worden und nie wieder zurückgekehrt. Jacob war damals erst fünfzehn gewesen.

»Hätte Frau Samuel von nebenan mich nicht unter ihre Fittiche genommen, wer weiß, was aus mir geworden wäre.«

Eva dachte an die runzelige alte Frau, die ihr vorhin die Tür geöffnet hatte.

»Sie hat immer auf mich aufgepasst. Wollte, dass was Anständiges aus mir wird. Na ja ...« Er grinste. »Immerhin hat sie dafür gesorgt, dass ich nicht auf die schiefe Bahn geraten bin. Sie findet immer Arbeit für mich. Lässt mich alles reparieren, was im Haus kaputtgeht. Fragt auf Baustellen oder in Lokalen, ob jemand gebraucht wird. Solche Sachen.«

Eva lauschte ihm verwundert. Dass sich jemand mit seinen Talenten mit nichts als Gelegenheitsarbeiten herumschlug, wollte ihr nicht in den Kopf.

»Und du?«, fragte er. »Bisher hast du mir noch gar nichts über dich erzählt.«

»Was glaubst du denn? Mich interessiert, was du von mir denkst.«

»Hm.« Er musterte sie ausgiebig.

Eva musste lächeln. War es möglich, dass sie ihm ebenso ein Rätsel war wie er ihr?

»Also schön, ich verrate es dir: Ich bin Filmschauspielerin.« Sie ließ es so stehen. Wollte erst einmal abwarten, wie er darauf reagierte – doch er ließ sich nichts anmerken. Schweigend setzten sie ihren Weg fort.

»Ich gehe nicht ins Kino«, sagte er nach einer Weile.

Eva staunte. »Es gibt noch Menschen, die nicht ins Kino gehen?«

»Ich hab's ein paarmal probiert, aber jedes Mal bin ich mittendrin eingeschlafen«, gestand er schmunzelnd.

An einer Ecke stand eine Litfaßsäule. Eva hob den Kopf und entdeckte das Plakat ihres neuesten Films darauf: *Der Pfad der Tugend*.

»Sieh mal«, sagte sie und deutete auf ihr übergroßes Gesicht unter dem Schriftzug. »Das da oben, das bin ich!«

Jacob blieb vor dem Plakat stehen und betrachtete es lange. Nach einer Weile schüttelte er den Kopf. »Das bist doch nicht du.«

»Oh doch. Schau mal ganz genau hin. Ich bin ein Star. Siehst du? Eine richtige Marke!« Wieder einmal wurde ihr bewusst, wie albern das eigentlich klang, und sie musste selbst darüber lachen.

Er kniff die Augen zusammen, sah erst Eva an, dann wieder das Plakat, dann wieder Eva. »Irgendwie sieht es dir ähnlich. Und irgendwie auch nicht. Wer auch immer dieses Plakat gemalt hat, er hat dich nie in echt gesehen.« Gleich darauf erhellte sich seine Miene. »Weißt du was? Ich werde dich zeichnen.«

Noch nie hatte Eva für einen Künstler Modell gesessen. Nicht einmal für Heinrich. Meistens zeichnete er Entwürfe für Kulissen, oder er fertigte Skizzen für Einstellungen an, und die Menschen darin waren kaum mehr als Silhouetten mit blanken Scheiben als Gesichtern.

»Nur zu«, sagte sie. »Ich bin dein Modell. Sag mir einfach, wo ich mich hinstellen soll. Oder soll ich mich lieber setzen?«

»Nein, nicht hier und nicht heute. Keine Skizze auf die Schnelle. Ich will mir Zeit dafür nehmen.« Er berührte ihre Wange. »Ich will die echte Eva.«

Nun war sie es, die ihn sprachlos anstarrte. *Die echte Eva.* Oh Gott ... Ob er damit wohl meinte, dass er sie nackt zeichnen wollte? In der Kunst war schließlich alles erlaubt, oder nicht?

Wie aufregend. Was auch immer ihm vorschwebte, sie war dazu bereit.

KAPITEL 28

Berlin-Grunewald, April 1927

Endlich war der Frühling eingekehrt. In den letzten Wochen hatte sich Eva mehrmals heimlich mit Jacob getroffen – immer an Tagen, an denen sie keine Termine hatte und Heinrich im Büro war. Sie unternahmen lange Spaziergänge und erzählten einander alles. Anschließend setzten sie sich häufig auf eine Bank, und Eva sah Jacob beim Zeichnen zu.

Es waren weniger seine Bilder, die sie faszinierten, sondern er selbst. Sie konnte sich einfach nicht an ihm sattsehen. Seine kräftigen, schwieligen Hände, mit denen er so zarte Linien aufs Papier brachte. Seine wilden Locken, die ihm jedes Mal in die Stirn fielen, wenn er sich konzentriert über den Zeichenblock beugte. Sein warmer und zugleich aufmerksamer Blick, mit dem er die Menschen fixierte.

Manchmal aber, wenn sie sich nicht unterhielten und Jacob gerade kein Motiv für seine Zeichnungen vor Augen hatte, versank er völlig in den eigenen Gedanken. Wie erstarrt wirkte er dann, nur seine Finger spielten unablässig mit einem Kohlestück oder einer Münze. In solchen Momenten fragte Eva ihn oft, woran er gerade dachte, aber jedes Mal sah er sie nur schweigend mit seinen großen, honigbraunen Augen an. Genau wie damals im Lokal, als sie erfolglos versucht hatte, einen Tag und eine Uhrzeit für ein Treffen mit ihm zu verabreden.

Ihr schöner, nachdenklicher Jacob. Er war so klug, so weise und mitfühlend, und schien dabei immer ein wenig in seiner eigenen Welt zu leben. Inzwischen kannten sie sich etwas besser, doch noch immer konnte sich Eva keinen rechten Reim auf ihn machen.

Bei jedem Treffen fragte Eva ihn, wann er sie endlich zeichnen würde, doch er tat geheimnisvoll und bat sie noch um ein wenig Geduld. Es sollte an einem ganz besonderen Ort stattfinden, wie er sagte, aber dazu müssten sie erst auf den richtigen Zeitpunkt warten. Mehr ließ er sich nicht entlocken.

»Bringst du dort etwa alle jungen Damen hin, die du zeichnen willst?«, neckte sie ihn eines Tages.

»Nein.« Er schenkte ihr ein verschmitztes Lächeln. »Die anderen hab ich nicht gezeichnet.«

Eva machte sich nichts vor. So hübsch, wie Jacob war, verdrehte er bestimmt vielen Frauen den Kopf, und er war anscheinend nicht der Typ, der sich festlegte – nicht bei der Arbeit und gewiss auch nicht in der Liebe.

»Ich glaube, jetzt ist es so weit«, sagte er an einem milden Tag und warf einen Blick in den blauen Himmel.

Sie verabredeten sich für den darauffolgenden Montag. Jacob würde sie endlich in sein geheimes Reich mitnehmen, und dieses Mal war er sich auf Anhieb sicher, was die Zeit und den Treffpunkt anging.

Als Eva an diesem Abend nach Hause kam, schallte ihr aus dem Wohnzimmer ein klassisches Stück vom Plattenspieler entgegen. Mit der Spätausgabe der *Vossischen Zeitung* in der einen und einer Zigarette in der anderen Hand saß Heinrich auf dem Sofa und paffte vor sich hin.

Es überraschte sie, ihn zu Hause anzutreffen. Um diese Uhrzeit war er in letzter Zeit häufig in Friedrichshain unterwegs und besuchte einschlägige Kneipen. Er wolle sich direkt ins Milieu begeben, wie er erzählt hatte, um für seinen neuen Film zu recherchieren, in dem es um Verbrechernetzwerke ging. Und weil es in solchen Gegenden äußerst unklug war, sich im feinen Anzug oder gar im Frack zu zeigen, trug er dabei abgewetzte Schuhe und einen Anzug, den er sich auf dem Flohmarkt besorgt hatte.

Bei einem dieser Ausflüge hatte er einen Mann namens Oskar Fellhauer kennengelernt, den Chef eines Ringvereins, wie man munkelte. Bereitwillig gewährte er Heinrich tiefe Einblicke ins Verbrecherleben. Im Gegenzug hatte Heinrich ihm eine kleine Rolle in seinem nächsten Film versprochen. Neulich hatte er damit vor Eva geprahlt, und sie war entsetzt gewesen.

»Mein Gott, das sind doch alles auch nur Menschen«, hatte er erwidert. »Ich tue es für den Film. Allein das Ergebnis zählt!«

Wortlos ging Eva nun in die Küche und holte sich ein Glas Wasser. Als sie zurück ins Wohnzimmer trat und Heinrich seelenruhig auf dem Sofa sitzen sah, verkrampfte sich etwas in ihr. Seit Wochen gingen sie einander aus dem Weg, redeten nur noch das Allernötigste. Sie verstand ihn einfach nicht. Er musste doch längst eingesehen haben, dass ihre Beziehung gescheitert war. Und trotzdem stellte er sich stur und wollte von einer Scheidung nichts wissen. Wollte er wirklich, dass es mit ihnen jahrelang so weiterging? Er konnte doch selbst nicht glücklich darüber sein.

Und auch Eva fragte sich, wie lange sie dieses Spiel noch durchhalten könnte. Sie war fest entschlossen gewesen, ihm seine Affäre mit Viola nachzuweisen, damit er vor dem Scheidungsgericht schuldig gesprochen wurde. Und mit einem Mal war ein anderer Mann in ihr Leben getreten, und sie war selbst untreu geworden – zumindest im Herzen.

»Wo warst du?«, fragte Heinrich plötzlich, ohne von seiner Zeitung aufzusehen.

»Bei Johanna.«

Er blätterte eine Seite um. »In letzter Zeit kriegt ihr beiden gar nicht genug voneinander, wie mir scheint.«

Eva ignorierte seine Bemerkung und ging hinauf in ihr Schlafzimmer, um sich bettfertig zu machen. Dieses gegenseitige Belauern war unendlich anstrengend, und langsam fragte sie sich, ob es ihr das wirklich wert war.

Erschöpft legte sie sich ins Bett, knipste das Licht aus und träumte sich an jenen geheimnisvollen Ort, an den Jacob sie schon bald entführen würde.

Nur noch wenige Tage. Sie dachte an seine tiefe und zugleich sanfte Stimme. An seine honigfarbenen Augen. An seinen schönen Mund, den sie endlich küssen wollte, und glitt sanft in einen Traum hinüber.

Am Montagvormittag fuhr Eva zum Bahnhof Nikolassee. Jacob erwartete sie bereits mit seinem klapprigen Fahrrad.

»Von hier aus ist es nur noch ein kleines Stück.« Er zog seine Jacke aus, faltete sie mehrmals zusammen und legte sie auf den Gepäckträger, damit Eva darauf Platz nehmen konnte.

»Es ist schon eine Weile her, dass ich bei jemandem auf dem Fahrrad saß.« Lachend schlang sie die Arme um seinen Bauch, und schon trat er in die Pedale.

Sie durchquerten ein kleines Waldstück und kamen an einer Wiese vorbei. Eva wurde durchgeschüttelt, als sie einen unebenen Schotterweg überquerten, aber es machte ihr nichts aus. Sie roch das herrlich frische Gras. Die Sonne schien ihr ins Gesicht, und der Wind zerzauste ihr Haar. Sie fühlte sich frei, zum ersten Mal seit Langem. Heinrich war weit fort, es schien nur noch Jacob und sie zu geben.

Nach einer Weile näherten sie sich einer Kleingartensiedlung. Vor dem Zaun, der die Anlage umgab, kettete Jacob sein Fahrrad an. Eva folgte ihm über einen schmalen Pfad bis zu einem Tor, das fast gänzlich von einer dichten Hecke überwuchert war, wie der Eingang zu einem vergessenen Märchenschloss.

Er blieb davor stehen und kramte einen Schlüssel aus seiner Jackentasche. »Komm rein«, sagte er, schob die Zweige der Hecke beiseite und öffnete das quietschende Tor.

Mit pochendem Herzen trat Eva in den Garten. Das war er also, der ominöse Ort, zu dem er sie die ganze Zeit schon hatte mitnehmen wollen. Nun verstand sie auch, warum er den Frühlingsbeginn abgewartet hatte.

Jacob erzählte, dass die Parzelle früher einmal einem Bekannten von Frau Samuel gehört hatte. Vor ein paar Jahren hatte er sie Jacob überlassen, und seitdem war der Garten sein kleines Paradies, in dem er Zuflucht suchte, sobald ihm der Trubel in der Stadt zu viel wurde.

»Hier vorne ist alles noch ziemlich verwildert, ich weiß.« Verlegen brach er den Stängel einer vertrockneten Sonnenblume ab. »Aber dahinten, da hab ich neulich schon die Beete vorbereitet. Hab Kartoffeln eingepflanzt und ganz viel Gemüse ausgesät. Spinat, Radieschen, Karotten ...«

Fasziniert ließ Eva ihren Blick über die wuchernden Brombeerhecken schweifen, über die verblühten Überbleibsel vom Vorjahr.

Zwischen den toten Überresten regte sich bereits neues Leben. Blumenknospen reckten ihre Köpfe durch verwittertes Laub, die schneeweißen Blüten eines Kirschbaums lockten Bienen mit ihrem süßen Duft, und gleich daneben hingen flauschige Weidenkätzchen.

Sie versuchte, sich vorzustellen, wie es aussah, wenn das alte Laub und die abgestorbenen Zweige erst einmal beseitigt wären, und sah ein duftendes Meer aus bunten Blüten vor sich – Hyazinthen, Narzissen und Tulpen. Und da, weiter hinten, waren das nicht Rosenbüsche? Es war ein Garten, wie sie ihn sich schon lange wünschte.

Als sie sich zu Jacob umdrehte, stellte sie fest, dass er längst mit seinem Zeichenblock auf einem Baumstumpf saß und eifrig skizzierte.

»Oh. Du hast schon angefangen?«

Er lächelte nur, sagte jedoch nichts.

Bald darauf frischte der Wind auf, und dunkle Wolken schoben sich vor die Sonne. Schon fielen die ersten Regentropfen, und Jacob führte Eva zu einer Gartenhütte, einem abenteuerlich aussehenden, zusammengezimmerten Kabuff.

»Keine Angst«, lachte er, als er ihren skeptischen Blick bemerkte. »Ich weiß, es sieht von außen nicht so aus, aber drinnen ist es wirklich gemütlich.«

Eva folgte ihm hinein. Geblümte Gardinen hingen vor den kleinen Fenstern. Fröstelnd ließ sie sich auf einem kleinen Sofa in der Ecke nieder und kroch unter die Strickdecke.

Jacob stapelte derweil mehrere Holzscheite im Herd und entzündete ein Feuer. Sogleich verströmte es eine behagliche Wärme.

»Fangen wir jetzt an?«, fragte Eva erwartungsvoll und stellte sich bereits vor, wie sie gleich all ihre Sachen abstreifen würde, damit er sie zeichnen konnte. »Was soll ich tun? Wie soll ich für dich posieren?«

Er lächelte. »Aber nein. Das brauchst du nicht.«

Enttäuscht ließ sie die Schultern sinken. Schon wollte sie ihn fragen, ob er es sich anders überlegt hatte, doch bevor sie etwas sagen konnte, reichte er ihr seine Mappe und öffnete sie.

»Ich habe dich längst gezeichnet, siehst du?« Er schaute ihr über die Schulter, während sie darin blätterte. »Jedes Mal, wenn wir uns gesehen haben.«

»Bin ich das wirklich?« Mit den Fingerspitzen strich sie an den Konturen der Zeichnungen entlang. Auf manchen Bildern waren nur Details zu sehen. Ihre Hände. Ihre Augen. Auf einem anderen lehnte sie an einem Laternenpfahl und blickte einem Vogel am Himmel nach.

Jacob holte seinen Zeichenblock, riss das oberste Blatt heraus und legte es dazu. Es war das Bild, das er gerade eben im Garten von ihr angefertigt hatte: Sie streckte den Finger aus, um eines der Weidenkätzchen zu berühren.

»Ich sagte doch, ich will dich so zeichnen, wie ich dich sehe. Die echte Eva.«

Die echte Eva? Gab es die überhaupt? In den letzten Jahren hatte sie nur für Heinrich gelebt. Für seine Filme. Sie hatte gelächelt, wann immer er es von ihr verlangte, hatte Geschichten ersonnen, nach seinen Wünschen. So lange, dass sie darüber fast vergessen hatte, wer sie selbst eigentlich war.

Aber hier, auf diesen Skizzen – das war sie. Keine Pose, keine Schminke, keine Kamera. Kein Heinrich an ihrer Seite, der ihr sagte, wie sie sich zu bewegen und zu schauen hatte. *Die echte Eva.*

Bei dem Gedanken musste sie schluchzen.

»Oh nein.« Jacob warf ihr einen besorgten Blick zu. »Sie gefallen dir nicht, stimmt's?«

»Aber nein, sie sind wundervoll«, erwiderte sie und lachte durch ihre Tränen hindurch. Sie wollte ihm sagen, wie berührend und einzigartig seine Bilder waren.

Stattdessen küsste sie ihn.

Für einen Herzschlag erstarrte Jacob. Dann öffneten sich seine weichen Lippen unter ihren. Sie wollte mit ihm verschmelzen, wie in ihrem Traum. Hier, in seinem verborgenen Reich, weit fort von allem, wo es nur sie beide gab und sonst niemanden.

Ungeduldig ließ sie die Finger unter sein Hemd gleiten. Wieder erstarrte er, dann schob er sie sanft von sich.

Verwirrt sah sie ihn an. Er wusste, dass sie verheiratet war, aber ihre Ehe mit Heinrich längst in Scherben lag. Er wusste alles von ihr, sie hatte ihm nichts verschwiegen.

»Eva ... Ich weiß, du glaubst, dass ich andauernd mit irgendwelchen jungen Damen hier bin –«

»Schon gut«, flüsterte sie.

»Nein. Du sollst nichts Falsches von mir denken. Du bist mir wichtig. Wirklich wichtig. Ich möchte, dass du das weißt. Und ich will nicht, dass du irgendetwas tust, was du hinterher bereust.« Er schluckte schwer. »Schon gar nicht will ich, dass du glaubst, du müsstest dir etwas beweisen ... oder deinem Mann irgendetwas heimzahlen.«

Sie berührte seine Wange. »Ich würde es niemals bereuen. Und es gibt niemanden, dem ich etwas beweisen oder heimzahlen will.«

Was auch immer von ihrer Ehe übrig gewesen war – es war an jenem Abend auf der Brücke erloschen. Sie wollte keinen Gedanken mehr daran verschwenden, nicht einen einzigen.

»Ich will mit dir zusammen sein und nur mit dir. Alles andere ist mir egal.«

Wieder küsste sie ihn, und er ließ es zu, schloss sie fest in seine Arme.

Erleichtert schmiegte sie sich an ihn. Es gab keine Worte mehr zwischen ihnen, nur noch Küsse, doch bald schon reichten sie ihnen nicht mehr.

Im allerletzten Moment fielen Eva die Fromms in ihrer Handtasche ein, die sie heimlich eingesteckt hatte. Sie kramte einen heraus und reichte ihn Jacob, der ihn sich hastig überstreifte.

Spielerisch stieß sie ihn aufs Sofa, und er ließ es bereitwillig zu. Zum ersten Mal war sie mit einem Mann zusammen, der sich zurücklehnte und ihr die Führung überließ. Der ihr nicht vorauseilte, der sich Zeit ließ und zärtlich war.

Bis zum späten Nachmittag lagen sie eng aneinandergeschmiegt auf dem kleinen Sofa und lauschten dem prasselnden Feuer im Herd. Durch das Fenster der Hütte beobachteten sie, wie der Regen schließlich versiegte, die Wolkendecke aufriss und einen strahlend blauen Himmel offenbarte.

Viel zu schnell war ihr gemeinsamer Tag vorübergegangen. Eva ertrug den Gedanken kaum, wieder tagelang von Jacob getrennt zu sein. Schweigend zogen sie sich an und verließen die Hütte. Jacob schloss das Gartentor, Eva setzte sich zu ihm aufs Fahrrad, und sie fuhren zurück zum Bahnhof. Bald darauf traf der Zug ein, und Eva wusste, nun mussten sie sich voneinander verabschieden.

Als sie vor der Zugtür standen, schlang Eva die Arme um Jacob und drückte ihn fest an sich. »Ich liebe dich.«

Er schluckte schwer. »Nein. Keine Schwüre. Keine Versprechen.«

Rasch hauchte er ihr noch einen Kuss auf die Lippen. Dann nahm er sein Fahrrad und hievte es in den Waggon.

KAPITEL 29

Berlin, Mai 1927

In den folgenden Wochen entfaltete der Frühling all seine Pracht.
Die Dreharbeiten zu Heinrichs neuem Film begannen, und Eva sah
Jacob, wann immer sie nicht im Atelier gebraucht wurde. Jedes Mal
trafen sie sich am Bahnhof, Eva setzte sich wieder auf den Gepäckträger seines Fahrrads, und Jacob kutschierte sie zu ihrem Aus-
flugsziel.

Ab und zu fuhren sie zum nahe gelegenen Wannsee, dessen
Ufer sie unter der Woche bis auf vereinzelte Spaziergänger für sich
hatten. Stundenlang lagen sie auf einer Decke im Gras, an einer
windgeschützten, von mehreren Bäumen gesäumten Stelle. Sie redeten nicht, sondern lauschten dem Wind und sahen den vorüber-
ziehenden Vögeln zu. Eva spielte mit den dunklen Locken, die in
Jacobs Stirn fielen, fuhr mit der Fingerspitze die Konturen seines
schönen Gesichts nach, küsste sein Kinn, seine Nasenspitze, seinen Mund.

Einer der Baumstämme war hohl, und Jacob versteckte für Eva
immer wieder kleine Zettel mit Zeichnungen darin. Jedes Mal war
es etwas, das ihnen während ihrer gemeinsamen Stunden begegnet
war: ein schöner Vogel, ein Eichhörnchen oder eine Blüte. Sie freute
sich über jedes seiner kleinen Geschenke und sammelte sie in der
Mappe, die sie in seinem Gartenhaus aufbewahrten. Es war einer
ihrer kostbarsten Schätze.

An anderen Tagen blieben sie zusammen im Garten. Eva packte
ihr Notizbuch aus, setzte sich ins Gras und schrieb weiter an ihrem
Roman. Während ihre Feder über das Papier glitt, rupfte Jacob Unkraut, schnitt vertrocknete Zweige ab oder reparierte etwas an der
Hütte.

Nach diesem finsteren, scheinbar endlosen Winter voller Kummer und Trauer war endlich das Licht in Evas Leben zurückgekehrt.
Es durchdrang sie, wärmte ihr Herz. Auf dem Papier erschuf sie

eine neue Welt, die ganz allein ihr gehörte. In den letzten Wochen und Monaten hatte sie die Zeitungsartikel über Clärenore Stinnes gelesen, die berühmte Rennfahrerin, die bald mit dem Auto zu einer Weltreise aufbrechen würde, und plötzlich war Eva klar geworden, worum es in ihrem Roman gehen sollte: um eine Frau, die mit dem Auto in ferne Länder reiste. Niemand war an ihrer Seite, sie allein saß am Steuer und entschied, wohin sie fuhr. Evas Geschichte wuchs und entfaltete sich, zum ersten Mal seit Langem, hier, in Jacobs blühendem Garten.

Jacob werkelte vor sich hin, lächelte ihr zu, wann immer sie von ihrem Text aufsah, und hauchte ihr im Vorbeigehen Küsse auf die Wange. Eine Hütte, ein Garten, genug Raum für ihre Geschichten und den Mann, den sie liebte – mehr brauchte sie nicht.

An einem dieser Tage machte Eva eine Pause vom Schreiben. Sie schloss die Augen und atmete tief ein, roch den süßen Duft der Blüten ringsum und hörte das Summen der Bienen.

Jacob blieb hinter ihr stehen und schaute ihr über die Schulter.

Eva öffnete die Augen und lächelte ihm zu. »Das neue Kapitel ist fertig. Möchtest du es lesen?«

Er seufzte. »Ach, du weißt doch, Bücher und solche Sachen ... Das ist nicht meine Welt.«

Selten war ihr ein Mensch begegnet, der so ungern las wie Jacob. Ab und zu bekam er Briefe von einer entfernten Verwandten, irgendeiner Cousine, die vor dem Krieg nach England ausgewandert war. Neulich hatte er Eva sogar einen davon mitgebracht, damit sie ihn vorlas, weil er viel zu faul war, um ihn selbst zu lesen, wie er sagte.

Eva blinzelte zu ihm auf. »Wie schade. Ich wüsste so gerne, was du von meiner Geschichte hältst.«

Zögerlich nahm er das Notizbuch in die Hand und blätterte darin. Er schien kurz nachzudenken, dann reichte er es ihr wieder zurück. »Lies du es lieber vor. Ich höre so gern deine Stimme.«

Eva folgte seiner Bitte. Er setzte sich neben sie ins Gras, und sie begann zu lesen.

»Unglaublich, wie du das machst«, meinte er, nachdem sie geendet hatte. »Dir so etwas auszudenken. Ich könnte das nicht.«

»Dann gefällt dir meine Geschichte?«

»Deine Heldin erinnert mich an dich. Wenn du vorliest, stelle ich mir vor, dass du es bist, die all diese Dinge tut.«

»Du liebe Zeit«, entgegnete Eva lachend. »Ich wünschte, ich wäre auch nur halb so intelligent und mutig wie sie.«

Am Nachmittag verabschiedeten sie sich, als der Zug eintraf. Da war er wieder, dieser vertraute Schmerz, wie jedes Mal, wenn Eva erneut bewusst wurde, dass sie nichts als Augenblicke miteinander teilten. Und wie jedes Mal lag ein trauriger Glanz in Jacobs Augen, als er sich von ihr abwandte und in den Zug stieg. Er litt unter den Heimlichkeiten. Sie merkte es ihm an, auch wenn er versuchte, es ihr nicht zu zeigen. Nur ihretwegen machte er mit bei diesem verlogenen Spiel.

Während sie in der Kraftdroschke saß, die sie zurück nach Grunewald brachte, musste sie an Bettys Briefe denken. Noch immer hielten sie über Johannas Adresse regelmäßig Kontakt, ohne dass Heinrich etwas davon ahnte. Und in diesem Moment fasste Eva einen Entschluss.

Im Grunde war er schon seit Wochen in ihr herangereift. Bisher hatte sie sich nur nicht getraut, ihn konsequent zu Ende zu denken. Sie hatte geglaubt, einfach nur lange genug in der Ehe mit Heinrich durchhalten zu müssen, bis er nachlässig wurde und sichtbare Spuren seiner Untreue hinterließ. Sie hatte sich nicht geschlagen geben wollen. War nicht bereit gewesen, ihm kampflos all das zu überlassen, wofür sie jahrelang gearbeitet hatten.

Nun begriff sie, dass es nur ein weiteres seiner Spiele war, in das sie sich von ihm hatte hineinziehen lassen. Und dass sie es viel zu lange mitgespielt hatte. Wenn sie frei sein wollte, musste sie sich von allem lösen, was sie mit Heinrich verband. Musste alles aufgeben, ohne Kompromisse. Und nun war sie endlich bereit dazu.

Vor ihrem nächsten Treffen überlegte Eva lange, wie es ihr am besten gelingen könnte, Jacob in ihr Vorhaben einzuweihen. Sie ahnte, wie verrückt es für ihn klingen musste. Für ihn, der so schüchtern und vorsichtig war, der das Wort Liebe nicht in den Mund nahm und es niemals von Eva hören wollte.

Am verabredeten Tag wartete sie wieder am Bahnhof auf ihn, den Hut tief in die Stirn gezogen. Durch die dunklen Gläser ihrer Sonnenbrille hindurch hielt sie nach seinem Zug Ausschau, und als Jacob endlich eintraf, setzte sie sich mit klopfendem Herzen zu ihm aufs Fahrrad.

Eva war so nervös, dass sie kaum etwas über die Lippen bringen konnte, während sie den Weg zu den Kleingärten zurücklegten. Ob Jacob es spürte? Zumindest ließ er sich nichts anmerken.

Kaum war das Gartentor hinter ihnen zugefallen, schlossen sie einander stürmisch in die Arme. Es war der schönste Moment, jedes Mal, wenn sie sich wiedersahen. Endlich allein. Kein Versteckspiel, keine fremden Blicke. Jacob nahm ihre Hand, und Eva folgte ihm zur Hütte.

»Ich hatte einen wunderschönen Traum«, flüsterte sie, als sie später nackt beieinanderlagen. Sein Kopf ruhte an ihrer Brust, und Eva streichelte sein Haar. »Ich habe geträumt, es gäbe keine Heimlichkeiten mehr, und wir hätten alle Zeit der Welt für uns. Wir hätten hier gelebt, in deinem Garten, und hätten alles gehabt, was wir brauchen.« Sie strich ihm eine Locke aus der Stirn. »Eine schöne Vorstellung. Findest du nicht?«

»Mhm.«

»Danach hatte ich noch einen Traum, und er war sogar noch schöner als der erste.«

»Ich kann es kaum erwarten, davon zu hören.«

»Ich hab geträumt, ich wäre eine berühmte Schauspielerin in Hollywood, und du wärst ein großer Künstler, und alle Welt wäre gekommen, um deine Bilder zu sehen.«

Er bedeckte ihren Hals mit Küssen. »So etwas Verrücktes träumst du.«

Sie zögerte. »Weißt du, vielleicht waren das gar keine Träume, die ich hatte. Vielleicht habe ich unsere Zukunft gesehen.«

Er sah sie fragend an.

»Jacob ... ich will mein Leben mit dir verbringen. Ich liebe dich.«

Nun war es passiert. Sie hatte es ausgesprochen, auch wenn sie wusste, dass er es nicht hören wollte.

Anstatt zu antworten, setzte er sich auf, hob seine Kleidung vom Boden auf und zog sich an.

Eva setzte sich ebenfalls auf. »Warte. Hör mir zu –«

»Nein. Du hast es mir versprochen. Wir reden nicht von solchen Dingen.«

»Versuch doch wenigstens, es dir vorzustellen. Mehr verlange ich gar nicht.«

Er knöpfte sein Hemd zu. »Das hier ist das wirkliche Leben und keine von deinen Geschichten.« Er beugte sich hinab, um seine Schuhe zu binden. Ein bitterer Zug legte sich um seinen Mund. »Eines Tages werde ich herkommen und vergeblich auf dich warten. Und du ... du wirst mich längst vergessen haben.«

Eva erschrak. Glaubte er das wirklich? Dass sie einfach so aus seinem Leben verschwinden würde ... dass sie ihn irgendwann satthätte? Sie fröstelte, griff nach der Wolldecke und zog sie sich bis zum Kinn.

»Ich werde meinen Mann verlassen.«

Langsam richtete Jacob sich wieder auf. Sein Ausdruck wirkte wie versteinert.

»Ich meine es ernst.«

Er hob die Hände. »Das hier ... Das ist doch kein Leben für jemanden wie dich!«

Seine Worte machten sie wütend. Sie hatte es endgültig satt, sich von Männern erklären zu lassen, was das Beste für sie war. »Ach so. Und wer bestimmt das? Du etwa?« Sie atmete tief durch und bemühte sich um einen versöhnlichen Tonfall. »Ich fürchte mich nicht davor, wieder bei null anzufangen. Das, was wirklich wichtig ist, kann mir niemand wegnehmen.«

»Und das wäre?«

»Meine Geschichten ... und du.«

Er wandte sich ab.

Eva streifte sich ihr Kleid über und stand auf. »Weißt du noch, als ich dir aus meinem Roman vorgelesen habe? Es wird Zeit, dass ich mir von dem Mut meiner Heldin eine Scheibe abschneide. Ich will etwas Neues wagen. Auf eine Reise ins Ungewisse gehen, genau wie meine Heldin. Und ich gehe diesen Schritt, ob du mitkommst oder nicht.« Sie berührte seine Wange. »Aber wenn du es willst, dann begleite mich auf meiner Reise. Ich wäre glücklich mit dir an meiner Seite.«

»Eva ... Du siehst etwas in mir, das gar nicht da ist. Weißt du, dieser große Künstler, für den du mich hältst ... der bin ich nicht.«

»Aber natürlich bist du das«, sagte sie sanft. »Du hast so viele Talente. Mehr, als du an beiden Händen abzählen kannst – aber aus irgendeinem Grund willst du es nicht wahrhaben. Wenn du nur Vertrauen hättest –«

»Hör mir bitte zu!«, fiel er ihr ins Wort. »Das, was ich mache, das Zeichnen ... Das geht nicht auf Kommando. Ich kann es einfach nicht. Ich bin nicht wie ... dein Mann.«

Evas Augen weiteten sich. »Natürlich bist du nicht wie er. Oder glaubst du etwa, ich bin mit dir zusammen, weil ich sein Ebenbild in dir sehe?«

»Nein, so meinte ich das nicht. Ich wünschte, ich könnte es dir erklären.« Er atmete tief durch. »Es gibt Dinge, die mir schwerfallen. Ich ... ich ...«

Was auch immer es war, das er nicht in Worte fassen konnte, es quälte ihn fürchterlich. Eva schlang die Arme um ihn. »Schon gut. Egal, was es ist, ich bin bei dir.«

Vorsichtig löste er sich von ihr. Ein feuchter Glanz lag in seinen Augen.

Sie nahm seine Hände in ihre. Geduldig wartete sie ab, gab ihm alle Zeit, die er brauchte, um sich zu sammeln.

»Weißt du ... ich kann weder lesen noch schreiben.«

Eva sah ihm in die Augen, und mit einem Mal wurde ihr vieles klar. Sie dachte daran, wie er ihr damals in der Bar den Stift in die Hand gedrückt hatte, damit sie seine Adresse notierte. Wie er sie immer wieder gebeten hatte, ihr aus ihrem Manuskript oder den Briefen seiner englischen Cousine vorzulesen. Wie hatte sie das alles übersehen können?

Jacob wandte sich ab, riss die Tür auf und stürmte hinaus.

Für einen Moment stand Eva sprachlos inmitten der Hütte, ehe sie sich fasste und ihm hinterherlief. Sie fand ihn im vorderen Teil des Gartens, wo er auf einem Baumstumpf saß und ihr den Rücken zuwandte.

»Sag nichts.« Er rupfte einen Grashalm aus. »Ich weiß auch so, was du denkst.«

»Was denke ich denn?«

»Dass ich dumm bin. Eine Frau wie du, für die das alles selbstverständlich ist, die ganze Bücher schreibt ...«

Sie ging neben ihm in die Knie und nahm seine Hand. »So etwas würde ich niemals über dich denken.«

Er rupfte einen weiteren Grashalm aus und drehte ihn zwischen seinen Fingern. »Ich hab versucht, es zu lernen. Immer und immer wieder. Mehr als ein paar kurze Wörter schaffe ich nicht. Diese verdammten Buchstaben sehen für mich alle gleich aus.«

»Und wenn wir es gemeinsam versuchen?«

»Das wäre sinnlos, glaub mir.«

»Aber –«

»Nein. Versteh doch. Deine großen Träume von der Zukunft, von Amerika ... Da passe ich nicht hinein, so gerne ich es auch täte. Was soll jemand wie ich denn in einem Land, dessen Sprache ich nicht mal spreche? Mich von dir aushalten lassen?« Er streichelte ihre Wange. »Es tut mir so leid, Eva. Ich bin kein Mann für dich – sosehr ich es mir auch wünsche.«

Am späten Nachmittag fuhr Eva zurück nach Grunewald. Jacobs Worte hatten sie unendlich traurig gemacht. Sie saß auf dem Rücksitz einer Kraftdroschke und weinte lautlos vor sich hin.

Sie wünschte, sie hätte eins und eins zusammengezählt, hätte früher begriffen, dass er nicht lesen und schreiben konnte. Die Anzeichen waren da gewesen, direkt vor ihrer Nase, aber anstatt hinzusehen, hatte sie nur geträumt. Sie hatte sich ein neues Leben ausgemalt und Jacob eine feste Rolle darin zugewiesen. Sie hatte sich ihn als großen Künstler vorgestellt, weil sie ihn unendlich für sein Talent bewunderte. Bis zu ihrem Gespräch vorhin hatte sie nicht verstanden, warum er sich beharrlich weigerte, etwas daraus zu machen.

Und nun hatte sie ihm unabsichtlich zu verstehen gegeben, dass er etwas für sie werden musste, das er gar nicht war. Dass es erst dann eine gemeinsame Zukunft für sie geben könnte. Genau wie Heinrich hatte sie sich verhalten, und es war ihr nicht einmal aufgefallen. Und jetzt schämte sich Jacob vor ihr. Glaubte, er wäre nicht gut genug für sie, die feine Dame aus dem Berliner Westen.

Aber das stimmte nicht. Sie liebte ihn, mit all seinen Schwächen. Sie wollte ihn so, wie er war, und nicht anders.

Es war ihr ernst mit ihm, und sie würde es ihm beweisen. Sie würde Heinrich verlassen, und zwar heute noch. Das hätte sie ohnehin schon längst tun sollen – ob mit oder ohne Jacob an ihrer Seite.

Der Fahrer bog in die Auffahrt ihrer Villa und hielt vor der Eingangstür. Eva bezahlte ihn rasch, stieg aus und ging ins Haus.

Im Flur rümpfte sie die Nase. Es stank nach kaltem Zigarrenqualm. Eigenartig, denn heute Morgen war ihr der Geruch gar nicht aufgefallen.

»Martha?«, rief sie.

Wahrscheinlich war die Haushälterin gerade im Keller und legte die Wäsche zusammen. Eva eilte die Treppe in den ersten Stock hinauf. Nur schnell den Koffer holen und das Nötigste einpacken ...

Die Tür ihres Arbeitszimmers stand offen, und als Eva im Vorbeigehen einen Blick hineinwarf, blieb ihr vor Schreck fast das Herz stehen.

Einbrecher, schoss es ihr durch den Kopf. Anders war dieses fürchterliche Chaos nicht zu erklären. Sie betrat den schmalen Raum und sah sich entsetzt um. Sämtliche Schubladen standen offen. Papiere waren herausgerissen worden und lagen überall wild verteilt, auf dem Boden, auf dem Schreibtisch ...

Sie stutzte, als sie inmitten der Stapel einen vollen Aschenbecher, eine Flasche Whisky und ein umgekipptes Glas entdeckte, unter dem sich bereits die Papiere wellten.

»Da bist du ja endlich«, ertönte es hinter ihr.

Erschrocken fuhr sie herum. Heinrich lehnte am Regal hinter der Tür und starrte auf ein Blatt Papier in seiner Hand. Beim Hineingehen hatte sie ihn überhaupt nicht bemerkt.

Was hatte er um diese Uhrzeit hier verloren? Sonst blieb er doch bis spätabends im Atelier, darum hatte sie gar nicht erst nachgeschaut, ob sein Auto in der Garage stand. Wie selbstverständlich war sie davon ausgegangen, dass er nicht da war.

»Ich hab Martha weggeschickt«, sagte er. »Wollte mit dir unter vier Augen reden. Über ein paar interessante Dinge, die mir zu Ohren gekommen sind. In letzter Zeit bist du tagsüber öfter unterwegs, wie ich erfahren habe.«

Seine Worte klangen gedehnt. Evas Blick streifte die halb leere Whiskyflasche.

»Niemand weiß, wo du dich herumtreibst. Du sagtest zwar zu Martha, du wärst im Josty. Hast dich aber seit Wochen nicht mehr dort blicken lassen, wie mir der Kellner am Telefon verriet.« Langsam ließ er das Papier sinken. »Zum Teufel, Eva. Wo warst du?«

Die Kälte in seiner Stimme machte ihr Angst. Er klang genauso wie damals, als er sie geohrfeigt hatte. Und genau wie damals hatte er etwas getrunken. In diesem Zustand war er unberechenbar. Auf keinen Fall durfte sie den Fehler machen, sich jetzt auf eine Diskussion mit ihm einzulassen.

Raus hier, dachte sie, *einfach nur raus, bevor es wieder eskaliert.*

»Lass es mich dir in aller Ruhe erklären.« Sie deutete auf das umgekippte Glas auf dem Schreibtisch. »Ich will nur eben schnell einen Lappen holen ...«

Sie machte einen Schritt in Richtung Tür, doch Heinrich knallte sie zu und stellte sich ihr in den Weg.

Eva schluckte schwer. »Lass mich bitte vorbei«, sagte sie in ruhigem Tonfall, obwohl es sie viel Beherrschung kostete.

»Ich will wissen, wo du warst!«

»Bei Johanna.«

Wankend näherte er sich ihr. Sie wich zurück, bis sie die kühle Wand im Rücken spürte.

Er blieb so dicht vor ihr stehen, dass sie den Alkohol in seinem Atem riechen konnte. »Wo du warst, hab ich dich gefragt.«

»Ich sagte doch –«

Seine Faust landete neben ihrem Kopf. »Lüg mich nicht an! Sag schon! Wo warst du?«

Eva schnappte nach Luft. »Bei einem Freund.«

»Und wer ist dieser Freund? Schläfst du mit ihm?«

Sie sah an ihm vorbei, zu dem Blätterchaos auf dem Schreibtisch, und jetzt erst begriff sie, worin er gewühlt hatte.

Es waren Briefe. Bettys Briefe.

Heinrich warf einen kurzen Blick über seine Schulter. »Na? Wie lange schreibst du dieser Schlampe schon hinter meinem Rücken?«

Tränen verschleierten Evas Blick. »Hör auf. Du machst mir Angst. Bitte, Heinrich, ich –«

Gewaltsam packte er sie an den Oberarmen, zog sie zu sich und presste seine Lippen auf ihre.

Angewidert drehte Eva den Kopf zur Seite. Sie flehte Heinrich an, sie loszulassen. Sie wand sich in seinem Griff, schlug auf seine Brust und sein Gesicht ein.

»Was denn? Gefällt's dir nicht?« Er packte sie am Kiefer und drückte sie mit seinem Körpergewicht an die Wand. »Macht der andere es besser? Ich zeig dir, was ein richtiger Mann ist ...« Wütend zerrte er an ihrer Bluse, bis die Knöpfe nachgaben.

Panik stieg in Eva auf. Noch bevor sie richtig begriffen hatte, was geschah, schnellte ihr Knie in die Höhe und traf Heinrich zwischen die Beine.

Er krümmte sich, und sein Griff lockerte sich.

Eva nutzte die Chance, riss sich von ihm los und lief hinaus in den Flur. Ihr Fuß blieb an der Teppichkante hängen. Sie stolperte, fiel der Länge nach hin, sprang sogleich wieder auf und rannte zur Treppe.

Auf halbem Weg nach unten flog etwas Durchsichtiges an ihrem Kopf vorbei, und ein lautes Klirren ertönte. Wie angewurzelt blieb Eva auf der Treppe stehen. Unter ihr glänzten Glasscherben auf den Stufen. Das Whiskyglas. Es hatte sie bestimmt nur um wenige Zentimeter verfehlt.

Erschrocken warf sie einen Blick über ihre Schulter. Heinrich stand wankend auf der obersten Stufe und hielt sich am Geländer fest. Erst, als auch er die Scherben sah, schien er zu begreifen, was er soeben getan hatte.

Kraftlos ließ er sich auf den Treppenabsatz sinken. »Eva, ich ... ich wollte das nicht ...«

Sie trat die Scherben mit dem Fuß beiseite und lief weiter. Im Flur schnappte sie sich ihre Handtasche und wagte es nicht, sich noch einmal umzudrehen.

Erst, als sie die Türklinke umfasste, hörte sie Heinrich noch einmal von Weitem rufen. »Geh nicht!« Es klang erschöpft. »Bitte ... lass mich nicht allein.«

Eva riss die Haustür auf und stürmte davon.

KAPITEL 30

Norddeich, Oktober 1970

Vera verließ die gynäkologische Praxis und setzte sich auf ihr Fahrrad. Ihr dreimonatiges Aufenthaltsstipendium in der Künstlerkolonie neigte sich dem Ende zu. Nur noch ein paar Tage, dann würde sie nach Wiesbaden zurückkehren, rechtzeitig zu Silkes Geburtstag.

Sie hatte bereits geahnt, dass ihr der Abschied von André nicht leichtfallen würde, aber die unverhoffte Neuigkeit machte es ihr nun umso schwerer.

»Meinen Glückwunsch, Frau Hunold«, hatte der Arzt ihr gerade mitgeteilt, »Sie erwarten ein Kind.«

Sie konnte nicht einmal behaupten, dass sie die Worte des Doktors überrascht hätten. Die Müdigkeit, die Übelkeit – längst hatte sie die untrüglichen Anzeichen erkannt, sie bis vor ein paar Minuten aber nicht wahrhaben wollen.

Dass ihr so etwas ausgerechnet mit zweiundvierzig Jahren noch passierte! Was André wohl dazu sagen würde? Ein Kind hatten sie nicht geplant. Genau genommen hatten sie überhaupt nichts geplant. Seit zwei Monaten war da etwas zwischen ihnen, das Vera noch immer nicht richtig benennen konnte. Eine Affäre? Sie konnte dieses Wort nicht ausstehen. Es klang, als würde sich ihre Beziehung einzig und allein um Sex drehen, dabei verband sie so viel mehr miteinander.

Offiziell war sie immer noch mit Frank verheiratet, obwohl sie inzwischen auf verschiedenen Kontinenten lebten und sich höchstens noch ein- oder zweimal im Jahr sahen. Dass es andere Frauen in seinem Leben gab, wusste sie schon lange. Auch für Vera hatte es im Laufe der Jahre andere Männer gegeben, zumindest kurzzeitig.

Schon mehrmals hatte sie deshalb über eine Scheidung nachgedacht, aber irgendwie schien Frank es jedes Mal geahnt zu haben.

Plötzlich war ein Anruf von ihm gekommen, oder er hatte unangekündigt vor ihrer Tür gestanden. Sein neues Manuskript fände keinen Abnehmer. Sein Vermieter hätte ihn aus der Wohnung geschmissen. Seine neue Freundin hätte ihn verlassen und sein ganzes Geld mitgenommen. Jedes Mal tischte er ihr eine neue Geschichte auf. Und jedes Mal fing Vera ihn auf, ließ ihn bei sich übernachten, steckte ihm so viel Geld zu, wie er brauchte, obwohl sie ganz genau wusste, dass er es bei der erstbesten Gelegenheit verprassen würde.

Frank war ein unverbesserlicher Chaot, der es immer wieder schaffte, sich in irgendeinen Schlamassel hineinzumanövrieren. Und Vera half ihm jedes Mal heraus, obwohl sie sich immer wieder vornahm, es nicht zu tun.

Zumindest war es bisher so gewesen, doch sie konnte und wollte nicht länger so weitermachen. Ihre Schwangerschaft veränderte alles. Sie musste sich scheiden lassen, so bald wie möglich, denn sie wollte keinesfalls, dass Frank als der offizielle Vater ihres Kindes galt. Es wäre die gleiche Art von Lüge, unter der Vera schon ihr ganzes Leben lang litt, und allein der Gedanke daran trieb ihren Puls in die Höhe.

Nach etwa zehn Minuten gelangte sie zu der kleinen, einsam gelegenen Siedlung, in der sich die Künstlerkolonie befand. Sie hielt vor dem reetgedeckten Bauernhaus, in dem man ihr für die Dauer ihres Stipendiums ein Zimmer überlassen hatte, stellte ihr Fahrrad neben der Tür ab und trat ein.

Drinnen stieg ihr sofort ein köstlicher Duft in die Nase. André hatte bereits das Abendessen gekocht und lächelte Vera zu, als sie die Küche betrat. Ein unschuldiger, liebevoller Glanz lag in seinen Augen, wie immer, wenn er sie anschaute. Gleich bei ihrer ersten Begegnung hatte sie sich in ihn verguckt, obwohl sie von Anfang an gewusst hatte, dass er mit seinen neunundzwanzig Jahren eigentlich viel zu jung für sie war.

Aber was kümmerten sie Zahlen? Mit André war alles anders. Mit ihm spürte sie zum ersten Mal, was es hieß, einen verlässlichen, reifen Menschen an ihrer Seite zu haben. Immer wieder holte er sie mit sanfter Gewalt aus dem Atelier, damit sie vor lauter Arbeit nicht den Rest der Welt vergaß, und taxierte ihre Skulpturen mit schrägem Blick, wenn er mal wieder nicht wusste, wo vorne und hinten sein sollte. Gemeinsam konnten sie darüber lachen, wie unterschiedlich sie waren.

Nun aber war Vera überhaupt nicht zum Lachen zumute. Endlich hatte sie Gewissheit über das, was in ihrem Körper vorging, und dieselbe Mischung aus Euphorie und Angst durchströmte sie, die sie noch gut aus ihrer ersten Schwangerschaft kannte. Zugleich gingen ihr unzählige Fragen durch den Kopf. War sie in ihrem Alter überhaupt noch in der Lage, ein gesundes Kind auszutragen? Was, wenn ihr Körper zu schwach war? Hatte sie überhaupt noch die nötige Energie und die Nerven für ein Baby? Gott, sie hatte geglaubt, sie hätte dieses Thema ein für alle Mal hinter sich. Ihre Tochter war fast erwachsen, und nun ging alles von vorne los.

Vera schaffte es heute einfach nicht, Andrés Lächeln zu erwidern. Bisher hatte sie ihm nichts von den Anzeichen ihrer Schwangerschaft erzählt, um ihn nicht unnötig zu beunruhigen, falls es sich doch als falscher Alarm entpuppte.

Er legte den Kochlöffel beiseite und kam auf sie zu. »Alles in Ordnung?«

Sie wusste, sie sollte es ihm sagen, aber sie brachte es nicht über die Lippen. Nicht jetzt. Sie brauchte Zeit, um die Neuigkeit zu verarbeiten. Musste sich erst sicher sein, dass alles gut gehen würde, und dann würde sie ihn in dieses Geheimnis einweihen, dessen gesamtes Ausmaß sie noch nicht einmal selbst abschätzen konnte.

Zum Glück hakte André nicht weiter nach. Stattdessen schloss er sie in die Arme. »Ich werde dich vermissen.«

»Ich dich auch.« Erleichtert schmiegte sie sich an ihn. »Ich komme wieder, sobald ich kann.«

Ja, es war besser, wenn er glaubte, dass es nur der Abschiedsschmerz war.

Die restlichen Tage vergingen viel zu schnell. Samstagfrüh packte Vera ihre Sachen, verabschiedete sich schweren Herzens von André und machte sich auf den Weg nach Wiesbaden.

Auf der Autobahn war zum Glück nicht viel los. Wenn Vera zügig fuhr, würde sie es am Nachmittag noch rechtzeitig zur Geburtstagsfeier schaffen. Silke wurde heute siebzehn Jahre alt.

Wie würde sie wohl reagieren, wenn sie von ihrem kleinen Geschwisterchen erfuhr? Vera konnte es nicht einschätzen. Ihr Verhältnis zu ihrer Tochter war nach wie vor schwierig, ganz besonders seit jenem Abend vor etwas mehr als vier Jahren. Vera erinnerte sich noch gut daran.

Damals hatten sie noch in New York gelebt. Mit jedem Jahr, das verstrich, kehrten Vera mehr und mehr Auftraggeber den Rücken. Ihren Zenit als Mannequin hatte sie längst überschritten, das ließ man sie unmissverständlich spüren.

Eines Abends war Silke wieder einmal verschwunden. Sie hatte sich mit Freunden treffen wollen, aber als sie spät am Abend noch immer nicht zurück war, machte Vera sich Sorgen und rief alle Freunde und Bekannten an. Keine Spur von Silke.

Gegen zehn wollte sie schon die Polizei verständigen, als sie Lärm im Treppenhaus hörte. Endlich, da war Silke, in ihrem Schlepptau ein Grüppchen Halbstarker, und allesamt stanken sie nach Alkohol und Zigaretten.

Vera packte ihre Tochter, zog sie mit sich in die Wohnung und knallte den anderen die Tür vor der Nase zu. Silke lehnte sich betont lässig an den Türrahmen und setzte ein überhebliches Lächeln auf. Ihr Lippenstift war verschmiert, an ihrem Hals prangten mehrere Knutschflecke, wie Vera entsetzt feststellte.

Dass dieses Kind so frühreif war, und das mit gerade einmal dreizehn Jahren! Nie hatte sie die Art von Mutter sein wollen, die wie eine Glucke jeden Schritt ihrer Tochter verfolgte, aber nun ließ Silke ihr keine andere Wahl.

»Sag mal, bist du nicht mehr ganz dicht?« Vera deutete auf die Knutschflecke. »Wer war das?«

Silke verdrehte die schwarz umrandeten Augen. »Geht dich nichts an.«

Vera stemmte die Hände in die Hüften. Es war nicht das erste Mal, dass sie ihre Tochter in Begleitung deutlich älterer Jugendlicher erwischte. Sie konnte schimpfen, so viel sie wollte, Silke ließ sich überhaupt nicht beeindrucken. Diese selbstgefällige Attitüde, von wem hatte sie die nur? Von Frank?

»Was fällt dir ein, um diese Uhrzeit um die Häuser zu ziehen, und das ausgerechnet mit irgendwelchen Jungs?«

Silke zuckte mit den Schultern. »Das musst du gerade sagen. Vor deinem Bett stehen die Typen doch Schlange!«

Zum allerersten Mal gab Vera ihrer Tochter eine Ohrfeige. In diesem Moment wurde ihr klar, dass sich etwas Grundsätzliches in ihrem Leben ändern musste. Silke musste heraus aus New York, fort von diesem Freundeskreis, der sie ständig zu gefährlichem Unfug anstiftete.

Nach reiflicher Überlegung hatte Vera ihre Mutter in Deutschland angerufen, und sie hatten sich darauf geeinigt, dass Silke fortan bei Margarete in Wiesbaden leben würde. Die vielen Freiheiten, die Vera ihrer Tochter gelassen hatte, taten Silke offenbar nicht gut. Sie war anders als Vera, brauchte all das, was Vera immer gehasst hatte, nämlich geregelte Verhältnisse und feste Strukturen.

Bald darauf hatte Vera ihr Apartment in New York verkauft und war ihrer Tochter nach Wiesbaden gefolgt. Auch wenn sie nicht zusammenwohnen würden, wollte Vera unbedingt in Silkes Nähe sein. Ihre Karriere in New York war ohnehin längst beendet, da machte sie sich nichts vor. Von Anfang an war sie sich darüber im Klaren gewesen, dass sie diesen Beruf nur für eine begrenzte Zeit würde ausüben können. Jahrelang hatte er ihr ein gutes Einkommen beschert, und sie hatte genug zurückgelegt, um noch lange bequem davon leben zu können.

Nun lag ihre zweite Lebenshälfte vor ihr wie ein unbeschriebenes Blatt, und sie hatte beschlossen, sich an der Wiesbadener Werkkunstschule für den Studiengang Bildhauerei einzuschreiben. Die Dozenten und die anderen Studenten beäugten sie neugierig, wunderten sich über sie, das Ex-Mannequin, das sich an ihre vergleichsweise kleine und unbedeutende Ausbildungsstätte verirrt hatte.

Vera kümmerte es nicht. Das Leben in New York, die Blitzlichter, die Laufstege – all das war Teil ihrer Vergangenheit. Schon immer war es ihr Traum gewesen, etwas mit Kunst zu machen, und nun würde sie ihn endlich verwirklichen.

Nach einer knapp sechsstündigen Fahrt kam Vera in Wiesbaden an und parkte am Schulberg, ganz in der Nähe ihrer ehemaligen Ausbildungsstätte. Sie nahm ihren Koffer und schleppte ihn hinauf in ihre Zweizimmerwohnung. Heutzutage wohnte sie bescheiden, und so gefiel es ihr. Sie hatte damals sämtliche Möbel und Einrichtungsgegenstände in New York zurückgelassen, um ihr neues Leben in der alten Heimat möglichst unbelastet zu beginnen.

Die Zimmerpflanzen lebten alle noch, wie sie drinnen feststellte. Frisches Obst lag in der Porzellanschale in der Küche, im Kühlschrank waren Milch, Eier und Butter, und in einer mit Alufolie abgedeckten Schüssel fand sie eine große Portion selbst gemachten Kartoffelsalat.

Ihre Mutter hatte wieder einmal an alles gedacht, und ein warmes Gefühl umfing Vera. Oft hatte es gekracht zwischen ihnen. Inzwischen wusste sie, dass Margarete ihre Liebe nur auf eine ganz bestimmte Art zeigen konnte. Nicht mit Worten, nicht mit Umarmungen, sondern mit kleinen, fürsorglichen Gesten.

Rasch wickelte Vera noch das Geschenk ein, das sie für Silke besorgt hatte, dann machte sie sich auf den Weg. Schon von Weitem sah sie die bunten Luftballons, die am Geländer vor dem Haus ihrer Mutter hingen, und wunderte sich. Dass Silke so etwas mit sich machen ließ … Fand sie das mit ihren siebzehn Jahren denn nicht längst viel zu kindisch? Vera war sich sicher, hätte sie es jemals gewagt, irgendwo Luftballons zu befestigen, hätte ihre Tochter sie alle zerstochen, schon aus Prinzip.

Sie klingelte an der Tür, und Silke öffnete ihr. Kaum zu glauben, wie erwachsen sie wirkte, wie sehr sie sich in den drei Monaten ihrer Abwesenheit verändert hatte.

»Hi«, meinte Silke knapp, als wäre Vera nur eben vom Einkaufen zurückgekehrt. »Oma! Mama ist hier!«

Vera breitete die Arme aus, um ihre Tochter zu umarmen, doch schon wandte Silke sich um und verschwand in der Küche.

Vera trat ein und schloss die Tür hinter sich. Es duftete nach frisch gebackenem Kuchen. Dass ihre Tochter sich dermaßen fürs Kochen und Backen begeisterte, war ihr unbegreiflich. Nicht nur das, Silke liebte es auch, in jeder freien Minute im Feinkostgeschäft auszuhelfen. Anders als Vera hatte sie keine zwei linken Hände, sondern entpuppte sich als äußerst geschickt bei jeder Art von praktischer Tätigkeit und interessierte sich ganz besonders für Zahlen – etwas, das Vera immer sterbenslangweilig gefunden hatte.

Dabei hatte sie ihrem Kind so vieles bieten wollen: Liebe, Aufrichtigkeit, ein sorgenfreies Aufwachsen ohne finanzielle Nöte, vor allem aber Freiheit. Die zahlreichen Aufenthalte in verschiedenen Städten auf der ganzen Welt, die unterschiedlichen Schulen und Nannys – was hätte Vera für eine solche Jugend voller spannender Einflüsse und Eindrücke gegeben. Sie war fest davon überzeugt gewesen, Silke damit ein großes Geschenk zu machen und sie zu einem gebildeten, weltoffenen Menschen zu erziehen.

Doch Silke hatte mit diesem Geschenk nichts anfangen können. Am wenigsten mit der Freiheit. Vera hatte ihr davon so viel gelassen, dass Silke sie anscheinend schon als kleines Kind sattgehabt hatte. Warum auch immer, aber Margaretes Nähe hatte ihr schon immer gutgetan. Das eintönige Leben, vor dem Vera einst geflohen war – für Silke schien es nichts Schöneres zu geben. Sie liebte das Beständige und Vorhersehbare, blühte darin regelrecht auf. Bei ihrer Oma war sie niemals aufsässig, bekam keine Wutanfälle, pflegte besseren Umgang und brachte nur noch gute Noten nach Hause.

Und auch Margarete war glücklich und stolz, ihre Enkelin um sich zu haben. Seit Gustavs Tod vor zehn Jahren war zum ersten Mal wieder jemand an ihrer Seite, der ihre Leidenschaft für das Feinkostgeschäft teilte. Im Gegensatz zu Vera wusste Silke all das zu schätzen, was die Familie ihr zu bieten hatte.

»Alles Gute zum Geburtstag, mein Schatz«, sagte Vera, als sie später zusammen am Esstisch saßen, und überreichte Silke ihr Geschenk.

Silke packte es aus und machte ein langes Gesicht. Es war eine Schallplatte: *Space Oddity* von David Bowie.

»Oh nein«, seufzte Vera. »Gefällt sie dir etwa nicht?«

»Doch. Aber die hab ich schon.«

Vera nahm die Platte wieder an sich, doch sogleich hatte sie einen Einfall. »Weißt du was? Lass uns morgen in die Stadt gehen. Dann suchst du dir stattdessen etwas anderes aus. Was hältst du davon?«

Silke sah sie überrascht an. Es geschah nicht oft, dass sie etwas zusammen unternahmen. Sie lächelte zaghaft, und schließlich überwand sie sich und umarmte Vera sogar.

Seit sie nicht mehr zusammenwohnten, verstanden sie sich besser als je zuvor. Der Abstand tat ihnen beiden gut, doch Vera musste sich eingestehen, dass sie trotz bester Absichten als Mutter versagt hatte.

Sie fragte sich, ob es bei ihrem zweiten Kind genauso sein würde. Würde sie es lieben, ihr Bestes versuchen, und doch wieder nur alles falsch machen?

Am Abend trafen Silkes Schulfreundinnen ein. Die Mädchen fielen einander in die Arme, verschwanden sofort in Silkes Zimmer, und gleich darauf ertönte gedämpfte Musik von den Rolling Stones.

Unterdessen half Vera ihrer Mutter dabei, ein Buffet herzurichten. Sie füllten Chips, Erdnüsse und Kräcker in kleine Schälchen, stellten verschiedene Dips dazu, und Margarete holte mehrere Schüsseln mit vorbereiteten Salaten und Frikadellen aus dem Kühlschrank.

Als Margarete die Alufolien entfernte, wurde es Vera plötzlich flau im Magen. Puh, diese Frikadellen rochen aber penetrant. Sogleich machte sich ein leichter Würgereiz bei ihr bemerkbar. Rasch öffnete sie das Küchenfenster und beugte sich hinaus, um frische Luft zu schnappen.

Margarete warf ihr einen verwunderten Blick zu. »Geht es dir nicht gut?«

Vera winkte ab. »Nur eine kleine Magenverstimmung.« Schon während ihrer Schwangerschaft mit Silke hatte sie überempfindlich auf alle möglichen Gerüche reagiert: Zigarettenrauch, Fisch, menschliche Ausdünstungen – die Liste war lang gewesen, und nun kamen noch die selbst gemachten Frikadellen ihrer Mutter dazu.

Margarete trug die Schüsseln ins Esszimmer. Langsam verflog der Geruch, und Vera schloss erleichtert das Fenster. Was gab es noch zu tun? Die Spieße für den Käseigel mussten vorbereitet werden. Sie öffnete den Kühlschrank, holte ein großes Stück Emmentaler heraus, doch kaum lag es ausgepackt vor ihr, machte sich wieder ihr Magen bemerkbar.

Margarete betrat die Küche. »Veralein, könntest du –«

Schon breitete sich ein saurer Geschmack auf Veras Zunge aus. Sie schlug sich die Hand vor den Mund, stürmte an ihrer Mutter vorbei und schaffte es gerade noch rechtzeitig auf die Gästetoilette.

Anschließend spülte sie sich gründlich den Mund aus und wusch sich das Gesicht mit kaltem Wasser. Oh Gott, so heftig war es beim letzten Mal nicht gewesen.

Als sie in die Küche zurückkehrte, bedachte ihre Mutter sie mit einem durchdringenden Blick. Vera ging an ihr vorbei, nahm sich ein Glas und schenkte sich kaltes Wasser ein. Während sie trank, schien sich der Blick ihrer Mutter in ihren Rücken zu bohren.

»Veralein ... Es ist doch wohl nicht das, was ich glaube, oder?«

Wie auch immer Margarete es anstellte, manchmal schien sie Gedanken lesen zu können. Vera wusste, dass sie es gar nicht erst mit einer Ausrede zu versuchen brauchte. Wozu auch? Sie war erwachsen. Sie hätte sich nur gewünscht, sie hätte es ihrer Mutter nicht zwischen Tür und Angel erzählen müssen.

Langsam drehte sie sich um. »Ich bekomme ein Kind, Mama.«

Die Augen ihrer Mutter weiteten sich. Es war so still in der Küche, dass für ein paar Herzschläge nur die gedämpfte Musik aus Silkes Zimmer zu hören war.

Schließlich wandte sich Margarete ab und begann, den Käse in Würfel zu schneiden. »Dann hoffe ich für dich, dass Frank seine väterlichen Pflichten dieses Mal etwas ernster nimmt.«

Keine Glückwünsche. Keine Umarmung. Nur ein kalter Vorwurf.

Vera schluckte eine bissige Erwiderung hinunter und bemühte sich um einen gleichmütigen Tonfall. »Es ist nicht von Frank.«

Margarete ließ das Messer sinken. »Was soll das heißen?«

»Ganz einfach, ich habe einen anderen Mann kennengelernt.«

Entsetzen spiegelte sich im Gesicht ihrer Mutter. »Um Himmels willen ... Was wird Frank dazu sagen, dass du ihm ein fremdes Kind unterschiebst?«

»Ich lasse mich von Frank scheiden. Das hätte ich sowieso schon vor langer Zeit tun sollen.«

»Und dieser andere? Weiß er schon davon?«

Vera schüttelte den Kopf.

»Aber Vera! Hast du auch nur eine Sekunde nachgedacht? Was, wenn dich der Vater deines Kindes nicht heiraten will? Willst du etwa als alleinstehende Geschiedene enden, mit einem unehelichen Kind –«

»Ich habe nicht vor, ihn zu heiraten.« Vera leerte ihr Glas und stellte es auf die Anrichte. Einmal heiraten, das hatte ihr gereicht. In der Künstlerkommune fragte niemand nach einem Trauschein, und ihr Baby wäre nicht das erste, dessen Eltern dort in wilder Ehe zusammenlebten – sofern André dazu bereit war.

»Ich werde Frank auch bestimmt kein Kind ›unterschieben‹, wie du es ausdrückst. Oder irgendeinem anderen. Weißt du, Mama, ich bin nicht wie du.«

»Nicht wie ich?« Margarete schnappte nach Luft. »Halt den Mund, Kind. Du hast keine Ahnung, wovon du redest!«

Natürlich hatte sie keine Ahnung. Ihre Mutter verschwieg ihr die Wahrheit, bis zum heutigen Tag.

Zornig ballte Vera die Hände zu Fäusten. »Mein Kind soll sich niemals fragen müssen, wer sein richtiger Vater ist oder ob er überhaupt noch lebt. Es wird mit ihm aufwachsen. Es wird immer wissen, dass es gewollt war ... und dass es geliebt wird!«

Margaretes Augen blitzten. »Ich bedaure dieses Kind schon jetzt. Du warst schon mit deinem ersten überfordert. Besser, du wirst das zweite los, bevor du ihm ein Leben in Schande zumutest!«

Fassungslos starrte Vera ihre Mutter an.

Erst jetzt schien Margarete bewusst zu werden, was sie soeben zu ihrer Tochter gesagt hatte. Sogleich verflüchtigte sich ihr kalter Ausdruck wieder.

»Vera, verzeih mir. Ich wollte nur ... So hab ich das nicht gemeint –«

Doch Vera hatte genug gehört. Sie fuhr herum, stürmte in den Flur und riss ihre Jacke von der Garderobe.

»Warte, Veralein!«, rief Margarete ihr hinterher, doch sie war bereits zur Tür hinaus.

Sie rannte zu ihrem Citroën, stieg ein und fuhr mit quietschenden Reifen davon.

Vera war entschlossener denn je, dieses Kind zu bekommen, und ihre Ängste, etwas könnte während der Schwangerschaft schiefgehen, erschienen ihr mit einem Mal töricht. Ihr Kind würde gesund und kräftig sein, es würde leben, sie spürte es mit unumstößlicher Gewissheit. Und darum würde sie nicht länger damit warten, es André zu sagen – doch sie konnte und wollte es ihm nicht am Telefon mitteilen. Ganz egal, wie er auf die Neuigkeit reagieren würde, sie musste ihm dabei in die Augen sehen.

Am nächsten Abend hielt sie vor dem reetgedeckten blauen Haus in der Künstlerkolonie, und André empfing sie mit einem Kuss und einer langen Umarmung.

Drinnen nahm sie seine Hand, legte sie auf ihren Bauch und gestand es ihm. André lächelte. Glücklich schloss er sie in seine Arme, und Vera konnte sich nicht länger beherrschen.

Die Worte ihrer Mutter hatten sie tief getroffen. Der Schmerz bahnte sich seinen Weg, und sie weinte an Andrés Schulter.

»Was, wenn meine Mutter recht hat?«, schluchzte sie. »Was, wenn ich wieder versage? Wenn ich auch diesem Kind nicht das geben kann, was es braucht?«

»Du wirst nicht versagen.« André nahm ihre Hände in seine und sah ihr fest in die Augen. »Ich bin an deiner Seite. Immer. Und ich werde für unser Kind da sein. Weil ich euch beide liebe.«

KAPITEL 31

Norddeich, Oktober 1974

Ariane streute ein paar Körner auf den Boden, und die Hühner pickten sie eifrig auf.

»Mehr, Mama!«, jauchzte sie.

Vera hielt ihrer dreijährigen Tochter die Schale hin. Mit ihren kleinen Händchen griff Ariane hinein und warf den Hühnern weitere Körner zu.

»Na komm, Schatz. Das reicht ihnen für heute. Morgen kannst du sie wieder füttern.«

Vera nahm die Kleine an der Hand und verließ mit ihr den Stall. Im Garten kam ihnen André entgegen.

»Fang mich, Papa!«

Kichernd flitzte Ariane durch den Garten, und André verfolgte sie, wobei er ihr immer einen gewissen Vorsprung ließ.

Vera sah den beiden zu, und ihr ging das Herz auf. André verlor niemals die Geduld mit Ariane, trug sie auf den Schultern umher, sang ihr Lieder vor, war immer da, wenn sie ihn brauchte. Vor allem aber liebte er es, mit Ariane herumzutoben, und wenn er mit ihr bei den Hühnern war, erlaubte er ihr manchmal, ein flauschiges gelbes Küken in der Hand zu halten. Wie vorsichtig sie mit den kleinen zarten Wesen umging. Sie war so süß, erkundete die Welt mit großen Augen. *Behalte dir diese Neugier bei, mein Engelchen*, dachte Vera bei sich. *Lass sie dir von niemandem austreiben.*

Nach einer Weile klingelte drinnen das Telefon. Vera betrat das Haus, ging in den Flur und nahm den Hörer ab.

»Klein«, meldete sie sich. Nach der Scheidung von Frank hatte sie wieder ihren Mädchennamen angenommen.

»Ich bin es, Veralein«, erklang Mamas Stimme.

Seit ihrem Streit an Silkes siebzehntem Geburtstag hatten sie sich nicht mehr gesehen, und nach Arianes Geburt hatte sich Vera fast ein Jahr lang geweigert, auf die Briefe und Anrufe ihrer Mutter zu reagieren. Irgendwann war sie dennoch weich geworden – nicht zuletzt, weil André auf sie eingewirkt hatte, sich endlich mit ihrer Mutter auszusprechen.

Seitdem telefonierten sie wieder regelmäßig miteinander. Immerhin erfuhr Vera auf diesem Weg, wie es Silke ging. Zuletzt hatte sie vor Arianes Geburt mit Silke gesprochen. Vera hatte ihre große Tochter angerufen, um ihr mitzuteilen, dass sie bald ein kleines Geschwisterchen bekommen würde.

»Daddy und du, ihr habt euch nie für mich interessiert!«, hatte Silke am Telefon geschrien. »Und jetzt lässt du dich von irgendeinem Typen aus diesem Künstlerkaff schwängern und machst plötzlich einen auf heile Familie? Ich fass es nicht!«

Anschließend hatte sie den Hörer auf die Gabel geknallt, und seitdem verweigerte Silke jeglichen Kontakt zu ihrer Mutter.

»Wie geht es euch?«, wollte Margarete nun wissen.

»Gut«, antwortete Vera knapp.

»Und was macht das Engelchen?« Margarete hatte sich nie richtig bei Vera entschuldigt, aber in jeder Silbe schwang unüberhörbar ihr schlechtes Gewissen mit.

Als die Sprache auf Ariane kam, wurde unweigerlich etwas weich in Vera. »Du wirst es nicht glauben, Mama. Ariane interessiert sich schon für Buchstaben und hat angefangen, ›Mama‹ und ›Papa‹ zu schreiben. Sie ist ein tolles Mädchen, so fröhlich und lebhaft.«

Und unkompliziert, dachte Vera, sprach es aber nicht aus. Mit ihren drei Jahren hatte Ariane noch nicht einmal halb so viele Wutausbrüche gehabt wie Silke in ihrem ersten Lebensjahr.

Am anderen Ende der Leitung glaubte sie, ein leises Schniefen zu hören. »Schickst du mir bald wieder Fotos von ihr? Ich freu mich immer darüber, das weißt du doch.«

Vera spürte einen Kloß im Hals. Sie vermisste Silke. Und sie vermisste ihre Mutter. Aber sie hatte keine Ahnung, ob sie ihr jemals ihre verletzenden Worte von jenem Abend verzeihen konnte.

»Ja, Mama«, sagte sie schließlich. »Ich schicke dir Fotos.«

Für ein paar Sekunden herrschte Stille, und Vera fragte sich schon, ob etwas mit der Leitung nicht stimmte.

»Veralein«, sagte Margarete leise. »Komm doch endlich nach Wiesbaden zurück.«

Vera fuhr sich mit der Hand durchs Haar. Nicht schon wieder diese Diskussion. Wurde ihre Mutter denn niemals müde, immer wieder damit anzufangen?

»Mama ... Bitte versteh das endlich. Ich liebe André, und ich bleibe mit ihm hier an der Nordsee.«

»Und was ist mit Ariane? Denk doch mal nach. Hier in Wiesbaden hätte sie ein festes Dach über dem Kopf, könnte eine anständige Schule besuchen ...«

»Ein festes Dach über dem Kopf haben wir schon, und Schulen gibt es hier auch.«

Margarete schluchzte. »Ich weiß, ich habe Fehler gemacht, aber lass das Kind nicht darunter leiden. Es hat das Recht, seine Oma kennenzulernen, findest du nicht?«

Die Worte trafen einen wunden Punkt bei Vera. Sie wusste aus eigener Erfahrung, was es bedeutete, die eigene Herkunft nicht richtig zu kennen. Vor vielen Jahren hatte sie sich vorgenommen, ihren Kindern gegenüber immer aufrichtig zu sein. Um jeden Preis wollte sie ihnen diesen Schmerz und diese Unsicherheit ersparen, unter denen sie selbst bis heute litt.

»Lass mich Ariane sehen«, beharrte Margarete. »Wenigstens ab und zu. Bitte, Vera. Du ... Du brichst mir das Herz.«

Da war er wieder, dieser anklagende, manipulative Ton, den ihre Mutter so gut beherrschte. Vera spürte, wie die alte Wut in ihr hochkochte – doch dann hatte sie eine Idee.

»Na schön«, sagte sie. »Unter einer Bedingung.«

Am anderen Ende der Leitung schien Margarete die Luft angehalten zu haben.

Vera umklammerte den Hörer. »Verrate mir endlich, wer mein richtiger Vater ist.«

Das Schweigen zog sich in die Länge.

Vera wartete ein paar Sekunden ab. »Verstehe«, sagte sie schließlich, als noch immer keine Antwort kam. »Auf deine Gefühle soll ich Rücksicht nehmen, aber meine sind dir natürlich egal. Das waren sie schon immer. Mach's gut, Mama.«

»Warte, leg nicht auf!«, stieß Margarete endlich hervor.

Für eine Weile war es wieder still in der Leitung.

»Gustav war ein guter Mann«, sagte Margarete leise. »Er hat dich angenommen wie sein eigenes Kind. Und er hätte niemals zugelassen, dass dir etwas zustößt.«

»Sag endlich die Wahrheit, Mama!«

Margarete atmete tief durch. »Also gut. Du lässt mir keine andere Wahl.«

KAPITEL 32

Berlin, Bahnhof Nikolassee, Mai 1927

Eva rückte ihre Sonnenbrille zurecht und zog sich den Hut etwas tiefer in die Stirn. Seit einer Stunde schon saß sie am Bahnsteig. Sie wusste, dass Jacob ab und zu vergesslich war, aber bisher hatte er alle ihre Verabredungen eingehalten.

Drei Tage war es nun her, dass sie Heinrich verlassen hatte. Mit zerrissener Bluse war sie zur Hauptstraße gerannt, und zum Glück hatte es nicht lange gedauert, bis neben ihr eine Kraftdroschke gehalten hatte. Sie war zu Johanna gefahren, und seitdem übernachtete sie bei ihrer Schwester auf dem Wohnzimmersofa.

Heinrich konnte sich natürlich denken, wo sie war. Gleich am nächsten Tag hatte er an Johannas Wohnungstür geklopft.

»Bitte mach auf, Eva. Es tut mir so leid. Sprich doch wenigstens mit mir ...«

»Verschwinde!«, hatte Johanna durch die geschlossene Tür gerufen und Eva ein Zeichen gemacht, ruhig zu bleiben und sich nicht vom Fleck zu rühren.

Eva dachte ohnehin nicht daran. Sie wollte keine Entschuldigung von Heinrich. Sie wollte ihn überhaupt nicht mehr sehen und auch nichts mehr von ihm hören.

Nach einer Weile hatte er es endlich aufgegeben und war gegangen. Anschließend hatten seine Anrufe begonnen. Unablässig hatte er es versucht. Zehn, zwanzig, dreißig Anrufe hintereinander, bis Johanna irgendwann entnervt den Hörer neben die Gabel gelegt hatte.

»Sei stark, Evchen«, hatte sie gesagt und sie tröstend in den Arm genommen. »Wir halten es gemeinsam aus. So lange, bis es ihm zu dumm wird, und dann hört er auf, du wirst schon sehen.«

Die nächste Bahn näherte sich. Hoffnungsvoll erhob sich Eva von der Bank. Die Bremsen quietschten, der Zug hielt an, die Türen öffneten sich, und Fahrgäste strömten heraus.

Eva stellte sich auf die Zehenspitzen und versuchte, Jacob in der Menge auszumachen. Da, ein junger Mann, und er schob ein Fahrrad! Eva sah ihn nur von hinten, doch sie erkannte ihn an den braunen Locken, die unter dem Rand seiner Schiebermütze hervorschauten.

»Jacob!«, rief sie und schob sich an mehreren Leuten vorbei. »Warte auf mich!«

Endlich hatte sie ihn eingeholt und fasste ihn an der Schulter. »Jacob! Ich bin es!«

Er blieb stehen, drehte sich zu ihr um, und Evas Herz sank. Es war ein fremder, halbwüchsiger Junge, und er musterte sie verwirrt.

Ein Pfeifen ertönte, der Schaffner gab ein Zeichen, und schon fuhr der Zug weiter.

Enttäuscht sah Eva ihm nach. Wo war Jacob nur? Bestimmt würde er noch auftauchen, sie musste sich nur noch ein wenig gedulden, also setzte sie sich wieder auf die Bank.

Mehrere Züge kamen, spuckten ihre Fahrgäste aus und fuhren weiter. Immer wieder sah sie auf die Uhr. Quälend langsam kroch der Minutenzeiger voran. Gut zwei Stunden wartete sie jetzt schon hier, doch Jacob war noch immer nicht gekommen.

Resigniert stand sie auf, nahm ihre Handtasche und ging.

»Nanu? So früh schon zurück?«, fragte Johanna, als sie Eva die Tür öffnete.

Eva zog sich Hut und Mantel aus, die sie sich von Johanna geliehen hatte, und hängte beides an der Garderobe auf. »Jacob war nicht da.«

»Vielleicht ist ihm etwas Wichtiges dazwischengekommen.«

»Ja, vielleicht«, wiederholte Eva nachdenklich und ging ins Wohnzimmer. Sie war gewiss nicht so egoistisch, anzunehmen, dass sich sein ganzes Leben nur um sie drehte.

Entweder das, oder er will nichts mehr von mir wissen, dachte sie. Beim letzten Mal hatten sie zwar ausgemacht, sich wiederzusehen, aber noch immer hatte sie seine traurigen Worte im Ohr: »*Ich bin kein Mann für dich.*«

Das Läuten der Türklingel riss sie aus ihren Gedanken. Oh nein, dachte sie. Nicht Heinrich schon wieder.

Johanna sprang auf. »Keine Angst, ich sage ihm, dass er sich gefälligst verpissen soll«, meinte sie entschlossen und betrat den Flur.

Kurz darauf erschien Ilse im Wohnzimmer. Überrascht sprang Eva vom Sofa auf.

»Evchen!« Ilse drückte sie fest an sich. »Mensch, bin ich froh, dich zu sehen. Vorhin war ich bei dir zu Hause. Deine Haushälterin hat mir gesagt, dass du hier bist.« Sanft schob sie Eva von sich und musterte sie besorgt. »Martha meinte, zwischen dir und Heinrich wäre etwas vorgefallen. Was ist denn passiert?«

»Ach, Ilse. Ich weiß überhaupt nicht, wo ich anfangen soll.«

»Hör mal, wenn du darüber reden möchtest –«

»Das ist lieb von dir, aber ich habe das alles ja selbst noch nicht ganz begriffen.«

»Doch, doch. Reden hilft.« Ilse nahm ihre Hand. »Komm, gehen wir eine Runde spazieren, hm? Man darf die Dinge nicht in sich hineinfressen, davon werden sie nur noch schlimmer.«

Eva seufzte. »Also schön.«

Sie gaben kurz Johanna Bescheid, nahmen sich ihre Hüte und Mäntel und verließen die Wohnung. Gemeinsam schlenderten sie am Spreeufer entlang. Stockend erzählte Eva, was geschehen war, und Ilse lauschte geduldig und aufmerksam, ohne sie ein einziges Mal zu unterbrechen.

»Meine Güte, Evchen.« Ihre Schwester hakte sich bei ihr unter. »Was bin ich froh, dass nichts Schlimmeres passiert ist. Das hätte auch alles ganz anders ausgehen können.«

»Ich weiß«, sagte Eva leise.

»Weißt du, ich will ehrlich sein. Heinrich hat mich heute Morgen angerufen. Er hörte sich so schlecht an, da bin ich kurzerhand zu ihm gefahren, um nach ihm zu sehen.«

»Wie bitte?« Eva traute ihren Ohren kaum. Heinrich und Ilse hatten sich noch nie besonders ausstehen können – und jetzt rief er ausgerechnet sie an?

»Ach, es geht ihm dreckig, Eva. Seit du fort bist, ernährt er sich nur noch von Beruhigungsmitteln. Er hält es nicht aus, dass du nicht einmal mit ihm reden willst. Du solltest ihn sehen. Ganz krank vor Sehnsucht ist er, und so blass! Man erkennt ihn kaum wieder.«

»Ich weiß ja nicht, was er dir erzählt hat –«

Ilse hob die Hände. »Schon gut, du musst mir gar nichts erklären. So ein Streit kann schnell mal aus dem Ruder laufen.«

Ein Kloß formte sich in Evas Hals. »Das war kein Streit.«

»Ganz ruhig.« Ilse fasste sie sanft am Arm und führte sie zu einer Bank. »Du bist immer noch ganz aufgewühlt, nicht wahr? Atme erst einmal tief durch.«

Gemeinsam nahmen sie Platz, und Eva rang um Fassung. »Er hat mich bedrängt. Er ... er wollte mir Gewalt antun.«

»Gewalt?« Ilse senkte die Stimme. »Also, mal im Vertrauen, Eva ... Er ist schließlich dein Mann. Ich finde, du und Heinrich, ihr solltet euch mal in Ruhe zusammensetzen. Reden kannst du doch wenigstens mit ihm. Wer weiß, vielleicht vertragt ihr euch ja wieder?«

Eva schüttelte den Kopf. Sie wusste nicht, was Heinrich ihrer Schwester eingetrichtert hatte, aber irgendwie war es ihm gelungen, sie auf seine Seite zu ziehen. Ausgerechnet Ilse, die genau wie Mutti nie einen Hehl daraus gemacht hatte, dass sie nichts von Heinrich hielt – ausgerechnet sie glaubte nun, ihn in Schutz nehmen zu müssen?

Sie ertrug die Unterhaltung nicht länger. »Ich glaube, wir beenden das jetzt besser«, sagte sie, stand auf und wandte sich zum Gehen. »Mach's gut, Ilse.«

Auch in den nächsten Tagen fuhr Eva gleich morgens nach Nikolassee. Am Bahnsteig setzte sie sich auf die Bank und wartete lange, doch Jacob tauchte nicht auf.

Schließlich machte sie sich zu Fuß auf den Weg zu seinem Garten, in der vagen Hoffnung, dass Jacob sie unterwegs auf seinem Fahrrad einholen würde. Doch er kam nicht. Sie betrat die Kleingartenanlage, blieb vor seinem Tor stehen, rüttelte am Griff und stellte fest, dass es verschlossen war. Vorsichtig schob sie die dichten

Zweige der Hecke beiseite und stellte sich auf die Zehenspitzen, um einen Blick in den Garten zu erhaschen.

»Jacob?«

»Der ist nicht da«, erklang eine raue Stimme hinter ihr.

Eva drehte sich um und sah einen alten Mann hinter dem gegenüberliegenden Gartenzaun stehen.

»Wissen Sie zufällig, wann er zuletzt hier war?«

Der Mann schob sich seinen Strohhut aus der Stirn. »Muss schon ne Weile her sein.«

Enttäuscht machte Eva sich wieder auf den Weg zum Bahnhof und nahm den nächsten Zug in die Stadt. Im Scheunenviertel stieg sie aus, betrat das Haus, in dem Jacob wohnte, stieg die knarrenden Stufen hinauf und klopfte an seine Wohnungstür.

Keine Reaktion.

Sie klopfte erneut. Nach einer Weile hörte sie endlich schlurfende Schritte. Die Tür öffnete sich einen Spaltbreit, und Frau Samuels faltiges Gesicht erschien darin. Über die Kette des vorgeschobenen Riegels hinweg warf sie Eva einen unverwandten Blick zu.

»Verzeihen Sie bitte. Ich wollte fragen, ob –«

Noch bevor sie den Satz beenden konnte, verschwand das faltige Gesicht, und die Tür fiel zu.

Eva starrte die Türklinke an. Erneut klopfte sie, dieses Mal fester. »Bitte, Frau Samuel. Ich bin auf der Suche nach Jacob.«

Sie legte ihr Ohr an die Tür. Drinnen rührte sich nichts.

»Ich will nur wissen, ob es ihm gut geht. Eher gehe ich nicht fort.«

Wieder öffnete sich die Tür einen Spaltbreit.

»Jacob ist weg«, ertönte die raue Stimme der Alten.

»Wissen Sie, wo ich ihn finden kann?«

Frau Samuels Augen verengten sich zu Schlitzen.

»Bitte, ich mache mir Sorgen, ich habe ihn seit Tagen nicht gesehen ...«

»Ich sagte doch, er ist weg.«

»Was soll das heißen? Ist er etwa umgezogen?«

Kaum merklich veränderte sich etwas in Frau Samuels Miene.

Der feindselige Ausdruck verwandelte sich in etwas, das aussah wie ... Angst?

»Was ist mit Jacob? Will er mich nicht mehr sehen?« Vorsichtig kam Eva einen Schritt näher. »Wenn es so ist, dann müssen Sie es mir nur sagen, und ich lasse Sie in Ruhe.«

Die Lippen der Alten bildeten eine dünne Linie. »Gehen Sie.«

»Bitte, Frau Samuel, ich will es einfach nur wissen –«

Mit einem Knall fiel die Tür ins Schloss.

Eva fühlte sich, als hätte sie soeben einen Schlag in die Magengrube abbekommen. Jacob ließ sich von seiner Vermieterin verleugnen. Sie hätte ihm nicht von ihren Träumen erzählen dürfen. Sie hätte ihm mehr Zeit geben müssen.

Aber war es das wirklich? Sie dachte an die Furcht, die kurz in den Augen der Alten aufgeblitzt war. Nein, da stimmte irgendetwas nicht.

Kurz entschlossen verließ sie das Mietshaus, durchquerte den Hinterhof und betrat die Straße. Nacheinander ging sie in alle Geschäfte und erkundigte sich nach Jacob.

»Natürlich kenne ich ihn«, sagte die Frau hinter dem Tresen des Gemischtwarenladens. »Er war schon seit Tagen nicht mehr hier.«

In der Eckkneipe schüttelten die Leute nur die Köpfe, als Eva nach ihm fragte. Niemand wusste, wo er war. Keiner konnte ihr weiterhelfen, alle waren genauso ratlos wie sie.

Je mehr Leute sie fragte, desto mehr wuchs ihre Verzweiflung, und plötzlich kam ihr ein schrecklicher Gedanke: Was, wenn ihm etwas zugestoßen war? Wenn man ihn überfallen hatte?

Sie ging zur nächsten Polizeiwache. Der Beamte, mit dem sie sprach, unterbrach sie immer wieder mit Fragen. Schließlich kratzte er sich am Kopf. »Hören Sie, gute Frau. Wenn keine konkreten Hinweise auf ein Verbrechen vorliegen, sind wir nicht zuständig.«

»Bitte, Herr Wachtmeister. Ich habe überall nach ihm gefragt. Er ist wie vom Erdboden verschluckt.«

»Niemand kann einem erwachsenen Mann vorschreiben, wo er sich aufzuhalten hat. Es tut mir leid, so sind nun einmal die Gesetze.«

Mit diesen Worten schob er die Zettel auf seinem Schreibtisch zusammen, und Eva wusste, das Gespräch war beendet.

Niedergeschlagen kehrte sie in Johannas Wohnung zurück.

»Ich verstehe das nicht«, schluchzte sie, nachdem sie ihrer Schwester alles erzählt hatte. »Selbst wenn er mich nicht mehr sehen will – er kann sich unmöglich vom gesamten Viertel verleugnen lassen. Irgendjemand muss doch wissen, wo er ist!«

Johanna nahm sie tröstend in den Arm. »Wer weiß, Evchen. Vielleicht taucht er schon bald wieder auf. Hab Geduld.«

Doch ihr Tonfall klang nicht halb so zuversichtlich wie ihre Worte.

Eva weigerte sich, aufzugeben. In den folgenden beiden Wochen fuhr sie immer wieder ins Scheunenviertel. Sie klapperte sämtliche Seitengassen ab, fragte in Kneipen, fragte Passanten, fragte fliegende Händler und spielende Kinder. Niemand hatte Jacob gesehen.

Immer wieder lud Johanna sie dazu ein, sie abends ins Varieté zu begleiten. »Ein wenig Ablenkung würde dir guttun«, sagte sie.

Doch Eva wollte sich gar nicht ablenken. Wie könnte sie es wagen, sich zu amüsieren, wenn Jacob vielleicht etwas Schlimmes zugestoßen war? Die Sorge um ihn begleitete sie in jeder Sekunde, sie folgte ihr in den Schlaf, bis in ihre Träume. Um nicht durchzudrehen, fing sie an, wie eine Besessene an ihrem Roman zu arbeiten. Die Hoffnung auf Jacobs Rückkehr trieb sie an. Zu zweit würden sie es sich in seiner Gartenhütte gemütlich machen, so wie sie es immer getan hatten, und Eva würde ihm ihre fertige Geschichte vorlesen.

Nach einer weiteren langen Nacht, in der sie an ihrem Manuskript geschrieben hatte, erwachte Eva am Morgen von einem Klopfen. Müde hob sie den Kopf und entdeckte Johanna, die in der Wohnzimmertür stand und mit einem Briefumschlag wedelte.

»Du hast Post.«

Eva blinzelte verschlafen und nahm den Brief entgegen. *Kanzlei Persenthein und Partner* stand als Absender darauf.

Sogleich beschlich sie ein Verdacht. Sie riss den Umschlag auf und las.

»Was steht drin?«, wollte Johanna wissen.

Kopfschüttelnd reichte Eva ihr das Schreiben. »Da. Lies selbst.«

Johanna überflog die ersten Zeilen. Als sie zum mittleren Absatz gelangte, wurden ihre Augen groß.

»*Sofern Sie binnen einer Frist von vierzehn Tagen in den gemeinsamen Haushalt zurückkehren, wird unser Mandant davon absehen, das Scheidungsverfahren gegen Sie einzuleiten*«, las sie laut vor. »*Sollten Sie dieser Aufforderung nicht nachkommen, setzen wir Sie hiermit darüber in Kenntnis, dass Sie sich der böslichen Verlassung schuldig machen, womit sämtliche Unterhaltsansprüche Ihrerseits als verwirkt anzusehen wären.*«

Ungläubig ließ Johanna das Schreiben sinken. »Also wirklich. Der hat Nerven. Und das nach allem, was er dir angetan hat!«

Eva seufzte. Dass Heinrich ihr drohte, war nichts Neues, doch sie kannte ihn gut genug, um zu verstehen, was wirklich hinter diesem Brief steckte. Es war ein Akt der Verzweiflung. Ein Schrei nach Aufmerksamkeit.

»Du, Johanna ... Wärst du so lieb, mich kurz allein zu lassen? Ich muss telefonieren.«

»Sag bloß, du rufst ihn an? Du wirst doch jetzt nicht klein beigeben?«

»Bitte, Johanna. Es dauert nicht lange, versprochen.«

Am Nachmittag betrat Eva das Café Josty am Potsdamer Platz. Sogleich kam ein Kellner, begrüßte sie und nahm ihr den Mantel ab. Sie entdeckte Heinrich schon von Weitem. Er saß an seinem Lieblingstisch am Fenster, am entfernten Ende des Saals.

»Ich will einfach nur mit dir reden«, hatte er am Telefon behauptet. »Eine Aussprache unter vier Augen. Mehr verlange ich ja gar nicht von dir.«

Als Eva sich ihm näherte, erhob er sich langsam von seinem Stuhl.

»Eva. Wie schön, dass du gekommen bist«, sagte er ungewohnt leise. »Gut schaust du aus. Wie geht es dir?«

Wie er das sagte. Als wären sie alte Bekannte, die sich zum ersten Mal nach langer Zeit auf einen Kaffee trafen.

Evas Hände verkrampften sich um den Griff ihrer Handtasche. »Erspar mir die Floskeln. Warum dieses Treffen?«

Anstatt auf ihre Frage zu antworten, deutete er auf den freien Stuhl. »Bitte, setz dich doch erst einmal.«

Zögerlich folgte sie seiner Aufforderung. Er nahm ebenfalls Platz und schob ihr die Speisekarte zu, doch Eva ignorierte sie.

Stattdessen öffnete sie ihre Handtasche, zog den Anwaltsbrief heraus, faltete ihn auseinander und knallte ihn auf den Tisch. »Du drohst mir also?«

Scheinbar verwundert musterte Heinrich das Schreiben. Dann zündete er sich eine Zigarette an, und seine Lippen verzogen sich zu einem zaghaften Lächeln. »Anwälte. Es gehört eben zu deren Berufsbild, bedrohlich klingende Briefe zu schreiben.«

Als Eva nichts darauf erwiderte, wurde seine Miene wieder ernst. »Was hätte ich denn tun sollen? Du wolltest ja nicht mit mir reden.«

Der Kellner kam an den Tisch, und Heinrich bestellte sich einen Tee.

»Für mich nichts, danke«, meinte Eva nur.

»Bitte hör mich an«, begann Heinrich, sobald der Kellner wieder fort war. »Als ich diese Briefe von Betty fand, und als du zu mir sagtest, dass du einen anderen hast – meine Güte, da sind mir einfach sämtliche Sicherungen durchgebrannt ...«

»Ich will weder eine Erklärung noch eine Entschuldigung von dir, und es ist mir auch egal, ob du mir drohst.« Eva sah ihm fest in die Augen. »Es ist vorbei. Bitte begreif das endlich.«

Für ein paar Herzschläge rührte Heinrich sich nicht. Dann atmete er scharf ein. »Ist das dein Ernst? Ein Scheidungsprozess, und das ausgerechnet jetzt, während die Firma vor die Hunde geht? Verdammt, Eva, das kannst du mir nicht antun.«

Erschöpft fasste sie sich an die Stirn. Was redete er da nur wieder? Ihr fehlte die Kraft für eine weitere Diskussion mit ihm. »Tischst du mir jetzt wieder irgendeine Geschichte auf? Glaubst du etwa immer noch, es ginge mir einzig ums Vermögen?«

Er hob die Zigarette an den Mund und blickte aus dem Fenster, um Eva nicht in die Augen sehen zu müssen. »Es gibt kein Vermögen.«

Sie runzelte die Stirn, und plötzlich kam ihr ein Verdacht. »Es ist wegen dieser Sache mit der Ufa. Nicht wahr?«

Heinrichs Lippen bildeten eine dünne Linie, und sie ahnte, dass sie mit ihrer Vermutung richtiglag. Das finanzielle Debakel der Ufa war genüsslich in der Presse ausgeschlachtet worden, angefangen bei Fritz Langs *Metropolis*, dem vielleicht teuersten Film aller Zeiten, der sowohl bei den Kritikern als auch beim Publikum gnadenlos durchgefallen war. Die hohen Verluste hatten die ohnehin angeschlagene Ufa in die Insolvenz getrieben. Seit März gehörte sie nun dem rechtsnationalen Unternehmer Alfred Hugenberg.

»Die neue Geschäftsführung der Ufa hat einen strengen Sparkurs verordnet. Alle meine Aufträge sind geplatzt, und ich stehe mit leeren Händen da.« Grimmig zog er an seiner Zigarette. »Ich wusste ja schon immer, dass dieser Lang nichts taugt, aber dass ich eines Tages ausgerechnet seinetwegen vor dem Ruin stehen würde – das hätte ich nie für möglich gehalten. Keine Ahnung, wovon ich in ein paar Wochen noch meine Mitarbeiter bezahlen soll.« Er warf ihr einen flehenden Blick zu. »Es gibt nur eine Chance. Ein neuer Film muss her, und dafür muss ich so schnell wie möglich neue Geldgeber finden. Aber dafür brauche ich dich, Eva.«

Sie lehnte sich zurück. Langsam dämmerte ihr, was Heinrich mit diesem Gespräch in Wahrheit bezweckte.

»Die Leute gehen nicht ins Kino, weil sie meine Regiekunst bewundern. Wer interessiert sich schon für das, was hinter der Kamera passiert? Nein. Sie gehen ins Kino, weil sie dich sehen wollen.« Er langte unter den Tisch und holte einen ledernen Aktenkoffer hervor. »Dich lieben sie, nicht mich. Ohne dich sind meine Filme nichts wert. Denkst du, das weiß ich nicht?«

Ein wehmütiger Ausdruck legte sich auf sein Gesicht. Täuschte sich Eva, oder war es ihm gerade schwergefallen, das zuzugeben? Sie war überrascht, aber zugleich empfand sie auch ein wenig Genugtuung. Ihm war also durchaus bewusst, welchen Stellenwert sie für die Firma hatte.

Heinrich öffnete den Koffer und zog eine Mappe heraus. »Wenn die Bank erfährt, dass du wieder mitspielst, wenn ich den Investoren glaubhaft versichern kann, dass der nächste Film ein Kassenschlager wird, dann ist die Finanzierung gesichert. Und die Existenz der Firma auch.«

»Ach, Heinrich –«

»Nein, sag nichts. Sieh her!« Er öffnete die Mappe, zog einen Papierstapel heraus und reichte ihn Eva.

Verwirrt nahm sie ihn entgegen. Die Seiten waren schon leicht vergilbt. Dicht an dicht drängten sich maschinenschriftliche Zeilen darauf. Der Verfasser war wohl ein Geizkragen und hatte am Papier gespart. Eva schüttelte den Kopf. So ein schlampiger Drehbuchentwurf war ihr nicht mehr untergekommen, seit sie damals die unverlangten Einsendungen bei der Hyperion hatte durchsehen müssen.

Hastig überflog sie die ersten Zeilen. Es dauerte ein paar Sekunden, doch endlich begriff sie, was da vor ihr lag.

»Aber ... das ist ja mein altes Piratendrehbuch!«

Sie blätterte durch die beidseitig beschriebenen Seiten. Ihr allererstes Manuskript, das sie heimlich auf der Schreibmaschine ihres alten Arbeitgebers getippt hatte. Über das sie mit Heinrich im Romanischen Café ins Gespräch gekommen war.

Sie erinnerte sich noch genau an jenen Tag. Und daran, wie Heinrich sie anschließend hierher ins Josty eingeladen hatte, um sich ihren Drehbuchentwurf in Ruhe durchzulesen. Welch eine Ironie, dass sie nun, Jahre später, wieder mit demselben Drehbuch hier saßen.

Gott, es schien ewig her zu sein, dass sie diese Geschichte niedergeschrieben hatte. Sie wusste noch gut, wie sie die ersten Ideen nachts in ihrem Notizblock notiert hatte. Es waren andere Zeiten gewesen, damals in der Mietskaserne, als Leni und Mutti noch gelebt hatten.

Wie seltsam, die Geschichte nach so langer Zeit wieder zu lesen. Hatte sie wirklich all diese Worte geschrieben? Eva konnte sich kaum noch erinnern. An manchen Stellen war sie ergriffen, an anderen musste sie lachen. Meistens jedoch schüttelte sie den Kopf.

Wovon hatte Eberling damals gesprochen? Von dramaturgischen Kinderkrankheiten? Oh ja, daran litt das Manuskript, und zwar nicht zu knapp. Inzwischen war ihr Blick geübt, und sie fielen ihr auf Anhieb auf.

Heinrich trank einen Schluck von seinem Tee und wartete geduldig ab, während Eva sich in die Lektüre vertiefte. »Die Geschichte hat mir schon damals gefallen«, sagte er, als sie nach einer Weile die letzte Seite zurück auf den Stapel legte. »Und sie gefällt mir immer noch.«

»Heißt das, du willst diesen Stoff verfilmen?«

»Wenn du mir dabei hilfst.«

»Ein erstaunlicher Zufall, dass du ausgerechnet jetzt auf die Idee kommst, mein allererstes Drehbuch wieder auszugraben. Findest du nicht?«

»Denk doch an unsere Mitarbeiter. Es sind alles gute Leute, die mir jahrelang treue Dienste geleistet haben. Willst du etwa zulassen, dass sie demnächst alle auf der Straße landen? Das haben sie nicht verdient.«

Natürlich war Eva das Schicksal der Mitarbeiter nicht egal. Sie dachte an Adam Król, der sie im Schauspiel ausgebildet hatte. An Hermann Blum, den Kameramann, an die Kostümbildnerin, die Architektin, die Beleuchter – im Laufe der letzten Jahre waren sie ihr alle ans Herz gewachsen.

»Ich weiß, ich bin dir kein guter Mann gewesen«, fuhr Heinrich zögerlich fort. »Ich sehe es ein, und darum mache ich dir ein Angebot. Wenn du mir hilfst, diesen Film zu drehen, bin ich bereit, in die Scheidung einzuwilligen.«

Eva traute ihren Ohren kaum. »Meinst du das ernst?«

»Vergessen wir für einen Moment das ganze juristische Gedöns. Ich glaube, du bist es genauso leid wie ich, über Schuldfragen zu streiten. Gemeinsam finden wir eine Lösung, mit der wir beide leben können. Und keine Angst. Ich lasse dich nicht im Regen stehen. Ich verspreche es dir.« Er nahm ihre Hand. »Du hast schon so viel für mich getan. Ohne dich wäre ich nicht der, der ich heute bin. Darum sollst du das bekommen, was dir zusteht, damit du auch in Zukunft ein gutes, sorgloses Leben führen kannst.«

Vor Erleichterung kamen Eva fast die Tränen. Nun lenkte er also plötzlich ein? Ein Teil von ihr weigerte sich, es zu glauben.

»Aber damit uns das gelingen kann, brauche ich deine Unterstützung. Ein allerletztes Mal.« Er sah ihr fest in die Augen. »Hilf mir, die Firma zu retten. Es ist die einzige Möglichkeit, sonst bleibt außer Schulden nichts für uns beide übrig. Bitte, Eva. Ich zähle auf dich. Mehr als je zuvor.«

Eva erbat sich Bedenkzeit von Heinrich. Es war ein kühner, ja, ein geradezu verrückter Plan, den er ihr vorgetragen hatte, und sie hatte keine Ahnung, was sie davon halten sollte. Gerade konnte sie ohnehin keinen klaren Gedanken fassen. Wie auch, wenn sie noch immer nicht wusste, wo Jacob war oder ob es ihm gut ging?

Am nächsten Morgen fuhr sie wieder nach Nikolassee. Jacob liebte seinen Garten und würde ihn nicht verkommen lassen. Sie war sich sicher, früher oder später musste er dort auftauchen.

Unterwegs ließ Eva den Blick durch den Zug schweifen, beobachtete die anderen Fahrgäste. Sie fixierte einzelne Menschen, versuchte, sich Geschichten über sie auszudenken, so, wie sie es früher oft getan hatte. Als es nicht klappen wollte, starrte sie aus dem Fenster, um die vorbeiziehenden Häuser zu beobachten. Alles war ihr recht, um sich von ihren quälenden Ängsten abzulenken, doch es half nichts. Unaufhörlich drängten sich ihr dieselben schrecklichen Bilder auf: Jacob, wie er blutend in einer finsteren Gasse lag, und im nächsten Moment sah sie seinen bleichen, leblosen Körper in der Spree treiben.

Oh Gott. Was, wenn es keine Einbildung war? In Momenten wie diesen glaubte sie nicht nur, es zu wissen. Sie spürte es. So, wie ihre Mutter damals gespürt hatte, dass Vati gestorben war, lange bevor der Brief von der Front eingetroffen war.

In ihre Hilflosigkeit mischte sich Wut. Herrgott, was musste denn noch passieren, damit die Polizei endlich ihre Arbeit erledigte und nach Jacob suchte? Schon mehrmals war Eva aufs Revier gegangen, doch jedes Mal wiesen die Beamten sie mit denselben Worten ab: Man sei nicht zuständig. So, als wäre es etwas ganz Normales, dass ein junger Mann von einer Sekunde auf die andere spurlos verschwand.

Kein Wunder, dachte sie bitter. Wäre es um einen wohlhabenden Geschäftsmann aus Charlottenburg gegangen, hätte man bestimmt anders reagiert. Aber wen kümmerte es schon, wenn irgendein mittelloser jüdischer Gelegenheitsarbeiter vermisst wurde? Im Scheunenviertel passierte so etwas andauernd. Waren doch sowieso alles Kriminelle. Nicht schade drum. So dachten gewiss die Polizisten, es stand ihnen förmlich ins Gesicht geschrieben.

Heiße Tränen liefen ihr über die Wangen. Sie musste an Jacobs dunkle Locken denken, die manchmal in alle Richtungen abstanden. An seine honigbraunen Augen, die so oft in eine andere, unsichtbare Welt zu blicken schienen. Er war so sanft, so feinfühlig – wenn sie sich vorstellte, dass ihm vielleicht etwas Böses widerfahren war, wurde ihr übel. Wer konnte wissen, welche Ängste, welche Schmerzen er womöglich durchgestanden hatte, irgendwo, ganz allein?

Nein, Schluss damit. Sie nahm ihr Taschentuch und tupfte sich die Augen trocken. Manchmal verfluchte sie sich für ihre lebhafte Fantasie, aber sie konnte einfach nicht anders, als sich immer gleich das Schlimmste auszumalen.

In Nikolassee stieg sie aus und machte sich auf den Weg zur Kleingartensiedlung. In ihrer Handtasche befand sich eine Notiz. Sie würde sie ans Gartentor klemmen, damit Jacob sie hoffentlich fand, wenn er das nächste Mal hier war. Es kostete ihn zwar viel Mühe, aber einzelne kurze Wörter konnte er durchaus entziffern, darum hatte sie sich auf eine simple Botschaft beschränkt:

Du fehlst mir.
Eva

Nach einem langen Fußmarsch erreichte sie die Kleingartensiedlung und stutzte. Das Gartentor am Ende des Wegs stand offen.

»Jacob?«, flüsterte sie. War es möglich? War er wirklich hier?

Sie rannte los. Wieder verschwamm ihr Blick, weil ihr die Tränen kamen, doch dieses Mal vor Hoffnung und Freude.

Vor dem offenen Gartentor blieb sie stehen. Hinter den Brombeersträuchern bewegte sich etwas. Sie hörte das Geräusch einer Säge.

Sie lief in den Garten, umrundete die Sträucher und blieb wie angewurzelt stehen. Als sie sah, was sich dahinter abspielte, schloss sich eine eisige Hand um ihr Herz.

Zwei fremde Männer machten sich an der Hütte zu schaffen. Das Dach hatten sie bereits heruntergerissen. Einer von beiden hatte die Tür ausgehängt und warf sie beiseite auf einen Stapel aus Holzbrettern. Daneben lagen die Möbel auf einem Haufen. Jacobs Zuflucht. Sein wundersames, grünes Reich. Fremde waren eingedrungen, trampelten darin herum, zerstörten es!

»Aufhören! Sofort!«

Erst jetzt bemerkten die Männer sie. Verwundert hielten sie bei ihrer Arbeit inne und drehten sich zu ihr um.

»Verschwinden Sie auf der Stelle, oder ich rufe die Polizei!«

»Na, na«, sagte der Kräftigere von beiden und schob sich seine Schiebermütze aus der Stirn. »Dit lassen Se mal schön bleiben. Wir sind hier die Pächter.«

»Sie?« Eva musterte die beiden abwechselnd. »Aber ... dieser Garten gehört Jacob!«

Die Männer tauschten einen Blick. »Ick kenn keen Jacob«, meinte der dünnere schulterzuckend. »Dit war früher der Jarten von Frau Samuel. Jetzt isset unserer. Kann Ihnen jerne den Pachtvertrag zeigen, wenn Se wollen. Is allet rechtmäßig!«

Doch Eva hörte ihm schon gar nicht mehr zu. Sie starrte in das leere Innere der Hütte. Das Sofa war verschwunden, nur noch sein Umriss zeichnete sich an der Wand ab. Eva verengte die Augen. Etwas Schmales, Rechteckiges lehnte an der Wand.

Ohne nachzudenken, rannte sie hinein und hob es auf. Jacobs Mappe. Sie öffnete sie und stellte fest, dass sich sämtliche Zeichnungen noch darin befanden. Sie erkannte ihr Gesicht auf dem Papier, ihre Hände, ihren Schatten. So hatte Jacob sie gesehen. Während ihre Fingerspitzen über das Papier glitten, glaubte sie, das leise Kratzen seiner Kohle zu hören, und plötzlich musste sie an seine Worte denken.

»Eines Tages werde ich herkommen und vergeblich auf dich warten. Und du ... du wirst mich längst vergessen haben.«

Evas Blick verschwamm. Einer der beiden Männer sagte etwas

zu ihr, doch sie hörte nicht hin. Sie schloss die Mappe, klemmte sie sich fest an die Brust und rannte hinaus, aus dem Garten, aus der Anlage, bis ihr die Puste ausging.

Sie verlangsamte ihre Schritte und setzte ihren Weg fort, bis sie am Strandbad war. Dort suchte sie die grasbewachsene, von Bäumen umringte Stelle etwas abseits des Ufers auf, an der sie oft stundenlang mit Jacob gelegen hatte. Hoffnungsvoll näherte sie sich dem Baumstamm mit dem Loch darin, in dem er oft kleine Zeichnungen für sie versteckt hatte, doch als sie hineinlangte, war es leer.

Erschöpft lehnte sie sich an den Baum und wiegte die Mappe in ihren Armen. Schließlich öffnete sie ihre Handtasche und zog den Zettel mit ihrer kurzen Nachricht heraus. Sie faltete ihn zusammen und versteckte ihn im Inneren des Baumstamms.

Eine Weile blieb sie stehen und sah aufs Wasser hinaus, dann wandte sie sich schweren Herzens ab und machte sich auf den Weg zurück zum Bahnhof.

»Eva?« Reglos stand Heinrich in der Tür. »Was für eine schöne Überraschung.«

Noch immer trug er dieselben Sachen wie vor zwei Tagen, als sie sich im Josty getroffen hatten. Er war unrasiert, sein Hemdkragen stand offen, seine Hose war zerknittert. Sonst achtete er immer penibel auf sein Äußeres, auch zu Hause. Noch nie hatte Eva erlebt, dass er sich so gehen ließ.

»Ich möchte mit dir reden.« Sie schloss die Finger fester um den Griff ihrer Handtasche. »Darf ich reinkommen?«

»Natürlich.« Dunkle Schatten lagen unter seinen Augen. Bestimmt hatte er wieder die ganze Nacht kein Auge zugetan, sie kannte ihn doch.

Er trat beiseite, um ihr Platz zu machen. Als er ihr Hut und Mantel abnehmen wollte, schüttelte sie den Kopf.

»Danke. Ich bleibe nicht lange.« Eva schob sich an ihm vorbei, durchquerte den Flur und betrat das Wohnzimmer. Ihre Augen brannten vom kalten Zigarettenqualm. Sämtliche Vorhänge waren zugezogen, und sie brauchte einen Moment, um sich an die Dunkelheit zu gewöhnen. Der Aschenbecher auf dem Couchtisch quoll über, und neben dem Plattenspieler stapelten sich Schallplatten.

Heinrich eilte an ihr vorbei, griff sich ein paar der leeren Gläser und Weinflaschen, die überall herumstanden, und trug sie in die Küche.

»Entschuldige«, sagte er, als er wieder zurückkam. Er sammelte die zerfledderten Zeitungen vom Boden und legte sie auf einen Stapel. »Hätte ich nur geahnt, dass du kommst. Martha hat gekündigt.«

Eva zog die Vorhänge zurück, öffnete die Terrassentüren und die Fenster, ließ Licht und Luft herein. Heinrich blinzelte und hob schützend die Hand vors Gesicht.

»Ich habe nachgedacht.« Eva wandte sich zu ihm um. »Ich bin bereit, den Piratenfilm mit dir zu drehen.«

Langsam ließ er die Hand wieder sinken. Ein hoffnungsvoller Glanz lag in seinen Augen. »Wirklich? Du hilfst mir? Oh, Eva. Ich ... ich weiß gar nicht, wie ich das verdient habe ...«

»Nur, damit wir uns richtig verstehen: Dass ich dir helfe, ändert nichts an meinem Scheidungswunsch. Wenn wir die Firma retten wollen, werden wir beide von nun an Geschäftspartner sein. Nicht mehr und nicht weniger. Ich gehe gleich hoch und packe meine Sachen, denn ich werde weiterhin bei Johanna wohnen. Ich denke, das ist die vernünftigste Lösung.«

Heinrich nahm auf dem Sofa Platz und griff nach seinem Zigarettenetui. Gleich darauf legte er es wieder zurück, als wäre ihm mit einem Mal die Lust am Rauchen vergangen.

»Allerdings fordere ich im Gegenzug gewisse Rechte«, fuhr Eva fort. »Dieser Film stammt aus meiner Feder. Ich verlange, dass ich im Vorspann ganz offiziell als Drehbuchautorin genannt werde.«

Heinrich atmete scharf ein. Schließlich nickte er, wenn auch nur widerstrebend. »Wie du wünschst.«

»Das ist nicht alles. Da es mein Stoff ist, verlange ich die vollumfängliche künstlerische Leitung. Ich will bei diesem Projekt die Regie übernehmen.«

Seine Augen weiteten sich.

Eva ging langsam auf und ab. Der Klang ihrer hohen Absätze hallte von den Wänden wider. »Dies ist mein Angebot an dich. Unsere Zusammenarbeit wird nur auf Augenhöhe funktionieren – oder gar nicht.« Sie blieb vor Heinrich stehen und stemmte die Hände in die Hüften. »Also, was sagst du? Bist du bereit, mich ans Steuer zu lassen?«

Wie gelähmt saß er vor ihr. Fassungslosigkeit zeichnete sich in seiner Miene ab.

Eva wartete. Als er nach ein paar Herzschlägen noch immer nicht reagierte, nahm sie ihre Handtasche und wandte sich zum Gehen.

»Warte!«, rief er, als sie bereits an der Tür war.

Eva blieb stehen und drehte sich zu ihm um.

»Einverstanden. Ich werde alle deine Forderungen erfüllen. Es ist dein Film.«

Erschöpft schlug er sich die Hände vors Gesicht. Für seine Verhältnisse hatte er soeben ein geradezu historisches Zugeständnis gemacht.

Eva näherte sich ihm. »Und noch etwas. Dies ist meine letzte Bedingung, und zugleich meine wichtigste.« Sie blieb vor ihm stehen und atmete tief durch. »Solltest du mich je wieder anfassen, ist unsere Vereinbarung nichtig!«

»Und?«, fragte Johanna, als Eva am Abend von ihrer Unterredung mit Heinrich zurückkehrte. Gerade saß ihre Schwester vor dem großen Spiegel im Wohnzimmer und schminkte sich für ihre nächste Vorstellung.

Eva streifte die Schuhe ab und warf ihren Hut und den Mantel aufs Sofa. »Er ist einverstanden. Mit allem.«

»An seiner Stelle wäre ich das auch gewesen.« Johanna erhob sich. »Wirklich, ich verstehe dich nicht. Als gäbe es keinen anderen Weg für dich. Deine Freundin aus Hollywood, Betty Davenport – was ist mit ihr? Ich dachte, sie bettelt dich ständig an, dass du endlich in einem ihrer Filme mitspielst.«

»Nein. Ausgeschlossen.«

»Warum? Weil du es dem armen Heinrich nicht zumuten kannst?«

Kraftlos ließ sich Eva in den großen Sessel sinken. »Ich kann das nicht tun, verstehst du denn nicht? Ich kann Berlin jetzt nicht verlassen.«

Johanna setzte sich zu ihr. »Es ist wegen Jacob. Nicht wahr?«

»Wenn ich nur daran denke, von hier fortzugehen ... Was, wenn er plötzlich doch zurückkommt? Wenn er nach mir sucht und mich nicht findet? Er wird glauben, dass ich ihn vergessen habe. So, wie er es immer befürchtet hat. Das könnte ich mir niemals verzeihen!«

Johanna musterte sie besorgt. »Ich wünsche dir so sehr, dass er wiederkommt. Aber wie lange willst du noch auf ihn warten?«

»So lange wie nötig«, erwiderte Eva leise. »Bis ich ihn endlich wiederhabe.«

Auch wenn das vielleicht nie passieren würde, das wusste sie selbst. Trotzdem weigerte sie sich, einfach so aufzugeben. Warum Jacob auch immer verschwunden sein mochte, ob aus freien Stücken oder nicht, sie würde weiter nach ihm suchen. Sie musste Gewissheit haben. Eher fand sie keine Ruhe.

»Ach, Evchen.« Johanna nahm sie in den Arm, und Eva vergrub weinend das Gesicht an ihrer Schulter.

KAPITEL 33

Berlin, Friedrichstraße, Juni 1927

Am nächsten Morgen erschien Eva schon in aller Frühe im Büro und rief den Buchhalter an. Da Heinrich und sie von nun an Geschäftspartner sein würden, verlangte Eva Einblick in sämtliche Bereiche, und sie hielt es für das Klügste, erst einmal eine gründliche Bestandsaufnahme vorzunehmen.

Kurz darauf traf der Buchhalter ein, und sie setzten sich zu dritt an den langen Tisch im Besprechungsraum. Während der Mann ausführlich darlegte, wie es finanziell um die Firma stand, wurde Eva erst richtig bewusst, wie ahnungslos sie bisher auf diesem Gebiet gewesen war. Seit ihrer Gründung war die Firma immer nur gewachsen, und das in rasantem Tempo. Nun waren quasi über Nacht sämtliche Aufträge der Ufa weggebrochen, zusammen mit Produktionsvorschüssen in Millionenhöhe.

Während Eva mit dem Buchhalter sprach, sprang Heinrich plötzlich auf, zündete sich eine Zigarette an und ging unruhig auf und ab. »Meine Nerven machen das nicht mehr lange mit«, brummte er.

Die Firma war sein Lebenswerk, und die Unterhaltung ging ihm sichtlich an die Substanz. Dennoch versuchte Eva, die Angelegenheit nüchtern zu betrachten. Für sie bestand kein Zweifel daran, dass die Lichtenfeld Film dringend eine Schlankheitskur benötigte, wenn sie weiterhin überleben wollte.

Zähneknirschend stimmte Heinrich ihrem Vorschlag zu, sich von mehreren seiner Ateliers und Grundstücke zu trennen, die er damals während der Inflation erworben hatte. Es kratzte gewaltig an seinem Ego, das war Eva bewusst, doch in der jetzigen Lage konnten sie das Geld aus den Verkäufen dringend gebrauchen. Es war ein wichtiger erster Schritt, und er würde ihnen wertvolle Zeit verschaffen.

Am späten Nachmittag verließ Eva das Büro und fuhr wieder

zum Wannsee. Ihr letzter Besuch war schon einige Tage her. Ob Jacob inzwischen dort gewesen war und ihre zusammengefaltete Nachricht im hohlen Baumstamm gefunden hatte? Vielleicht hatte er ihr eine kleine Zeichnung als Antwort hinterlassen ... Sie versuchte, ihre Hoffnung im Zaum zu halten, doch es gelang ihr nicht.

In Nikolassee stieg sie aus und folgte dem Fußweg zum Strandbad. Erwartungsvoll rannte sie auf den Baumstamm zu, langte mit klopfendem Herzen hinein und zog ein zusammengefaltetes Papier heraus.

Du fehlst mir.
Eva

Ihr Herz sank. Traurig faltete sie es wieder zusammen und steckte es zurück, dann ließ sie sich ins Gras sinken.

Eine Weile beobachtete sie das Wasser. Sie lauschte dem Wind, dem Summen der Insekten, dem Zwitschern der Vögel. Sie schloss die Augen und glaubte, Jacob neben sich zu spüren. Seine Wärme. Seine stille Nähe, die nichts von ihr forderte, die sie einfach nur zärtlich umfing. Die Empfindung war so deutlich, so intensiv, dass Eva das Gefühl hatte, nur die Hand nach ihm ausstrecken zu müssen.

Langsam öffnete sie die Augen. *Ich gebe nicht auf,* sagte sie sich. *Ich werde nicht eher ruhen, bis ich dich wiederhabe.*

In den folgenden Tagen knöpfte sich Eva ihr altes Piratendrehbuch vor. Es galt nicht nur, die unzähligen dramaturgischen Kinderkrankheiten darin auszumerzen. Eva hatte so viele Einfälle, die sie unbedingt einbauen wollte, darum nahm sie sich vor, das gesamte Drehbuch von Grund auf neu zu schreiben. Vor langer Zeit hatte ihr diese Geschichte sehr am Herzen gelegen, und sie tat es noch immer. Schnell und lieblos ein paar Szenen zusammenschustern, die sie abdrehen konnten – das kam für sie nicht infrage. Die Zukunft der Firma hing von diesem Film ab. Wenn er so gut werden sollte, dass er die Kinosäle füllte, dann musste Eva all ihr Können, all ihre Ideen und ihre gesamte Leidenschaft in dieses Manuskript stecken.

Heinrich sah ihr zwar ab und zu über die Schulter und stellte ein paar Fragen, hielt sich aber wie versprochen zurück. Es würde Evas Film werden, und er überließ es ihr, die Handlung neu zu strukturieren. Überhaupt war ihr Umgang miteinander viel entspannter, seit sie ihre Abmachung getroffen hatten. Sie belauerten einander nicht mehr, wussten beide, woran sie waren – doch so ganz kaufte Eva es Heinrich nicht ab, dass ihn der drohende Firmenbankrott ganz plötzlich einsichtig gemacht hatte. Vielleicht hoffte er insgeheim darauf, dass sie seine Untreue und seine gewalttätigen Ausfälle vergaß. Dass sie es sich anders überlegte und zu ihm zurückkehrte, sobald erst einmal Gras über die Sache gewachsen wäre.

Aber sie würde nichts davon vergessen, und für sie gab es kein Zurück in ihr altes Leben mit Heinrich. Sie liebte Jacob, sie wartete jeden Tag auf seine Rückkehr, auf irgendein Zeichen von ihm. Ganz egal, wo er war oder was ihm zugestoßen war, niemals könnte sie es sich verzeihen, ihn und ihre Liebe zu verraten.

Kaum hatte Eva das Drehbuch überarbeitet, ging es auch schon an die Kalkulation. Ein weiterer Bereich, in den sie bisher keinerlei Einblick erhalten hatte. Miete für das Atelier, Gehälter der Mitarbeiter, Gagen der Schauspieler, Kosten für Technik, für Ausstattung und Kostüme, für Außenaufnahmen inklusive Transport, für Unterbringung von Stab und Darstellern, für Versicherungen ...

Heinrichs Liste wurde immer länger, und als Eva die lange Zahl am Ende seiner Aufstellung las, wurde ihr schwindelig. Für Heinrich jedoch schien es wie ein Weckruf zu sein, der seinen Kampfgeist befeuerte. In den folgenden Tagen und Wochen eilte er unermüdlich von einem Termin zum nächsten, verhandelte mit Banken um Kredite, warb um potenzielle Investoren.

»Herr Direktor, ich verspreche Ihnen, einen solchen Film hat es noch nicht gegeben«, hörte Eva ihn eines Tages am Telefon schwärmen. »Ein kolossales Spektakel erster Güte. Ungezähmtes Piratentum inmitten bildgewaltiger Schauplätze. Wilde Schlachten, unerhörte Sensationen ...«

Aus seinem Mund hörte es sich an, als wäre *Die Piratenkönigin* schon jetzt der größte Kassenschlager aller Zeiten. Dabei stand noch nicht einmal die Finanzierung fest – geschweige denn, ob die

Firma überhaupt lange genug überleben würde, um den Film zu realisieren.

»Ob meine Gattin die Hauptrolle spielt? Aber selbstverständlich! Ja, gewiss, Herr Direktor. Einen Moment bitte.« Er hielt Eva den Hörer hin.

Sie warf Heinrich einen überraschten Blick zu. Zögerlich nahm sie den Hörer. »Sie wünschen ein Porträt mit persönlicher Widmung?«, fragte sie, nachdem sie den Herrn am anderen Ende der Leitung davon überzeugt hatte, dass sie es wirklich war. »Das ist doch das Geringste. Wie war das? Ob ich Ihnen beim Premierenball den ersten Tanz gewähre?«

Heinrich nickte eifrig.

Eva zwang sich zu einem Lächeln und hoffte, dass es sich auf ihre Stimme übertrug. »Aber natürlich, Herr Direktor ...«

Heinrichs Hartnäckigkeit zahlte sich aus. Zusage um Zusage flatterte ins Postfach.

»Lass uns feiern!«, meinte er eines Abends zu Eva. »Komm, ich lad dich ins Aschinger ein. So wie damals, weißt du noch?«

Sie erinnerte sich noch gut an jenen Abend vor vielen Jahren, als sie erfahren hatten, dass *Sidney Stone* grünes Licht erhalten hatte. Sie war sich sicher, auch jetzt empfand sie irgendwo tief in ihrem Inneren so etwas wie Freude und Erleichterung, wenn auch nur sehr gedämpft.

Dankend lehnte sie Heinrichs Einladung ab und fuhr stattdessen wieder ins Scheunenviertel. Die langen Stunden im Büro zehrten an ihren Kräften, doch Eva wurde nicht müde, immer wieder die Straßen nach Jacob abzusuchen und in den Kneipen und Läden nach ihm zu fragen.

Als Nächstes hielt Eva mit Heinrich nach geeigneten Drehorten Ausschau. Sie besichtigten mehrere Anlagen, und ihre Wahl fiel auf das Filmatelier am ehemaligen Flugplatz in Berlin-Staaken. Bei Bedarf ließe sich eine der großen Hallen sogar problemlos fluten – geradezu ideal für ihre Zwecke.

Die Außenaufnahmen sollten in Italien stattfinden, am Ufer des Gardasees. Die felsige Küstenlandschaft bot die perfekte Ku-

lisse, wie Heinrich fand, und wenn sie noch ein paar Palmen dazu-
stellten, würde man ihnen den karibischen Schauplatz schon ab-
kaufen.

Evas größte Sorge aber war eine ganz andere. Sie würde mehrere
Wochen von zu Hause fort sein, und bei dem Gedanken stieg ein
schreckliches Gefühl in ihr auf.

»Keine Sorge, Evchen«, meinte Johanna, als sie ihr davon erzählte. »Ich halte die Stellung, während du fort bist. Ich höre mich
nach Jacob um, und ich schaue auch regelmäßig in eurem Baumstamm nach, ob er dir eine Zeichnung hineingelegt hat. Sollte irgendetwas sein, schicke ich dir sofort ein Telegramm. Versprochen!«

Dankbar schloss Eva ihre Schwester in die Arme, obwohl sie
spürte, dass Johanna schon längst nicht mehr an Jacobs Rückkehr
glaubte. Und je mehr Zeit verging, desto wahrscheinlicher wurde
es, dass Johanna recht behalten würde – auch wenn Eva sich nach
wie vor weigerte, es zu akzeptieren. Seit sie den fremden Männern
in Jacobs Garten begegnet war, war sie nur noch ein einziges Mal in
der Kleingartensiedlung gewesen. Jacobs verwildertes Reich existierte nicht mehr, nur noch schnurgerade Beete und eine weiße
Gartenlaube, die aussah, als wäre sie einer von Muttis alten Zeitschriften entsprungen. Es war ein grausamer Anblick gewesen.

Bald darauf ging es an die Auswahl der passenden Schauspieler,
doch ausgerechnet eine Nebenrolle stellte sich als besondere Her-
ausforderung bei der Besetzung heraus: die junge Dienstmagd, die
zu Beginn des Films eines von Elisabeths heimlichen Treffen mit
dem Piraten Joaquín beobachtete und die beiden Geliebten prompt
an Elisabeths Vater verriet. Eva ließ an einem Nachmittag ein gutes
Dutzend Bewerberinnen im Atelier erscheinen, aber keine wollte
so recht zur Rolle der Verräterin passen.

Am nächsten Morgen erzählte sie Heinrich davon. Er saß am
Schreibtisch und öffnete die Post, die Fräulein Abel ihm hingelegt
hatte.

»Ich weiß, es ist nur eine kleine Rolle.« Nachdenklich ging Eva
vor seinem Schreibtisch auf und ab. »Ich kann nicht einmal genau
sagen, woran es bei den Bewerberinnen gescheitert ist. Irgendetwas hat mir gefehlt.«

Während sie redete, öffnete er einen großen Umschlag und zog einen Brief und ein Foto heraus. Täglich trudelten unzählige Zuschriften von hoffnungsvollen jungen Bewerbern ein, die von einer Rolle in einem Lichtenfeld-Film träumten. Rasch überflog Heinrich das Schreiben, doch als sein Blick auf das beigelegte Foto fiel, erstarrte er.

Eva blieb stehen. »Hörst du mir überhaupt zu?«

Es dauerte ein paar Sekunden, bis es Heinrich gelang, sich vom Anblick des Fotos loszureißen. Er reichte es Eva. »Natürlich höre ich dir zu. Hier, bitte sehr. Ein hübsches junges Mädel, das sich als Schauspielerin bei uns bewirbt. Warum lädst du es nicht zum Vorsprechen ein?«

Ein paar Tage später erschien das junge Fräulein im Atelier. Das blonde Haar, die zierliche Figur, der wache Blick aus den braunen Augen – kein Wunder, dass Heinrich das Foto so angestarrt hatte. Jette Jansen war eines dieser zarten Wesen, die ihm so gut gefielen.

Zögerlich trat die junge Bewerberin vor und blinzelte ins grelle Scheinwerferlicht. »In welche Kamera soll ich schauen?«

Die Nervosität war ihr deutlich anzumerken, und Eva musste an ihre ersten Probeaufnahmen vor vielen Jahren denken. Wahrscheinlich hatten ihre ersten Versuche vor der Kamera genauso ausgesehen.

»Haben Sie schon einmal in einem Film mitgespielt?«, rief Eva. »Oder irgendwo auf der Bühne gestanden?«

»Nein«, gestand Fräulein Jansen. »Nicht so richtig.«

»Was heißt das, nicht so richtig?«

»Also ... Ich war mal Mitglied in einer Laienspieltruppe.«

Eva lächelte. »Dann haben Sie schon mehr Schauspielerfahrung als ich damals bei meiner ersten Rolle.«

Fräulein Jansen ließ sich von allen Seiten filmen, lächelte auf Kommando, spielte die Szene, die Eva ihr vorgab. Es war zum Verzweifeln. Mit ihrer sanften Art und ihrem unschuldigen Blick verkörperte sie genau das Gegenteil des hinterhältigen Typus, nach dem sie suchten. Eva stellte sich vor, wie das Publikum auf Fräulein Jansen in der Rolle der Verräterin reagieren würde, sah die skeptischen Mienen der Zuschauer vor sich ... Und plötzlich kam ihr eine Idee.

Wäre es nicht viel spannender, wenn die Verräterin ein harmloses, liebenswertes Mädchen wäre? Eines, dem das Publikum eine so hinterhältige Tat niemals zutrauen würde?

»Danke!«, rief Eva und signalisierte dem Beleuchter, den Scheinwerfer auszuschalten. Anschließend bat sie Fräulein Jansen zu sich.

»Sie gefallen mir.«

»Wirklich?«

»Wissen Sie, als ich Sie gesehen habe, ist mir etwas ganz Wichtiges bewusst geworden. Es wäre doch viel zu schade, eine so interessante Rolle nur im ersten Akt auftreten zu lassen. Ich denke, ich werde den Part der Verräterin vergrößern.«

Eva kam es vor, als wäre ihr eben erst klar geworden, worum es im Kern ihrer Geschichte wirklich ging. Ihre Heldin Elisabeth war weder auf Ruhm noch auf Rache aus. Sie wollte ihren Geliebten befreien, doch das konnte ihr niemals allein gelingen. Sie benötigte jede Unterstützung, die sie kriegen konnte, und darum würde sie die einstige Verräterin zu ihrer Verbündeten im Kampf gegen den Gouverneur machen.

»Was halten Sie davon?«, wandte Eva sich wieder an Fräulein Jansen. »Trauen Sie sich zu, eine größere Rolle zu spielen?«

Die junge Bewerberin strahlte über das ganze Gesicht, und Eva wusste, sie hatte ihre perfekte Besetzung gefunden.

Die Wochen vergingen, und die Vorbereitungen zum Film nahmen Eva voll und ganz in Anspruch. Dennoch gab sie es nicht auf, so oft wie möglich ins Scheunenviertel oder an den Wannsee zu fahren. Unermüdlich erkundigte sie sich nach Jacob und blieb hartnäckig, auch wenn viele Passanten, die sie ansprach, achtlos an ihr vorbeigingen. Sie hielt Ausschau nach ihm, stets in der Hoffnung, einen Hinweis auf seinen Verbleib zu erhalten, ein Lebenszeichen, irgendetwas.

Dazwischen beaufsichtigte sie den Bau der Kulissen und absolvierte ein straffes Trainingsprogramm. Dreimal die Woche besuchte sie nun das *Studio für Boxen und Leibeszucht* auf dem Ku'damm, wo sie unter den strengen Augen des türkischen Trainers Sabri Mahir auf einen Boxsack einschlug. »Sie müssen dringend an Ihrer Kondition arbeiten!«, schärfte er ihr immer wieder ein.

Zum ersten Mal würde sie in einem Film eine Waffe in die Hand nehmen, und zahlreiche anstrengende Kampfszenen standen ihr bevor. An den Tagen, an denen sie nicht mit dem Boxsack trainierte, traf sie sich mit Adam Król, um sich im Fechtkampf unterweisen zu lassen, denn diesen Teil ihrer schauspielerischen Ausbildung hatte sie bisher sträflich vernachlässigt.

Eva verausgabte sich, bis ihre Muskeln schmerzten, bis sie am ganzen Körper zitterte und sich kaum noch auf den Beinen halten konnte, und genau das wollte sie auch: Schuften bis zur Besinnungslosigkeit. Am Abend erschöpft ins Bett fallen und in einen tiefen, traumlosen Schlaf sinken. Jacob blieb verschwunden. Die Hilflosigkeit, die quälende Ungewissheit zehrten an ihr, doch auf diese Art konnte Eva sie zumindest für ein paar Stunden verdrängen.

An einem Samstagnachmittag Ende August führte die Architektin Eva ein letztes Mal durchs Atelier. Die Gemächer des Gouverneurs, Elisabeths Schiff – alles war pünktlich zum Drehbeginn fertiggestellt worden und sah viel prächtiger aus, als sie es sich je hätte ausmalen können.

Am Montagmorgen um acht sollten die Dreharbeiten beginnen. Eva erschien schon in aller Frühe im Atelier und klärte mit Kameramann Hermann Blum die letzten Details der Einstellungen. Anschließend zog sie sich in ihre Garderobe zurück und schlüpfte in ihr Kostüm.

Wie sehr sie ihre Filmheldin beneidete, ihre tapfere Piratin. Immer war sie stark und zuversichtlich und hatte ein klares Ziel vor Augen, für das es sich zu kämpfen lohnte. Sie vermisste ihren Geliebten, doch anders als Eva wusste sie ganz genau, wo er war und was sie tun musste, um ihn zurückzubekommen.

Während Eva vor dem Spiegel saß und sich schminkte, musste sie an jenen Tag denken, als Jacob sie zum ersten Mal in seinen Garten mitgenommen und ihr seine wunderschönen Zeichnungen geschenkt hatte. »Die echte Eva«, hatte er gesagt.

Plötzlich lief ihr eine Träne über die Wange. *Verflixt.* Hektisch wischte sie sich die verlaufene Schminke ab und begann von vorn. Ihre Tränen halfen niemandem, brachten Jacob nicht wie durch ein Wunder zurück, auch wenn sie es sich noch so sehr wünschte. Nein, sie musste sich auf das Hier und Jetzt konzentrieren. Die Menschen da draußen bangten um ihre Anstellung. Indirekt hatte Eva ihnen das Versprechen gegeben, ihre Arbeitsplätze zu retten, und sie war sich ihrer Verantwortung bewusst. All ihre Mitarbeiter, sie zählten auf Eva, und das Letzte, was sie gebrauchen konnten, war eine weinende Regisseurin.

Kaum war sie mit dem Schminken fertig, klopfte es an ihre Tür.

»Herein!«, rief Eva.

Zögerlich trat Fräulein Jansen ein. Eva warf ihr im Spiegel einen Blick zu und erschrak, als sie das gerötete Gesicht der jungen Schauspielerin sah.

»Jette?« Sie drehte sich zu ihr um. »Du meine Güte, was ist denn?«

»Ach, Frau Lichtenfeld, ich bin so furchtbar aufgeregt. Es ist doch mein allererster Film ...«

Eva schluckte ihren eigenen Kummer hinunter und erhob sich. Ein akuter Fall von Lampenfieber. Wie gut sie es dem jungen Ding nachfühlen konnte. »Ganz ruhig.« Sie fasste Jette an den Schultern. »Glauben Sie mir, an meinem allerersten Tag beim Film hab ich mich ganz genauso gefühlt.«

»Wirklich?«

»Und ob! All der Lärm und die vielen Leute – ich hatte überhaupt keine Ahnung, was auf mich zukommt.« Sie nahm Jette an der Hand und bemühte sich, zuversichtlicher zu wirken, als sie sich in Wahrheit fühlte. »Kommen Sie. Es gibt überhaupt keinen Grund, Angst zu haben.«

Gemeinsam verließen sie ihre Garderobe und betraten die Halle. Die Beleuchter richteten die Scheinwerfer aus, die Kameraleute brachten ihre Geräte in Position. Etwas abseits saßen die geschminkten und kostümierten Darsteller und warteten geduldig auf ihren Einsatz.

Als Produzent ließ Heinrich es sich nicht nehmen, während der

Dreharbeiten im Atelier anwesend zu sein. Zum ersten Mal war nicht er es, der hinter der Kamera stand, und es missbehagte ihm sichtlich, die kreative Kontrolle abzugeben. Unablässig ging er auf und ab, sprach mit den Kameraleuten, stellte Fragen. In den letzten Tagen war er Eva mit seinen wohlmeinenden Ratschlägen gehörig auf die Nerven gegangen, sodass sie ihn schon mehrmals an ihre Vereinbarung hatte erinnern müssen.

»Ruhe bitte!« Sie hob die Hand. Innerlich verfluchte sie sich für ihr helles, dünnes Stimmchen. Das Brüllen beherrschte Heinrich eindeutig besser als sie. »Ich möchte euch etwas Wichtiges sagen!«

Nach und nach verstummten alle und drehten sich zu ihr um. Eva fühlte die erwartungsvollen Blicke der Menschen, spürte die Nervosität, die von jedem Einzelnen ausging. Alle wussten, was auf dem Spiel stand. Alles hing an diesem Film! Wie die Piratenmannschaft würden sie sich zusammen auf ein Abenteuer mit ungewissem Ausgang begeben.

Sie räusperte sich. Nein, das Brüllen lag ihr wirklich nicht, und einschüchtern konnte sie damit erst recht niemanden. Aber das wollte sie auch gar nicht. Sie hielt Jettes Hand fest und sprach in ruhigem Tonfall weiter, aber trotzdem laut genug, dass alle es hören konnten. »Ich mache das heute zum ersten Mal. Eins könnt ihr mir glauben, ich bin wahnsinnig aufgeregt. Umso mehr freut es mich, dass wir so erfahrene Mitarbeiter wie euch haben. Ihr sollt wissen, ich zähle auf jeden von euch, egal, ob vor oder hinter der Kamera.« Sie wandte sich an Jette. »Haben Sie keine Angst. Alles, was Sie spielen, werden Sie gut spielen. Wir alle werden unser Bestes geben. Abgemacht?«

Jette wischte sich die Tränen fort und lächelte. »Abgemacht.«

Eva nickte entschlossen. »Und jetzt – an die Arbeit!«

KAPITEL 34

Berlin, Januar 1928

Zum ersten Mal seit Wochen fuhr Eva wieder zum Wannsee, und dieses Mal bestand Johanna darauf, sie zu begleiten. In den letzten Monaten hatte Eva ständig an Jacob denken müssen, hatte während der Dreharbeiten in Italien jeden Tag auf eine gute Nachricht gehofft – vergeblich.

Am Strandbad blies ihnen eisiger Wind ins Gesicht, und der graue Himmel spiegelte sich auf der Wasseroberfläche. Der Duft von Gras, die langen, sonnigen Tage im Frühling, Jacobs wilde Locken, die ihre Wange kitzelten – es kam Eva vor wie ein ferner Traum.

Schnee knirschte unter ihren Stiefeln, als sie ihren Weg fortsetzten und sich der geheimen Stelle zwischen den Bäumen näherten. Wie so oft schon langte Eva in den hohlen Baumstamm und ertastete das Papier darin. Vorsichtig faltete sie den Zettel auseinander.

Du fehlst mir.
Eva

Johanna gesellte sich zu ihr und schloss sie in ihre Arme.

»Ich verstehe es nicht«, schluchzte Eva. »Warum hat er mich verlassen? Warum hat er sich nicht wenigstens verabschiedet?«

»Vielleicht werden wir darauf niemals eine Antwort erhalten«, erwiderte ihre Schwester sanft. »Jacob ist fort. So grausam es auch klingen mag – du musst es akzeptieren. Du musst dein Leben weiterleben, hörst du?«

Vorsichtig nahm sie Eva den Zettel aus der Hand. Entsetzt beobachtete sie, wie Johanna das Papier zu einem Schiffchen faltete und es ihr hinhielt. Das Gleiche hatten sie damals gemacht, nachdem Vati im Krieg gefallen war. Es hatte kein Grab in der Nähe gegeben, das sie besuchen konnten, also hatten sie ihm einen Abschiedsbrief geschrieben und ihn am Ufer der Spree aufs Wasser gesetzt.

Glaubte Johanna ernsthaft, Jacobs plötzliches Verschwinden ließe sich auch nur ansatzweise mit dem Tod ihres Vaters vergleichen? Nachdem er gestorben war, hatte es eine amtliche Mitteilung gegeben, eines dieser schrecklichen Schreiben voller Floskeln, wie es unzählige Angehörige erhielten. Sie hatten schwarz auf weiß erfahren, was ihrem Vater zugestoßen war, hatten um ihn trauern können. Es hatte niemals Zweifel an seinem Tod gegeben, keine quälende Ungewissheit über Wochen und Monate.

»Nein«, meinte Eva und trat einen Schritt zurück. »Ich kann nicht.«

»Doch, du kannst!« Johannas Stimme bebte. »Ich sehe doch, dass dich die Hoffnung auf seine Rückkehr langsam, aber sicher zerstört. Und das ertrage ich nicht.«

Eva warf einen Blick auf die graue Wasseroberfläche. Sie stellte sich vor, wie das Schiffchen eine Weile auf dem Wasser trieb, um irgendwann unweigerlich aufzuweichen und im kalten See zu versinken, und der Gedanke erschien ihr grausam.

Wie sollte sie sich jemals mit Jacobs Verlust abfinden, wenn sie nicht einmal wusste, was mit ihm geschehen war? Sie konnte nicht damit abschließen, und sie wollte es auch nicht. Ihr Herz war bei Jacob, und dort würde es bleiben.

Sanft nahm sie ihrer Schwester das gefaltete Papier aus der Hand und verstaute es in ihrer Manteltasche.

Johanna seufzte resigniert, und Eva legte ihr versöhnlich den Arm um die Schultern. Eine Weile blieben sie stehen und sahen aufs Wasser hinaus, und schließlich machten sie sich auf den Rückweg zum Bahnhof.

Den Rest des Tages verbrachte Eva am Schneidetisch, um den Feinschnitt der *Piratenkönigin* zu vollenden. Die Arbeit war ihr eine willkommene Ablenkung, wie so oft. Wochenlang hatte sie das abgedrehte Filmmaterial gesichtet und die besten Einstellungen herausgesucht. Auf die Hilfe einer Assistentin hatte sie dabei bewusst verzichtet, obwohl es eine zeitraubende und umständliche

Arbeit war, doch Eva brauchte das Gefühl, die Filmstreifen selbst in den Händen zu halten.

Es kam ihr vor, als hätte ihre Arbeit als Regisseurin erst mit der Montage richtig begonnen. Sie entfernte überflüssige Stellen, fügte einzelne Einstellungen zu Szenen zusammen, und dabei kristallisierte sich nach und nach der fertige Film heraus. Täglich hatte sie ihre Arbeitskopie im Vorführraum angesehen und akribisch nachgebessert, und nun war es so weit: Zum ersten Mal würde sie Heinrich den fertigen Feinschnitt zeigen.

Am späten Nachmittag betraten sie gemeinsam den Vorführraum. Das Surren des Projektors erfüllte das abgedunkelte Zimmer, während der Film lief. Immer wieder sah Eva zu Heinrich. Einzig das Flackern der Leinwand erhellte sein Gesicht. Er saß leicht vornübergebeugt, die Ellbogen auf seine Knie gestützt, den Blick fest nach vorn gerichtet.

Sobald die letzten Meter durch den Projektor gelaufen waren, schaltete der Assistent die Maschine ab, und das Surren verstummte.

»Danke«, sagte Eva zu dem jungen Mann, als das Licht im Vorführraum wieder anging. »Seien Sie bitte so nett und lassen Sie uns für einen Moment allein.«

Der Assistent nickte und verließ den Raum.

Sie wandte sich an Heinrich. »Und? Was denkst du?«

Seine Miene verriet nichts über das, was ihm durch den Kopf ging. Überlegte er gerade, wie er es ihr am schonendsten beibringen konnte, dass er den Film für misslungen hielt? Wie untypisch für ihn. Sonst hielt er sich mit Kritik doch auch nicht zurück.

»Bitte sei ehrlich«, sagte Eva.

»Das habe ich auch vor.« Er stand auf. »Komm, lass uns etwas essen gehen. Dabei können wir alles in Ruhe besprechen.«

Sie fuhren zum chinesischen Restaurant am Savignyplatz. Schon oft waren sie hier zusammen eingekehrt, denn Heinrich liebte fremdländische Speisen – je ausgefallener, desto besser. Eva musterte ihn über den Tisch hinweg, während er in aller Ruhe die Speisekarte studierte, obwohl er sie bestimmt längst auswendig kannte.

Nach einer Weile kam der Kellner, notierte ihre Bestellung, nahm die Karten vom Tisch und verschwand. Heinrich sprach noch immer nicht, doch plötzlich nahm sein Gesicht einen ungewohnt melancholischen Ausdruck an.

»Gute Arbeit«, sagte er leise.

Eva beugte sich vor. Sie war sich nicht sicher, ob sie ihn richtig verstanden hatte. »Meinst du das ernst?«

Er nickte. »Ich gratuliere dir. Dein Film ist dir hervorragend gelungen. Ich bin stolz auf dich.«

Sie konnte es kaum glauben. Eigentlich hatte sie damit gerechnet, dass er ihr lang und breit erklären würde, dass ihr gesamter Schnitt nichts taugte.

Der Kellner brachte zwei Gläser mit Weiße. Eva wollte mit Heinrich auf die getane Arbeit anstoßen, doch anstatt sein Glas in die Hand zu nehmen, starrte er es nur an.

»Du bist ein besserer Regisseur als ich.«

Eva staunte. Und das ausgerechnet von ihm, der normalerweise kein Werk neben seinem gelten ließ? Vielleicht war es das größte Kompliment, das er je ausgesprochen hatte – ja, ein so großes, dass es schon wieder ins Übertriebene ausartete.

»Nicht doch«, entgegnete sie leise.

»Weißt du, mir war es immer egal, was andere von mir denken. Ich wollte einfach nur respektiert werden. Aber du bist ganz anders. Die Leute respektieren dich nicht nur. Sie mögen dich.«

Bewusst hatte Eva sich dafür entschieden, Heinrichs Vorbild als Regisseur nicht zu folgen. Für ihn waren Schauspieler kaum mehr als Marionetten, die seine Anweisungen möglichst präzise umzusetzen hatten. Im Gegensatz zu ihm hatte Eva den Darstellern mehr Freiräume zur Ausgestaltung ihrer Rollen eingeräumt, und sie fand, dass der Film davon enorm profitiert hatte.

Sie hätte gelogen, wenn sie behauptet hätte, dass seine Worte ihr nicht schmeichelten, doch das Gespräch schlug eine Richtung ein, die ihr ganz und gar nicht behagte, und sie beschloss, das Thema zu wechseln. »Na ja. Die Leute bei der Filmprüfstelle werden sich von meinem Charme bestimmt nicht beeindrucken lassen. Glaubst du, wir müssen uns Sorgen machen?«

Bevor ein Film in den Verleih kam, musste er der Behörde zur Prüfung vorgelegt werden, um sicherzugehen, dass er keine unsittlichen oder staatsgefährdenden Inhalte transportierte. Heinrich stöhnte über jedes Prüfverfahren und regte sich leidenschaftlich darüber auf, dass der Staat dafür auch noch Gebühren von ihm verlangte. Bisher war er immer allein zu den Anhörungen erschienen, nun würde Eva ihn zum ersten Mal begleiten. Es war ein komisches Gefühl, zu wissen, dass irgendwelche Beamte ihren Film beurteilen würden.

Heinrich winkte ab. »Ach was. Wir gehen da rein, hören uns brav deren Geschwätz an, nicken und lächeln, und schon kriegen wir unseren Stempel. Ich hatte noch nie Probleme mit denen. Nur eine lästige Formsache.« Er legte seine Hand auf ihre. »Und keine Angst, ich bin ja bei dir. Du musst dir überhaupt keine Gedanken machen.«

Endlich kam das Essen. Eva nutzte die Gelegenheit, entzog ihm ihre Hand und griff nach den Stäbchen neben ihrem Teller.

»Noch vor nicht allzu langer Zeit hätte ich das niemals für möglich gehalten«, sagte Heinrich, während sie aßen.

Verwirrt sah Eva von ihrem Teller auf.

»Dass wir uns nach allem, was passiert ist, wieder so gut miteinander verstehen. Fast so wie Freunde. Findest du nicht?«

Eva seufzte leise. Natürlich. Sie hatte bereits damit gerechnet, dass es früher oder später zu diesem Gespräch kommen würde. »Hör mal. Wir waren uns doch einig, dass –«

»Ich weiß«, sagte er schnell. »Es gibt noch immer einen anderen Mann in deinem Leben. Nicht wahr?«

Sie ging nicht darauf ein. Ja, es gab einen anderen Mann, aber Heinrich musste ja nicht wissen, dass es von Jacob seit Monaten kein Lebenszeichen mehr gegeben hatte.

»Und du?«, fragte sie stattdessen. »Gibt es nicht längst eine andere Frau in deinem Leben?«

Er tat überrascht. Eva konnte es nicht fassen. Hatte er denn wirklich geglaubt, sie hätte seine Affäre mit Fräulein Jansen nicht mitbekommen? Während der Dreharbeiten waren die beiden unzertrennlich gewesen, und vor ein paar Tagen erst hatte Eva zufällig einen angefangenen Liebesbrief auf seinem Schreibtisch entdeckt:

Meine geliebte Jette! Mein Fünkchen, das mich immer wieder aufs Neue entflammt! Jeden Tag, jede Stunde verzehre ich mich nach dir ...

Eva konnte sich nicht erinnern, dass er ihr jemals so schmachtende Zeilen geschrieben hätte. Es musste ihn wohl schwer erwischt haben, aber im Grunde interessierte es sie nicht, was Heinrich in seiner Freizeit trieb. Schließlich hatten sie vereinbart, dass ihre Ehe nur noch pro forma existierte, so lange, bis der neue Film genug Geld eingespielt hatte und die Firma endlich wieder schwarze Zahlen schrieb.

Heinrich errötete wie ein Schuljunge, der beim Stehlen von Bonbons erwischt worden war. Wortlos steckte er sich ein Stück Fleisch in den Mund.

»Ich hoffe nur, du machst ihr keine falschen Versprechungen«, fuhr Eva fort. »Mit der Wahrheit hast du es ja noch nie so genau genommen.«

»Ts«, machte er zwischen zwei Bissen. »Was soll denn das schon wieder heißen?«

Wo sollte sie nur anfangen? Sie ließ den Blick durch das Lokal schweifen. »Na, deine Reisen vor dem Krieg zum Beispiel. Bis heute frage ich mich, ob es stimmt, was du mir vor ein paar Jahren darüber erzählt hast.«

Ungerührt stocherte er in seinem Essen.

Eva beugte sich vor. »Jetzt sag schon. Deine vielen Skulpturen – hast du sie wirklich alle aus Asien mitgebracht? Oder stammen sie nur aus der Raritätenabteilung bei Wertheim?«

Hastig nahm er sein Glas und trank einen Schluck Weiße. Entweder hatte er gerade etwas Scharfes erwischt, oder er tat nur so, um nicht gleich auf Evas Frage antworten zu müssen. Aber das war auch gar nicht nötig.

»Wusste ich es doch«, murmelte sie triumphierend. »Du und deine Geschichten! Warum hast du mich damals angelogen?«

Er stellte das Glas ab und tupfte sich den Mund mit einer Serviette ab. »Hätte ich lieber zugeben sollen, dass ich ein Niemand bin? Der Sohn eines einfachen Beamten, der nichts als ein abgebrochenes Kunststudium vorzuweisen hatte? Als ich nach Berlin kam, wollte ich um jeden Preis Eindruck schinden. Bei den wichtigen Leuten vom Film – und bei einer hübschen jungen Stenotypistin, die davon träumte, Drehbücher zu schreiben.«

Eva musterte ihn. Sie erinnerte sich noch gut daran, wie sehr er ihr damals mit seinem Aussehen und seinem Gerede imponiert hatte. Gott, sie war kaum mehr als ein Kind gewesen, leicht zu beeindrucken und zum ersten Mal richtig verliebt, genau wie Jette es jetzt war.

Heinrich schob seinen Teller von sich. Der Appetit schien ihm endgültig vergangen zu sein. »Die Wahrheit wäre viel zu langweilig gewesen«, sagte er. »Und das ist etwas, das man sich in unserer Branche niemals erlauben darf: die Menschen zu langweilen.«

Gleich am nächsten Morgen ließ Eva den fertigen Film ans Kopierwerk schicken und wies Fräulein Abel an, ihn bei der Filmprüfstelle anzumelden. Wenige Tage später traf ein Brief von der Behörde ein. Der Termin für die offizielle Anhörung war für Donnerstag in zwei Wochen festgesetzt – ausgerechnet an Lenis Todestag.

Eva schluckte schwer, als sie das Datum las. Sie bezweifelte, dass sie an diesem Tag die Nerven haben würde, um sich mit den Beamten auseinanderzusetzen. Kurzerhand rief sie bei der Filmprüfstelle an und fragte, ob es möglich sei, den Termin kurzfristig zu verschieben, aber das Fräulein am anderen Ende der Leitung stellte sich stur.

Zwei Wochen später machte sich Eva zusammen mit Heinrich auf den Weg. Zu allem Überfluss war der Termin erst für den Nachmittag anberaumt. Es wäre ihr tausendmal lieber gewesen, sie hätte ihn gleich am Morgen hinter sich bringen können.

Vor dem Eingang des Klinkergebäudes blieb Heinrich stehen und zündete sich seelenruhig eine Zigarette an. Eva warf einen Blick auf die Uhr: noch eine gute Viertelstunde.

Den ganzen Tag über hatte sie an Leni denken müssen. Bis eben war es ihr gelungen, sich zusammenzureißen, aber nun hielt sie es nicht länger aus. Sie kehrte auf dem Absatz um und wich in die nächste Toreinfahrt aus. Weinend lehnte sie sich ans Mauerwerk, fasste sich an den Hals, tastete nach dem Medaillon und öffnete es. Mit der Fingerspitze streichelte sie Lenis blondes Strähnchen, das sie noch immer bei sich trug.

Im nächsten Moment fühlte sie eine Berührung an ihrer Schulter. »Ach, Eva«, sagte Heinrich hinter ihr. »Glaub mir, ich weiß genau, wie du dich fühlst. Der erste Termin bei der Prüfstelle ist immer der aufregendste, nicht wahr?«

Sie schniefte. »Es ist nicht wegen der Anhörung. Weißt du denn nicht, was für ein Tag heute ist?«

»Oh«, machte er leise, als er das Medaillon in ihrer Hand entdeckte.

Vorsichtig klappte sie es wieder zu und steckte es zurück unter den Kragen ihres Mantels. Sie konnte kaum glauben, wie schnell die Zeit seit Lenis Tod vergangen war.

Heinrich schloss sie in seine Arme. »Es tut mir so leid. Ich hätte daran denken müssen. Ich ... ich hätte damals für dich da sein müssen.«

Wenn es wirklich Einsicht ist, dann kommt sie spät, dachte Eva. *Zu spät.* Trotzdem konnte sie eine Umarmung gerade gut gebrauchen.

Nach einer Weile löste sie sich von ihm, zog ein Taschentuch aus ihrer Manteltasche und tupfte sich die Tränen fort. Jetzt würde sie den strengen Zensurbeamten also mit verheultem Gesicht gegenübertreten. Genau das hatte sie vermeiden wollen.

Gemeinsam kehrten sie zum Eingang zurück. Heinrich zog ein letztes Mal an seiner Zigarette, drückte sie im Ascher neben der Tür aus und bat Eva mit einer Geste, ihm zu folgen.

Drinnen meldeten sie sich am Empfang. Das Fräulein erklärte ihnen, in welchen Raum sie mussten. Sie stiegen eine Treppe hinauf, durchquerten einen langen Korridor und betraten ein Zimmer, in dem sich ein Konferenztisch befand. Kleine Namensschilder standen darauf, und sie setzten sich auf ihre ausgewiesenen Plätze.

Nach einer Weile öffnete sich die Tür, und fünf Herren traten ein, begleitet von einem Schreibfräulein. Heinrich erhob sich, und Eva tat es ihm gleich. Nach der knappen Begrüßung nahmen alle Platz. Die fünf Herren setzten sich ihnen direkt gegenüber, das

Fräulein zückte einen Schreibblock, und Eva versuchte vergeblich, irgendetwas aus ihren unbewegten Mienen zu lesen.

In der Mitte saß der Vorsitzende, hatte Heinrich ihr zuvor erklärt. Er war ein schmales Männlein mit verkniffenem Mund, einem Schmiss auf der Wange und dünnen, zur Seite gekämmten Haarsträhnen, unter denen eine rosafarbene Halbglatze hindurchschimmerte. Er holte mehrere Papiere aus seiner Aktentasche, breitete sie vor sich aus und las fürs Protokoll die Namen aller Anwesenden vor. Anschließend zählte er auf, wie viele Filmakte in welcher Länge vorgeführt worden waren, auf den Meter genau, und das Fräulein stenografierte eifrig alles mit.

Endlich sah der Vorsitzende von seinen Papieren auf. Er stellte Eva zahlreiche Fragen, hauptsächlich zu ihrer politischen Gesinnung. Ob sie oder ihr Mann Mitglieder der KPD seien, wollte er unter anderem wissen, oder ob sie je mit den Kommunisten sympathisiert hätten.

Eva beantwortete alle Fragen aufrichtig. Sie hielt nichts von Extremismus in jeglicher Form und hatte schon immer die SPD gewählt. Heinrich wiederum war ein überzeugter Anhänger der nationalliberalen DVP. Die Vorstellung, dass er jemals Gefallen an linksradikalen Ideen finden könnte, war geradezu grotesk.

Nach einer guten halben Stunde packte der Vorsitzende all seine Papiere und Notizen wieder ein und erhob sich. Die Beisitzer taten es ihm gleich.

»Wir ziehen uns nun zur Beschlussfassung zurück«, verkündete er. »Die Entscheidung wird Ihnen schriftlich übersandt. Guten Tag!«

Mit diesen Worten wandten sich die Beamten zum Gehen, und Eva tauschte einen Blick mit Heinrich.

»Ich habe ein ganz komisches Gefühl«, sagte sie leise.

Er schüttelte den Kopf. »Ach was. In ein paar Tagen haben wir die Genehmigung im Briefkasten, du wirst schon sehen.«

Eine Woche später traf das Schreiben der Filmprüfstelle ein. Sogleich öffnete Eva den Umschlag, überflog die ersten Zeilen, konnte nicht glauben, was sie gerade gelesen hatte, und las es erneut:

Der vorliegende Bildstreifen wird in seiner jetzigen Fassung nicht zur öffentlichen Vorführung im Deutschen Reich zugelassen.

Eva erstarrte. Ein Irrtum musste vorliegen. Die Behörde hatte ihnen das falsche Schreiben übersandt. Sie las weiter:

Die Hauptfigur, ein weiblicher Pirat, erscheint während des gesamten Films als heldenhafte Sympathieträgerin, obwohl sie sich wiederholt verbrecherischer Handlungen schuldig macht. Eine Aufrührerin, die zum Widerstand gegen die Obrigkeit aufruft und somit zum Umsturz bestehender Herrschafts- und Besitzverhältnisse: Dies alles sind wohlbekannte und kaum verhohlene Elemente staatsgefährdender kommunistischer Propaganda.

»Wie bitte?«, entfuhr es Eva. Nun wurde ihr klar, worauf der Vorsitzende mit seinen bohrenden Fragen abgezielt hatte.

Aufgrund seiner potenziell verrohenden und entsittlichenden Wirkung, insbesondere auf die weniger gebildeten Volksschichten, ist der Bildstreifen als gefährdend für die öffentliche Ordnung und Sicherheit einzustufen. Eine Auflistung der geforderten Schnitte ist diesem Schreiben beigelegt. Dem Antragssteller steht es frei, eine erneute Prüfung zu beantragen, sofern das Werk einer gründlichen Umarbeitung unterzogen wird.

Der letzte Satz klang beinahe süffisant. Es dauerte ein paar Sekunden, doch endlich gelang es Eva, sich aus ihrer Schreckstarre zu lösen. Sie sprang auf, stürmte in den Flur, und ohne anzuklopfen, riss sie Heinrichs Bürotür auf. Er telefonierte gerade und sah überrascht auf, als Eva hereinplatzte.

»Verzeihung, ich melde mich später noch einmal bei Ihnen«, sagte er in den Hörer, als er Evas Gesichtsausdruck bemerkte. Dann verabschiedete er sich von seinem Gesprächspartner und legte auf.

Bevor er fragen konnte, was los sei, drückte Eva ihm den Brief in die Hand. Heinrich erhob sich, ging langsam auf und ab und las. Mit jeder Zeile, über die seine Augen wanderten, verfinsterte sich seine Miene.

Wütend knallte er das Schreiben auf den Tisch. »Diese Vorwürfe sind absurd!«

Mutlos ließ Eva sich auf den freien Stuhl vor seinem Schreibtisch sinken. Die gesamte Tragweite der Entscheidung wurde ihr erst nach und nach bewusst. Nicht nur, dass viele Szenen nach dem Willen des Amtes gekürzt oder komplett herausgeschnitten werden mussten. Einige Szenen mussten von Grund auf neu gedreht werden, und das wiederum kostete die Lichtenfeld Film nicht nur Geld, sondern vor allem Zeit – zwei wertvolle Ressourcen, an denen es ihnen gerade fehlte. Wie sollte es ihnen unter diesen Umständen gelingen, den Film noch einigermaßen zeitnah in den Verleih zu bringen? War eine Umarbeitung angesichts der sprunghaft gestiegenen Kosten überhaupt noch realistisch?

Heinrich schien dasselbe durch den Kopf zu gehen. Schweiß glänzte auf seiner Stirn, und plötzlich keuchte er und musste sich an der Tischkante abstützen.

Eva bemerkte das Zittern seiner Hände und wusste sofort, was los war. Sie sprang auf, nahm seinen rechten Arm und legte ihn sich um die Schultern.

»Komm«, sagte sie leise, führte Heinrich zu seinem Stuhl und half ihm, sich hinzusetzen. »Hast du irgendetwas da?«

Er deutete auf die oberste Schublade.

Eva eilte zur Tür und schloss sie ab. Ein Zitteranfall vor den Augen der Belegschaft war wirklich das Letzte, was sie jetzt gebrauchen konnten. Sie kehrte zum Schreibtisch zurück, öffnete die Schublade, holte alles heraus, was sie brauchte, und half Heinrich dabei, seinen Arm abzubinden und die Spritze zu setzen. Es dauerte nicht lange, bis sein Zittern nachließ.

Eva verstaute alles wieder in der Schublade und musterte ihn. Kraftlos hing er in seinem Stuhl und hielt sich den angewinkelten Arm. Der Schreck stand ihm noch immer ins Gesicht geschrieben.

»Es gibt so viel zu tun«, murmelte er. »Wir müssen die Schnitte durchgehen, das Drehbuch anpassen, eine neue Kalkulation aufstellen ...«

»Vielleicht solltest du dich lieber erst einmal ausruhen«, meinte Eva und rechnete schon damit, dass er protestierte. Egal, wie schlecht es ihm ging, er ließ sich nichts sagen und schleppte sich sogar mit Fieber zur Arbeit.

»Ja«, erwiderte er. »Das wäre sicher das Beste. Ich fahre nach

Hause. Ich glaube, im Moment bin ich ohnehin zu nichts zu gebrauchen.« Er blickte an seinem Arm hinab. »Es ist wohl besser, wenn ich eine Kraftdroschke nehme.«

Eva nahm es überrascht zur Kenntnis. Er wollte sein Auto freiwillig stehen lassen? So einsichtig war er sonst nie. Langsam machte sie sich ernsthafte Sorgen.

»Ich begleite dich nach draußen«, sagte sie und half ihm beim Aufstehen. Gemeinsam verließen sie sein Büro und durchquerten den Flur.

»Herr Lichtenfeld?« Die Sekretärin am Empfang warf ihm einen besorgten Blick zu. »Sie sind ja ganz blass. Geht es Ihnen nicht gut?«

Heinrich öffnete den Mund, doch seine Worte schienen ihm im Halse stecken geblieben zu sein.

»Mein Mann hat einen Anruf erhalten«, sagte Eva schnell. »Er muss zu einem dringenden Termin außer Haus. Seien Sie bitte so nett und sagen Sie alle anderen Termine für heute ab.«

Sie nahm ihre Hüte und Mäntel von der Garderobe, hakte sich bei Heinrich unter und führte ihn nach draußen. Am nahe gelegenen Bahnhof warteten mehrere Kraftdroschken.

Langsam setzte Heinrich einen Fuß vor den anderen. Eva spürte deutlich, wie viel Kraft ihn jeder Schritt kostete.

»Ich fahre mit«, beschloss sie, als sie sich einem der wartenden Fahrzeuge näherten, und nahm auf dem Rücksitz neben Heinrich Platz.

Während der gesamten Fahrt saß er zusammengesunken neben ihr und starrte apathisch aus dem Fenster. Nach einer Weile kamen sie in Grunewald an, und der Wagen hielt in der Auffahrt der Villa. Eva bat den Fahrer, zu warten, half Heinrich beim Aussteigen und brachte ihn zur Tür.

»Gleich morgen früh setzen wir uns zusammen«, sagte sie sanft. »Und dann besprechen wir in Ruhe, was zu tun ist.«

Er nahm ihre Hand. »Geh nicht. Bitte.«

Eva zögerte. Er hätte in die Hände eines Arztes gehört, aber sie wusste, davon wollte er nichts hören. Wenn wenigstens Martha noch da gewesen wäre …

In diesem Zustand konnte Eva ihn schlecht sich selbst überlassen. Vielleicht war es wirklich besser, wenn sie noch eine Weile bei ihm blieb. »Also schön. Ich bezahle nur eben den Fahrer, ja?«

Nur zögerlich ließ er sie los. Eva ging zur Kraftdroschke, reichte dem Fahrer das Geld und kehrte anschließend wieder zu Heinrich zurück. Gemeinsam betraten sie das Haus.

Drinnen bot sich Eva der gewohnte Anblick aus leeren Gläsern, Flaschen und Stapeln alter Zeitungen. Heinrich ließ sich auf das Wohnzimmersofa sinken. Eva bot ihm an, ihm einen Tee zu kochen, doch er antwortete nicht. Reglos saß er da, genau wie eben in der Kraftdroschke, und starrte zur Wand.

»Hat doch alles keinen Sinn«, murmelte er schließlich. »Aus, vorbei. Wir sind ruiniert.«

»Das steht noch längst nicht fest«, widersprach Eva und setzte sich zu ihm.

»Weißt du, wie lange sich so ein Zensurverfahren hinziehen kann? Selbst wenn wir alles herausschneiden, was die verlangen – wer weiß, ob denen nicht hinterher noch etwas Neues einfällt?« Er schüttelte den Kopf. »Es war alles umsonst. Die Firma ist am Ende. Ich sollte mir eine Knarre besorgen und Schluss machen. Wäre für alle das Beste.«

»Was redest du da für einen Unsinn?«, entfuhr es Eva. »Wir kriegen das hin. Hörst du? Gleich morgen sprichst du noch einmal mit der Bank. Und dann arbeiten wir den Film gemeinsam um. Wir werden der Zensurbehörde genau das abliefern, was sie haben will!«

Heinrich sah sie lange an. »Du warst schon immer stärker als ich«, sagte er nachdenklich. »Niemand außer dir weiß von meiner Krankheit. Bis heute. Du hättest sie jederzeit gegen mich verwenden können. Ich frage mich, warum du es nicht getan hast.«

Ich bin eben nicht wie du, dachte Eva, behielt es jedoch lieber für sich. Ob es das Morphium war, das aus ihm sprach? Wie auch immer, seine Worte gefielen ihr nicht, und sie machte sich ernsthafte Sorgen um ihn. Nicht einmal nach Lavinias Tod hatte er so labil gewirkt.

»Ich steh das nicht ohne dich durch«, sagte er und nahm ihre Hand.

»Das musst du auch nicht. Ich habe dir doch versprochen, dass ich dir helfe, diesen Film zu produzieren. Und daran halte ich mich, bis die Sache durchgestanden ist.«

»Ich weiß.« Ein flehender Ausdruck lag in seinen Augen. »Komm endlich zurück zu mir. Ich brauche dich.«

Eva versteifte sich. Sie hatte gewusst, dass es nur eine Frage der Zeit war, bis er es wieder versuchen würde. Sie hätte sich gleich denken können, dass es ein Fehler gewesen war, ihn zu begleiten. Vorsichtig entzog sie ihm ihre Hand wieder. »Vielleicht solltest du lieber Jette anrufen«, meinte sie kühl. »Ich glaube, ihre Nähe würde dir jetzt guttun.«

Seine Miene verfinsterte sich. »Jette? Ach, sie will schon längst nichts mehr von mir wissen.«

Huch, so plötzlich? Jette hatte ihn doch so angehimmelt, und auch Heinrich war ganz vernarrt in sie gewesen. Eva konnte kaum glauben, dass es zwischen den beiden schon wieder vorbei sein sollte.

»Bitte, Eva. Ich weiß, du liebst einen andern … Ich erwarte ja gar nichts von dir. Ich will dich nur in meiner Nähe haben.«

Sie schüttelte den Kopf. »Ich kann nicht. Es ist vorbei mit uns, und daran ändert auch deine Trennung von Jette nichts.«

Er schluckte schwer. »Wenn du jetzt gehst, weiß ich nicht, ob ich morgen früh noch hier bin.«

Eva sah ihm in die Augen und erkannte eine seltsame Gefasstheit darin, eine kühle Entschlossenheit, die ihr Angst einjagte. Wäre er wirklich dazu fähig, sich das Leben zu nehmen – oder sagte er es aus purer Berechnung? Wollte er ihr ein schlechtes Gewissen machen, damit sie wieder zu ihm zurückkehrte?

Kaum war ihr der Gedanke gekommen, schämte Eva sich dafür. So weit war es also schon mit ihr, dass sie hinter allem eine manipulative Absicht vermutete. Heinrich mochte in der Vergangenheit grausam zu ihr gewesen sein, und er hatte sie oft genug angelogen, aber wenn sie ihn jetzt alleinließ und er sich wirklich etwas antat, würde Eva für immer mit dem Wissen leben müssen, dass sie es hätte verhindern können. Niemals könnte sie so kalt und gleichgültig sein.

»Also gut«, sagte sie schließlich. »Ich bleibe bei dir. Aber nur für eine Nacht, hörst du?«

Am Abend rief Eva ihre Schwester an und gab kurz Bescheid, dass sie nicht nach Hause kommen würde. An ihrem Tonfall merkte Eva deutlich, was Johanna von ihrer Entscheidung hielt. Sie würde es ihr ein andermal erklären, aber nicht am Telefon, wenn irgendein Fräulein vom Amt mithörte.

Anschließend bezog sie ihr altes Schlafzimmer. Nach so langer Zeit war es ein seltsames Gefühl, dorthin zurückzukehren. Heinrich hatte nichts darin verändert, es war noch immer genau so, wie sie es vor einigen Monaten bei ihrem Auszug verlassen hatte. Als hätte er damit gerechnet, dass sie eines Tages wiederkommen würde.

Der Gedanke bereitete ihr eine Gänsehaut. *Es ist nur für eine Nacht*, sagte sie sich immer wieder und schloss vorsichtshalber die Tür von innen ab.

Gleich am nächsten Morgen setzten sie sich über einem Kaffee zusammen und nahmen sich das Schreiben der Filmprüfstelle vor. Akribisch gingen sie die Liste der geforderten Schnitte durch, und Eva machte sich daran, alle bemängelten Szenen aus dem Drehbuch herauszustreichen.

Anschließend überlegten sie, wie sich die Handlung am besten zurechtbiegen ließe, um jeglichen Verdacht kommunistischer Propaganda auszuräumen. Im Grunde brauchten sie eine völlig neue Geschichte, die das genaue Gegenteil der ursprünglichen Version darstellte.

Eva machte sich ans Werk, nahm dankbar Heinrichs Ideen auf, denn ihr eigener Kopf war wie leer gefegt. Noch nie hatte sie ein Drehbuch schreiben müssen, das ihr so sehr widerstrebte. Jede Zeile war eine Qual. Bis spät am Abend saß sie an der Schreibmaschine, doch sie hatte erst einen Bruchteil geschafft.

»Geh nicht«, sagte Heinrich leise, als Eva vom Schreibtisch aufstand und sich den Mantel überzog.

Sie schüttelte den Kopf. »Ich sagte doch, ich kann nur eine Nacht bleiben.«

»Bitte, Eva. Du kannst mich jetzt nicht im Stich lassen.«

In seinen Augen lag derselbe verzweifelte Ausdruck wie am vorigen Abend, und wieder bekam Eva es mit der Angst zu tun.

Resigniert zog sie ihren Mantel aus und hängte ihn wieder zurück.

Am nächsten Morgen fuhr Eva zu ihrer Schwester, um ihre Sachen zu holen.

»Ich fasse es nicht!«, entfuhr es Johanna, als sie dabei zusah, wie Eva ihren Koffer packte. »Das heißt also, du gehst endgültig zu ihm zurück?«

»Unsinn«, erwiderte Eva. »Aber ich kann ihn in diesen schwierigen Zeiten nicht alleinlassen.«

»Jetzt hörst du dich schon wie Ilse an!«

»Du hättest ihn sehen sollen. Er hat sogar davon gesprochen, sich etwas anzutun.«

»Natürlich hat er das!« Johanna klappte ihr den Koffer vor der Nase zu. »Er spielt dir etwas vor. Er nutzt die Situation aus, siehst du das denn nicht?«

Eva schüttelte den Kopf. »Glaub mir, er spielt mir nichts vor.«

»Ach nein? Wie kannst du dir sicher sein, nach allem, was er dir angetan hat?«

Eva atmete tief durch. »Hör zu, Johanna, er ist krank. Ernsthaft krank. Er leidet an einer Kriegsneurose, und er schämt sich fürchterlich deswegen. Bitte tu mir den Gefallen und verrate es niemandem.«

Johanna warf ihr einen ungläubigen Blick zu. »Davon hast du mir noch nie erzählt. Bist du dir sicher, dass er dir keine Lüge aufgetischt hat?«

»Ja, ich bin mir ganz sicher. Ich habe seine Anfälle mitbekommen. So etwas kann niemand vortäuschen. Er ist labil, er erträgt die momentane Belastung nicht, und darum kann ich ihn jetzt unmöglich im Stich lassen. Ich muss bei ihm bleiben und ihn unterstützen, bis die Sache mit dem Film durchgestanden ist. Verstehst du?«

Es war bereits nach Mitternacht, als Eva an diesem Abend endlich das Wort *ENDE* unter den letzten Absatz ihres Drehbuchs tippte. Sie zog das Papier aus der Schreibmaschine und legte es auf den Stapel, doch anders als sonst fühlte sie sich weder stolz noch glücklich, sondern einfach nur leer.

Joaquín starb nun im Kerker, und ohne ihn verlor das Leben als Piratin jeglichen Reiz für Elisabeth. Der Gouverneur wiederum wurde durch seine Liebe zu ihr geläutert und versprach, sich für die Armen einzusetzen, wenn Elisabeth sich dazu bereit erklärte, ihn zu heiraten. Schließlich gab sie seinem Werben nach, und die öffentliche Ordnung war wiederhergestellt. Rebellion lohnte sich nicht – das war die neue Botschaft, die sie in die Welt hinaustragen würden. Elisabeth, ihre stolze Heldin, die für Gerechtigkeit kämpfte – Eva hatte sie zu einem gefügigen Objekt degradiert.

»Du hast die Geschichte in etwas völlig Neues verwandelt«, sagte Heinrich am Morgen, nachdem er das Drehbuch gelesen hatte. »Und das, obwohl sie dir so sehr am Herzen lag. Weißt du eigentlich, wie tapfer du bist?«

»Bin ich das?« Eva musterte den Stapel. »Es fühlt sich eher so an, als hätte ich gerade den Tod meiner eigenen Geschichte besiegelt. Ich werde sie eigenhändig zu Grabe tragen.«

»Unsinn! Der Film wird anders, als du ihn ursprünglich haben wolltest, aber es ist immer noch dein Film.«

»Nein. Das ist er nicht.« Eva stand auf. »Ich habe nachgedacht. Ich verzichte auf eine Nennung als Drehbuchautorin und Regisseurin.«

Heinrichs Augen weiteten sich. »Aber Eva ... Das war Teil unserer Vereinbarung. Es war das, was du wolltest!«

»Ja, ich wollte es, aber nicht so. Ich kann und will meinen Namen nicht für etwas hergeben, hinter dem ich beim besten Willen nicht stehen kann.«

»Dem Publikum wird es nicht auffallen. Es kennt deine ursprüngliche Fassung nicht. Glaub mir, es wird diesen neuen Film lieben!«

Eva schüttelte den Kopf. »Meine Entscheidung steht fest.«

Die Arbeitstage zogen sich dahin. Eine neue Kalkulation musste aufgestellt werden, um den Nachdreh möglichst schnell und kostenschonend zu bewältigen.

»Du solltest Feierabend machen«, sagte Heinrich eines Nachmittags zu ihr, nachdem sie im Büro eine stundenlange Besprechung mit dem Produktionsleiter und dem Regieassistenten hinter sich gebracht hatten. »Ich übernehme die restlichen Termine. Schone deine Kräfte. Du brauchst sie für die Dreharbeiten.«

Dankbar nahm sie sein Angebot an und machte sich auf den Rückweg nach Grunewald. Die letzten Tage waren anstrengend gewesen, und sie sehnte sich danach, einfach nur ein paar ruhige Stunden auf dem Sofa zu verbringen.

Als sie gerade zur Tür hereinkam, klingelte das Telefon in Heinrichs Büro. Eva eilte die Treppe hinauf, nahm den Hörer ab und meldete sich.

»Frau Lichtenfeld?«, sagte eine erleichtert klingende Frauenstimme. »Guten Tag. Jansen am Apparat.«

Eva stutzte. »Jette«, erwiderte sie knapp. »Wie kann ich Ihnen helfen?«

»Ich wollte Ihnen mitteilen, dass ich nicht imstande sein werde, bei den Dreharbeiten mitzuwirken.«

Eva wunderte sich darüber, wie umständlich sich Jette ausdrückte. Gleichzeitig sank ihr Herz bei dem Gedanken daran, dass sie eine neue Darstellerin finden und vielleicht sogar zusätzliche Szenen nachdrehen mussten. Als hätten sie nicht auch so schon genug um die Ohren.

»Es tut mir wirklich leid.«

»Mir auch.« Eva hatte ja gleich befürchtet, dass Heinrichs Affäre mit dem jungen Ding kein gutes Ende nehmen würde, und gleich darauf hörte sie ein Schniefen am anderen Ende der Leitung.

»Frau Lichtenfeld«, fuhr Jette fort. »Ich bin so froh, dass ich Sie erreicht habe. Ich ... ich muss Ihnen etwas sagen.«

Eva seufzte leise. »Hören Sie, Jette. Ich möchte wirklich nicht indiskret sein, aber falls es um meinen Mann geht, bin ich die falsche Ansprechpartnerin, so leid es mir tut. Wenn Sie etwas mit ihm zu klären haben –«

»Bitte, hören Sie mich an. Ich weiß etwas. Über Ihren Bekannten. Jacob, richtig?«

Evas Herz machte einen Sprung. »Jacob?« Sie umklammerte den Hörer. »Woher ... Was wissen Sie über ihn?«

»Nicht am Telefon.« Plötzlich bebte Jettes Stimme. »Ich muss es Ihnen persönlich sagen.«

KAPITEL 35

Berlin-Kreuzberg, Februar 1928

Am Kottbusser Tor stieg Eva aus der Bahn und nahm den Weg durch eine Seitenstraße, den Jette ihr beschrieben hatte. Diskret solle sie sich verhalten, hatte Jette am Telefon gesagt, aber das tat Eva sowieso, wenn sie irgendwo unterwegs war und nicht erkannt werden wollte.

Gerade war sie noch im Filmatelier in Staaken gewesen, um mit der Architektin die Rekonstruktion der Bauten zu besprechen. Da ihnen die nötige Zeit und das Geld fehlten, um erneut nach Italien zu fahren, mussten sie nun notgedrungen einige Szenen im Atelier nachstellen. Die Architektin hatte versprochen, die Felsen vom Ufer des Gardasees täuschend echt nachzubauen. Das Publikum würde den Unterschied gar nicht bemerken.

Heinrich würde sicherlich wieder bis spätabends im Büro bleiben. Von ihrem Ausflug würde er nichts mitbekommen. Jette hatte sie gestern am Telefon angefleht, ihm keinesfalls etwas davon zu sagen, und Eva hatte es auch nicht vor, doch sie fragte sich, was die Geheimnistuerei sollte. Ein Teil von ihr glaubte, dass sie bestimmt nur einem Missverständnis aufgesessen war. Irgendeine Störung, irgendein kurzes Knistern in der Leitung, und schon hatte es sich so angehört, als hätte Jette tatsächlich Jacobs Namen erwähnt.

Sie gelangte zu der Hausnummer, die Jette ihr genannt hatte, und beschleunigte ihre Schritte. Das Klappern ihrer Absätze hallte von den Wänden der Toreinfahrt wider. Es würde nicht lange dauern, hatte Jette ihr versichert.

Die Wände des Hinterhauses verströmten einen modrigen Geruch, und Evas Herz klopfte, als sie die knarzenden Stufen hinaufstieg. Im zweiten Stock klopfte sie an die Tür, und es dauerte nicht lange, bis Jette öffnete.

Eva schlüpfte durch den Türspalt. Hinter ihr spähte Jette kurz ins Treppenhaus. Leise schloss sie die Tür und drehte den Schlüssel herum. Dann huschte sie in die gegenüberliegende Ecke und zog den löchrigen Vorhang vor dem einzigen Fenster zu.

»Ist Ihnen jemand gefolgt?«

Eva stutzte. Wie blass Jette war. Dunkle Ringe zeichneten sich unter ihren Augen ab, und ganz mager war sie geworden. Ob sie wohl krank war? Kein Wunder in diesem feuchten, zugigen Kabuff. Flüchtig musterte sie den kleinen Raum: Auf einem schmalen Bett lagen mehrere Kleidungsstücke, an der Wand stand ein Herd mit einer fettigen Pfanne und in der Ecke gab es ein Waschbecken.

»Ob Ihnen jemand gefolgt ist, habe ich Sie gefragt«, wiederholte Jette in ungewohnt scharfem Ton.

»Nein, ich glaube nicht.«

Jette atmete auf. »Verzeihen Sie bitte, dass ich Sie hierhergebeten habe. Ich konnte es nicht riskieren, dass das Fräulein vom Amt mithört.« Sie fischte die Kleider vom Bett und deutete auf die Matratze.

Eva ignorierte die stumme Einladung und verharrte an der Tür. »Jette, meine Zeit ist knapp, und meine Geduld ist es auch. Wenn Sie mir etwas zu sagen haben, sagen Sie es gleich. Was wissen Sie über Jacob?«

Jette rang die Hände. »Bitte, Frau Lichtenfeld. Sie sollten sich wirklich hinsetzen.«

Evas Kehle verengte sich. »Was ist mit Jacob? Sagen Sie schon!«

Jettes Augen glänzten. Sie hob die Hand an den Mund und atmete mehrmals tief durch, ehe sie weiterredete. »Ich wünschte so sehr, ich müsste Ihnen das nicht sagen. Aber Sie haben es verdient, endlich die Wahrheit zu erfahren.« Sie straffte sich. »Jacob ist tot.«

Die Worte klangen hohl und bedeutungslos. Wie ein schlechter Witz. Und auch Eva fühlte sich innerlich wie ausgehöhlt. Wie der Baumstamm am Wannsee, an ihrem einstigen geheimen Treffpunkt. Langsam näherte sie sich dem Bett und setzte sich nun doch auf die durchgelegene Matratze.

»Oh Gott. Es tut mir so leid«, flüsterte Jette.

Eva hatte es befürchtet. Ein Teil von ihr hatte es schon die ganze Zeit über gespürt, auch wenn sie es sich niemals wirklich hatte eingestehen wollen.

Aber woher sollte ausgerechnet Jette ...

»Ich weiß es von Heinrich«, fuhr Jette fort, bevor Eva den Gedanken zu Ende denken konnte. »Ich ... ich meine, von Herrn Lichtenfeld.«

Evas Verstand war wie gelähmt. Sie war nicht imstande, zu begreifen, wovon Jette sprach.

»Bitte glauben Sie mir, ich habe nichts damit zu tun. Ich wollte das alles nicht. Wirklich nicht!«

»Was ... wollten Sie nicht?«, fragte Eva kraftlos.

Jette zog ein Taschentuch aus ihrer Bluse und zerknüllte es in ihrer Hand. »Ein Kind.«

Kurz fiel Evas Blick auf Jettes noch flachen Bauch, aber sogleich besann sie sich und sah ihr wieder in die Augen.

Jette senkte den Kopf. »Erst wollte er mir nicht glauben. Er hat behauptet, es wäre von einem anderen. Aber es gab keinen. Ich schwöre es.« Sie schluchzte. »Dann hat er mir alles Mögliche an den Kopf geworfen. Ich hätte ihn hereingelegt und dass ich ... dass ich ihm ... ein Kind unterschieben wollte ... weil ich auf sein Geld aus wäre –« Sie unterbrach sich und sammelte sich kurz, bevor sie weitersprach: »So etwas hätte ich doch niemals absichtlich getan. Ich war ja selbst ein uneheliches Kind und weiß, was das bedeutet.«

Eva schüttelte den Kopf. Als wäre Heinrich nicht genauso dafür verantwortlich – zu so etwas gehörten schließlich zwei.

»Ich gab mir selbst die Schuld an seiner Reaktion, denn ich wusste, dass er an dem Abend etwas geschnupft hatte. Aber es wurde nur schlimmer, er geriet völlig außer sich. Und dann ... hat er es gesagt.«

Eva erhob sich. »Was hat er zu Ihnen gesagt?«

Jette atmete tief durch. Es kostete sie sichtlich Überwindung, Heinrichs Worte zu wiederholen. »Dass er mich umbringt, wenn ich das Kind nicht schleunigst loswerde. Und dass er Kontakte hat. Zum Chef eines Ringvereins, der ihm gerne mal einen Gefallen tun würde. Irgendwas mit Fell... Fellschläger oder so. Der hätte schon den Liebhaber seiner Frau beseitigt. Einen Juden ... namens Jacob.«

Ein Abgrund tat sich unter Eva auf. Unwillkürlich erschienen Bilder vor ihrem geistigen Auge. Jacobs geschundenes, blutiges

Gesicht. Sein lebloser Körper. Er trieb in der Spree, immer weiter und weiter ...

Fellhauer. Natürlich. Heinrichs Mentor bei seinen Recherchen im Verbrechermilieu. Übelkeit stieg in ihr auf.

»Es tut mir so leid, Frau Lichtenfeld. Sie waren immer so nett zu mir. Ich hätte es nicht länger ausgehalten, mit diesem Wissen zu leben. Ich musste es Ihnen einfach erzählen ... Ich hatte das Gefühl, das bin ich Ihnen schuldig.«

Evas Blick ging ins Leere. Nach einer Weile verabschiedete sie sich von Jette. Wie in Trance stieg sie die Stufen hinab und durchquerte den Hof. In der Toreinfahrt blieb sie stehen. Alles drehte sich vor ihren Augen, und der Boden unter ihren Füßen schwankte.

Heinrich hatte ein vollendetes Meisterstück abgeliefert. Eine Inszenierung, um Eva zu blenden, um sie bei sich zu halten. Damit sie diesen Film für ihn drehte, seine Firma rettete. Wie ein wahrer Magier der Leinwand hatte er ihre Aufmerksamkeit in die gewünschten Bahnen gelenkt, hatte sie skrupellos und mit allen Mitteln manipuliert. Ja, er beherrschte seine Kunst – nicht nur im Film, sondern auch im echten Leben. Ein echtes Genie. Der größte Regisseur aller Zeiten.

Eva taumelte zur Wand, krümmte sich und erbrach sich auf die Pflastersteine.

»Evchen? Was machst du denn hier?«

Vor ungefähr einer Stunde hatte sie an Johannas Tür geklingelt, doch niemand hatte aufgemacht. Seitdem saß sie auf dem Treppenabsatz und hatte darauf gehofft, dass ihre Schwester bald nach Hause kommen würde.

Johanna eilte die letzten Stufen hinauf und schloss Eva in die Arme. »Oh nein. Es ist wegen Heinrich, nicht wahr? Was hat er dir schon wieder angetan?«

Eva schaffte es nicht, zu antworten. Sie wollte weinen, doch sie hatte keine Tränen mehr und fühlte sich nur noch taub.

Johanna beeilte sich, die Tür aufzuschließen, und führte Eva ins Wohnzimmer. Sie nahmen auf dem Sofa Platz, und Eva erzählte ihr alles, was sie von Jette erfahren hatte.

Ihre Schwester lauschte, bis sie ausgeredet hatte. Die Fassungslosigkeit stand ihr ins Gesicht geschrieben. »Du lieber Gott. Wenn das wirklich wahr ist ...«

»Es passt alles zusammen, Johanna. Ich glaube ihr. Was hätte Jette davon, mich anzulügen? Woher hätte sie sonst von Jacob wissen sollen?« Sie erhob sich und griff nach ihrer Handtasche. »Ich weiß gar nicht, warum ich hier noch herumsitze. Ich werde zur Polizei gehen, und zwar sofort.«

»Nein, Evchen. Warte.« Johanna sprang ebenfalls auf und folgte ihr in den Flur.

»Von Anfang an habe ich denen gesagt, dass Jacob niemals freiwillig verschwunden wäre, aber die haben mich jedes Mal abgewimmelt. Dieses Mal nicht. Jacob hat es verdient, endlich Gerechtigkeit zu erfahren!«

Eva griff bereits nach der Klinke, doch Johanna umfasste ihre Hand und hinderte sie daran, die Tür zu öffnen.

»Ja, das hat er. Du hast völlig recht. Aber ich fürchte, wenn du jetzt zur Polizei gehst, bringst du nicht nur dich, sondern auch Jette in große Gefahr.«

Eva zögerte. Sie musste sich eingestehen, so weit hatte sie nicht gedacht. Ihr Geist war noch immer wie benebelt, unfähig, das Erlebte zu begreifen.

»Überleg doch mal«, fuhr Johanna fort. »Heinrich wird sich denken können, dass Jette seine Tat bei dir ausgeplaudert hat. Und er wird nicht zögern, dich und Jette zum Schweigen zu bringen – zur Not mit Fellhauers Hilfe.«

Eva ahnte, dass Johannas Befürchtungen keineswegs übertrieben waren. Heinrich war zu allem fähig. Das wusste sie inzwischen.

Johanna fasste sie an den Schultern. »Es tut mir so leid, Evchen. Ich weiß, es ist ungerecht, aber Jacob wird nicht dadurch wieder lebendig, dass du dein Leben aufs Spiel setzt. Und ich glaube auch nicht, dass er das gewollt hätte.«

Sie kehrten zurück ins Wohnzimmer. Eva nahm wieder auf dem Sofa Platz und schlug sich die Hände vors Gesicht. Hilflosigkeit, Wut und Abscheu – sie fühlte alles zugleich, und es überforderte sie. »Ich will einfach nur fort«, flüsterte sie. »Ich will ganz weit weg sein, von allem.«

Johanna nahm ihre Hände und sah ihr fest in die Augen. »Er wird dich niemals gehen lassen.«

»Ich weiß.«

Sie würde Heinrich niemals entkommen. Nicht hier in Berlin. Nicht, wenn sie die blieb, die sie immer gewesen war.

Sie brauchte einen Plan. Einen ausgeklügelten Plan, den Heinrich niemals würde durchschauen können. Ihr bisheriges Leben musste enden, wenn sie wirklich frei sein wollte. Nichts durfte sie mehr daran binden.

Ganz leise sollte es geschehen, ohne großen Abgang.

Eva Lichtenfeld musste unsichtbar werden.

KAPITEL 36

Berlin, März 1928

»Danke«, sagte Eva zu dem Assistenten, als das Licht im Vorführraum anging. »Bitte bringen Sie die Rollen gleich morgen früh ins Kopierwerk.«

Erleichtert erhob sie sich und verließ den Raum. Hektische Wochen lagen hinter ihr, in denen sie mehrere Szenen nachgedreht und die neue Fassung des Piratenfilms geschnitten hatte. Dabei hatte sie nicht nur die Handlung verändert, sondern auch den Titel. Aus der einstigen *Piratenkönigin* war nun ein Film namens *Gefahr auf hoher See* geworden.

Es half ihr dabei, sich selbst zu überlisten. Die ganze Zeit über hatte sie so getan, als wäre es gar nicht ihr eigener Film, sondern das Werk eines anderen. Der Trick hatte erstaunlich gut funktioniert. Glücklicherweise war sie mit einer unbegrenzten Vorstellungskraft gesegnet. Auf dieses Talent konnte sie sich immer verlassen, es hatte sie noch nie im Stich gelassen – und nun brauchte sie diese Fähigkeit mehr als je zuvor.

Sie verabschiedete den Assistenten und sah ihm nach, als er das Büro verließ. Den ganzen Tag hatte sie am Schneidetisch und im Vorführraum verbracht, nun war es bereits spät am Abend. Alle anderen Mitarbeiter hatten schon vor ein paar Stunden Feierabend gemacht, auch Heinrich war längst aufgebrochen, um sich mit ein paar Bekannten in einer Kneipe zu treffen.

Eva verließ die Büroräume, schloss die Tür hinter sich ab und ging ein Stockwerk höher ins Archiv. In langen Regalreihen stapelten sich dort die Filmdosen, darunter sogar Werke aus der Anfangszeit der Hyperion: Einakter aus der Zeit vor dem Krieg, bei denen Eberling noch selbst Regie geführt hatte.

Langsam, aber sicher ging ihnen der Platz aus. Heinrich fand, dass es höchste Zeit wurde, endlich »diesen altmodischen Mist« wegzuschmeißen, den kein Mensch mehr sehen wollte, darum hatte er die Sekretärin angewiesen, den Altbestand auszusortieren. An einigen Dosen im Regal hingen entsprechende Zettel, andere lagen schon in Kisten, bereit zum Abtransport.

Eva ging durch die Regalreihen, immer weiter, verfolgte die Geschichte der Firma bis zu den aktuellen, abendfüllenden Werken.

Sie erreichte das Ende des Regals. Am Boden stand eine weitere Kiste voller aussortierter Filmdosen, und ganz oben entdeckte sie ihren eigenen Film: *Die Piratenkönigin*, in der ursprünglichen Fassung, die der Filmprüfstelle gezeigt worden war. Der Titel war bereits geschwärzt worden, die Buchstaben ließen sich unter dem Gekritzel nur noch erahnen, und auf der obersten Dose klebte ein Zettel mit einem handschriftlichen Vermerk: *Ausschuss*.

Eva ging noch ein Stück weiter, bis zum Ende des Regals, langte dahinter und zog einen Koffer hervor. Am Morgen war sie schon als Erste hier gewesen, hatte ihn die Treppe hinaufgeschleppt und ihn unbemerkt an dieser Stelle deponiert. Nun legte sie ihn auf den Boden und öffnete ihn. Vorsichtig nahm sie die Filmdosen mit der *Piratenkönigin* aus der Kiste und verstaute sie in dem leeren Koffer.

Es war ihre Geschichte. Ihr Werk, für das sie so hart gearbeitet hatte. Mit einem Federstrich hatte man es zunichtegemacht, doch Eva würde nicht zulassen, dass es im Abfall landete.

Anschließend öffnete sie die Tür einen Spaltbreit und spähte in den Hausflur. Gut, niemand da. Mit dem Koffer in der Hand verließ sie das Gebäude und stieg draußen in eine Kraftdroschke.

Zu Hause angekommen, trug sie den Koffer nach oben. Ihr Blick glitt über die eingerahmten Fotos im Treppenhaus, und wieder einmal stieg Bitterkeit in ihr auf. Das Haus, die Firma, die gemeinsamen Filme – Heinrich hatte ihr mit allen Mitteln ein komfortables Gefängnis gebaut. Und sie? Sie war freiwillig darin geblieben.

Vor dem Foto von ihrer Hochzeitsreise blieb sie stehen: Heinrich mit der Kapitänsmütze und an seiner Seite Eva, die verträumt aufs Meer schaute. Zum Schein hatte er ihr das Ruder überlassen, ihr das Gefühl von Kontrolle vermittelt. Trotzdem war sie das Dummchen an seiner Seite geblieben, das sich groß und wichtig vorkam und doch nur ahnungslos in die Gegend starrte.

In ihrem Schlafzimmer schob sie den Koffer unters Bett. Anschließend ließ sie sich erschöpft auf die Matratze fallen.

Puh, das wäre geschafft. Im Geiste hakte sie einen weiteren Punkt auf ihrer Liste ab. Seit einiger Zeit besaß sie eine Bankvollmacht – noch etwas, das Heinrich ihr endlich zugestanden hatte. In den letzten Wochen hatte Eva immer wieder kleinere Beträge vom Firmenkonto abgehoben und sie als Spesen deklariert, um keinen Verdacht zu erregen. Von dem Geld hatte sie sich Fahrkarten besorgt. Sie würde mit dem Zug nach Bremerhaven fahren und von dort aus mit dem Dampfer nach New York.

Mehrmals hatte sie deswegen schon Betty telegrafiert. Eva erinnerte sich an den Wortlaut der letzten Nachricht: *Dein neues Leben erwartet dich, Darling.* Begeistert hatte Betty versprochen, persönlich nach New York zu kommen, um Eva bei ihrer Ankunft am Hafen zu empfangen – ganz diskret, natürlich. Bei einer Frau wie Betty, die stets sämtliche Blicke auf sich zog, konnte Eva sich das kaum vorstellen, doch in dieser Situation blieb ihr nichts anderes übrig, als auf ihre Unterstützung zu vertrauen.

Fehlte nur noch der Reisepass. Eva würde unter falschem Namen reisen, um keine Spuren zu hinterlassen. Johanna hatte sich vorsichtig umgehört, und tatsächlich hatte sie jemanden aufgetrieben, der gegen entsprechende Bezahlung täuschend echt aussehende Papiere ausstellte – doch das brauchte seine Zeit. Wie lange genau, das konnte oder wollte der Fälscher nicht verraten.

Eva hielt das Warten kaum aus. In zwei Wochen würde sie in den Zug steigen, wenn sie rechtzeitig in Bremerhaven sein wollte, um ihren Dampfer zu kriegen. Bis dahin musste der Reisepass unbedingt fertig sein.

Ruhig bleiben, sagte sie sich. *Bloß nicht auf den letzten Metern die Nerven verlieren!* Wozu war sie schließlich Schauspielerin? Es würde ihre größte Darbietung werden, die alles Bisherige in den Schatten stellte. Keinesfalls durfte sie aus ihrer Rolle fallen, nicht einmal für einen Augenblick, denn dieses Mal spielte sie nicht fürs Publikum.

Sie spielte um nichts Geringeres als um ihr eigenes Leben.

»Diesen Mittwoch ist es so weit«, flüsterte Johanna.

Es war Samstagabend, und sie hatten sich zu einem Treffen in der Kneipe am E-Werk verabredet. Ungestört saßen sie in einer Nische.

»Das ist viel zu spät!«, zischte Eva. »Mein Zug geht schon am Mittwoch!«

Eva hatte den Termin bewusst ausgewählt. Schon vor Wochen hatte sich Heinrich seine Eintrittskarte für den großen Boxkampf an diesem Abend gesichert: Max Schmeling forderte Franz Diener heraus, den amtierenden Deutschen Meister im Schwergewicht. Eva wusste, sie hätte das Haus für sich.

Unzählige Male war sie den Ablauf des Abends im Kopf durchgegangen, hatte sich alles genau überlegt. Eine perfekte Chance wie diese würde so schnell nicht wiederkommen, und mit jeder noch so kleinen Abweichung drohte ihr Plan zu scheitern.

»Keine Sorge.« Johanna trank einen Schluck ihres Martinis. »Dein Zug fährt doch erst abends. Das kriegen wir schon hin.«

Eva starrte sie mit großen Augen an. »Und wie stellst du dir das vor?«

»Ich nehme die Papiere in Empfang, sobald sie fertig sind, und anschließend treffen wir uns am Bahnhof, damit ich sie dir direkt übergeben kann.« Sie lächelte. »Dann kann ich mich wenigstens von dir verabschieden.«

»Ach, Johanna.« Evas Blick verschwamm beim Gedanken an den bevorstehenden Abschied. Sie griff nach den Händen ihrer Schwester. »Ich hab solche Angst.«

Johannas Augen glänzten, doch sie beherrschte sich tapfer. »Nicht doch. Du schaffst das.«

»Es geht mir gar nicht so sehr um mich. Heinrich wird sich denken können, dass du irgendetwas mit meinem Verschwinden zu tun hast.«

»Ich? Ach, was weiß ich denn schon? Von mir erfährt er kein Sterbenswort.«

»Ilse auch nicht, hörst du?«

Johanna winkte ab. »Ilse? Ts! Dann könnten wir ja gleich eine Annonce in der Zeitung aufgeben!«

Mittwoch. Vor wenigen Tagen erst hatte die zweite Anhörung bei der Filmprüfstelle stattgefunden. Dieses Mal war Eva überhaupt nicht nervös. Wie die Herren das Werk beurteilen würden, war ihr herzlich egal. Es war nicht länger ihr Film, und mit den Gedanken weilte sie längst im fernen New York, doch sie durfte jetzt keinen Fehler machen. *Ruhig bleiben,* sagte sie sich immer wieder. *Niemand darf mir etwas anmerken.*

Am Vormittag trudelte das Schreiben der Filmprüfstelle im Büro ein. Eva überließ es Heinrich, den Umschlag zu öffnen. Nervös zog er den Brief heraus und überflog die Zeilen. Plötzlich ließ er die Papiere auf seinen Schreibtisch fallen und schlug sich erleichtert die Hände vors Gesicht.

Der vorliegende Bildstreifen erhält die Zulassung zur öffentlichen Vorführung im Deutschen Reich, las Eva.

Am Abend fuhren sie gemeinsam nach Hause. Ein riesiger Stein musste Heinrich vom Herzen gefallen sein, denn er war bester Laune und pfiff eine fröhliche Melodie.

In der Villa angekommen, verschwand er direkt nach oben, und Eva hörte, wie er sich am Telefon eine Kraftdroschke bestellte. Nach dem Boxkampf wäre der Abend für ihn und seine Begleiter noch lange nicht vorüber. Sie würden zusammen gewiss die eine oder andere Kneipe unsicher machen. In letzter Zeit gab er sich ungewohnt einsichtig und ließ den Cadillac stehen, wenn er wusste, dass er später am Abend etwas trinken würde.

Während er sich rasierte und umzog, legte sich Eva aufs Sofa und nahm sich die neueste Ausgabe der *Dame* vor. An Entspannung war jetzt nicht zu denken, doch es half nichts. Sie musste die Füße stillhalten, bis Heinrich weg war.

Ungeduldig überflog sie mehrere Artikel, ohne dabei etwas vom Inhalt mitzubekommen, und warf erneut einen Blick auf die Uhr: gleich Viertel nach sieben. Der Boxkampf begann um acht. Himmel, die Minuten zogen sich scheinbar endlos.

Gleich darauf hörte sie Heinrichs Schritte auf der Treppe.

»Und, was machst du nachher Schönes, während ich fort bin?« Er kam ins Wohnzimmer und schlüpfte in ein schwarzes Jackett. Mit einem Mal versiegte sein Lächeln. »Eva?« Er näherte sich dem

Sofa und musterte sie besorgt. »Herrje, ganz blass siehst du aus. Was ist denn los mit dir?«

Sie erschrak. Nichts entging seinem forschenden Blick. Verflixt, sie war einfach viel zu nervös, und nun wurde ihr eigener Körper zum Verräter.

»Ich bin nur etwas müde.«

»Armes Ding. Es war ein langer Tag, nicht wahr?« Er setzte sich zu ihr. »Aber ich glaube, das ist es nicht. Du hast doch irgendwas.«

Der lange Zeiger der Uhr sprang auf die drei. Wo blieb denn nur die Kraftdroschke? Sie sollte längst hier sein, und in einer guten halben Stunde fuhr schon ihr Bus. Bewusst hatte sie sich dazu entschieden, mit der Masse der Fahrgäste zu verschmelzen, denn wenn sie sich eine Kraftdroschke bestellte, genügte eine Nachfrage bei der Zentrale, um ihren Weg nachzuvollziehen. Wenn Eva ihren Bus jedoch verpasste, würde sie es nicht mehr rechtzeitig zum Bahnhof schaffen.

Heinrich hob die Hand und strich ihr zärtlich eine Strähne aus der Stirn. »Nicht, dass du mir noch krank wirst. Wie soll ich denn guten Gewissens zum Boxkampf gehen, wenn du dich nicht gut fühlst?«

Sie biss die Zähne zusammen. Ausgerechnet heute Abend entdeckte er seine fürsorgliche Ader? Er hätte sich keinen schlechteren Zeitpunkt dafür aussuchen können.

»Es ist nichts. Mir ist nur etwas unwohl.« Mit gespielter Verlegenheit sah sie zu ihm auf. »Du weißt schon. Das leidige Frauenthema ...«

Mit Frauenthemen konnte man ihn jagen, das wusste sie. Hoffentlich stand er nun endlich auf und ließ sie in Ruhe.

Doch Heinrich rührte sich nicht vom Fleck. Für den Bruchteil einer Sekunde grub sich eine winzige Falte zwischen seine Brauen. *Ich glaube dir nicht.* Der Satz schien ihm auf der Zunge zu liegen. Er sagte ihn oft im Atelier, jedes Mal, wenn ihn Evas Darstellung nicht überzeugte.

Es klingelte. Endlich, die Kraftdroschke.

Eva rang sich ein spöttisches Lächeln ab. »Na los, verschwinde endlich. Sonst muss ich mir hinterher ewig von dir anhören, du hättest Schmeling meinetwegen verpasst.«

Heinrich erwiderte das Lächeln. »Ach, Eva. Du bist und bleibst ein zartes Wesen.« Langsam beugte er sich vor und hauchte ihr einen Kuss auf die Wange. Dann stand er auf und verließ das Wohnzimmer.

Eva bedankte sich im Geiste bei Adam Król, ihrem alten Schauspiellehrer. Vom Sofa aus beobachtete sie, wie Heinrich seinen Mantel und seinen Hut von der Garderobe nahm. Erst, als die Haustür ins Schloss fiel, atmete sie auf. Vorsichtshalber blieb sie noch kurz liegen, lauschte dem Geräusch der Autotüren und dem leisen Knirschen vom Kies in der Auffahrt. Nach und nach verlor sich das Brummen des Motors in der Ferne.

Eva sprang auf und sah erneut auf die Uhr. Fünfundzwanzig Minuten, dann musste sie an der Bushaltestelle sein.

Sie rannte die Treppe hinauf. Im Ankleidezimmer holte sie den abgenutzten Mantel aus dem Schrank, den sie immer dann trug, wenn sie in der Öffentlichkeit nicht auffallen wollte. Dann eilte sie ins Schlafzimmer, zog den bereits fertig gepackten Koffer unter dem Bett hervor und wuchtete ihn auf die Matratze.

Sie würde nicht viel mitnehmen. Nur die Dinge, die ihr etwas bedeuteten. Fotos von ihren Eltern und ihren Schwestern. Das Notizbuch mit ihrem Romanmanuskript. Jacobs Zeichnungen, die sie aus den Trümmern seiner Hütte gerettet hatte. Die Filmdosen mit der Kopie der *Piratenkönigin*. Natürlich auch Bargeld, etwas für die Körperpflege und ein paar Wechselsachen, aber wirklich nur das Allernötigste. Die teure Kosmetik, die feinen Stücke aus Paris – all das gehörte nicht länger zu ihr. Es waren Heinrichs Sachen. Im Grunde waren sie das schon immer gewesen.

Rasch nahm sie ihre Ohrringe und die Halskette ab und tauschte ihre Kleidung gegen schlichtere Stücke. Vor dem Spiegel steckte sie ihre blondierten, kinnlangen Strähnen mit Nadeln zurück, zog sich eine Haube aus Netzstoff darüber und setzte sich eine schwarze Perücke auf, die sie aus dem Kostümfundus mitgenommen hatte.

Flüchtig warf sie einen Blick in den Spiegel. *Dein neues Leben erwartet dich.* Wie würde dieses neue Leben aussehen, ohne Heinrich? Wenn sie nicht länger Eva Lichtenfeld war, wer war sie dann? Was blieb von ihr? Sie würde es bald herausfinden.

Ein Geräusch riss sie aus ihren Gedanken. Sie wandte sich vom Spiegel ab, schlich zur Tür und lauschte. Kurz hatte sie geglaubt, von unten das Klimpern eines Schlüssels zu hören.

Nein, sie musste sich getäuscht haben. Alles war still. Es waren nur ihre Nerven, die ihr einen Streich spielten. Keine Zeit zu verlieren, sie musste los. Ein letztes Mal kontrollierte sie, ob sie alles dabeihatte. Die Fahrkarten steckten griffbereit in der Innentasche ihres Mantels.

Mist, ausgerechnet jetzt meldete sich ihre Blase. Noch einmal schnell zur Toilette, und dann den Koffer geschnappt und ab nach unten.

Ein Blick auf die Wanduhr im Wohnzimmer: noch fünfzehn Minuten. Das schaffte sie, wenn sie sich ranhielt.

Eva stürmte in den dunklen Flur, langte nach dem Lichtschalter und erstarrte mitten in der Bewegung.

Heinrich.

Reglos stand er vor ihr. Sein Blick streifte erst Eva, dann den Koffer. »Schau an. Wo soll es denn hingehen?«

Aber die Kraftdroschke war doch da gewesen. Eva hatte sie genau gehört. Sie schluckte und dachte an den Moment vorhin.

Sein forschender Blick, die winzige Falte zwischen seinen Brauen – er musste Verdacht geschöpft haben. Er hatte die Kraftdroschke fortgeschickt und war ins Haus zurückgekehrt. Das Klimpern des Schlüssels, sie hatte es sich nicht eingebildet.

»Jetzt sag schon. Wo soll es hingehen? Zu deiner Schwester?«

Eva sah zu ihm auf. »Lass mich vorbei.«

Er trat einen Schritt auf sie zu. Rückwärts wich sie ins Wohnzimmer zurück.

Heinrich folgte ihr in einer Armeslänge Abstand, zog sich Hut und Mantel aus und ließ beides im Gehen zu Boden fallen. »Nein, ich weiß es. Nach Amerika. Nicht wahr? Zu dieser Schlampe. Kannst es kaum erwarten, was?«

Die Uhr an der Wand tickte. Johanna. Sie hatte die Papiere und wartete am Bahnhof. Mit jeder verlorenen Sekunde schwand Evas Chance, es noch rechtzeitig zu schaffen.

Raus hier, nichts wie raus.

Sie fuhr herum, rannte quer durch den Raum zur Terrassentür. Der Hut flog ihr vom Kopf, ihre Hand umklammerte den Griff ihres Koffers, in dem sie all die Dinge trug, die ihr wichtig waren.

Nur noch wenige Schritte. Sie streckte die freie Hand aus, bekam den Türgriff zu fassen ...

Ein kräftiger Ruck riss sie zurück. Ihre Finger rutschten von der Klinke. Das Zimmer drehte sich, und im nächsten Moment prallte sie mit der Schulter auf den Boden.

Sofort richtete sie sich wieder auf, doch schon war Heinrich bei ihr. Er holte aus, und Schmerz explodierte auf ihrer Wange. Sie schmeckte Blut. Benommen sank sie zurück auf den Boden und spürte, wie Heinrich an ihr zerrte. Gewaltsam riss er ihr den Mantel vom Leib.

»Wusste ich es doch!«

Eva hielt sich die schmerzende Wange. Entsetzt beobachtete sie, wie er die Fahrkarten aus ihrer Manteltasche zog.

»Ich hab dich zu meiner Partnerin ernannt. Dir alle Rechte zugestanden. Mich vor den Augen der ganzen Branche zum Idioten gemacht! Verdammt, was denn noch? Hab ich mich deinetwegen nicht schon genug erniedrigt? Muss ich mir erst noch den Schwanz abschneiden, damit du glücklich bist?« Triumphierend hielt er die Fahrkarten in die Höhe.

»Gib sie mir wieder!«

»Für dumm hältst du mich wohl auch, wie? Ständig warst du bei der Bank. Dachtest du etwa, ich merke es nicht? Dreckiges Luder. Wagst es, mich zu bestehlen!«

Seine Schuhspitze traf sie in den Magen. Eva stieß einen erstickten Laut aus und krümmte sich. Ein dumpfer Schmerz durchfuhr sie, gefolgt von einer Welle aus Übelkeit.

»Bitte ... bitte gib mir die Karten«, keuchte sie, als sie endlich wieder Luft bekam. »Ich zahle dir alles zurück. Ich verspreche es. Lass mich einfach nur gehen ... Mehr will ich gar nicht ...«

Vor ihren Augen zerriss er die Fahrkarten. Evas Blick verschwamm. Sie sah Johanna am Bahnhof stehen und vergeblich nach ihr Ausschau halten. Sah den wartenden Zug, der sich mit Fahrgästen füllte.

Plötzlich lachte Heinrich. »Dasselbe hat sie damals auch gesagt: ›Lass mich gehen.‹ Wirklich komisch. Du klingst genau wie sie.« Atemlos wischte er sich die Lachtränen aus dem Gesicht. »Weißt du, sie hat ein Angebot gekriegt. Von der Ufa, von der verdammten Ufa, ausgerechnet ...«

Eva schüttelte den Kopf. Vergeblich versuchte sie, den Sinn hinter seinen Worten zu finden.

»Wir waren am See.« Sein Blick ging in die Ferne. »Sie wollte reden. Eine Lösung finden. Aber es gab keine. Ich war ihr einfach nicht mehr gut genug.«

Am See ...

Endlich begriff Eva, von wem er sprach, und ein Schaudern durchfuhr sie.

Lavinia.

»Niemand hat mich je so gekränkt wie sie.« Seine Miene nahm einen verwunderten Ausdruck an, als könnte er es nach all den Jahren immer noch nicht glauben. »So ein Luder, hielt sich für was Besseres ... Also hab ich's ihr heimgezahlt. Es ist viel schwerer, als man denkt. Ganz anders als im Film. Das ist nichts für Feiglinge. Es dauert lange. Sehr, sehr lange.«

Tränen stiegen ihr in die Augen. Oh Gott. Er hatte sie ertränkt.

»Ich wollte das alles nicht.« Er ballte die Hände zu Fäusten. »Aber hätte ich denn tatenlos dabei zusehen sollen, wie sie zur Ufa geht und irgendeinem Arschloch dort zu Ruhm verhilft? Ruhm, der mir gebührt hätte? Sie gehörte mir, verdammt noch mal. Sie war mein Produkt!«

Ein Mörder. Von Anfang an. Sie hatte Lavinias Mörder geheiratet. All die Jahre hatte er ihr Mitgefühl ausgenutzt, sie kaltblütig angelogen ...

»Niemand verlässt mich.« Mit einem Mal wurde sein Blick wieder klar, und er fixierte Eva.

Rückwärts kroch sie von ihm fort, erreichte das Klavier, versuchte, sich daran hochzuziehen.

Ein Schlag traf sie im Gesicht. Ihr Hinterkopf knallte auf den Boden, und plötzlich saß Heinrich auf ihr.

Eva packte seine Hände, versuchte, sie von ihrem Hals loszureißen, doch sein Griff war wie Stahl. Sein Gewicht lastete auf ihr, presste ihr die Luft aus den Lungen.

Schwärze kroch heran. Sie war in einem Tunnel gefangen, und ringsum wurde alles still um sie.

Plötzlich sah sie Jacob. Sah sein Lächeln und den Glanz seiner honigfarbenen Augen. Roch den Duft seiner Haut. Fühlte seinen Körper, seine starken Arme, die sie hielten, und ein Glücksgefühl durchströmte sie, warm und hell wie die Sonne.

Ihre Beine zuckten. Ihr Knie stieß gegen das Klavier. Irgendetwas fiel dumpf neben ihrem Kopf zu Boden.

Instinktiv streckte sie die Hand danach aus. Bekam etwas Kühles, Hartes zu fassen. Schloss die Finger darum, holte mit letzter Kraft aus.

Und schlug zu.

Augenblicklich löste sich Heinrichs Griff um ihren Hals. Sein Körper verlor jegliche Spannung, sackte zusammen, fiel nach vorn und begrub Eva unter sich.

Hustend und würgend blieb sie liegen. Langsam wich die Schwärze von ihr, und ihre Sicht und ihre Gedanken klärten sich.

Heinrich lag auf ihr und rührte sich nicht. Mühsam stemmte sie sich gegen sein Gewicht und kroch unter ihm hervor. Reglos blieb er neben ihr liegen. Blut rann von seiner Schläfe.

Eva brauchte ein paar Sekunden, um zu begreifen, was soeben geschehen war. Verwirrt sah sie sich um und verengte die Augen, als sie auf dem Boden neben Heinrichs Kopf einen Gegenstand entdeckte: Es war sein scheußliches hölzernes Selbstbildnis. Vorwurfsvoll schien es Eva anzustarren.

Sie stützte sich am Klavier ab und zog sich daran hoch. Der Raum drehte sich. Sie hielt sich fest und blieb stehen, bis der Schwindel ein wenig nachließ.

Heinrich stöhnte leise. Seine Lider flatterten.

Der Koffer. Eva packte ihn am Griff, hob ihn hoch und wankte nach draußen.

Regentropfen prasselten auf sie herab. Kalter Wind peitschte ihr entgegen, und erst jetzt wurde ihr klar, dass sie nicht nur ihren Hut, sondern auch ihren Mantel vergessen hatte.

Mit dem Koffer in der Hand rannte sie hinaus in die Dunkelheit, ohne sich noch einmal umzudrehen.

»Frau Lichtenfeld? Um Himmels willen –«

»Bitte schicken Sie mich nicht fort.«

Eva wollte Jette alles erklären, doch der Weg in den zweiten Stock hatte sie ihre letzten Kräfte gekostet. Wasser tropfte aus ihrer Perücke, die durchnässte Kleidung klebte an ihrer Haut.

»Ich weiß nicht, wohin ich sonst ... Ich dachte, hier wird er mich bestimmt als Letztes suchen ...«

»Aber natürlich«, sagte Jette und machte ihr Platz.

Eva betrat das kleine Zimmer, nahm sich die Perücke ab, und Jette schloss hinter ihr die Tür.

»Warten Sie, ich gebe Ihnen etwas zum Umziehen.«

Sie eilte zu ihrer Kommode, kramte darin und reichte Eva ein paar trockene Sachen. Erschöpft streifte sie ihre nasse Kleidung ab.

Inzwischen hatte der Regen aufgehört. Jette nahm Evas Rock und ihre Bluse, öffnete das Fenster und hängte beides draußen auf eine Leine. Anschließend füllte sie einen Kessel und feuerte den Herd an.

»Setzen Sie sich.« Sie führte Eva zum Bett und legte ihr eine Decke um die Schultern. »Ich koche Ihnen erst mal einen Tee.«

Eva war dankbar für die mütterliche Fürsorge – und dafür, dass Jette keine Fragen stellte.

Ein Hämmern an der Tür ließ sie zusammenzucken.

Die beiden Frauen sahen einander an, und instinktiv wusste Eva, dass sie gerade dasselbe dachten.

Heinrich.

Sie rührten sich nicht. Alles war still. Unwillkürlich hielt Eva den Atem an und lauschte.

Plötzlich ein schrilles Pfeifen. Jette rannte zum Herd und riss den Kessel von der heißen Platte, doch es war zu spät.

Wieder hämmerte es an der Tür.

Eva warf die Decke von sich, noch bevor ihr Verstand die Situation richtig erfasst hatte. Schon war sie am Herd, riss Schränke und Schubladen auf. Im nächsten Augenblick fand sie sich in der Ecke neben der Tür wieder. Ihr Herz pochte, ihre Hände bebten und umschlossen den Griff eines Küchenmessers.

»Aufmachen, Fräulein!«, ertönte eine fremde Stimme im Hausflur. »Die Miete ist fällig!«

Jette bedeutete Eva mit einer Geste, sich nicht vom Fleck zu rühren. Sie kramte in ihrer Handtasche, öffnete die Tür und drückte dem Vermieter mehrere abgezählte Scheine in die Hand.

»Nächstes Mal zahlen Se jefälligst pünktlich, verstanden?«, brummte die Stimme im Flur.

Jette entschuldigte sich mehrmals und wartete, bis der Vermieter fort war. Dann schloss sie die Tür und atmete hörbar auf.

»Hat der mir einen Schrecken eingejagt. Ich dachte schon, es wäre –« Sie verstummte, als sich Evas und ihre Blicke trafen.

Evas Herz raste. Ihre Brust wurde eng, und sie bekam kaum noch Luft. Das Klopfen an der Tür hatte sie im Bruchteil einer Sekunde zurückversetzt. Sie war wieder in der Villa. Spürte Heinrichs Gewicht, seinen hasserfüllten Blick, seine Hände um ihren Hals ...

»Geben Sie mir das Messer«, bat Jette sanft und näherte sich ihr.

Tränen verschleierten Evas Blick, als sie plötzlich Jettes Berührung an der Schulter spürte. »Er ... er wollte mich umbringen ...«

»Keine Angst. Ihnen passiert nichts.«

Sie begriff kaum, was Jette sagte, doch der Klang ihrer Stimme erdete sie, holte sie Stück für Stück in die Gegenwart zurück. Langsam wich die Anspannung aus ihren Gliedern. Wie von selbst öffnete sich ihre Faust, und mit einem Klirren fiel das Messer zu Boden.

Jette schloss Eva in die Arme, und sie ließ es geschehen. Sie vergrub das Gesicht an der Schulter der jungen Frau und weinte.

Am nächsten Morgen erwachte Eva vom Pfeifen des Kessels. Licht drang durch die Vorhänge, und der Duft nach Malzkaffee erfüllte das Zimmer. Schläfrig setzte sie sich auf und nahm einen Teller entgegen, den Jette ihr reichte: zwei Scheiben Butterbrot mit Rübensirup.

Eva biss ein Stück ab und kaute es vorsichtig. Ihre Fahrkarten war sie erst einmal los. Der Zug nach Bremerhaven war längst fort, und der Dampfer nach New York würde ohne sie ablegen.

»Was hast du jetzt vor?«, erkundigte sich Jette, während Eva aß. Im Laufe des gestrigen Abends waren sie irgendwann wie selbstverständlich zum Du übergegangen. »Heinrich sucht bestimmt nach dir.«

Eva stellte ihren Teller beiseite und öffnete ihren Koffer. »Dürfte ich dich um einen großen Gefallen bitten?«

Sie kramte ihr Notizbuch hervor, schrieb ein paar Zeilen und riss die Seite heraus. Dann holte sie die restlichen Scheine aus ihrem Portemonnaie und reichte beides der staunenden Jette.

»Könntest du das bitte meiner Schwester bringen? Am besten rufst du sie an und vereinbarst einen sicheren Treffpunkt mit ihr. Ich gebe dir ihre Nummer.« Sie zögerte. »Mir ist bewusst, dass es mir nicht zusteht, so etwas von dir zu verlangen. Wenn du es lieber nicht tun möchtest –«

Jette lächelte. »Schon in Ordnung.«

In den nächsten Tagen packte Jette ihre Habseligkeiten zusammen. Sie erzählte, dass sie jeden Pfennig von ihrer Filmgage gespart hatte, denn bald schon wollte sie Berlin verlassen.

»Meine Zeit beim Film ist vorüber.« Nachdenklich legte sie sich die Hand auf den Bauch. »Wer weiß, was die Zukunft bringt.«

Eva bedachte sie mit einem mitfühlenden Blick. »Heißt das, du willst das Kind behalten?«

Jette antwortete nicht sofort. Sie näherte sich dem Bett und ließ sich neben Eva nieder. »Weißt du, hier in der Nachbarschaft gibt es eine Frau, die sich um Fälle wie mich kümmert. Gestern war ich bei ihr. Ich saß schon in diesem dunklen Hinterzimmer. Augen zu und durch, dachte ich mir ...« Sie wandte sich ab, als ihr die Tränen kamen.

Eva schloss sie tröstend in die Arme.

»Soll Heinrich ruhig denken, ich hätte es wegmachen lassen. Ich lasse nicht zu, dass er meinem Kind etwas tut. Niemals wird er davon erfahren. Das habe ich mir geschworen.«

Als Alleinstehende mit unehelichem Kind würde es Jette unfassbar schwer haben. Eva konnte sich kaum vorstellen, wie sie das alles schaffen würde. »Gibt es jemanden, der dich dabei unterstützen kann?«, fragte sie vorsichtig.

Jette erzählte von einer Tante, bei der sie unterkommen würde. »Ich bin bei ihr aufgewachsen. Meine Mutter hat ihre Anstellung als Dienstmädchen verloren, als sie mit mir schwanger wurde. Und weil sie nicht für mich sorgen konnte, gab sie mich zu ihrer Schwester.« Ein bitterer Zug legte sich um ihren Mund. »In all den Jahren hab ich meine Mutter so gut wie nie zu Gesicht bekommen. Ich war immer ziemlich wütend auf sie, weißt du? Sich ein uneheliches Kind andrehen zu lassen – ich hielt sie für ganz schön dumm, also hab ich mir geschworen, niemals denselben Fehler zu machen. Na ja. Am Ende war ich doch genauso dumm wie sie. Also bleibt mir jetzt nichts anderes, als nach Wiesbaden zurückzukehren.«

»Wiesbaden?« Eva musterte sie überrascht. »Dein blondes Haar und dein Name ... Ich dachte immer, du stammst aus dem Norden.«

»In Wirklichkeit heiße ich ja ganz anders. Heinrich wollte mir unbedingt einen Künstlernamen geben. Einen, den man sich gut merken kann und der leichter von der Zunge geht als mein echter Name.«

»Und wie lautet dein echter Name?«

»Ach, der ist ganz gewöhnlich. Überhaupt nicht so schön und elegant wie Jette Jansen.« Sie seufzte. »Na gut. Ich heiße Margarete Uhlenbrock, wenn du es ganz genau wissen willst.«

»Margarete«, wiederholte Eva. »Das ist doch ein hübscher Name.«

Zehn Tage später war der Tag ihrer Abreise endlich gekommen. Ein letztes Mal öffnete Eva ihren Koffer.

Beim Gedanken daran, dass Heinrich sie zum Dreh dieses Films manipuliert hatte, stiegen Bitterkeit und Abscheu in ihr auf. Nacheinander holte sie die Dosen aus dem Koffer und stapelte sie auf dem Boden.

Margarete sah ihr neugierig dabei zu. »Oh. Ist das dein Piratenfilm?«

»Ich will mit leichtem Gepäck reisen. In meinem neuen Leben ist kein Platz für ihn. Er bedeutet mir nichts mehr.« Eva legte die letzte Dose auf den Stapel. »Tu mir einen Gefallen und entsorge ihn bitte.«

»Eva, nicht doch –«

»Er ist ein Überbleibsel meines alten Lebens. Ein weiteres Glied in der Kette, die Heinrich passgenau für mich geschmiedet hat. Und ich habe mich bereitwillig von ihm damit fesseln lassen.«

Margarete legte ihr sanft die Hand auf den Arm. »Dieser Film ist ein kostbarer Teil von dir. Er ist dein Werk. Nicht seines. Ich weiß, die Zensur hat ihn verboten, und wahrscheinlich wird ihn nie jemand zu Gesicht bekommen. Aber wenn du ihn jetzt vernichtest, wirst du es eines Tages bereuen.«

»Aber Margarete, was soll ich denn damit? Nur aus Eitelkeit habe ich ihn mitgenommen, und es hätte mich fast das Leben gekostet. Er ist wertloses Diebesgut, weiter nichts.«

Margarete nickte. »Also schön. Ich entsorge ihn, wenn du es unbedingt willst.«

Eva zögerte.

»Oder du lässt ihn hier, bei mir.« Margarete sah ihr fest in die Augen. »Ich werde ihn für dich aufbewahren. Bis du zurückkommst.«

»Und wenn ich nie mehr zurückkomme?«

»Doch, das wirst du. Irgendwann. Da bin ich mir sicher.«

Eva bedachte die Filmrollen mit einem nachdenklichen Blick. *Ja, vielleicht. Eines Tages, wenn ich keine Angst mehr habe.*

Spät am Abend, als es längst dunkel war, stieg Eva in eine Elektrische und sah sich immer wieder unauffällig um. Wurde sie beobachtet? Lauerten irgendwo Fellhauers Leute? Sie entdeckte nur vereinzelte Fahrgäste – zwei junge Fräulein, die sich für einen Abend im Ballhaus zurechtgemacht hatten, und einen älteren Herrn, der in der Abendausgabe des Berliner Tageblatts las.

Am Bahnhof Zoo stieg sie aus. Vorsichtig spähte sie unter ihrer Hutkrempe hervor, vermied es jedoch, Fremden in die Augen zu sehen. Nicht, dass irgendjemand sie noch erkannte.

Am Bahnsteig wartete bereits der Zug. Niemand war da, bis auf eine einsame Gestalt auf einer Bank. Als Eva sich näherte, erhob sie sich und kam ihr entgegen.

»Du hättest nicht herkommen dürfen.« Gegen ihren Willen musste Eva lächeln. »Du hättest die Papiere einfach Margarete mitgeben sollen. Wenn dich irgendjemand gesehen hat ...«

Johanna zwinkerte. »Ich sagte doch, ich will mich von dir verabschieden.« Unauffällig drückte sie ihr die Fahrkarten und den Reisepass in die Hand.

Eva warf einen Blick hinein. Er war auf *Maria Knobloch* ausgestellt – Muttis Mädchenname. Wirklich, der Pass sah täuschend echt aus. Ein richtiges Kunstwerk. Der Fälscher hatte für sein Geld nicht zu viel versprochen.

»Danke«, flüsterte Eva. »Für alles. Ach Johanna ... Ich weiß gar nicht, was ich sagen soll ...«

Ihre Schwester schloss sie fest in die Arme. »Wird schon gut, Evchen. Wird alles gut.«

»Ich werde dich vermissen.«

»Ich dich auch. Schreib mir, wenn du angekommen bist, ja? Ich muss doch wissen, wie es meiner lieben Maria im fernen Amerika ergeht.«

Eva lachte durch ihre Tränen hindurch. Langsam lösten sie sich voneinander. Sie hauchte Johanna noch einen Abschiedskuss auf die Wange, dann nahm sie ihren Koffer und stieg ein.

Am Fenster winkten sie einander zu, bis der Zug langsam losrollte. Johanna lief ihm bis zum Ende des Bahnsteigs nach. Eva presste ihr Gesicht ans Fenster. Das Letzte, was sie von ihrer Schwester sah, war ihr zugleich erleichterter und trauriger Ausdruck.

KAPITEL 37

Norddeich, November 1974

Vera konnte nicht aufhören, das Foto des Mannes anzustarren. Die ausgeprägten Wangenknochen, die feinen Gesichtszüge, der ernste Blick seiner hellen Augen ...

Im ersten Moment hatte sie geglaubt, Margarete wolle sie auf den Arm nehmen. Ihre Mutter, eine ehemalige Schauspielerin? Ihr Vater, ein berühmter Filmregisseur? Die Geschichte hatte einfach zu absurd geklungen, aber nun, da sie zum ersten Mal ein Bild von Heinrich Lichtenfeld sah, konnte Vera es nicht länger leugnen. Sie war sein Ebenbild.

Am Morgen nach dem Telefonat mit ihrer Mutter war Vera zur Universitätsbibliothek nach Hannover aufgebrochen und hatte alles ausgeliehen, was sie über Lichtenfeld hatte finden können – den Mann, der ihre Mutter bedroht und versucht hatte, sie zu einer Abtreibung zu zwingen. Vera war erschüttert gewesen, als sie es erfahren hatte. Wer war dieser Mann, und warum hatte er sich wie ein derartiges Scheusal verhalten?

Nun saß Vera am Esstisch, zwischen Stapeln aus Büchern und Kopien, und wühlte sich durch das Material. *Heinrich Lichtenfeld, Filmemacher und Visionär*, lautete die Überschrift eines großen Artikels, der 1926 in einer Zeitschrift erschienen war. Gleich auf der ersten Seite war ein großes Porträtfoto abgebildet. Lichtenfelds Blick war auf einen Punkt weit in der Ferne gerichtet, vielleicht sogar weit in der Zukunft. Recht jung musste er damals noch gewesen sein, etwa Mitte dreißig, schätzte Vera.

Sie blätterte weiter, entdeckte noch mehr Fotos: Lichtenfeld als tüchtiger Geschäftsmann an seinem Schreibtisch, Lichtenfeld mit Sonnenbrille vor einem protzigen Auto, im Hintergrund eine erstaunlich modern aussehende Villa, und bei dem Anblick setzte Veras Herz kurzzeitig aus. Seine selbstbewusste Pose, das überhebliche Lächeln – oh Gott, wie sehr er sie an Silke erinnerte.

Sie vertiefte sich in die Artikel, verschlang die Texte in den Büchern, versuchte vergeblich, den Menschen hinter der Fassade zu verstehen. Entsetzt las Vera, dass Lichtenfeld seine Karriere als Regisseur während des Dritten Reichs nahtlos fortgesetzt hatte. Bereitwillig hatte er Propagandafilme für die Nazis gedreht, hatte es als besonders bedeutender Künstler sogar auf Goebbels' berüchtigte »Gottbegnadeten-Liste« geschafft und war vom Kriegseinsatz freigestellt worden. Nach Kriegsende hatte er zwar in einem Internierungslager der Russen gesessen, war jedoch schon nach kurzer Zeit wieder freigekommen, da man ihn als Mitläufer eingestuft hatte.

Mit jedem Satz, den Vera las, wuchs ihre Bestürzung. Ein Mitläufer? Von wegen! Wie konnte es sein, dass ein so skrupelloser Verbrecher heutzutage als Genie gefeiert wurde, als Pionier des Films und Vorbild namhafter Hollywood-Regisseure? Scherte sich denn niemand um seine Vergangenheit?

Vera klappte die Bücher zu und legte sie zurück auf den Stapel. Ihr Blick fiel auf die Kassette mit der Aufzeichnung eines Fernsehinterviews, die sie ebenfalls aus der Bibliothek entliehen hatte. Es war Anfang der Fünfziger aufgenommen worden. Bisher hatte sie nur gelesen, was andere über ihren Vater geschrieben hatten. Nun wollte sie hören, was er selbst zu sagen hatte.

Nachdem sie Ariane zu Bett gebracht hatten, holte André seinen Projektor aus dem Schrank. Er schaltete das Gerät ein, knipste das Licht im Wohnzimmer aus, und an der Wand über dem Fernseher erschien das Bild eines hageren, ungefähr sechzigjährigen Mannes. Mit übereinandergeschlagenen Beinen saß er in einem Sessel und blickte zu einem Punkt außerhalb der Kamera, wo offenbar der Journalist saß, der die Fragen stellte.

»Herr Lichtenfeld«, schallte es blechern aus den Lautsprechern des Projektors. »Warum haben Sie sich entschieden, nach Hitlers Machtübernahme in Deutschland zu bleiben?«

Anstatt direkt zu antworten, langte Lichtenfeld in sein Jackett und zog ein metallenes Etui heraus. »Ganz einfach«, sagte er, während er sich eine Zigarette anzündete. »Weil ich kein Feigling war, anders als viele andere.«

Zum ersten Mal hörte Vera die Stimme ihres Vaters, und ihr rauer Klang ließ sie erschaudern.

»Ist es nicht eher so, dass es Ihnen vor allem um Ihren eigenen Vorteil ging?«, fragte der Journalist. »Minister Goebbels bot Ihnen lukrative Aufträge an, und Sie haben sie nur allzu gerne angenommen.«

Lichtenfeld paffte still vor sich hin. Er schien gründlich über seine Antwort nachzudenken. »Mein eigener Vorteil? Ja, das ist mir schon oft unterstellt worden. Natürlich wäre es leichter für mich gewesen, ins Ausland abzuhauen, wie so viele andere. Aber es brauchte Mut, hierzubleiben und Widerstand zu leisten, allen Widrigkeiten zum Trotz.«

Vera stutzte. Nirgends hatte sie etwas davon gelesen, dass er im Widerstand tätig gewesen wäre. Ganz im Gegenteil sogar. Was meinte er nur damit?

Auch der Journalist im Film schien sich zu wundern. »Widerstand?«, fragte er. »Das müssen Sie uns bitte genauer erläutern.«

»Na, hätte ich denn tatenlos dabei zusehen sollen, wie meine jüdischen und homosexuellen Mitarbeiter deportiert werden? Ich habe sie davor bewahrt, alle miteinander. Ich habe meine Beziehungen spielen lassen und bin dabei selbst ein hohes Risiko eingegangen. Nur dadurch ist es mir gelungen, sie als dringend benötigte Komparsen für meine Dreharbeiten zu beschäftigen, bis zuletzt. Diese Leute verdanken mir ihr Leben, und bis heute schicken sie mir Briefe – ich kann sie Ihnen gerne zeigen und jedem andern, der mir selbstsüchtige Motive unterstellt!«

Vera lauschte ihm wie gebannt. War ihr Vater vielleicht doch kein so großes Scheusal, wie sie geglaubt hatte? Sie sah sich den Rest des Interviews an, hörte, wie Lichtenfeld von seinen Begegnungen mit Goebbels erzählte und wie er dem Propagandaminister immer wieder hatte schmeicheln müssen, damit er ihm seine Leute nicht wegnahm.

Konnte das denn alles stimmen? Und wenn ja – warum hatte Vera dann in keinem der Bücher oder Artikel aus der Bibliothek etwas darüber gefunden?

Nach zehn Minuten endete das Interview. André schaltete den

Projektor ab, machte das Licht wieder an, und in diesem Moment fasste Vera einen Entschluss.

Sie würde Lichtenfeld ausfindig machen. Sie wollte ihn zur Rede stellen, von Angesicht zu Angesicht, wenigstens ein einziges Mal. Sie musste wissen, ob seine Behauptungen stimmten, wollte die Briefe sehen, von denen er gesprochen hatte.

Natürlich stand ein prominenter Name wie seiner nicht im Telefonbuch. Zuletzt hatte er in München gewohnt, wie Vera am nächsten Tag in einem der jüngeren Artikel las. Für den Bayerischen Rundfunk hatte er einige Krimis gedreht, bevor er Mitte der Fünfziger in den Ruhestand gegangen war.

Vera überlegte, wie sie es anstellen sollte, an Lichtenfeld heranzukommen. Ihr Gefühl sagte ihr, dass man einen Mann wie ihn am besten mit seinem eigenen Ego köderte. Sorgfältig legte sie sich eine Geschichte zurecht und rief am nächsten Tag beim Bayerischen Rundfunk an. Sie gab sich als Schriftstellerin aus, die an einer Biografie über Heinrich Lichtenfeld arbeitete. Ob es möglich sei, mit ihm zwecks eines Interviews in Kontakt zu treten?

Die Dame am anderen Ende erklärte, dass sie Herrn Lichtenfelds Telefonnummer ohne sein Einverständnis unmöglich herausgeben könne. Sie notierte sich jedoch Veras Nummer und versprach, ihr Anliegen an ihn weiterzuleiten.

Zwei Tage später klingelte das Telefon. Vera nahm den Hörer ab. »Klein am Apparat.«

»Hallo, Fräulein?«, fragte jemand, und Vera erschrak.

Er stellte sich nicht einmal vor, aber das war auch nicht nötig. Diese raue Stimme erkannte sie sofort.

»Entschuldigung, mit wem spreche ich?«, fragte sie, um Zeit zu gewinnen.

Ein leises Lachen. »Na, jetzt wundere ich mich aber. Ich dachte, Sie kennen den Namen des größten deutschen Regisseurs.«

Er war tatsächlich genauso eingebildet, wie es in dem kurzen Film gewirkt hatte, und offenbar erwartete er nun von ihr, dass sie ihm Honig ums Maul schmierte. Gut, das konnte er haben. Vera räusperte sich. »Aber natürlich, Herr Lichtenfeld. Es ist mir eine große Ehre.«

»Ich habe gehört, Sie wollen für Ihr Buch unbedingt ein Interview mit mir führen. Dazu bin ich gern bereit. Ich bin diese ganzen Verleumdungen satt, hören Sie? Diese unverschämten Lügen, dass ich angeblich ein Nazi gewesen sein soll ... Es wird höchste Zeit, dass die Wahrheit ans Licht kommt!« Er bekam einen heftigen Hustenanfall. »Ich habe viel zu erzählen. Am besten kommen Sie mich besuchen, dann können Sie alles in Ruhe mitschreiben. Ihr Buch wird ein Verkaufsschlager, das verspreche ich Ihnen.«

Sie vereinbarten einen Termin für Sonntagnachmittag. In vier Tagen würde sie zum ersten Mal ihrem richtigen Vater gegenüberstehen. Als sie André davon erzählte, warf er ihr einen entsetzten Blick zu.

»Bist du dir sicher, dass du ihn treffen willst? Deine Mutter hatte allen Grund dazu, dich von diesem Mann fernzuhalten.«

»Ich weiß«, erwiderte Vera. Seit ihrem Gespräch mit Margarete verstand sie, warum sie all die Jahre über geschwiegen hatte. Dass sie es getan hatte, um Vera zu beschützen. Sie hatte ihrer Mutter vieles verzeihen können – sie wünschte nur, sie hätte es schon früher gewusst. Es hätte in ihrer Beziehung vieles einfacher gemacht.

»Ich kapiere es nicht, Vera«, sagte André. »Im Grunde weißt du doch alles über ihn. Warum tust du dir das an? Was erwartest du von ihm?«

»Nichts«, antwortete Vera. »Er ist ein unverbesserlicher, kaltblütiger Egomane. Ich erwarte keine Einsicht von ihm, und ich werde ihm auch nicht verraten, wer ich bin. Aber was er in diesem Film behauptet hat ... Wenn auch nur die geringste Chance besteht, dass mein Vater trotz allem etwas Gutes in sich trägt, dann muss ich es wissen. Ich muss wissen, ob es diese Briefe gibt. Ob er wirklich Menschenleben gerettet hat.«

Am Freitagmorgen stieg Vera mit Ariane ins Auto und machte sich auf den Weg nach Wiesbaden. Sie hatte sich für einen mehrtägigen Besuch bei ihrer Mutter angemeldet – den ersten seit vier Jahren, denn Ariane sollte endlich einmal ihre Oma kennenlernen.

Margarete war am Telefon vor Freude ganz außer sich gewesen. Begeistert hatte sie sich dazu bereit erklärt, am Sonntag auf Ariane aufzupassen, wenn Vera für einen Tag nach München fahren würde, um eine alte Freundin aus Studientagen zu besuchen – zumindest war es das, was Vera ihr erzählt hatte.

Gegen Mittag kamen sie in Wiesbaden an, und Margarete schloss Ariane selig in ihre Arme. Vera staunte immer wieder, welch einen guten Draht ihre Mutter zu ihren Enkelinnen hatte. Silke war inzwischen ausgezogen und studierte in Frankfurt. Noch immer verweigerte sie jeglichen Kontakt zu Vera.

Später saßen sie zusammen in der Küche, und Vera sah den beiden beim Kuchenbacken zu. Ariane half begeistert mit, drückte mit ihren Händchen auf einen Knopf des Rührgeräts, und plötzlich spritzte der Teig in alle Richtungen.

»Huch!« Margarete nahm ihre bekleckerte Lesebrille ab.

»Oma, du bist schmutzig!« Ariane kicherte, und anstatt zu schimpfen, fiel ihre Oma in das Gelächter ein.

Am nächsten Tag machten sie zu dritt einen Stadtbummel und gingen anschließend im Kurpark spazieren. Vera war glücklich über das neue, entspannte Verhältnis zu ihrer Mutter. Wann hatten sie zuletzt so viel Zeit miteinander verbracht, ohne dass es in einen Streit ausgeartet war? Sie wusste es nicht.

Am Sonntag verabschiedete sich Vera gegen Mittag von Margarete, drückte Ariane ein letztes Mal und gab ihr einen Kuss.

»Oma, fang mich!« Fröhlich rannte Ariane davon, ohne sich noch einmal nach Vera umzudrehen.

Lichtenfeld, stand auf dem beleuchteten Klingelschild der Villa in Schwabing. Es war bereits dunkel, und ein eisiger Wind wehte. Vera zog den Kragen ihres Mantels zu, nahm ihren ganzen Mut zusammen und klingelte.

Es dauerte einen Moment, bis ihr ein junger Mann öffnete. Er trug weiße Kleidung und sah aus wie ein Krankenpfleger.

»Guten Tag, Klein mein Name. Ich habe einen Termin bei Herrn Lichtenfeld. Es geht um ein Interview für ein Buch.«

»Ah, richtig. Kommen Sie bitte herein.«

Vera folgte ihm durch einen Flur. Schwere Vorhänge an den Fenstern, Treppen und Türen aus dunklem Holz – das Innere des Hauses wirkte düster und auf seltsame Weise steril.

Vor einer Tür blieb der junge Mann stehen. »Ich warne Sie lieber vor«, sagte er leise. »Heute ist nicht sein bester Tag. Egal, was er sagt, nehmen Sie es nicht persönlich, ja?«

Bevor Vera ihn fragen konnte, was er damit meinte, öffnete er die Tür.

»Herr Lichtenfeld!«, rief er in das Zimmer hinein. »Ihr Besuch ist da!«

Zögerlich trat Vera in das geräumige Wohnzimmer, und der Pfleger schloss hinter ihr die Tür. Eine Stehlampe neben einer Sitzgruppe war die einzige Lichtquelle im ganzen Raum.

»Da sind Sie ja endlich«, erklang eine raue Stimme. »Wie war noch gleich Ihr Name, Fräulein?«

In einem Sessel saß ein hagerer alter Mann. Die glatt zurückgekämmten Strähnen seines weißen Haars waren so dünn, dass die Kopfhaut rosig hindurchschimmerte. Sein altmodischer Anzug war ihm viel zu weit, betonte seine ausgemergelte Figur auf unvorteilhafte Weise.

Hinter seinen dunklen Brillengläsern konnte Vera seine blinden Augen erahnen, und sie erschrak. Sie hatte gewusst, dass er schon über achtzig war, aber auf keinem der Fotos, die sie gesehen hatte, war er älter als sechzig gewesen. Unbewusst hatte sie damit gerechnet, einem deutlich jüngeren Mann zu begegnen.

Sie näherte sich ihm und nahm zur Begrüßung seine Hand, auf deren Rücken bläuliche Adern hervortraten. »Vera Klein«, sagte sie. »Guten Abend, Herr Lichtenfeld. Ich würde mich freuen, wenn Sie mir für mein Buch einige Fragen beantworten könnten.«

»Buch?« Er runzelte die Stirn. »Fragen? Was für Fragen?«

Vera wunderte sich. Er hatte sie doch zurückgerufen, hatte sie extra zu sich bestellt, weil er es nicht hatte erwarten können, mit ihr über sein Leben zu sprechen. »Zu Ihrer Vergangenheit. Weil ich an Ihrer Biografie arbeite.«

Er sagte nichts. Nur seine Finger trommelten ungeduldig auf der Armlehne.

»Wir haben vor ein paar Tagen telefoniert«, sagte Vera. »Erinnern Sie sich?«

»Natürlich erinnere ich mich!«, entfuhr es ihm. »Oder glauben Sie etwa, ich –« Ein leerer Ausdruck legte sich auf sein Gesicht, als hätte er plötzlich den Faden verloren. »Sagen Sie, wie spät ist es?«

Vera warf einen kurzen Blick auf ihre Armbanduhr. »Viertel nach fünf.«

Nachdenklich neigte er den Kopf. »Am Morgen?«

Sie musterte ihn. Wo war der Mann geblieben, der neulich am Telefon geistig noch vollkommen klar gewirkt hatte? Langsam begriff sie, was der Pfleger vorhin mit seiner Bemerkung gemeint hatte.

»Nein, Herr Lichtenfeld«, erwiderte sie geduldig. »Es ist früh am Abend.«

»Abend?« Er griff sich an die Stirn. »Nicht schon wieder. Bitte nicht schon wieder. Bald ist es Nacht. Bald kommen die schlimmen Träume. Ich hab Angst ...«

Vera zog sich einen Stuhl heran und nahm darauf Platz. »Wovor haben Sie Angst?«

Er schluckte schwer. »Vor ihr. Sie ... Sie will es mir heimzahlen. Sie will mich zu sich ins Wasser ziehen. Bald kommt sie mich holen, ich weiß es!«

Vera konnte nicht anders. Sie wusste, was er ihrer Mutter angetan hatte, doch während sie ihn jetzt erlebte, diesen verwirrten, blinden, hilflosen alten Mann, tat er ihr leid. Erinnerungen suchten ihn heim, vermischten sich mit Fantasien. Er wusste nicht, wo er war oder in welcher Zeit er lebte. Und er war allein. Ganz allein.

Mit einem Mal krümmte er sich in seinem Sessel, und ein heftiges Zittern befiel ihn.

Oh Gott. Was war denn los mit ihm? Hatte er eine Art Anfall? Erschrocken sprang Vera auf, riss die Tür auf und rief den Pfleger.

»Komme sofort!«, flötete der junge Mann, und keine zwei Minuten später trug er fröhlich pfeifend ein Tablett mit Ampullen und einer Spritze herein. Lichtenfelds Anfall schien ihn nicht weiter zu beunruhigen. »Tut mir leid, Frau Klein, aber Sie müssen jetzt gehen. Herr Lichtenfeld braucht seine Medizin.«

»Bitte, nur einen Moment noch.« Vera wandte sich Lichtenfeld zu, nahm seine bebenden Hände und drückte sie. »Ich werde Sie wieder besuchen kommen, sobald ich kann.«

Auf der Rückfahrt kamen Vera die Tränen. Unterwegs hatte sie André von einer Telefonzelle aus angerufen und ihm alles erzählt. Vielleicht erwischte sie bei ihrem nächsten Besuch einen von Lichtenfelds besseren Tagen. So lange hatte sie nach ihm gesucht, da würde sie jetzt nicht einfach aufgeben. Sie musste die Wahrheit erfahren. Sie wollte wissen, ob ihr Vater trotz allem eine gute Seite besessen hatte.

Der Regen wurde stärker, und die Scheibenwischer arbeiteten auf Hochtouren. Eine heftige Sturmböe zerrte an ihrem Wagen. Nicht mehr weit bis nach Wiesbaden. Vera konnte es kaum erwarten, Ariane wieder in die Arme zu schließen. Ein warmes Glücksgefühl durchströmte sie, wie immer, wenn sie an ihre kleine Tochter dachte.

Sie bog um eine Kurve, und plötzlich ertönte ein Krachen. Sie sah noch, wie vor ihr etwas Großes auf die Straße stürzte, riss das Steuer herum, trat mit voller Kraft auf die Bremse ...

Zu spät.

KAPITEL 38

Flora blieb schwanzwedelnd neben mir stehen und schnüffelte an meinem Bein. Sogleich wurde sie vom kräftigen Hieb einer schwarzen Pfote verscheucht. Paddy hatte sich auf meinem Schoß breitgemacht, Andrés dicker schwarzer Kater, der eigentliche Herr im Haus. Unter seinem dichten Fell wurde mir ganz schön warm.

Gerade hatten wir gefrühstückt, und ich spürte Sarahs Hand auf meiner Schulter.

»Bist du noch hungrig?«

Ich lehnte dankend ab. Liebend gerne hätte ich noch mehr von ihren köstlichen Pancakes mit Sirup verspeist, aber ich war wirklich pappsatt.

Imogen und André stapelten bereits die schmutzigen Teller aufeinander. Ich wollte aufstehen, um ihnen beim Abräumen zu helfen, doch als ich mich bewegte, stieß der schwarze Kater auf meinem Schoß ein leises Brummen aus.

André lachte. »Lass gut sein, Ariane. Wir machen das schon.«

»Paddy kann manchmal echt nervig sein«, sagte Imogen. »Soll ich ihn von deinem Schoß runternehmen?«

Wie zur Antwort brummte der Kater erneut, und ich spürte einen winzigen Stich am Oberschenkel. *Wage es, dich auch nur einen Zentimeter vom Fleck zu rühren, und du lernst meine Krallen kennen,* wollte er mir wohl damit sagen.

»Schon okay«, schmunzelte ich. »Ich will mich lieber nicht mit ihm anlegen.«

Paddy saß bestimmt schon seit einer Stunde auf mir. Beim Hereinkommen hatte er die anderen Menschen in der Küche keines Blickes gewürdigt, war wie selbstverständlich auf meinen Schoß gehüpft, und seitdem hatte er mich in Beschlag genommen. Als er nun zu schnurren begann, fühlte ich, wie sich etwas in mir löste. Eine Anspannung, die mir vorher gar nicht bewusst gewesen war.

Endlich hatte ich Antworten. Endlich wusste ich, was für ein Mensch meine Mutter gewesen war. Und ich wusste auch, was kurz vor ihrem Tod geschehen war. Sie hatte die Wahrheit über ihren leiblichen Vater erfahren, und sie war ihm sogar kurz begegnet. Am Ende war ihr größter Wunsch doch noch in Erfüllung gegangen – einerseits freute es mich für sie, andererseits machte es mich traurig, denn ich konnte mir vorstellen, wie enttäuscht sie gewesen sein musste.

André erzählte mir, dass Heinrich Lichtenfeld ein paar Tage nach Veras Tod tatsächlich noch einmal angerufen hatte: Warum denn das Fräulein nicht zum vereinbarten Termin erschienen sei, er habe der Dame doch seine Lebensgeschichte diktieren wollen ... Einen Monat später hatte André aus der Zeitung erfahren, dass Lichtenfeld friedlich in seiner Villa entschlafen war.

Wenn ich mir ausmalte, wie verwirrt Lichtenfeld zum Schluss gewesen sein musste, konnte er mir fast leidtun. Aber eigentlich lief es mir beim Gedanken daran, dass ich mit einem Altnazi wie ihm verwandt war, nur kalt den Rücken hinunter.

Der alte Film in Omas Truhe war also doch keine falsche Fährte gewesen. Ich musste jedoch zugeben, dass ich Oma auf den briefmarkengroßen Einzelbildern des Filmstreifens nie und nimmer erkannt hätte. Und obwohl ich inzwischen vieles herausgefunden hatte, gab mir dieser Film noch immer Rätsel auf. Jahrzehntelang hatte Oma ihn heimlich aufbewahrt. Einen Gegenstand, der sie mit Heinrich Lichtenfeld verband, obwohl dieser Mann beinahe ihr Leben und das ihres ungeborenen Kindes zerstört hätte.

Ich verstand nicht, warum sie es getan hatte. Es war die letzte große Frage, zu der mir bisher die Antwort fehlte.

Vielleicht wäre Oma bereit, mir diese Antwort zu geben, sobald sie wieder ganz zu Kräften gekommen war. Was ich von André erfahren hatte, hatte mir ein ganz neues Bild von ihr vermittelt, und manches davon hatte mich schockiert und verletzt. Nun wollte ich ihre Seite der Geschichte erfahren, und ich war bereit, ihr zuzuhören, ohne Vorwürfe.

Mein Handy klingelte, und der schrille Ton scheuchte den schwarzen Kater auf. Er rekelte sich, machte einen Buckel und hüpfte von meinem Schoß.

Ich holte mein Handy aus der Handtasche und sah Silkes Nummer auf dem Display. Ein flaues Gefühl machte sich in meinem Magen breit. Ich entschuldigte mich kurz bei André, der sich um den Abwasch kümmerte, und eilte hinaus in den Garten. Sarah und Imogen fütterten gerade die Hühner. Ich umrundete das Haus, bis ich außer Hörweite war, und nahm den Anruf an.

»Hallo, Ariane«, meldete sich Silke.

Ihre Stimme klang ungewohnt zittrig, und das flaue Gefühl in meinem Magen dehnte sich weiter aus. Vielleicht war es eine Vorahnung dessen, was sie gleich zu mir sagen würde.

»Es ist wegen Oma.« Silke schniefte. »Es tut mir leid, Ariane. Oma ist gestorben.«

Gleich nach Silkes Anruf war ich in den nächsten Zug nach Wiesbaden gestiegen. Völlig verheult saßen Silke und ich nun in meiner Küche, zwei Tassen Tee vor uns, die kalt geworden waren, ohne dass wir sie auch nur einmal angerührt hätten.

»Sie hat darauf bestanden, dass man sie vorzeitig aus dem Krankenhaus entlässt«, erzählte Silke leise. »Ich habe noch versucht, sie umzustimmen. Aber du weißt ja, wie stur Oma ist. Sie wollte unbedingt nach Hause.« Sie wischte sich eine Träne fort. »Ich verstehe das nicht. Sie wirkte plötzlich wieder so munter, so kräftig. Hätte ich bloß nicht nachgegeben.«

Ich streichelte ihren Arm.

»Heute Morgen wollte ich sie zu Hause besuchen.« Sie schluchzte. »Ich hab sie auf dem Sofa gefunden. Sie lag da, als hätte sie nur eben ein Nickerchen machen wollen.«

Ich beugte mich vor und umarmte sie.

Silke ließ es sich für ein paar Sekunden gefallen, dann schob sie mich sanft fort und kramte in ihrer Handtasche. »Hier, das wollte ich dir noch geben.«

Sie reichte mir das Foto von Mama und mir, das neulich aus der Kommode gefallen war, und einen zusammengefalteten Zettel. Überrascht nahm ich beides entgegen und faltete den Zettel auseinander.

Liebe Ariane, stand dort in Omas krakeliger Handschrift. Es sah aus wie der Anfang eines Briefs, doch bis auf die Anrede stand weiter nichts darauf.

Verwirrt sah ich Silke an.

»Keine Ahnung.« Sie wirkte ebenso ratlos wie ich. »Es lag auf dem Esstisch.«

Mein Blick fiel auf das Foto, das mich als Dreijährige zeigte, in den Armen meiner strahlenden Mutter. Hatte Oma mir kurz vor ihrem Tod noch einen Brief schreiben wollen, der auch noch meine letzte Frage beantwortet hätte? Ich stellte mir vor, wie sie mit dem Kugelschreiber in der Hand am Tisch gesessen haben musste, aber bevor sie richtig beginnen konnte, mussten ihre Kräfte sie verlassen haben.

Der Zettel in meiner Hand war leer.

Und er würde leer bleiben.

Von meinem Platz am Küchenfenster aus blickte ich hinaus auf die Straße. Passend zu meiner Stimmung war das sommerliche Wetter der letzten Wochen umgeschlagen. Regentropfen prasselten an die Scheibe, und kräftiger Wind peitschte um die Bäume. Wie jeden Abend hatte ich das Radio eingeschaltet, ohne das Gedudel wirklich zu beachten. Hauptsache, es war nicht still in der Wohnung. Ich fühlte mich dann immer so allein – aber schließlich war ich das auch.

Silke war unglaublich. Während ich noch heulend im Zug nach Hause gesessen hatte, hatte sie bereits einen Bestatter kontaktiert und Termine vereinbart. Keine Ahnung, wie sie in der jetzigen Situation zu so etwas fähig war. Meine Gedanken flossen so zäh wie Honig, und auch mein Zeitgefühl war mir komplett abhandengekommen. Ich dachte an heute Morgen, als ich noch fröhlich mit André und den anderen am Frühstückstisch gesessen und der Kater schnurrend auf meinem Schoß gelegen hatte, und konnte es nicht fassen, dass das alles erst ein paar Stunden her war.

Es fühlte sich an wie Wochen. Wie eine Erinnerung aus einem anderen Leben.

Im Radio liefen die Nachrichten, und ich schnappte einen eigenartigen Satzfetzen auf: »... verschollen geglaubter Stummfilm aufgetaucht.« Mein Verstand arbeitete in Zeitlupe, während die monotone

Stimme des Nachrichtensprechers durch die Küche hallte: »Sensationeller Zufallsfund in Wiesbaden. Der Stummfilm *Die Piratenkönigin* galt bisher als unwiederbringlich verloren. Nun wurde eine über siebzig Jahre alte Kopie in einem privaten Haushalt entdeckt ...«

Ungläubig lauschte ich den Worten des Moderators. Gleich darauf waren die Nachrichten vorüber, und die schmachtenden Töne irgendeiner Sängerin schallten mir entgegen.

Ich starrte das rote Lämpchen des Radios an. War gerade wirklich über Omas alten Film berichtet worden, oder hatte ich es nur geträumt?

Ein Klingeln riss mich aus meiner Starre.

»Ariane?«, ertönte Julians Stimme aus dem Hausflur.

Ich verließ die Küche, drehte den Schlüssel in meiner Wohnungstür und öffnete.

Julian lehnte atemlos am Türrahmen. Er sah aus, als hätte er gerade in seinen Klamotten geduscht. Das grüne T-Shirt und die Jeans klebten ihm am Körper, und hinter ihm glänzten nasse Schuhsohlenabdrücke auf den Dielen.

»Hi«, keuchte er. »Bin gerade erst aus Berlin zurück. Muss ganz dringend mit dir sprechen. Es geht um den alten Film. Kann ich reinkommen?«

Ich ließ ihn herein und schloss die Tür hinter ihm. Noch während wir im Flur standen, sprudelten die Worte nur so aus ihm heraus. Er gestand mir, dass er während seiner Exkursion in Berlin auf eigene Faust weiter nach dem Piratenfilm recherchiert hatte. Er hatte bei verschiedenen Stellen angerufen, in der Hoffnung, irgendwo noch weitere Informationen aufzutreiben, und seine Hartnäckigkeit hatte sich ausgezahlt. In einem Archiv war er auf alte Unterlagen der Zensurbehörde gestoßen. Wie sich herausstellte, hatte man der *Piratenkönigin* damals keine Vorführgenehmigung erteilt. Daraufhin hatte die Produktionsfirma den Film noch einmal vollständig überarbeitet, und anschließend war er unter einem anderen Titel in die Kinos gekommen. Die Kopie, die sich in Omas Truhe befand, enthielt die unzensierte Version, die es niemals in die Kinos geschafft hatte.

»Ich hab denen tausendmal gesagt, dass die Sache vertraulich ist. Irgendeiner aus dem Archiv muss die Info trotzdem weitergegeben haben, und inzwischen hat sogar schon die Presse davon Wind bekommen.«

Teilnahmslos lauschte ich seinen Worten. Ich verstand zwar, was er sagte, aber alles, wovon er sprach, schien in weiter Ferne zu liegen. Als er die Presse erwähnte, nickte ich nur. »Ich weiß. Es kam gerade in den Nachrichten.«

»Oh nein. Ich wollte nicht, dass du es so erfährst.« Verzweifelt strich er sich die feuchten Strähnen aus der Stirn. »Ich hoffe nur, deine Oma hat es noch nicht mitbekommen.«

Sein letzter Satz riss mich aus meiner Lethargie. Die Trauer überkam mich mit voller Wucht, und wieder musste ich weinen.

»Ach verdammt. Ich hab echt großen Mist gebaut ...«

Ich schüttelte den Kopf. Er konnte nicht wissen, wie egal mir der Film gerade war. »Meine Oma ist gestorben«, schluchzte ich.

Julians Augen weiteten sich. Zärtlich schloss er mich in die Arme. »Es tut mir so leid.«

Ich ließ zu, dass er mich festhielt, schmiegte mich an seine kalten, durchnässten Sachen.

»Darf ich dich um etwas bitten?«, fragte ich nach einer Weile.

»Na klar.«

Ich wischte mir die Tränen fort. »Würdest du für eine Weile bei mir bleiben?«

Ich suchte Julian ein frisches Handtuch heraus und reichte es ihm zusammen mit einem meiner T-Shirts und einer Jogginghose. Zum Glück war er ungefähr so groß wie ich, also hoffte ich, dass ihm die Sachen einigermaßen passen würden.

Er verschwand im Bad, um sich umzuziehen, und als er fertig war, posierte er spaßeshalber vor dem Spiegel im Flur. Ich musste schmunzeln. Komisch, dass es selbst inmitten so großer Trauer einen lustigen Augenblick wie diesen geben konnte.

Wir machten es uns zusammen auf dem Wohnzimmersofa gemütlich. Er ließ zu, dass ich mich an ihn kuschelte. Ich spürte, wie er sein Kinn auf meinen Kopf legte, genoss seine Wärme und den Klang seiner ruhigen Atemzüge.

Irgendwann schlief er neben mir ein, doch ich blieb wach. Ununterbrochen musste ich an Oma denken. Ihr einst so gut gehütetes Geheimnis, nun kam es ans Licht, sogar die Nachrichten berichteten über den alten Film. Welch eine seltsame Ironie. Und doch fehlte mir die letzte Antwort. Warum hatte Oma ausgerechnet dieses Werk so lange aufbewahrt, das sie stets an eine Vergangenheit erinnert haben musste, die sie am liebsten verdrängt hätte?

Ich lauschte dem Regen, stundenlang, bis es dämmerte. Julian regte sich neben mir, blinzelte ins Halbdunkel und schien einen Moment zu brauchen, bis ihm wieder einfiel, wo er war.

»Wie fühlst du dich?«, fragte er leise.

Anstatt zu antworten, hob ich die Hand und fuhr mit den Fingern durch sein verwuscheltes Haar.

Dann küsste ich ihn.

KAPITEL 39

Los Angeles, Pacific Palisades, April 1934

Am Abend tippte Eva das letzte Wort ihres Romankapitels, zog das Blatt aus der Maschine und legte es säuberlich auf den Stapel. Müde rieb sie sich die Augen, dann stand sie auf und schlenderte hinaus auf die Terrasse. Bald würde die Sonne untergehen, und sie beschloss, noch eine kurze Runde am Strand zu drehen.

Eine kräftige Brise wehte ihr ins Gesicht, während sie barfuß durch den feinen warmen Sand schlenderte. Im goldenen Licht der untergehenden Sonne erspähte sie in einiger Entfernung ein junges Paar mit einem Kind. Der Vater hob das kleine Mädchen hoch und wirbelte es übermütig im Kreis. Der Wind trug helles Lachen in Evas Richtung.

Sie ertrug den Anblick des fremden Glücks nur kurz und wandte sich ab. Eine neue Liebe, wie Betty es ihr oft riet – wie sollte das jemals funktionieren? Für eine Beziehung brauchte es Vertrauen, und dazu war Eva nicht mehr fähig. Wozu auch? Es würde nur bedeuten, Jacob endgültig loslassen zu müssen.

Manchmal erschrak sie, weil es Momente gab, in denen sie überhaupt nicht mehr wusste, wie er ausgesehen hatte. An anderen Tagen sah sie ihn so deutlich vor sich, als stünde er leibhaftig vor ihr, glaubte, seine Berührung zu fühlen, seinen Duft zu riechen.

Langsam verschwand die Sonne am Horizont, und der Wind frischte auf. Eva zog den Kragen ihrer Strickjacke zu, streifte die Sandalen über und stieg die hölzernen Stufen zum Strandhaus hinauf. Das Haus gehörte zu Bettys zahlreichen Immobilien. Bei Evas Ankunft vor sechs Jahren hatte Betty ihr versprochen, dass sie darin wohnen durfte, solange sie wollte, und seitdem lebte sie hier, allein und unerkannt.

Evas Karriere als Schauspielerin war beendet, und sie weinte ihr keine Träne nach. Im Laufe weniger Jahre war die Welt des Films eine andere geworden. In einem beispiellosen Siegeszug hatte der

Tonfilm den Stummfilm aus den Kinos verdrängt, und mit ihm viele der einstigen Leinwandgötter. Die neue Technik war unerbittlich. Evas Stimme war viel zu leise für den Tonfilm, ihr deutscher Akzent viel zu ausgeprägt für das amerikanische Publikum, und nach ihrer Ankunft in Amerika hatte sie sich ohnehin geschworen, nie wieder vor einer Kamera zu stehen. Heinrich sollte sie niemals finden. Ihr altes Leben lag hinter ihr. Kein Glanz mehr, kein Rummel, keine Blitzlichter.

Ihr neues Leben bestand aus einem Ablauf aus stets gleichförmigen Tagen, die sie entweder an der Schreibmaschine oder in der örtlichen Bibliothek verbrachte. Sie verfasste Drehbücher für Betty, schrieb Romane für ihren Verleger in New York. Das Englische war ihr mittlerweile in Fleisch und Blut übergegangen, sodass sie inzwischen sogar auf einen Übersetzer verzichtete.

Es war Eva nicht schwergefallen, ein Pseudonym für ihre Veröffentlichungen zu wählen: Jacob David Engelhardt. Es war Jacobs voller Name, auf den Buchumschlägen abgekürzt zu *J. D. Engelhardt*. Der Verlag war einverstanden gewesen, denn ein männlich klingendes Pseudonym verkaufte sich angeblich besser. Eva empfand es als tröstlich, unter seinem Namen zu schreiben. Es war, als könnte sie sich darin einhüllen wie in ein letztes, übrig gebliebenes Kleidungsstück.

Vor dem Zubettgehen kontrollierte sie mehrmals, ob alle Fenster und Türen geschlossen waren. Es war ihr abendliches Ritual, ohne das an Schlaf nicht zu denken war.

Dennoch schreckte sie mitten in der Nacht schweißgebadet auf. Es war derselbe Albtraum wie so oft gewesen: Ein unsichtbares Gewicht lastete auf ihr, und kalte Hände schlossen sich um ihren Hals.

Ein paar Tage später kam Betty zu Besuch, und die beiden Frauen umarmten sich zur Begrüßung. Betty war gerade erst von ihrer letzten Europareise zurückgekehrt, und dabei hatte sie ein paar Tage in Berlin verbracht.

»Hast du mit Herrn Blum und Herrn Król gesprochen?«, fragte Eva sofort. Seit Hitlers Machtübernahme verging kein Tag, an dem sie nicht um Hermann Blum bangte, ihren jüdischen Kameramann, und um ihren Schauspiellehrer Adam Król, der homosexuell war, wie er ihr vor vielen Jahren einmal gestanden hatte.

Betty nickte. »Sie haben sich entschieden, das Deutsche Reich zu verlassen. Ich verspreche dir, ich tue alles in meiner Macht Stehende, damit sie und ihre Familien hier so schnell wie möglich ein Visum erhalten.«

Erleichtert atmete Eva auf. »Ich danke dir, Betty. Du ahnst nicht, wie viel mir das bedeutet.« Mit einer Mischung aus Entsetzen und Hilflosigkeit verfolgte sie seit einem Jahr die Entwicklungen in ihrer einstigen Heimat. Was war nur aus ihrem Land geworden? Sie erkannte es nicht wieder.

»Keine Ursache, Darling«, meinte Betty und winkte ab. »Schau mal, ich hab dir auch etwas mitgebracht.« Sie stellte ihre Handtasche auf den Tisch, öffnete sie und zog eine zehn Tage alte Ausgabe der *Vossischen Zeitung* heraus.

Überrascht nahm Eva sie entgegen. Der Verlag hatte das Blatt erst kürzlich unter dem Druck der Nationalsozialisten einstellen müssen, wie Eva aus den Nachrichten wusste.

»Na los«, sagte Betty. »Wirf mal einen Blick hinein. Es wird dich interessieren.«

Eva schwante nichts Gutes. Sie schlug die Zeitung auf, und ihr Blick fiel auf das große Foto in der Mitte.

Joseph Goebbels lachte in die Kamera, daneben Heinrich mitsamt einer jungen blonden Frau. Alle drei strahlten sie um die Wette. Darunter die Bildunterschrift:

Minister Goebbels und Regisseur Heinrich Lichtenfeld mit seiner neuen Entdeckung, der bezaubernden Freya Andersen.

Angewidert betrachtete Eva das Foto. Heinrich diente sich also dem Propagandaminister an. Nun war ihm auch noch der letzte Rest Anstand abhandengekommen – sofern er überhaupt jemals so etwas wie ein Gewissen besessen hatte. Ein Opportunist erster Güte. Und das hübsche junge Ding, auf dessen nackter Schulter seine Hand ruhte – die Nächste, die in seine Fänge geraten war.

Unter normalen Umständen hätte Eva die junge Schauspielerin

bedauert, doch Betty erzählte, dass sich hinter ihren unschuldig dreinblickenden Rehaugen eine stramme nationalsozialistische Gesinnung verbarg. *Ihr habt einander verdient*, dachte Eva beim Anblick der beiden.

»Verdammt, Betty.« Eva schlug die Zeitung zu und drückte sie ihr wieder in die Hand. »Ich dachte, wir sind Freundinnen. Was soll das?«

Betty bedachte sie mit einem mitfühlenden Blick. »Ich war der Meinung, du solltest das sehen. Habe ich es nicht immer schon gesagt? Deine Ängste – sie sind nur in deinem Kopf. Und das ist der Beweis. Er hat dich längst vergessen! Du musst dich nicht länger vor ihm verstecken. Du bist frei!«

Eva wandte sich ab. Betty meinte es sicher gut, aber sie hatte keine Ahnung, wie es in ihr aussah und dass sie sich alles andere als frei fühlte. Kopfschüttelnd verließ Eva die Küche und trat hinaus auf die Terrasse.

German Actress Missing – die Meldung hatte es damals sogar bis in die amerikanische Presse geschafft. Nach Evas Verschwinden hatte sich Heinrich in der Öffentlichkeit als besorgter Ehemann inszeniert. Kurzzeitig hatte die Polizei gegen ihn ermittelt, und es hatte ein paar hässliche Schlagzeilen über ihn gegeben, doch es ließ sich nichts finden, das den Verdacht eines Verbrechens erhärtete. Eva Lichtenfeld war wie vom Erdboden verschluckt, und niemand wusste, was aus ihr geworden war.

Hinter sich hörte sie Bettys Schritte. »Das ist doch kein Leben für dich, Darling«, sagte die Amerikanerin sanft. »Ich verstehe ja, dass du keine Filme mehr drehen willst. Aber sieh dich nur an. So abgeschieden hier zu hausen, ohne eine Menschenseele – meine Güte, du bist doch noch jung! Du kannst mir doch nicht erzählen, dass du glücklich bist.«

Schweigend beobachtete Eva eine Möwe am Himmel. Glücklich war das falsche Wort. Hier fühlte sie sich sicher, mehr verlangte sie gar nicht. Die Zeiten, in denen sie Träume gehabt und Ansprüche ans Leben gestellt hatte, waren vorüber. Und so jung war sie mit ihren vierunddreißig Jahren nun auch nicht mehr.

Am Abend verabschiedete sich Betty, und Eva fiel ein, dass sie schon seit Tagen nicht mehr in ihren Briefkasten geschaut hatte. Wie immer, wenn sie in die Arbeit an einem Roman vertieft war, vergaß sie die Welt um sich herum und ein bisschen auch sich selbst. Sie ließ Mahlzeiten aus, kämmte sich kaum noch das Haar. Wozu auch? Es gab niemanden mehr, dem sie gefallen musste.

Sie holte die Post herein, ging in die Küche und sortierte die Briefe auf dem Tresen. Schade, kein Brief von Johanna. Letztes Jahr hatten die Nazis ihr Lokal in Berlin dichtgemacht, und seitdem lebte ihre Schwester in Paris.

Aus New York war ein großer Umschlag mit dem Adressstempel ihres Verlags eingetroffen. Eva riss ihn auf und stellte fest, dass sich mehrere kleinere Umschläge darin befanden. Bestimmt wieder Zuschriften von Lesern, die man ihr weitergeleitet hatte. Flüchtig blätterte sie durch die Einsendungen, und ihr Blick blieb am Namen eines Absenders hängen.

Für einen Moment verschwamm alles vor ihren Augen. *Nur ein Zufall*, sagte sie sich. *Ein verrückter Zufall*. Zwei Menschen mit demselben Namen, und dann auch noch ausgerechnet mit diesem.

Der Umschlag war aus England gekommen. Ungeduldig öffnete sie ihn. Ein mehrseitiger Brief steckte darin. Eine säuberliche Handschrift schien durch das zusammengefaltete dünne Papier. Eva faltete es auf, und ein Foto fiel ihr entgegen.

Unmöglich.

Ihre Beine drohten unter ihr nachzugeben. Sie musste sich setzen.

Hinterher wusste sie nicht mehr, wie lange sie reglos auf dem Hocker verharrt und das Foto angestarrt hatte.

Endlich fand sie die Kraft, aufzustehen und zum Telefonhörer zu greifen.

Nach und nach leerte sich der Bahnsteig, und erschöpft setzte sich Eva auf eine Bank. In New York hatte sie die *Olympic* bestiegen und war fünf Tage später in Southampton eingetroffen. Von dort hatte sie den Zug nach London genommen, und nun saß sie hier, an der Waterloo Station, ganz allein.

Sie wartete zwei Stunden, und ihr Herz sank mit jeder Bewegung des Zeigers auf der großen Uhr. Schließlich stand sie enttäuscht auf, nahm ihren Koffer und verließ den Bahnsteig.

Vielleicht haben sie mein Telegramm nicht erhalten, überlegte sie. Sie musste sich eine Unterkunft suchen, wenn sie nicht im Bahnhof übernachten wollte, und gleich morgen würde sie ...

»Eva?«

Sie blieb stehen. Bildete sie es sich ein, oder hatte sie im Stimmengewirr zwischen all den Menschen eine vertraute, tiefe Stimme gehört?

Zögerlich drehte sie sich um. Ein Mann stand nur wenige Schritte von ihr entfernt. Unsicher musterte Eva ihn. War er es wirklich? Wusste sie nach so langer Zeit denn überhaupt noch, wie er aussah?

Er nahm seinen Hut ab. »Erkennst du mich nicht?«, sagte er auf Deutsch. Es klang mühsam, ein wenig undeutlich.

Sie fühlte sich wie gelähmt. Der Mann, der vor ihr stand, wirkte deutlich älter, als sie ihn in Erinnerung hatte. Wie dünn er war, geradezu mager. Sein Gesicht sah aus, als wäre etwas darin verschoben worden, als wäre sein Mund irgendwie aus dem Gleichgewicht geraten.

Dann aber sah sie den Glanz in seinen honigbraunen Augen. Mit einem Schlag löste sich ihre Lähmung in Luft auf und mit ihr sämtliche Zweifel.

Schluchzend ließ sie ihren Koffer fallen, rannte auf Jacob zu und warf sich in seine Arme.

Er fing sie auf, und Eva drückte ihn fest an sich, küsste seine Wange, küsste seinen Mund. Es war kein Traum. Sie vergrub ihre Finger in seinen wilden Locken, die nun sichtlich mit Grau durchsetzt waren, atmete seinen vertrauten Duft ein. Jacob war hier, bei ihr, und er lebte.

Lange standen sie dort, eng umschlungen, lachten und weinten zugleich, konnten ihr Glück nicht fassen.

»Tut mir leid, dass du so lange warten musstest«, sagte er zwischen zwei Küssen. »Der blöde Bus hatte eine Panne, ausgerechnet heute.«

Eva lachte durch ihre Tränen hindurch. Als ob es darauf jetzt ankäme! Vorsichtig betastete sie Jacobs asymmetrisches Gesicht, das einst so ebenmäßig, so schön gewesen war, und bei seinem Anblick kamen ihr erneut die Tränen.

»Oh, Jacob«, flüsterte sie. »Was hat man dir nur angetan?«

Er antwortete nicht, sondern schloss Eva einfach nur in seine Arme.

Gemeinsam verließen sie den Bahnhof. Jacob trug ihren Koffer, und sie schlenderten am Ufer der Themse entlang, bis sie zu einem Park gelangten. Immer wieder blieben sie stehen, küssten sich ganz ungeniert vor den Augen der anderen Spaziergänger. Sollten es doch ruhig alle sehen, es war ihr egal.

Auf einer schattigen Bank nahmen sie Platz. Eva wagte es nicht, Jacobs Hand loszulassen, aus Angst, er könnte sich jeden Moment in Luft auflösen.

Ein paar wenige Dinge wusste sie bereits aus seinem Brief. Nun erzählte er ihr alles. Von Oskar Fellhauer und seinen Leuten. Eines Abends hatten sie ihm aufgelauert und ihn nach einem Kneipenbesuch in einen Hinterhof gezerrt.

Grün und blau schlugen sie ihn, brachen ihm den Kiefer. Er solle so schnell wie möglich aus der Stadt verschwinden, befahlen sie ihm, ansonsten würde Eva schon bald etwas Schlimmes zustoßen. Anschließend hatten sie ihn in den Landwehrkanal geworfen.

»Denen war es egal, ob ich ertrinke«, sagte er. »Wie ich es geschafft habe, mich aus dem Wasser zu retten, weiß ich nicht mehr. Ich erinnere mich nur noch, dass ich mitten in der Nacht frierend und völlig durchnässt vor Frau Samuels Tür stand.«

Eva lauschte ihm erschüttert. Sie dachte an die Albträume, die sie nach seinem Verschwinden heimgesucht hatten. An die quälenden Ängste, die schrecklichen Bilder seines leblosen, in der Spree treibenden Körpers. Ihre besondere Verbindung, die sie von Anfang an zu spüren geglaubt hatte – sie war keine Einbildung, das wusste sie jetzt.

»Ich hätte es mir niemals verzeihen können, wenn dir irgendetwas passiert wäre«, fuhr er fort. »Frau Samuel musste mir hoch und heilig versprechen, niemandem etwas zu verraten, auch dir nicht. Zu deinem eigenen Schutz. Sie war einfach unglaublich. Hat die Nerven behalten und mir eine Fahrkarte nach England besorgt, zu Molly, meiner Cousine.«

Er unterbrach sich. Sein gebrochener Kiefer war schlecht verheilt, bereitete ihm immer noch Schmerzen, und das viele Reden strengte ihn sichtlich an.

»Es tut mir so leid, Eva. Ich wusste keine andere Lösung. Hätte ich mich doch wenigstens von dir verabschieden können ...«

Sie strich liebevoll über seine Wange. Er lebte, und er war bei ihr – das war das Wichtigste.

»Eines Tages stand in der Zeitung, du wärst spurlos verschwunden«, erzählte er weiter. »Ich war schon überzeugt, diese Kerle hätten ihre Drohung wahr gemacht. Aber dann kam Molly neulich mit einem Buch nach Hause und sagte: ›Schau mal, Jacob, da steht dein Name auf dem Umschlag! Ist das nicht ein komischer Zufall?‹«

Eva musste lächeln.

»Ich glaube, als ich meinen Namen auf dem Buch las ... da wusste ich tief in mir drin, dass du es bist. Dass du lebst. Irgendwie hatte ich das Gefühl, du gibst mir ein Zeichen. Molly hielt das natürlich für Unsinn, aber ich bin ihr so lange auf die Nerven gegangen, bis sie sich endlich hingesetzt und dir einen Brief geschrieben hat.«

»Dann bin ich deiner Cousine zu großem Dank verpflichtet«, flüsterte Eva und küsste ihn.

Nie wieder würde sie ihn verlieren. Das schwor sie sich.

Zwei Jahre später klopfte es leise an der Tür des Arbeitszimmers. Eva sah von ihrer Schreibmaschine auf.

»Schau mal, wer gerade wach geworden ist«, sagte Jacob und trug Leni auf seinen Schultern herein. Die Kleine hielt sich mit ihren Fäustchen an den Locken ihres Vaters fest und strahlte Eva aus großen, honigfarbenen Augen an.

Bei dem Anblick ging ihr jedes Mal das Herz auf. Sie erhob sich, nahm ihre acht Monate alte Tochter auf den Arm und drückte sie sanft an sich. Zärtlich rieb sie ihre Nasenspitze am dunklen Flaum ihres Köpfchens. *Genug gearbeitet für heute,* beschloss sie. Es war ein lauer Nachmittag im Frühsommer. *Nichts wie raus in den Garten!*

Gemeinsam verließen sie das Cottage, in dem sie seit ihrer Hochzeit wohnten. Es war ein Häuschen im Grünen, wie sie es sich immer erträumt hatten, in der kleinen, malerischen Ortschaft nordöstlich von London, in der auch Jacobs Cousine wohnte.

Nebenan schaute Frau Samuel aus dem Fenster. Fröhlich winkte sie Leni zu. Letztes Jahr erst war die alte Dame zu ihnen nach England gezogen. Jacob hatte ihr sein Leben zu verdanken, und sie hatten ihr versprochen, immer für sie zu sorgen.

Leni strampelte schon ungeduldig, und Eva setzte sie vorsichtig ins Gras. Jacob widmete sich sogleich seinen Rosen. Sorgfältig untersuchte er jede einzelne Pflanze, war ganz bei sich, während er welke Blüten abknipste, Blattläuse entfernte und herabhängende Zweige festband. So konzentriert, dass er alles andere darüber vergaß – fast alles. Leni krabbelte ihm begeistert hinterher, und er passte auf, dass sie sich nicht an den scharfen Dornen verletzte.

Noch immer liebte er es, zu zeichnen, aber seit Leni auf der Welt war, kümmerte er sich hauptsächlich um sie. Er vergötterte die Kleine und hielt Eva den Rücken frei, damit sie in Ruhe an ihren Romanen arbeiten konnte. Die verkauften sich hervorragend, wurden in zahlreiche Sprachen übersetzt. Niemand ahnte, wer der geheimnisvolle Schriftsteller war, dessen Gesicht niemand kannte.

Eva setzte sich auf die schmiedeeiserne Bank unter dem Rosenbogen. Ihr altes Leben in Berlin lag in weiter Ferne, erschien ihr geradezu unwirklich, wie ein böser Traum. Sie dachte an ihre Zeit in Amerika, an das allgegenwärtige Gefühl von Kälte und Leere. Damals war sie fest davon überzeugt gewesen, die Zukunft hätte ihr nichts zu bieten außer Angst und Einsamkeit.

Nun atmete sie den Duft der Rosen ein, lauschte dem Summen der Bienen. Beobachtete Leni, die zu Jacobs Füßen saß und eifrig Gänseblümchen ausrupfte, und staunte – über das unverhoffte, späte Glück, das ihr beschieden worden war.

KAPITEL 40

Wiesbaden, Juli 2000

Der Anruf kam am Morgen nach Omas Beerdigung. Es war Montag, und ich hatte mir bewusst die ganze Woche freigenommen. Nach der gestrigen Trauerfeier fehlte mir die Kraft, um sofort wieder zum Alltag überzugehen.

Zum Glück hatte Julian bei mir übernachtet, wie er es in letzter Zeit regelmäßig tat. In den letzten Wochen war er ständig an meiner Seite gewesen, hatte mich in meiner Trauer aufgefangen, und schon jetzt konnte ich mir ein Leben ohne ihn kaum noch vorstellen. Ich hatte einen schweren Verlust erlitten, und gleichzeitig ein so wertvolles Geschenk erhalten, für das ich unendlich dankbar war.

Gerade saßen wir beim Frühstück, als Julians Handy klingelte. Das Gespräch war recht kurz, doch als er mir anschließend davon erzählte, wäre mir beinahe der Löffel ins Müsli gefallen.

Eva Lichtenfeld, von der seit Ende der Zwanzigerjahre jede Spur fehlte, war am Leben! Aus der Presse hatte sie von der Wiederentdeckung ihres alten Stummfilms erfahren, und nun hatte sie im Filmarchiv angerufen und sich als die rechtmäßige Eigentümerin zu erkennen gegeben.

Ich konnte es kaum glauben. Wenn hinter diesem Anruf wirklich Eva Lichtenfeld steckte, dann musste sie inzwischen hundert Jahre alt sein. Und wenn der Film in Wahrheit ihr gehörte, warum hatte ihn dann Oma heimlich aufbewahrt? Nicht einmal meine Mutter hatte davon gewusst. Oma hatte ihr zwar von Heinrich Lichtenfeld erzählt, aber die Existenz der Filmrollen hatte sie Vera bis zuletzt verschwiegen.

Julian und ich unterhielten uns lange darüber, aber wie wir es drehten und wendeten, die ganze Sache ergab für uns keinen Sinn.

Vielleicht würde sich mit diesem Anruf nun eine unverhoffte

Chance für mich eröffnen. Vielleicht gab es doch jemanden, der mir endlich Antworten auf meine offenen Fragen liefern konnte. Es gab nur einen Weg, es herauszufinden.

Ich musste mit Eva Lichtenfeld sprechen.

Im Filmarchiv erfuhren wir ihre Nummer. Sie stammte aus England, wie ich an der Vorwahl erkannte, und als ich anrief, meldete sich eine Mrs Engelhardt am anderen Ende.

Für einen kurzen Moment war ich verwirrt. Wie selbstverständlich hatte ich damit gerechnet, den Namen Lichtenfeld zu hören, und hatte überhaupt nicht daran gedacht, dass sie in all den Jahren wieder geheiratet haben könnte.

»Sie sind Margaretes Enkelin?«, fragte sie überrascht. »In all den Jahren habe ich oft an sie gedacht. Wie geht es ihr?«

Ich spürte einen Kloß im Hals. Noch immer fiel es mir schwer, über Omas Tod zu sprechen.

»Oh«, sagte Eva leise, als ich es ihr erzählte. »Es tut mir leid. Ich habe immer gehofft, ich würde sie eines Tages wiedersehen. Ihre Großmutter hat mir damals sehr geholfen, wissen Sie?«

Eva erzählte, es sei eine lange Geschichte, und da sie mich unbedingt einmal persönlich kennenlernen wollte, lud sie mich ein, sie in ihrem Haus in England zu besuchen.

Drei Tage später flogen Julian und ich nach London. Wir folgten der Wegbeschreibung, die Eva mir am Telefon gegeben hatte, stiegen in einen Zug, passierten Felder und kleine Orte voller Fachwerkhäuser, und endlich gelangten wir zu dem abgelegenen Dorf, in dem Eva wohnte.

Vor einem Cottage aus rotem Backstein blieben wir stehen. Im Garten blühten Funkien und üppige Hortensien. Kletterrosen hatten einen großen Teil der Fassade überwuchert, und duftende Lavendelsträucher säumten den Weg. Es sah aus wie auf einer Postkarte.

Julian ließ mir den Vortritt. Ich klopfte, und eine zierliche grauhaarige Frau öffnete mir. Ich schätzte sie auf Mitte sechzig. Sie rückte sich ihre Brille zurecht, und als sie mich musterte, lag ein freundlicher Glanz in ihren honigbraunen Augen.

»Leni Engelhardt«, stellte sie sich uns vor. Evas Tochter. Sie bat uns herein.

Als wir das Wohnzimmer betraten, erhob sich eine kleine, weißhaarige Frau aus einem Sessel. Sie griff nach ihrem Gehstock, richtete sich auf, und unsere Blicke trafen sich.

»Nicht zu glauben«, sagte die alte Dame und kam mit winzigen Schritten auf mich zu. »Eben dachte ich für einen Moment, die junge Margarete stünde vor mir. Sie sind das Ebenbild Ihrer Großmutter, durch und durch.«

Wir setzten uns, und Eva erzählte, was ihr widerfahren war. Ende der Zwanziger hatte sie untertauchen und ein neues Leben beginnen müssen. Es war die einzige Möglichkeit, die sie für sich gesehen hatte, um meinem Großvater zu entkommen.

Oma hatte Eva nach ihrer Flucht bei sich aufgenommen. Sie hatte Eva vor Lichtenfeld versteckt, ihr Fahrkarten besorgt und versprochen, den Film für sie aufzubewahren. Ihr Meisterwerk, das noch nie ein Publikum zu Gesicht bekommen hatte.

Die ganze Zeit über saß ich da und lauschte gebannt Evas Worten. Als sie schließlich verstummte, herrschte für eine Weile Schweigen im Raum. Mein Blick glitt über die zahlreichen Bilderrahmen an der Wand. Über das Hochzeitsfoto von Eva und Jacob, die sich an den Händen hielten und einander lächelnd in die Augen sahen. Über die vielen Aufnahmen von Leni, erst als Baby, dann als Kind, später als Erwachsene mit eigenen Kindern.

Ihre Tochter habe jahrelang in London gelebt und sei als Journalistin für die *Times* tätig gewesen, wie Eva erzählte. Stolz deutete sie auf ein weiteres Foto, das eine ihrer Urenkelinnen zeigte. Sie habe Jacobs Talent geerbt und sei eine bekannte Zeichnerin von Graphic Novels.

Mit schwerem Herzen und zittrigen Knien stand ich auf, entschuldigte mich und ging hinaus in den Garten. Ich ließ mich auf einer Bank unter einem Rosenbogen nieder und musste mehrmals tief durchatmen, so elend fühlte ich mich.

Ich hatte geglaubt, zu wissen, was für ein Scheusal Heinrich Lichtenfeld gewesen war. Nun aber hatte ich die ganze schreckliche Wahrheit über ihn erfahren. Er war ein Mörder. Er hatte seine Verlobte getötet. Evas Leben in England, ihre Ehe mit Jacob, ihre Kinder, Enkel und Urenkel – um ein Haar hätte es das alles niemals gegeben.

Julian setzte sich zu mir. »Du kannst nichts für die Dinge, die dein Großvater getan hat«, sagte er sanft, als hätte er meine Gedanken gelesen.

»Ich weiß, aber das macht es nicht besser.« Erschöpft lehnte ich mich an seine Schulter. »Weißt du, was verrückt ist? J. D. Engelhardt war der Lieblingsschriftsteller meiner Oma, und auch ich hab alle seine Bücher verschlungen. Evas Geschichten waren schon immer ein Teil unseres Lebens, aber weder Oma noch ich haben je geahnt, wer hinter diesem Pseudonym steckt.«

Eine Weile blieben wir schweigend sitzen, bis sich Leni zu uns gesellte.

»Der Film ist also vollständig?«, fragte sie.

Julian nickte. »Er ist sogar ausgesprochen gut erhalten. Wir haben uns selbst davon überzeugt.«

»Als die Meldung in den Nachrichten kam, hat meine Tochter darauf bestanden, dass ich in Deutschland anrufe«, ertönte Evas Stimme hinter uns.

Julian erhob sich und bot ihr seinen Platz an. Mit kleinen Schritten näherte sie sich der Bank und ließ sich neben mir nieder.

»Niemals hätte ich geglaubt, dass Margarete ihn wirklich all die Jahre für mich aufbewahren würde. Für mich war er damals nur wertloser Ballast. Aber nun findet Leni es aus irgendeinem Grund wichtig, dass ich mich öffentlich zu diesem Film bekenne.«

»Natürlich ist es wichtig!«, entfuhr es Leni. »Jahrelang hat dein Ex-Mann von deiner Arbeit profitiert. Bis heute schreibt man Bücher über ihn und bewundert ihn für sein angebliches Genie. Aber was ist mit dir?«

Eva schüttelte den Kopf. »Mir ging es nie darum, bewundert zu werden.«

»Willst du denn gar keine Anerkennung für das, was du in deinem Leben geleistet hast? Soll niemand je erfahren, wer wirklich hinter J. D. Engelhardt steckt?«

Ein wehmütiger Ausdruck legte sich auf Evas Gesicht. »Die

echte Eva«, sagte sie leise. »Das hat dein Vater damals zu mir gesagt. Ihm lag nichts an Ruhm oder Berühmtheit. Er sah nur mich.«

Gerührt betrachtete ich die beiden Eheringe, die Eva am Ringfinger ihrer rechten Hand trug. Vor zehn Jahren war Jacob gestorben, hatte sie erzählt, nach einem langen, erfüllten Leben.

»All die Jahre über hattest du Angst, nicht wahr?«, erwiderte Leni sanft. »Angst, dass dich dein Ex-Mann finden könnte. Und deshalb bist du im Verborgenen geblieben, wo es sicher ist.« Sie nahm die Hände ihrer Mutter in ihre. »Die Zeiten haben sich geändert, Mum. Er ist längst tot. Du musst dich nicht mehr vor ihm fürchten.«

Eva senkte den Kopf. »Ich weiß.«

»Vielleicht ist nun endlich die Zeit gekommen, der Welt Ihren Film zu zeigen«, meldete sich Julian zu Wort. »Ich finde, das Publikum hat lange genug auf die Rückkehr der *Piratenkönigin* gewartet.«

Eva sah überrascht zu ihm auf. »Ich bitte Sie. Wer interessiert sich denn heutzutage noch für Stummfilme?«

»Es geht doch gar nicht um den Film«, mischte ich mich ein. »Es geht vielmehr um die Frau dahinter. Um Sie.«

»Um mich?« Sie lachte. »So lange lebe ich jetzt schon unerkannt ... Die Leute haben mich längst vergessen.«

»Vielleicht haben die Leute Eva Lichtenfeld vergessen. Aber ist Ihnen denn nicht klar, wie viele Menschen Sie auf der ganzen Welt mit Ihren Geschichten berührt haben? Als meine Oma im Krankenhaus lag, habe ich ihr aus Ihren Büchern vorgelesen. Sie ahnte nicht, dass Sie es waren, die all diese wundervollen Romane geschrieben haben. Und dennoch hat sie immer Kraft aus Ihren Geschichten geschöpft. Genau wie ich.«

Meine Worte schienen sie berührt zu haben. Tränen glänzten in ihren Augen.

Ich umfasste ihre kleinen faltigen Hände. »Und nun müssen die Leute Ihre Geschichte erfahren. Sie müssen die echte Eva kennenlernen. Sie sollen wissen, dass sie überlebte und ihr Glück fand. Dass sie selbst in den dunkelsten Zeiten ihre Vorstellungskraft zu nutzen wusste. Und dass sie mutig war. So mutig wie die Heldinnen ihrer eigenen Romane.«

EPILOG

Berlin, Friedrichstadt-Palast, August 2001

Über siebzig Jahre nach seiner Entstehung kam *Die Piratenkönigin* erstmals ins Kino. Evas Film war aufwendig digital restauriert worden, und nun sollte er der Öffentlichkeit in seiner unzensierten Originalfassung vorgeführt werden.

Julian hatte uns Eintrittskarten für die heutige Uraufführung in Berlin besorgt. Von Weitem sahen wir den roten Teppich. Gerade war Eva eingetroffen, an ihrer Seite Leni. Nach reiflicher Überlegung hatte sie sich dazu entschieden, ihre alte Heimat zu besuchen, und nun scharten sich die Fotografen um sie. Alle wollten die Frau sehen, die aus der selbst gewählten Unsichtbarkeit zurückgekehrt war.

Ich hatte beschlossen, Eva auf meine eigene Art eine Bühne zu bieten. Zur Premiere der *Piratenkönigin* waren all ihre Romane noch einmal neu erschienen, zum ersten Mal unter ihrem richtigen Namen. Zu diesem Anlass hatte ich sie im Schaufenster unseres Buchladens arrangiert. Bei uns würden sie einen festen Ehrenplatz erhalten.

Julian und ich betraten das Gebäude, in dem es bereits vor Gästen wimmelte. Vor dem Eingang zum Saal waren mehrere Infotafeln über die Entstehung des Piratenfilms aufgestellt worden. Sie enthielten Auszüge aus dem Drehbuch, Aufnahmen aus dem Atelier und Fotos aller Mitwirkenden.

Das letzte Bild in der Reihe war eine Porträtaufnahme von Heinrich Lichtenfeld. Das Foto war kleiner als die anderen und hing etwas abseits, als wäre es ein nachträglicher Einfall gewesen. Mit strengem Blick starrte er den Besuchern entgegen, scheinbar vorwurfsvoll, weil er heute Abend nicht im Mittelpunkt stand.

Aus der Entfernung betrachtete ich das Foto des Mannes, der mir immer noch so fremd war und es wohl auch immer bleiben würde. Meine Mutter hatte unbedingt das Gute in ihm sehen wollen, bis zuletzt. Bis heute ließen sich jedoch keinerlei Nachweise dafür finden, dass er sich unter den Nazis für das Leben seiner verfolgten Mitarbeiter eingesetzt hätte.

Nun näherte sich Eva seinem Bild. Die Fotografen eilten zu ihr, und von Neuem ging das Blitzlichtgewitter los. Es war, als hätten alle nur auf diesen Moment gewartet.

Lange sah Eva das Porträt von Heinrich an. Trotzig reckte sie ihr Kinn, als stünde sie ihm nach all den Jahren wieder leibhaftig gegenüber, und ich bekam eine Gänsehaut.

»Ich habe keine Angst mehr«, sagte sie laut.

Julian legte seinen Arm um mich, und ich lehnte erleichtert meinen Kopf an seine Schulter. Es schien, als wäre ein Bann gebrochen worden. Eva hatte sich von Lichtenfelds Schatten gelöst, ein für alle Mal.

Ich folgte Julian in den Saal, und wir setzten uns auf unsere reservierten Plätze in den hinteren Reihen. Gleich darauf wurde es dunkel im Raum, und das Publikum verstummte in gespannter Erwartung.

Endlich spielte das Orchester auf. Der Vorhang öffnete sich, und der Vorspann flimmerte über die Leinwand.

DIE PIRATENKÖNIGIN

Regie und Buch
Eva Lichtenfeld

Ich beobachtete die tapfere Elisabeth, die furchtlos ihren Säbel schwang und es im Kampf mit Männern aufnahm. Und ich sah Oma, die so unschuldig in der Rolle der Verräterin wirkte und später dennoch zu Elisabeths treuer Verbündeter werden sollte. Ich fühlte mit ihr, mit der jungen Frau unter dem Kostüm und der Schminke, die einen aufregenden Ausflug in die Filmwelt gewagt hatte, ohne zu ahnen, welche Konsequenzen er haben würde.

Zum Schluss fiel sich das glückliche, wiedervereinte Liebespaar auf einem Hügel über einer Bucht in die Arme, und die Zuschauer spendeten tosenden Beifall.

In der vordersten Reihe stand Eva auf und hakte sich wieder bei Leni unter. Zu zweit stiegen sie die Stufen zur Bühne hinauf, und oben angekommen, löste sie sich von ihrer Tochter.

Mit winzigen Schritten trat sie nach vorn, an den Rand der Bühne. Gerührt verneigte sie sich vor dem Publikum, das ihr applaudierte – der echten Eva, die nicht länger unsichtbar war.

ENDE

NACHWORT UND DANK

Aufmerksamen Leser:innen, die mit der Geschichte des Romanischen Cafés vertraut sind, wird nicht entgangen sein, dass Evas und Heinrichs erstes Zusammentreffen von einer wahren Begebenheit inspiriert wurde. Der Dialog basiert lose auf einer überlieferten Anekdote des Regisseurs Géza von Cziffra, der darin eine Begegnung mit dem Maler Max Liebermann schilderte. Zitiert wird sie unter anderem in Jürgen Scheberas Buch *Vom Josty ins Romanische Café*. Überdies wird sie auch sehr unterhaltsam in Folge 35 des Zwanziger-Jahre-Podcasts *Goldstaub* nacherzählt, den ich an dieser Stelle allen Interessierten nur wärmstens ans Herz legen kann.

Vorbild für die Handlung von Evas und Heinrichs Film *Der Pfad der Tugend* war der Stummfilm *Asphalt* von Joe May aus dem Jahr 1929, in dem sich ein Polizeiwachtmeister (Gustav Fröhlich) in eine Diamantendiebin (Betty Amann) verliebt. Weitere Informationen über die Hintergründe und die Entstehung meines Romans finden Sie auf meiner Website www.isabel-roderick.de.

Mein Dank gilt meinen Agentinnen Kristina Langenbuch und Gesa Weiß. Sie haben diesen Roman von der ersten Idee an begleitet und standen mir stets mit guten Ideen und konstruktiver Kritik zur Seite. Ferner bedanke ich mich bei meiner Dozentin Claudia Brendler von der Textmanufaktur für die wertvollen Anregungen zu Exposé, Leseprobe und Dialogen.

Für die freundliche Unterstützung während der Recherche bedanke ich mich bei Luciano Palumbo von der Friedrich-Wilhelm-Murnau-Stiftung. Außerdem danke ich Anke Mebold vom Deutschen Filminstitut & Filmmuseum e. V. dafür, dass sie geduldig alle meine Fragen beantwortete und es mir gestattete, ihr bei der Untersuchung einer einhundert Jahre alten Filmrolle über die Schulter zu schauen.

Ich danke meiner Lektorin Martina Wielenberg für die Begeisterung, die sie von Anfang an für dieses Projekt an den Tag gelegt hat, für ihre Sorgfalt und die hervorragende Betreuung während des Lektorats, und natürlich auch dem gesamten Team des Lübbe-Verlags.

Ganz besonders danke ich meiner Familie. Ohne euer Verständnis und eure Unterstützung wäre dieses Buch niemals entstanden.

Isabel Roderick